KB131171

수용소군도

수용소군도 ④

Архипелаг ГУЛАГ

알렉산드르 솔제니찐 기록문학 김학수 옮김

1918~1956
문학적 탐구의 한 실험

이 책은 실로 꿰매어 제본하는 정통적인 사철 방식으로 만들어졌습니다.
사철 방식으로 제본된 책은 오랫동안 보관해도 손상되지 않습니다.

수용소군도 총목차

제12장

밀고

만일 〈체까-GB(비상 위원회-국가 보안 위원회)〉가(이 기관을 이렇게 부른다면 듣기도 좋고, 편리하고, 간단할 뿐 아니라 시간적 연속성도 놓치지 않으련만) 끊임없는 감시의 눈초리와 쉴 새 없는 청각의 귀를 가지고 있지 않았다면, 그것은 자기 나라의 국민을 감시할 수도 없는 무감각하고 얼빠진 존재가 되고 말았을 것이다. 오늘날처럼 과학 기술이 발달한 시대에는 눈 대신에 카메라와 광전자 기계가, 귀 대신에 마이크와 녹음기, 레이저 도청기들이 부분적으로 그 일을 대신하고 있다. 그러나 이 책이 다루고 있는 그 모든 시대를 통틀어, 체까-GB의 거의 유일한 눈이 되고 귀가 되었던 것은 바로 〈밀고자〉들이었다.

체까의 초기 시대에는 그들도 비밀 협력자(공개적으로 일하고 있는 정식 직원과 구분하여)라는 실질적인 명칭으로 불렸다. 그러던 것이 당시의 시대적 풍조에 따라 〈밀정〉으로 줄어들더니 그 후로 그 말이 널리 보급되기 시작했다. 이 낱말을 생각해 낸 사람들은(그렇게까지 보급되리라고는 미처 예상하지도 못했기 때문에 그 말을 소중히 간직할 수 없었다) 선입관에 사로잡히지 않고 이 낱말을 받아들일 만한 능력이 결핍되어 있었으며, 그 속에 집약되어 있는 더러운 것을 그 말 속에서 가려낼 수도 없었던 것이다. 그 말 속에서는 비역질보다 더 수치스러운 어떤 것이 느껴졌다. 그리고 시간이 더 지남에 따라 그 낱말은 배신의 황갈색 피로 물들고 러시아어에서 그보다 더 추한 말이 없을 정도로 비하되고 말았다.

그러나 이 낱말은 바깥세상에서만 사용되었다. 군도에는 또 군도대로 독특한 말이 있었기 때문이다. 즉, 형무소에서는 〈나셋까(암탉)〉, 수용소에서는 〈스뚜까치(똑똑 두드리는 사람)〉라고 했다. 그렇지만 군도에서 통용되던 많은 말들이 러시아어로 받아들여져서 전국에 보급되었던 것처럼 밀고자를 가리키는 〈스뚜까치〉도 세월의 흐름에 따라 누구나 다 아는 낱말로 변해 버렸다. 그것은 군도 안팎으로 밀고 행위가 동일성과 보편성을 가지고 행해졌다는 것을 반영한다.

만일 이러한 경험도 없이 이 문제를 충분히 생각하지 않는다면, 우리가 어느 정도로 밀고 행위에 시달리고 고통받고 있는가를 판단하기란 어려운 일이다. 그것은 마치 우리가 들판이나 숲속에서, 호숫가에서 트랜지스터라디오를 들고 있지 않는 한, 무수한 전파가 항상 우리 몸을 관통하고 있다는 것을 깨닫지 못하는 것과 다를 것이 없다.

〈우리들 중 누가 밀고자인가?〉 하고 언제나 잊지 않고 질문하기란 어려운 일이다. 이것은 우리의 집에서도, 우리의 안뜰에서도, 우리의 시계 수리 공장에서도, 우리의 학교에서도, 우리의 편집국에서도, 우리의 직장에서도, 우리의 설계국에서도, 아니 우리의 경찰 조직에서도 마찬가지다. 이러한 질문에 자기 자신을 길들이기란 힘들기도 하고 역겹기도 하다. 그러나 신변의 안전을 기하기 위해서는 절대로 필요한 것이다. 밀고자는 추방될 수도 없고 해고될 수도 없다. 만일 그렇게 한다 해도 새로운 자로 메꿔 버리면 그만이니까. 그러나 어쨌든 그들을 알아 둘 필요는 있다. 때로는 그들 앞에서 언동을 조심하기 위해서고, 때로는 그들을 속이기 위해서, 즉 자기의 참모습을 얼버무리기 위해서다. 그리고 또 때로는 밀고자와 공개적으로 싸움을 해서 자신에 관한 그의 밀고가 지닌 신뢰성을 떨어뜨리기 위해서다.

밀고자 망의 밀도에 관해서는 〈바깥세상〉에 관한 다른 장에서 거론할 생각이다. 이 밀도에 대해서는 많은 사람들이 막연히 느끼고는 있지만, 그 밀정 하나하나의 얼굴을 일반 사람들의 인간적인 얼굴과 비교할 수는 없다. 그렇기 때문에 그 밀고자 망은 실제보다도 훨씬 신비롭고 무섭게 느껴진다. 그런데 여자 밀정은 바로 당신의 이웃에 사는 귀여운 안나 표도로브나이고, 그녀는 당신의 집에 이스트를 얻으러 와서는 집에 주민 등록을 하지 않은 타인이 있다는 것을 알면, 그 사실을 보고하기 위해 약속된 장소(그곳은 매점일 수도 있고 약국일 수도 있다)로 급히 달려가는 것이다. 아니, 그는 당신과 함께 보드카 한 병을 마시고 있는 당신이 좋아하는 젊은이 이반 니끼포로비치일 수도 있다. 만약 당신이 상점에 가도 딱히 살만한 물건이 없다고 불평하거나, 상관들이 부정한 수단을 써서 무엇이나 손에 넣고 있다고 욕을 한다면, 그는 당장에 그 일을 밀고하는 것이다. 당신은 밀정들의 얼굴을 알지 못하며, 그리하여 어느 날 「스딸린의 노래」를 합창할 때 당신이 입만 벌리고 있었을 뿐 소리를 내지 않았다는 사실이 어떻게 그 모든 기관에 알려졌을까 하고 깜짝 놀라게 된다. 혹은 11월 7일에 혁명 기념일 행진을 할 때, 당신이 시무룩한 표정을 하고 있었다는 것이 어떻게 알려졌을까 하고 놀라지 않을 수 없다. 아니, 그건 그렇다 치고 하나도 놓치지 않고 꿰뚫어 보는 그

날카로운 밀정의 눈은 도대체 어디에 있는 것일까? 그런데 그 밀정의 눈은 상냥한 파란 눈일 수도 있고, 노인처럼 게슴츠레한 눈일 수도 있다. 그 눈이 결코 악의에 찬 어두운 눈이라고 장담할 수는 없다. 그들이 반드시 외모가 추한 얼간이들이라고 생각해서는 안 된다. 그들은 나나 당신과 똑같은 보통 인간이고, 어느 정도 선의와 악의, 그리고 선망을 품고 있으면서 우리를 거미의 위험 앞에 몰아세울 수 있는 온갖 약점을 지닌 인간인 것이다. 만일 완전히 지원제로 밀정을 모집했다면, 그 열의만으로 이렇게 많은 사람들이 응모하지는 않았을 것이다 (그것이 가능했던 것은 1920년대뿐이었으리라). 그러나 이 모집은 감언이설과 위협으로 행해지기 때문에, 인간은 자기 자신의 약점 때문에 이 수치스러운 근무에 몸을 내맡기지 않을 수 없게 된다. 그리고 그 끈적끈적한 거미줄을, 그 두 번째 껍질을 벗으려고 마음속 간절히 원하는 사람들조차…… 영원히 거기에서 벗어날 수가 없는 것이다.

밀고자의 모집은 우리 나라의 공기 자체 속에 존재한다. 국가적인 것은 개인적인 것에 우선한다는 사고방식이 바로 그것이다. 그래서 빠블리끄 모로조프가 영웅이 된 것이다. 이 밀고는 단순한 밀고가 아니라 밀고의 대상이 되고 있는 사람을 〈도와준다〉는 데 그 의의가 있다. 이 모집은 마치 레이스처럼 이데올로기와 얽혀 있다. 즉, 〈기관〉이 오직 한 가지만을 — 우리 나라가 성공적으로 사회주의로 이행하는 것만을 — 바란다면, 모집된 사람 역시 그것만을 바라고 또 바라지 않으면 안 되는 것이다.

이 모집의 기술적인 면은 격찬을 받아 마땅하다. 유감스럽게도 우리 나라의 탐정 소설은 그 방법을 전혀 묘사하고 있지 않다. 모집계들은 선거를 앞두고 선동 본부에서 활동한다. 그들은 대학의 마르크스-레닌주의 강좌에서도 활동한다. 이윽고 당신은 〈××에서 위원회가 열리고 있으니 잠시 들러 주십시오〉라는 호출을 받게 된다. 모집계들은 일선에서 방금 돌아온 부대에서도 활동한다 — 스메르시가 찾아와서 순번에 따라 당신네 중대원의 절반을 〈끌고〉 간다. 어떤 병사하고는 그저 날씨라든가 음식에 관한 이야기를 하지만, 다른 병사에게는 지휘관을 비롯해 병사 상호 간을 감시하라는 임무가 부여된다. 혹은 또 어떤 직공이 자기 가게에서 가죽 제품의 수리를 하고 있다고 가정하자. 그곳에 호감을 주는 어떤 사나이가 들어와서 〈이 허리띠 버클을 좀 수리해 주시겠습니까?〉라고 말하고는 나직한 음성으로 이렇게 덧붙인다. 〈지금 곧 이 가게 문을 닫고 밖으로 나가면, 번호가 37-48인 승용차가 서 있으니, 그 차의 문을 열고 타시오. 그 승용차가 당신을 필요로 하는 곳으로 데려다줄 것이오.〉 (그 후의 일은 짐작이 가고도 남는다. 〈당신은 소비에뜨인이지요? 그렇다면 우리에게《협조》해야 합니다.〉) 이러한 수리점은 시민들의 정보 수집을 위해 가장 안성맞춤인 장소. 보안 장교와의 일대일 회합을 위해서는 시도로프의 주택 따위가 할당된다. 장소는 2층이고, 벨은 세 번 울릴 것, 시간은 오후 6시부터 8시까지.

밀고자 모집의 시학은 그를 구현할 예술가의 출현을 기다리고 있다. 눈에 보이는 생활이 있는가 하면, 또 눈에 보이지 않는 생활도 있다. 가는 곳마다 여기저기 거미줄이 쳐져 있어서 우리는 걸음을 옮길 때마저 거미줄에 걸리고 있다는 것을 깨닫지 못하고 있다.

밀고자 모집을 위한 공구 세트는 드라이버 세트와 다를 것이 없다. 드라이버 1호, 2호, 3호, 이런 식이다. 1호는 〈당신은 소비에뜨인이지요?〉라는 질문이다. 2호는 상대방이 벌써 수년간 합법적인 방법으로 손에 넣으려고 애썼으나 아직도 입수하지 못하고 있는 것을 약속하는 것이다. 3호는 상대방의 약점을 포착한 다음, 상대방이 가장 두려워하고 있는 것으로 위협하는 것이다. 4호는…….

조금만 압력을 가해도 굴복해 버리는 사람도 있다. 이를테면 그런 종류의 인물인 A. G.가 호출된다. 그는 매사 우유부단한 사람으로 정평이 나 있다. 그에게 대뜸 다음과 같은 지시를 내린다. 「당신이 아는 사람들 가운데서 반소비에뜨적인 사고방식을 가지고 있는 사람들의 명단을 작성해 주시오.」 그는 어리둥절하며 망설인다. 「저는 자신이 없습니다…….」 그는 자리에서 벌떡 일어나지도 않았고, 주먹으로 책상을 두드리며 〈어떻게 나더러 그런 짓을 하라는 겁니까!〉라고 외치지도 않았다. (하기는 우리 나라에서 누가 벌떡 일어날 수 있겠는가. 그런 환상은 집어치우는 게 나을 게다.) 「아, 자신이 없다, 그 말이군요. 그렇다면 소비에뜨 인간이라고 당신이 보증할 수 있는 사람들의 명단을 작성해 주시오. 그러나 당신이 〈보증〉하는 겁니다! 만일 한 사람이라도 거짓 평가가 내려지면 당신 자신이 〈감옥살이〉를 해야 하오! 자, 어서 쓰시오.」 「저는 보증할 수는 없습니다.」 「아, 할 수 없다, 그 말입니까? 그렇다면 그들이 반소비에뜨적이라는 것을 당신은 〈알고 있다〉는 거군요. 그럼 당신이 알고 있는 사람의 이름을 써주시오!」 여기서, 혁명 전에 자란 너무나도 순박하고 정직하며 선량한 사람인 A. G.는 땀에 젖은 채 안절부절못하며 고민하는 것이다. 그는 자기에게 가해진 압력을 그대로 받아들이고 있다 ─ 소비에뜨 인간이라고 쓸 것인가, 아니면 반소비에뜨적 인간이라고 쓸 것인가. 그에게 제3의 길이란 없는 것이다.

인간은 돌이 아니다. 하기는 돌도 부서질 때가 있다고는 하지만.

바깥세상의 경우는 생활이 다양하니까, 드라이버의 종류도 훨씬 많다. 그런데 수용소에서는 가장 간단한 드라이버로 족하다. 생활도 간소한 데다가 모든 것이 노출되어 있기에 나사의 홈과 나사 머리의 직경이 잘 알려져 있기 때문이다. 물론, 1호 질문은 여기서도 마찬가지다. 〈당신은 소비에뜨인이지요?〉 이것은 충성파 사람들에게는 어김없이 맞는 것이어서 드라이버는 미끄러지지 않고 나사의 머리를 움직여 뽑아 버리고 만다. 2호도 제대로 작동하고 있다. 즉, 일반 작업을 면제해 주는 것, 구내에서 근무하게 하는 것, 추가분의 음식을 주는 것, 돈을 더 주는 것, 형기를 감축시킨다는 것 등의 약속이다. 이 모든 것은 생명과 관련이 있어서, 그 각 단계는 생명의 보존과 연결되어 있다! (전시 중에는 〈밀고의 보수〉가 특히 낮아졌다 ── 물가는 오르고 몸값은 떨어졌기 때문이다. 쌈지 담배 한 봉지를 위해서도 사람을 〈팔았던〉 것이다.) 3호는 더 잘 작동하고 있다. 즉, 특권수의 지위에서 내쫓겠다! 일반 작업으로 돌리겠다! 징벌 수용 지점으로 내몰겠다! 이곳의 각 단계는 죽음으로 통하는 계단이다. 빵 조각으로 매수되지 않던 자라도 절벽으로 떨어지고 나면 공포에 떨며 간청하지 않을 수 없게 되는 것이다.

그러나 수용소라고 해서 결코 섬세한 작업이 필요하지 않다는 것은 아니다. 때로는 섬세한 방법을 사용하지 않으면 안될 경우도 있다. 시긴 소령은 게르젠베르끄를 기소하기 위한 자료를 필요로 하고 있었다. 소령은 그 기소 이유의 자료를 열일곱 살의 풋내기 독일 소년 안톤이 제공해 주리라고 확신하고 있었다. 시긴은 어린 안톤을 불러내어 그의 나치적 감정을 자극하기 시작했다. 유대 민족은 말할 수 없이 더러운 민족이며, 그들이 어떤 방법으로 독일을 파멸시켰는가를 이야기했다. 안톤은 빨갛게 상기되어 그만 게르쩬베르끄를 배신하고 말았다. (상황이 달랐다면, 공산당원이자 체까 요원인 시긴도 게슈타포의 우수한 신문관이 되지 않았으리라고 장담할 사람이 어디 있겠는가?)

그리고 알렉산드르 필리뽀비치 스쩨뽀보이의 경우는 어떤가. 그는 투옥되기 전에는 내무부 관할 부대에 근무했었으나 제58조의 죄목으로 투옥되었다.[1]

---

[1] 그의 투옥에 관한 이야기는 다른 곳에서 할 기회가 없을 것 같기에 여기에 언급해 두기로 한다. 그는 징집되어 군대에 들어가서 내무부 관할 부대에 배속되었다. 맨 처음 그는 반데라파와의 투쟁에 투입되었다. 반데라파들이 숲 속에서 나와 교회 미사에 참석하러 간다는 정보를(밀고자들로부터) 입수하자, 그들은 그 교회를 포위하고 거기서 나오는 반데라파들을 모조리 체포했다 (사진으로 확인하면서). 리투아니아에서는 인민의 대표자들이 선거 운동 연설회에 나갈 때(사복 차림으로) 그들을 호위하기도 했다. (그들 속에는 매우 용감한 사람이 하나 있어 언제나 호위를 거절하곤 했다!) 고리끼주(州)에서는 다리의 경비를 맡기도 했다. 식사가 나빠지자 그들 자신도 폭동을 일으켜서 그 처벌로 터키 국경선으로 추방되었다. 그러나 그 무렵 스쩨뽀보이는 이미 투옥되어 있었다. 그는 그림을 잘 그려서 정치 학습 노트 표지에도 곧잘 그림을 그리고는 했다. 어느 날 그가 돼지 그림을 그리자 옆에 있던 누군가가 물었다. 「스딸린도 그릴 수 있어?」 「물론, 그릴 수 있고말고.」 그는 그 자리에서 스딸린의 그림을 그려 보였다. 그리고 그대로 학습 노트를 교관에게 제출했다. 그것만으로도 투옥은 충분했지만 그는 장군 입회하에 행한 사격 훈련에서 4백 미터의 거리에서 7발을 모두 명중시켜 포상 휴가를 받았다. 휴가를 마치고 부대에 돌아온 그는 모두에게 고향 소식을 전해 주었다. 「나무라곤 한 그루도 없다네. 가혹한 세금 때문에 농민들 스스로가 과실나무를 죄다 잘라 버렸기 때문이지.」

그는 고리끼주 군관구의 군법 회의에 회부되었다. 그는 그 법정에서도 소리쳤다. 「이 비겁자들아! 내가 인민의 적이라면, 왜 인민 앞에서 정정당당히 재판을 하지 않고, 왜 이렇게 숨어서 하느냐!」 그 후 그는 부레뽈롬 수용소와 끄라스나야 글린까 수용소로 보내졌다(그곳은 터널을 파는 중노동 수용소였고, 〈제58조〉 죄수들만 수용되어 있었다).

그는 정통파 공산당원이 아니라 노동자 계급 출신의 마음씨가 곧은 순박한 청년이었다. 그는 자기 과거의 근무를 수치스럽게 생각하기 시작했으나 그것이 탄로 나면 위험하다고 느끼고 열심히 그것을 감추려고 애썼다. 그를 어떤 방법으로 끌어들일 것인가? 그런 자에게는 다음과 같은 방법을 썼다 ─ 〈네가 《체까 요원》이라는 것을 공표하겠다〉라고 위협하는 것이다. 그들은 사람을 징집하기 위해서라면 자기 자신의 깃발로 밑을 씻는 것마저 주저하지 않는 것이다! (그럼에도 불구하고 그는 그 수단에 넘어가지 않았다고 말하고 있다.)

반면 천성적으로 밀고를 좋아하는 사람들도 있다. 이런 부류는 간단히 끌어들일 수 있다. 그런가 하면, 여러 번 낚시 미끼를 드리워야 하는 사람도 있다 ─ 미끼만 따먹고 도망가기 때문이다. 정확한 정보의 수집이 어렵다고 말하며 도망 다니는 자가 있으며, 그에게는 다음과 같은 설명을 해야 한다. 「있는 대로의 정보를 제공하면 됩니다. 검토는 우리가 할 테니까!」 「하지만 확신이 없는걸요.」 「그게 무슨 뜻이죠? 그럼 당신이 진짜 적이란 말입니까?」 그리고 나중에는 정직하게 이런 설명도 한다. 「우리로서는 5퍼센트의 진실만 있으면 충분해요. 나머지는 당신이 꾸며 내도 괜찮단 말이오.」 (지다의 보안 장교들)

그러나 때로는 〈대부〉[2]의 힘도 쇠진할 때가 있어서, 세 번 내지 다섯 번을 시도해도 먹이를 입수하지 못하는 경우가 있다. 이것은 극히 드문 일이지만, 그런 일도 있기는 있다. 그럴

---

2 달의 사전에 의하면, 러시아어로 〈꿈kum〉이라는 낱말의 뜻은 〈정신적 친척 관계에 있는 사람〉 또는 〈대부〉라고 적혀 있다. 수용소의 보안 장교를 이렇게 불렀다는 것은 매우 적중한 표현이고 언어의 정신에도 일치한다. 그리고 여기서는 죄수들 특유의 풍자를 강하게 느낄 수 있다.

때를 대비하여 〈대부〉는 마지막 올가미를 하나 남겨놓았다. 즉, 오늘의 회견을 입 밖에 내지 않는다는 서약서를 받는 것이다. 헌법에도, 법전에도, 그 어디에도 그런 서약서는 존재하지 않고 우리가 그런 것을 써야 한다고 규정되어 있지는 않지만, 우리는 무슨 일에나 익숙해져 버린 지 오래다. 도대체 그것을 누가 거절하겠는가? 누구나 다 쓰게 마련이다. (그러나 만일 우리가 그런 서약서를 쓰지 않고, 밖으로 나가 모두에게 자기와 〈대부〉 사이의 이야기를 공표했다면, 〈제3부서〉의 악마적인 힘도 사라지고 말았으리라. 우리가 겁쟁이들이기 때문에, 비공개성이 유지되고 〈대부〉와 같은 족속들이 존재하는 것이다!) 여기서, 당신의 수용소 조서에는 이런 종류의 일에서 해방시켜 준다는 행복한 단서 〈모집하지 말 것!〉이 붙는다. 그것은 〈24K〉의 단서다. 아니, 적어도 〈18K〉의 단서는 된다. 그러나 우리가 살아남더라도 우리는 이내 그것을 알아낼 수는 없다. 이 더러운 것이 우리에게서 떠나 두 번 다시 우리에게 달라붙지 않게 되었다는 것으로 우리는 그 사실을 깨닫게 되는 것이다.

그렇지만 대부분의 경우, 이 모집은 성공한다. 단순하면서도 난폭하게 압력을 가해 오기 때문에 도저히 빠져나갈 길은 없다.

그리고 얼마 후 징집된 사람들이 밀고서를 들고 온다.

그리고 그 밀고서에 의해서 두 번째 형기의 밧줄이 누군가의 목을 조르는 것이다.

이렇게 해서, 수용소 안의 밀고는 수용소의 가장 강력한 투쟁 형식이 된다. 즉, 〈너는 오늘 죽어라, 나는 내일 죽겠다!〉하는 식으로.

〈바깥세상〉에서는 지난 반세기 혹은 40년간 밀고 행위가 그야말로 안전한 상거래였다. 사회로부터 어떠한 보복도 없었고, 폭로도 처벌도 없었기 때문이다.

수용소의 경우는 다소 사정이 달랐다. 독자도 기억하고 있겠지만 솔로프끼의 행정부는 밀고자들을 폭로해서 꼰도스뜨로프로 유배를 보내고 있었다. 그 후 수십 년에 걸쳐 밀고자들은 마음 편하게 살면서 번창해 온 것 같다. 그러나 드물기는 하지만 때와 장소에 따라서는 강인한 의지를 가진 정력적인 죄수들의 집단이 단결하여 숨은 형식으로 솔로프끼의 전통을 지키고 있었다. 때로는 현장에서 붙잡힌 밀고자에게 격노한 군중이 린치를 가하는 형식으로(수용소에서는 린치를 합법적인 것으로 간주하고 있었다) 매질했다(혹은 죽이기도 했다). 때로는 (전시 중의 뱌뜨 수용소 제1독립 수용 지점의 경우) 생산 부문의 특권수들이 행정 조치를 취해서 자기 현장에서 가장 악질적인 밀고자들을 〈생산 능률 제고를 위해〉 해고한 일도 있었다. 이렇게 되면 보안 장교도 손을 쓰기가 힘들다. 다른 밀고자들도 그 사실을 알아차리고는 얌전해지지 않을 수 없었다.

수용소에서는 일선에서 돌아오는 병사들에게 많은 기대를 걸고 있었다. 그들이 밀고자들에게 본때를 보여 주기를 기대했던 것이다. 그러나 유감스럽게도, 새로 입소한 군인들은 수용소의 투사들에게 실망을 안겨 주었다. 왜냐하면 이들 병사들은 박격포 포수건 정찰병이건, 일단 군대에서 물러나면 완전히 기가 꺾여서 쓸모없는 인간이 되고 말았기 때문이다.

수용소군도에서 밀고자들을 근절하는 운동이 시작되기까지는 아직도 수많은 수용소의 경종과 많은 시간의 경과가 필요했던 것이다.

이 장을 쓰면서 나는 자료의 부족을 느낀다. 왜 그런지 수용소의 죄수들은 자기가 모집되었던 체험을 내게 털어놓기를 꺼리기 때문이다. 그러니까 여기서는 나 자신에 대한 이야기를 털어놓기로 하겠다.

오랜 경험을 쌓아 수용소의 실정을 파악한 후 나 자신이 걸어온 길을 되돌아보았을 때, 나는 내가 얼마나 초라하고 못나게 수용소의 생활을 시작했는가를 알게 되었다. 장교복으로 몸을 감싸고 있던 나는 주위 사람들 속에서 부당하게 높은 지위에 있다는 것에 익숙해 버린 나머지, 수용소 안에서도 무언가 높은 지위에 오르려고 하다가는 금방 거기서 고꾸라지곤 했다. 그 껍질, 즉 군복이니, 승마 바지니, 장교 외투 따위에 너무 집착하여 그 껍질을 수용소의 누더기로 바꿀 생각은 하지도 않았던 것이다! 그 새로운 환경에서 나는 초년병의 실수를 범하고 있었던 것이다. 나는 수용소에서 유달리 눈에 띄는 존재였다.

그리하여 노비 예루살렘 수용소의 최초의 〈대부〉가 저격병과도 같은 날카로운 눈으로 나를 포착했다. 깔루가 대문 수용소에서 내가 페인트공에서 노르마 산정자의 조수로 선발되었을 때에도, 나는 또다시 이 장교복을 끄집어냈던 것이다. 나는 얼마나 멋지고 남자다운 사나이로 보이고 싶었던 것일까! 게다가 나는 흉물들의 방에 살고 있었고, 그곳 장군들은 나보다 훨씬 좋은 옷차림을 하고 있었던 것이다.

나는 노비 예루살렘 수용소에서 무엇 때문에 이력서를 썼는가 생각하는 것조차 잊고 있었다. 어느 날 밤, 나는 침대에 누워서 물리학 교과서를 읽고 있었다. 지노비예프가 프라이

팬에 무엇인가를 구우면서 모두에게 이야기를 들려주고 있었다. 오라체프스끼와 쁘로호로프는 장화를 신은 두 다리를 침대의 난간에 걸치고 드러누워 있었다. 거기에 상급 교도관 세닌이 들어왔다(이것은 아마 그의 본명이 아니라 수용소용 별명이었으리라). 그는 전기 화로도, 침대 난간에 걸친 장화를 신은 두 사람도 못 본 척하며, 누군가의 침대 옆에 자리를 잡고 앉아서 이야기에 끼어들었다.

나는 이 세닌의 용모도 태도도 마음에 들지가 않았다. 그의 상냥한 눈은 지나칠 정도로 장난기를 담고 있었지만, 어쨌든 그는 매우 학식과 교양이 있어 보였다! 거칠고 모자라고 무식했던 우리 교도관들 중에서 그는 유달리 뛰어난 존재였다. 그도 그럴 것이 세닌은 〈대학생〉이었던 것이다! 무슨 학부였는지는 잘 기억나지 않지만 4년제 대학 학생이었다. 그는 아마 내무부 관리의 군복을 부끄럽게 생각하여 푸른 견장을 달고 거리를 거니는 꼴을 동급생들에게 보이기가 싫었는지도 모른다. 그러니까 당직에 나올 때마다 그는 위병소에서 군복을 착용하고 돌아갈 때는 벗곤 했다. (이것이야말로 소설가들에게는 현대적인 주인공이 아니고 무엇이겠는가! 제정 시대라면 진보적인 학생이 감방에서 아르바이트로 교도관 일을 한다는 것을 감히 상상이나 하겠는가!) 그러나 아무리 교양이 있다 할지라도 노인에게 심부름을 시키거나, 어떤 죄수를 사흘이나 징벌 감방에 처넣는 일을 그는 밥 먹기보다도 쉽게 해낼 수 있었다.

그는 우리 방에 찾아와서 지식인다운 이야기를 하기 좋아했다. 그것은 우리의 섬세한 마음을 이해하고 있다는 것을 표시하기 위해서였고, 또 한편으로는 자기 마음의 섬세함을 우리가 이해해 주기를 바라는 마음에서이기도 했다. 그때도 언제나처럼 그는 거리의 뉴스와 새로운 영화 이야기 등을 말하다가 갑자기 다른 사람들 모르게 나에게 복도에 나와 달라고 눈짓을 했다.

나는 아무 영문도 모르고 복도로 나왔다. 다른 사람들이 눈치채지 못하게 얼마간 더 점잖은 이야기를 하고 나서 세닌은 나에게 가까이 다가왔다. 나는 곧 보안 장교의 집무실로 가라는 명령을 받았다. 그 방으로 통하는 충계에는 인적이라고는 전혀 없었다. 그 안쪽에 장본인이 앉아 있는 것이었다.

나는 아직까지 그를 한 번도 만나 본 적이 없었다. 나는 가슴의 고동을 느끼며 그를 찾아갔다. 나는 무엇을 두려워했던가? 수용소의 죄수면 누구나가 다 두려워하는 것을 나도 두려워하고 있었던 것이다. 그것은 두 번째의 형기를 선고받는 일이다. 나는 심리가 끝난 지 아직 1년이 채 지나지 않고 있었는데도 책상 앞에 앉아 있는 신문관을 흘깃 보기만 해도 온몸에 통증을 느끼는 것이었다. 갑자기, 그 전 〈사건〉을 다시 한번 들춰낼지도 모른다. 아니, 일기 속의 어떤 페이지들이 다시 문제가 된 것은 아닐까, 아니면 어떤 편지가 문제가 된 것은 아닐까…….

똑―똑―똑.

「들어오시오.」

나는 문을 열고 안으로 들어갔다. 여기가 〈굴라끄〉의 일부라고는 도저히 생각되지 않았다. 조그만 소파도 있고(틀림없이 이곳으로 여자 죄수들을 데려다가 재미를 보곤 하겠지), 책상 위에는 〈필립스〉라디오도 놓여 있었다. 라디오에는 조그마한 밝은색 불이 들어와 있고 감미로운 음악이 경쾌한 멜로디를 타고 흘러내리고 있었다. 나는 이미 이 깨끗한 소리를, 이 아름다운 음악을 잊은 지 오래였으므로, 방으로 들어가는 순간 나도 모르게 긴장이 풀리고 말았다. 그 어딘가에서는 여전히 삶이 흐르고 있었다! 아, 우리는 이곳에서의 삶을 삶이라고 보는 데 익숙해져 버렸지만, 삶은 어딘가 저쪽에서 흐르고 있었던 것이다. 어딘가 〈저쪽〉에서.

「앉으시오.」

책상 위에는 부드러운 갓이 달린 전기스탠드가 놓여 있고, 책상 앞의 안락의자에 보안 장교가 앉아 있었다. 세닌과 마찬가지로 지식인다운 데가 엿보이지만, 좀처럼 속을 알 수 없는 검은 머리의 사내였다. 내가 앉은 의자도 제법 편안했다. 그가 나에게 새로운 죄를 뒤집어씌우거나 옛날의 상처를 다시 들춰내지만 않는다면 이 모든 것이 얼마나 유쾌할 것인가.

아니, 그의 목소리에는 전혀 적의라고는 느껴지지 않았다. 그는 일반적인 나의 사생활에 대해서, 즉 건강 상태는 어떠하며, 수용소 생활에는 익숙해졌는지, 그리고 특권수들의 방에서의 생활에 불편은 없느냐고 물었다. 그렇다, 신문을 할 때는 이렇게 나오지 않는다. (그리고 내가 이 아름다운 멜로디를 어디에서 들었더라……?)

그러자 이번에는 아주 자연스러운 질문이 나왔다. 하기는 이것도 호기심에서 나왔다고 볼 수도 있으리라.

「당신은 지금까지 여러 가지 체험을 한 셈이지만, 지금도 여전히 소비에트 인간으로 남아 있소, 아니면 그렇지 않소?」

아니, 이런 질문에는 뭐라고 대답해야 하나? 우리의 후손인 당신들은 이때 내가 어떻게 대답해야 했는지를, 도저히 이해하지 못할 것이다. 아니, 1990년의 시점에 있는 정상적인 자유인인 여러분이 이 나에게 소리치는 목소리가 들려온다. 「그런 녀석은 뒈져 버리라고 해! (우리 후손들은 어쩌면 그런 상스러운 말을 사용하지 않게 될지도 모른다. 그러나 러시아에서는 여전히 사용되리라고 나는 확신한다!) 사람을 형무소에 처넣고, 일생을 망쳐 놓고 나서, 그러고 나서도 여전히 소비에뜨의 인간이기를 바란단 말인가?」

사실, 온갖 형무소 생활을 체험하고 온갖 사람들을 만나고 전 세계로부터 정보의 홍수에 몸을 적시고 난 후에 대체 어떻게 내가 변함없이 소비에뜨 인간으로 남아 있을 수 있겠는가? 때와 장소를 불문하고, 그 어떤 소비에뜨적인 것이 충분한 정보를 견뎌 낸 적이 있었던가?

만일 내가 형무소에 의해서 〈재교육〉받은 만큼 형무소의 기질로 〈재무장〉되어 있었다면 나는 당장 그 자리에서 거부해야 했을 것이다. 「잠꼬대 같은 소리 말아! 네놈들은 모두 뒈져 버려야 해! 너희들 일로 더 이상 신경을 쓰고 싶지도 않아! 자, 일을 했으니, 이제 쉬게 놔두란 말이야!」

그러나 우리는 말 없는 복종 속에서 자라 온 사람들이 아닌가! 만일 〈반대하는 사람이 있소? 유보하는 사람이 있소?〉 하고 물으면 손은 절대 올라가지 않게 마련이다. 형을 선고받은 사람마저도 〈나는 소비에뜨 인간이 아니다〉라고 말할 수는 없는 것이다.

「특별 심의회의 결정에 의하면, 나는 반소비에뜨적 인간이라고 되어 있습니다만,」 나는 조심스럽게 말을 건넸다.

「특별 심의회라니?」 그는 완전히 그것을 무시하는 듯한 어조로 말했다. 「아무튼 당신 자신은 어떻게 느끼고 있습니까? 아직도 소비에뜨의 인간이라고 자처하오? 아니면 태도를 바꿔 원한을 품고 있소?」

아름다운 멜로디가 흐르고 있는데도 이 괴롭고 끈질긴 황당한 이야기는 전혀 거기에 어울리지가 않았다. 아, 인간의 삶은 그토록 아름답고 그토록 멋질 수도 있지만, 권력자들의 이

기주의 때문에 우리는 그것을 향유할 수가 없는 것이다. 이것은 모뉴시코의 음악인가? 아니, 모뉴시코가 아니다. 그럼 드보르자크? 아니, 드보르자크도 아니군. 이 개새끼야, 음악이라도 듣게 좀 놔둬.

「아니, 별로 원한을 품을 이유라곤 없습니다.」 나는 놀란 듯한 표정으로 말했다. (사실, 무엇 때문에 원한을 품겠는가? 10통의 편지에 대해 8년 형, 그러니 1통에 1년도 채 되지 않는 것을 가지고. 그렇다, 절대로 〈원한을 품어서는〉 안 된다. 이것은 벌써 새로운 심리와 두 번째 형기의 냄새가 풍기는군.)

「그렇다면 소비에뜨의 인간이라 그 말이군요?」 준엄하게, 그러면서도 격려하는 듯한 어조로 보안 장교가 강조했다.

중요한 것은 무뚝뚝하게 대답하지 않는 것이다. 아무튼 현재의 나 자신을 드러내지 않아야 한다. 지금 만약 내가 반소비에뜨적인 인간이라고 대답한다면, 당장 수용소의 사건을 들춰내어 제2의 형기를 추가해 줄 것이다. 그건 어디까지나 그의 자유재량에 달렸으니까.

「마음속으로, 즉 내적으로는 어떻게 느끼고 있소?」

눈보라 치는 겨울에 북극으로 간다는 것은 참으로 무서운 일이었다. 그러나 이곳의 나의 생활은 괜찮은 편이었다. 따뜻한 마른 잠자리도 있고 침구도 있었다. 또 모스끄바에 있는 아내도 면회하러 오고 차입도 가져왔다. 그런데 내가 어디로 가겠는가? 여기 머무를 수만 있다면 내가 무엇 때문에 가겠는가. 〈소비에뜨 인간〉이라고 말하는 것이 무엇이 그렇게 부끄러운 일인가? 체제도 사회주의인데 말이다.

「나는…… 자신을…… 음, 그러니까, 소비에뜨인이라고…….」

「그래요, 소비에뜨인이라고요! 그렇다면 이야기가 다르오.」 보안 장교는 기뻐했다. 「지금 우리는 소비에뜨 동지끼리 이야기하고 있군요. 그것은 당신과 내가 똑같은 이데올로기와 똑같은 목적을 갖고 있다는 말이지요(머무는 방은 다르지만). 그러므로 당신과 나는 서로 같이 행동하지 않으면 안 되오. 당신은 우리에게《협조》하고…… 우리는 당신에게…….」

나는 이미 나 자신이 미끄러져 내려가기 시작하고 있는 것을 느꼈다. 그런데 아직 그 음악 소리는 울리고 있었다. 그는 차츰 올가미를 나에게 정확히 던져 오고 있었다. 나는 정보통으로 그에게 협력을 하지 않을 수 없게 되고 말았다. 어떤 대화의 우연한 청취자가 되어 그 내용을 알려 주지 않으면 안 될 것 같았다. 하지만 그런 짓은 나로서는 절대로 못 한다. 내 경험에 비춰 잘 아는 바이지만 그런 짓을 하면 마음까지 싸늘해진다. 내가 소비에뜨인이든 아니든 그것은 문제가 아니다. 하지만 나에게서 정치적인 대화에 대한 정보를 제공받고자 기대해서는 안 될 것이다. 그러나 신중에 신중을 거듭해야 한다. 나는 어떡하든 내 꼬리를 교묘하게 감추지 않으면 안 된다.

「그런 일은 나로서는…… 할 수 없습니다.」 나는 유감스럽다는 말투로 대답했다.

「왜 못 한다는 거지요?」

나와 같은 이데올로기의 신봉자는 더욱 준엄한 표정이 되었다.

「그것은…… 내 기질에 맞지 않기 때문입니다……. (빌어먹을, 좀 더 부드럽게 말할 수는 없나?) 그것은…… 내가 대화를 잘 알아듣지도 못하고 기억도 잘 못하기 때문이지요.」

그는 나와 음악 사이에 무엇이 있다는 것을 눈치채고 라디오를 꺼 버렸다. 방 안은 조용해졌다. 좋은 세계의 따뜻하고 밝은 불이 꺼져 버렸다. 방 안에는 올빼미와 나, 둘만이 남게 되었다. 이제 농담은 집어치워야 했다.

만약 그들이 체스의 규칙을 알기만 했다면 — 체스에서는 세 번씩 똑같은 수를 두면 게임은 무승부가 된다. 그러나 이것은 그렇지가 않다. 매사에 농땡이를 치는 그들도 이 길에 있어서만은 게으름을 피울 줄 모른다. 그는 똑같은 체스판에서 1백 번이나 똑같은 체크메이트를 나에게 불렀다. 그럼 나는 1백 번이나 졸 뒤에 숨었다가 다시 튀어나와야 했다. 그에게는 감식안은 없었지만 시간은 얼마든지 있었다. 나는 나 자신을 소비에뜨인으로 선언함으로써 영구히 체크메이트 상태에 나 자신을 놓고 말았던 것이다. 물론 1백 번 모두 그 뉘앙스는 조금씩 달랐다. 낱말을 바꾸기도 하고 억양을 바꾸기도 했다.

　이렇게 1시간이 흐르고 또 1시간이 흘렀다. 우리 감방 안의 사람들은 이미 잠을 자고 있었지만 그는 조금도 서두를 필요가 없었다. 이것이 그의 일이었다. 그렇다고 내가 어찌 그를 쫓아 버릴 수 있겠는가. 그들은 참으로 끈질긴 인간이다. 그는 이미 죄수 호송과 일반 작업에 대해 암시를 준 바 있었고, 내가 최악의 적이 아닌가 의심해 보기도 하고 또 최고의 친구가 아닌가 하는 희망을 가져 보기도 했다.

　양보는 있을 수 없었다. 한편으로 나는 겨울철에 죄수 호송에 끌려가고 싶지도 않았다. 나는 그 결과를 걱정스러운 마음으로 생각하고 있었다.

　갑자기 상대는 화제를 도둑들, 즉 무뢰한들 쪽으로 돌렸다. 그는 내가 무뢰한들에 대해서 이따금 심한 말을 내뱉는 것도, 그들과 충돌하는 것도 교도관 세닌한테 들어서 알고 있다. 나는 생기를 되찾았다. 그것은 새로운 변화였다. 사실 나는 무뢰한들을 증오하고 있었다(그러나 나는 당신이 그들을 좋아한다는 것을 알고 있다).

　그리고 상대는 내 마음을 완전히 움직이기 위해 이런 광경을 묘사했다 — 모스끄바에는 당신의 아내가 있다. 남편 없이 그녀는 홀로 거리를 거닐지 않으면 안 된다. 때로는 밤중에 어떤 놈들이 노상에서 종종 여자들의 옷을 벗기기도 한다. 이들은 바로 수용소에서 탈주한 무뢰한들이다(아니다, 당신들이 특사로 석방한 무리들이다). 당신이 무뢰한들의 탈주 계획을 알게 된다면, 그래도 그것을 보안 장교에게 알리기를 거부하겠는가?

그건 별개의 문제였다. 무뢰한은 적이었다. 용서할 수 없는 적이었다. 이들에게 어떤 조처를 취해도 괜찮을 것 같았다. 요컨대 좋든 나쁘든 그것은 지금 나에게 좋은 탈출구였다. 적어도 그것은 할 수 있는 일처럼 생각되었다. 그래서 나는 이렇게 말했다.

「할 수 있습니다. 그런 일은 할 수 있습니다.」

악마에게는 이 말 한마디면 충분했다. 다음 순간 깨끗한 종이 한 장이 펄럭이며 날아와 내 테이블에 놓였다.

서약서

나, 아래의 서명자는 수용소 보안 장교에게 죄수들의 탈주 계획에 대해 정보를 제공할 것을 서약합니다.

「하지만 우리 이야기는 무뢰한들에게 국한된 것입니다.」

「무뢰한들 이외의 탈주자가 생기면 어떡하오? 어떻게 공식 서류에 〈무뢰한〉이라고 쓰겠소? 그것은 속어잖소. 그러니 이렇게 써도 되지 않겠소?」

「하지만 이렇게 쓰면 의미가 완전히 달라지는데요.」

「아니, 이제 보니 당신은 〈우리 사람이 아니군〉. 당신과는 〈완전히 다른 방법으로〉 이야기해야겠소. 〈다른 곳에서〉.」

아, 얼마나 무서운 말인가! 〈다른 곳에서〉란, 창밖은 눈보라가 치는데 너는 특권수로서 흉물들의 우정 어린 방에서 살고 있다. 〈다른 곳에서〉란 어디를 말하는 것인가? 레포르또보? 〈완전히 다른 방법으로〉란 말은 또 무엇을 의미하는가? 어떻든 내가 수용소에 있는 동안 탈주 사건은 한 건도 없었고, 그것은 운석의 낙하와 같은 확률이었다. 설혹 탈주 계획이 있다손 치더라도 그것을 사전에 말할 바보가 있을까? 그것은, 즉 나도 알아낼 수 없다는 말이다. 그것은, 즉 나로서도 보고할 건더기가 하나도 없다는 말이다. 결국 이것은 나에게 조금도 해롭지 않은 탈출구였다. 그러나……

「이 종이 없이는 안 되겠습니까?」

「이것은 어길 수 없는 규칙이오.」

나는 한숨을 내쉬었다. 나는 여러 가지 구실을 붙여 스스로를 달래며 자신의 영혼을 파는 일에 서명을 했다. 내 육체를 구하기 위해 영혼을 파는 그 종이에. 이것으로 모든 것은 끝나 버린 것일까? 그것으로 물러나올 수 있었던가?

천만에, 또 〈발설하지 않겠다〉는 서약서도 있었다. 그러나 그보다 먼저 같은 종이에 쓰지 않으면 안 될 것이 있다.

「당신은 가명을 선택해야 합니다.」

가명? 아, 이것은 〈음모를 위한 별명〉이 아닌가. 그렇다, 정보 제공자들은 저마다 별명을 갖고 있었다. 아, 나도 참으로 빨리 타락해 버렸구나. 그는 결국 나한테 이기고 말았다. 체크메이트였고, 나는 패배를 인정했다.

나의 텅 빈 머릿속에는 상상력마저 다 달아나고 말았다. 나는 언제나 10명 정도의 주인공의 이름을 생각해 낼 수 있었다. 그런데 지금은 어떤 별명도 머릿속에 떠오르지 않았다. 그는 동정적인 말투로 내게 넌지시 말했다. 「베뜨로프는 어떻소?」

이리하여 나는 서약서 끝에 〈베뜨로프〉라고 썼다. 이 글자들은 내 기억 속에 수치스러운 균열의 흔적을 남기고 말았다.

나는 보통 사람들과 같이 죽고 싶었다. 나는 보통 사람들과 같이 죽을 용의가 있었다. 그런데 어떻게 내가 그 개새끼들 속에서 살아남을 수 있었던가.

보안 장교는 나의 서약서를 금고 속에 감췄다. 이것은 야근 때 올린 그의 실적이었다. 그리고 그는 나한테 친절히 설명해 주었다. 「여기로, 내 사무실로 올 필요는 없소. 그것은 의혹을 불러일으킬 염려가 있으니까요. 교도관 세닌은 믿을 만한 인물이므로 모든 보고서(〈밀고서〉)는 다른 사람의 눈에 띄지 않게 세닌을 통해 전달하도록 하시오.」

이런 식으로 작은 새 한 마리를 붙들었다. 처음엔 작은 발톱부터 시작해서⋯⋯.

그해 나는 아마 그 선에서 그칠 수는 없었을 것이다. 달리는 말에서 갈기를 놓치게 되면 떨어져 꼬리도 붙잡지 못하는 법이다. 한번 미끄러지기 시작하면 바닥까지 굴러떨어지기 마련이다.

그런데 어떤 것이 나를 도와 나는 추락하지 않았다. 나를 만날 때마다 세닌은 재촉했다. 「그래, 무슨 소식 없소?」 나는 아무 소문도 듣지 못했다고 양팔을 벌려 보였다. 나는 무뢰한들과는 사이가 나빠 그들에게 가까이 접근할 수 없었다. 그런데 마치 분풀이라도 하듯, 그때까지 한 번도 없었던 탈주 사건이 갑자기 우리 수용소에서 발생했다. 한 무뢰한이 도망쳤던 것이다. 세닌은 집요했다. 「좋소, 그러면 다른 정보를 제공해 주시오. 작업반이나 방 같은 곳에서 나온 정보 말이오.」 「나는 다른 정보는 제공하겠다고 약속한 적이 없는데요!」 나는 주장했다(게다가 봄도 이미 가까이 오고 있었다). 나는 너무 한정적인 약속을 한 덕택에 어느 정도 성공을 거둘 수 있었다.

그때 나는 당국의 특별 명령에 따라 극락의 섬 샤라시까로 뽑혀 가게 되었다. 이런 식으로 이 문제도 끝나 버렸다. 그 이후 나는 한 번도 〈베뜨로프〉라는 이름으로 서명할 필요가 없었다. 그러나 지금도 그 이름을 대할 때마다 몸이 오싹해진다.

아, 인간이 된다는 것은 얼마나 어려운 일인가. 네가 비록 전선에서 살아남았다고 하더라도, 폭탄의 세례를 받았다고 하더라도, 지뢰를 밟아 몸이 찢어졌다고 하더라도 그것은 영웅주의의 시작에 불과한 것이다. 그것이 전부가 아니다……

여러 해가 흘렀다. 극락의 섬도 체험했고 특수 수용소도 체험했다. 나는 독립적이 되었고 한층 더 도도해졌다. 그 후로 보안부도 나에게 더 이상 호의적인 태도로 비위를 맞추려 들지 않았고, 나는 조서에도 〈징집하지 말 것!〉이라고 낙인이 찍힌 것으로 생각하고 기분 좋게 즐거운 생활을 보내게 되었다.

나는 유배되었다. 유형지에서 3년 가까운 세월을 보냈다. 벌써 유형이 폐지되기 시작하고 몇몇 민족이 석방되었다. 남은 우리도 사령부에 등록을 하러 가야 한다는 농담까지 나오고 있었다. 이미 제20차 당 대회도 지나갔다. 모든 것이 이미 영구히 끝나 버린 것 같았다. 나는 석방되는 즉시 유럽 러시아로 돌아갈 즐거운 계획을 세우고 있었다. 그러던 어느 날 갑자기 내가 학교 교정에서 나오려는데, 옷(사복으로)을 쪽 빼입은 까자끄인이 반갑게 내 이름과 부칭을 부르며 급히 악수를 하려고 손을 내밀었다.

「걸으면서 이야기나 합시다.」 그는 상냥한 목소리로 말하면서 사령부 쪽을 가리켰다.

「나는 점심을 좀 먹어야겠는데요.」나는 손을 저어 거절했다.

「그럼 조금 있다 저녁나절에는 시간이 있겠소?」

「저녁에도 없는데요.」(나는 저녁에 시간이 나면 소설을 쓰고 있었다.)

「그럼 내일은 언제쯤 시간이 있겠소?」

그는 끈질기게 나를 붙들고 늘어졌다. 그래서 내일 만나기로 약속하지 않을 수가 없었다. 나의 재심 건에 대해 무언가 이야기할 것이 있나 하고 나는 생각했다. (그 무렵 나는 한 가지 실수를 저질렀다. 정통파 공산당원들이 하는 대로 상부에 탄원서를 냈던 것이다. 그래서 나는 탄원자의 입장에 놓이게 되었다. 보안부가 이것을 못 볼 리 없었다.) 그러나 주 지부에서 온 이 보안 장교는 의기양양하게 내무부 지구 지부장의 집무실을 점령하고 문을 잠그고 분명히 장시간 이야기할 태세였다. 하지만 그의 러시아어가 서툴러 대화는 한층 더 복잡해졌다. 그래도 1시간쯤 지나자 그의 목적이 나의 재심에 있지 않고 나를 밀고자로 끌어들이는 데 있다는 것을 알게 되었다. (유형수들의 일부를 석방시키면서 밀고자의 수가 줄어든 모양이었다.)

나는 우습기도 하고 부아가 치밀기도 했다. 부아가 치민 것은 — 나는 반 시간이라도 매우 귀중하게 생각하고 있었기 때문이다. 그리고 우스웠던 것은 — 1956년 3월에는 이런 종류의 이야기가 접시의 고기를 옆으로 어색하게 칼질하듯 타이밍이 맞지 않았기 때문이다. 나는 매우 부드럽게 그것이 타이밍이 맞지 않는다는 것을 설명하려고 노력했다. 그러나 상대는 마이동풍이었다. 그는 성난 불도그처럼 상대의 목을 물고 절대로 놓아주려 하지 않았다. 소련에서 당국의 완화 조치를 시골까지 전달하는 데는 3년, 5년, 10년 정도 늦어지기 일쑤였지만, 그것이 시급한 일일 경우에는 순간적으로 전달된다. 1956년이 어떤 해인지 그는 전혀 모르고 있었다. 그래서 내가 MGB가 폐지되었다고 말하자, 그래도 그는 생기와 기쁨을 띤 얼굴로 KGB는 MGB와 똑같은 것이며 그 조직도 임무도 똑같다고 주장했다.

그 무렵 나는 그들의 명예로운 기관을 우습게 생각하게 되었다. 그 무리들을 벌 받아 마땅한 곳으로 보내는 것은 시대 정신에 일치하는 것이라고 나는 생각하고 있었다. 그런 행위의 직접적인 결과를 나는 조금도 두려워하지 않았다. 그 영광된 해에 그 같은 결과가 있을 수는 없는 일이었다. 방문을 쾅 닫고 나올 수 있었다면 얼마나 좋았으랴.

그러나 나는 생각했다 ─ 그러면 내 원고는 어떻게 될까? 하루 종일 내 원고는 나의 작은 오두막에 있었는데, 그것은 안에서 약한 자물쇠를 채우는 작은 꾀를 써서 지킬 수밖에 없었다. 그러다가 밤이 되면 나는 그것을 꺼내 계속 쓰곤 했다. 만약 내가 KGB를 노하게 하면 그들은 복수하기 위해 나에게 불리한 증거를 찾으려 들 것이다. 그래서 내 원고를 발견하기라도 하면 어떡하지…….

아니다, 나는 이 일을 평화롭게 끝내야 한다.

아, 나의 조국이여! 아, 나의 저주받을 조국이여! 가장 자유로운 날에, 내적으로 가장 자유로운 인간이 헌병과 다툴 수도 없다니!…… 생각나는 것을 모두 그들에게 내뱉을 수도 없다니!

「실은 나는 중병을 앓고 있습니다. 이 병 때문에 나는 주위의 것을 잘 보고 들을 수가 없어요. 괴로움은 이것으로도 충분합니다. 여기서 이야기를 끝내지요.」

물론 이것은 궁색한 구실이었다. 왜냐하면 나는 그들의 모집 권리를 인정하고 있었기 때문이었다. 그런데 내가 했어야 하는 일은 바로 그런 권리를 조소하고 거부하는 것이었다. 물론 이것은 거부였지만…… 무릎을 꿇은 거부였다.

그러나 이 뻔뻔스러운 상대는 아직도 이것을 받아들이려고 하지 않았다! 그는 반 시간쯤 더 있다가 중환자도 협력을 해야 한다고 설득하기 시작했다……. 하지만 내 의지가 확고한 것을 알고 다른 방법을 생각했다.

「당신은 다른 증명서를 갖고 있습니까?」

「무슨 증명서 말입니까?」

「당신이 중환자라는 것을 증명할 만한 것 말이오.」

「네, 있습니다.」

「그렇다면 그 증명서를 가져와 보시오.」

그에게는 〈실적〉이 필요했다. 하루 노동의 생산물이! 후보는 올바로 선택했지만 이 인물이 중환자라는 것을 그들이 몰랐다는 것을 정당화하려는 것이었다. 이 증명서는 그가 읽어보기 위해 필요했던 게 아니고, 나의 조서에 첨부하여 이 징집 계획에 종지부를 찍기 위해 필요했던 것이다.

나는 증명서를 그에게 넘겨주었고, 그것으로 이 문제는 일단락되었다.

이것이 반세기 동안 우리 나라의 가장 자유로웠던 몇 개월의 나날이었다.

그런데 이런 증명서를 가지고 있지 못했던 사람은 어떻게 되었을까?

◆

보안 장교의 기술이란 필요한 드라이버를 즉시 골라내는 데에 있었다. 시베리아의 어떤 수용소에서 러시아를 잘 아는

(그 때문에 그 사람이 선택되었던 것이다) 발트해 연안 출신인 U.가 〈소장〉한테 호출되었다. 소장실에는 어떤 낯모르는 매부리코 대위가 앉아 있었는데, 그는 상대를 최면에 빠뜨리는 코브라의 눈길을 가지고 있었다. 〈문을 꼭 닫으시오!〉 하고 그는 마치 지금 당장 적이라도 쳐들어오는 듯 매우 심각한 표정으로 경고했다. 그는 짙은 눈썹 밑으로 이글거리는 두 눈을 U.에게서 계속 떼지 않고 있었다. U.의 내부에 있는 것은 모두 이미 기울어지기 시작했고, 무엇인가가 그를 자극하고 호흡을 곤란하게 만들었다. 물론 대위는 U.를 부르기 전에 이미 그에 관한 모든 정보를 수집하여 그에게는 1호부터 4호까지 드라이버가 하나도 맞지 않는다는 것을 알고 있었고 최후의 가장 강력한 드라이버만이 맞을 것이라는 확신을 갖고 있었다. 그런데도 그는 몇 분 동안 한층 더 이글거리는 눈으로 U.의 맑고 무방비한 눈망울을 노려보며 그 눈으로 상대를 시험하고, 동시에 상대의 기를 죽이고 지금 곧 그의 머리 위로 떨어질 것을 눈에 띄지 않게 위로 치켜드는 것이었다.

보안 장교는 간단한 서두에 지나지 않는 말에 시간을 소비하고 있었지만, 그 어투는 추상적인 정치 논문식이 아니라 오늘내일이라도 이 수용소 어디에서 무엇이 폭발할 것 같은 긴장된 목소리였다. 「아는 바와 같이 세계는 지금 두 진영으로 갈라져 있고 그중의 하나는 파멸하고 말 것이오. 그것이 어느 쪽인지 우리는 잘 알고 있소. 당신도 그것이 어느 쪽인지 알고 있겠지? 그러니까 만약 당신이 살아남으려고 한다면 부패한 자본주의의 해안에서 도망쳐 새로운 해안으로 헤엄쳐 오지 않으면 안 된다는 말이오. 라찌스가 쓴 『새로운 해변으로』라는 소설을 아시오?」 대위는 이런 유의 말을 몇 마디 더 덧붙이면서 잠시도 그 위협적인 열띤 시선을 상대로부터 떼지 않고 있었다. 그리고 마지막으로 마음속에서 드라이버의 번호를 확인한 다음 경고의 의미를 띤 목소리로 물었다. 「그런데 〈당신의 가족은 어떻소?〉」 그리고 그 가족의 이름을 소탈하게 하나씩 하나씩 불렀다. 그는 아이들의 나이까지도 다 알고 있었다. 말하자면 그는 전 가족을 조사했던 것이다. 그것은 매우 진지한 것이었다. 「당신은 물론 알겠지만……」 그는 최면술을 썼다. 「당신과 가족은 일심동체지요. 당신이 과오를 범해서 죽게 되면 당신의 가족 역시 곧 죽게 되오. 〈변절자의 가족을〉 (여기서 그는 목소리에 힘을 주었다) 건전한 소비에뜨의 환경에서 살도록 내버려 둘 수는 없는 일이니까요. 그러니까 이 2개의 세계 가운데 어느 하나를 택하시오! 생과 사 중에 어느 하나를! 보안부에 협력하겠다고 약속할 기회를 당신에게 제의하겠소. 이것을 거절할 경우, 당신의 가족은 전부 곧 수용소 행이 될 것이오! 우리는 절대적인 권한을 가지고 있소. (그의 말은 옳았다!) 우리는 우리의 결정에서 물러서는 데 익숙하지 못하오. (또 한 번 그의 말은 옳았다!) 일단 우리가 당신을 선택한 이상 — 당신은 우리와 같이 일을 〈하게 될 것〉이오!」

이 모든 것이 갑자기 U.의 머리 위로 쿵 떨어졌다. 그는 그런 짓을 할 용의도 없었고, 또 그런 짓은 생각조차 할 수도 없었다. 그의 생각으로는 밀고는 불량배들이나 하는 짓이었다. 그런데 어찌하여 그에게 그런 제의가 들어왔을까? 그러나 그것은 양동 작전이 아닌, 단도직입적이고 시간의 유예를 주지 않는 직격탄이었다. 대위는 그의 대답을 기다리고 있었다. 당장이라도 탄환이 파열하여 모든 것을 폭파시킬 것만 같았다! 그래서 U.는 생각했다 — 저들에게 과연 불가능한 일이 있을까? 저들이 언제 누구의 가족을 용서해 준 적이 있었던가? 저들은 어린아이까지 빼놓지 않고 〈꿀라끄〉 전 가족을 송두리째 박멸해 놓고도 양심의 가책은커녕, 오히려 자랑스럽게 신문지상에까지 보도했었다. 1940년과 1941년에는 U.도 발트해 연안 지방에서 〈기관〉의 짓을 목격한 적이 있었다. 퇴각할 때 총살된 사람들의 시체 더미를 구경하기 위해 형무소의 뜰로 가본 적이 있었다. 그리고 1944년에도 발트해 연안 제국을 향한 레닌그라드 방송을 들은 적이 있었다. 그 방송은 지금 대위의 시선과 똑같이 위협적이고 복수심에 불타고 있었다. 방송은 적에 협력한 사람을 모조리 처벌하겠다는 약속을 하고 있었다.[3]

그러니 지금 어떻게 그들의 자비심을 바랄 수 있을 것인가? 탄원을 해봤자 소용이 없다. 어떤 것을 선택하지 않으면 안된다(〈기관〉에 관한 전설을 완전히 믿고 있던 U.는 아직 이해하지 못하는 것이 있었다. 즉, 오늘 시베리아의 수용소에서 그가 밀고자가 되기를 거부한다 하더라도 이 기구 내에는 일주일 만에 그의 가족을 시베리아로 보낼 만한 상호 작용과 상호 호응은 없었던 것이다. 또 하나 그가 이해하지 못하는 것이 있었다. 그것은 그가 〈기관〉의 일을 아무리 나쁘게 생각해도, 그들은 훨씬 더 나쁜 일을 자행할 수 있었다. 머지않아 때가 오면 이런 가족들은, 이런 수십만의 가족들은 그들의 아버지들이 수용소에서 어떻게 처신했는지도 모른 채 공동의 유형지로 죽음의 행진을 하게 될 것이다).

그는 자기 혼자 때문이라면 무서워서 동요하지 않았을 것

3 그러나 교육자도, 공장 노동자도, 전차의 차장도, 자신의 노동에 의해서 생활하는 자도, 모두 남김없이 적에게 협력했다. 점령군에게 협력하지 않은 것은 시장의 투기꾼과 숲속의 빨치산뿐이었다. 이 무의미한 레닌그라드 방송의 극단적인 어조 때문에 수십만이나 되는 사람들이 1944년에 스칸디나비아로 망명했었다.

이다. U.는 수용소에 들어올 자기 아내와 딸의 모습을 상상해 보았다 ─ 커튼도 가려지지 않은 채 벌어지는 음란한 장면과, 60세 이하의 여성은 어떤 보호도 받을 수 없는 막사 속의 아내와 딸을 상상해 보았다. 그리고 그는 몸을 부르르 떨었다. 드라이버의 선택은 옳았다. 어떤 드라이버도 맞지 않았는데 이것은 들어맞았던 것이다.

그래도 그는 아직 시간을 끌고 싶었다. 「좀 더 생각해 보고 싶습니다.」「좋소, 사흘 동안 생각해 보시오. 하지만 누구와도 의논을 해서는 안 되오. 〈이 일을 발설하면 총살이오!〉」(U.는 동향인에게 의논하러 갔다. 그 동향인은 그가 처음으로 밀고 하도록 강요받은 바로 그 사람이었다. 그리고 둘은 함께 그 밀고장을 작성했던 것이다. 그도 역시 자기 가족을 위험에 빠뜨릴 수는 없는 노릇이라고 인정했었다.)

대위를 두 번째 방문했을 때 U.는 악마 같은 서약서를 쓰고 그 임무와 연락 방법을 지시받았다 ─ 앞으로는 사무실로 오지 말고 모든 연락은 호송을 받지 않는 특권수 프롤 랴비닌을 통해서 하도록.

이것이 수용소 보안 장교의 일 중에서 중요한 부분을 이루고 있다. 이러한 간첩 지도자들은 수용소 안에 산재해 있다. 프롤 랴비닌은 인기 있는 사나이다. 프롤 랴비닌은 무언가 불법적인 일을 하고 독립된 자기 방을 갖고 있으며 언제나 여유 있는 돈을 갖고 있다. 그는 보안 장교의 도움으로 수용소 생활의 심연과 흐름에 들어가게 되었고 그 안에서 제집처럼 편안히 지내고 있다. 이런 간첩 지도자들은 밀고자들의 그물 전체를 지탱하는 굵은 밧줄이라고 할 수 있다.

프롤 랴비닌은 U.에게 밀고장은 컴컴한 구석에서 넘기도록 가르친다. (「〈우리〉의 일에서 제일 중요한 것은 기밀입니다.」) 그는 U.를 자기 방으로 불러 말했다. 「대위는 당신의 보고서에 불만이에요. 특정인에 대해 뭔가 찾아냈다는 식으로 쓰지 않으면 안 됩니다. 그 방법을 지금부터 당신에게 가르쳐 드리지요.」

이리하여 이 추남은 핏기 없이 축 처진 지식인 U.에게 타인을 중상하는 방법을 가르쳤다. 그러나 U.의 풀 죽은 모습을 본 프롤 랴비닌은 이런 결론을 내렸다 — 이 숙맥 같은 인간을 좀 부추겨 기운이 나게 하지 않으면 안 되겠다! 그래서 그는 친구처럼 말했다. 「이봐요, 당신은 생활이 곤란하죠. 때로는 배급 빵 이외에 무엇을 더 사 먹고 싶을 때도 있을 거고. 대위는 당신을 도우려 하고 있어요. 자, 이걸 받아요!」 그리고 지갑 속에서 50루블짜리 지폐 한 장을 꺼냈다. (그것은 대위가 준 것이었다! 그러니까 그들에게는 경리부에 보고할 의무가 없다는 말이다. 전국에서 이렇게 할 수 있는 사람은 그들뿐이었다!) 그는 지폐를 U.의 손에 쥐어 주었다.

갑자기 자기 손에 들어온 그 푸르스름한 두꺼비를 보고 U.는 코브라 같은 대위의 마법도, 최면술도, 속박도, 그리고 가족에 대한 공포도 완전히 사라지고 말았다 — 이런 일이 일어난 그 모든 의미가 이 푸르스름한 더러운 지폐 속에, 이 흔해 빠진 유다의 은화 속에 구상화되었던 것이다. 이미 가족의 일도 생각하지 않고 그 불결한 물건을 떨쳐 버리겠다는 자연스러운 손놀림으로 U.는 그 50루블 지폐를 밀쳐 버렸다. 영문을 모르는 프롤 랴비닌은 다시 지폐를 쥐어 주었다. U.는 그것을 방바닥에 집어 던졌다. 그리고 홀가분한 마음으로 일어났다. 이제 그는 〈자유로워졌다〉. 프롤 랴비닌의 설교로부터, 대위에게 했던 약속으로부터, 인간의 위대한 의무를 수행하는 데 장해가 되는 이 서류상의 계약으로부터 자유로워진 것이다. 그는 허락도 받지 않고 걸어 나갔다. 그는 가벼운 발걸음으로 수용소 구내를 걸어갔다. 「나는 자유다! 나는 자유다!」

아니, 그것으로 완전히 해방된 것은 아니다. 멀쩡한 보안장교라면 그를 한층 더 잡아당기려 했을 것이다. 그러나 코브라 같은 대위는 바보 같은 프롤 랴비닌이 맞지 않는 드라이버를 사용하여 구멍을 망가뜨렸다고 생각했다. 그 후로 그 수용소에서는 U.에게 손을 뻗쳐 오지 않았고 프롤 랴비닌도 인사를 하지 않고 지나치곤 했다. U.는 안심하고 기뻐했다. 이때 다른 〈제58조〉 죄수들은 각지의 특수 수용소로 보내졌고 그는 스텝(초원) 수용소로 보내졌다. 그는 이 죄수 호송으로 모든 것이 끝났다고 생각했다.

그러나 천만의 말씀! 십중팔구 그의 서류에는 기록이 남아 있을 것이다. 어느 날 새로운 수용소에서 U.는 대령의 호출을 받았다. 「당신은 우리에게 협력하겠다고 동의는 했지만 〈우리의 신뢰를 잃고 있다〉는데, 혹시 당신에 대한 이 설명이 잘못되었소?」

그러나 U.는 대령 앞에서 조금도 두려워하지 않았다. 그리고 덧붙여 말하자면 그때 U.의 가족은 다른 발트해 연안 출신의 많은 가족과 마찬가지로 시베리아로 이주되었다. 두말할 것 없이 이 무리들과는 손을 끊어야 한다. 그런데 어떤 구실을 둘러대야 할까?

대령은 U.를 소위에게 넘기면서 더 설득해 보라고 명령했다. 소위는 말로 타이르기도 하고 위협하기도 하고 무엇을 약속하기도 했으나, U.는 그동안 계속해서 생각하고 있었다 — 어떻게 하면 가장 강력하고 단호하게 거절할 수 있을까?

U.는 교양 있는 사람이었지만 신앙은 없는 사나이였다. 그렇지만 그는 예수를 내세워 그들로부터 몸을 지키려고 생각

했다. 이것은 그의 사상에 썩 맞지는 않았지만 확실한 방법이라고 생각했다. 그는 거짓말을 했다. 「당신에게 솔직하게 이야기하자면 나는 기독교적인 교육을 받아 와서 당신에게 협력하는 것이 도저히 불가능합니다.」

이것으로 만사는 끝났다. 긴 시간을 끌던 소위의 지껄임도 모두 끝나고 말았다. 드라이버를 잘못 꺼냈다는 것을 소위도 깨달았다. 「당신 같은 인간은 우리에게 무용지물이야!」 그는 분하다는 듯이 소리쳤다. 「서면으로 거부서를 쓰시오! (이것도 또 서면이다!) 그리고 당신의 빌어먹을 신에 대한 설명도 쓰도록 하고!」

확실히 그들은 밀고자를 개발할 때와 똑같이 해지할 때도 일일이 서류를 받지 않으면 안 되는 것 같았다. 예수를 구실로 내세운 것에 소위는 아주 만족했다. 어떠한 노력을 더 쏟아야 했다고 그를 비난하는 보안 장교는 아무도 없었던 것이다.

그리고 편견 없는 독자라면 악마가 십자가나 아침 기도 종소리에 도망치듯 그들이 예수 곁에서 도망치는 것을 발견할 수 있을 것이다.

우리 소비에뜨 체제가 기독교와 합치될 수 없는 이유가 바로 여기에 있다! 프랑스 공산당의 약속도 허사였던 것이다.

제13장
한 껍질 벗기고 나면 또 한 껍질 벗겨라!

한 번 인간의 머리를 자르고 난 후, 다시 한번 그 머리를 자를 수 있을까? 자를 수 있다. 한 번 인간의 껍질을 벗기고 난 후 다시 한번 그 껍질을 벗길 수 있을까? 물론, 벗길 수 있다!

이 모든 것은 우리 나라의 수용소에서 발명해 낸 것이다. 이 모든 것은 군도에서 고안된 것이다. 그러니까 〈작업반〉만이 세계의 형벌학에 공헌했다고는 생각하지 말아 주기 바란다. 〈제2의 수용소 형기〉 역시 공헌이 아니겠는가? 외부에서 군도로 흘러들어 온 물줄기들은 완만한 흐름이 되어 넘실넘실 흘러내리는 것이 아니라, 거기서 다시 한번 제2의 신문관을 거쳐야 하는 것이다. 오, 한 번 체포하면 두 번 다시 체포할 수 없게 되어 있는 잔인무도한 폭군과 독재의 나라들, 거칠고 미개하기 그지없는 그런 나라들은 얼마나 축복받은 나라들일까! 그런 나라에서는 일단 투옥된 자를 어딘가 다른 곳으로 다시 징역살이를 보낼 수 없는 것이다. 일단 선고를 받은 자에게 또다시 판결을 내릴 수는 없는 것이다!

그런데 우리 나라에서는 이 모든 것이 가능하다. 짓밟힐 대로 짓밟혀 절망과 파멸에 허덕이고 있는 자의 머리를 도끼머리로 내리쳐 실신시키는 일이 다반사로 행해지고 있으니 말이다! 우리 나라 수용소 간부들의 논리는 〈쓰러진 자에게 다시 매질을 하라〉는 것이다. 우리 나라 보안 장교들의 논리는 〈시체로 발판을 만들라〉는 것이다.

수용소의 심리나 수용소의 재판은 역시 솔로프끼에서 생겨났다고 보아도 무방하겠지만 그러나 거기서는 단지 종루의 지하실로 끌고 들어가서 총살했을 뿐이었다. 그런데 5개년 계획과 종양 전이 시대로 접어들자 총탄 대신에 제2의 수용소 형기를 적용하기 시작했던 것이다.

그렇다, 만일 제2(제3, 제4)의 형기가 없었다면, 절멸시키기로 되어 있던 그 모든 사람들을 어떻게 군도의 품속에 간직해서 그 절멸을 기도할 수 있었겠는가?

뱀이 둥근 테를 점점 늘려 가듯이 계속 늘어만 가는 형기의 재생산이 수용소군도의 생활 형태다. 우리 나라의 수용소가 번창하고 우리 나라의 유형지가 추위 속에 버티고 있는 한 죄수들의 머리 위에는 언제나 검은 위협이 도사리고 있었다 — 최초의 형기를 마치기도 전에 제2의 형기를 받는다는 위협 말이다. 이 두 번째 형기는 어느 해를 불문하고 항상 존재해 왔지만 그중에서도 가장 심했던 것은 1937년과 1938년, 그리고 전시 중이었다. (1948년과 1949년에는 이 두 번째 형기라는 부담이 바깥세상으로 옮겨졌다. 수용소에서 형기를 다시 받아야 했던 사람들을 바깥세상으로 〈놓치고〉 말았으므로 그들을 바깥세상으로부터 다시 수용소로 데려오지 않으면 안 되었던 것이다. 이와 같은 사람들을 〈재복역자〉라고 불렀지만, 수용소에서 제2의 형기를 받은 사람들을 이렇게 부르지는 않았다.)

1938년에 두 번째의 체포도 없이, 수용소의 심리나 재판도 없이 제2의 형기를 선고한 후 작업반마다 등록 배치부로 호출하여 새로운 형기를 받았다는 서명을 하게 했을 때만 해도 아직은 자비로웠다고 할 수 있다 — 물론 기계적인 자비이기는 했지만. (서명을 거부하면 금연 장소에서 담배를 피웠을 때처럼 그냥 징벌 감방으로 보내졌다.) 게다가 인간적인 설명까지 행해졌다 — 〈당신에게 무슨 죄가 있다고 해서 그러는 것은 아니오. 그저 이 서류에 서명을 해달라는 것뿐이오.〉 꼴리마에서는 이런 방법으로 10년 형을 선고하고, 보르꾸따에서는 그보다는 좀 가볍게 8년 형과 5년 형이 특별 심의회에 의해 선고되었다. 저항해 본들 아무 소용이 없었다. 왜냐하면 군도의 어두운 무한 속에서는 8년이건 18년이건 차이가 없고 첫 10년이나 마지막 10년이나 차이가 없었기 때문이다. 그저 중요한 것은 오늘 그들이 당신의 몸을 할퀴거나 찢어 버리지 않도록 해야 한다는 것뿐이었다.

지금은 다음과 같이 이해해도 무방하다. 즉, 1938년에 유행한 수용소에서의 재판은 상부로부터 지령에 의한 것이었다. 그때까지는 형기가 너무나 짧았으므로 좀 더 늘릴 필요가 있었고(어떤 자는 총살을 해야 했다) 또 그럼으로써 나머지 사람들에게 공포감을 자아낼 필요가 있다고 상부에서 갑자기 생각한 것이다.

그러나 전시 중의 수용소에서의 재판 선풍은 〈하부에서도〉 기쁨의 불길로 타올랐던 것이다. 이른바 민중 주도라고도 할 수 있다. 상부의 지령은 전시 중 수용소에서 반란 지도자가 될 위험성이 있는 가장 두드러진 활동 분자를 탄압해서 고립시키려는 것이 그 의도였으리라. 그런데 피에 굶주린 현지의 애송이들은 그 광맥의 풍부함을 꿰뚫었다. 즉, 자기가 최전선에 나가지 않고 살아남을 수 있는 가능성을 거기서 발견했던 것이다. 이러한 착상은 유익하고 기발한 구원으로 받아들여져, 한 수용소에만 머무르지 않고 재빨리 사방으로 보급되어 나갔다. 수용소의 체끼스뜨들도 역시 기관총의 총안을 몸으로 막았던 것이다 ─ 그러나 타인의 몸으로.

역사가는 그 시대의 정세를 상기해 주기 바란다. 전선은 후퇴를 거듭하여 독일군은 레닌그라프를 포위한 후 모스끄바 부근으로, 보로네시로, 볼가로, 나아가 까프까스 산맥 밑에까지 쳐들어오고 있다. 후방에는 남자의 수가 갈수록 적어지고 건강한 사내는 누구나 할 것 없이 핀잔 어린 눈총을 받게 마련이다. 모든 것은 전선을 위해서! 소련 정부는 히틀러의 군대를 저지하기 위해서라면 어떤 희생이라도 지불할 용의가 있다. 이런 상황 속에서 수용소의 장교들만(그리고 보안부에 있는 그들의 형제들도) 피둥피둥 살찐 새하얀 모습으로 후방의 자기 자리에서 한가로운 나날을 보내고 있다. (예를 들어 수용소의 〈대부〉 중 한 명이었던 이 사람의 모습을 보라.)(도판 1) 게다가 그 근무지가 시베리아나 북방으로 더 멀리 떨어져 있을수록 안전하다. 그러나 냉정히 생각하면 그들의 안이한 생활도 불안정하다는 것을 알게 된다. 이 혈기 왕성하고 민첩한 수용소원들을 일선으로! 하는 지령이 내리기만 하면 그들의 즐거운 생활도 끝장이 나게 마련이다. 전투 경험이 없다고? 그 대신 강인한 사상을 가지고 있지 않은가! 경찰이나 후방의 저지 부대에 동원된다면 그래도 다행인 편이지만 이런 명령이 내릴 수도 있다. 장교대에 편성하여 스딸린그라프 전투에 투입할 것! 1942년 여름에는 이런 식으로 사관 학교를 폐쇄하고, 그 사관생도들을 일선에 투입했던 것이다. 이미 젊고 건강한 호송병들은 경비대에서 뽑혀 나간 후였다. 그래도 수용소는 붕괴되지 않았다. 그렇다면 보안 장교들을 뽑아 버려도 붕괴되지 않을 것이다! (이미 그런 소문이 나돌고 있었다.)

수용소에 남아 있을 수 있다는 보증은 살 수 있다는 것을 뜻한다! 그것은 또한 행복을 뜻하기도 한다! 자기의 이 보증을 어떻게 지킬 것인가? 극히 간단하고 자연스러운 생각이 떠오른다 — 자기 자신의 〈필요성〉을 입증할 필요가 있는 것이다. 우리 체끼스뜨들이 경계를 하지 않으면, 수용소는 폭발할 것이며 수용소는 부글부글 끓고 있는 타르가 담긴 솥과 다름없다는 것을, 그리고 수용소가 폭발하면 우리의 명예로운 전선도 괴멸한다는 것을 증명해야 한다. 다름 아닌 바로 이 툰드라 지대와 밀림 지대의 수용 지점에서 편안한 생활을 보내고 있는 보안 장교들의 제5 군단이 히틀러의 군대를 저지하고 있는 것이다. 이것은 승리를 위한 우리들의 공헌이다. 우리는 자기 몸을 돌보지 않고 심리에 심리를 거듭하여 계속 새로운 음모들을 적발하고 있는 중이다.

지금까지는 가엾고 지쳐 빠진 죄수들만이 서로서로의 배급 빵을 물어뜯으면서 살아남기 위해 싸워 왔다. 그런데 이번에는 전권을 쥐고 있는 파렴치한 보안 장교들까지 이 싸움에 가담한 것이다. 〈너는 오늘 죽어라, 나는 내일 죽겠다.〉 이 더러운 짐승 놈들, 너희가 죽음으로써 나의 죽음은 미뤄지는 것이다.

바로 이런 식으로 우스찌-빔에서는 〈모반 집단〉을 꾸며 냈다 — 18명의 모반 분자들을! 그들은 물론 무장 경비대를 습격해서 무장을 해제한 다음 그 무기를 손에 넣으려고 했다는 것이다! (6개의 구식 장총을 가지고 말이다.) 그다음에는 어떻게 하려 했던가? 그 후의 거대한 계획은 감히 상상하기도 어려울 정도다 — 그들은 북방 지역 전역이 궐기하게 해서 보르꾸따로 진격하려고 했다! 그다음에는 모스끄바로 진격해서 독일의 마너하임과 합류하려고 했다는 것이다! 그래서 수많은 전보와 보고서들이 발송된다. 대규모의 반란을 미연에 방지해야 한다. 수용소의 정세가 불온하다. 보안부를 더욱 증강할 필요가 있다.

도대체 어떻게 된 일인가? 모든 수용소마다 음모가 있었다! 수많은 음모가 적발되고 있으니 말이다. 그 규모는 갈수록 커지고 범위가 넓어져 간다. 약아빠진 폐인 녀석들 같으니! 바람만 불면 날아갈 것처럼 쇠진한 척했지만 바로 그 녀석들이 깡마른 펠라그라 병자의 손으로 몰래 기관총을 잡으려고 했던 것이다. 오, 보안부여, 고맙다. 오, 조국의 구원자 ─ 제3부서여!

부랴뜨-몽골리야의 지다 수용소 제3부서에는 악당들이 자리 잡고 있었다 ─ 보안부장 소꼴로프, 신문관 미로넨꼬, 보안 장교 깔라시니꼬프, 소시꼬프, 오신쩨프 등. 그들은 이렇게 말했다 ─ 우리는 뒤처지고 있다! 다른 곳에서는 계속 음모들이 적발되고 있는데 우리들만 뒤처지고 있다. 물론, 우리 수용소에도 대규모의 음모가 있기는 있다. 그럼 그것은 어떤 것인가? 그것은 물론 〈경비대의 무장 해제〉일 것이고 그다음에는 〈국외 탈출〉이다. 여기는 국경은 가까운 대신 히틀러는 멀기 때문이다. 자, 그럼 누구부터 시작하지?

이리하여 배부른 개떼가 병들어 야윈 데다 색깔마저 변해 버린 토끼에게 달려들어 물어뜯듯이 이 하늘빛 무리들(보안 장교의 복장을 뜻함)은 불행한 바비치에게 달려들었다. 바비치는 한때 극지 탐험대원이었고 영웅 칭호까지 받은 바 있지만, 지금은 부스럼으로 만신창이가 된 폐인이다. 그는 전쟁이 시작되었을 때 하마터면 쇄빙선 〈삿꼬〉호를 독일군에게 넘겨줄 뻔했다 ─ 그러므로 의당 그가 모든 음모의 실마리를 잡고 있는 것이다! 그는 괴혈병으로 죽어 가고 있던 자기 몸으로 이 투실투실 살찐 보안 장교 무리들을 구해 줘야 했던 것이다.

「네가 아무리 자격 미달의 소비에뜨 시민이라 할지라도 우리는 너를 우리의 의지대로 복종시키고 말 테다. 결국 너는 우리에게 무릎을 꿇게 될 거야.」「뭐, 기억에 없다고? 그럼 우리가 〈기억나게 해주마〉!」「뭐, 쓸 수 없다고? 그럼 우리가 〈거들어 주지〉!」「생각할 시간이 필요하다고? 징벌 감방에 보내 버려, 배급 빵도 3백 그램으로 줄이고!」

다른 보안 장교는 또 이렇게 말한다. 「매우 유감스럽소. 나중에 가서는 우리의 요구를 들어주는 편이 훨씬 현명했다는 것을 알게 될 거요. 그러나 그때는 이미 늦소. 그때가 되면 당신을 연필처럼 손가락 사이에 끼워 딱 부러뜨리고 말 테니까.」(이러한 비유적인 표현은 도대체 어디에서 나온 것일까? 그들 자신이 생각해 낸 것일까, 혹은 보안 업무에 관한 교과서에 이런 표현들이 실려 있는 것일까? 아니면 어떤 무명 시인이 그들을 위해 생각해 낸 것일까?)

자, 이번에는 미로넨꼬가 신문할 차례. 바비치가 방으로 끌려 들어가자마자, 맛있는 음식 냄새가 그의 코를 찌른다. 그리고 미로넨꼬는 김이 무럭무럭 나고 고기가 많이 든 보르시와 커틀릿 쪽으로 될수록 가깝게 그를 앉힌다. 마치 이 보르시와 커틀릿이 보이지 않는다는 듯이, 그리고 심지어는 바비치가 그것을 보고 있다는 것조차 모른다는 듯이 상냥한 목소리로 양심의 부담을 가볍게 하는 듯한 수십 개의 논거를, 그리고 왜 거짓 진술을 하지 않으면 안 되는가를 정당화하는 듯한 수많은 논거들을 늘어놓기 시작한다. 그는 정다운 어조로 이렇게 말한다.

「당신이 맨 처음 체포되었을 때 당신은 자신의 무죄를 입증하려고 애썼지만 결국은 성공하지 못했었지요! 그것은 체포되기 전부터 이미 당신의 운명이 결정되어 있었기 때문입니

다. 지금도 마찬가지입니다. 지금도 마찬가지예요. 자, 어서
식사를 드세요. 식기 전에 어서 드십시오……. 당신이 바보가
아니라면, 우리는 서로 정답게 지낼 수 있을 겁니다. 그러면
당신은 언제나 배불리 먹을 수 있고 모든 것이 보장될 것입니
다……. 그러나 그렇지 않다면…….」

여기서 바비치는 지고 말았다! 굶주림이 진리의 갈구보다
강했던 것이다. 그는 부른 대로 받아쓰기 시작했다. 24명의
사람들을 중상한 것이다. 그중 자기가 아는 사람은 단지 4명
밖에 없었는데도. 심리가 계속되고 있을 동안은 줄곧 식사를
제공했으나, 혹시라도 저항을 시도하려는 낌새가 보이면 다
시 굶주림을 이용할 수 있도록 그 식사량은 충분하지 않았다.

그가 죽기 전까지의 인생 기록을 읽으면 오싹 소름이 끼친
다 — 그렇게 용감했던 사람도 그런 높이에서 그런 밑바닥까
지 타락하고 마니 말이다. 우리 모두에게도 그런 가능성은 있
는 것이다…….

이 결과 아무것도 모르는 24명의 사람들이 총살형 또는 새
로운 형기를 선고받기 위해 체포되었다. 바비치 자신은 재판
이 시작될 때까지 청소부로 국영 농장에서 일했다. 나중에 증
인으로 법정에 출두하고, 그 후 첫 번째 10년 형이 취소되고
다시 새로운 10년 형을 선고받았다. 그러나 두 번째의 형기를
다 마치기도 전에 그는 수용소에서 세상을 떠났다.

그럼 지다 제3부서의 악당들은 어떻게 되었는가? 그래도 누
군가가 이 악당들을 조사해 주겠지! 누군가가! 현대의 사람들
이! 아니면 그 후손들이…….

그리고 당신은 어떻게 되었는가? 수용소라 해도 자기 본심
을 토로하는 것 정도는 가능하다고 생각하지는 않았는지? 거
기서도 형기가 너무 길다느니, 식사가 나쁘다느니, 너무 일이

많다느니 등등의 불만을 늘어놓을 수 있다고 생각하지는 않았는지? 아니면 무엇 때문에 형기를 받았느냐고 〈되풀이해서〉 물어볼 수도 있으리라 생각했던 것은 아닌지? 그러나 만일 당신이 이 중 어느 하나라도 소리를 내어 말한다면, 당신은 이미 끝장이 나고 만다! 당신은 새로운 〈10년〉을 더 선고받게 되는 것이다. (물론 수용소의 두 번째 10년이 시작되면, 자동적으로 최초의 10년은 소멸되고 만다. 그러니까 실제로 수용소에 있는 기간은 20년이 아니라 13년이나 15년이 되기 마련이다……. 그러나 어느 것이든 당신이 생존하기에는 너무 긴 시간이다.)

그러면 물고기처럼 침묵을 지켰다면 어땠을까? 그래도 역시 체포되기는 마찬가지였을 테지! 그것 역시 엄연한 사실이다. 당신이 어떤 행동을 취하든 간에 당신은 체포를 면하지 못했을 것이다. 무슨 〈이유 때문이〉 아니라 무슨 〈결과 때문에〉 체포되기 마련이니까. 이것은 제멋대로 인간 사냥을 하는 것이나 마찬가지 원칙이다. 제3부서의 악당들은 사냥에 나갈 준비를 할 때, 수용소에서 가장 두드러지게 눈에 띄는 사람들을 미리 명부 속에서 골라낸다. 그리고 그 골라낸 이름을 바비치에게 받아쓰게 하는 것이다.

수용소에서 몸을 숨긴다는 것은 더욱 어려운 일이다. 여기서는 모든 것이 드러나게 마련이니까. 살아남기 위해서는 단한 가지의 길밖에 없다 — 그것은 〈제로〉가 되는 길이다. 그야말로 〈제로〉가 되어야 한다. 맨 처음부터 〈제로〉가 되지 않으면 안 된다.

일단 이렇게 된 다음부터는 당신에게 죄를 뒤집어씌우기란 밥 먹기보다도 쉬운 일이다. 〈음모 사건〉이 막을 내린 후(독일군이 후퇴하기 시작한 것이다) 1943년부터는 〈선동 사건〉

이 꼬리를 물고 나타났다. (수용소의 보안 장교 무리들은 여전히 전쟁터에 나가고 싶지 않았던 것이다!) 예를 들면, 부레뽈롬 수용소에서는 다음과 같은 연극들이 꾸며졌다.

— 전국 소비에뜨 연방 공산당과 소비에뜨 정부의 정책에 대한 적대 활동을 했다(어떤 적대 활동을 말하는 것인지, 도무지 영문을 알 수 없다).
— 패배주의적인 사상을 표명했다.
— 소련 근로자들의 물질생활에 대하여 중상적인 발언을 했다(진실을 말하면 중상이 되는 것이다).
— 자본주의 제도의 부활을 바라는(!) 발언을 했다.
— 소비에뜨 정부를 모욕하는 발언을 했다. (이것이야말로 뻔뻔스러운 행동이다! 빌어먹을 자식, 네가 어떻게 감히 모욕을 할 수 있다는 말인가? 10년 형이나 처먹고 잠자코 있어!)

70세의 제정 시대 외교관에게는 다음과 같은 선동죄가 씌워졌다.

— 소련의 노동 계급은 생활 조건이 나쁘다고 말했다.
— 고리끼를 형편없는 작가라고 혹평했다(!!).

이것을 가지고 너무 지나쳤다고 말할 수는 결코 없다. 고리끼 때문에 형기를 받은 사람은 언제나 있어 왔기 때문이다. 고리끼 자신이 그런 상태를 조성해 놓았던 것이다. 한편 스끄보르쪼프는 록침 수용소(우스찌-빔 근처)에서 15년 형을 선고받았지만 그의 죄상 속에는 다음과 같은 것도 있었다.

— 프롤레타리아 시인 마야꼬프스끼를 〈어떤〉 부르주아 시인과 악의적으로 비교했다.

기소장에는 이렇게 쓰여 있었지만 이것만으로도 유죄 판결을 내리기에는 충분했다. 그런데 신문 조서를 보면 〈어떤 시인〉이 누구라는 것을 알 수 있다. 그것은 뿌시낀이었다! 뿌시낀 때문에 형기를 받다니 이것은 정말 드문 일이 아닐 수 없다.

이런 형편이었으니, 철판 제조 공장에서 〈소련은 하나의 거대한 《수용소》와 같다〉고 실제로 발언한 마르틴손이 10년 형으로 끝난 것을 하느님께 감사해야 한다.

총살 대신에 10년의 형기를 선고받은 작업 거부자도 하느님께 감사해야 할 것이다.[1]

그러나 두 번째의 형기가 무섭다는 것은 그 햇수 때문도 아니고 그 공허하고 환상적인 길이 때문도 아니다. 두 번째 형기의 공포는 그 형기를 어떻게 받는가에 있었다. 즉, 두 번째

1 두 번째의 형기를 준다는 것이 어쩌나 즐거웠던지, 그것은 어느새 보안부의 생리처럼 되어 버렸다. 그래서 전쟁이 끝나서 이미 음모도, 패배주의 이야기도 신임을 받지 못하게 되자 그들은 형법 조항으로 제2의 형기를 주기 시작했다. 1947년 농업 수용소 돌린까에서는 일요일마다 구내에서 공개 재판이 열렸다. 감자를 캘 때 감자를 모닥불에 구웠다는 것만으로도 재판에 걸었다. 밭에서 캐낸 당근과 무를 먹었다고 해서 재판에 넘겼다. (농노제 시대의 농노들이 이 재판을 방청한다면, 과연 뭐라고 말했겠는가?) 바로 얼마 전에 발포된 〈6분의 4〉법에 의해서, 그런 행위를 한 사람들에게 5년과 8년 형을 선고했던 것이다. 옛날에 꿀라끄였던 사람이 자기의 10년 형을 거의 다 마쳐 가고 있었다. 그는 수용소의 어린 수소와 함께 일하면서 그 소가 굶주림에 시달리고 있는 것을 보고 몹시 안타까워했다. 그래서 그는 그 어린 수소에게 사탕무를 주었는데 그 대가로 8년 형을 선고받았다. (자기 자신이 먹은 것도 아닌데 말이다!) 물론 〈사회적 친근 분자〉라면 그 수소에게 먹을 것을 줄 리가 만무했겠지만! 바로 이와 같이 우리 나라에서는 지난 수십 년 동안 인민이 둘로, 즉 살수 있는 자와 살 수 없는 자로 갈려 있었던 것이다.

형기를 받기 위해서는 얼음과 눈이 덮여 있는 철관 속을 기어 나가야 했던 것이다.

수용소의 죄수에게 체포 따위는 무슨 문제냐고 생각할지도 모른다. 그 언젠가 자기 집의 따스한 침대에서 끌려 나온 그이기에, 앙상한 판자 침상밖에 없는 진저리 나는 막사 속에서의 체포는 아무렇지도 않을 것같이 생각될는지도 모른다. 그러나 그렇지는 않다. 막사 속에는 난로도 있고 급식도 나온다. 그런데 어느 날 밤 교도관이 찾아와서 당신의 발을 잡아당긴다 ──「준비를 해라!」 아, 그때의 그 공포감이란…… . 주위의 여러분, 나는 그대들을 사랑했건만…… .

심리를 위한 수용소 내의 구치소, 만일 그것이 수용소보다 조건이 나쁘지 않다면, 어떻게 그것이 구치소랄 수 있으며, 또 어떻게 자백을 강요할 수 있었겠는가? 이러한 구치소는 하나같이 모두 춥게 마련이나 어쩌다 춥지 않은 경우에는 속옷 바람으로 감방 안에 처넣는다. 악명 높은 보르꾸따의 〈30호〉 감방(이것은 죄수들이 보안 요원들한테서 차용해 온 말인데, 그 전화번호가 〈30번〉이었기 때문에 그렇게 불렸던 것이다)은 북극 지대의 판자 막사고 영하 40도의 혹한임에도 석탄 분말을 태우고 있었다. 일주일에 목욕탕 바가지 한 통분의 석탄, 물론 그것은 보르꾸따에 석탄이 부족해서가 아니었다. 게다가 죄수들을 다음과 같이 우롱했다 ── 석탄도 안 주고 불쏘시개로는 연필같이 가느다란 나뭇조각 하나만을 주었던 것이다. (겸해서 말해 두지만, 체포된 탈주자들은 이 30호 감방 속에 〈알몸으로〉 갇혔다. 2주 후 살아남은 사람에게는 솜도 들지 않은 여름옷을 지급했다. 거기에는 매트리스도 모포도 없었다. 독자 여러분! 시험 삼아 이렇게 하룻밤이라도 지내보시기 바란다. 막사 내의 온도는 대략 섭씨 5도였다.)

이렇게 죄수들은 심리가 계속되는 몇 개월 동안을 갇혀 있는 것이다. 그들은 이미 굶주림과 노예 노동으로 해서 녹초가 된 지 오래다. 이제 와서 그들을 굴복시키기란 지극히 간단한 일이다. 그들의 식사 지급은 어떤가? 그것은 제3부서의 결정에 달려 있다. 어떤 곳에서는 빵 350그램, 또 어떤 곳에서는 3백 그램, 30호에서는 2백 그램, 점토처럼 끈적끈적하고 성냥갑보다 조금 클 정도의 빵 조각 하나와 하루 한 번 주는 멀건 야채수프뿐이다. 그러나 모든 것에 서명하고 자백하고 굴복한 다음 사랑하는 군도에서 다시 10년을 더 살기로 동의한다 해도, 곧 따스한 생활을 하게 되는 것은 아니다. 재판이 시작될 때까지는 30호 감방에서 〈신문용 천막〉으로 옮겨지지만 그곳은 30호보다 못하면 못했지 조금도 나은 곳은 못 된다. 그것은 흔히 어디서나 볼 수 있는 구멍 뚫린 낡아 빠진 천막이다. 바닥에는 판자도 없어서 북극의 지면이 곧 마룻바닥이다. 천막 안은 가로 7미터, 세로 12미터이고 중앙에 난로 대신 드럼통이 놓여 있다. 작대기로 만든 판자 침상이 있고, 난로 주변의 판자 침상은 언제나 무뢰한들이 독점하고 있다. 정치범 죄수들은 가장자리나 맨땅에 기거한다. 반듯이 드러누우면 머리 위에 별들이 보인다. 이런 상태이고 보면 기도도 나오게 마련이다 — 오, 하루 속히 재판을 해주옵소서! 하루 속히 판결을 내려 주옵소서! 마치 해방을 고대하듯이 재판을 애걸하는 것이다(북극 지방에서는 초콜릿을 먹고 모피로 몸을 감싸지 않는 한 살아남지 못한다고들 말한다. 그러나 우리 나라에서는 살 수 있다. 우리 소비에뜨인, 우리 군도의 주민들은 살아갈 수 있는 것이다. 아르놀뜨 라쁘뽀르뜨는 이렇게 여러 달을 갇혀 있었다. 재판관이 나리얀-마르에서 오랫동안 출장을 나오지 않았기 때문이다).

여기서 또 하나의 신문용 구치소의 예를 들기로 한다. 꼴리마의 징벌 수용 지점 오로뚜깐, 이곳은 마가단으로부터 506킬로미터 떨어진 지점이다. 1937년에서 1938년 겨울의 일이다. 나무와 삼베로 만들어진 촌락, 즉 구멍투성이의 천막촌인데, 그래도 그 천막은 모두 얇은 판자로 뒤덮여 있었다. 새로 도착한 죄수 호송단과 신문을 받으러 온 새로운 죄수의 일단은 문지방을 넘어서자마자 다음과 같은 광경을 목격했다 — 천막마다 문이 달려 있는 쪽을 제외한 삼면 벽이 〈꽁꽁 얼어 죽은 시체로 둘러싸여 있었던 것〉이다! (이것은 공포를 불러일으키기 위해서가 아니라, 달리 방법이 없었기 때문이다 — 이미 사람들은 죽었고, 눈은 2미터나 쌓여 있고, 게다가 눈 밑은 영원히 녹지 않는 동토였기 때문이다.) 그다음부터 고통스러운 기다림이 시작된다. 신문을 하기 위해 통나무로 만든 건물로 이송될 때까지 이 천막 속에서 기다리지 않으면 안 되는 것이다. 그러나 체포된 인원수가 너무나 많아서 — 꼴리마 전역에서 너무나도 많은 집토끼들을 몰아냈기 때문에 운반되어 온 대부분의 사람들은 최초의 신문을 기다리기도 전에 죽음과 직면해야 했다. 천막 속은 너무 비좁아서 마음대로 손발을 움직일 수도 없다. 사람들은 판자 침상과 바닥에 누웠고, 이런 상태로 몇 주씩 누워 있어야 했다. (〈그 정도로 비좁다고 말할 수 있을까?〉 하고 세르빤찐까 사람들은 말할지도 모른다. 〈우리가 있던 곳에서는 총살을 기다릴 동안 고작 며칠밖에 되지는 않았지만, 그 며칠 동안 우리는 모두 헛간 속에 서 있었다. 너무 빽빽이 들어차 있었기 때문에 물을 줄 때는, 즉 문간에서 머리 위로 얼음 조각을 던져 줄 때 그 얼음 조각을 붙잡으려 해도 손을 뻗칠 수가 없어서 입으로 직접 받아먹어야 했을 정도였다.〉) 목욕도 없고 산책도 없다. 온몸이 가려워 죽을 지경이다. 모두가 미친 듯이 몸을 긁고, 솜바지, 솜옷 상의, 셔츠, 내의 속에서 이를 잡는다. 그러나 날씨가 추워서 옷은 입은 채 이 사냥을 한다. 통통하게 살찐 크고 하얀 이는 토실토실 살찐 젖먹이 돼지 새끼를 연상시킨다. 그런 이를 잡아 죽이면, 그 피가 얼굴까지 튀고 손톱은 피투성이가 된다.

점심 식사 전에 당직 교도관이 문간에서 외친다. 「죽은 자가 있나?」「있습니다.」「배급 빵을 받고 싶은 자는 그 시체를 끄집어내라!」 그 시체를 밖으로 끌어내서 산더미 같은 시체더미 위로 쌓아 올린다. 그리고 〈아무도 죽은 사람의 이름을 묻지 않는다!〉 배급 빵은 머릿수에 따라 지급된다. 배급량은 3백 그램, 그리고 하루에 한 번 야채수프가 한 그릇, 그 밖에 위생 감독부가 불합격품으로 인정한 송어가 나올 때도 있다. 그 송어는 매우 짜서, 그것을 먹은 다음에는 수분을 취하고 싶지만 더운물은 찾아볼 수가 없다. 아니, 지금까지 더운물은 있어 본 적이 없다. 얼음처럼 찬물이 든 물통이 서 있을 뿐이다. 갈증을 면하기 위해서는 많은 물을 마셔야 한다. G. S. M.은 자기 동료들을 설득한다 ─ 「이 송어는 먹지 마시오. 그것이 유일한 살 길이오! 빵에서 얻는 모든 칼로리를, 배 속에서 얼음물을 데우기 위해 소비하게 되니까요!」 그러나 사람들은 무료로 지급받은 이 생선 조각을 거절하지 못한다. 그리하여 생선을 먹고는 다시 물을 마신다. 그러고는 배 속이 차서 덜덜 떠는 것이다. M. 자신은 그 생선을 먹지 않았다. 그러니까 그는 지금 오로뚜간에서 있었던 일을 우리에게 이야기해 주고 있는 것이다.

막사 속에 빽빽이 들어차 있던 사람들의 수도 날이 갈수록 자꾸만 줄어든다. 몇 주가 지나면, 막사에서 살아남은 사람들을 밖으로 불러내서 점호를 한다. 오랜만에 받아 보는 햇빛

아래서 그들은 서로서로의 얼굴을 바라본다 — 창백한 털북숭이 얼굴들, 그 얼굴에 유리알처럼 달라붙은 서캐, 파리하게 굳어 버린 입술, 우묵 들어간 두 눈. 명부를 들고 호명을 하고 있다. 간신히 알아들을 수 있는 목소리로 대답을 한다. 대답이 없는 카드는 따로 옆으로 젖혀 놓는다. 이렇게 해서 누가 시체 더미 속에 쌓여 있는지를, 즉 신문도 받기 전에 죽었는지를 알게 되는 것이다.

오로뚜깐을 체험하고 살아남은 사람들은 모두 가스실이 낫다고 말하고 있다.

그럼, 신문은? 신문은 신문관의 계획대로 진행된다. 계획대로 신문이 진행되지 않은 사람들의 경우는, 그들이 이미 이 세상에 없기 때문에 알 도리가 없다. 보안 장교 꼬마로프가 말했듯이 〈나에게 필요한 것은 네 오른손뿐이야, 조서에 서명만 하면 되니까……〉 게다가 물론 고문도 할 수 있다. 손쉽게 할 수 있는 원시적인 것이다. 손을 문에 끼게 하는 따위가 그것이다. (독자도 한번 시험해 보기 바란다.)

재판은 어떤가? 〈수용소 협의회〉라는 것이 있지만, 그것은 지구 인민 재판소와 마찬가지로 주 재판소의 관할하에 있는 수용소의 상설 재판소다. 법질서가 승리하고 있다고나 할까! 제3부서에 의해서 야채수프 한 그릇으로 매수된 증인들도 출정한다. 부례뽈롬 수용소에서는 작업반원에 대한 증인으로 반장 자신이 법정에 자주 서곤 했다. 신문관인 추바시인 끄루찌꼬프는 이들 반장들을 협박했다. 「그렇게 하지 않으면 반장의 자리에서 끌어내려 뻬초라강으로 추방하겠다!」 이런 협박을 받고 고리끼시 출신의 반장 니꼴라이 론진은 법정에 서서 이렇게 증언한다. 「네, 확실히 베른시쩨인은 싱어 재봉틀은 우수하지만, 뽀돌스끄 재봉틀은 형편없다고 말했습니다.」「이만하면 충분하다!」고리끼주의 출장 재판소(재판장 부호닌, 두 사람의 현지 여자 공산 청년 동맹원 주꼬바와 꼬르끼나)로서는 충분하고도 남음이 있는 것이다. 그리하여 10년 형이 선고된다!

또한 부레뽈롬에는 수용소의 모든 재판에 증인으로 출석한 대장장이 안똔 바실리예비치 발리베르진(똔샤예보 출신)도 있었다. 그와 마주치게 된다면, 그의 정직한 손과 꼭 악수할 것!

부레뽈롬 수용소에서는 또 한 번의 죄수 호송이 있다. 증인들에 대한 보복을 막기 위해서 다른 수용 지점으로 이송하는 것이다. 이 호송은 그다지 멀지 않다. 협궤 철도의 무개 화차로 4시간쯤 걸리는 호송이다.

자, 이번에는 의무실이다. 만일 조금이라도 서서 지탱할 수 있으면, 내일 아침부터 작업장에 나가 손수레를 끌어야 한다. 우리 나라를 패배로부터 구하고, 보안 장교들을 전쟁터에서 구해 준 체끼스뜨들의 경계심 만세!

•

전쟁 시기에는(우리 군대가 황급히 퇴각했던 몇몇 공화국을 제외하고) 총살은 적었으나, 그 대신 새로운 형기가 계속 늘어나고 있었다. 그도 그럴 것이 보안 장교들에게 필요했던 것은 이러한 사람들의 박멸이 아니라, 범죄의 적발뿐이었기 때문이다. 유죄 판결을 받은 죄수들은 죽을 수도 있었고 노동에 종사할 수도 있었으나, 그것은 이미 경제적인 문제였다.

그런데 그와는 반대로 1938년에는 상부의 절실한 요구가 총살에 있었다. 총살은 그 능력에 따라 모든 수용소에서 실시되었지만, 그중에서도 특히 심했던 것은 꼴리마(〈가라닌식〉

의 총살)와 보르꾸따(〈까시께찐식〉의 총살)였다.

까시께찐식 총살은 〈낡은 벽돌 공장〉이라는 오싹 소름이 끼치는 지명과 관련이 있다. 이것은 보르꾸따 남방 20킬로미터 지점에 있는 협궤 철도역의 명칭이다.

1937년 3월 뜨로쯔끼주의자들의 단식 투쟁의 〈승리〉와 그 기만이 있은 후 모스끄바로부터 단식 투쟁 참가자의 조사를 위해 〈그리고로비치 위원회〉가 파견되어 왔다. 우흐따 남쪽, 롭차강에 걸려 있는 철교 근처 밀림 속에 통나무가 울타리가 둘러져, 새로운 격리 형무소 우흐따르까가 생겨났다. 거기서 철도 간선 남부 지방의 뜨로쯔끼주의자들에 대한 신문이 행해졌다. 그리고 바로 그 보르꾸따로, 위원회의 일원인 까시께찐이 파견되었다. 여기서 그는 뜨로쯔끼주의자들을 〈신문용 천막〉에 잡아넣었다. (채찍으로 후려갈기면서!) 그는 죄수들이 죄를 자백하도록 그다지 강요하지도 않으면서, 이른바 〈까시께찐식의 명단〉을 작성했다.

1937년에서 1938년에 걸친 겨울에 시르-야가 하구의 천막촌, 꼬치메스, 시바야 마스까, 우흐따르까 등 여러 집결지로부터 뜨로쯔끼주의자들과 데찌스뜨(민주 집중주의자)들을 〈낡은 벽돌 공장〉으로 끌고 왔다(그중 어떤 사람은 신문도 거치지 않고 끌려왔다). 몇 명의 두드러진 인물은 공판과 관련하여 모스끄바로 보내졌다. 1938년 4월경 〈낡은 벽돌 공장〉에 남은 사람은 1,053명이나 되었다. 협궤 철도에서 좀 떨어진 동토대에 낡아 빠진 기다란 헛간이 있었다. 거기에 단식 투쟁에 참가한 자들을 수용하기로 했다. 그러고 나서 새로 도착할 죄수들을 위해서 그 옆에 250인용의 낡은 구멍투성이 천막 2개가 쳐졌다. 천막은 밖으로부터 아무런 보호 시설도 되어 있지 않았다. 그곳의 수용 조건이 어떠했는가에 대해서는 오로뚜깐의 경우로 보아 이미 추측하고도 남음이 있으리라. 206미터의 천막 한가운데에 난로 대신 드럼통이 하나 놓여 있고, 석탄은 일주일에 한 양동이밖에 지급되지 않아서 그 속에 이를 잡아 던져 온기를 유지해 나갈 정도였다. 천막 안쪽은 두꺼운 성에로 뒤덮이고 판자 침상이 부족해서 사람들은 순번에 따라 침상에 눕기도 하고 걸어다니기도 했다. 하루의 급식은 빵 3백 그램에 수프 한 그릇이 전부였다. 때로는 대구를 한 조각씩 지급받기도 했지만, 그것도 매일은 아니었다. 물도 없어서 급식처럼 얼음 조각을 배급받았다. 물론, 세수라곤 할 수도 없었고, 목욕탕도 없었다. 온몸에 괴혈병의 반점이 번져 갔다.

그러나 이곳이 오로뚜깐보다 더 괴로웠던 것은 뜨로쯔끼주 의자들이 있는 곳에 수용소의 돌격대원들, 즉 무뢰한들을 집어넣었다는 사실이었다. 그 무뢰한 속에는 사형 선고를 받은 살인자들도 포함되어 있었다. 그들은 정치범 녀석들을 괴롭혀야 한다. 그렇게 하면 그 대가로 형을 경감시켜 주겠다는 교시를 받았던 것이다. 무뢰한들은 자기들의 정신에 딱 들어맞는 이 유쾌한 임무를 기꺼이 받아들였다. 그들은 반장 — 그중에서도 〈모로스(혹한)〉라는 반장의 별명이 사람들의 기억에 남아 있다 — 이나 부반장으로 임명되어 곤봉을 들고 다니면서 과거의 공산당원을 두들겨 팼다. 그들은 있는 방법을 다해 정치범들을 조롱했다. 정치범의 등 위에 올라타 말처럼 끌기도 하고, 남의 물건을 빼앗아서는 그 속에 똥을 싼 다음 난로 속에 던져 태우기도 했다. 어떤 천막에서는 정치범들이 무뢰한들에게 달려들어 놈들을 죽이려고 했지만 그들의 비명 소리를 듣자, 호송병들이 사회적 친근 분자들을 살려 주기 위해 천막을 향해 총을 쏴 댔다.

바로 이 무뢰한들의 조롱에 의해서 단식 투쟁 참가자들의 결단과 의지가 부서지고 만 것이었다.

이 〈낡은 벽돌 공장〉의 헐어 빠진 추운 은신처 속에서, 온기라고는 찾아볼 수 없는 초라한 난로 속에서 지난 20년간의 잔혹함과 재편성을 버텨 낸 혁명적인 열성이 다 꺼져 가고 있던 것이다.

그리고 러시아의 정치적인 투쟁의 전통도 역시 종말을 고하고 있는 듯이 보였다.

그럼에도 불구하고 희망을 버리지 않는 인간의 특성에 따라 〈낡은 벽돌 공장〉의 죄수들은 여전히 어느 새로운 건설 현장에라도 호송될 날만을 기다리고 있었다. 그들은 이미 몇 개월 동안 여기서 갖은 고초를 다 겪어 왔기 때문에 이제는 모두 인내의 한계점에 달하고 있었다. 그리고 실제로 4월 22일 이른 아침에 (이 날짜에 대해서는 확신을 가질 수가 없다. 그도 그럴 것이 바로 이날은 레닌의 탄생일이기 때문이다) 2백 명으로 구성된 죄수 호송단을 편성하기 시작했다. 호송되는 사람들은 각자 짐 가방을 받아서 그것을 썰매 위에 실었다. 호송병들은 죄수의 대열을 동쪽으로 끌고 갔다. 거기는 툰드라 지대여서, 근처에 민가라고는 한 채도 없었고, 그저 멀리 떨어진 곳에 살레하르뜨 거리가 있을 뿐이었다. 무뢰한들은 소지품을 실은 썰매를 타고 뒤에서 따라왔다. 남아 있는 사람들은 한 가지 이상한 점을 발견했다. 그것은 썰매에서 소지품이 든 짐 가방이 하나 떨어지고 뒤이어 또 하나의 자루가 떨어졌는데도 아무도 그것을 주워 올리려고 하지 않았다는 사실이다.

죄수들의 대열은 힘차게 전진해 가고 있었다. 그 어떤 새로운 인생, 새로운 활동이 그들을 기다리고 있었기 때문이다. 비록 그것이 괴로운 것이라 할지라도 기다림에 지쳐 있기보다는 나은 것이다. 썰매는 멀리 뒤로 처지고 말았다. 호송병들도 처지기 시작했다. 전방에도 좌우 옆에도 그들의 모습은 보이지 않고 그저 뒤에서 따라올 뿐이었다. 호송병들이 지쳐 있는 사실 또한 나쁜 징조는 아니다.

태양이 빛나고 있었다.

그런데 별안간, 어딘지 분간할 수 없는 눈부신 설원 속에서 검은 행진 대열을 향해 요란한 기관총 사격이 가해졌다. 죄수들은 쓰러졌고, 쓰러지지 않은 자는 멍청히 서 있었지만, 누구 하나 무슨 일이 일어났는지 아는 사람은 없었다.

그 순결하고 자비로운 죽음은 태양과 백설의 옷을 입고 찾아왔던 것이다.

이것은 미래의 전쟁의 환상이었다. 눈으로 만든 임시 보루 속에서 순백의 옷을 걸친 살인자들이 일어나더니(그들 중 대부분은 그루지야인이었다고 한다) 한길로 달려와서 살아남은 사람들을 자동 권총으로 사살하기 시작했다. 그 근처에 구덩이가 파여 있고, 썰매를 타고 온 무뢰한들이 시체를 그 구덩이 속에 끌어 넣었다. 죽은 사람들의 소지품은 무뢰한들의 반대에도 불구하고 모두 소각되었다.

4월 23일과 24일 이틀 동안에 바로 같은 장소에서 동일한 수법에 의해 760명이 더 총살당했다. 그러나 93명으로 구성된 호송단은 보르꾸따로 되돌아왔다. 그것은 무뢰한들과 선동가 겸 밀고자들이었던 것으로 보인다.[2]

바로 이것이 〈까시께찐식〉 총살의 주된 양상이었다.[3]

----

2 그들의 이름은 로이뜨만, 이스뜨뉴끄, 모젤(국립 문학 출판소 편집자), 알리예프 등이다. 무뢰한 중에서는 따지끄 니꼴라예프스끼라는 이름이 보인다. 그 한 사람 한 사람이 무엇 때문에 용서를 받았는지 확신을 가지고 말할 수는 없지만, 어쨌든 다른 이유를 발견하기는 힘들다.

그러나 멀리 떨어진 파견대의 사형수 호송단은 늦게 도착했다. 그들은 5명 내지 10명씩 떼를 지어 왔다. 살인 부대는 벽돌 공장 역에서 그들을 인수해서 낡은 목욕탕으로 연행했다. 그것은 서너 네댓 장의 모포로 내벽을 덮은 조그만 헛간이었다. 여기서 사형수들은 눈 위에서 옷을 벗고 알몸으로 안에 들어가라는 명령을 받았다. 그 안에서 그들은 권총으로 사살되었다. 이러한 방법으로 한 달 반 동안에 약 2백여 명이 총살당했다. 총살된 시체는 툰드라에서 소각되었다.

그 후 〈낡은 벽돌 공장〉의 헛간도, 우흐따르까 형무소도 모두 소각되었다(〈목욕탕〉은 나중에 무개 화차에 실려 협궤 철도 38호 지점까지 운반되어 그곳에 내버려졌다. 나의 친구 하나가 거기서 그 목욕탕을 조사해 봤더니 목욕탕은 온통 피투성이가 되어 있었고 내부의 벽은 벌집처럼 구멍이 나 있었다).

그러나 이것으로 뜨로쯔끼주의자들에 대한 총살이 끝난 것이 아니었다. 간신히 총살을 모면했던 30명가량의 사람들을 서서히 긁어모아서 〈30호〉 감방 근처에서 총살해 버렸다. 그러나 그들을 총살한 것은 다른 자들이었다. 그리고 최초의 살인 부대, 거기에 관계했던 보안 장교들과 호송병, 까시께찐식 총살에 참여했던 무뢰한들도 얼마 지나지 않아 역시 목격자로서 총살당하고 말았다.

한편 까시께찐 자신은 1938년에 〈당과 정부에 커다란 공헌을 했다〉고 해서 레닌 훈장을 수여받았다. 그러나 그로부터

---

3 이 정보는 나와 함께 수용소에 있던 두 사람의 죄수한테서 얻은 것이다. 그중 하나는 〈그곳〉에 있었던 사람이지만 용서를 받았다. 또 한 사람은 무척 탐구심이 강한 사나이여서 그때 벌써 그 사건을 집필하려고 했다. 그는 그 현장을 생생히 볼 수 있었을 뿐만 아니라, 자기가 물어볼 수 있었던 모든 사람한테서 그때의 사정을 알아보는 데 성공했던 것이다.

1년 후 레포르또보 형무소에서 총살당했다.

이것이 역사상 처음 있었던 일이라고는 결코 말할 수는 없을 것이다.

A. B.는 아다끄(삐초라강의 수용 지점)에서 있었던 처형 장면을 다음과 같이 말하고 있다. 밤마다 반대자들이 〈소지품을 들고〉 호송단에 끌려가듯이 밖으로 연행되었다. 수용소 밖에는 제3부서의 조그만 집 한 채가 있었다. 희생자들이 한 사람씩 방으로 들어가면, 경비병들이 그들을 습격했다. 순식간에 입속에 무언가 부드러운 것이 틀어박히고 양손은 등 뒤에서 새끼줄로 묶였다.

그러고 나서 마당으로 끌고 나갔지만, 거기에는 벌써 말을 맨 마차가 준비되어 있었다. 결박된 죄수들은 5명에서 7명씩 마차에 실려서 〈고르까〉라는 수용소의 묘지로 운반되었다. 거기서 그들은 이미 준비되어 있는 커다란 구덩이 속에 떠밀려 그대로 〈생매장〉을 당했던 것이다. 그러나 이것은 잔인성 때문에 그런 것은 아니었다. 결코 그렇지는 않았다. 사람을 운반하고 들어 올리는 작업에서 죽은 사람을 다루기보다는 산사람을 다루는 쪽이 훨씬 더 편하다는 것이 알려졌기 때문이었다.

이러한 작업이 아다끄에서 밤마다 여러 날 계속되었다.

그리고 바로 이런 방식에 의해서 우리 당의 도덕적·정치적 통일은 달성되었던 것이다.

제14장

운명을 바꾸는 것!

이 야만적인 세계에서 자기 자신을 지켜 나간다는 것은 어려운 일이다. 파업은 자살행위와 다름없다. 단식 투쟁도 아무 소용이 없다.

그러나 서둘러 죽을 필요는 없다. 아무 때라도 죽을 수 있으니까.

그렇다면 죄수들에게 남아 있는 길은 대체 무엇인가? 도망을 치는 길이다! 〈운명을 바꾸려고〉 나서는 것이다! (죄수들은 탈주를 가리켜 〈초록빛 검사〉라고도 부른다. 그는 죄수들 사이에서 인기가 있는 유일한 검사다. 다른 검사와 마찬가지로 이 검사도 많은 사건들을 그 전 상태대로 내버려 두기도 하고 혹은 또 전보다 더 어려운 상태로 몰아넣기도 하지만, 어떨 때는 깨끗이 석방시켜 주기도 한다. 그 검사란 다음 아닌 푸른 숲, 우거진 관목, 무성한 풀밭을 뜻하는 것이다.)

체호프가 말하고 있듯이 만일 죄수가 어떤 상황이건 개의치 않는 철학자가 아니라면(혹은 또 자기 속에 틀어박힐 수 있는 철학자가 아니라면) 그는 탈주하고 싶다고 바랄 수밖에 없으며, 또 그렇게 바라야 한다.

물론, 그렇게 바랄 수밖에 없다! 이것은 자유 의지의 명령이니까. 그런데 군도의 주민들은 전혀 그렇지가 못하다. 그들은 너무나도 양순하다. 그러나 그들 중에도 탈출을 생각하는 사람, 혹은 지금이라도 곧 탈주를 감행하려는 사람이 언제나 있게 마련이다. 이것은 여기저기서 끊임없이 행해지고 있는 탈주가 비록 실패로 끝나고 있다 해도, 죄수들의 정력이 아직은 다 소멸되지 않고 있다는 것을 단적으로 입증하는 것이다.

바로 여기 수용소 구내가 있다(도판 2). 구내의 경비는 엄중하다. 견고한 울타리, 삼엄한 경계 지대, 적당한 거리를 두고 늘어서 있는 망루. 이 망루에서는 구내의 모든 곳을 속속들이 관찰할 수 있고 또 어디든 사격을 가할 수 있다. 그러나 바로 이 장소에서, 울타리에 갇힌 이 땅의 한 구석에서 죽지 않으면 안 된다고 생각하면 갑자기 참을 수 없는 괴로움에 휩싸이게 된다. 그렇다, 이 판국에 어찌 행운을 시도해 보지 않을 수 있겠는가? 운명을 바꿔 보는 것이다. 이런 마음은 형기가 시작된 첫해에 가장 강해서 때로는 이성을 잃을 때도 있다. 그것은 그 죄수의 모든 장래와 죄수로서의 모든 성격이 결정되는 바로 그 첫해의 일이다. 그러나 시간이 흘러감에 따라 이러한 마음은 점점 시들어 가서, 저쪽이 자기를 더 필요로 한다는 자신도 없어지고 바깥세상과의 연결을 수행하고 있던 마음의 동경도 약해진다. 그리하여 마음속의 불길은 점점 사그라들고 마침내는 수용소의 노예 생활 속으로 빨려 들어가고 마는 것이다.

수용소가 존재한 전 기간을 통해서 탈주 건수는 결코 적지 않았던 모양이다. 이것은 우연히 입수한 자료지만, 1930년 3월 한 달에만도 러시아 공화국의 감금지로부터 1,328명이 탈주했다.[1] (어떻게 이러한 탈주 사건이 우리 사회에는 전혀

1 국립 10월 혁명 중앙 고문서관, 컬렉션 393, 목록 84, 문서 번호 4, p. 68.

알려져 있지 않을까.)

　1937년 이후 군도가 대대적으로 확장되었을 때, 그리고 특히 전시 중에 전투 능력이 있는 병사들이 전선으로 동원되었을 때 수용소의 경비는 매우 허술해졌다. 심지어 자체 경비라는 간악한 착상조차 반드시 좋은 결과를 가져다주지는 못했다. 그와 동시에 그들은 수용소에서 되도록 많은 경제적 이익, 생산물, 노동력을 끌어내려고 했기 때문에, 그들은 부득이 벌목 작업에 종사하는 수용소를 확대하고, 벽지에 출장소나 소(小) 출장소를 개설하지 않을 수 없었다. 따라서 그 경비는 더욱 허술해지고 명목뿐인 것이 되어 버렸다.

　우스찌-빔 수용소의 몇몇 소(小) 출장소에는 이미 1939년에 수용소 대신에 막대기로 엮은 담이나 나무 울타리밖에 없었고 밤에도 조명이 전혀 없었다. 즉, 밤에 죄수가 탈주를 하려고 해도 누구 하나 제지하는 사람이 없었던 것이다. 작업을 하려고 죄수들을 숲속으로 연행할 때 그 수용소의 징벌 수용지점에서조차 죄수들의 작업반마다 한 사람의 병사밖에 따라붙지 않았다. 물론 그 혼자서 죄수들을 모두 감시할 수는 없었다. 그래서 1939년 여름에 70명이 탈주했다. (한 사람은 하루에 두 번이나 탈주했다. 오전과 오후에!) 그중 60명이 되돌아왔다. 나머지 탈주자들에 대해서는 소식을 알 길이 없다.

　그러나 이것은 벽지에서의 이야기다. 내가 있던 모스끄바에서는 3건의 매우 간단한 탈주 사건이 있었다. 깔루가 대문 수용구에서 젊은 도둑이 대낮에 건설 현장의 울타리를 뚫고 나가 도망을 쳤다(그리고 그들 형사범들이 언제나 장담하고 있던 대로 하루가 지나 수용소 앞으로 1장의 엽서를 보내왔다. 거기에는 소치로 가고 있으니 수용소장에게 안부를 전해 달라고 쓰여 있었다). 식물원 근처에 있던 조그만 수용소 마르피노에서도 젊은 처녀가 탈주했지만 그 처녀에 대해서는 이미 앞에서도 언급한 바 있다.[2] 또 같은 수용소에서 형사범이 탈주하여 버스를 타고 모스끄바 중심지로 가버린 일도 있다. 물론 그에게는 호송병이 딸려 있지 않았다. MGB는 우리 정치범들에 대해서만 가혹하게 단속하고, 형사범의 탈주에 대해서는 그다지 관심도 돌리지 않았던 것이다.

아마 수용소 관리 본부에서 어느 날 계산을 해보고 수천 개의 섬들을 엄중히 감시하기보다는 1년에 몇 퍼센트의 죄수들이 탈주하는 것을 묵인하는 편이 훨씬 값이 싸게 먹힌다는 사실을 알았을지도 모른다.

그뿐만 아니라, 그들은 군도 주민들을 그 자리에 튼튼히 결박시키고 있는 몇 개의 보이지 않는 쇠사슬에도 기대를 걸고 있었다.

그 쇠사슬 중에서도 가장 강력한 것은 전면적인 낙담 상태, 즉 죄수들이 자신의 노예 상태에 완전히 젖어 있다는 것이었다. 〈제58조〉 정치범들이나 형사범들이나 대부분의 사람들은 거의 모두 가족적이고 근면한 사람들이었다. 그들은 법질서의 테두리 안에서 상사의 명령이나 승인 없이는 도저히 행동할 수 없는 사람들이었다. 5년이나 10년씩 갇혀 있어서 그들은 국가(자신들의 국가), NKVD, 경찰, 경비대, 경비견 앞에서 홀로 — 오, 집단이란 생각도 못 할 일이다! — 자기의 자유를 위해 일어선다는 것은 감히 엄두도 내지 못했던 것이다. 비록 교묘히 탈주했다 해도, 교차로마다 증명서를 검사하고 모든 초소의 문틈으로부터 통행인을 의심스럽게 바라보는 눈이 있다면 가짜 신분증을 가지고 가짜 이름을 써 가며 어떻게 살아갈 수 있겠는가? 교정 노동 수용소의 일반적인 분위기는

2 제3부 제5장 참조 — 옮긴이주.

다음과 같은 것이었다. 당신들은 왜 총을 들고 우리를 경비하는 겁니까? 당신네들이 여기 없어도 우리는 도망치지 않아요. 우린 죄인들이 아니까 도망갈 필요가 없어요. 그렇지 않아도 우린 1년 후면 자유로운 몸이 될 테니까(은사에 의해서……)! K. 스뜨라호비치의 말에 의하면 그들의 기차가 1942년에 우글리치로 호송될 때 여러 번 폭격을 받았다. 호송병들은 그때마다 도망쳤지만, 죄수들은 아무 데도 도망치지 않고 호송병들이 돌아올 때까지 그 자리에서 기다리고 있었다. 까르 수용소 오르따우 파견대의 회계계에게 있었던 일도 그런 수많은 예 중의 하나랄 수 있다. 그는 보고 임무를 띠고 40킬로미터 되는 곳에 파견되었는데 그때 그에게는 한 사람의 호송병이 따라갔다. 돌아오는 길에 그는 만취한 호송병을 마차로 운반했을 뿐만 아니라, 호송병의 소총까지도 소중히 보관하지 않으면 안 되었다. 혹시 총을 분실해서 그 어리석은 호송병이 재판에라도 걸릴까 봐 걱정해서 말이다.

또 하나의 쇠사슬은 쇠약함, 즉 수용소의 굶주림이었다. 다름 아닌 이 굶주림이 수용소보다는 그래도 밀림 속이 더 먹을 것이 많으리라는 기대하에 가끔 절망에 허덕이는 사람들을 밀림 속으로 내몰기도 했으나 그 굶주림 자체가 사람들을 쇠약하게 만들어 줌으로써 먼 길을 떠날 만한 체력을 부여해 주지 못했다. 그리고 눈앞의 공복 때문에, 탈주 여정에 필요한 식량도 비축할 수가 없었던 것이다.

또 하나의 쇠사슬은 새로운 형기에 대한 공포였다. 정치범이 탈주하면, 역시 같은 제58조에 의해서 새로운 10년 형이 선고되었다(이 경우는 제58조 14항, 즉 반혁명적 사보타주를 적용하는 것이 가장 편리하다는 것을 점차 그들도 알게 되었다). 그러나 도둑의 경우는 제82조(순수한 탈주)를 적용해서

2년의 형기밖에 부여하지 않았다. 그러나 1947년까지는 절도와 강도죄에 대해서도 2년 이상의 형을 부과한 일이 없었기 때문에 그다지 대수로울 것도 없었다. 게다가 수용소는 그들에게 있어 〈고향 집〉과 다름없어서 그들은 수용소에서 굶주리지도 않았고 일도 하지 않았다. 그들로서는 탈주하기보다도 수용소에서 형기를 보내는 것이 훨씬 유리했던 것이다. 그뿐만 아니라 그들은 언제나 특별 대우나 은사를 받을 수 있었다. 도둑들에게 있어 탈주는 배부른 건강한 육체의 게임이고 억제할 수 없는 욕망의 폭발에 지나지 않았다. 즉 놀고 싶다, 약탈하고 싶다, 술 마시고 싶다, 강간하고 싶다, 으스대고 싶다는 욕망의 발작에 지나지 않았다. 그들 중에서도 필사적으로 탈주한 것은 중형을 받은 비적과 살인자들뿐이었다.

(도둑들은 아직까지 한 번도 실행한 적이 없는 탈주에 관해서 거짓말을 늘어놓기를 좋아하는가 하면, 또는 이미 실행한 바 있는 탈주 이야기를 지나치게 과장해서 떠벌려 대기를 매우 좋아한다. 여러분은 인디야 — 형사범 도둑들의 막사 — 가 겨울 준비를 잘했다고 해서 표창장을 받았다는 이야기를 듣게 될지도 모른다. 즉, 막사 주위에 흙을 쌓아 올려서 한기를 막았다는 이야기를 말이다. 이것은 그들이 빠져나갈 탈주 구멍을 파고 있었기 때문에 거기서 나온 흙을 공공연히 수용소 당국 앞에 내놓았다는 이야기인데 그런 말은 믿지 말기를 바란다! 인디야의 주민은 탈주하는 일도 없고 탈주용 구멍을 파지도 않는다. 그들은 될수록 편하고 손쉬운 것만을 원한다. 그리고 수용소 당국도 그 흙을 어디에서 날라 오는가를 조사하지 않을 바보는 아니다. 소장의 신임을 얻어 막사의 장을 하고 있던 꼬르진낀이라는 전과 10범의 도둑은 실제로 좋은 옷차림을 하고 탈주를 하여, 자기는 검사보라고 자칭했지만

그는 여기에 덧붙여 다시 이렇게 고백할 것이다. 탈주자 체포 책임자 — 이런 직책도 있다 — 와 함께 같은 집에 머물렀을 때 그는 밤에 상대방의 군복과 무기와 경비견까지 훔쳐서 그 다음부터는 보안 장교로 자처했노라고. 그러나 이것은 모두 새빨간 거짓말이다. 무뢰한들은 언제나 자기의 공상이나 이야기 속에서 실제로 있었던 것보다 더 영웅적이어야만 하는 것이다.)

그 밖에 죄수들을 결박하고 있었던 것은 수용소가 아니라, 호송병이 딸려 있지 않았다는 사실이었다. 최소한의 경비를 받고 있던 사람들은 등 뒤에 총검의 위험 없이 작업장으로 이동하고 또 돌아올 때는 이따금 민간인 마을에 들르기도 하는 조그만 특전을 부여받고 있었는데, 그들은 이러한 특권을 매우 소중히 생각하고 있었다. 탈주에 실패하면 이 특전은 몰수되기 때문이었다.

군도의 지리 조건도 탈주에 크나큰 장애를 주었다. 끝없이 계속되는 설원과 사막, 툰드라, 밀림 지대가 그것이다. 꼴리마는 비록 섬은 아니라 해도, 섬보다 더 고립된 곳이다. 완전히 절연된 지점, 꼴리마에서 대체 어디로 도주할 수 있겠는가? 거기서 탈주가 있었다면 그것은 오로지 절망 때문이었다. 하기는 야꾸뜨인들이 죄수들에게 호의를 베풀어 준 적도 있기는 있었다. 「해님에 아홉 번 절을 하면 하바로프스끄까지 데려다 주겠소.」 그러고는 사슴들이 끄는 썰매에 태워 날라다 주는 것이었다. 그러나 그 후 무뢰한들이 탈주 도중 야꾸뜨인들을 약탈하기 시작하자, 야꾸뜨인들도 탈주자에 대한 태도를 바꿔 도망자들을 당국에 넘겨주게 되었다.

당국에 의해 매수되고 있는 현지 주민의 반감은 탈주의 가장 큰 장애가 되었다. 당국은 아낌없이 체포자에게 포상을 했다(이것은 정치 교육을 겸한 것이기도 했다). 그래서 수용소 군도 주변에 정주하던 여러 민족들에게는 탈주자를 체포하는 것이 하나의 축제처럼 되었다. 그것은 곧 그들의 풍요를 뜻하는 것이고, 수확이 많은 사냥이나 조그만 자연 금광의 발견이나 다를 것이 없었다. 퉁구스인들, 꼬먀끄인들, 까자끄인들에게 밀가루와 차가 보수로 지급되고, 인구 밀도가 과밀한 지역 근처에서는, 예를 들어 부레뽈롬 수용소와 운시 수용소 주변의 볼가강 왼쪽 지역 주민에게는 1명의 탈주자 체포에 대해서 밀가루 2푸드,[3] 직물 8미터와 청어 몇 킬로그램씩이 지급되었다. 전시에는 청어를 다른 방법으로는 입수할 수 없었으므로 현지 주민들은 탈주자를 〈청어〉라고 부르게끔 되었다. 이를 테면 셰르스뜨까 마을에서는 누구든지 낯선 사람만 나타나면, 아이들은 일제히 집 안으로 달려 들어가 〈엄마! 청어가 왔어!〉 하고 외쳤다.

그럼 지질학자들은 어떤가? 이 북방 무인 지대의 개척자들, 사내답게 턱수염을 기르고 장화를 신은 영웅들, 잭 런던의 마음씨를 지닌 이들은 어떠했던가? 탈주자는 우리 소비에뜨의 지질학자들에게는 아예 기대를 걸지 말고, 그들의 모닥불에 접근하지 않는 쪽이 낫다. 〈산업당〉의 여파로 체포되어 10년형을 선고받은 레닌그라뜨 기사 아브로시모프가 1933년에 니바그레스 수용소에서 탈주했다. 그는 21일 동안 밀림 지대를 헤매다가 지질학자를 만났을 때 형용하기 어려울 정도로 기뻤다! 그런데 그들은 사람이 사는 곳까지 그를 데리고 가서 노동 위원회의 의장에게 넘겨주었던 것이다. (지질학자들의 심정도 이해할 수는 있다. 그들도 개인적으로 행동하고 있는 것은 아니니까 서로 밀고당할까 봐 겁을 내고 있었던 것이다. 그

3 1푸드는 16.38킬로그램 — 옮긴이주.

리고 만약 그 탈주자가 실제로 형사범이고 살인범이었다면? 밤에 그들을 죽이지 않는다고 장담할 수 있을까?)

체포된 탈주자가 살해된 채 잡히면, 그 관통상을 입은 부패한 시체를 며칠씩 수용소 식당 앞에 내버려 둘 수도 있다. 죄수들로 하여금 아무것도 안 든 수프를 더 고맙게 여기게 하기 위해서다. 탈주자가 산 채로 체포되면, 당직소 옆에 세워 두고 죄수들의 대열이 지나갈 때마다 경비견에게 명령을 내릴 수도 있다. (경비견은 호령에 따라 사람을 물어 죽일 수도 있고, 물어뜯을 수도 있고, 또 옷을 갈기갈기 찢어 벌거숭이로 만들 수도 있다.) 혹은 또 문화 교육부에서 〈나는 탈주했지만, 개에 의해 붙잡혔습니다〉라는 표지판을 쓴 다음, 그 표지판을 탈주범의 목에 걸고 수용소 구내를 돌아다니도록 명령할 수도 있다.

만일 때리는 경우에는 신장이 상할 정도로 때린다. 또 수갑을 채운다면 손목이 한평생 감각을 잃을 정도로 사정없이 조인다(G. 소로낀의 경우, 이브젤 수용소). 그리고 징벌 감방에 집어넣는다면 결핵 없이는 그곳에서 빠져나올 수 없다(니로쁘 수용소, 바라노프의 경우, 1944년 탈주. 그는 호송병에게 얻어맞아 피를 토하고 3년 후 왼쪽 폐를 절단해야 했다).[4]

원래 탈주자를 때려죽이는 것이 군도에서의 탈주 방지를 위한 주요 형태다.[5] 그리고 오랫동안 탈주가 없을 경우는 이따금씩 그것을 꾸며 내지 않으면 안 된다. 1951년 꼴리마 지방의 금광 채굴장 제빈에서 어느 한 죄수 그룹에게 나무 열매

---

4 그는 지금 이 병을 〈직업병〉으로 인정해 달라고 신청하고 있다(노후 연금을 지급받기 위해서). 죄수를 위해서나 호송병을 위해서나 이 이상의 직업병은 없는 것이다! 그러나 그들은 인정해 주지 않고 있다…….
5 극히 최근에 흐루쇼프 시대에 들어와서 이 형태의 중요성은 더욱 증대되고 있다. 아나똘리 마르첸꼬의 『나의 증언』을 참조하기 바란다.

를 따도록 허가한 일이 있었다. 그중 세 사람이 숲속에서 길을 잃어 집합 시간에 돌아오지 않았다. 수용소장 뾰뜨르 로마가 중위는 고문자들을 내보냈다. 그들은 잠들어 있는 세 사람에게 개를 풀어 덮치게 했다. 그러고 나서도 골이 바깥으로 튀어나올 정도로 총 개머리판으로 머리를 짓부순 다음, 그 모양 그대로 세 사람의 시체를 마차에 싣고 수용소로 운반해 왔다. 그 마차는 말 대신 네 명의 죄수들이 끄는 것이었고, 다른 죄수들이 늘어서 있는 대열 앞을 지나갔다. 〈탈주자는 모두 이렇게 된다〉라고 로마가는 선언했다.

이 모든 것을 앞에 두고 절망과 전율을 느끼지 않을 사람이 어디 있겠는가? 그래도 탈주를 감행할 것인가! 그리고 목적지까지 도달할 수 있을까! 그런데 그 목적지란 도대체 어디를 말하는 것인가? 탈주자가 도주에 성공하여 남몰래 생각해 둔 장소에 도착했을 때 도대체 누가 위험을 무릅쓰면서까지 따스하게 맞아 주고 보살펴 주고 시중을 들어준다는 말인가? 바깥세상에서는 무뢰한들에게만 은신처가 약속되고 있다. 우리들처럼 〈제58조〉 정치범들의 경우, 이러한 주거지는 아지트라 불려서, 거의 지하 조직과도 같은 뜻을 지니게 마련이다.

바로 이렇게 많은 장애와 함정이 탈주를 기다리고 있는 것이다.

그럼에도 불구하고 절망한 나머지 이 모든 것을 신경 쓰지 않는 사람이 있다. 이런 사람의 눈에 이런 풍경이 비친다. 강이 흐르고 그 강 위에 통나무 하나가 떠내려간다 — 그 순간 그는 통나무 위로 뛰어오른다! 그리고 통나무를 타고 도망을 치는 것이다! 올찬 수용 지점의 뱌체슬라프 베즈로드니는 이제 막 병원에서 나온 쇠약한 몸인데도 불구하고 2개의 통나무에 의지하고 인지기르까 강으로 도망을 쳤다 — 북극해로 말이다! 그의 목적지는 어디였을까? 무엇을 기대했을까? 그는 체포되었다기보다는 공해상에서 건져 올려져 추운 겨울에 올찬에 있는 같은 병원으로 다시 이송되어 왔던 것이다.

자기 스스로 수용소로 돌아오지 않았거나, 초죽음이 되어 끌려오지 않았거나 시체가 되어 끌려오지 않은 나머지 사람들이 모두 탈주에 성공했다고는 반드시 말할 수 없다. 어쩌면 그는 수용소에서 질질 끌던 노예적인 죽음을 밀림에서의 자유로운 짐승의 죽음으로 바꾸었을 뿐인지도 모를 것이기 때문이다.

탈주자들이 도망쳐 방황하다가 제 발로 수용소에 돌아오면, 수용소의 보안 장교들에게는 그보다 좋은 것이 없었다. 왜냐하면 조금도 마음을 쓸 필요가 없이 탈주자들에게 제2의 형기를 매길 수 있었기 때문이다. 만일 오랫동안 탈주자가 없으면, 일부러 탈주를 조작하곤 했다. 누군가 밀고자에게 〈탈주를 위한〉 집단을 만들게 해서, 그 모두를 체포하는 것이었다.

그러나 목숨을 내걸고 탈주한 사람은 곧 무서운 인간으로 돌변하고 만다. 어떤 사람은 경비견에게 흔적을 남기지 않으려고 자기가 지나온 밀림에 불을 질러 밀림이 수 킬로미터에 걸쳐 몇 주나 불타기도 했다. 그리고 1949년 베슬란까 국영 농장 근처의 초원에서 탈주자를 체포하고 보니 그의 배낭 속에는 사람 고기가 들어 있었다 — 그는 도중에 만난 5년 형기의 호송병 없는 화가를 죽이고 그 살을 잘라 냈지만, 미처 그것을 삶아 먹을 여유가 없었던 것이다.

1947년 봄, 꼴리마의 엘겐 근처에서 죄수들의 대열을 두 사람의 병사가 호송하고 있었다. 그런데 갑자기 한 사람의 죄수가 어느 누구와도 짜지 않고 번개처럼 호송병들에게 달려들어 혼자서 두 사람의 무기를 빼앗고는 그 두 사람 다 사살해 버렸다! (그의 이름은 알려져 있지 않지만, 그는 그 얼마 전까지도 전선에서 장교로 있었다. 이것은 전선의 장교가 수용소에서도 용맹성을 잃지 않았다는 희귀하고도 선명한 예다.) 그 용감한 죄수는 대열에 있는 동료들에게 우리는 이제부터 자유라고 선언했다! 그러나 죄수들은 공포에 질려 있었다. 누구 하나 그의 뒤를 따르는 사람이 없었고 모두가 땅바닥에 앉은 채 새 호송병이 오기만을 기다리고 있었다. 전선에서 돌아온 장교는 그들의 소심함을 나무랐으나 아무 소용도 없었다. 그래서 그는 무기를 들고(실탄 32발, 〈31발은 그놈들에게 선물해 줘야지!〉) 혼자서 도망쳤다. 그 후 그는 체포하러 온 경비병들을 여러 명 사살하고 부상을 입힌 끝에 32발째의 실탄으로 자살하고 말았다. 전쟁터에서 돌아온 죄수들이 모두 이렇게 행동했다면 아마 수용소군도도 붕괴하고 말았으리라.

끄라스 수용소에서는 병사 출신인 할힌골의 용사가 도끼를 들고 호송병에게 달려들어 도끼머리로 상대방을 기절시키고, 소총과 30발의 실탄을 빼앗은 적이 있다. 그를 추적하기 위해 경비견을 내몰았지만, 그는 두 마리를 쏴 죽이고 개 사육사에게 부상을 입혔다. 그를 체포하자 경비병들은 그를 사살했을 뿐만 아니라, 죽은 동료와 개의 복수를 위해 이미 죽어 있는 시체에다 미친 듯이 총검을 찔러 댔다. 그리고 그 모양 그대로 일주일이나 위병소 옆에 방치해 두었던 것이다.

1951년에 역시 같은 끄라스 수용소에서 약 10명가량의 장기 복역수들이 4명의 경비병에게 호송되고 있었다. 그러던 중 갑자기 죄수들이 호송병들에게 달려들어 그들의 자동소총을 빼앗고 그들의 제복으로 바꿔 입었다(그러나 호송병들을 죽이지는 않았다! 피억압자는 종종 억압자보다 관대할 때가 있다). 이윽고 변장한 4명은 극히 자연스럽게 동료들을 호송하면서 협궤 철도 쪽으로 데리고 갔다. 거기에는 재목을 운반하기 위한 빈 화물 열차가 서 있었다. 위장한 호송병들은 기관차까지 가자, 그 승무원들을 내리게 하고 (탈주자 중에 기관사가 있었던 것이다) 그 열차를 전속력으로 레쇼띠 역, 즉 시베리아 철도의 간선까지 운전했다. 그러나 거기까지 가려면 약 70킬로미터의 거리를 질주해야만 했었다. 그동안에 이미 그들에 대한 제보가 있어서(목숨을 살려 준 호송병들에 의해서) 가는 도중 여러 차례 경비병 집단과 교전을 하지 않으면 안 되었다. 레쇼띠 역 수 킬로미터 전방 지점에서는 철로에 지뢰를 매설하고 경비대 대대가 배치되어 있었다. 탈주자들은 수적으로 열세한 이 전투에서 모두 전사하고 말았다. 일반적으로 성공률이 높았던 것은 고요한 탈주였다. 개중에는 놀랄 만큼 멋지게 성공한 탈주도 있었지만, 우리는 이러한 성공담을 거의 들을 수 없다. 교묘하게 탈출해 나온 사람들은 인터뷰에 응하지 않는다. 그들은 이름까지 바꾸고 남몰래 숨어 살고 있다. 1942년에 성공적으로 탈출한 꾸지꼬프 스까친스끼가 우리에게 이야기를 들려준 것은 1959년에 체포되었기 때문이다 — 17년 만에 다시 체포된 것이다![6]

그리고 또 지나이다 야꼬블레브나 뽀발랴예바의 성공적인 탈주 이야기도 결국은 그녀가 체포되었기 때문에 우리가 알게 된 것이다. 그녀는 독일군 점령 시대에 자기가 그때까지

6 그것은 이렇게 되어 발각되었던 것이다. 즉, 다른 사건으로 그와 함께 탈주한 사내가 체포되었다. 그의 지문을 조회한 결과 본명이 드러났다. 그들은 탈주자들이 모두 죽었을 것이라고 생각했으나 그것이 잘못이었다는 것이 판명되었다. 여기서 꾸지꼬프에 대한 수색이 시작되었다. 그들은 꾸지꼬프의 고향에서 남몰래 여러 사람들과 만나면서, 친척을 감시하고 있었다. 그리하여 친척의 연줄을 따라 마침내 그를 체포하고야 말았다. 17년이 지난 후에도 그의 검거를 위해 노력과 시간을 아끼지 않았던 것이다.

근무하고 있던 학교에서 그대로 교사직을 계속했다고 해서 유죄 판결을 받았다. 그러나 그녀는 소비에뜨 군대가 도착한 직후 체포된 것이 아니다. 그녀는 체포되기 전에 비행사와 결혼했다. 결혼 후 그녀는 체포되어 보르꾸따의 제8 탄광으로 유배되었다. 그녀는 취사장의 중국인들을 통해 바깥세상에 있는 남편과 연락을 취했다. 그는 민간 항공의 비행사로 근무하고 있었기 때문에 보르꾸따 항로를 비행할 수 있었다. 약속한 날에 지나는 작업 구역의 목욕탕으로 가서 수용소의 옷을 벗은 다음, 전날 밤부터 말아 두었던 머리를 스카프 밑으로 길게 늘어뜨렸다. 작업 구역에서는 남편이 그녀를 기다리고 있었다. 강의 건널목에서는 보안부 요원들이 경비를 하고 있었지만, 비행사와 팔짱을 끼고 걷고 있는 머리를 손질한 젊은 여성에게는 주목하지 않았다. 두 사람은 비행기로 탈주했다. 지나는 1년 동안 다른 사람의 명의로 된 서류로 살았다. 그러나 그녀는 어머니가 보고 싶어 견딜 수가 없었다. 그런데 어머니는 이미 감시를 받고 있었던 것이다. 다시 심리를 할 때 그녀는 석탄용 화물차로 탈출했다고 교묘히 꾸며 댔다. 그래서 남편의 협력에 대해서는 끝내 발각되지 않고 무사히 넘어갈 수 있었던 것이다.

야니스 L.은 1946년에 뻬름 수용소에서 라트비아까지 걸어서 갔다. 그것도 서투른 러시아어를 써 가면서 거의 의사소통도 없이 도착한 것이다. 수용소에서의 탈출 자체는 간단했다. 그는 힘껏 달려 낡은 울타리를 쓰러뜨린 다음 그 울타리를 밟고 넘어섰다. 그 후 그는 소택지의 숲속에서 (발에는 짚신을 신고 있었다) 오랫동안 나무 열매만을 먹고 살았다. 어느 날 그는 마을에서 소 한 마리를 숲속으로 끌고 와서 죽였다. 그는 배불리 소고기를 먹은 다음 소가죽으로 구두를 지어

신었다. 그리고 다른 곳에서는 농민의 모피 외투를 훔쳤다(주민들의 원한을 사게 되면, 탈주자는 부득이 주민의 적이 될 수밖에 없는 것이다). 사람들이 많은 곳에서는 서류를 분실당한 동원된 라트비아인이라고 변명했다. 그때까지만 해도 사방에서 통행증을 검사하는 제도가 아직 남아 있었음에도 불구하고 그는 생전 처음 보는 레닌그라뜨에서 한마디도 지껄이지 않고 바르샤바 역을 찾아내어 거기서 다시 철로를 따라 1천 킬로미터를 걸어가다가 지나는 열차에 몸을 실었다. (그는 한 가지만은 확신하고 있었다. 라트비아에서는 틀림없이 자기를 보살펴 주리라는 것을, 그렇기 때문에 그는 자기 탈주에 보람을 느끼고 있었던 것이다.)

L.과 같은 탈출은 농민의 다리 힘과 끈질긴 집념, 기민성을 필요로 한다. 그럼, 도시인도 탈주를 할 수 있을까? 남의 소문을 옮긴 죄로 5년 형을 선고받은 노인에게도 탈주는 가능할까? 그렇다, 가능하다. 모스끄바와 고리끼시 중간에 위치한 그 가혹한 수용소(1941년부터 포탄 제조에 종사하고 있었다)에 남아 있다는 것이 확실한 죽음을 뜻하는 경우에는 가능하다. 5년이라면 〈어린아이의 형기〉쯤으로 생각될지 몰라도, 소문을 좋아하는 불쌍한 노인에게는 단 5개월도 참을 수 없었을는지 모른다. 일반 작업에 끌려 나가 고생을 하는 데다가 식사도 제대로 못하니 말이다. 이 탈주는 절망의 충동, 그것도 순간적인 충동이었지만, 만일 30초가량만이라도 주춤했더라면 탈주를 감행할 의지도 기력도 사라지고 말았으리라. 수용소에 화물 열차가 들어와서 포탄의 적하 작업도 끝났을 무렵이었다. 열차를 따라 호송병 중사가 오고 있고, 그보다 몇 차량 뒤떨어져서 철도원이 오고 있었다. 중사는 붉은 차량의 문을 열고 안에 아무것도 없는 것을 확인한 다음 그 문을 닫고

나간다. 그러면 뒤따라오는 철도원이 봉인을 하는 것이다. 그때 굶주린 폐인과 다름없이 된, 소문을 좋아하는 노인은[7] 지나간 중사와 앞으로 다가오는 철도원 사이를 노렸다가 차량을 향해 돌진했다. 차량에 기어오르기도 힘들거니와 소리를 내지 않고 문을 닫기도 쉬운 일은 아니었다. 이것은 계획과는 거리가 먼 일이다. 이것은 틀림없는 실패다. 그는 몸을 움츠리고 방망이질을 하는 가슴의 고동을 억누르면서, 벌써부터 후회하고 있었다 — 이제 중위가 돌아와서 군홧발로 걷어찰 테지. 이제 철도원이 소리를 지를 테지. 아, 벌써 누가 문을 만진다 — 아니, 그건 봉인을 하기 위해서였다! (나는 혼자 이렇게 생각한다 — 그것은 어쩌면 철도원이 아니었을까? 보고도 못본 체하지 않았을까?) 열차는 수용소를 빠져나간다. 열차는 전선으로 향한다. 탈주자는 아무것도 준비한 것이 없다. 빵 한 조각도 가진 것이 없다. 아마, 그는 3주도 지나기 전에 스스로 뛰어든 이 움직이는 징벌 감방 속에서 죽게 되리라. 일선까지는 도저히 살아남을 가망성이 없다. 아니, 그는 전선까지 갈 필요도 없다. 어떻게 할 것인가? 이제는 어떻게 빠져나가느냐가 문제다. 그는 포탄 상자가 철판 띠로 동여매어 있는 것을 본다. 그는 아무것도 없는 맨손으로 철판을 끊고, 상자가 쌓여 있지 않은 차량 바닥에 구멍을 뚫는다. 노인이라고 해서 그런 일이 불가능할까? 그렇다고 가만히 앉아서 죽을 수는 없지 않은가? 차량 문이 열려 그대로 붙잡힐 수는 없지 않느냐 말이다. 상자에는 또한 편리하게 운반하기 위해 새끼줄 고리가 붙어 있었다. 그는 그 고리를 잘라서 같은 모양의 고리를 좀 더 길게 만든 다음, 그것을 방금 뚫은 구멍에서 차량 밑으로 늘

7 정말로 일이 이렇게 진행되었으나 그의 이름을 따로 외우고 있는 사람은 없다.

어지도록 잡아맸다. 그는 이미 녹초가 되어 있었다! 상처투성이의 손도 제대로 말을 듣지 않았다. 한번 지껄인 소문이 이렇게 비싸게 먹힐 줄이야! 그는 역에 도착할 때를 기다리지 않고, 열차가 달리는 가운데 조심스럽게 구멍 속으로 기어 내려가 두 발을 한쪽 새끼줄 고리에 걸고(열차 후미 쪽으로), 두 어깨를 또 한쪽의 고리에 걸었다. 기차는 계속 달리고, 탈주자는 그 밑에서 흔들리며 매달려 있다. 열차의 속도가 떨어지자 그는 결심을 하고 두 다리를 고리에서 뗀다. 다리가 지면에 닿고 온몸이 땅에 질질 끌린다. 이것은 생명을 내건 서커스의 곡예와도 다를 것이 없다. 전보를 받은 당국이 기차를 멈추고 차량을 수색할지도 모르지 않는가. 수용소에서는 이미 그의 탈출을 알아차렸을 테니까. 이제는 더 이상 몸을 굽힐 수도 없고 들어 올릴 수도 없다! 그는 침목에다 몸을 기댄다. 그는 죽음을 각오하고 눈을 감았다. 마지막 차량의 바퀴 소리가 덜컹거리며 지나가더니 갑자기 고요한 정적이 깃들었다. 탈주자는 눈을 뜨고 몸을 일으켰다. 이제는 멀리 사라져 가는 기차의 빨간 등불밖에 보이지 않는다. 드디어 자유가 온 것이다.

그러나 아직도 구출된 것은 아니었다. 자유로운 몸이 되기는 했지만, 증명서도 없고 돈도 없다. 몸에는 아직도 수용소 누더기를 걸치고 있어서 어떻게 할 수가 없었다. 퉁퉁 부은 얼굴에 누더기 옷을 걸친 그는 간신히 역까지 걸어가서, 레닌그라뜨에서 온 사람들의 틈바귀 속에 끼어들었다. 도시에서 소개(疏開)해 나온 사람들이 남의 부축을 받아 간신히 걸으면서 역에서 뜨거운 식사를 지급받고 있었다. 아니, 그는 살아남을 수는 없었을 것이다 — 그런데 마침 그는 거기서 빈사 직전에 있는 친구를 발견하고 그 친구의 증명서를 얻었다. 그 친구의 과거를 그는 잘 알고 있었던 것이다. 그들은 모두 사라또프 교외로 운반되었다. 거기서 이 노인은 전쟁이 끝날 때까지 수년간을 양계장에서 일하며 지냈다. 그러는 사이에 그는 딸이 그리워져서 딸을 찾아 떠났다. 날치끄와 아르마비르를 거쳐 우즈고로뜨에서 드디어 딸을 찾아냈다. 딸은 이미 국경 경비대원과 결혼한 몸이었다. 딸은 아버지가 죽은 줄 알고 차라리 잘되었다고 생각하고 있던 중 느닷없이 나타난 아버지의 이야기를 듣고 공포와 혐오감에 사로잡혔다. 딸은 이미 철저한 소비에뜨의 시민이 되어 있었지만, 그래도 아직은 혈육의 정이라는 수치스러운 유물을 마음 한구석에 간직하고 있었으므로 아버지를 밀고하지 않고, 그대로 내쫓고 말았다. 노인에게는 아무도 의지할 만한 사람이라고는 없었다. 그는 거리에서 거리로 방황하면서 덧없는 인생을 보내고 있었다. 그러는 사이에 그는 마약 중독자가 되었다. 어느 날 바꾸에서 대마초를 피우다 구급차에 실려 갔다. 그는 의식이 몽롱할 때는 본명을 말하고 정신이 들었을 때는 가명을 댔다. 우리 소비에뜨의 병원에서는 환자의 성분이 분명하지 않은 한 치료를 해줄 수가 없다. 그래서 결국 기관에서 사람이 나와 1952년에, 즉 탈주한 지 10년 만에 이 노인은 25년 형을 선고받았던 것이다. (하기는 이 때문에 그는 감방에서 자기 이야기를 할 수 있는 행복한 기회를 얻어 지금은 역사적인 인물이 된 것이다.)

때로는 성공한 탈주자의 그 후의 인생이 탈주 자체보다도 극적일 때가 있다. 이 책에서 이미 여러 번 언급한 세르게이 안드레예비치 체보따료프의 경우가 아마 그렇다고 말할 수 있을 것이다. 1914년에 그는 동만 철도의 직원이 되고 1917년 2월에 볼셰비끼 당원이 되었다. 1929년 동만 철도 사건 때에 중국의 형무소에 투옥되었다가 1931년에 아내 엘레나 쁘로

꼬피예브나와 두 아들 겐나지와 빅또르를 데리고 고국으로 돌아왔다. 조국에서는 모든 것이 소비에뜨식으로 진행되었다. 며칠 후 그 자신은 체포되고 아내는 미쳐 버렸다. 아이들은 〈따로따로〉 아동 수용소로 보내졌고, 아이들에게는 강제로 남의 부칭과 이름이 붙여졌다. 두 아이는 자기 이름과 부칭을 잘 알고 있어서 남의 것은 거부했음에도 불구하고 말이다. OGPU의 극동 뜨로이까(여기에도 역시 〈뜨로이까〉가 있었다)는 아직 경험이 부족했기 때문에 체보따료프에게 3년 형밖에 선고하지 않았으나 곧 다시 그는 체포되어 고문을 받고 다시 재판을 받은 끝에 10년 형을 선고받았다. 그는 교신의 권리를 박탈당하고 혁명 기념일의 휴일에는 특히 엄중한 경비까지 받게 되었다. 그러나 이 엄중한 판결은 도리어 그를 도와주는 계기가 되었다. 1934년부터 그는 까르 수용소에 있으면서 모인띠로 통하는 도로 공사 일을 맡고 있었다. 그런데 1936년의 노동절에 그가 징벌 격리 감방에 들어가 있을 때, 그 감방으로 죄수들과 함께 〈자유 고용인〉인 아프또놈 바실리예비치 추삔이 들어왔다. 그가 술에 취해 있었는지 아닌지는 알 수 없지만, 어쨌든 체보따료프는 추삔이 마을 소비에뜨로부터 교부받은, 6개월 전에 이미 기한이 만료되어 있는 3개월 유효 기간의 증명서를 교묘히 훔쳤다. 이 증명서가 그를 탈주로 내몬 것이 분명했다. 체보따료프는 5월 8일에 모인띠 수용 지점에서 탈주했다. 그는 전혀 수용소의 누더기를 걸치지 않고 완전히 자유인의 복장을 하고 있었다. 호주머니에는 곧잘 술주정뱅이들이 하듯이 5백 밀리리터 술병 2개를 쑤셔 넣고 있었으나 그 속에 있는 것은 보드까가 아니라 그저 맹물에 지나지 않았다. 처음 얼마 동안은 소금 연못이 있는 초원이 계속되었다. 그는 두 번이나 철도 건설 현장으로 가고 있던 까자끄인들에게 붙잡혔으나 까자끄어를 조금 알고 있었던 탓으로 〈그들의 종교적 감정을 잘 구슬려서 체포를 모면할 수 있었다〉.[8] 발하시호의 서쪽 호반에서 그는 까르 수용소 보안부의 기관원들에게 검문을 당했다. 그들은 증명서를 받아 들고 그 자신과 친척에 관한 모든 사정을 물어보았으나 가짜 추뻰은 정확히 대답했다. 그러나 여기서 행운의 사건이 또 하나 일어났다(이런 사건이 일어나지 않으면 탈주자는 대개 체포되게 마련인가 보다). 그 토굴 같은 오두막으로 보안부의 대장이 들어왔을 때 추뻰은 상대방보다 먼저 소리쳤다. 「아니, 니꼴라이가 아닌가. 이봐, 나를 알아보겠나?」(이것은 초를 다투는 승부다. 얼굴의 주름살의 움직임, 기억력의 승부다. 즉, 이쪽만 상대방을 알면 좋지만, 만일 상대방도 이쪽을 아는 날이면 만사는 끝장이다!) 「아니, 기억이 없는걸.」「설마, 그럴 리가! 우리 함께 기차를 탔지 않은가! 자네의 이름은 나이조노프고, 스베르들로프스끄 역에서 올랴라는 여자와 알게 되어 그녀와 같은 객차에 타고 나중에 결혼까지 했다고 말하지 않았느냐 말일세.」 모든 말이 사실 그대로였기 때문에 나이조노프가 지고 말았다. 그들은 정답게 함께 담배를 태운 다음, 탈주자는 자유의 몸이 되었다. (오, 푸른 제모들이여! 〈쓸데없이 지껄이지 말라〉는 교훈은 그 나름대로의 뜻을 가지고 있는 것이다. 너희들은 속마음을 털어놓고 이야기할 수 있는 인간적인 감정에 감염되어서는 안 되는 것이다. 나이조노프

---

8 무신론자일지라도 종교는 유익할 수 있다! 내가 정통파 공산당원들은 탈주하지 않는다고 계속 주장해 왔듯이 체보따료프는 정통파 공산당원은 아니었다. 그러나 유물론을 신봉하지 않았다고는 말할 수 없다. 까자끄들의 경우는 1930년 부존니에 의한 반란 진압의 모습이 아직도 기억에 생생했기 때문에 그에게 동정을 베풀었는지도 모른다. 1950년에는 사정이 전혀 달라진다.

가 그 말을 한 것은 기차 속에서가 아니라 까르 수용소의 어느 출장소에서였다. 그것도 불과 1년 전에 그는 죄수들을 상대로 그런 이야기를 했었다. 그저 심심풀이로 들려준 이야기지만 그 말을 듣고 있던 죄수들의 얼굴을 일일이 다 기억해낼 수도 없었다. 그는 아마 기차 속에서도 이야기했을 것이다. 그것도 한두 번만은 아니었으리라. 그는 이야기하기를 좋아했고 이것은 또한 여행에 걸맞은 이야기이기도 했다 — 체보따료프는 용감하게도 자기의 운명을 거기에 걸었던 것이다!)

기쁨에 들뜬 추삔은 여행을 계속했다. 그는 가도를 걸어 추 Chu 역으로 가서 호수를 따라 남쪽으로 향했다. 그는 주로 밤에만 걷고 자동차의 헤드라이트가 보이면 갈대숲으로 도망쳤다가 다시 걸었다. 낮에는 그 갈대숲에 몸을 숨겼다(그곳은 갈대의 정글이었다). 보안부 요원들은 점점 적어져 갔다. 그때까지만 해도 군도는 아직 거기까지 종양을 전이시키지는 못했던 것이다.[9] 그는 빵과 설탕을 가지고 있어서 그것으로 요기를 하며 닷새 동안 물 한 모금 마시지 못하고 걷기만 했다. 그는 약 2천 킬로미터를 걸어 목적지인 역에 도착하자, 거기서부터는 기차를 타고 도주했다.

이렇게 〈자유로운〉 생활, 아니 쫓기는 생활이 시작되었다. 체보따료프는 좋은 일자리를 얻어 한곳에 정착하는 위험한 일은 하려고 하지 않았기 때문이다. 바로 그해 몇 달이 지나서 그는 프룬제의 시립 공원에서 옛날 수용소에서 함께 있던 〈수용소의 대부〉를 만났다! 그러나 그 상봉은 너무나도 순간적이어서 〈대부〉는 그를 알아보지 못했다. 주위에서는 시끄럽게 음악이 울려 퍼지고 젊은 여자들도 많아서 그에게까

---

9 그러나 곧 한국인들의 유형이 있었고 뒤이어 독일인, 그리고 다른 모든 민족의 유형지가 되었다. 17년 후 나도 그곳으로 유형을 갔다.

지 관심을 돌릴 수가 없었던 것이다. 그는 곧 일자리를 그만두었다. (경리부장이 직장을 그만두는 이유를 묻다가 곧 그의 긴급 사태를 알아차렸다. 그 경리부장도 솔로프끼의 고참 죄수 출신이었다.) 다시 어딘가 먼 곳으로 도망치지 않으면 안 되었다. 체보따료프는 맨 처음 위험을 무릅쓰고까지 가족을 찾으려고 하지는 않았으나 그 후 묘한 방법을 생각해 냈다. 그는 우파에 사는 사촌 여동생에게 편지를 썼다. 〈엘레나와 아이들은 어디에 있는가? 이 편지의 발신인이 누구인지는 추측하길 바라네.《아내》에게는 아직 연락하지 말기 바란다.〉 그리고 자기 주소로는 지라불라끄 역의 추삔이라고 알려 주었다. 이윽고 사촌 여동생은 회답을 보내왔다. 아이들은 소재를 알 수 없지만 그의 아내는 노보시비르스끄에 있다는 것이었다. 여기서 체보따료프는 여동생에게 노보시비르스끄로 가서 아내를 만나 그가 그녀에게 돈을 보내고 싶어 한다는 것을 남몰래 전해 달라고 부탁했다. 여동생은 부탁받은 대로 노보시비르스끄에 다녀왔다. 이번에는 아내 자신이 그에게 편지를 보내왔다 — 전에는 정신 병원에 있었지만, 지금은 신분증을 분실하여 3개월의 강제 노동에 종사하고 있기 때문에 일반적인 방법으로는 송금을 해도 받을 수 없다는 것이었다. 〈그렇다면 직접 가는 수밖에 없구나!〉 하고 그는 마음의 충동을 느꼈다. 여기서 남편은 분별없이 다음과 같은 전보를 쳤다 — 〈마중 나오기 바람! 몇 호 차의 몇 호 차량.〉 우리의 마음은 감정에 약한 법이다. 그러나 다행히 우리에게는 날카로운 예감이라는 것이 있다. 그곳으로 가는 도중 그는 불길한 예감에 사로잡혀 노보시비르스끄 역보다 두 정거장 앞에서 내려 지나가는 자전거에 동승하여 노보시비르스끄까지 타고 갔다. 수하물 취급소에 짐을 맡기고 무턱대고 아내의 주소를 찾아갔다. 문을 노크한다! 문을 열고 안으로 들어갔으나 아무도 없다. (최초의 우연은 불행한 것이었다. 그것은 집주인이 누군가 매복하고 있다는 것을 알리려고 하루 종일 그를 기다리고 있다가, 그가 오기 몇 분 전에 물을 길러 갔기 때문이다!) 집 안으로 더 들어간다. 아내도 없다. 침대 위에는 외투를 뒤집어쓴 체끼스뜨가 자면서 요란스럽게 코를 골고 있다. (두 번째의 우연은 행운이었다!) 체보따료프는 황급히 도망친다. 이때 집주인이 그를 불러세운다. 그는 동만 철도 시절부터 그와 아는 사이로, 아직 체포되지 않고 있었다. 그 사내의 말에 의하면 그의 사위는 기관원인데 그가 직접 전보를 집으로 가져와서 체보따료프의 아내의 눈앞에 들이밀고는 〈자, 봐라, 악당 같은 네 남편이 제 발로 걸어와서 우리 함정 속에 굴러 들게 되었으니 말이다!〉라고 말했다는 것이다. 그들은 기차가 도착했을 때 마중 나갔지만 허탕을 쳤다. 또 한 사람의 기관원이 잠시 나가 있을 때 이 기관원은 잠들어 있었던 것이다. 그럼에도 불구하고 체보따료프는 아내를 불러내어 자동차로 몇 개의 역을 지난 다음 기차에 올라탔다. 두 사람은 레니나바드에서 또 한 번 혼인 신고를 했다. 즉, 체보따료프와 이혼하지 않은 채 이번에는 추삔과 결혼을 한 것이다. 그러나 함께 살 결심까지는 서지 않았다. 그녀의 이름으로 소비에뜨 연방의 모든 곳에 아이들의 수색원을 냈으나 헛수고였다. 이렇게 전쟁이 시작될 때까지 두 사람은 괴로운 별거 생활을 해야 했다. 1941년에 추삔은 징집되어 제61 기병 사단의 무전병이 되었다. 어느 날 그는 조심성을 잃고 다른 병사들 앞에서 농담 삼아 담배와 성냥을 중국어로 말했다. 다른 나라 같으면 이것이 무슨 의혹을 살 만한 일이 되겠는가? 즉, 사람이 몇 개의 외국어를 안다고 해서 말이다. 그러나 우리 나라에서는 혐의가 되는 것이다. 그것은 밀고자들의 짓이었다. 그리고 이미 1시간 후에는 제219 기병 연대의 보안 장교였던 정치 지도원 소꼴로프가 체보따료프를 신문하고 있었다. 「자네는 어디서 중국어를 배웠지?」 추삔은 대답했다. 「그 2개의 단어밖에 모릅니다.」 「자네는 동만 철도에 근무한 적이 없나?」 (외국에서 근무했다는 것은 중대한 죄가 된다!) 보안 장교는 그에게 밀고자들까지도 보내 보았으나 그들은 그에게서 아무것도 얻어 낼 수 없었다. 그럼에도 불구하고 그는 안심하기 위해 제58조 10항에 의해 체보따료프를 잡아넣었던 것이다.

— 정보국의 뉴스를 믿지 않았다.
— 독일군의 장비가 우리 군보다 많다고 말했다(누구나 다 자기 눈으로 보고 그것을 알고 있었는데도).

이렇게 된 이상 어차피 마찬가지다. 군법 회의! 총살이다. 체보따료프는 조국의 생활이 너무나도 싫어졌기 때문에 더 이상 사면 탄원서도 〈제출하지 않았다〉. 그러나 국가로서는 노동력이 필요했기 때문에 10년 형과 권리 박탈 5년이 선고되었다. 그는 또다시 〈고향 집〉으로 돌아와서…… 〈9년〉을 복역한 후 수용소에서 나왔다.

그런데 또 한 번의 우연한 만남이 그를 기다리고 있었다. 어느 날 수용소에서 또 한 사람의 죄수 N. F.가 먼 구석에 있는 판자 침상의 맨 위로 그를 불러서 나직한 소리로 물었다. 「자네 이름이 뭐지?」 「아프또놈 바실리예비치일세.」 「그런데 자네는 어느 주 출신인가?」 「쭈멘주라네.」 「무슨 지구였나? 무슨 마을 소비에뜨였나?」 추삔 행세를 하고 있던 체보따료프는 모든 질문에 정확히 대답했으나 상대방은 다음과 같이 말했다. 「거짓말 말아, 나는 추뻰과 5년간이나 같은 기관차에서 일했기 때문에 그 녀석의 일이라면 나 자신처럼 잘 알고 있어. 1936년 5월에 그 녀석의 서류를 훔친 것이 아마 자네인가 보군.」 이렇게 예상하지도 못했던 암초가 탈주자의 옆구리에 부딪칠 수도 있는 것이다. 만일 이런 기구한 상봉을 묘사한 소설이 있다면, 그런 이야기는 도저히 믿어지지 않을 것이다. 이때까지만 해도 체보따료프는 아직 더 살고 싶은 마음이 간절했으므로 그가 〈걱정 말게. 나는 밀고자가 아니니까 《대부》에게 밀고는 하지 않겠네!〉라고 말해 주었을 때 그는 그 친절한 사람의 손을 감사의 마음으로 굳게 잡아 쥐었던 것이다.

이렇게 체보따료프는 추뻰으로서 두 번째의 형기를 마쳤다. 그러나 불행하게도 그가 들어갔던 마지막 수용소는 극비의 성격을 띠고 있어서, 모스끄바-10, 뚤라-38, 스베르들로프스끄-39, 첼랴빈스끄-40 등과 같이 원자 폭탄 제조에 사용된 수용소 중의 하나였다. 그들은 우라늄광과 라듐광의 분리 작업을 했고 그 건설은 꾸르차또프의 계획에 따라 진척되고 있었다. 이곳 책임자였던 뜨까첸꼬 중장은 스딸린과 베리야의 명령만을 받고 있었다. 모든 죄수는 3개월마다 〈누설하지 않겠다〉는 서약서를 써야 했다. 이 정도라면 아직 대수로울 것까지는 없었지만, 문제는 석방된 죄수 전원이 고향으로 돌아갈 수 없었다는 데 있었다. 1950년 9월 〈석방된〉 그들 대집단은 꼴리마로 이주되었다. 거기서 처음으로 호송에서 풀려나 〈특별 위험 특수 인물〉이 되었던 것이다 — 원자 폭탄 제조를 도왔기 때문에 위험했던 것이다! (이 모든 것을 어떻게 다 쓸 수 있겠는가? 그러기 위해서는 좀 더 많은 장이 필요할 것이다.) 수십만에 달하는 이러한 사람들을 꼴리마에 분산시켰다! (헌법을 조사해 보시라! 여러 가지 법전을 조사해 보시라! 어디에 〈특수 인물〉이라는 말이 쓰여 있는지를?)

그래도 이번에는 최소한 아내를 불러올 수 있었다. 아내는 그가 있던 말자끄 금 채굴장으로 찾아왔다. 거기서 그들은 또다시 아들들의 수색원을 내기 시작했으나 대답은 언제나 〈없다〉, 〈목록에 올라 있지 않다〉는 것이었다.

스딸린이 쓰러져 죽자, 이 노부부는 여생을 따스한 곳에서 보내려고 꼴리마에서 까프까스로 옮겨 갔다. 비록 더디기는 했지만 해빙의 따스한 공기가 감돌기 시작했다. 그리고 1959년에 끼예프의 대장장이였던 그들의 아들 빅또르가 저주스러운 자기의 이름을 버리고 자신이 인민의 적 체보따료프의 아들이라는 것을 공개하기로 결심했던 것이다. 그로부터 1년 후 노부부는 그를 찾아냈다. 이번에는 아버지 자신이 본명인 체보따료프로 돌아오지 않으면 안 되었다(〈세 번〉이나 되살아난 그에게 이미 탈주에 관해서는 묻는 사람이 아무도 없었다). 그도 체보따료프라고 본명을 밝히고 조회하기 위해 자기의 지문을 모스끄바로 보냈다. 그들 세 사람이 모두 체보따료프 명의의 신분증을 지급받았고, 그들의 며느리까지 체보따료프가 되었을 때 체보따료프 노인은 비로소 마음을 놓게 되었다. 그러나 그로부터 몇 년이 지난 후 나한테 보내온 편지 속에서 노인은 빅또르를 찾아낸 것을 후회하고 있다고 썼다. 아들은 아버지를 범죄인 취급하고 자기의 초라한 인생을 아버지의 탓으로 돌리고 있다는 것이었다. 그가 명예 회복 증명서를 보여 주어도 〈그따위 종이쪽지가 무슨 소용이에요!〉라고 말하며 손사래를 친다는 것이었다.[10] 장남인 겐나지는 끝내 행방불명이었다(도판 3).

10 최근에는 노인에게서 아무 말이 없다. 혹시 죽지 않았나 하고 나는 걱정하고 있다.

지금까지 말한 예에서도 알 수 있듯이 탈주에 성공했다고 해서 언제나 자유를 누릴 수 있는 것이 아니고, 오히려 그 인생은 끊임없는 박해와 위협을 받게 마련이다. 탈주자들 중의 일부는 이 사실을 잘 이해하고 있었다 — 그들은 수용소에 있을 때부터 정치적으로 조국에서 이탈한 사람들이고, 무의식적으로 그저 살고 싶다는 단순한 원칙에 따라 살아가고 있던 사람들이었다. 그리고 탈주자들 중에는(체포될 경우 〈우리는 공산당 중앙 위원회에 재조사를 청원하기 위해 탈출했다!〉는 변명을 준비하고) 서방으로 도망칠 목적으로 도주했을 때가 탈주의 성공이라고 생각하는 사람들도 적지 않았다.

이런 종류의 탈주 이야기를 한다는 것은 가장 어려운 일이다. 실패한 사람들은 이미 지하에 잠들어 있고, 또다시 체포된 사람들은 침묵을 지키고 있다. 성공한 사람들은 서방에서 자기 이름을 밝혔을지도 모르고 또 어쩌면 소련에 남아 있는 사람들의 안전을 위해서 아직도 침묵을 지키고 있을지도 모른다. 추꼿까반도에서 죄수들이 비행기를 탈취해서 7명이 알래스카로 탈주했다는 소문도 들은 적이 있다. 그러나 탈취를 시도했을 뿐 그 계획은 실패로 끝난 것 같다.

이 모든 예들은 앞으로도 오랫동안 비밀에 부쳐져 있을 것이고 이 원고처럼, 그리고 우리 나라에서 쓰인 모든 진실처럼 세월이 흐를수록 낡고 쓸모없는 것이 되고 말리라.

여기 또 하나 그런 예가 있지만, 사람들은 여전히 이 영웅적인 탈주자의 이름을 기억하지 못하고 있다. 그는 오데사 출신으로 평상시의 직업은 기계공이었지만 군대에서는 대위였다. 그는 오스트리아에서 종전을 맞고 빈의 점령군으로 근무하고 있었다. 1948년에 밀고로 체포되어 제58조를 적용받아 그때의 관습대로 25년 형을 선고받았다. 그는 시베리아로 보내져

따이셰뜨에서 3백 킬로미터나 떨어져 있는 수용 지점, 즉 시베리아 철도에서도 매우 멀리 떨어진 곳으로 유배되었다. 그의 몸은 벌목 작업으로 나날이 쇠약해 갔다. 그러나 그에게는 아직도 생명을 위해 싸울 수 있는 의지력과 빈의 기억이 남아 있었다. 그리하여 거기서 — 그래, 거기서 말이다! — 그는 빈으로 도망을 쳤던 것이다! 정말 믿기 어려운 이야기다!

그가 일하고 있던 벌목 작업장은 조그만 망루에서도 관찰이 용이한 공터로 경계 지대를 이루고 있었다. 그는 탈주하기로 작정한 날에 배급 빵을 들고 작업장으로 나갔다. 그는 가지가 무성한 전나무 한 그루를 공터를 가로지르게 쓰러뜨린 다음, 그 가지 사이로 몸을 숨기면서 나무 꼭대기를 향해 기어 올라갔다. 공터의 폭을 가로지르기에는 전나무의 높이가 모자랐으나, 그는 전진을 거듭한 끝에 다행히 발각되지 않고 공터를 빠져나올 수 있었다. 그의 손에는 도끼도 있었다. 그때는 여름철이었다. 그는 바람에 쓰러진 나무들을 헤치며 밀림을 빠져나가는 데 무척 고생을 했으나, 그 대신 한 달 동안 사람이라고는 아무도 만나지 않았다. 셔츠의 소매와 깃을 잡아매서 그것으로 물고기를 잡은 다음, 날생선을 그대로 먹었다. 나무 열매, 버섯, 산딸기도 주워 먹었다. 반쯤 죽은 몸과 다름없었지만, 그래도 어쨌든 그는 시베리아 철도 간선까지 간신히 다다를 수 있었다. 그는 안도의 숨을 내쉬고 건초 다발 속에 숨어 깊이 잠들어 버렸다. 이윽고 사람들의 목소리가 들려 눈을 떴다. 사람들이 갈퀴로 건초를 거두고 있다가 그를 발견한 것이다. 그들은 철도지기와 그의 아내였다. 그는 쇠약할 대로 쇠약해 있어서 도망칠 기력도 싸울 힘도 없었다. 거기서 그는 이렇게 말했다. 「자, 나를 잡아 경찰에 넘기시오. 나는 탈주자요.」 그러나 철도지기는 말했다. 「아니, 우리도 같은 러시아인이오. 그저 숨어 있기만 하시오. 밖으로 나오지 말고.」두 사람은 사라졌다. 그러나 탈주자는 그들을 신용하지 않았다 — 그들도 역시 소비에뜨인이니까, 반드시 경찰에 알릴 것이 틀림없었다. 그래서 그는 숲속으로 다시 기어갔다. 숲 가장자리에서 내다보니, 철도지기가 옷과 음식을 가지고 돌아오고 있었다. 그날 저녁부터 탈주자는 철도를 따라 걷기 시작하여 숲속의 작은 역에서 화물 열차를 타고 가다가 동이 트기 전에 뛰어내려 낮에는 숲속에 숨어 있었다. 이렇게 그는 밤마다 열차에 편승해서 전진을 거듭하면서 다소 기운을 회복하면 매 정거장마다 내려서 덤불 속에 숨기도 하고, 기차를 앞질러 가서는 달리는 기차에 뛰어오르기도 했다. 이렇게 그는 수십 번씩 손발과 머리를 잃을 뻔한 모험을 감행하면서 여행을 계속했다. (결국 이런 방법으로 그는 밀고를 방지할 수 있었던 것이다.) 그러나 어느 날, 우랄산맥 앞에까지 왔을 때 그는 여느 때와는 달리 플랫폼에 쌓아 올린 통나무 사이에서 그만 잠이 들고 말았다. 누가 발로 걷어차서 눈을 떠 보니, 누군가 그의 얼굴에 손전등을 비추고 있었다. 「증명서를 내놔!」「잠깐만요!」그는 몸을 일으키며 경비병에게 일격을 가해 쓰러뜨리고 자기는 반대쪽으로 뛰어내렸으나, 그만 또 한 사람의 경비병 머리 위로 떨어지고 말았다. 그는 그 경비병까지 쓰러뜨린 다음, 옆에 서 있던 열차 밑으로 몸을 숨겨 도망칠 수 있었다. 그리고 역을 지나서 다시 달리는 기차에 뛰어올랐다. 그는 스베르들로프스끄를 우회하기로 결심하고 그곳 교외에서 천막을 친 상점을 습격하여 옷가지와 양복 세 벌을 훔치고 식량을 약탈했다. 어떤 정거장에서 양복 한 벌을 팔아 그 돈으로 첼랴빈스끄에서 오르스끄를 경유하는 중앙아시아행 차표를 샀다. 그러나 그는 자기의 목적지를 잘 알고 있었다. 그곳은 빈이었다. 그러나 그러기 위해서는 의심을 받지 않도록 옷을 단정히 입어야 했다. 집단 농장의 의장이었던 뚜르끄멘인은 시장에서 그를 만나고, 그가 증명서를 가지고 있지 않아도 자기의 집단 농장에서 일하도록 허가해 주었다. 원래 기계공 기술을 가지고 있었기에 그는 집단 농장에 있는 모든 기계를 수리해 주었다. 몇 개월 후 그는 돈을 얻어 국경선의 열차를 타고 끄라스노보쯔끄로 향했다. 마리Marii를 통과하자 순찰병이 다가와서 증명서를 조사하기 시작했다. 여기서 우리 기계공은 차량 출입구로 나가 문을 열고, 밖에서 화장실의 창문을 붙잡고 매달렸다. 화장실 창문이 흰 페인트로 칠해져 있었기 때문에, 열차 안에서는 그를 볼 수가 없었다. 그리고 한쪽 발만으로 몸을 지탱하고 나중에 다시 차 안으로 돌아가기 위해 구두 끝을 출입구의 계단 위에 얹어 놓고 있었다. 순찰병은 장방형의 문 한구석에 놓여 있던 구두 끝을 못 보고 다른 차량으로 옮겨 갔다. 결국 이렇게 해서 위험한 순간은 모면했다. 탈주자는 무사히 카스피해를 넘어, 바꾸에서 셰뻬또프까행 기차를 타고 카르파티아산맥으로 행했다. 그는 인적이 없는 험준한 밀림 지대의 국경선을 매우 조심스럽게 건너가고 있었다. 그러나 결국 그는 국경 수비대에게 붙잡히고 말았다. 시베리아의 수용소부터, 그리고 맨 처음 그 전나무를 쓰러뜨린 후부터 그토록 창의성을 발휘해 가며 그토록 필사적인 노력과 고통을 감수해 왔는데도 마지막 순간에 와서 이 모든 것이 이렇게 허무하게 박살 나고 말다니! 그 따이셰뜨의 건초 다발 속에서처럼 그는 허탈한 상태에 빠져 있었다. 더 이상 저항할 힘도 없거니와 거짓말을 할 기력조차 없었다. 그는 속으로부터 터져 나오는 울분 어린 목소리로 그저 다음과 같이 외쳤을 뿐이다. 「나를 잡아가라, 이 사형 집행인들아! 어서 잡아, 내가 졌으니!」「도대체 너는 누구냐?」「탈주자다! 수용소에서 도망친! 어서 잡아!」 그러나 국경 수비대의 병사들은 어째서인지 좀 이상하게 행동했다. 그들은 탈주자에게 눈가리개를 한 후 움막으로 끌고 가서, 눈가리개를 풀고는 다시 신문하기 시작했다. 거기서 모든 것이 분명해졌다 — 그들은 친구였다. 그들은 다름 아닌 우끄라이나 민족주의자, 반데라파였던 것이다. (쳇, 쳇! 교양 있는 독자들은 눈살을 찌푸리며 내게 손을 내저을 것이다. 〈반데라파 족속들이 친구라면, 주인공을 잘도 선택했군! 그야말로 형편없는 놈이 아니냔 말이야!〉 그럼 나도 반론을 제기할 것이다. 이것은 사실 그대로의 모습이다. 탈주했을 때의 그의 모습 그대로다. 수용소가 그를 그렇게 만들어 준 것이다. 그들, 즉 수용소의 죄수들은 신문에서 말하는 삶의 원칙에 따라 살고 있는 것이 아니라, 〈존재가 의식을 결정한다〉는 돼지 같은 원칙에 따라 살고 있다. 그 원칙에 의해서 수용소의 죄수에게 있어 친구라는 것은 수용소에서 고난을 함께 나눈 사람들을 뜻한다. 그리고 적이라는 것은 경비견을 그들에게 내모는 사람들을 말한다. 그 사회에서는 자각이란 있을 수 없는 것이다!) 그들은 서로 껴안았다. 그때만 해도 반데라파들은 국경을 넘는 길을 알고 있었으므로, 그는 무사히 국경을 넘을 수 있었다.

이렇게 해서 그는 다시 빈으로 되돌아왔다. 그러나 이번에는 미군 점령 구역이었다. 그리고 그는 언제나 유혹적인 유물론적 원칙에 따라 자기가 갇혀 있던 피와 죽음의 수용소를 한시도 잊지 않으면서, 더 이상 기계공의 일터는 찾지도 않고, 자기의 마음속을 털어놓기 위해 미국 점령군을 찾아갔다. 그리고 거기서 일하기 시작했다.

그러나 인간의 특성이란 일단 위험한 고비를 넘기고 나면 다시 경계심이 해이해지게 마련인가 보다. 그는 오데사에 있는 부모에게 돈을 보내기로 작정했다. 그러기 위해서는 달러를 소련 돈으로 바꾸지 않으면 안 되었다. 어느 유대인 상인이 돈을 교환해 주겠다면서 빈의 소련군 점령 구역에 있는 자기 집으로 초대를 했다. 그곳 사람들은 점령 구역에 구애받지 않고 자유로이 이곳저곳을 드나들고 있었다. 그러나 그만은 그 경계선을 넘어서는 안 되었다. 그는 넘어 버렸다 — 그리고 그 유대인 집에서 체포되고 만 것이다.

초인적인 노력을 거듭하고 거듭해서 얻은 결실이 보드카 한 잔에 수포로 돌아가고 마는 것은 러시아인에게서 흔히 볼 수 있는 일이다.

총살형을 선고받은 그는 베를린에 있는 소비에뜨 형무소에서 이 모든 자초지종을 또 한 사람의 장교 겸 기사였던 아니긴에게 들려주었다. 이 아니긴이라는 장교는 그때 이미 독일의 포로 생활을 체험했었다. 그는 부헨발트 수용소에서 죽어가고 있다가 미군에 의해 구출되어 독일의 소련 지구로 인도되었던 것이다. 거기서 공장 해체를 위해 잠시 남아 있다가 서독으로 도망쳐서 뮌헨 근처의 수력 발전소 건설에 종사하고 있었으나, 거기서 소련의 첩보 기관에 납치당했다(자동차의 헤드라이트로 눈을 멀게 한 후 자동차 속에서 잡아당겼다). 아니, 그는 무엇 때문에 이렇게 죽다 살아났다 하지 않으면 안 되었을까. 오데사의 기계공에 대한 이야기를 우리에게 전하기 위해서였을까? 그 후 그는 에끼바스뚜스에서 다시 두 번이나 탈주를 시도했으나 두 번 다 실패로 끝나고 말았다(그에 관한 이야기는 제5부에서 다시 언급할 것이다). 그 후 그는 결국 징벌 석회 공장에서 살해당하고 말았다.

아, 이것이 숙명이라는 것일까! 이 무슨 운명의 장난이란 말인가. 우리는 개개인의 운명을 어떻게 바라보아야 할 것인 가…….

　우리는 아직 집단 탈주의 이야기는 하지 않았지만 그런 탈주 사건도 적지는 않았다. 들리는 이야기에 의하면 1956년 몬체고르스끄 교외에 있는 소규모 수용소의 죄수들이 전원 탈주했다고 한다.

　수용소군도에서 일어난 모든 탈주 사건을 책으로 쓴다면 도저히 다 읽을 수 없는 엄청난 분량이 되었을 것이다. 만일 탈주 사건에 한해서 책을 쓰는 저자가 있다면, 그는 자기 자신과 독자를 고려해서 수백 건의 탈주 사건을 생략하지 않을 수 없을 것이다.

제15장

징벌

새로운 세계가 우리에게 안겨 준 즐거운 부정들 중에는 착취의 부정도, 식민지의 부정도, 병역 의무의 부정도, 비밀 외교의 부정도, 비밀리의 임명과 인사이동의 부정도, 비밀경찰의 부정도, 〈종교법〉에 대한 부정도, 그 밖의 수많은 여러 가지의 몽상적인 것의 부정도 있었지만, 오로지 형무소의 부정만은 없었다. (그들은 형무소를 파괴하지 않고 그 속에다 〈새로운 계급적 내용〉을 주입했던 것이다.) 그러나 〈징벌 감방〉에 대한 무조건적인 부정은 있었다. 부르주아적 교도관들의 증오로 일그러진 두뇌에 의해서만 생겨날 수 있었던 그 무자비한 학대는 부정하고 있었다. 하기는 1924년 제정된 교정 노동법이 매우 중대한 범죄를 저지른 죄수들을 외딴 감방에 격리하는 것을 인정하고는 있었으나 거기에는 이런 단서가 붙어 있었다. 이 외딴 감방은 어떠한 점에서도 징벌 감방과 같아서는 안 된다. 거기는 습기가 있어도 안 되고 밝아야 하며, 침구를 갖추어 놓아야 한다.

그러니 교도관들뿐만 아니라 죄수들 자신까지 왜 징벌 감방이 없었을까, 왜 징벌 감방이 금지되고 있었을까, 하고 이상하게 여겨질 것이다.

1960년대 초기까지 〈운용하고 있었던〉(그러나 실제로는 운용하고 있지 않았던) 1933년의 교정 노동법은 더욱 인도적이었다. 그 법에 의하면 별개의 감방에 격리하는 것조차 금지하고 있었다.

그러나 그것은 시대의 풍조가 자유로워졌기 때문이 아니라, 그 무렵이 되자 수용소에서의 새로운 형벌 기준이 발견되어 그것이 도입되었기 때문이었다. 그 형벌 기준에 의하면 고통스러운 것은 고독 때문이 아니라 〈집단적인 조치〉 때문이고, 게다가 형벌을 받은 죄수들은 〈등이 굽도록〉 일하지 않으면 안 되었던 것이다.

RUR — 규율 강화 중대, 나중에 그것은
BUR — 규율 강화 막사, 징벌 작업반으로 바뀌고
ZUR — 규율 강화 구역, 징벌 출장소로 바뀌었다.

그리고 나중에는 쥐도 새도 모르게 추가된 것이 있는데, 물론 징벌 감방은 아니고,

ShIzo — 징벌 격리 감방이 추가되었다.

만일 죄수를 위협하지 않는다면, 만일 그들에게 형벌의 공포를 주지 않는다면, 어떻게 그들에게 질서를 유지시킬 수 있겠는가.

체포된 탈주자들을 어디다 집어넣어야 하느냐 말이다.

그럼 징벌 감방에는 어떤 사람들이 가게 되는가? 무슨 일을 하건 가게 마련이다. 즉, 소장의 마음에 들지 않았다든가, 인사하는 태도가 나빴다든가, 취침 시간을 지키지 않았다든가,

점호에 늦었다든가, 정해진 길을 가지 않았다든가, 규정대로의 복장을 하고 있지 않았다든가, 금연 장소에서 담배를 피웠다든가, 막사에서 여분의 물건을 소지하고 있었다든가 등등으로 1일, 3일, 5일의 징벌 감방살이를 하게 되는 것이다. 노르마(작업 기준량)를 달성하지 않았거나 여자와 함께 있는 현장이 발각되면 5일, 7일, 10일 동안 징벌 감방행이 된다. 〈작업 거부자들〉에 대해서는 15일의 징벌을 내리기도 했다. 법률에 의하면(대체 무슨 법일까?) 15일 이상은 엄중히 금지되고 있었음에도 불구하고(교정 노동법에서는 아예 금지되고 있었다!) 실제로는 그 벌이 1년까지 연장되는 경우도 있었다. 1932년 드미뜨 수용소에서는(여기에 대해서는 아베르바흐가 분명하게 쓰고 있으며, 이것은 틀림없는 사실이다!) 자해 행위에 대해서 징벌 격리 감방 〈1년〉에 처했던 것이다. 자해 행위의 경우는 치료도 해주지 않았다는 것을 생각하면, 상처 입은 환자를 징벌 감방에 1년씩이나 집어넣어 썩게 내버려 두었음을 뜻하는 것이다!

그럼, 징벌 격리 감방은 어떤 조건을 갖추어야 하는가? 그것은 다음과 같다. (a) 추워야 한다. (b) 습기가 있어야 한다. (c) 어두워야 한다. (d) 굶주리게 해야 한다. 그러기 위해서는 난방을 하지 않고(리빠이의 경우 밖이 영하 30도의 혹한일 때도), 겨울에 유리창을 끼지 않고, 벽이 습기로 젖도록 한다(혹은 징벌 감방이 있는 지하실을 물기가 많은 토양 위에 설치한다). 창문은 아주 작든가 아니면 아예 없다(없는 쪽이 더 많다). 식사는 이른바 〈스딸린식 배급〉 즉, 하루에 3백 그램의 빵뿐이고, 〈뜨거운 음식〉, 즉 멀건 수프는 감금된 후 3일째, 6일째, 9일째에만 공급된다. 그러나 보르꾸따-봄에서는 2백 그램의 빵밖에 지급되지 않았고, 〈뜨거운 음식〉 대신에 3일째

되는 날, 날생선 한 조각씩밖에 주지 않았다. 모든 징벌 감방은 이런 틀로 존재한다고 생각하면 틀림이 없을 것이다.

순진한 사람들은 다음과 같이 생각할 것이다. 즉 징벌 감방이라는 것은 반드시 감방과 다를 것이 없어야 한다 — 다시 말해서 지붕이 있고, 출입문이 있고, 거기에 자물쇠가 걸려 있을 것이라고. 아니, 천만의 말씀! 꾸라나흐-살라에서는 영하 50도의 혹한일 때 방한 공사가 되어 있지 않은 가건물이 징벌 감방으로 사용되고 있었다(자유 고용인인 의사 안드레예프는 다음과 같이 말했다. 「나는 이 징벌 감방에 사람을 감금해도 좋다고 의사로서 보증하는 바이오!」) 아니, 군도 전체를 살펴보기로 하자. 바로 그 보르꾸따-봄 수용소에서는 1937년에 작업 거부자들의 징벌 감방으로 〈지붕 없는〉 가건물과 〈땅을 파서 만든 구덩이〉가 할당되었다. 그 구덩이 속에서(비를 피하기 위해 누더기 천으로 그 구덩이를 덮고 있던) 아르놀뜨 라뽀르뜨가 통 속의 디오게네스처럼 살고 있었다. 식사는 다음과 같았다 — 당직 막사에서 교도관이 배급 빵을 들고나와서 가건물에 감금되어 있는 사람들을 불렀다. 「자, 나와서 배급 빵을 받아라!」 그러나 그들이 가건물 속에서 목을 내밀려고 하면, 망루에 서 있던 경비병이 총을 겨눈다. 「꼼짝 마, 움직이면 쏜다!」 교도관은 놀란 표정을 지으며 말한다. 「아니, 빵이 싫으냐? 그럼 나는 가겠다.」 그러고는 비를 맞아 진흙투성이가 되어 있는 그 점토 속으로 빵과 생선을 던져 넣는 것이었다.

마린스끄 수용소에서는(물론 대부분의 다른 수용소에서와 마찬가지로) 징벌 감방의 벽에 성에가 얼어붙어 있었지만 죄수는 그러한 징벌 감방 안에서 수용소의 누더기 옷마저 입지 못하고 내의까지 벗은 채 앉아 있어야 했다. 1시간마다 교도관이 문의 식사 차입구를 열고 I. V. 시베뜨에게 충고했다. 「이봐, 견뎌 내지 못하고 죽고 말 거야! 그보다는 차라리 벌채 작업에 나가는 게 어때!」 시베뜨는 그 말도 일리가 있다고 생각했다. 이대로 처박혀 있다가는 결국 죽고 말 테니까! 그래서 그는 벌목장으로 나갔다. 12년 반의 수용소 생활 동안, 시베뜨는 도합 148일 동안이나 징벌 감방에 감금되어 있었다. 그에게는 무슨 일이건 처벌 이유가 되었다. 〈인도〉(파렴치범들의 막사를 이렇게 불렀다)에 당번으로 가기를 거부했기 때문에 6개월의 징벌 수용소 처벌을 받았다. 먹을 것이 많은 농업 출장소에서 벌채 작업장으로 가기를 거부했기 때문에 경제적 반혁명 활동이란 죄목으로 두 번째의 재판에 회부되어 제58조 14항에 따라 다시 10년의 판결을 선고받았다. 징벌 수용 지점에 가고 싶지 않아서 호송대장에게 달려들어 그 권총을 뺏을 수 있는 것은 파렴치범뿐이다. 그러나 그런 짓을 해도 그들을 징벌 수용 지점으로 보내지는 않는다. 하지만 얌전한 정치범의 경우는 빠져나갈 구멍이 없다 — 아무리 몸부림을 쳐도 징벌 감방에 처박히게 마련이다! 1938년 꼴리마에서는 〈제58조〉 해당자들과 달리 파렴치범들의 징벌 감방에는 난방 시설까지 있었다.

BUR, 규율 강화 막사의 경우는 감금이 더 오래 계속된다. 거기서는 1개월, 3개월, 6개월, 1년, 아니 어떨 때는 무기한으로, 죄수가 위험인물이라는 단순한 이유만으로 곧잘 감금되곤 한다. 한번 블랙리스트에 오르면, 그 후에는 무슨 일이 있을 때마다 규율 강화 막사에 수용되는 것이다 — 노동절이나 11월의 혁명 기념일이 올 때마다, 탈주가 있을 때마다, 혹은 수용소에서 긴급 사태가 발생할 때마다.

규율 강화 막사 — 그것은 아주 흔히 볼 수 있는 보통 막사에 가시철조망만 둘러쳐져 있는 막사일 때도 있다. 그 막사 안에 있는 사람들은 그 수용소에서 가장 괴롭고 불쾌한 작업에 끌려 나가게 마련이다. 또 그것은 수용소의 석조(石造) 형무소일 때도 있고, 거기서는 일반 형무소의 질서가 그대로 적용된다. 즉, 한 사람씩 불러다가 교도관실에서 구타한다(외상이 남지 않게 안에 벽돌을 넣은 펠트 장화로 때리는 것이다). 각 출입문마다 빗장, 자물쇠, 감방 속을 들여다보는 구멍이 달려 있다. 감방의 바닥은 콘크리트고, 그 밖에 규율 강화 막사에 수감된 사람들을 위해 또 다른 별개의 징벌 감방이 있다.

에끼바스뚜스의 규율 강화 막사가 바로 이런 형태의 감방이었다(하기는 그곳에는 첫 번째 형태의 감방도 있었지만). 수감자들은 판자 침상도 없는 감방에 수용되어 있었다(그들은 작업복과 솜옷 상의를 바닥에 깔고 자고 있었다). 얇은 철판으로 만든 문이 천장 밑에 있는 조그만 창문을 완전히 가리고 있었다. 그 철판 문에는 못으로 작은 구멍이 뚫려 있었지만, 겨울에는 그 구멍도 눈으로 가려져 감방 안은 완전히 캄캄했다. 낮에는 전깃불도 들어오지 않았다. 그래서 낮이 밤보다 더 어두웠다. 통풍은 전혀 안 되었고, 〈반년 동안〉 — 1950년에 — 산책이라곤 한 번도 한 적이 없었다. 모든 용변은 감방 안에서 하게 되어 있어서 변소로 끌려 나가는 일도 없었다. 그래서 커다란 변기통을 운반해 나가는 것이 감방의 당번에게는 즐거웠을 정도였다. 신선한 공기를 들이마실 수 있었기 때문이다. 그리고 목욕은 모두에게 하나의 명절과 다를 것이 없었다. 감방은 사람으로 가득 차서, 겨우 옆으로 누울 수 있을 정도로 비좁았고, 몸을 마음대로 움직일 수조차 없었다. 이러한 상태가 반년이나 계속되는 것이다. 수프는 멀건 국물뿐이었고, 빵은 6백 그램, 담배는 전혀 지급하지 않았다. 만일 규율 강화 막사에 수감되어 있는 죄수에게 집에서 소포가 오면, 오래 보존할 수 없는 것은 〈폐기 처분〉이 되고(교도관들이 자기 몫으로 빼앗거나, 아니면 특권수들에게 팔아 버리곤 했다) 나머지는 소지품 창고에 몇 개월씩 보관되었다. (이러한 〈규율 강화〉 죄수들이 작업장에 끌려 나가면, 그들은 또다시 거기에 감금당하지 않으려고 〈열심히 일했다〉.)

이와 같이 숨 막히는, 몸을 마음대로 움직일 수조차 없는 감방에서 죄수들은 극도로 쇠약해지게 마련이다. 특히 신경질적이고 적극적인, 다소 난폭한 기질이 있는 죄수들의 경우는 다른 사람들보다 더 심했다(에끼바스뚜스에 들어온 형사범들도 역시 〈제58조〉로 간주되어 같은 대우를 받았고 특권은 없었다). 규율 강화 막사의 죄수들 사이에서 가장 인기가 있었던 것은 점심 식사 때 나오는 알루미늄 숟가락을 집어삼키는 것이었다. 숟가락을 삼킨 죄수는 하나씩 뢴트겐실로 끌려가서, 거짓말이 아니라 숟가락이 실제로 배 속에 있는 것이 확인되면, 그를 입원시켜 위를 절개하여 숟가락을 꺼내는 것이었다. 료시까 까르노우히는 세 번이나 숟가락을 삼켜 버려서 그 때문에 위가 거의 다 없어졌을 정도였다. 꼴까 살로빠예프는 〈정신병자로 가장했다〉. 즉, 밤에 목을 매달았으나, 미리 약속했던 대로 동료가 그것을 〈알아차리고〉 밧줄을 끊었던 것이다. 그는 곧 병원에 수용되었다. 또 어떤 사람은 실을 입에 물고 이빨 사이를 통과시켜 세균을 묻힌 다음, 그 실을 바늘에 꿰어 발의 피부 밑으로 통과시켰다. 〈파상풍이다! 병원이다!〉 하고 소동을 벌였던 것이다. 괴사하든 말든, 어쨌거나 거기에서 탈출만 하면 되었던 것이다.

그러나 징벌을 받은 죄수들을 작업에 쓸 수 있다는 편리성 때문에 수용소군도의 주인들은 그들을 격리된 ZUR, 징벌 구역에 수용하기로 했다. 징벌 구역에서는 무엇보다도 먼저 식사가 나빠진다. 즉, 몇 달씩 수프 이외의 식사가 나오지 않을 때도 있고, 배급 빵도 양이 적다. 목욕탕은 겨울에도 유리창이 깨져 있고, 여자 이발사들이 솜바지와 솜옷 상의를 입고 벌거벗은 죄수들의 머리를 깎았다. 식당도 없을 때가 있었으나, 그렇다고 해서 수프를 막사 안에서 나누어 주지는 않는다. 따라서 취사장 옆에서 수프를 받아들고 혹한 속에 막사까지 날라서 거기서 다 식은 수프를 마시지 않으면 안 된다. 사람들이 대량으로 죽어 나가고, 병원은 죽어 가는 환자들로 만원이다.

모든 징벌 구역을 열거하는 것만으로도 훌륭한 역사적 연구가 될 것이다. 그러나 그 정확한 수를 파악하기는 힘들 것이다. 갈수록 모든 증거가 인멸되어 가기 때문이다.

징벌 구역의 죄수들은 다음과 같은 작업을 해야 했다. 구내에서 35킬로미터나 떨어져 있는 먼 곳에서의 풀베기 작업 — 비가 올 때마다 물이 새는 건초 헛간에서 살고, 발목까지 물에 잠기는 늪지대에서 풀을 베는 것이다. (경비병이 마음씨가 좋을 때는 풀밭의 열매를 따서 먹을 수 있지만 경계심이 강한 경비병은 발포해서 죽일 때도 있다. 그런데도 죄수들은 열매를 따서 먹는다. 배가 고파서 도저히 참을 수 없기 때문이다!) 그러한 늪지대에서 사료용 풀을 베는 작업을, 모기떼에 둘러싸인 채 아무 방어 조치도 없이 일을 하는 것이다(얼굴과 목이 모기에 물려 부스럼이 생기고, 아무것도 보이지 않을 정도로 눈이 퉁퉁 부어오른다). 비체그다강 변에서 이탄을 채굴하는 작업을 하는데, 겨울에 그 무거운 해머를 휘두르면서 꽁꽁언 진흙층을 깨고 그 진흙을 제거한 후 그 밑에 녹아 있는 이

탄을 채굴하여 그것을 썰매에 싣는다. 그러고 나서 그 썰매를 끌고 1킬로미터가량의 언덕을 오르는 것이다(수용소에서는 말을 무척 소중히 다루고 있었다). 단순한 토목 공사 일(보르꾸따 교외의 〈토목 독립 수용 지점〉)로 보내질 수도 있다. 그리고 곧잘 징벌 작업에 지정되곤 하는 석회 채굴장의 작업과 석회를 굽는 작업, 그리고 또 돌을 자르는 작업으로 갈 수도 있다. 아니, 그 작업을 여기 모두 열거할 수는 없다. 괴로운 작업 중에서도 가장 괴로운 것, 감당할 수 없는 작업 중에서도 가장 감당할 수 없는 것이 다름 아닌 징벌 작업이다. 그 모든 수용소에는 그 나름대로의 징벌 작업이 있게 마련이다.

징벌 구역으로 주로 보내진 것은 믿음이 깊은 사람들, 고집이 센 사람들, 그리고 도둑들이었다. (그렇다! 도둑들! 각지 교관들의 일관성 부족 때문에 위대한 교화 체계에 문제가 생겼다.) 거기에는 악마를 위해 일하기를 거부한 〈수녀들〉이 막사마다 수용되어 있었다(뻬초라 국영 농장의 징벌 감방에서는 그녀들을 무릎까지 물에 잠기도록 물속에 서게 했다. 1941년 가을에 제58조 14항을 적용하여 그들은 전원이 총살에 처해졌다). 신부 빅또르 시뽀발니꼬프는 〈종교적 선동〉을 했다는 이유로 체포되어 왔다(그는 부활제 전야에 5명의 간호사들을 위해 종야 기도식을 올렸던 것이다). 불손한 기사들과 고집센 지식인들도 이송되어 왔다. 체포된 탈주자도 들어오고, 프롤레타리아의 이데올로기를 전혀 받아들이려고 하지 않는 〈사회적 친근 분자〉들도 들어왔다. (분류라는 작업은 고도의 두뇌 노동에 속하기 때문에, 수용소 당국도 가끔 본의 아니게 혼돈을 일으키는 일이 있지만 이것을 구태여 책망할 것까지는 없다. 어느 날 까라바스에서 2대의 마차를 보내왔다. 그중 1대는 어린이 놀이터에서 수용소 아동들의 시중을 들기 위해 믿음이 깊은 여성들을 나르는 마차였고, 다른 1대는 파렴치범들과 여자 매독 환자를 돌린까와 꼰스빠이 사이에 있는 징벌 구역으로 나르는 마차였다. 그런데 마차에 짐을 잘못 실었기 때문에 매독 환자들이 아이들을 돌보러 가고, 〈수녀〉들은 징벌 구역으로 가게 되었다. 나중에야 잘못된 것을 알았지만, 그들은 그대로 내버려 두었던 것이다.)

밀고자가 되는 것을 거부한 자들도 자주 징벌 구역으로 이송되어 왔다. 그들 중의 대부분은 거기서, 즉 징벌 구역에서 죽었기 때문에, 그들 자신에 대한 이야기는 듣고 싶어도 들을 수가 없다. 하물며 살인자인 기관원들이 그들에 대해서 말하는 일은 생각하기 어렵다. 토양학자인 그리고리예프도 이렇게 이송되어 왔지만, 그는 살아남았다. 또한 에스토니아의 농업 잡지 편집자 엘마르 누기스도 그랬다.

거기에는 여성이 들어오는 경우도 있었다. 여성의 경우는 언제가 우리가 알 수 없는 사적인 비밀을 간직하고 있기 때문에, 그들에 대해서는 객관적이고도 엄밀한 판단을 내릴 수가 없다. 그러나 여기에 이리나 나겔의 이야기가 있다. 이것은 그녀 자신이 우리에게 들려준 이야기다. 그녀는 우흐따 국영 농장에서 관리부의 타자수로 일하고 있었다. 즉, 그녀는 특권수로서 매우 좋은 위치에 있었던 것이다. 보기 좋게 살찐 균형 잡힌 몸매에, 기다란 머리채를 땋아 머리 주위에 동여맨 그녀는 활동하기 편하게 폭이 넓은 바지에 스키용 점퍼 같은 것을 입고 있었다. 수용소 생활을 체험한 사람이라면 그녀가 얼마나 유혹적인 존재였겠는가를 알 수 있을 것이다. 보안 장교인 시도렌꼬 소위가 그녀와 가까운 사이가 되고 싶다고 그녀에게 치근덕거렸다. 나겔은 그에게 대답했다. 「당신과 그런 사이가 되기보다는 무지막지한 도둑에게 키스를 허용하는 편이 더 나을 거예요! 당신에게 붙잡혀 들어온 아이들이 바로 옆에서 울고 있는데 당신은 부끄럽지도 않으세요!」 그녀에게 거절당한 보안 장교는 갑자기 태도를 바꾸며 말했다. 「내가 정말 당신이 마음에 들어서 그런 줄 아시오? 나는 그저 당신을 한번 〈시험〉해 본 거요. 그건 그렇고 당신은 우리에게 〈협력〉할 거요, 안 할 거요?」 그녀는 거절했다. 그래서 그녀는 징벌 수용 지점으로 보내졌던 것이다.

나겔의 징벌 수용 지점에 간 첫 번째 밤은 이러했다 — 여성용 막사에는 바람기가 있는 여자 도둑들과 〈수녀〉들이 있었다.[1] 5명의 젊은 아가씨들이 시트를 몸에 걸치고 걸어다니고 있었다. 전날 밤 여자 도둑들은 파렴치범들과 옷을 걸고 트럼프로 도박을 했다. 여자 도둑들은 졌고, 그녀들은 수녀들이 입고 있던 옷을 벗어 승자에게 넘겨주도록 명령했던 것이다. 갑자기 기타를 든 무뢰한들이 침입해 들어왔다. 그들은 속바지 차림에 펠트 모자를 쓰고 있었다. 그들은 도둑의 세레나데 같은 것을 노래하고 있었다. 갑자기 또 다른 무뢰한 그룹이 달려 들어왔다. 그들은 몹시 화를 내고 있었다. 그들은 한 사람의 동료 여자 죄수를 움켜쥐더니 그녀를 마룻바닥에 동댕이치고 의자로 때리고 발로 밟아 뭉갰다. 그녀는 비명을 질렀지만 곧 목소리조차 나오지 않게 되었다. 주위 사람들은 모두 말없이 앉아서 말리려 하지도 않았을 뿐만 아니라, 아예 아는 척도 하지 않았다. 이윽고 의사의 조수가 찾아왔다. 「누가 너를 때렸지?」「침상에서 굴러떨어졌습니다.」 얻어맞은 여자는 대답했다. 그날 밤 그들은 트럼프 도박에서 나겔까지 〈잃고〉 말았지만, 〈암캐〉 바스까 끄리보이가 그녀를 도와주었

1 세계 역사상 양자를 동등하게 취급한 자가 우리 말고 또 어디 있었을까? 그들을 동거시키려면 도대체 어떤 사람이라야만 하는가?

다. 그가 소장에게 알려 주었기 때문에 소장은 나겔을 위병소로 데리고 가서 재워 주었던 것이다.

징벌 출장소(니로쁘 수용소의 빠르마처럼, 밀림 속의 가장 깊은 곳에 위치하고 있었다)는 경비병들이나 교도관들에게도 흔히 징벌처럼 간주되고 있었다. 잘못을 저지른 자들을 그곳으로 보냈던 것이다. 그러나 그들 대신에 자주 특권수들을 이용하기도 했다.

수용소에 법과 정의가 없다면 징벌 수용소의 경우는 말할 필요조차 없었다. 무뢰한들은 자기 멋대로 행동을 하고 공공연히 칼을 지니고 다녔다(보르꾸따 수용소의 〈토목 독립 수용 지점〉, 1946년). 교도관들은 그들이 무서워서 구역 밖으로 도망쳤다. 게다가 그것은 〈제58조〉해당자가 다수를 차지하고 있을 때의 일이었다.

뻬초라 근처의 잔뚜이 징벌 수용소에서는 형사범들이 장난삼아 2채의 막사를 불태우고 요리사들을 내쫓아 식사 준비를 못 하게 한 다음, 두 사람의 장교를 참살한 적이 있었다. 그때 나머지 장교들은 계급을 박탈한다고 위협을 해도 수용소 구내로 들어가려고 하지 않았다.

바로 이럴 때 수용소 당국은 죄수들끼리의 반목을 이용한다. 갑자기 어느 다른 곳으로부터 부하들을 데리고 온 〈암캐〉를 잔뚜이 수용소의 관리자로 임명한 것이다. 그들은 첫날 밤에 3명의 도둑을 찔러 죽이고 가까스로 수용소의 평온을 되찾았던 것이다.

옛날부터 속담이 예언하고 있듯이 도둑은 도둑에 의해서 소탕되게 마련이다. 진보적 교의에 따라 자기 자신도 숨을 쉴 수 없을 정도로 이들 사회적 친근 분자를 증식시킨 군도의 우두머리들은 죄수들을 분열시켜 그들끼리 칼부림을 하게 하는 것보다 더 좋은 방법을 발견하지 못했던 것이다. (전쟁은 끝났지만, 군도를 뒤흔들어 놓은 파렴치범들과 〈암캐들〉의 싸움은 또 하나의 전쟁이었다.)

물론 겉으로는 자유롭게 보였지만, 파렴치범들의 징벌 생활도 결코 즐거운 것은 못 되었다. 그들도 어떻게 해서든지 이런 난맥 상태에서 빠져나가고 싶었다. 다른 모든 기생충과 마찬가지로, 그들도 단 국물을 빨아 마실 수 있는 사람들 사이에서 사는 것이 유리했던 것이다. 악명 높은 보르꾸따의 석회 공장에서는 징벌 작업에 나가지 않기 위해 파렴치범들이 때때로 자기 손가락을 자르기도 했다. (실제로 몇몇 형사범들의 글에서는 〈보르꾸따 석회 공장에 머무르기 위해서〉라는 표현이 등장한다.)

거기서는 모두가 칼을 지니고 다녔다. 〈암캐들〉과 파렴치범들이 매일같이 서로 살육을 되풀이하고 있었다. 〈암캐〉인 요리사는 자기 마음대로 수프를 퍼 주었다 — 어떤 사람에게는 많이, 어떤 사람에게는 적게, 또 어떤 사람에게는 아무것도 주지 않고 국자로 머리를 때리기도 했다. 작업 할당계는 언제나 쇠몽둥이를 가지고 다녔고, 그 몽둥이를 한 번만 휘둘러도 현장에서 사람이 즉사하곤 했다. 〈암캐들〉은 남색을 위해 소년들을 거느리고 있었다. 거기에는 3채의 막사가 있었다. 〈암캐들〉의 막사, 도둑들의 막사, 그리고 일반인들의 막사가 있었는데, 거기에는 막사마다 1백 명씩 수용되어 있었다. 일반인들은 수용소 부근의 아래쪽에서 석탄을 채굴했다. 그들은 그 석탄을 들것으로 언덕 위로 운반해 올라가서는 그 내부에 연기 통로를 만든 원추형 화로에 넣어서 석탄을 구웠다. 그들은 연기와 그을음과 먼지 속에서 타고 있는 석탄을 고루 펼쳐 놓는 것이었다.

지다 수용소에서는 바얀골이라는 징벌 구역이 유명했다.

꼬라스노야르스끄 수용소의 레부치 독립 수용 지점에는 모든 징벌 작업이 도입되기 이전에 〈노동자들의 핵심〉이 후송되어 왔다. 그들은 아무 죄도 없는 150명가량의 건장한 일꾼들이었다. (징벌 수용 지점이건 아니건 간에, 어쨌든 수용 지점 당국은 계획을 완수하지 않으면 안 되었던 것이다! 여기서 애꿎은 일반 노동자들이 징벌 수용 지점으로 돌려진 것이었다!) 그다음에는 형사범들과 제58조에 의한 장기수들, 즉 〈중대 정치범〉들을 보내 왔다. 도둑들은 이 중대 정치범들을 두려워하고 있었다. 그것은 그들이 25년의 형기를 받고 있어서, 전후의 상황하에서 파렴치범을 죽인다 해도 그 이상 형기는 연장되지 않았기 때문이다. 이때는 이미 그런 행위를 해도 계급의 적의 행위(운하 건설 때처럼)라고는 보지 않았던 것이다.

레부치에서의 하루의 노동 시간은 11시간으로 정해져 있었으나 실제로는 삼림까지의 왕복에 소요되는 시간까지 포함하여(5~6킬로미터의 거리) 15시간이나 되었다. 기상은 오전 4시 30분이고 구내로 돌아오는 시간은 저녁 8시가 지나서였다. 순식간에 사람들이 〈줄어들었다〉. 즉, 작업 거부자가 나타났기 때문이다. 작업 할당계는 일꾼들을 작업 현장으로 데리고 가서 작업 거부자들을 집회소에 세워 놓고 〈처벌〉 대상자를 고르기 시작했다. 이렇게 해서 선출된 작업 출동 거부자들은 새끼로 엮은 짚신을 신고(〈계절에 맞는 신발을 신고 있는 셈이다〉 — 밖은 영하 60도의 혹한이니까) 얇은 상의를 입은 채 구내에서 내쫓겼다. 그러자 그들에게 5마리의 경비견이 달려들었다. 「물어라!」 개는 작업 출동 거부자들을 물고 할퀴고 옆으로 쓰러뜨렸다. 이윽고 개를 다시 불러들이고, 한 사람의 중국인이 분뇨 운반용 마차를 조그만 황소에 묶어, 끌고 다가

왔다. 그는 작업 거부자들을 그 마차에 던져 싣고 웅덩이가 있는 곳까지 끌고 가서 마차를 뒤집어 그들을 웅덩이에 떨어뜨렸다. 거기에는, 즉 웅덩이 밑바닥에는 료샤 슬로보다라는 반장이 기다리고 있었다. 그는 작업 거부자들을 몽둥이로 내리쳐 그들이 일어나서 그를 위해 일하기 시작할 때까지 계속해서 때렸다. 반장은 그들이 생산한 것을 자기의 작업반 생산으로 기입하고, 그들에게는 3백 그램의 빵밖에 지급하지 않았다. 이것이 징벌 감방의 배급식이라는 것이다. (이렇게 단계적인 체계를 고안해 낸 자는 그야말로 〈작은 스딸린〉이 아니고 누구겠는가!)

갈리나 이오시포브나 세레브랴꼬바여! 왜 당신은 〈이런 것〉에 대해서는 쓰지 않고 있습니까? 왜 당신의 주인공들은 수용소에 들어가 있으면서 아무것도 하지 않고 아무 일도 하지 않으면서 그저 레닌과 스딸린에 대해서만 이야기하고 있습니까?

〈제58조〉 해당자 중 보통 일꾼들은 거의 모두가 이러한 징벌 수용 지점으로부터 살아서 돌아올 수 없었다.

북방 철도 건설 수용소(소장은 끌류치긴 대령)의 징벌 출장소에서는 1946년과 1947년에 인육을 먹기까지 했다. 즉, 사람을 죽이고 그 고기를 끓여서 먹었던 것이다.

우리 인민의 천지가 진동할 역사적 대승 직후에 이런 일이 있었다.

아, 끌류치긴 대령이여! 당신은 은퇴 주택을 어디에 세웠는가?

제16장
사회적 친근 분자

서투른 내 펜도 이 족속을 찬양하는 데 가담하기로 하자. 그들은 해적으로, 바다의 무법자로, 부랑자로, 탈주한 유형수로 찬양을 받아 왔다. 로빈 후드로부터 오페레타의 주인공에 이르기까지 더없이 고결한 도적들로 찬양되어 왔다. 그들은 동정심 많은 자들이어서 부자의 재물을 약탈하여 가난한 사람들에게 나누어 주는 것으로 인정되어 왔다. 오, 카를 모어와 더불어 공을 세운 고매한 투사들이여! 오, 강한 반항심의 로맨티스트 첼까시여! 오, 베냐 끄리끄여, 오데사의 떠돌이들이여, 오데사의 방랑 시인들이여!

그러고 보니 세계의 문학가들은 너나 할 것 없이 모두가 이 무뢰한들을 찬양해 온 것이 아닐까. 프랑수아 비용은 물론이거니와 빅토르 위고도, 발자크도 이 길을 그냥 지나쳐 버리지는 않았고, 뿌시낀으로 말하면 그의 집시들 가운데서 무뢰한의 근성을 칭송하고 있다. (그리고 바이런은 또 어떠했던가?) 그렇지만 소련 문학만큼 폭넓게 목청을 합해서 한결같이 그들을 찬양한 적은 일찍이 없었다. (그 밑바닥에는 고리끼와 마까렌꼬뿐 아니라 더 차원 높은 〈이론적 근거〉가 있었던 것이다.) 대중 가수 레오니뜨 우쪼소프가 무대에서 그 코맹맹이

115

같은 목소리로 울부짖기 시작하면 청중은 감격에 찬 환성을 울리곤 했다. 그리고 비시네프스끼와 포고진의 희곡에 등장하는 발트해와 흑해의 〈형제들〉이 바로 이 가수처럼 무뢰한들의 말투를 쓰기 시작했다. 이 무뢰한들의 언어 속에 그들의 슬기와 재치가 가장 잘 표현될 수 있었기 때문이다. 우리에게 이 무뢰한들의 이야기 — 처음에는 그들의 제멋대로인 생활 방식과 모든 것을 부정하는 정신을, 끝에 가서는 그들이 새 인간으로 단련되어 나오는 변증법적 이야기 — 를 그려 보여 주면서, 스스로 신성한 감동에 흐느끼지 않은 작가나 시인이 과연 있었던가. 마야꼬프스끼도 그랬고 그의 뒤를 따라 쇼스따꼬비치도 그랬다(발레 「아가씨와 불량배」). 그 밖에도 레오노프, 셀빈스끼, 인베르 등, 일일이 이름을 들자면 끝이 없다. 문학이 긍정적 주인공을 찾지 못해 고사 직전에 있던 시기였으므로 이 무뢰한 숭배는 무척 강한 전염성을 지니게 되었다. 빅또르 네끄라소프 같은 공식 노선에서 멀리 떨어져 있던 작가조차 러시아인의 용감성을 표현하기 위해서는 무뢰한 출신인 추마끄 상사보다 더 적당한 인물을 찾아낼 수 없었던 것이다(「스딸린그라뜨의 참호 속에서」). 심지어는 따찌야나 예세니나까지도(「제냐 — 20세기의 기적」) 이 최면술에 걸려들어서, 다이아몬드 잭[1]인 벤까의 〈순수한〉 모습을 묘사했다. 어쩌면 현실을 똑바로 보는 능력을 지닌 쩬드랴꼬프가 유일하게 감격에 빠짐이 없이 냉정하게 무뢰한을 그려냄으로써(「셋, 일곱, 에이스」) 그들의 비열하기 짝이 없는 마음속을 파헤쳐 보였는지도 모른다. 알단세묘노프는 자신도 한때 수용소 생활을 한 모양인데, 「암벽 위의 부조」에서 터무니없는 난센스를 조작해 내고 있다. 이야기인즉 레닌을 개인적으로 알고 있을

1 사기꾼 출신이라는 뜻 — 옮긴이주.

뿐만 아니라 꼴차끄의 백위군을 무찔렀다 해서 도적들조차 모두 우러러보았다는(이것이야말로 아베르바흐 시대의 허구적 소설 모티브에 지나지 않는다) 공산당원 뻬뜨라꼬프의 영향을 받은 사샤 알렉산드로프라는 도둑이 폐인들을 모아서 작업반을 만드는데, 그들에게 일을 시켜 자기가 편하게 지낼 생각은 조금도 없고(그런 허튼소리가 어디 있어! 알단세묘노프 자신이 잘 알고 있을 거 아냐!) 오히려 그들을 잘 먹여 살리기 위해 노심초사한다는 것이다. 그 때문에 심지어는 자유 노동자들과 도박까지 해가며 돈을 마련한다는 이야기다. 도박에서 딴 돈을 자기가 〈치피리〉²를 사 마시는 데 쓰지는 않는다는 말인가? 1960년대치고는 얼마나 낡고 엉터리 같은 이야기인가!

1946년 어느 여름날 저녁 깔루가 대문의 조그만 수용소에서 무뢰한 하나가 3층 창문으로 상반신을 내밀고는 커다란 목소리로 무뢰한들의 노래를 연달아 부르기 시작했다. 그의 노랫소리는 쉽사리 위병소를 넘고 가시철조망을 넘어서 깔루가 대문 거리의 보도와 무궤도 전차 정거장까지, 그리고 네스꾸치니 공원 근처까지 울려 퍼졌다. 그 노래들은 무뢰한의 〈수월한 삶〉과 살인, 강도, 도둑질을 찬양하는 내용이었다. 그런데도 교도관이건 교육계건 위병이건 누구 하나 그를 제지하기는커녕 한마디 주의를 줄 생각조차 하지 않고 있었다. 이것은 필시 무뢰한들의 관점을 선전하는 것이 우리 나라의 생활 양식에 위배되지 않을뿐더러 아무런 위협도 주지 않기 때문이었을 것이다. 나는 그때 수용소에서 이런 생각을 했다 — 만약에 내가 지금 3층에 올라가 바로 저 창문에서 저렇게 목청을 돋우어 무언가 다른 노래를, 예컨대 언젠가 전방의 방첩

2 찻잎을 졸여 아주 독하게 만든 일종의 환각제 — 옮긴이주.

117

본부에서 들은 적이 있는 「너는 지금 어디에」처럼 전쟁 포로의 슬픈 운명을 담은 노래를 부른다거나, 아니면 학대받고 무참히 짓밟히고 있는 일선 병사의 운명에 관한 노래 같은 것을 만들어서 부른다면 대체 어떤 일이 일어날 것인가! 틀림없이 한바탕 큰 소동이 벌어지리라! 나를 붙잡으러 계단을 돌아서 올라오는 것조차 급해서 소방용 사다리차를 몰고 와 나를 체포하려 들겠지. 내 입에 재갈을 물리고 양손을 묶고서 새로운 〈형기를 씌울〉 것이다! 그런데 저렇게 무뢰한이 노래를 부르면 자유의 몸인 모스끄바 사람들은 의당 그래야 하는 것처럼 귀를 기울여 듣고 있지 않은가?

이 모든 것은 하루아침에 이루어진 것이 아니다. 그것은 우리 나라 사람들이 곧잘 말하듯이 하나의 〈역사적 산물〉인 것이다. 옛날 러시아에서는 도둑이란 절대로 그 버릇을 고칠 수 없는 영원한 범죄자라는 잘못된 생각이 존재하고 있었다(서방 세계에서는 지금도 존재하고 있다). 그래서 죄수들을 호송할 때라든가 형무소 안에서는 정치범들을 그자들의 횡포로부터 특별히 보호했었다. P. 야꾸보비치의 증언에 의하면, 형무소 당국은 그자들의 방자한 행동을 억누르고 죄수 사이에서 그자들이 주도권을 잡지 못하게 하는 한편 남보다 높거나 유리한 지위를 차지하는 것을 엄금함으로써 다른 유형수들을 적극적으로 보호했다고 한다. 〈사할린은 몇천 명의 도둑들을 집어삼킨 채 되돌려 주지 않았다.〉 옛날 러시아에서는 상습적 형사범들에게 오직 하나의 공식이 적용되었다. 즉, 〈놈들의 모가지에는 법의 쇠사슬을 씌워 놓아야 한다!〉(우루소프). 그 결과로 1914년까지만 해도 도둑들은 바깥세상에서나 형무소에서나 주도권을 잡을 수가 없었던 것이다.

그러나 쇠사슬은 떨어져 나가고 자유가 빛나기 시작했다.

1917년에 몇백만 명의 탈주범이 쏟아져 나온데 뒤이어 내전을 통해 모든 인간의 욕망이 해방되었다. 그중에서도 제일 먼저 고삐가 풀린 것은 도둑들의 욕망이었다. 그자들은 더 이상 목에다 쇠사슬을 쓰려 하지 않았고 되쓰지 않아도 된다는 선언을 받아 냈던 것이다. 도둑들은 사유 재산의 적이다. 따라서 혁명 세력으로 간주하는 편이 유리하다. 그러니까 그들을 프롤레타리아트의 흐름에 합류시켜야 하며 이것은 결코 어려운 일이 아니다, 라는 식으로 되어 갔던 것이다. 이때 내전에서 생긴 엄청나게 많은 고아들이 부랑아로 자라나서 거리를 떠돌고 있었다. 그들은 신경제 정책 시대에 아스팔트 가마솥 옆에서 몸을 녹이고는 지나가는 부인네 손에서 핸드백을 날치기하는가 하면, 기차 창문으로 〈갈고리〉를 넣어 트렁크 따위를 끌어내기도 했다. 말하자면 이것은 그들의 기초적인 실습인 셈이었다. 사회적으로 고찰한다면 이것은 단지 〈환경〉의 탓으로 돌릴 수도 있었다. 그렇다면 이들 건전한 부랑아들을 재교육하여 자각적인 생활 양식으로 끌어들여야 하지 않겠는가, 라는 말이 나오게 마련이다. 그 당시에는 첫 코뮌도 있었고 소년원도 있었으며 「인생 안내」 따위 영화도 있었다(하지만 부랑아들은 아직 〈법적인 도둑〉은 아니었을 뿐 아니라 그들 모두가 불량소년이라고는 할 수 없었으므로 그들을 재교육한다는 게 실은 무의미한 일이라는 것을 깨닫지 못했던 것뿐이다).

40년 이상이나 지난 오늘에 와서 되돌아보면 의문이 없을 수가 없는 것이, 도대체 누가 누구를 교육했단 말인가 — 체끼스뜨가 도둑을 교육시켰는가, 도둑이 체끼스뜨를 교육시켰는가? 체끼스뜨의 신앙을 받아들인 도둑은 〈암캐〉이므로, 도둑들은 그 개를 잡아 죽였다. 한편 도둑들의 심리를 터득한

119

체끼스뜨들, 즉 1930년대에서 1940년대의 〈배짱 있는〉 신문관이나 〈의지 견고한〉 수용소 관리관들은 상부의 신임을 받아 승진이 빨랐던 것이다.

그런데 도둑들의 심리라는 것은 지극히 단순해서 아주 쉽사리 터득할 수가 있었다.

첫째, 자기만 삶을 즐기면 되지 빌어먹을 다른 놈들이야 어떻든 알게 뭐냐!

둘째, 제일 힘센 놈이 옳은 놈이다!

셋째, 자기한테 관계없는 일에는 끼어들지 말라! (즉, 네가 얻어터지지 않는 한 얻어맞는 놈 편들 생각은 말라. 아직은 네 차례가 아니니까.)

그러니까 기가 죽은 적을 한 놈씩 따로 떼어 때려잡아라 — 이것은 너무나 많이 보아 온 수법 아닌가. 히틀러가 그렇게 했고 스딸린이 그렇게 했던 것이다.

무뢰한들의 〈독자적 법전〉이나 그들의 〈약속을 지키는 의리〉에 대해서 셰이닌은 얼마나 많은 이야기를 우리 귀에다 불어넣었던가. 읽어 보면, 이것은 모두가 돈키호테고 모두가 애국자들 아닌가! 하지만 정작 그 추악한 상통들과 감방이나 호송차 속에서 맞부딪친다면…….

에잇, 이 쓸개 빠진 엉터리 작가들 같으니, 그따위 거짓말일랑 작작 해라! 무뢰한이라곤 뱃전 너머로나 신문관의 책상 너머로밖에는 보지 못한 너희들 아니냐! 너희가 전혀 무방비 상태에 있을 때 단 한 번이라도 놈들과 맞부딪쳐 본 적이 있었냐!

도적들은 로빈 후드가 아니다! 힘없는 불구자들한테서라

도 빼앗아야 할 때는 서슴지 않고 빼앗는 놈들이다. 얼어 죽기 직전에 있는 사람한테서 마지막 천 조각이라도 강탈할 수만 있다면 결코 사양하지 않는 게 그놈들이다. 〈너는 오늘 죽어라, 나는 내일 죽겠다!〉라는 게 놈들의 위대한 구호니까.

하지만 어쩌면 그자들은 정말로 애국자인지도 모른다. 어째서 그자들은 국가에 속한 것은 훔치지 않을까? 어째서 그자들은 〈특수〉 별장에는 강도질하러 들어가지 않을까? 어째서 그자들은 검은색 대형 승용차는 세우지 않을까? 그 승용차 속에 꼴차끄를 쳐부순 승리자가 타고 있을지도 모르기 때문일까? 아니, 그게 아니라 그런 승용차나 별장들은 경비가 엄중하기 때문이다. 그리고 국영 상점이나 창고 등은 법률의 보호하에 있기 때문이다. 그리고 도둑들의 재교육이란 한낱 공염불에 지나지 않음을 현실주의자인 스딸린이 벌써 옛날부터 알고 있었기 때문이다. 그래서 그자들의 에너지를 다른 방향으로 전환시켜 자기 국민을 약탈하도록 부추겼던 것이다.

1947년까지 30년 동안 시행해 온 우리 나라의 법률이란 이런 것이었다 ── 직무상 횡령이라고? 국가 재산을 훔쳤다고? 창고에서 한 상자 훔쳤다고? 집단 농장에서 감자를 3개 훔쳤다고? 그렇다면 10년이다(그것도 1947년부터는 20년으로 늘어났다)! 그렇지만 만약에 〈자유인〉, 즉 일반인 것을 훔친다면 어떻게 될까? 예를 들어 남의 집에 침입해서 그 가족이 한평생 애써 마련한 전 재산을 트럭에다 실어 내갔다면? 그때 살인만 하지 않았다면 기껏해야 〈1년 이하의 징역〉이고 때로는 6개월이 떨어지기도 하는 것이다.

이렇게 관용을 베풀었으니 도둑이 늘어날 수밖에.

스딸린 정권은 이런 법률을 가지고 도둑들에게 언명한 셈이었다 ── 우리 것은 훔치지 말라, 훔치려거든 사유 재산을 훔쳐라! 사유 재산은 과거의 유물이니까. (그러나 고관들에게 〈개인적으로 할당된〉 재산은 미래의 희망인 것이다…….)

도둑들은 얼른 알아들었다. 자기들의 노래나 이야기 속에서는 그처럼 담대한 자들이지만 정작 어려움과 위험이 따르는 도둑질이나 모가지가 달아날지도 모르는 강도질 따위에는 감히 나서지를 못했다. 그 대신에 이 겁 많은 자들은 부추기는 방향으로 일제히 달려갔다. 즉, 혼자 길을 가는 행인들을 약탈하고 무방비 상태의 주택들을 노략질의 대상으로 삼는 것이었다.

1920년대도, 1930년대도, 1940년대도, 1950년대도! 시민의 머리 위를 끊임없이 엄습하던 이 위협을 완전히 잊어버린 사람이 과연 있을까 — 어두운 곳을 걸어가지 말라! 밤늦게 귀가하지 말라! 시계를 차고 다니지 말라! 돈을 갖고 다니지 말라! 집을 비우지 말라! 자물쇠! 덧문! 그리고 개! (그 당시 도둑을 맞아 본 일이 없는 요즘 칼럼니스트들은 충직한 집개 같은 것은 우습게 여기고 있지만…….)[3]

3 인간을 고립화하기 위한 한결같은 투쟁에서 우선 인간에게서 벗 하나를 제거했다. 그 벗이란 말이었는데 말 대신에 트랙터를 주겠노라 약속했다. (이 것은 말이 쟁기를 끌게 하는 수단일 뿐, 사람과 더불어 슬픔과 기쁨을 나누는 살아 있는 친구로서 가족의 일원, 인간의 마음의 일부를 이루고 있다는 것을 부정하는 짓이다!) 얼마 안 있어 이번에는 인간의 두 번째 벗, 즉 개를 집요하게 박해하기 시작했다. 개는 전부 등록되어야 했다. 가죽 공장으로 끌고 가기도 했지만 지방 소비에뜨가 특별반을 만들어 눈에 띄는 족족 개를 사살해 버리는 일도 종종 있었다. 그런 짓은 위생적 고려나 궁색한 경제적 이유 때문이 아니라 좀 더 깊은 까닭이 있었다. 즉, 개들은 라디오도 듣지 않고 신문도 읽지 않으며, 이를테면 통제 밖에 있는 국민으로서, 게다가 육체적으로 힘이 있으면서도 그 힘을 국가에 기여하지 않고 〈개인적〉으로 그 주인의 방위에 기여하기 때문이다. 지방 소비에뜨가 그 주인에 관해서 어떤 결정을 내리든 간에, 한밤중에 어떤 종류의 영장을 가지고 주인을 찾아오든 간에, 그런 것은 아랑

도둑을 한 번이라도 맞아 본 시민이라면, 경찰이 범인을 잡으려 하지도 않거니와 업무 실적이 떨어질까 봐 아예 도난 사건 따위에는 손도 대려 하지 않는 것을 누구나 다 알고 있다. 설사 잡아 봤자 형은 6개월이 고작이고 그나마 형기 감축 제도를 적용하면 3개월로 감형되고 말 텐데 구태여 범인을 체포하려고 애쓸 필요가 어디 있느냐는 것이 경찰의 생각이었다. 아니, 그보다도 체포된 도둑들은 과연 재판에 회부될 것인가? 검사들[4]은 아예 사건 자체를, 특히 관련 피고인의 수가 많을 때는 사건 자체를 묘하게 깔아뭉개는 방법으로 〈범죄율을 저하시키고〉 있기 때문이다(이것은 회의 때마다 검사들에게 요구되는 사항이었다).

　　그뿐만 아니라 때가 되면 반드시 사면령이 내리게 마련이고, 그것은 물론 그런 종류의 형사범들을 위한 것이다. 그러니 증인들이여, 법정에서의 증언을 삼가라! 그자들이 얼마 후에는 모두 되돌아와서 증인들에게 복수할 테니 말이다!

　　그러니까 도둑이 창문으로 기어들어 가는 것을, 남의 호주머니를 자르는 것을, 열 사람의 트렁크를 찢는 것을 보게 되면 얼른 눈을 감아 버려야 한다! 모른 체 그냥 지나쳐 버려야 한다! 아무것도 못 본 체해야 한다!

　　1955년 9월에 『문학 신문』(문학과 관련된 일만 아니라면 다방면에 걸쳐 제법 대담한 의견을 싣기도 하는 신문)은 다음과 같은 내용의 커다란 기사를 위선의 눈물과 함께 싣고 있었

곳없이 오로지 주인을 지키려 들기 때문인 것이다. 불가리아에서는 1960년에 국민에게 개 대신에 돼지를 기르도록 적극적으로 권장한 일이 있었다. 돼지란 원칙 같은 것은 애당초 모르는 동물로서 누구든 칼만 들고 있으면 그에게 고기를 제공하기 때문일 것이다. 하기는 개에 대한 박해도, 국가에 유익한 경비견이나 경찰견에게까지는 미치지 않았다.

　4 『이즈베스찌야』, 1964년 2월 27일. 검사 골루시꼬가 그랬듯이.

다 — 모스끄바의 밤거리에서, 두 세대의 가족이 살고 있는 집 창밖에서 크게 소동이 벌어진 끝에 결국 한 사람이 살해된 사건이 있었다. 나중에 조사한 바에 의하면 두 세대의 가족이 (우리의, 소비에뜨의 가족이 말이다!) 그 소동으로 깨어나서 창밖을 내다보고 있었음에도 불구하고 사람을 살리려고 밖으로 나온 사람은 하나도 없었다. 아내들이 남편들을 내보내지 않았기 때문이다. 그런데 같은 건물에 사는 다른 사람 하나가 (어쩌면 그 역시 소동으로 잠에서 깨어 있었는지 모르지만, 거기 대해서 신문은 한마디도 언급이 없다) 1916년부터 공산 당원이었고 예비역 대령이었는데(할 일 없는 생활에 지쳐 있었던지) 스스로 검사의 역할을 맡고 나섰다. 그는 신문사들과 재판소를 찾아가서 그 두 가족을 살인 〈공범〉으로 기소하라고 요구했다는 것이다! 신문 기자도 기사를 쓰면서 무섭게 분개하고 있다 — 이런 행위는 법률에 저촉되지는 않지만 수치스럽기 짝이 없는 일이라고.

그야 물론 수치스러운 일이긴 하지만, 도대체 〈누구한테 수치스러운 일〉이란 말인가?

1. 1953년 3월 27일 국민의 인기를 얻으려고 실시한 〈보로실로프 특사〉는 전국에 살인자와 강도, 절도를 들끓게 하여 나중에 그들을 잡아들이는 데 큰 곤란을 겪어야 했다. (도둑에게 자비를 베푼다는 것은 선량한 사람을 망하게 하는 것이다.)

2. 1926년 형법에는 〈정당방위의 한계에 관한〉 제139조라는 얼토당토않은 조항이 있다. 즉, 피해자는 가해자가 칼을 들고 덤비기 전에 자기 칼을 뽑아서는 안 되며, 가해자가 자기를 찌르기 전에 먼저 저쪽을 찔러서도 안 된다고 되어 있다. 그렇지 않으면 〈피해자〉가 기소된다는 것이다(그러나 약한 자에게 폭력을 행사하는 것이 가장 악질적 범죄라는 조항은

우리 나라 법률에는 없다). 이 정당방위의 한계를 넘게 될까 두려워하는 마음이 국민성을 더할 수 없이 약하게 만들어 버린다. 붉은 군대 병사 알렉산드르 자하로프는 집회소 밖에서 깡패한테 습격당했다. 자하로프는 주머니칼을 꺼내 들고 대항했는데 깡패가 그 칼에 찔려 죽고 말았다. 이 때문에 그는 단순 살인죄로 10년을 선고받았던 것이다! 〈그런 판국에 내가 어떻게 해야 했단 말입니까?〉 그는 알 수 없다는 얼굴로 물었다. 담당 검사 아르찌셰프스끼는 그에게 대답했다. 〈어떡하다니, 도망쳤어야지!〉

자, 이런 형편이니 깡패를 기르고 있는 것은 대체 〈누구〉인가?

3. 국가는 형법으로 국민에게 총기 및 도검류의 소지를 엄금하고 있으면서도 국민을 보호할 〈책임은 지지 않는〉 것이다! 국가는 자기 국민을 도적들의 횡포 아래에 내맡기고 있으면서도 한편으로는 신문, 잡지를 통해서 도적들을 상대로 〈사회적 저항〉을 하도록 국민에게 호소하고 있다. 〈무엇을 가지고〉 저항하라는 것인가? 우산을 가지고? 아니면 밀개를 가지고? 처음에는 도적들을 한껏 늘려 놓고 나서 나중에는 그자들에 대항하도록 경찰 보조 청년단을 조직했고, 그 청년단은 〈법률에 구애됨이 없이〉 행동하여 개중에는 스스로 도적이 되어 버리곤 했다. 애초부터 〈놈들의 모가지에는 쇠사슬을 씌워야 한다〉는 원칙에 따랐더라면 지극히 간단한 일이었다! 그런데 〈유일하고도 올바른 가르침〉이 앞길을 가로막아 버렸던 것이다.

그건 그렇고, 만약에 그때 아내들이 남편들을 제지하지 않아서, 남편들이 몽둥이를 들고 밖으로 달려 나갔더라면 일은 어떻게 되었을까? 도둑들이 그들을 죽였을까(그럴 가능성이

훨씬 크지만), 아니면 그들이 도둑들을 죽였을까? 그러나 후
자의 경우에는 정당방위의 한계를 넘었다 해서 형무소로 끌
려갔을 것이다. 결말이 둘 중 어떻게 났건 간에 예비역 대령
은 개를 끌고 아침 산책을 나가면서 그 사건을 유쾌한 마음으
로 되씹어 보았을 것이다.

진정한 자주적 활동이란 프랑스 영화 「새벽의 강변길」의
이야기와 같은 것이다. 이 영화에서는 노동자들이 경찰 당국
의 힘을 빌리지 않고 저희들끼리 도적을 붙잡아서 처벌한다.
이런 종류의 자주적 활동이 우리 나라에서 질서 문란 행위로
단속받지 않을 수 있을까? 이러한 사고방식과 이러한 영화가
과연 우리 나라에서 가능한 일일까?

그러나 이것이 전부가 아니다. 우리의 사회생활에는 도둑
과 강도를 조장하는 또 하나의 중요한 특징이 있는데 그것은
〈공개 공포증〉이다. 우리 나라 신문들은 누구에게도 흥미 없
는 산업적 승리에 대한 보도로 가득 차 있지만 범죄 사건이나
공판에 관한 보도는 찾아볼 수가 없다. (〈진보적 이론〉에 의
하면 범죄는 계급이 존재하기 때문에 발생한다. 우리 나라에
는 계급이 없으니까 범죄도 있을 수 없고 따라서 신문에 범죄
기사를 게재하면 안 되는 것이다! 범죄 면에서 우리 나라가
미국에 뒤떨어지지 않는다는 것을 증명하는 자료를 미국 언
론에 제공해서는 안 되기 때문이다!) 서방 세계에서는 살인
사건이 발생하면 범인의 사진이 집집의 벽이며, 술집 계산대
에, 전차 창문에까지 나붙기 때문에 범인은 독에 갇힌 쥐처럼
꼼짝 못하게 되고 만다. 우리 나라에서는 공공연하게 살인 사
건이 벌어지더라도 신문은 침묵을 지키고 사진 같은 것은 아
예 나붙지 않으니까 범인은 1백 킬로미터쯤 떨어진 이웃 지방
으로 옮겨 가서 태평하게 살 수가 있다. 그리고 내무부 장관

은 범인을 검거하지 못한 데 대해 국회에 나가 변명할 필요도 없다. 그 고장 사람 이외에는 아무도 사건 발생을 알지 못하기 때문이다. 검거해도 좋고 못해도 상관없다. 범인이 국경 너머로 도주한 것도 아니고 전국에 지명 수배해야 할 만큼 〈국가에〉 위험한 인물도 아니니 말이다.

범죄란 말라리아와 같은 것이어서, 일단 근절되었다고 발표해 버리면 더 이상 치료를 할 필요도, 할 수도 없게 된다. 그러니 함부로 그따위 진단을 내려서는 안 되는 것이다.

물론 경찰도 재판소도 되도록이면 〈사건을 종결〉하고 싶을 테지만, 그것이 오히려 진짜 살인자나 도적들에게 유리하게 작용하게 된다 — 즉, 해결되지 않은 범죄를 〈누구든〉 처음 걸려드는 자에게 뒤집어씌우는 것이다. 그리고 특히 즐겨 사용하는 수법으로 하나의 죄를 범한 자에게 몇 가지 범죄를 〈덧씌우는〉 것이다. 뾰뜨르 끼질로프 사건[5]을 그 예로 들 수 있다. 그는 자기와는 아무 상관도 없는 범죄로 아무런 증거도 없이 두 번이나 총살형(!)을 받았다. 그리고 알렉세옌쩨프 사건[6] 역시 그와 대동소이하다. 만약에 끼질로프 사건에 관한 뽀뿌프 변호사의 편지가 『이즈베스찌야』가 아니라 『더 타임스』에 보내졌다면 그것은 재판관의 해직이나 정부의 위기를 초래했을 것이다. 그런데 우리 나라에서는 4개월 후에 공산당 주 위원회를 열어(어째서 주 위원회인가? 재판소가 그 관할 하에 있다는 것인가?) 신문관의 〈젊은 나이와 경험 부족〉(그렇다면 어째서 그런 사람들에게 인간의 운명을 위임하는가), 〈조국 전쟁에 참전한 경력〉(무슨 까닭에 우리 같은 사람의 경우에는 그것이 전혀 참작되지 않았던가!) 등을 참작한 결과

5 『이즈베스찌야』, 1959년 12월 11일, 1960년 4월.

6 『이즈베스찌야』, 1960년 1월 30일.

신분증명서에 견책 처분을 기입하는 것으로, 혹은 간단한 구두 경고로 끝냈다고 한다. 사형 집행의 장본인인 야꼬벤꼬는 〈고문〉을 했다 해서(그것은 제20차 전당 대회 이후의 일이다!) 반년 후에 3년 형이 선고되었다. 하지만 그는 한 패거리고 지령대로 행동하여 명령을 이행한 것뿐이니까 과연 정말로 3년 동안이나 형무소에 처박아 두었을까? 그렇다면 그로서는 너무나 억울한 일이 아닌가? 그건 그렇고 적당한 무슨 조치를 취해서 뽀뽀프 변호사를 벨고로뜨에서 쫓아내 버려야 했다 — 그로 하여금 무뢰한들의 원칙이며 전 소비에뜨 연방의 원칙인 〈너한테 관계없는 일에 끼어들지 말라!〉를 깨닫게 할 필요가 있었기 때문이다.

이리하여 정의를 위해 나선 사람은 누구나 나중에 공연한 짓을 했다고 열 번 백 번 후회하게 되는 것이다. 결국 모든 처벌 제도는 무뢰한들의 만행을 조장하는 것으로 변해 버려서 몇십 년에 걸쳐 곰팡이처럼, 바깥세상에서도 형무소에서도 수용소에서도 무섭게 번식해 가기만 했다.

◆

어떠한 경우건 항상 모든 것을 신성화하는 고도의 이론이 있다. 무뢰한들은 공산주의 건설에서 우리의 동맹자라고 경박한 문학가들이 스스로 규정한 것은 아니다. 그것은 소련의 교정 노동 정책 교과서(그런 것이 실제로 출판되었었다)에 게재된 수용소 운영에 관한 학위 논문과 연구 논문에서 논술된 것이었다. 그러나 가장 실천에 적합한 것은 상부의 지시서들로, 그것을 기초로 하여 수용소 관리자들이 양성되었다. 그것들은 전적으로 〈유일하고도 올바른 가르침〉에 연유한 것으로 그 가르침이란 끊임없이 변화하는 인류의 생활 양식의 모든 면을 오히려 계급 투쟁의 이론 하나만으로 설명하고 있는 것이다.

그것은 다음과 같은 이론에 근거하는 것이었다. 즉, 어떤 경우에도 직업적 범죄자들과 자본주의적 분자들(이를테면 기사, 대학생, 농업 기술자, 수녀 등)을 동일시해서는 안 된다. 후자는 한결같이 프롤레타리아트 독재를 적대시하지만 전자는 〈단지〉 정치적으로 불안정할 뿐이다. (직업적 살인자는 〈단지〉 정치적으로 불안정할 뿐이라는 것이다!) 룸펜은 재산을 소유하고 있지 않기 때문에 계급적 적대 분자들 편에 끼어들 수가 없고 프롤레타리아트 편에 기꺼이 가담하게 된다. (과연 그럴까!) 그렇기 때문에 수용소 관리 본부의 공문서에서는 이들을 〈사회적 친근 분자〉라 지칭하고 있다. (인연을 맺으면 자연히 친근해질 수 있다는 것인가?) 그렇기 때문에, 지시서에는 다음과 같은 구절이 거듭 되풀이되고 있다 ─ 상습적 범죄자들을 신뢰할 것! 그렇기 때문에, 문화 교육부를 통하여 도적들에게 그 계급적 이해가 모든 근로자들의 이해와 일치한다는 것을 끈질기게 설명함으로써 도적들에게 〈꿀라끄와 반혁명 분자들에 대한 경멸적, 적대적 태도〉를 주입해야 했던 것이다. (아베르바흐의 말을 상기하기 바란다 ─ 너에게 도둑질을 가르친 것은 바로 그들이다! 그렇지 않았다면 네가 스스로 훔칠 수는 없었을 것이다! 그리고 이것도 기억하기 바란다 ─ 수용소 안에서는 계급 투쟁을 부추겨라.)

〈짐을 싼〉[7] 도둑 G. 미나예프가 내 앞으로 보내 준 『문학 신문』에 게재되어 있었던 편지에는 이렇게 쓰여 있었다.[8] 〈나는

7 〈가방을 묶다〉 또는 〈짐을 싸다〉라는 표현은 도둑들의 은어로, 도둑 세계의 동의하에 손을 씻고 보통 사람의 생활을 시작하는 것을 의미한다.

8 1962년 11월 29일.

도둑이긴 했지만 변절자나 반역자가 아님을 자랑스럽게 생각하고 있었다. 수용소 당국은 기회가 있을 때마다 우리 도둑들에게, 우리는 아직도 조국의 버림을 받지 않았으며, 방탕하기는 할망정 여전히 조국의 어엿한 아들임을 깨닫게 하려고 애쓰고 있었다. 동시에 《파시스트들》은 더 이상 이 세상에 살 자격이 없다는 것도 우리에게 가르쳤다.〉

그뿐만 아니라, 이론은 또 이런 식으로도 전개되었다. 무뢰한들의 〈장점〉을 연구하여 이용해야 한다. 그들은 낭만적인 것을 좋아한다. 그렇다면 〈수용소 당국의 명령에 낭만적인 후광을 첨가하면 된다〉. 그들은 공명심을 좋아한다. 그렇다면 일거리를 주어 공명심을 부추기면 된다! (그들이 일을 하고 싶어 한다면 말이다……) 그들은 승부를 다투는 일을 좋아한다. 그렇다면 그들을 경쟁으로 유도하면 된다! (수용소와 무뢰한의 세계를 잘 아는 사람이라면 이따위를 쓴 자의 지능 수준을 의심하지 않을 수 없다.) 그들은 자존심이 강해서 남의 위에 서기를 좋아한다. 그렇다면 그들의 자존심을 찬사와 포상으로 충족시키면 된다. 그들을, 특히 그들의 〈두목들〉을 지도적 지위에 임명하면 된다! 무뢰한의 세계에서 이미 형성된 그 두목들의 〈권위〉를 수용소 당국의 목적에 맞게 이용하면 되는 것이다. (아베르바흐의 책에는 〈두목들의 권위〉라는 말이 버젓이 쓰여 있다!)

이처럼 체계를 갖춘 이론이 수용소 땅에 내려앉았을 때 대체 무슨 일이 벌어졌는가 ― 군도의 모든 섬들과 수용구와 수용 지점에서 가장 노련하고 가장 악질적인 무뢰한들에게 무한한 권력이 주어졌던 것이다. 그것은 자기 나라 국민들, 농민들, 소시민들, 그리고 지식인들 위에 군림하는 권력이다. 그것은 인류 역사상 일찍이 어느 시대 어느 나라에도 존재한 적이 없는 권력이다. 그런 권력을 그자들이 바깥세상에서라면 꿈엔들 생각할 수 있었겠는가. 그런데 이제 모든 인간을 노예처럼 그자들의 손에 넘겨 버린 것이다. 도대체 이런 권력을 싫다 할 악당이 어디 있겠는가? 그리하여 〈중심적인 도적〉과 형사범들 중에서 지도자격인 죄수들은 수용구와 수용 지점을 완전히 지배했다. 그들은 개인 〈독방〉이나 천막에서 현지처를 데리고 살고 있었다. (아니면 자기 지배하의 죄수 중에서 반반한 계집들을 마음대로 골라잡거나 〈제58조〉 그룹의 지식인 여성과 젊은 여대생들로 자기의 메뉴를 다채롭게 꾸미고 있었다. 노릴스끄 수용소에서 차브다로프가 목격한 바에 의하면, 어느 못돼 먹은 여자가 무뢰한인 자기 남편에게 〈열여섯 된 집단 농장원 계집애 하나 붙여 줄까?〉라며 권했다고 한다. 그것은 밀 1킬로그램을 훔친 죄로 10년 형을 받고 북쪽으로 굴러떨어진 농촌 소녀였다. 소녀는 저항했지만, 무뢰한의 여자가 소녀를 꺾어 버렸다. 〈죽여 버린다! 그래, 내가 네년만 못하다는 거냐? 난 저 사람 밑에 깔리곤 한단 말이야!〉) 그자들은 죄수들 중에서 뽑은 하인들에게 변기 청소를 시키고 있었다. 공동 취사장에 지급되는 소량의 육류와 질 좋은 지방이 그자들을 위한 특별 요리 재료로 사용되었다. 그보다 조금 격이 떨어지는 도적들은 작업 할당계, 생활 관리 보조계, 숙소 당번 등 〈요직〉을 맡고, 아침마다 두 사람씩 손에 몽둥이를 든 채 2인용 천막들 앞에 버티고 서서 〈전원 밖으로!〉 하고 호령을 해댔다. 더욱 격이 낮은 패거리는 작업 출동 거부자들, 즉 작업장에 몸을 끌고 나갈 힘조차 없는 사람들을 구타하는 데 이용되었다(따이미르반도의 수용소장은 죄수들이 작업 출동하는 데로 차를 몰고 와서는 도둑들이 〈제58조〉 죄수들을 두들겨 패는 광경을 흡족하게 바라보곤 했었다). 맨 끝으로, 〈언

변 좋은〉도둑은 복장을 단정하게 하고서 〈교육 담당〉에 임명되었다. 이자들은 연설을 하기도 하고 〈제58조〉 죄수들에게 어떻게 살아야 할 것인가를 가르치기도 했으나, 자신들은 남의 물건을 훔치는 것으로 생활했고 형기가 끝나기도 전에 석방되기도 했다. 백해 운하 건설 때는 이따위 추악한 자들, 즉 사회적 친근 분자인 교육 담당계가 쥐뿔도 모르면서, 사회적 이질 분자인 현장 감독의 공사 관계 지시를 취소시킬 수도 있었던 것이다.

게다가 이런 것은 실천에 옮겨진 이론으로서만이 아니라 실제 생활에 있어서의 하나의 조화를 이루는 것이었다. 그런 식으로 해나가는 것이 무뢰한들에게도 좋았고 수용소 당국으로서도 편리했기 때문이다. 즉, 제 손을 움직일 필요도(죄수를 구타하는 데) 없고, 목청을 돋울 필요도 없거니와 수용소 구내에까지 들어갈 필요조차 없기 때문이었다. 그뿐만 아니라 박해를 가하는 데도 훨씬 효과적이었다 ─ 무뢰한들이 더욱 노골적으로, 더욱 잔인하게, 법적 책임에 전혀 구애됨이 없이 도맡아서 박해를 가하기 때문이었다.

한편, 당국이 도적들을 지도적 지위에 임명하지 않은 곳에서도 역시 그 계급적 이론에 기초하여 그자들은 상당한 대우를 받고 있었다. 무뢰한들이 수용소 밖의 작업 현장에 나간다는 것은 그자들로서는 최대의 양보였다. 작업 현장에 나가서도 그자들은 얼마든지 나자빠져서 담배를 피울 수도 있었고, 자기들의 무용담(자기들의 승리며 탈옥이며 영웅적 행동 따위)을 늘어놓을 수도 있었고, 여름에는 일광욕을, 겨울에는 모닥불을 마음대로 즐길 수도 있었다. 호송병들은 그자들의 모닥불은 묵인하면서도 〈제58조〉 죄수들의 모닥불은 짓밟아 꺼 버리곤 했다. 그리고 〈제58조〉 죄수들의 작업량(벌채한 목재나 파낸 흙이나 석탄 등을 몇 세제곱미터 채웠는지)은 나중에 그자들의 실적에다 옮겨 적었다.[9] 그 밖에도 무뢰한들은 돌격 작업 운동(실질적으로는 상습범 운동)에 참가하기도 했다(드미뜨 수용소, 백해 운하 건설 때).

그건 그렇고, 여기 여자 도둑이 하나 있다. 이름은 베레고바야(도판 4). 그녀는 볼가 운하 건설에 관한 명예로운 전설 속의 인물이다. 그녀는 구치소에 구류되기만 하면 말썽을 일으키고 어느 경찰서에서나 난동을 부렸다. 어쩌다 무슨 일을 하더라도 기껏 만든 것을 금방 짓부수어 버리기가 일쑤였다. 그녀는 헤아릴 수 없이 많은 전과 기록과 함께 1933년 7월에 드미뜨 수용소로 추방되어 왔다. 여기서부터 그녀의 전설이 시작된다 — 그녀는 〈인도〉 막사에 가게 되었는데, 놀랍게도 (이 놀라움만이 진실이다) 거기서 그녀는 음담패설도 들을 수 없었고, 도박판도 볼 수가 없었다. 그곳 무뢰한들은 모두가 노동에만 전심전력을 기울이고 있다는 설명을 그녀는 들었던

9 남의 작업량을 가로채는 도적들의 버릇은 석방 후에도 없어지지 않았다. 얼핏 보기에 이것은 그가 사회주의에 동화되었다는 사실과는 모순되는 일이기는 하지만 말이다. 1951년에 오이먀꼰(우스찌-네라)에서 끄로할료프라는 도둑이 석방되어 그곳 탄광에 채탄부로 취직했다. 그는 곡괭이에 손도 대지 않았지만 십장은 죄수들이 생산한 양에서 떼어서 기록적인 생산량을 그에게 기입해 주었다. 덕분에 끄로할료프는 한 달에 8천 내지 9천 루블의 급료를 받았다. 그 대신 그는 죄수들에게 1천 루블어치 〈음식물〉을 차입해 주었다. 죄수들은 그나마 감지덕지해서 잠자코 있었다. 죄수들의 반장인 밀류치힌이 1953년에 이 부정한 짓거리를 막아 보려 했다. 그러나 자유의 몸이 된 도둑들의 칼에 맞아 부상을 입었고 도둑들한테서 거꾸로 약탈죄를 뒤집어쓰고 기소되어 20년의 추가형을 선고받기에 이르렀다. 이 주석을, 룸펜은 재산 소유자가 아니라는 마르크스주의 원칙에 수정을 가하려는 것으로 받아들이지 말기 바란다. 재산 소유자가 아님은 물론이다! 끄로할료프는 8천 루블을 받아 커다란 집을 짓거나 하지는 않았기 때문이다. 그는 그 돈을 도박이나 술과 계집질로 탕진했던 것이다.

것으로 되어 있다. 그러자 그녀는 〈즉각〉 토목 공사장에 나갔을 뿐만 아니라 일도 〈썩 잘하게〉 되었다(남들의 작업량을 가로채기도 했다고 해석해야 옳다). 여기서부터의 이야기는 모두 사실이다. 10월이 되어 추워지자 의사를 찾아가 아무 병도 없으면서 며칠 쉬게 해달라고 부탁했다. (소매 속에 칼을 찔러 넣고 갔을 테지!) 의사는 기꺼이 승낙했다. (그의 병원에는 언제나 빈자리가 많았다!) 노르마 산정자인 뽈랴꼬바라는 여자는 베레고바야의 옛 친구여서 가공의 작업 일수를 베레고바야 앞으로 기입해 주어(즉, 다른 사람의 생산량에서 가로채기를 해서) 2주 동안 놀고 지내게 했다. 이때 노르마 산정자의 생활을 보고 부럽게 생각한 베레고바야는 자기도 〈암캐〉가 되어야겠다고 결심했다. 뽈랴꼬바가 그녀를 작업에 내보내려고 깨우러 간 바로 그날, 베레고바야는 뽈랴꼬바의 작업일, 생산량, 식량 배급에 관한 부정을 까밝히기 전에는 절대 작업장에 나가지 않겠노라고 언명했다(놀게 해준 데 대해 감사하는 마음은 눈곱만큼도 없었던 것이다). 그녀는 보안 장교의 호출을 받을 때까지 버텼다. (무뢰한들은 보안 장교를 무서워하지 않는다. 추가형을 받을 염려가 전혀 없으니까. 그러나 만약에 반혁명 여자 죄수가 작업 출동을 거부했다면 어떻게 되었을까!) 그래서 그녀는 대번에 작업 성적이 나쁜 남자 작업반의 반장이 되었고(아마도 그 가련한 폐인들을 두들겨 패 주고 싶었던 모양이다), 다음에는 뽈랴꼬바 대신 노르마 산정자가 되었고, 그다음에는 여성용 막사의 교육계가 되고(이 추잡한 욕쟁이에다 도박꾼에다 도둑질 전문의 여자가 말이다!), 결국에는 건설대장이 되었다. (즉, 기사들까지 마음대로 부리게 된 것이다!) 그리하여 드미뜨 수용소의 모든 명예 게시판에는 가죽 재킷을 입고 가죽 가방을 멘(누구한테선가 빼앗은 것), 금세 물어뜯기라도 할 것 같은 이 〈암캐〉의 사진이 장식되었다. 그녀의 손은 남자를 때리는 데 익숙했고 그녀의 눈은 바로 마녀의 눈이었다. 아베르바흐는 그녀를 극구 칭찬하고 있는 것이다!

이처럼 수용소에서의 무뢰한들의 생활은 수월하기만 하다. 그자들이 하는 일이라곤 소란을 피우거나 남을 밀고하거나 아니면 주먹질, 발길질이나 하는 게 고작이다.

〈암캐들〉만이 높은 지위를 차지하고 〈정직한 도둑들〉은 도둑의 규율을 지키고 있지 않았느냐는 반론이 있을 수도 있다. 그러나 나는 이 양자를 아무리 잘 관찰해도 한쪽 인간쓰레기들이 다른 한쪽보다 낫다고는 생각되지 않았다. 도둑들은 에스토니아인들의 금니를 부젓가락으로 쑤셔 뽑아내기도 했다. 그자들은 (끄라스노야르스끄 수용소에서 1941년에) 리투아니아인들이 받는 소포를 자기들에게 넘겨주지 않는다고 그들을 변소에 던져 넣어 오물 속에 빠져 죽게 했다. 도둑들은 죽음을 선고받은 사람들의 물건까지 약탈했다. 도둑들은 새로운 사건을 일으켜 재판을 받음으로써 겨울을 따뜻한 지방에서 보냈으며, 혹은 조건이 아주 나쁜 수용소를 빠져 나가기 위해 같은 감방의 죄수를 아무나 장난삼아 죽이기도 했다. 무서운 추위 속에서 누구의 옷을 벗긴다거나 배급된 빵을 빼앗는다거나 하는 일 따위는 거론할 가치조차 없는 하찮은 일들이다.

돌멩이에서 과일이 나올 수 없듯이 도둑에게서 성자가 나올 수 없다는 말은 백 번 옳은 말이다.

수용소 관리 본부의 이론가들은 이렇게 분개하고 있었다 — 꿀라끄들은(수용소에서) 도둑들을 인간으로조차 인정하지 않는다(그럼으로써 꿀라끄들은 자기의 짐승 같은 본성을 폭로

하고 있다)고.

　그자들이 당신의 심장을 뽑아내서 그것을 씹어 먹는다면, 어떻게 그자들을 인간으로 인정할 수가 있단 말인가? 그자들의 〈낭만적인 도적단〉은 흡혈귀들의 도적단에 지나지 않는 것이다.[10]

◆

　하지만 이만해 두기로 하자! 그래도 몇 마디쯤 무뢰한들의 입장을 변호해야 하지 않겠는가. 그자들에게도 〈독자적 법전〉이 있었고 자기 나름의 명예관이 있었다. 그자들은 우리나라 당국자들과 문학자들이 그토록 기대했던 애국자로서가 아니라, 철저한 유물론자이자 진짜 해적으로서 끝까지 변함이 없었던 것이다. 프롤레타리아트 독재가 그처럼 그자들을

---

　10 자기의 좁은 인생 경험을 통해 무뢰한들에게 혼쭐나 보지 못한 교양 있는 사람들은 도적의 세계에 대한 이러한 혹평에 반론을 제기하려 든다 ─ 그처럼 도적들에게 화를 내는 진짜 동기는 사유 재산 소유에 대한 은밀한 집착이 아닌가 하고. 그러나 나는 그자들이 사람의 심장을 씹어 먹는 흡혈귀들이라는 표현을 결코 거둬들이지 않겠다. 우리에게는 지극히 인간적인 그 모든 것을 그자들은 모조리 짓밟는다. 그렇더라도, 그것은 그토록 절망적인 것일까? 설마 그것이 도적들의 타고난 본성은 아닐는지 모르잖은가? 그자들에게도 영혼의 착한 일면은 있을 게 아닌가? ─ 이런 물음에는 나도 대답할 바를 모르겠다. 아마도 자기들 이외의 우리 같은 존재들은 인간도 아니라는 도적들의 〈법칙〉이, 그자들에게도 의당 있어야 할 그 착한 일면을 짓눌러 말살해 버렸는지도 모른다. 앞에서 우리는 이미 악행의 극한에 대해서 기술한 바 있지만, 아마도 도적들의 법칙에 깊이 빠져 버린 무뢰한들은 어떤 도덕적 한계선을 넘어 버려서 다시는 되돌아오지 못하게 되었는지도 모른다. 또 이런 반론도 있을 것이다 ─ 당신은 조무래기 도적들밖에는 보지 못했음이 틀림없다. 우두머리격인 진짜 도적들은 1937년에 모두 총살되었으니까라고. 사실 말이지, 나도 1920년대의 도적들은 본 적이 없다. 그렇더라도 나는 그들이 도덕심이 높은 인물이었다고 상상할 수는 없다.

돌봐 주었음에도 불구하고 그자들은 단 1분 동안이나마 그 프롤레타리아트 독재를 존경한 적이 없었다.

그자들은 〈살기 위해〉 이 지구에 온 족속이다! 그런데 형무소에서 지내야 하는 시간이 바깥세상에서 지내는 시간과 거의 맞먹을 정도라면 그자들로서는 형무소 안에서라도 인생을 즐기려 들 것이 아닌가. 그 형무소가 무엇 때문에 만들어졌으며 거기 함께 갇혀 있는 사람들이 어떤 고난을 겪고 있는가 하는 따위는 그자들이 알 바가 아니다. 그자들은 복종을 모르는 족속으로, 바로 그 불복종의 성과를 향유하는 것이다. 그렇기 때문에 그자들은 굴복하여 노예로 죽어 가는 사람들의 운명에는 도대체 관심이 없다. 그자들은 먹고 싶을 때 먹을 수 있는 것, 맛있어 보이는 것을 눈에 띄는 대로 탈취한다. 그리고 마시고 싶을 때 다른 죄수들한테서 빼앗은 물건을 호송병들의 보드카와 맞바꾸기도 한다. 그자들은 푹신한 잠자리를 좋아해서, 그 사내다운 외모에도 불구하고 어디를 가나 베개와 솜이불, 깃털 이불(칼을 감추기에도 안성맞춤이니까)을 갖고 다니는 것을 명예롭게 생각한다. 그자들은 따뜻한 햇볕을 좋아해서, 흑해의 휴양지에 못 가는 대신, 건설 현장의 지붕이나 채석장이나 탄광 갱구 밖에서 일광욕을 한다. (땅 밑에는 바보들이나 내려가라지!) 그자들은 크게 부풀어 오른 늠름한 근육의 소유자다. 그자들은 구릿빛 피부에 문신을 넣어 그것으로 항상 자기들의 예술적 욕구와 호색적 욕구, 심지어는 정신적 욕구까지도 만족시키고 있다. 즉, 서로의 가슴이나 배나 등에 새겨진 갖가지 문신을 바라보며 그것을 즐기는 것이다. 바위 위에 앉아 있거나 하늘을 날고 있는 힘센 독수리, 사방팔방으로 광선을 뻗고 있는 태양, 교접 중인 남자와 여자, 남녀의 쾌락 기관, 그리고 엉뚱하게도 심장 근처에 새겨진 레닌이나 스딸린의 초상, 심지어는 둘의 얼굴을 다 새긴 것도 있다(그러나 이것은 무뢰한이 목에 걸고 있는 십자가와 똑같은 의미를 지닐 뿐이다). 간혹 우스운 꼬락서니의 화부가 바로 항문에다 석탄을 던져 넣고 있는 장면이라든가 수음에 열중하고 있는 원숭이 그림 같은 것을 보게 되면 절로 웃음이 나오곤 한다. 그리고 흔히 듣던 문구라도 남의 몸 위에 새겨진 것을 보면 되풀이해서 중얼거리게 되는 법이다. 〈밑에 깔리지 않는 계집이 있다더냐!〉(이것은 〈나는 앗사르고돈 왕이다!〉처럼 승리감을 맛보게 하는 소리다). 그런가 하면 젊은 깡패 여자의 배 위에는 〈뜨거운 ××라면 목숨도 아깝지 않다!〉 아니, 그보다도, 몇 십 명인지 모를 사람들의 옆구리에 칼을 찔러 박은 바로 그 팔뚝에다 그리 크지 않은 글자로 새긴 교훈도 있다 — 〈어머니의 말씀을 잊지 말자〉라든가 〈나는 어머니의 사랑을 잊지 않는다〉(무뢰한들은 어머니를 숭배하고는 있지만 그것은 형식적인 것일 뿐 어머니의 가르침을 지키려는 자는 하나도 없다).

개울물만큼이나 빨리 흘러가는 인생 속에서 자극을 얻기 위해 그자들은 마약을 좋아한다. 마약 중에서 가장 손쉽게 얻을 수 있는 것은 아나샤(대마초로 만든 것)인데, 그것을 담배 개비처럼 둥글게 만 것을 쁠란치끄라고 한다. 그자들은 이 마약에 대해 감사의 노래를 부른다.

아, 쁠란치끄, 쁠란치끄, 하느님의 풀이여.
우리 소매치기들의 기쁨의 풀이여.

물론, 그자들은 이 지상에서 사유 재산 제도를 인정하지 않는다. 따라서 실제로는 부르주아와도, 별장과 승용차를 가진 공산당원과도 인연이 먼 족속이다. 그자들은 삶의 길 위에서 눈에 띄는 모든 것을 자기 것인 양 거둬들이는 것이다(아주 위험하지 않을 경우에 한해서). 설사 모든 것이 남아돌 만큼 넉넉하게 있더라도, 도둑들은 훔친 것이 아니면 금세 싫증을 느끼기 때문에 자꾸 도둑질이 하고 싶어지는 것이다. 훔친 옷도 새것이면 싫증나지 않을 만큼 입고 다니다가 얼마 후에는 트럼프 도박에 걸어 남에게 넘겨주고 만다. 밤을 새워 가며 벌리는 도박판은 그자들에게 더없이 강렬한 자극제 구실을 한다. 이 점에서 그자들은 19세기 러시아 귀족들보다 단수가 훨씬 높았다. 그자들은 자기 〈눈〉을 걸기도 한다(진 자는 당장에 눈알이 뽑히는 것이다). 아니, 〈자기 자신〉을 거는 경우도 있다. 즉, 진 자는 변태적 성행위의 대상이 되는 것이다. 가진 것을 몽땅 잃고 나면 그자들은 막사와 거룻배에서 〈소지품 검사〉를 시작하여, 일반인들의 소지품 중에서 적당한 물건을 찾아내어 또다시 도박을 계속한다.

다음으로, 무뢰한들은 노동을 싫어한다. 노동 같은 것은 하지 않아도 그자들은 얼마든지 먹을 수 있고 마실 수 있고 따뜻한 옷을 입을 수 있기 때문이다. 그러니 노동을 좋아해야 할 까닭이 없지 않은가. 그 때문에 그자들은 노동 계급과 가까워지기가 매우 어렵게 되어 있다(하지만 노동 계급이라 해서 과연 노동을 좋아하는 걸까. 쥐꼬리만 한 돈이나마 달리 벌 수 있는 방도가 없기 때문에 죽어라고 일하고 있을 뿐이 아닌가). 무뢰한들은 〈일에 재미를 붙일〉 수가 없을 뿐 아니라, 노동이라면 죽기보다도 싫어하는 것이다. 또한 그것을 그자들은 효과적으로 표현할 줄 안다. 예를 들어, 농업 출장소로 배속되어 수용소 밖에서 건초용으로 귀릿짚을 거둬들여야 하게 되었을 때, 그자들은 그저 주저앉아 노는 정도가 아니라,

갈퀴와 써레를 죄다 거둬 모아 한군데다 쌓아 놓고 불을 지르고는 그 불에 몸을 녹이는 것이다. (자, 그러면 사회적 이질 분자인 십장은 이런 경우 무슨 결단을 내릴 수가 있을까!)

전쟁 때는 조국을 위해 싸우도록 그자들을 끌어내 보았으나 결국은 허사였다. 그자들에게는 지구 전체가 조국이니까. 동원된 도둑들은 군용 열차를 타고 몸을 좌우로 흔들면서 이런 노래를 불렀다.

우리 일은 오른쪽!
우리 일은 왼쪽!
그런데 왜들 모두 도망치나?
대체 왜들?[11]

그리고 그자들은 무엇인가 도둑질을 해서 체포되어 다시금 죄수로 호송을 받아 가며 후방의 형무소로 되돌아왔던 것이다. 수용소에서 살아남은 뜨로쯔끼주의자들까지 전선에 보내 달라고 지원서를 제출하는 판국에도 도적들은 꼼짝하지 않았다. 그러나 우리 군대가 유럽으로 진격하여, 전리품 냄새가 풍겨 오자 그자들은 재빨리 군복을 걸쳐 입고 약탈을 목적으로 정규군의 뒤를 쫓아 전방으로 달려갔다. (그자들은 이것을 농담으로 〈제5 우끄라이나 전선〉이라 불렀다.)

그렇지만 한 가지 — 자기들의 원칙에 충실하다는 점에서 그자들은 〈제58조〉 죄수들보다 훨씬 훌륭하다. 장화를 꺾어서 신고 한쪽 볼을 일그러뜨리며 〈도둑〉이라는 신성한 낱말을 근엄하게 발음하는 자들조차 〈형무소를 강화하는 일〉에는

11 러시아어로 〈옳다〉와 〈오른쪽〉이 같기 때문에 〈우리 일은 옳다〉라는 구호를 비꼬는 것 — 옮긴이주.

절대 협력하지 않는다. 기둥을 세우건 철조망을 치건 출입 금지 구역을 만들건 위병소를 수리하건 수용소 조명을 고치건 간에, 그자들은 그런 종류의 일에는 절대 손을 대지 않는다. 그것은 무뢰한의 명예에 관한 문제이기 때문이다. 형무소는 자기들의 자유를 빼앗기 위해 만들어졌으니까 형무소를 강화하는 따위 일은 결코 할 수 없다는 것이다! (그자들은 그런 작업을 거부해도 제58조의 죄목으로 재판받을 가능성은 전혀 없다. 그렇지만 가련한 우리 인민의 적이 작업을 거부했다가는 즉각 〈반혁명 사보타주〉가 되었을 것이다. 벌을 받지 않으니까 무뢰한들은 용감할 수가 있다. 그러나 한 번이라도 곰한테 혼나 본 사람이면 나무 그루터기를 보고도 겁을 먹게 마련이다.)

무뢰한이 신문을 들고 있는 건 상상도 할 수 없는 일이다. 무뢰한들은 정치라는 게 진짜 생활과는 전혀 무관한 말장난에 지나지 않는다는 걸 굳게 믿고 있기 때문이다. 무뢰한들은 책도 읽지 않는다. 읽는다 해도 그건 아주 드문 일이다. 그러나 그자들은 구전 문학을 좋아하기 때문에, 소등 후에 그자들에게 길고 긴 〈소설〉을 들려주는 이야기꾼은 인기가 대단하다. 마치 원시 민족의 이야기꾼이나 소리꾼처럼 그들은 언제나 그자들의 노획물 중에서 자기 몫을 배당받아 무엇 하나 부족함이 없는 생활을 보내면서 그자들의 존경을 받는다. 그 소설이란 환상적인 것으로, 값싼 대중 소설에서 보는 자작이니 백작이니 공작이니 하는 귀족들이 마구 등장하는 상류 사회(반드시 상류 사회라야 한다!)의 생활이, 무뢰한들 자신의 무용담과 자기 찬미와 은어, 그리고 그자들의 이상인 호화로운 생활과 한데 뒤섞인 혼합물이다. 그 주인공은 끝머리에 가서는 어김없이 사치스러운 생활을 하게 된다 — 백작 부인이 그의 〈침대〉로 기어드는가 하면, 그는 고급 담배 〈까즈베끄〉밖에는 피우지 않고, 시계를 가지고 있을 뿐 아니라 구두는 언제나 반짝반짝 광이 나 있는 것이다.

니꼴라이 뽀고진(소련의 극작가)은 백해 운하 건설 현장에 출장을 가서 아마 상당한 액수의 공금을 썼을 것이다. 그렇지만 그는 무뢰한들의 마음속을 들여다보지도 못하고 무엇 하나 이해하지도 못했기 때문에 온통 거짓말밖에는 쓸 수가 없었던 것이다. 우리 나라 문학에는 지난 40년 동안 그가 쓴 희곡(나중에는 영화화되기까지 했지만) 이외에 수용소를 주제로 한 것이라곤 하나도 없기 때문에, 여기서 그 희곡을 비평할 필요가 있을 것 같다.

우선, 자기의 교육계의 얼굴빛이나 살피면서 그 생활 방식을 배운다는 반혁명 기사들에 대한 그의 엉터리 묘사는 비평의 대상조차 될 수 없다. 여기서 비평하고자 하는 것은 그가 묘사한 〈귀족들〉, 즉 무뢰한들에 대한 부분이다. 뽀고진은 그의 희곡에서, 무뢰한들이 주인 몰래 소매치기를 하는 것이 아니라 〈강자로서 떳떳하게 남의 것을 빼앗고 있다〉는 지극히 간단한 사실조차 알아채지 못하고 있다. 그는 그자들을 모두 소매치기 정도로 묘사하고 있다. 그의 희곡에는 이것이 열 번 이상이나 되풀이되고 있다. 또한 그의 희곡에서는 도둑들이 저희들끼리 서로 도둑질을 하는 것으로 되어 있다(이것은 그야말로 터무니없는 이야기다 — 그자들은 일반인의 것밖에는 훔치지 않으며 훔친 물건은 죄다 두목에게 갖다 바치는 것이다). 또한 뽀고진은 수용소에서의 노동의 진짜 동기를 이해하지 못했다(아니면 이해하려고조차 하지 않았다). 다름 아닌 배고픔, 구타, 작업반의 연대 보증 제도야말로 그 진짜 동기인 것이다. 그리고 그는 수용소에서 누가 〈동지〉이고 누가

〈시민〉인가조차 가리지를 못했다. 그는 오직 한 가지 무뢰한들의 〈사회적 친근성〉에만 집착하여(메드베제고르스끄에 있던 운하 건설 관리 사무소에서 미리 귀띔을 받았거나 혹은 일찌감치 모스끄바에서 막심 고리끼한테 가르침을 받았기 때문이겠지만) 그자들의 〈재교육〉 묘사에 열중했던 것이다. 그 결과는 오히려 무뢰한들에 대한 중상이 되어 버렸고, 이 점에서 나는 가엾은 무뢰한들을 변호하고 싶을 지경이다.

뽀고진(셰이닌도 마찬가지지만)이 묘사한 것보다 그자들은 훨씬 머리가 좋다. 따라서 허술한 〈재교육〉 따위로 그자들이 매수될 리는 만무하다. 그자들의 세계관은 형무소지기들의 그것에 비해 현실 생활에 밀착되어 훨씬 순수하다! 이것은 이상주의적 요소를 전혀 지니고 있지 않다는 간단한 이유 때문이다. 사실, 굶주린 자들이 노동을 해야 하고 노동 속에서 죽어 가야 한다는 주문은 순전한 이상주의가 아니고 무엇인가? 혹시 당국자나 모스끄바에서 온 특파원과의 대화 속에서, 또는 바보 놀이 같은 어느 집회 석상에서, 무뢰한이 눈물을 흘리며 떨리는 목소리로 무슨 소리를 뇌까린다면, 그것은 어떤 특권이나 감형을 목표로 한 계산된 연극에 지나지 않으며, 바로 그 순간에 그자는 마음속으로 낄낄 웃고 있는 것이다! 도둑들은 이런 장난스러운 농담을 곧잘 하곤 하는데, 멀리 수도에서 온 작가들이 그런 종류의 농담조차 구분할 줄 모르는 것뿐이다. 예를 들어, 〈암캐〉인 미짜가 교도관의 보호도 받지 않고 맨손으로 규율 강화 중대 감방에 들어서자 무뢰한들의 두목인 꼬스짜가 겁을 집어먹고 침상 판자 밑으로 숨어 버렸다는 따위 이야기가 과연 실제로 있을 수 있단 말인가! 물론 꼬스짜는 칼을 준비해 가지고 있었을 것이다. 칼이 없다면 맨손으로라도 미짜한테 덤벼들어 목을 졸랐을 것이다. 둘 중 하나는 죽어야 한다. 이것은 죽느냐 사느냐의 문제지 이미 농담이 아니다. 그런데도 뽀고진은 우습지도 않은 농담을 하고 있다. 그리고 소녀의 〈재교육〉(어째서 그녀가 외바퀴 손수레를 밀어야 하나, 무엇 때문에?)과 그녀를 통한 꼬스짜의 개과천선에 관한 이야기는 또 얼마나 황당한 거짓말인가? 더욱이 도둑 둘이 호송병으로 변신했다고? (시시한 경범자들이라면 몰라도 무뢰한들에게는 있을 수 없는 일이다!) 그리고 작업반끼리의 경쟁 같은 것은 냉소적인 도적들이 제정신으로 하리라고는 생각조차 할 수 없는 일이다(생각할 수 있다면, 그것은 자유 고용인들을 놀려 주기 위해서였을 것이다). 그리고 무엇보다도 참을 수 없는 거짓말은, 무뢰한들이 코뮌 결성을 위한 규칙을 달라고 요청했다는 대목이다!

정말이지 이보다 더 무뢰한들을 무시하고 그자들에 관해 생판 거짓말을 꾸며 낸 예도 아마 없을 것이다! 무뢰한들이 규칙을 달라고 요청하다니! 무뢰한들은 자기들의 규칙을 너무나 잘 알고 있다 ── 가장 하찮은 도둑질에서 단도를 목에 찔러 넣는 최종 단계에 이르기까지. 어떤 경우에 쓰러뜨린 사람을 두들겨 패도 되는지, 어떤 경우에 다섯이서 한 사람을 습격해도 되는지, 어떤 경우에 잠든 사람을 찔러도 되는지 그자들은 잘 알고 있다. 그리고 〈자기들의〉 코뮌에 관해서라면 그자들은 『공산당 선언』이 나오기 훨씬 전부터 규칙을 가지고 있는 것이다.

그자들의 코뮌, 더 정확히 말해서 그자들의 세계는 우리의 세계 속에 있는 하나의 독립된 세계로서, 그것을 강화할 목적으로 몇 세기에 걸쳐 존재해 온 엄격한 규칙은 우리들 일반인의 법률이나 공산당 대회 같은 것에 결코 영향을 받을 성질의 것이 아니다. 그자들에게는 독특한 서열이 있다. 즉, 두목으로 선출된 자가 아니라 수용소나 감방에 들어올 때 이미 왕관을 쓰고 있어서 당장에 지도자로서 인정을 받는 자다. 그러한 두목들은 지능이 무척 발달한 자도 있기는 하지만 모두가 하나같이 무뢰한의 세계관에 투철해서 충분한 건수의 살인 및 강도 전과를 지니고 있다. 또한 무뢰한의 세계에는 그자들 나름의 〈재판〉이 존재하며, 그것은 도적의 〈명예〉와 전통적인 법전에 의거하고 있다. 재판의 판결은 잔인하고 혹독할 뿐 아니라 반드시 실행에 옮겨진다. 설사 피고인이 아주 다른 먼 수용소로 옮겨 가더라도 결코 형벌을 면하지 못한다(형벌 방법에도 희한한 것이 있다 ─ 그자들은 위 침상으로부터 아래 침상에 엎드려 있는 자를 향해 차례로 뛰어내림으로써 그자의 가슴팍을 납작하게 으스러뜨리기도 한다).

그자들이 곧잘 쓰고 있는 〈프라예르〉라는 말은 대체 무슨 뜻을 지니고 있는가? 〈프라예르〉란 일반인, 즉 우리와 같은 모든 정상인이라는 뜻이다. 다름 아닌 이 일반인의 세계, 〈우리들의〉 세계를 그 도덕, 그 생활 습관, 그 상호 관계와 함께 도적들은 가장 증오하고 조소하면서 자기들의 반사회적 〈당파〉의 적대 세력으로 간주하고 있는 것이다.

수용소에서의 〈재교육〉이 무뢰한들의 세계의 등뼈를 부수기 시작한 것이 아니다(〈재교육〉은 새로운 강도 사건을 일으키기 위해 바깥세상으로 되돌아가는 것을 도왔을 뿐이다). 그것은 1950년대의 스딸린이 계급 이론과 사회적 친근성을 내동댕이치고, 무뢰한들을 격리 형무소와 독방에 감금하는 한편 그자들을 위해 새 형무소를 세우도록(도둑들은 그 형무소를 〈끄릿까(폐쇄)〉라고 불렀다) 명령했을 때 비로소 시작되었던 것이다.

이들 〈끄릿까〉 또는 〈자끄릿까〉라 불리는 형무소 속에서 도적들은 대번에 기가 죽고 쇠약해져 폐인이 되어 갔다. 기생충은 혼자서는 살 수 없기 때문이다. 기생충은 〈누군가에게〉 붙어야만 살아갈 수가 있기 때문이다.

제17장

연소자들

수용소군도는 이를 드러낸 여러 개의 아가리와 여러 개의 상판대기를 지니고 있다. 어느 방향에서 다가가서 군도를 바라보더라도 보기 좋은 데라고는 한 군데도 없다. 그러나 가장 추악한 상판은 〈연소자들〉을 집어삼키는 아가리가 달린 쪽인지도 모른다.

연소자들 —— 그것은 잿빛 누더기를 걸치고 여기저기 출몰하며 도둑질을 하기도 하고 보일러 옆에서 몸을 녹이기도 하는, 1920년대의 도시 생활에서 빼놓을 수 없는 존재였던 그 부랑아들을 가리키는 말이 아니다. 길거리를 떠돌던 부랑아들은 미성년 범죄자를 위한 소년원에(이런 소년원은 이미 1920년에 교육 인민 위원회 관할하에 설치되어 있었다. 혁명 전의 미성년 범죄자의 사정이 어떠했는지 알 수 있으면 흥미로웠을 것이다), 미성년 노동소에(1921년부터 1930년까지 존재했는데 철창과 자물쇠와 교도관 제도가 있어서 낡아 빠진 부르주아 용어로는 형무소라 부를 수 있는 곳이었다), 그리고 1924년부터는 〈OGPU 산하 노동 코뮌〉에 모조리 잡혀 들어갔던 것이다. 이 아이들이 고아가 된 것은 내전, 그로 인한 기근과 혼란, 부모의 총살이나 전사 등이 원인이었지만, 당

147

시의 소련 사법 당국이 그들을 길거리의 도둑 훈련으로부터 격리하여 일반 생활로 복귀시키기 위해 노력한 것은 사실이었다. 〈노동 코뮌〉은 공장 직공을 양성하기 시작했고, 당시와 같은 실업 시대로서는 꽤 좋은 조건을 약속했기 때문에 많은 젊은이들이 기꺼이 교육에 응했다. 1930년에 법무 인민 위원회 관할하에 공장 부속 특수 공업 학교, 즉 복역 중인 미성년 죄수를 위한 학교가 설립되었다. 나이 어린 범죄자들은 하루에 네 시간 내지 여섯 시간의 노동을 해야 했고, 보수는 소비에뜨 연방 노동법에 의해 정해졌으며, 나머지 시간은 공부하며 유쾌하게 지내게 되어 있었다. 어쩌면 이런 방법으로 일은 잘 풀려 나갈 수도 있었을는지 모른다.

그런데 나이 어린 범죄자들은 어디서 비롯된 것인가? 그것은 1926년의 형법 제12조에서 생겨난 것이다. 그것에 의하면 절도, 강간, 상해, 살인 등 죄목으로 〈12세〉부터 아이들을 기소할 수가 있었다(제58조의 경우도 마찬가지로 해석되었다). 그러나 판결은 성인의 기준처럼 엄격한 편은 아니었다. 그것은 장래의 〈연소자들〉이 군도로 들어가는 최초의 통로이기는 했으나, 아직 대문은 아니었던 것이다.

여기서 다음과 같은 흥미로운 숫자에 주목할 필요가 있다. 즉, 1927년에 16세부터(그보다 어린 자는 계산에 들어가지도 않았다) 24세까지의 죄수는 전체 죄수의 48퍼센트였다.[1]

이것은 다음과 같이 해석할 수 있다 — 10월 혁명 때 〈6세에서 14세〉였던 아이가 1927년에 군도 인구의 거의 〈절반〉을 차지한 셈이었다. 이들 소년 소녀들이 혁명의 승리 10년 만에 형무소 인구의 반을 구성하기에 이른 것이다. 이것은 낡은 사회가 남긴 부르주아 의식의 잔재와의 투쟁과는 어울리지 않

---

1 논문집 『형무소에서 교육 시설로』, p. 333.

는 것 같지만, 숫자는 어디까지나 숫자다. 이로써 군도가 청소년 인구의 부족을 느낀 적은 한 번도 없음을 알 수 있다.

그러나 군도 인구의 연소화는 1935년에 결정적인 것이 되었다. 그해에 위대한 악당께서 또 한 번 역사의 부드러운 점토에 자기 손가락을 눌러 영원히 그 추악한 자국을 남겼던 것이다. 레닌그라프 분쇄[2]와 자기 자신의 당인 공산당 파괴라는 크나큰 업적을 성취하는 동안에 그는 어린이들에 대해서도 배려를 잊지 않았다. 하기는 그 자신이 어린이들을 좋아해서 아이들의 〈가장 훌륭한 벗〉을 자처했고 곧잘 사진도 함께 찍고는 하지 않았던가. 하지만 그는, 날이 갈수록 점점 대담하게 사회주의 법률을 범하면서 더욱 불어나기만 하는 이들 영악한 개구쟁이들, 이들 최하층의 아이들을 어떻게 규제해야 할지 묘안을 찾을 수 없었으므로 다음과 같은 조치를 취하기로 했다. 이들에게 12세부터(그의 귀염둥이 딸도 거의 비슷한 나이로 자라고 있었으니까 그는 그 또래의 아이들을 눈여겨볼 수 있었을 것이다) 〈법전에 정해져 있는 《기준》을 그대로 적용할 것〉. 즉, 〈모든 종류의 형벌을 적용할 것〉이라고 1935년 4월 7일 자 중앙 집행 위원회 및 인민 위원회의 정령으로 공포했던 것이다(그러니까 총살형까지도 적용하라는 뜻이다).

우리처럼 어리석은 자들은 그 당시 이 정령에 별로 주의를 돌리지 않았다. 그보다는 검은 머리의 소녀를 품에 안고 있는 스탈린의 초상에 더 눈이 끌렸었다. 하물며 열두 살짜리 아이들이 그것을 읽을 리가 있었겠는가. 그러나 정령은 연달아 공포되었다. 1940년 12월 10일 자 정령 —〈철도 선로 위에 물건을 놓아두는 행위〉에 대해서도 12세부터 기소할 것(이것은 나이 어린 파괴 분자의 훈련이라는 것이다). 1941년 5월 31일

2 레닌그라프 공산당 지부의 대숙청을 가리킴 — 옮긴이주.

자 정령 — 제12조에 해당되지 않는 다른 모든 범죄에 대해서는 14세부터 기소할 것!

그런데 여기서 약간의 혼선이 일어났다. 조국 전쟁(독소 전쟁)이 발발한 것이다. 그러나 법은 어디까지나 법이었다! 1941년 7월 7일 혼란에 빠진 스탈린의 연설이 있은 지 나흘 후에, 즉 독일군 전차 부대가 레닌그라드, 스몰렌스끄, 끼예프를 향하여 진격을 계속하고 있는 순간에 또 하나의 최고 회의 간부회 정령이 나왔다. 지금 이 시점에서 그 정령의 어느 점에 관심을 두어야 할지는 그리 간단한 문제가 아니다 — 우리 나라가 전쟁의 불길에 휩싸였던 바로 그때 당국이 어떠한 중요한 안건을 다루었는가를 여실히 보여 주는 그 아카데미즘에 두어야 하는가, 아니면 그 정령의 내용 자체에 두어야 하는가. 문제는 소비에뜨 연방 검사(비신스끼?)가 최고 재판소의 부당한 처사를 최고 회의에 제소한 데서 비롯된다(그렇다면 그의 〈은인〉도 그것을 알고 있었으리라) — 재판소들이 1935년의 정령을 잘못 적용하고 있다는 것이다. 즉, 아이들이 〈고의로〉 죄를 범한 경우에 한해서 기소하고 있는데, 이것은 너무나 미지근한 처사라고! 그리하여 전쟁의 불길 속에서 최고 회의는 언명하기를 — 법의 이러한 해석은 적절하지 못하며, 이 해석은 법이 예정하지 않았던 제한을 가하는 것이라고! 그리고 최고 회의는 검사의 동의하에 최고 재판소에 지시를 내렸다 — 범죄가 이루어진 경우는 물론이고 〈부주의로〉 이루어진 경우에도 아이들에게 모든 형법(즉, 〈모든 기준〉)을 적용할 것!

일은 이렇게 되어 갔던 것이다! 세계 역사를 통틀어도 이만큼 아이들의 문제를 철저하게 해결하려 들었던 자는 일찍이 없었을 것이다! 부주의로 저지른 일이라도 12세부터 형사 책임을 묻고, 심지어는 총살형까지 적용하다니!³ 이렇게까지 해야만 탐욕스러운 쥐새끼들의 구멍을 막을 수 있었던 것이다! 이렇게까지 해야만 비로소 집단 농장의 밀 이삭을 도둑맞지 않을 수 있었던 것이다! 이제 창고는 곡물로 가득 차야 했을 것이고, 생활도 넉넉하게 되어야 했을 것이고, 타고난 결함을 가진 아이들은 오랜 교정의 길을 들어가야 했을 것이다.

하지만 같은 나이 또래 아이를 가진 당원 검사들은 하나같이 조금도 주저할 줄 몰랐다. 그들은 서슴지 않고 체포 영장을 발급했다. 당원 재판관들도 하나같이 용감했다. 그들은 눈 하나 깜짝 않고 아이들을 일반 수용소에 3년, 5년, 8년, 10년씩이나 처박아 넣는 판결을 내렸다!

기껏 〈밀 이삭을 잘랐다〉는 것만으로 나이 어린 아이들에게 8년 이상의 실형을 선고하는 것이다!

감자를 호주머니 가득 훔쳤다는 것으로 — 아이 바지 호주머니 하나 정도의 감자 때문에 — 역시 8년이었다!

오이는 값이 덜 매겨졌는지 집단 농장의 밭에서 오이 여남은 개를 훔친 사샤 블로힌은 5년을 선고받았다.

꾸스따나이주 친기를라우 지구의 도시에서 열네 살의 소녀리다가 굶주린 끝에 트럭에서 몇 알씩 흘러 떨어진 낟알을 먼지투성이 길을 따라가며 줍기 시작했다(리다가 줍지 않아도 그 낟알들은 어차피 사라질 것이었다). 그녀는 〈3년 형〉밖에 받지 않았는데, 사회주의 재산을 밭이나 창고에서 직접 훔친

---

3 터키에서 1972년 3월 열네 살 된 터키 소년이 마약을 〈대량으로〉 판매한 죄로 징역 3년을 선고받은 사건은 전 영국을 뒤흔들어 놓았다 — 〈어떻게 그토록 가혹할 수 있는가?!〉라고. 그러나 소년 범죄에 관한 스딸린의 법률을 보았을 때 당신들 좌파 지도자들의 눈과 마음은 도대체 어디 가 있었던가? (1972년 솔제니찐의 추기)

게 아니라는 정상이 참작된 결과였다. 어쩌면 그해(1948년)에 최고 재판소의 지시 — 아이들이 장난삼아 저지른 절도에 대해서는(예컨대 사과 밭에서 사과를 몇 알 훔치는 것 같은) 기소를 보류하라는 지시가 있었기 때문에 재판관도 가벼운 판결을 내릴 수가 있었는지 모른다(이 지시로 미루어 우리는 1935년부터 1948년에 이르기까지 사과 서리를 한 아이들이 영락없이 기소되었다는 것을 알 수 있다).

꽝장히 많은 수의 소년들이 공장 직공 양성소에서 탈주한 죄로 재판을 받았다. 하기는 형은 가벼운 편이어서 6개월이었다. (수용소에서 그들은 농담 삼아 〈사형수〉라고 불렸다. 그러나 농담이건 아니건, 극동 지방 수용소에서의 〈사형수〉들의 형편은 다음과 같았다 — 그들은 변소의 오물을 실어 내는 작업에 배당되었다. 그 작업에는 커다란 바퀴가 두 개 달린 마차를 사용했는데, 그 마차에는 구린내가 코를 찌르는 큼직한 오물통이 실려 있었다. 〈사형수〉들이 여럿이서 말 대신 수레 채를 끌고 가고, 나머지 〈사형수〉들은 옆과 뒤에서 밀고 갔다. 마차가 흔들릴 때마다 오물이 머리 위로 쏟아져 내렸다. 그리고 시뻘건 낯짝에 모직 양복을 입은 〈암캐들〉이 시시덕거리면서 아이들을 몽둥이로 몰아세우는 것이다. 1949년에 블라지보스또77에서 사할린까지 배편으로 죄수들을 호송하는 도중엔 〈암캐들〉은 칼로 위협하여 이 아이들을 〈희롱〉하기도 했다 — 그러니 경우에 따라서는 6개월 형도 가벼운 게 아니었다.)

이와 같이 열두 살이 된 아이들이, 모든 권리를 가진 어른들과 동등한 취급을 받고, 여태까지 살아온 무자각의 인생의 길이와 거의 같은 야만적인 형기를 어른들과 동등하게 선고 받고, 어른들의 감방에 처넣어져 어른들과 동등한 배급 빵과 야채수프와 판자 침상의 잠자리를 받게 되었을 때, 공산주의 재교육의 〈미성년〉이라는 낡은 용어는 어쩐지 그 빛과 가치를 잃은 것처럼 희미한 것이 되어 버렸다. 거기서 수용소 자체가 듣기에도 뻔뻔스럽고 낭랑하게 울리는 〈연소자〉라는 말을 만들어 냈던 것이다! 그리하여 이 가엾은 시민들은 자랑과 슬픔을 가지고 자신을 이 말로 부르게 되었다. 그들은 아직 소비에뜨 연방의 시민이 될 나이가 아니었으나 〈군도〉에서는 이미 어엿한 시민이 되어 있었다.

아주 이르게, 그리고 아주 이상하게 그들의 성인기가 시작된 것이다 ─ 형무소의 문지방 너머로 걸어 들어간 것과 동시에!

이 아이들은 열두 살, 열네 살의 나이에, 굳센 어른들조차 견뎌 내기 어려운 생활 속에 내동댕이쳐졌다. 그러나 젊은이는 젊은 생명의 법칙에 따라 그러한 생활 속에서도 짓밟히지 않고 거기에 용해되어 적응하도록 되어 있었다. 어릴 때는 새 언어와 새 습관을 쉽게 터득하는 법이다. 〈연소자들〉은 대번에 군도의 언어 즉 무뢰한들의 언어와 군도의 철학을 터득했다. 그런데 그 철학이란 도대체 누구의 것이었던가?

그들은 그 생활 속에서 가장 비인간적인 본질, 부패한 독즙을 스스로 받아들였다. 그것도 너무나 익숙한 모양으로, 마치 유아 시대부터 모유가 아니라 이 액체를 빨고 자라기라도 한 것처럼.

그들은 순식간에 수용소 생활에 뿌리를 내렸다. 일주일이나 2주가 아니라 불과 며칠 사이에 완전히 뿌리를 내려 버린 것이다! 마치 아무런 놀라움도 느끼지 않은 것처럼, 마치 이 생활이 전혀 새로운 것이 아니라 어제까지의 자유 생활의 자연스러운 연장이기라도 한 것처럼.

그들은 물론 바깥세상에서도 부드러운 벨벳에 싸여 곱게

곱게 양육되었던 것은 아니다. 권력과 재력을 가진 부모의 자식들이, 밀 이삭을 자르거나 호주머니에 감자를 감추거나 공장에 지각을 하거나 직공 양성소를 도망치거나 했을 리가 없지 않은가? 이들 〈연소자들〉은 노동자의 자식들이었다. 그들은 바깥세상에서도 인생이 불공평을 기조로 하고 있다는 것을 잘 알고 있었다. 그래도 바깥세상에서는 이렇게까지 노골적인 것은 아니었다. 어떤 것은 그럴싸하게 꾸며져 있었고, 어떤 것은 착한 어머니의 말로 한결 부드럽게 보였었다. 그러나 군도에서 연소자들이 본 세계는 네 발 가진 짐승의 눈에 비치는 세계, 바로 그것이었다 ─ 여기서는 힘만이 정의다! 맹수만이 살 권리가 있는 것이다! 우리 어른들의 눈에도 수용소의 세계가 그렇게 비치는 것은 사실이지만, 그래도 우리는 아이들과는 달리 우리 자신의 체험과 사고력, 자신의 이상, 여태까지 책을 통해 얻은 지식 등을 수용소에서의 현실에 대치시킬 수가 있는 것이다. 그러나 아이들은 그 순수한 감수성만을 가지고 군도의 세계를 받아들인다. 그리하여 〈며칠〉 사이에 아이들은 짐승으로 변해 버리고 만다! 아니, 짐승만도 못한, 윤리 관념이라곤 털끝만큼도 없는 존재가 되고 만다. (말의 그 유순하고 큰 눈을 들여다볼 때, 잘못을 저지른 개가 귀를 잔뜩 늘어뜨리고 있는 것을 쓰다듬어 줄 때, 그들의 윤리 관념을 인정하지 않을 수 없지 않을까?) 만약에 네 이빨보다 약한 이빨을 가진 자가 있거든 그자 것을 빼앗아라, 그것은 네 먹이다! ─ 연소자들은 대번에 이 원칙을 터득하는 것이다.

수용소군도에서 연소자들을 수용하는 두 가지 기본적인 방식이 있다. 하나는 독립된 아동 거주지(주로 15세 이하의 나이 어린 연소자용)였다. 또 하나는 주로 노동을 할 수 없는 불구자들과 여자 죄수들이 함께 수용되는 혼합 수용소(좀 더 나이가 많은 연소자용)이었다.

이 두 가지 방식은 그들에게 동물적 증오심을 키운다는 점에서 아무런 차이도 없다. 어느 쪽에 수용되건 간에 연소자들은 도적의 이상적 정신에 부합되도록 교화되기 때문이다.

유라 예르몰로프의 경우를 예로 들어 보자. 그의 말에 의하면, 열두 살밖에 안 되었을 때(1942년) 그는 자기 주위에 수많은 사기와 도둑질과 투기가 있는 것을 발견하고 인생에 대해 이런 판단을 내렸다고 한다. 「〈겁 많은 자〉만이 도둑질도 못하고 사기도 치지 못해. 그러나 나는 아무것도 겁내고 싶지 않아. 나는 도둑질을 하고 사기를 쳐서 잘살고 싶어!」 하기는 그도 한때 인생의 다른 길로 들어선 적이 있었다. 그는 학교에서 일관되게 가르치는 영웅적 정신에 흥미를 느꼈던 것이다. 그러나 결국 〈친애하는 아버지〉의 본질을 간파한(그런 것은 있을 수 없는 일이라고 잘난 학자들과 장관들은 핏대를 세울 테지만) 그는 열네 살 때 전단을 썼다. 〈스딸린 타도! 레닌 만세!〉 그는 즉각 체포되어 모진 매를 맞고 나서 제58조 10항에 의해 소년 절도범들과 함께 투옥되었다. 여기서 유라 예르몰로프는 순식간에 도적들의 규칙을 자기 것으로 터득했다. 그의 인생은 급속히 나선형으로 돌고 또 돌았다. 불과 열네 살의 나이에 그는 이미 자기의 〈부정의 부정〉을 이뤘다. 즉, 도둑질이 최고, 최선의 생활 방식이라는 인생관으로 되돌아온 것이다.

그는 아동 거주지에서 대체 무엇을 보았을까? 〈바깥세상보다 더욱 심한 부당함. 교육 제도를 빙자해서 국고를 좀먹는 관리자들과 교도관들. 연소자들 배급식의 일부를 가로채 먹는 교육계들. 그리고 걸핏하면 군홧발에 걷어차였고 항상 위협을 받으면서 침묵과 순종을 강요당하는 연소자들.〉 (여기서 어린 연소자들의 배급식은 일반 수용소 배급식과는 달랐다는 점을 밝힐 필요가 있다. 연소자들을 장기간 수용소에 처넣은 정부도 인도주의를 아예 저버리지는 못하고 이들 어린이가 공산주의의 미래의 주인공임을 잊지 않고 있었던 모양이다. 그래서 어린 연소자의 배급식에는 우유에, 버터에, 진짜 고기까지 들어 있었다. 그러니 〈교육계〉들이 연소자들의 가마솥에 손을 질러 넣지 않을 도리가 있었겠는가? 그리고 그자들에게는 군홧발로 걷어차는 것 외에는 이들 연소자의 입을 틀어막을 수 있는 다른 어떤 방법도 없었다. 어쩌면 이들 연소자들이 성장했을 때 언젠가 그중에서 『올리버 트위스트』보다 더 슬픈 이야기를 우리에게 들려주는 사람이 나타날는지도 모르는 일이다.)

부당함에 대처하는 가장 간단한 방법은 이쪽에서도 스스로 그와 같은 부당함을 행하는 것이다! 이것은 가장 수월한 결론으로, 장기간에 걸쳐(혹은 영구히) 연소자들의 인생의 지침이 되는 것이다.

그러나 매우 흥미로운 사실이 있다 — 잔인하고도 가혹한 이 세계의 투쟁에 끼어든 연소자들은 자기들끼리는 결코 싸우지 않는다는 점이다. 그들은 서로를 적으로 보지 않는다! 그들은 〈집단적으로〉 한패가 되어 이 투쟁에 나서는 것이다! 혹시 이것은 사회주의의 싹이 아닐까? 교육계들의 영향을 받은 것은 아닐까? 아니, 무슨 헛소리를 하는 거요, 얼간이같이. 그것은 그들이 도둑 세계의 규칙을 지키고 있을 따름이란 말이오! 도적들에게는 강한 동료 의식과 엄격한 규율과 두목이 있는 법이다. 연소자들은 이 도적들의 소년단으로, 선배들의 가르침을 충실히 따르고 있었을 뿐이다.

물론 그들의 사상 교육에 힘을 기울이고 있는 것은 사실이다! 교육관들 —— 어깨에 별 셋, 넷씩 단 사람들 —— 이 찾아와서는, 위대한 조국 전쟁이니, 우리 인민의 불멸의 위업이니, 파시스트들의 잔학 행위니, 아이들에 대한 스딸린의 넘치는 애정이니, 소비에뜨인의 전형이니 하는 것에 대해 연소자들에게 강의를 해댄다. 그러나 경제적인 면만을 내세우고 심리라는 것을 완전히 무시한 〈사회에 관한 위대한 교리〉는, 같은 소리를 다섯 번 여섯 번 되풀이할 때, 불신은 고사하고 혐오감마저 초래한다는 단순한 심리학 법칙을 깨닫지 못하는 것이다. 전에는 학교 선생들이 몇 번이나 가르친 것을, 이번에는 취사장에서 자기들 먹을 것을 가로채는 교육계들이 되뇌고 있다는 것에 연소자들이 혐오감을 느끼는 것은 당연한 일이다(군대에서 출장 나온 장교가 애국심 넘치는 어조로 〈듣거라! 너희들에게는 헌 낙하산을 풀어 다듬는 중요한 작업이 부과되었다. 이것은 매우 귀한 견직물로 조국의 재산이니까 아주 조심해서 다루기 바란다!〉라고 연설을 해도 아무런 효과도 없었다. 끄리보셰꼬보 수용소의 연소자들은 기준량을 초과해서 추가로 죽을 배급받으려고 그 견직물을 잘게 잘라서 못 쓰게 만들어 버리고 말았던 것이다). 그리고 거기 뿌려진 많은 씨앗 중에서 싹이 튼 것은 오직 증오의 씨앗, 즉 〈제58조〉 죄수에 대한 적의와 〈인민의 적〉에 대한 우월감뿐이었던 것이다.

　이것은 후에 그들이 일반 수용소로 옮겨 갔을 때 유용하게 된다. 하지만 아직은 그들 가운데 인민의 적은 없다. 유라 예르몰로프도 다른 소년들과 다를 바가 없다. 그도 일찌감치 바보스러운 정치적 규칙을 버리고 현명한 도둑의 규칙을 받아들였다. 그런 진창 속에 빠져들어 동화되지 않는 소년이 과연 있을까! 누구도 자기의 개성을 지켜 낼 수가 없다. 재빨리 자신을 도적의 소년단원으로 인정하지 않았다가는 당장에 짓밟히고 짓이겨져 갈기갈기 찢겨 버리고 말 것이다. 그러니 〈하나도 남김없이〉 이 선서를 하지 않을 수가 없다……. (독자들이여! 〈자기 자신의〉 아이들을 한번 이런 처지에 놓아 보시라…….)

그러면 아동 거주지에서 연소자들의 적은 누구인가? 교도관과 교육계다. 그러니까 그들과 투쟁하는 것이다!

연소자들은 자기의 힘을 잘 알고 있다. 그들의 첫째 힘은 단결에 있고, 둘째 힘은 처벌을 받지 않는다는 데 있다. 그들은 외부로부터 어른들의 법률에 의해 이곳으로 잡혀 들어왔지만, 여기서는, 즉 군도에서는 신성한 금기로 보호되고 있다. 〈이봐요, 높은 양반들, 우리 우유 어떻게 했어요! 우유 내놔요!〉라고 그들은 소리소리 지르며 감방 문을 두들기고, 침상 판자를 부수고 유리창을 깨기도 한다. 어른들이 이런 짓을 했다가는 무장봉기 내지는 경제적 사보타주로 간주되지만, 그들의 경우에는 아무것도 아니다! 즉각 우유가 배급되는 것이다!

간혹 연소자들의 대열이 엄중한 경비를 받으며 시내의 한길을 지나갈 때도 있다. 아이들을 저렇게까지 엄중하게 경비하다니 너무하지 않나 생각될 지경이다. 그렇지만 그럴 만한 까닭이 있는 것이다. 그들은 서로 약속이 되어 있다 — 갑자기 휘파람 소리가 울린다! 도망치고 싶은 자는 일시에 사방팔방으로 내달린다! 호송병들은 어찌하면 좋은가? 발포하는가, 누구에게? 어떻게 아이들을 향해 발포할 수가 있단 말인가? 그것으로 그들의 형기는 끝나고 만다. 순식간에 도합 150년 형이 국가로부터 도망쳐 버린 셈이다. 뭐, 웃음거리가 되기 싫다고? 그렇다면 아이들을 잡아들이지 말아야지!

미래의 소설가(소년 시대를 이들 연소자와 함께 보낸 사람)가 연소자들의 여러 가지 장난질을 우리에게 이야기해 줄 날이 있을 것이다. 아동 거주지에서 무슨 장난을 쳤으며 교육계한테는 어떻게 복수를 했는지 우리에게 들려줄 날이 있을 것이다. 그들의 형기나 아동 거주지 내부의 제도는 얼핏 보기에는 엄격한 것 같았지만, 웬만한 일로는 처벌받지 않기 때문에 그들은 무척 대담해질 수가 있었다.

그들이 자랑삼아 떠벌리는 이야기 중에 이런 것이 있다. 나는 연소자들의 전형적인 행동을 잘 알고 있으므로 이 이야기의 진실성을 보증할 수 있다. 어느 아동 거주지에서 아이들 몇이 허겁지겁 간호사한테 달려와서 중병에 걸린 동료를 좀 봐달라고 간청했다. 간호사는 경계심도 없이 곧 그들의 커다란 40인용 감방으로 찾아 들어갔다. 그 순간 거기서 마치 개미 떼 같은 분주한 작업이 시작되었다. 어떤 아이들은 출입문에 바리케이드를 쌓고 지키는 일을 맡는가 하면 다른 아이들은 손을 뻗어 간호사의 옷을 홀랑 벗기고 방바닥에 쓰러뜨렸고, 어떤 놈은 그녀의 팔을 잡고 어떤 놈은 다리를 타고 앉아서 하고 싶은 짓들을 하기 시작했다. 강간을 하는 놈, 입을 맞추는 놈, 심지어는 물어뜯는 놈까지 있었다. 그들을 향해 총을 쏘는 것은 규정에 어긋나는 일이었고, 그녀를 구출할 도리가 없으니 능욕당하며 울부짖는 그녀를 아이들 쪽에서 놓아주기만을 기다리는 수밖에 없었다.

대체로 이성의 육체에 대한 소년들의 관심은 일찍 눈뜨는 법이다. 연소자들의 감방에서는 과장된 음담패설이나 경험담 등이 그 관심을 더욱 부추긴다. 그래서 그들은 그것을 발산시킬 수 있는 기회를 절대 놓치지 않는다. 이런 일화가 있다. 끄리보셰꼬보 수용소 제1 수용 지점에서 있었던 일인데, 대낮에 남들이 보는 데서 네 명의 연소자가 제본소의 류바라는 소녀와 함께 앉아서 이야기를 하고 있었다. 소녀는 소년들에게 무언가 격한 어조로 반박하고 있는 듯했다. 그러나 소년들은 벌떡 일어나서 그녀의 두 다리를 붙잡고 거꾸로 높이 쳐들어 올렸다. 소녀는 몸부림조차 칠 수 없는 상태에서 두 손으로 땅을 짚고 몸을 지탱했지만 치마가 흘러내려 얼굴을 덮었다. 소년들은 그녀를 그대로 붙잡은 채 다른 쪽 손으로 그녀를 쓰다듬고 주물럭댔다. 그러다가 한참 만에 그녀의 발을 땅에 내려놓았다. 소녀는 그들의 뺨이라도 갈겼을까? 아니면 피해 달아났을까? 천만에, 다시 제자리에 앉아서 말다툼을 계속하는 것이었다.

이것은 이미 열여섯 살의 연소자들로, 어른들과 함께 있는 혼합 수용소에서 벌어진 일이었다. (그 구내에는 5백 명의 여성을 수용하는 막사가 있었는데, 거기서는 남녀의 결합이 공공연하게 이루어졌고, 연소자들도 제구실을 하는 사내로서 거들먹거리며 그곳을 드나들고 있었다.)

아동 거주지에서 연소자들은 하루 4시간 일하고 4시간 공부하게 되어 있다(하기는 공부라는 것은 명색일 뿐이지만). 그러다가 어른들의 수용소로 옮겨지면 10시간 노동을 해야 하지만 노르마만큼은 좀 낮게 정해진다. 그러나 식사는 어른과 같다. 그들은 16세에 이리로 옮겨 오는데 영양 부족에다가 수용소로 들어오기 전과 들어온 후의 발육 부진 때문에 비쩍 마른 조그만 어린아이로밖에 보이지 않는다. 신장도, 지능도, 사물에 대한 관심도 보통 아이들에 비해 뒤떨어져 있다. 그들은 작업 종류에 따라 독립된 작업반에 끼기도 하고 때로는 노동 불능인 노인들과 함께 일반 작업반에 배치되기도 한다. 여기서 그들은 〈비교적 가벼운 육체노동〉, 다시 말해서 어린이의 노예 노동을 강요당하게 된다.

일단 아동 거주지를 떠나고 나면 모든 환경이 싹 바뀌어 버린다. 전에 교도관들이 욕심을 내던 어린이 특별 급식도 없어지니까 교도관들은 더 이상 그들의 주요한 적이 아니다. 그 대신 노인들이 나타나서 연소자들의 힘을 시험하는 상대가 되어 준다. 여성들도 나타나서 그들이 사내로서의 자격을 확인하는 상대가 되어 준다. 진짜 살아 있는 도적들과 흉측한 얼굴을 한 수용소 돌격대원들도 연소자들 앞에 나타난다. 그자들은 연소자들의 세계관에 영향을 끼치면서 기꺼이 도둑질 교습을 맡고 나선다. 그자들의 지도를 받고 싶다는 유혹을 느끼게도 되지만, 지도를 받지 않겠다고 할 수도 없는 것이다.

어쩌면 〈바깥세상〉의 독자들에게는 〈도둑〉이라는 낱말이 꺼림칙하게 들릴는지 모른다. 그렇다면 아무것도 이해하지 못했다고 할 수 있다! 무뢰한들의 세계에서는 이 낱말은 귀족 사회에서의 〈기사(騎士)〉와 맞먹는 것이다. 아니, 그보다 더 존귀한 명칭이다. 따라서 입에 올릴 때도 무슨 신성한 호칭처럼 조심스레 발음해야 하는 것이다. 어느 날엔가 훌륭한 도둑이 되는 것 ─ 그것은 연소자의 꿈이다. 그리고 그들 전체의 간절한 희망이기도 하다. 그들 중의 가장 독립심이 강하고 인생을 진지하게 생각하는 젊은이에게조차 이보다 더 확실한 삶의 길은 없는 것이다.

언젠가 나는 이바노보 중계 형무소의 연소자용 감방에서 하룻밤을 지낸 적이 있었다. 바로 옆자리에는 열다섯 살 정도 되었을 성싶은 수척한 소년이 있었다. 이름은 슬라바라고 했던 것 같다. 그는 동료 연소자들이 진행하는 〈감방 의식〉이 자기 나이에는 어울리지 않는 유치한 짓이라 여기는 듯이 약간 지겨운 얼굴로 마지못해 따르고 있었다. 나는 이 소년이 아직은 아주 타락해 버리지는 않았구나, 다른 아이들보다는 현명해서 결국은 동료들과 갈라서게 될지 모른다고 생각했다. 나는 그와 이야기를 시작했다. 소년은 끼예프 출신으로 부모 중

161

하나는 죽고 다른 하나는 그를 버렸다고 했다. 슬라바는 전쟁 전에 아홉 살 때부터 도둑질을 하게 되었고, 〈우리 군대가 왔을 때〉도 도둑질을 했으며 종전 후에도 계속했다. 그는 열다섯 살이라는 나이치고는 어른스러운 침울한 웃음을 띠며 앞으로도 계속 도둑질을 하며 살아갈 작정이라고 했다. 「그런데 말이에요.」 그는 제법 논리적으로 말했다. 「노동자 노릇이나 하면 빵과 물 이외에는 아무것도 구경할 수 없잖아요. 나는 아이 때 너무 고생을 했으니까 앞으론 좀 잘살아 보고 싶어요.」 「독일군이 쳐들어왔을 때는 뭘 했니?」 나는 그가 언급하지 않은 2년간, 즉 독일군 점령 기간에 대해 물었다. 그는 고개를 설레설레 흔들었다. 「독일군이 들어왔을 때는 일을 했지요. 독일군 치하에서 어떻게 도둑질을 해요? 그랬다가는 당장에 총살이에요.」

　연소자들은 어른들의 수용소에 와서도 그들의 행동의 주요한 특징을 그대로 유지하고 있다. 즉, 모두 한패가 되어 일제히 적을 습격하기도 하고, 일제히 적을 물리치기도 하는 것이다. 그것이 그들의 힘을 강화시켜 여러 가지 제한으로부터 자유로울 수 있게 해주는 것이다. 그들의 의식 속에는 해도 되는 짓과 해서는 안 되는 짓을 분간하는 힘이 전혀 없으며 선과 악에 대한 관념조차 없다. 그들에게는 자기가 원하는 것은 모두 선이고 자기를 방해하는 것은 모두 악이다. 그들이 방약무인하게 행동하는 것은 그것이 수용소에서 가장 유리한 처세술이기 때문이다. 힘이 통하지 않을 때는 거짓 연기를 하거나 속임수를 쓰기도 한다. 연소자들은 성상의 소년처럼 순진한 표정을 지어 보이는가 하면, 눈물이 날 만큼 당신을 감동시키기도 한다. 그러나 그동안 자기 패거리가 뒤에서 당신의 짐 가방을 뒤지고 있을 것이다. 한번 맺힌 원한은 언제까지나

마음에 새겨 두었다가 기회를 보아 집단적으로 복수를 하고야 만다. 이 악바리 패한테 걸려들게 될까 봐 누구 한 사람 희생자 편을 들 엄두를 못 낸다. 그것으로 적을 고립화시키려는 그들의 목적은 이루어진다. 그들은 여럿이서 한 사람의 적에게 덤벼든다. 그러니 언제나 이기게 마련인 것이다! 너무나 많은 소년들이 한꺼번에 공격을 가하기 때문에 미리 눈치를 챌 수도 없거니와 얼굴을 기억할 수도 없다. 설사 손발을 여남은 개나 가졌다 해도 어찌 그들을 물리칠 수가 있겠는가.

다음은 A. Y. 수시의 이야기에 따른, 노보시비르스끄 수용소의 제2 (징벌) 끄리보셰꼬보 수용 지점에서의 몇 토막 장면이다. 죄수들은 1미터 반 깊이로 땅을 파고 지은 커다란 토막 (5백 명을 수용하는) 속에서 살고 있다. 수용소 당국은 구내에서의 생활에 개입하지 않는다(여기서는 이미 구호도 강의도 없다). 무뢰한들과 연소자들의 폭력이 판을 치고 있다. 작업에 끌려 나가는 일도 거의 없다. 식사도 그러한 생활에 어울리게 배급된다. 그 대신 한가한 시간이 남아돌 지경이다.

어느 작업반의 빵 상자가 그 작업반원들의 경비를 받으며 방금 빵 창고를 떠나 눈앞을 통과하고 있다. 그러자 연소자들이 앞길을 막으며 저희들끼리 일부러 싸움을 벌여 밀고 당기고 하면서 빵 상자를 뒤엎어 버린다. 빵 상자를 경비하던 작업반원들은 땅에 떨어진 빵을 줍기 시작한다. 20개 중에서 주운 것은 14개밖에 안 된다. 〈싸움을 하고 있던〉 연소자들은 그림자도 찾아볼 수 없다.

이 수용 지점의 식당은 얇은 판잣집이어서 시베리아의 겨울에는 무용지물이 되고 만다. 그러니 취사장에서 받은 야채 수프와 배급 빵을 혹한 속에서 토막까지 가져가야 한다. 거리는 약 150미터. 노동 불능인 노인들에게 이것은 매우 힘들고도 위험한 일이다. 배급 빵은 품속 깊숙이 감추고 언 손으로 반합을 움켜쥐고 있다. 그런데 별안간 두세 명의 연소자가 마귀 새끼처럼 날쌔게 옆에서 달려든다. 그들은 노인을 쓰러뜨리고 품속을 샅샅이 뒤진 다음 쏜살같이 사라져 버린다. 빵은 빼앗기고 야채수프는 땅바닥에 쏟아지고 옆에는 빈 반합만이 뒹굴고 있을 뿐이다. 노인은 무릎을 일으켜 세우려고 안간힘을 쓴다(다른 죄수들은 이런 일을 목격하면, 자기 배급식을 토막까지 무사히 가져가려고 황급히 그 위험한 장소를 우회하는 것이다). 상대가 약하면 약할수록 연소자들은 인정사정 없이 대한다. 앞의 장면처럼 그들은 허약한 노인의 손에서 공공연하게 빵을 빼앗는 것이다. 노인은 울면서 돌려 달라고 애원한다. 「그럼 나는 굶어 죽어!」 「어차피 곧 뒈져 버릴 건데 빵은 먹어서 뭐해!」 연소자들은 언제나 사람들의 출입이 잦은 취사장 맞은편에 있는 썰렁한 빈 건물에서 노동 불능인 폐인들을 습격한다. 그들은 여럿이서 희생자를 넘어뜨리고 그 팔다리와 머리를 타고 앉아서 호주머니를 모조리 뒤져 담배와 돈 따위를 빼앗아 사라져 버린다.

마르틴손이라는 덩치 크고 억센 라트비아인이, 영국 비행사들이 신는 멋진 가죽 장화를 신고 수용소에 나타났다. 무릎까지 오는 그 갈색 장화는 가죽끈을 겉단추에 걸어서 묶게 되어 있었다. 그는 밤에도 장화를 벗지 않고 신은 채로 잠을 잤다. 또한 그는 자기 힘에 자신이 있었다. 그러나 어느 날 그가 식당 배식대 위에 잠깐 누웠을 때 한 무리의 연소자들이 느닷없이 그에게 달려들었다가 눈 깜짝할 사이에 바람처럼 사라져 버렸다. 그리고 장화는 이미 간 곳이 없었다! 끈을 자르고 강제로 벗겨 가버린 것이다. 찾아야 하나? 아니, 헛일이다! 장화는 즉각 교도관을 통해(!) 수용소 밖으로 반출되어 비싼 값에 팔리는 것이다(연소자들은 무엇이건 닥치는 대로 밖으로 팔아넘기고는 한다. 나이 어린 그들을 가엾이 여겨 수용소 당국이 보통 것보다 좀 나은 의복이며 신발을, 또는 〈제58조〉 죄수들한테서 압수한 얇은 이불 등을 나누어 줄 때마다, 그들은 며칠도 지나기 전에 그것들을 자유 고용인들에게 팔아 담배를 사 피우고는 다시 전처럼 헐어 빠진 옷을 걸치고 맨바닥에서 잠을 잔다).

자유 고용인이 조심성 없이 개를 데리고 수용소로 들어가 잠시라도 한눈을 팔았다가는 그날 저녁에 밖에서 자기 개의 가죽을 사게 되는 수도 있다. 그의 개는 순식간에 유인되어 도살된 후 가죽은 벗겨지고 몸통은 불에 구워지고 마는 것이다.

세상에서 도둑질과 노략질만큼 멋진 것도 없다! 그것으로 배불리 먹을 수 있고 인생을 즐길 수가 있다. 그러나 단순한 근육 운동, 악의 없는 장난질, 무턱대고 뛰노는 것도 젊은 육체에는 필요한 법이다. 포탄용 나무 상자를 만들도록 그들에게 망치를 주면, 그들은 쉴 새 없이 나무 그루터기건 아무 데다 박아 댄다. 그들은 곧잘 싸움을 벌이고는 한다. 빵 상자를 뒤엎기 위해서 뿐만 아니라 진짜 싸움을 벌이기도 하는 것이다. 그런가 하면 침상과 통로 사이를 뛰어다니며 술래잡기도 한다. 그들은 남의 발이나 물건을 짓밟건, 무언가를 뒤엎건, 무언가를 더럽히건, 누군가의 잠을 깨우건, 누군가를 넘어뜨리건, 그런 것에는 전혀 개의치 않는다. 그들은 놀고 있는 것이니까!

어린이라면 누구나 다 그런 놀이를 한다. 하지만 보통 아이들의 경우에는 어쨌든 부모가 있다(우리 시대의 부모란 〈어쨌든〉의 범주를 벗어나지 못한다). 그리고 그들에게는 어떤 억제력이 있다. 아이들을 제지할 수도 있고, 타이를 수도 있고, 벌을 줄 수도 있고, 다른 곳으로 쫓아 버릴 수도 있지만, 수용소에서는 그 모든 것이 불가능하다. 연소자들을 말로 타이른다는 것은 애당초 불가능한 일이다. 인간의 말은 그들을 위해 만들어진 것도 아니려니와 그들의 귀는 자기들에게 필요 없는 것은 한마디도 받아들이지 않기 때문이다. 노인들이 참다못해 손을 들어 그들을 제지하려 들기라도 하면 연소자들은 노인들을 향해 무거운 물건을 집어 던진다. 그들의 못된 장난질은 끝이 없다. 상이군인 출신 죄수의 군복을 빼앗아 이리 던졌다 저리 던졌다 하면서, 그 노동 불능자가 마치 자기 또래이기라도 한 것처럼 이리 뛰고 저리 뛰게 만드는 것이다. 그는 화를 내며 자리를 떠났을까? 만약에 그렇다면 군복은 그의 손에 다시는 돌아오지 않는다. 연소자들은 군복을 외부에 팔아 담배를 사 피워 버리는 것이다! (그러고는 아무 일도 없었다는 듯이 그에게 다가가서 말을 붙인다 —「자, 아저씨, 담배나 한 대 피우죠! 이미 지나간 일 가지고 화를 내면 뭐해요? 그때 옷을 되돌려 받지 않고 그냥 가버린 게 잘못이었다는 말이에요.」)

자식이나 손자를 가질 나이의 어른들에게는, 비좁은 수용소 안에서 벌어지는 이런 종류의 못된 장난이, 굶주림 때문에 자행되는 그들 연소자들의 약탈 행위보다 더욱 참기 힘든 굴욕적인 일로 받아들여졌을지도 모른다. 나이 지긋한 사람이 조무래기 마귀들과 똑같이 취급을 받는다는 것은 도저히 감내할 수 없는 굴욕이었다. 그것이 평등이라면 그래도 좀 나았을 것이다. 하지만 그게 아니었다. 그들은 아귀들의 힘에 눌려 억지로 그런 처지에 떨어진 것이다.

그러나 연소자들은 일부러 그런 짓을 하고 있는 것이 아니다. 그들은 남을 모욕할 생각은 털끝만큼도 없이, 그저 제멋대로 행동하고 있을 뿐이다 ── 그들은 자기들 자신과 선배 도둑들 이외에는 〈아무도 인간으로 인정하지 않는다〉! 이것은 그들의 세계관이고, 그들은 이 세계관을 고수하고 있을 따름이다. 작업이 끝날 무렵, 연소자들은 어른 죄수들의 대열에 끼어든다. 죄수들은 기진맥진해서 간신히 몸을 버티고 선 채 방심한 상태에 빠져 있거나 무슨 명상에 골몰해 있거나 한다. 연소자들은 줄 서 있는 사람들을 헤치고 앞으로 나간다. 그것은 그들이 선두에 서야 하기 때문도 아니고 또 서봐야 무슨 혜택이 있는 것도 아니다. 그저 장난삼아 앞으로 나가는 것뿐이다. 그들은 큰 소리로 떠들어 댄다. 그리고 걸핏하면 뿌시낀의 이름을 대고(〈뿌시낀이 가졌다〉, 〈뿌시낀이 먹었다〉 등), 하느님과 예수님과 성모 마리아를 모독하는 상소리를 내뱉고, 옆에 나이 든 여자들이 있는데도(젊은 여자들이 있으면 더욱 신이 나서) 낯 뜨거운 음담패설을 함부로 떠벌린다.

수용소에 들어와 얼마 안 되는 동안에 그들은 〈사회로부터〉 최대의 자유를 획득한 것이다! 수용소에서 장시간에 걸쳐 점호가 진행 중일 때 연소자들은 어뢰처럼 대열 속을 돌진해 나가기도 하고 사람들을 차례로 쓰러뜨리면서(〈야, 거치적거리지 마라!〉라는 듯이) 술래잡기를 한다. 때로는 사람을 나무 그루터기로 삼아 그 둘레를 빙글빙글 돌면서 술래잡기를 한다. 이때 그 사람을 방패로 삼을 수도 있고, 잡아당길 수도 있고, 흔들어 댈 수도 있고, 이쪽저쪽 마음대로 넘어뜨릴 수도 있으니까 나무보다는 훨씬 편리한 것이다.

연소자들의 이런 짓거리들은 당하는 사람이 행복했던 때라도 모욕을 느끼지 않을 수 없을 것이다. 하물며 자기 인생이 좌절되고, 멀고 먼 수용소의 죽음의 구덩이 속에 던져져 굶주림 속에서 눈앞이 캄캄한 상태에 있을 때, 어찌 그들의 단순하고 난폭한 놀음에 동정을 보낼 수가 있겠는가. 그럴 수가 없으니까 나이 든 사람들은 시달리고 시달린 끝에 마침내는 소리 내어 연소자들을 저주하는 것이다. 「혹사병이라도 걸렸으면 좋으련만, 뱀 새끼들 같으니!」 「짐승만도 못한 놈들, 미친 개새끼들!」 「꺼꾸러져 뒈져 버려라!」 「내 손으로 네놈들의 모가지를 비틀 수 있다면!」 「파시스트보다 더 나쁜 놈들!」 (이들 노동 불능자들의 저주는 너무나 원한에 사무친 것이어서, 만약에 말로 사람을 죽일 수만 있다면 틀림없이 죽였을 것이다.) 하기는 일부러 이런 망나니들을 번식시켰는지도 모른다! 수용소 당국자들로서는 아무리 머리를 쥐어짠대도 이보다 더 좋은 방법을 고안해 낼 수 없을 것이기 때문이다. (때로 고단수의 체스 대국에서 갑자기 모든 톱니바퀴가 맞물린 듯 한 수 한 수가 척척 맞아떨어져 나가는 수가 있는데, 그럴 때면 마치 천재적인 두뇌에 의하여 미리 짜인 각본에 따라 진행되고 있는 듯한 느낌이 들기도 한다. 이와 마찬가지로 우리 나라의 〈제도〉에서도 인간을 괴롭히는 희한한 술수들이 저절로 나타났던 것이다.) 기독교 신화에 나오는 마귀 새끼들은 바로 요런 놈들이었을 것이다.

그들의 주요한 장난질과 그들의 상징 ── 그들의 항구적인 상징으로 인사를 할 때나 상대를 위협할 때 쓰는 신호 ── 을 보아도 이 비유가 적절함을 알 수 있다. 그 상징이라는 것은 집게손가락과 가운뎃손가락을 벌려서 앞으로 내미는 V자 신호였는데, 그것은 흡사 움직이는 2개의 조그만 뿔(마귀 새끼의 뿔) 같았기 때문이다. 그 뿔은 들이받기 위한 것이 아니라 〈찌르는〉 뿔이었다. 그 뿔은 언제나 사람의 두 눈을 향해 맞바로 달려들었다. 어른 도둑들한테서 물려받은 이 신호는 〈이놈아, 눈깔을 터뜨려 버릴 테다!〉라는 무서운 위협을 담고 있었다. 연소자들은 특히 이런 놀이를 좋아한다 — 느닷없이 노인의 눈앞에 뱀 대가리 같은 V자 신호가 나타나서 두 손가락이 곧장 눈으로 다가든다. 어이쿠, 눈 찔리겠다! 노인은 급히 뒤로 물러선다. 손가락은 노인의 눈 대신 가슴을 가볍게 밀친다. 그러나 이때 벌써 다른 소년이 노인의 등 뒤 발밑에 엎드려 있어서, 노인은 소년들의 환성을 들으며 땅바닥에 벌렁 나자빠져서 뒤통수가 터지는 것이다. 일어나려고 버둥거리는 노인에게 그들은 절대 손을 내밀어 주는 법이 없다. 그들에게는 나쁜 짓을 했다는 죄의식이 전혀 없을뿐더러 그것은 그저 재미있는 놀이에 지나지 않는 것이다! 이 마귀 새끼들에게는 어떠한 약물도 저주의 가루도 소용이 없다. 노인은 아픈 몸을 간신히 일으키면서 노여움을 씹어 뱉는다. 「기관총이라도 있으면 그저 모조리 쏴 죽였으면 싶구먼!」

T.라는 노인은 그들을 증오했다. 그는 이렇게 말하곤 했다. 「저것들은 어차피 사람 구실 하기는 틀린 놈들이야. 그대로 놔뒀다가는 흑사병처럼 사람들에게 재난이나 가져올 뿐이지. 눈에 띄지 않게 한 놈씩이라도 없애 버려야 해!」 그래서 그는 다음과 같은 방법을 개발했다 — 아무도 보지 않은 데서 한 놈을 붙잡아 땅바닥에 쓰러뜨리고 갈비뼈에서 우두둑 소리가 날 때까지 그놈의 가슴팍을 짓밟는다. 그러나 아주 납작하게 만들지는 않고 놓아준다. T.의 말에 의하면 그렇게 한 번 당한 소년은 오래가지 못한다고 한다. 더욱이 의사들도 그 원인을 밝혀내지 못한다. T.는 자기가 매 맞아 죽을 때까지 이런 방법으로 연소자 몇 명을 저승으로 보냈던 것이다.

증오는 증오를 낳는 법이다! 증오의 시커먼 액체는 자연히 수평의 방향으로 흘러간다. 그것은 위쪽으로, 즉 수많은 남녀노소에게 노예적인 운명을 안겨 준 자들 쪽으로 흘러가는 것

169

보다 수월하기 때문이다.

그리하여 스딸린의 법률, 수용소군도의 교육, 도둑이라는
효모가 한데 뒤섞여서 이들 악돌이 같은 꼬마 파시스트들이
만들어져 나왔던 것이다. 아이들을 짐승으로 만들어 버리는
데 이보다 더 좋은 방법을 생각해 낼 수는 없을 것이다. 아직
도 연약한 어린 가슴에 수용소의 모든 악의 씨앗을 이보다 더
촘촘히, 이보다 더 효과적으로 심어 줄 수도 없었을 것이다!

아이들의 마음을 달래는 데 이렇다 할 대가가 필요하지 않
은 경우에도 수용소의 주인들은 그것을 허용하지 않았다. 그
것은 그들의 교육 과제에 들어 있지 않았기 때문이다. 끄리보
셰꼬보 제1 수용 지점에 있던 한 소년이 자기 아버지가 있는
제2 수용 지점으로 옮겨 달라고 간청했으나, 그 정도의 것도
허용하지 않았다. (지시서에 의하면 따로 떼어 놓아야 하기 때
문이다!) 소년은 나무통 속에 기어들어 제2 수용 지점으로 옮
겨 갔으나 아버지 밑에서 숨어 지내야 했다. 그런데 전에 있
던 수용 지점에서는 소년이 탈주했는가 해서 큰 소동이 벌어
지는가 하면 혹시 오물통에 빠져 죽은 것은 아닌가 해서 끝에
못을 박은 긴 막대기로 변소 속을 휘젓기까지 했다.

무슨 일이건 시작이 힘들기 마련이다. 볼로자 스네기료프
는 열다섯 살에 처음으로 투옥될 때는 어쩐지 불안하기만 했
다. 그러나 후에 여섯 차례나 기소되어 형기가 거의 〈1백 년〉
으로 늘어났고(25년 형을 두 번이나 받았다), 몇백 일을 규율
강화 막사와 징벌 감방에서 보냈으며(어린 나이에 폐결핵까
지 걸렸다), 7년 동안 전국에 지명 수배를 받기까지 했다. 결
국 그는 확고부동한 도둑의 길로 들어섰다(지금은 한쪽 폐와
늑골 5개를 떼어 낸 2급 신체장애자가 되었다). 비쨔 꿈쨔예
프는 열두 살 때부터 〈쉴 새 없이〉 옥살이를 하고 있다. 〈14번〉

기소되었는데 그중 9번은 탈주죄였다. 〈나는 합법적으로 자유의 몸이 된 적이 한 번도 없다〉고 그는 말한다. 유라 예르몰로프는 석방된 후에 일단 취직을 했으나 얼마 후에 쫓겨났다. 제대병들을 우선적으로 채용해야 했기 때문이다. 그는 다시 〈순회공연〉에 나서지 않을 수 없게 되었다. 결국 새로운 형기를 짊어지게 되었던 것이다.

연소자에 관한 스딸린의 불멸의 법률은 20년간 존속했다. (1954년 4월 24일 자 정령이 공포될 때까지. 이 정령은 약간 완화된 것으로, 그에 따라 형기의 3분의 1을 복역한 연소자들이 석방되었다. 그러나 그것은 〈최초의〉 형기에 국한되었다! 열네 번이나 거듭해서 형기를 받은 자는 어찌 되는가?) 그리고 그 20년 동안 스무 번이나 대대적인 〈어린이 사냥〉이 되풀이되었다. 그리하여 각기 다른 연령층의 20개의 그룹을 범죄와 퇴폐의 구렁텅이로 몰아넣었던 것이다.

◆

아주 어린 나이에 제58조를 〈먹은〉 날쌘 아이들도 있다. 예를 들어, 겔리 빠블로프는 열두 살 때 이 조항에 걸려들었다 (그는 1943년부터 1949년까지 자꼬프스77의 아동 거주지에 수용되어 있었다). 대체로 제58조의 경우는 〈어떠한 연령상의 최저한도〉도 존재하지 않았다! 심지어는 인기 있던 법학 강의(탈린, 1945년)에서조차 공공연히 그런 소리를 했다. 우스마라는 의사는 제58조로 아동 거주지에 수용된 여섯 살짜리 아이를 보았다고 한다. 아마도 이것은 최저 연령의 기록일 것이다!

때로는 체면을 생각해서 어린이의 투옥을 보류하는 일도 있었지만 한번 찍힌 아이는 끝내 투옥을 면하지 못했다. 여자 청소부의 딸인 베라 인치끄는 다른 두 소녀와 함께 — 셋 다 열네 살이었다 — 꿀라끄 숙청 때 조그만 어린아이들을 한데 다 내버려 죽게 한 사실을(예이스끄, 1932년) 알게 되었다. 소녀들은 〈옛날 혁명가들이 한 것처럼〉 이에 항의하기를 결심했다. 공책에서 뜯어낸 종이에 제 손으로 항의문을 써서 시장에 붙여 놓고, 그것을 읽은 군중이 즉각 분개할 것을 기대하고 있었다. 그들 중 의사의 딸은 당장에 체포되어 투옥된 모양이지만, 청소부의 딸은 무슨 서류에 표시를 해 놓는 정도에 그쳤다. 그런데 1937년이 되어서야 그녀는 〈폴란드를 위해 간첩 행위를 했다〉는 죄목으로 체포되었던 것이다.

부모가 체포되는 바람에 고아가 된 아이들에 관해서도 이 장에서 언급하는 게 좋지 않을까?

호스따 시외의 종교적 공동체에 있던 여자들의 아이들은 그래도 다행인 편이었다. 1929년에 어머니들이 솔로프끼로 압송되었을 때, 아이들에게는 온화한 조치가 취해져 그대로 공동체에 머물러 있게 되었다. 아이들은 저희들끼리 채소밭을 가꾸고 밭일을 하고 염소젖을 짜면서 한편으로는 열심히 학교 공부를 했다. 그리고 솔로프끼에 있는 어머니들에게는 성적표를 보내기도 하고, 어머니들처럼 하느님을 위해 박해를 감수할 각오가 되어 있다는 말을 써 보내기도 했다(물론 공산당은 얼마 안 있어 그들에게도 수난의 기회를 부여했지만).

유형에 처해진 아이들과 그 부모는 격리시켜야 한다는 지령이 있었음을 감안한다면, 1920년대에는 그러한 연소자들이 대체 얼마나 있었던 것일까? (48퍼센트라는 숫자를 상기하기 바란다.) 그리고 그들의 운명에 관해서는 어느 누가 우리에게 이야기해 줄 것인가……

여기서 갈라 베네직또바의 예를 들어 보자. 그녀의 아버지는 뻬뜨로그라쁘의 인쇄공으로 무정부주의자였고, 어머니는 폴란드 출신 재봉사였다. 갈랴는 1933년 자기의 여섯 번째 생일을 잘 기억하고 있다. 즐거운 생일 파티를 가졌기 때문이다. 이튿날 아침에 눈을 떠 보니 아버지도 어머니도 보이지 않고 낯선 군인이 책들을 꺼내서 뒤지고 있었다. 다행히 한 달 후에 어머니는 풀려 나왔다. 남자들은 죄수 신분으로 압송되었지만, 여자들과 아이들은 자유로운 신분으로 남자들을 뒤따라갔다. 또볼스끄에서는 가족이 함께 살았는데 그 공동생활은 아버지의 형기 중의 3년도 계속되지 못했다. 다시금 어머니가 체포되고 아버지는 총살에 처해졌다. 한 달 후에는 어머니마저 형무소에서 죽고 말았다. 갈랴는 또볼스끄 근처 수도원에 자리 잡고 있던 아동 수용소로 보내졌다. 그런 곳이면으레 그렇듯 거기서도 소녀들은 항상 강간을 당할까 봐 전전긍긍하며 살았다. 얼마 후에 그녀는 도시의 아동 수용소로 옮겨졌다. 그곳 소장은 그녀에게 곧잘 이렇게 말하곤 했다. 「너희들은 인민의 적의 자식들인데도 이렇게 잘 먹여 주고 입혀 주고 있다는 것을 알아야 해!」(정말이지 프롤레타리아 독재란 얼마나 인도주의적인가!) 갈랴는 승냥이 새끼처럼 되어 갔다. 열한 살 때 그녀는 최초의 〈정치적〉 신문을 받았고, 그때부터 〈10루블짜리 지폐〉(즉, 10년 형)를 갖게 되었다. 하기는 끝까지 다 복역한 것은 아니었지만. 마흔 가까운 나이에 그녀는 북극권에서 혼자 외롭게 살면서 이렇게 쓰고 있다. 〈내 인생은 아버지가 체포되는 것과 함께 끝장이 난 거예요. 나는 지금까지도 아버지를 너무나 사랑하고 있기 때문에 그 일을 생각하는 것조차 겁이 날 지경이랍니다. 그것은 이 세상과는 아주 다른 세상이었어요. 아버지에 대한 애정으로 내 마음은 찢어지는 것 같습니다……〉

그리고 스베뜰라나 세도바는 이렇게 회상한다. 〈그들은 우리 집 가재도구를 죄다 한길로 끌어내고는 나를 그 위에 앉혀 놓더군요. 비가 억수로 퍼붓던 그날을 나는 한평생 잊을 수가 없어요. 나는 여섯 살 때부터 《조국을 배반한 자의 딸》이었습니다. 인생에서 이보다 더 무서운 일이 어디 있겠습니까?〉

아이들은 NKVD의 아동 수용소나 특수 시설에 일단 수용되었다. 대다수의 아이들은 성이 바뀌었다. 특히 유명한 인사와 동성인 경우에는 예외가 없었다. (유다 부하린은 1956년이 되어서야 자기의 진짜 성이 부하린이었음을 알게 되었다. 하지만 체보따료프같이 별로 대단치도 않은 성까지 바꾼 것은 어쩐 일일까?) 이렇게 아이들은 자기 부모의 추악한 유물을 깨끗이 털어 버리고 성장해 갔던 것이다. 필라델피아 출생의 로자 코바치는 어릴 때 공산주의자인 아버지가 소련으로 함께 데리고 왔는데, NKVD의 아동 수용소를 거쳐 전쟁 때는 어쩌다 독일의 미군 점령 지역에 가 있었다 — 이 무슨 기구한 운명인가! 그래서 어찌 되었을까? 그녀는 모국인 소련에 돌아오자마자 25년 형을 받았다.

사물의 표면밖에는 보지 못하는 사람도 다음과 같은 특징은 쉽사리 알아챌 수 있을 것이다 — 아이들도 결국은 부모의 뒤를 따라 투옥된다. 그들도 역시 약속된 군도로 가야 한다. 때로는 부모와 동시에. 8학년생인 니나 뻬레구뜨의 경우를 예로 들어 보자. 1941년 11월에 기관원들이 그녀의 아버지를 체포하러 왔다. 가택 수색. 니나는 문득 자기가 장난삼아 쓴 시가 난로 속에 던져진 채 아직 그대로 있음을 상기했다. 그냥 내버려 두면 될 것을 니나는 당황한 나머지 그 종이쪽지를 찢어 없애야겠다고 생각했다. 그녀가 난로에 손을 넣는 순간 졸고 앉았던 경찰이 그녀를 잡았다. 그리하여 체끼스뜨들은 아이의 필적으로 된 가공할 반항의 시를 보게 된 것이다.

밤하늘에 별들이 반짝이면
그 빛이 풀잎 이슬 위에 내려앉는다.
스몰렌스끄가 함락됐으니
다음은 모스끄바 차례겠지.

그리고 소녀는 이런 희망을 적기까지 했다.

제발 학교에 폭탄이나 떨어져라.
공부하기도 이제는 지긋지긋해.

전선으로부터는 까마득히 먼 후방인 땀보프 지방에서 구국에 여념 없던 이 사나이들, 뜨거운 가슴과 깨끗한 손을 가진 이 기사(騎士)들은 이와 같은 국가 존망에 관계되는 위험을 방지해야 할 의무가 있었다.[4] 니나는 체포되었다. 6학년 때부터의 일기장과 반혁명적 사진, 즉 파괴된 바바린스까야 성당의 사진이 증거물로 압수되었다. 「네 아비는 무슨 말을 하곤 했지?」 뜨거운 가슴의 기사들은 그녀를 신문했다. 니나는 소리 내어 울 뿐이었다. 그녀는 징역 5년에 권리 박탈 3년의 판결을 선고받았다(그녀에게는 아직 시민으로서의 권리가 없었으니 권리 박탈이란 헛소리에 불과했지만).

물론 수용소에서 그녀는 아버지와 따로 떨어져 지내야 했다. 그녀는 흰 라일락꽃을 보자 마음이 초조했다. 나는 이렇게

4 시를 쓴 죄로 이 8학년 여학생의 체포를 결정한 그 두더지들 중의 하나만이라도 언제든 우리 손으로 잡아낼 수는 없을까? 그자의 얼굴은 어떻게 생겼으며 귀는 어떻게 생겼을까? 한번 꼭 보고 싶다.

수용소에 처박혀 있는데 학교 친구들은 곧 졸업 시험을 치겠구나! 니나는 교정의 길로 들어선 소녀들이 흔히 겪는 고통 (그것은 당국의 의도에 따른 것이지만)을 맛보아야 했다. 즉 〈내 나이 또래의 조야 꼬스모제미얀스까야는 전쟁 때 그처럼 큰 공훈을 세웠는데 나는 어쩌다 이런 수치스러운 인간이 되었을까!〉라는 자괴심이었다. 보안 장교는 그녀의 이 약점을 파고들었다. 〈그렇지만 아직 너에게도 그 아이 못지않게 될 기회가 있어! 우리한테 《협조》하면 돼!〉

아, 젊은 영혼을 타락의 길로 끌어들인 자들아! 그러고도 너희들은 평온무사하게 여생을 마칠 수가 있을까! 너희들이 얼굴을 붉히며 일어나서, 젊은 영혼에게 어떻게 오욕의 구정물을 들씌웠는가를 더듬거리며 고백할 날은 끝내 오지 않는가!

한편, 조야 레셰바의 경우는 자기 가족의 어느 누구보다도 특출한 것이었다. 이야기는 다음과 같다. 그녀의 부모와 조부모, 그리고 미성년인 오빠들까지 온 집안이 하느님을 믿었기 때문에 먼 곳에 있는 수용소로 흩어져 갔다. 그때 조야는 겨우 열 살이었다. 그녀는 이바노보 주의 아동 수용소에 수용되었다. 거기서 그녀는, 어머니가 헤어질 때 목에 걸어 준 십자가를 절대로 풀지 않겠다고 고집했다. 그리고 잘 때도 누가 떼어 갈까 봐 십자가를 더 단단히 묶었다. 이 투쟁은 꽤 오래 계속되었다. 그녀는 악을 썼다. 「이걸 벗기려면 내 목부터 졸라 죽여라!」 결국 그녀는 교육 불가능의 문제아로서 〈심신 장애아〉 전용 아동 수용소로 옮겨졌다. 그곳에는 그야말로 망나니들이 수용되어 있어서, 앞에서 언급한 연소자들보다 훨씬 악질적인 아이들이 많았다. 십자가를 위한 투쟁은 계속되었다. 조야는 굳세게 버텼다. 그녀는 여기서도 도둑질에는 관심도 없었고 상소리 같은 것은 입에 담지도 않았다. 「우리 엄마 같은 성녀의 딸이 형사범이 될 수는 없어요. 차라리 우리 온 가족처럼 정치범이 되는 게 낫지요.」

그리하여 그녀는 정말로 정치범이 되었다! 교육계나 라디 오가 스딸린을 찬양하면 할수록 그녀는 스딸린이야말로 모든 불행의 장본인임을 깨닫게 되었다. 그리고 형사범들의 영향 하에 있지 않았던 그녀는 이제는 앞장을 서서 그들을 끌고 나 가게 되었다. 뜰 안에는 대량 생산된 스딸린의 석고상이 서 있었다. 그 석고상에 조소적이며 무례하기 짝이 없는 낙서가 나타나기 시작했다. (연소자들은 모험적인 일을 좋아한다! 다 만 그들을 옳은 방향으로 이끄는 것만이 중요하다 ─ 이런 말 을 한 것은 누구였던가?) 당국은 석고상에 페인트칠을 해서 낙서를 지우고 감시를 하는 한편, MGB에 이 사태를 보고했 다. 그러나 낙서는 여전히 나타났고 아이들은 재미있다고 시 시덕거렸다. 드디어 어느 날 아침 석고상의 머리가 떨어져 나 가 땅바닥에 거꾸로 처박히고, 항아리처럼 속이 빈 머리 안쪽 에는 오물이 가득 채워져 있었다.

이건 테러 행위다! MGB의 장교들이 달려왔다. 본격적인 신문과 협박이 시작되었다. 〈그 테러분자가 누구인지 이름을 대라. 아니면 《전원 총살》이다!〉 (하기는 놀랄 것도 없다. 그 자들에겐 150명가량의 아이들을 총살하는 것은 식은 죽 먹기 일 테니까! 아니, 그 〈장본인〉이 이 사건을 안다면 아마 직접 그런 명령을 내릴 것임이 틀림없다.)

연소자들이 끝까지 단호한 태도로 버틸 수가 있었는지 아 니면 포기하려고 했는지는 알 수 없지만, 조야 레셰바가 앞으 로 나섰다. 「그것은 전부 내가 혼자서 한 일입니다! 그렇게 말 고는 어버이의 머리통을 써먹을 데가 있을까요?」

그리하여 그녀는 기소되었다. 그리고 정말 농담이 아니라, 〈최고 조치〉가 구형되었다. 그러나 사형에 관한 1950년 법률의 불합리한 인도주의 때문에 열네 살의 소녀를 총살에 처할 수는 없었던 모양이다. 결국 10년 형이 선고되었다(25년이 아닌 게 너무나 놀랍다). 열여덟 살 때까지 그녀는 일반 수용소에 갇혀 있다가 그 후 특수 수용소로 옮겨졌다. 굽힐 줄 모르는 성격과 독설 때문에 그녀는 수용소에서 두 번째 형을 받고 또 세 번째 추가 형까지 받은 모양이었다.

조야의 부모와 오빠들이 모두 석방된 후에도 그녀는 여전히 수용소에 갇혀 있었다.

우리 나라의 종교 자유 만세!
공산주의의 주인공인 어린이 만세!
만약에 우리 나라만큼 어린이를 사랑하는 나라가 있으면 이름을 대보라!

제18장

수용소의 뮤즈들

수용소군도에서는 〈무슨 일이건 가능하다〉라는 말이 있다. 더할 수 없이 추악하고 비열한 행위도, 그 어떤 종류의 배신 행위도, 참으로 뜻하지 않았던 상봉도, 파멸 직전의 몸이면서 사랑에 빠지는 일도 무엇이든 가능한 것이다. 그렇지만 문화 교육부의 재교육 덕분에 누군가가 정말로 새 사람이 되었다고 신이 나서 떠벌리는 자가 있다면 자신 있게 말해 줘라 — 〈허튼소리 작작해!〉

수용소군도에서는 모든 사람이 빠짐없이 재교육된다. 상호 간의 영향과 환경에 의해 재교육된다. 갖가지 방향으로 재교육된다. 그러나 성인 죄수는 말할 것도 없거니와, 연소자조차 문화 교육부에 의해 정말로 재교육된 자는 하나도 없다.

하기는 우리 나라의 수용소가 〈악마의 소굴, 강도들의 공동체, 상습범의 온상, 부도덕을 전파하는 시설〉(이것은 제정 러시아 시대의 형무소를 두고 한 말이다)과는 비슷하지도 않은 곳임을 보여 주기 위해 이러한 부속 기구, 즉 문화 교육부라는 것이 설치되었던 것이다.

그것은 일찍이 수용소군도의 우두머리였던 I. 아뻬쩨르가 말한 바와 같이 〈자본주의 국가들이 형무소를 건설한다면 소련의 프롤레타리아트는 자신의 《문화》를 (수용소가 아니다!) 건설하고 있기 때문이다. 프롤레타리아 국가가 개인의 자유를 박탈하고 있는 시설…… 형무소 또는 다른 명칭으로 부를 수도 있겠지만 《문제는 용어가 아니다》……. 그 시설은 인생을 멸망시키는 곳이 아니라 인생의 새싹이 트는 곳이다……)[1]

아뻬쩨르의 최후가 어떤 것이었는지 잘은 모르지만, 십중팔구는 인생의 새싹이 트는 곳이라고 제 입으로 말한 바로 그곳에서 그 자신의 모가지가 잘려 나갔을 것이다. 하지만 문제는 용어가 아니다. 그러면 우리 나라 수용소에서 가장 중요한 것은 무엇이었는가? 그것은 〈문화적〉 건설이었다.

그것을 위해서 상응하는 기관이 설치되고 확대되어 그 촉각이 군도의 하나하나의 섬에까지 뻗치게 되었다. 이 기관은 1920년대에 정치 교육부라 불렸으나 1930년대부터는 문화 교육부라 불렸다. 이 기관은 이전에 형무소의 사제가 맡았던 일들과 형무소 안의 예배 의식 같은 것을 대행해야 했다.

그것은 다음과 같이 구성되었다. 문화 교육부의 부장은 자유의 몸으로 수용소 차장 자격을 지니고 있었다. 그는 부하인 교육계들을 (죄수 250명당 한 사람 비율로) 선정했는데, 그들은 반드시 〈프롤레타리아트에 가까운 계층〉 출신이어야 했다. 따라서 지식인들(즉, 소부르주아 출신)은 해당되지 않았다 (그들은 곡괭이를 들고 노동을 하는 편이 적합하니까). 그래서 교육계로 뽑힌 사람은 전과 2~3범의 도둑, 도회지의 사기꾼, 공금을 횡령한 사람, 성범죄자 등이었다. 강간죄로 기소되어 정상 참작으로 5년 형을 받은 새파란 청년이 옷매무새를 단정히 하고 손에는 신문을 말아 들고서 〈제58조〉 막사로 가서 〈교정 과정에서의 노동의 중요성〉이란 제목으로 토론을

1 논문집 『형무소에서 교육 시설로』, pp. 429, 431, 438.

진행시키고는 했다. 교육계들은 〈생산 노동에서 해방되어〉 있었기 때문에 제삼자의 눈에는 그 역할이 특히 돋보였다. 그들과 비슷한 사회적 친근 분자들 가운데서 뽑힌 자들로 문화 교육부의 〈활동조〉가 구성되었으나, 이들 활동 분자는 작업에서 해방되지는 않았다. (기회를 보아 교육계들 중의 누군가를 밀어내고 그 자리를 차지하는 것만이 활동조의 유일한 희망이었다. 그 때문이었는지 문화 교육부 내부의 분위기는 대체로 우호적인 것이었다.) 아침마다 교육계는 죄수들을 작업으로 내몰아야 했다. 그러고 나서 취사장을 점검했고(그러니까 거기서 배 터지게 먹었고), 그다음에는 자기 방에 돌아가서 또 한잠 잤다. 도둑의 〈두목들〉을 건드리거나 끌어낼 필요는 없었다. 첫째는 위험했기 때문이고, 둘째는 〈범죄적 단결이 생산적 단결로 전환하는〉 시기가 다가오고 있었기 때문이다. 그때가 되면 두목들이 돌격 작업반을 돌격 작업에 끌고 나갈 것이다. 그러니까 아직은, 트럼프 도박으로 밤을 샌 두목들이 잠이나 실컷 자게 내버려 두어야 한다. 그러나 교육계는 그 활동에서 항상 기본적 원칙 — 수용소에서의 문화 교육 활동은 〈불행한 자〉를 대상으로 하는 문화 계몽 활동이 아니라, 날카로운 창을 들고서 진행해야 하는 문화적 생산 활동이라는 원칙 — 에 충실하다(날카로운 창을 들이대지 않으면 아무 일도 할 수 없다는 이야기다). 그 창이 누구에게 향해지는가 하면…… 독자들은 이미 짐작이 가겠지만, 〈제58조〉 죄수들에게 향한다. 하지만 유감스럽게도 문화 교육부는 〈사람을 체포할 권한이 없다〉. (문화적 활동에는 이러한 제한이 있다!) 〈그렇지만 당국에 요청할 수는 있다.〉 (당국도 결코 이를 거부하지 않는다!) 그뿐만 아니라 교육계는 정기적으로 죄수들의 〈정신 상태〉에 대한 보고서를 제출한다(귀를 가진 자는 마땅히 그것을 이용해야 할 게 아닌가! 여기서 문화 교육부는 보안부의 업무에 미묘하게 끼어들게 되는데, 지령서에는 거기에 대해 일체 언급되어 있지 않다).

그건 그렇고, 자꾸 설명을 하다 보니 어느 틈에 문장이 현재형이 되어 버렸다. 독자들이 실망할는지 모르지만, 이것은 1930년대의 이야기라는 점을 밝혀 두어야겠다. 그것은 문화 교육부의 전성기, 다시 말해 우리 나라에서 무계급 사회의 건설이 마무리 단계에 접어들었던 때의 일이다. 건설이 끝나는 순간부터 시작된 새로운 계급 투쟁의 그 무서운 불길이 아직은 일지 않았던 때의 일인 것이다. 그 화창한 시기에 문화 교육부는 때를 만난 듯 여러 가지 중요한 부속 기구를 증설했다 ― 자유를 박탈당한 자의 문화 회의, 문화 계몽 위원회, 보건 위원회, 돌격 작업반 본부, 산업 재정 계획 달성 관리 위원회, 기타 등등…… 그것은 일찍이 솔쯔 동지(백해 운하 관리인으로 전 러시아 중앙 집행 위원회 산하 사면 위원회 위원장이었다)가 말한 바와 같이 〈형무소 안에 있는 죄수들도 마땅히 전 국민과 보조를 맞추어 나가야 하기 때문〉이다. (가장 악질적인 인민의 적 솔쯔는 확실한 죄목으로 프롤레타리아 재판에 의해 처형되었다. 아니, 실례…… 위대한 사업을 위해 투쟁한 솔쯔 동지는 중상모략의 제물로 개인숭배 시대에…… 아니, 실례…… 약간의 개인숭배 현상이 나타났던 시대에 죽어 갔던 것이다…….)

아무튼 그 무렵 문화 교육부의 활동 형태는 다채롭기 이를 데 없었다. 생기발랄 그 자체였다. 작업 경쟁의 조직. 돌격 작업 운동의 전개. 산업 재정 계획 달성을 위한 투쟁. 노동 경쟁의 조직. 노동 규율 확립을 위한 투쟁. 성적 불량을 회복하기 위한 돌격 작업. 문화 계몽 운동. 항공기 헌납 모금 운동. 국채

소화 운동. 국방력 강화를 위한 토요일 봉사 노동. 가짜 돌격 작업 운동이자 폭로 운동. 작업 출동 거부자와의 대화. 문맹 청산 운동(죄수들은 마지못해 이 운동에 따라갔을 뿐이지만). 근로자 출신 죄수들의 기술 훈련. (도둑들이 운전수가 되려고 몰려들었다 ─ 자유로울 수 있으니까!) 사회주의 재산의 불가침권에 관한 재미있는 토론회! 그런가 하면, 단순한 신문 돌려 보기 모임! 질의응답의 밤. 그리고 각 막사 안에 설치된 〈붉은 코너〉! 작업량 달성 그래프! 작업량 통계표! 그리고 갖가지 포스터들! 구호들! 그 행복한 시기에 군도의 어두운 광야와 심연의 상공을 예술의 여신 뮤즈들이 날개를 펴고 날아다니고 있었다. 그 뮤즈들 중의 첫째는 폴리힘니아, 즉 찬가의 (구호의) 여신이었다.

우수 작업반에는 명예와 존경을!
열심히 일해서 형기를 줄이자!

그런가 하면 이런 것도 있었다.

성실하게 일하자, 고향에서 가족이 기다린다!

이것은 심리적 효과가 이만저만이 아니다! 이 구호가 노리는 것은 첫째, 가족을 이미 잊고 있는 자에게는 다시 상기시켜 괴로움을 주고, 둘째, 너무나 괴로워하고 있는 자에게는 위로를 주자는 것이다. 즉, 가족은 체포되지 않고 무사하다는 생각을 갖게 하자는 것이다. 그리고 셋째는, 너 〈자신〉은 가족에게 불필요한 존재로서, 필요한 것은 네가 수용소에서 성실하게 일하는 것뿐이라는 점을 깨닫게 하자는 것이다.

그리고 마지막은 이렇다.

10월 혁명 17주년 기념 돌격 작업 운동에 다 같이 참가하자!

자, 이렇게 나오는 데도 참가하지 않고 배겨 낼 수가 있을까?
그러면 정치 풍자적인 연극 활동(희극의 여신 탈리아의 입김이 약간 서린)은 어떤가? 예를 들어 보자. 「붉은 달력」의 실시! 살아 있는 신문! 희곡화한 선동 재판! 1930년 9월의 중앙위원회 총회를 주제로 한 오라토리오! 음악을 곁들인 단막극 「형사법 조항의 행진」(제58조는 절름발이 마귀할멈이었다)! 이러한 기획들은 죄수들의 생활을 얼마나 다채롭게 했던가! 그들을 광명의 길로 이끄는 데 얼마나 크게 공헌했던가!
문화 교육부 친구들의 재치란 기막힐 지경이다! 한 걸음 더 나아가 하느님을 부정하는 운동! 합창과 음악 모임도 있었다(음악의 여신 에우테르페의 비호하에). 그리고 선전반의 노래도 있었다.

비치적거리면서 발길을 서두르는
외바퀴 손수레의 돌격 작업반원들!

이것은 또 얼마나 대담한 자아비판인가! 돌격 작업반원들을 겁도 없이 풍자하다니! 이런 선전반이 징벌 수용구에 와서 음악회를 열고 노래를 불렀다(도판 5).

듣거라, 볼가강아!
낮에나 밤에나 건설 현장에

죄수들과 나란히 체끼스뜨가 있다!
그것은 노동자들의 힘이
그만큼 강력하다는 뜻이다.
그것은 OGPU에
공산당원들이 있다는 뜻이다![2]

그 순간 징벌 중인 죄수들, 특히 상급 형사범들이 손에 들었던 트럼프를 내던지고 일제히 작업에 달려드는 것이다!

그런가 하면, 다음과 같은 기획도 있었다. 우수한 돌격 작업반원들의 그룹이 선전반과 함께 규율 강화 중대나 징벌 격리 감방을 방문한다(도판 6). 처음에는 돌격 작업반원들이 갖은 이유를 들어가며 작업 출동 거부자들을 비난하고 나서 작업량을 제고하는 데 따르는 이점을 설명한다(급식이 나아질 것이라고). 그다음에는 선전반이 노래를 부른다.

가는 곳마다 투쟁의 불길이 타오르고
볼가와 모스끄바를 잇는 운하도
강추위와 눈보라를 이겨 내고 있다!

여기서부터는 아예 노골적으로 나온다.

좀 더 낫게 살고 싶거든
〈먹고 싶거든, 마시고 싶거든〉
더 많이 흙을 파야 한다!

그러고는 희망자 전원을 작업장으로 끌어내는 정도가 아니

2 야고다 장관 시절.

185

라 곧장 〈돌격 작업반〉 막사로 옮겨 가도록(징벌 막사로부터 대번에) 유도한 후, 거기서 한판 푸짐하게 먹이는 것이다! 이 것이야말로 예술의 대성공 아닌가(중앙 선전반 이외의 보통 선전반은 작업에서 해방되지 않는다. 출장 공연이 있는 날 죽을 한 그릇 더 얻어먹을 수 있을 뿐이다)!

그리고 더욱 교묘한 활동 형태의 예를 들면 이런 것도 있다. 〈죄수들 자신의 협력하에 보수 균등화 반대 투쟁이 전개되고 있다.〉 가만히 생각해 보면 여기에는 의미심장한 의미가 담겨 있다! 다름 아니라, 작업반 집회에서 한 죄수가 일어나서 이렇게 발언하는 것이다. 저 사람은 일을 제대로 하지 않으니 배급식을 정량대로 주지 말고 2백 그램은 떼어 나에게 주는 게 옳다고.

동지 재판은 또 어떠했는가? (혁명 직후 몇 해 동안 이런 종류의 재판은 〈도덕적 동지 재판〉이라는 이름으로, 도박, 절도, 폭력 등을 다뤘다. 그러나 그것이 과연 재판다운 재판일 수가 있었을까? 그뿐만 아니라 〈도덕적〉이란 말은 부르주아적인 냄새가 난다 해서 삭제해 버렸다.) 재건 시대가 되어(1928년부터) 이 재판으로 작업 이탈, 꾀병, 설비 훼손, 불량품 생산, 원료 낭비 등을 대상으로 삼게 되었다. 재판 구성원 중에 계급적 이질 분자가 잠입하지 않는 한(그 구성원은 살인범, 〈암캐〉가 된 무뢰한, 공금 횡령이자, 뇌물을 먹은 자로 이루어졌다) 판결문은 교정 불가능한 죄수들의 면회와 차입의 금지, 형기 감축과 기한 전 석방의 금지를 당국에 요청하기 마련이었다. 이 얼마나 현명하고도 공정한 조치인가! 더구나 그것이 죄수들 자신의 아이디어에서 나왔다는 점이 효과적이었다. (물론, 여기에는 난처한 경우도 있기는 했다. 한번은 꿀라끄 출신 죄수를 재판하려 했을 때 그가 이렇게 들이댔던 것이다.

「당신들의 이 재판은 동지 재판이야. 그런데 나는 당신들에게는 꿀라끄일 뿐 동지가 아니잖아. 따라서 당신들은 나를 재판할 권리가 없어!」 모두가 당황했다. 수용소 관리 본부 정치 교육부에 문의했으나 대답은 단호했다 — 재판을 진행하라! 우물쭈물 할 것 없이 판결을 내리란 말이다!)

수용소에서 문화 교육 활동의 가장 기본적인 원칙은 무엇인가?〈또다시 범죄 의도를 품을 만한 여유를 주지 않기 위해 작업 종료 후 죄수들의 자유행동을 취하지 못하게 할 것.〉(예를 들면〈제58조〉죄수들이 정치에 대해 생각할 여유를 주지 말아야 한다.)〈죄수들이 교육적 영향으로부터 벗어나지 못하게 할 것.〉이것이 중요한 것이다.

여기서 진보된 현대 기술의 산물들이 매우 유능한 가치를 지니게 된다. 특히 전봇대마다 막사마다 설치한 확성기가 그 것이다! 이 확성기는 절대 침묵해서는 안 된다! 확성기는 기상부터 소등까지 온종일 정기적으로, 어떻게 하면 석방을 앞당길 수 있는가를 죄수들에게 설명해야 한다. 그리고 매시간 작업 진행 상태며 성적이 좋은 작업반과 나쁜 작업반, 작업 방해자들에 대해 보도해야 한다. 그리고 더 독창적인 것으로는, 작업 출동 거부자나 작업 태만자와의 개별적인 대담을 방송하는 방법이다.

다음은 신문(新聞), 당연히 신문이다! 우리 당의 가장 강력한 무기 말이다. 이것은 우리 나라에 출판의 자유가 있다는 최고의 증거다 — 형무소에서도 신문이 발행되다니! 그렇다! 우리 나라 말고 형무소의 죄수들이 자기의 신문을 가질 수 있는 나라가 어디 있을까?

그 첫째는 손으로 써서 만드는 벽신문이고, 둘째는 발행 부수가 많은 인쇄된 신문이다. 전자도 후자도 겁 모르는〈수용소 특파원)을 가지고 있어서 그들은 사정없이 죄수들의 잘못을 찔러 댄다. 그리고 이 자기비판은 지도부의 격려를 받는다. 지도부 자체가 얼마만큼 이 자유로운 수용소 신문의 존재 가치를 인정했는가 하는 것은, 드미뜨 수용소 명령 제434호를 보면 알 수 있다. 〈비판의 압도적 다수는 어떤 반응도 얻지 못함.〉 신문은 돌격 작업반원들의 사진도 싣는다. 신문은 지적한다. 신문은 해명한다. 신문은 계급의 적에게 더 결정적인 타격을 주기 위해 적의 내막을 폭로하기도 한다. (그러니까 신문은 보안부의 훌륭한 동업자인 셈이다!) 대체로 수용소 신문들은 있는 그대로의 수용소 생활을 반영하고 있다. 따라서 후손들을 위해서는 매우 중요한 증언이 될 수 있다.

예를 들면, 1931년에 나온 아르한겔스끄 구치소 신문은 죄수들의 풍족하고 쾌적한 생활 환경을 묘사하고 있다. 〈곳곳에 놓여 있는 타구와 재떨이, 깨끗한 탁자 덮개, 큰 라디오 스피커, 지도자들의 초상화, 당의 기본 노선을 간명하게 말해 주는 벽 위의 구호판…… 이 모든 것은 자유를 박탈당한 사람들이 《당연히 누려야 할 성과》인 것이다!〉

그렇다, 이것은 귀중한 성과임에 틀림없다! 그런데 이것이 자유를 속박당한 사람들의 실생활에 어떻게 반영되었는가? 같은 신문이 반년 후에 이렇게 쓰고 있다. 〈전원이 함께 힘차게 작업에 달려들었다……. 산업 경제 계획의 달성률이 현저하게 높아졌다……. 식사의 양이 줄고 질도 떨어졌다…….〉

뭐, 까짓 것! 아무것도 아니다! 문제될 게 무언가! 마지막 대목은…… 개선의 여지가 있는 것이니까.[3]

그런데 이 모든 것은 도대체 어디로 사라져 버렸단 말인가?

3 이 장에서 여태까지 인용한 자료는 『형무소에서 교육 시설로』 및 아베르 바흐의 저작에 의거했음.

이 지구상의 모든 아름다운 것, 모든 완전한 것은 오래갈 수 없는 것일까! 진보적 교의에 기초한, 이처럼 탄력 있고 생기발랄하고 낙관적인 회전목마식 교육 체계가, 몇 년 만에 우리 나라에는 범죄자가 근절될 것이라고 공언한(특히 1934년 11월 30일에는 그렇게 보였었다) 그 교육 체계가 도대체 어디로 꺼져 버렸단 말인가? 느닷없이 빙하 시대가 출현해서(물론 그것은 필수 불가결한 것이었겠지만!) 여러 가지 새로운 사업의 가냘픈 싹들을 얼어 죽게 한 것이다. 돌격 작업 운동과 사회주의 경쟁은 어디로 갔으며 수용소 신문은 어디로 사라졌는가? 모금 운동도, 국채 운동도, 토요일 봉사 노동도, 문화 회의와 동지 재판도, 문맹 소탕 운동과 기술 훈련도 다 어디로 없어졌는가? 아니, 그런 것들은 고사하고 확성기와 지도자들의 초상화까지 수용소에서 철거하라는 명령이 내린 것이다(하물며 타구 따위들이 남아날 수 있겠는가)! 그리하여 죄수들의 생활은 대번에 삭막해지고 말았다! 혁명적 형무소가 쟁취한 모든 중요한 성과를 상실하고 대번에 몇십 년을 뒷걸음 친 셈이었다. (하지만 우리는 결코 그것을 반대하려는 것은 아니다 — 당이 취한 조치는 시의적절하고도 긴요한 것이었으니까!)

이제는 구호의 예술적·시적 형태 같은 것은 무시되어, 지극히 간단한 모양으로 줄어들고 말았다 — 달성하자! 초과 달성하자! 물론 예술 교육이나 예술 활동이 직접 금지된 것은 아니었지만, 그 가능성은 크게 제한되었다. 여기서 보르꾸따 지방의 수용소들 중의 하나를 예로 들어 보자. 아홉 달에 걸친 겨울이 끝나고, 석 달밖에는 안 되는 어쩐지 초라한 여름 같지 않은 여름이 왔다. 문화 교육부장은 수용소가 너무 더럽고 지저분해서 마음이 편하지 못했다. 이러한 환경에 처해 있는 죄수로서는 우리 나라 체제의 완벽함에 대해 깊이 생각해 볼 여유가 없다. 그는 스스로를 그 체제로부터 제외시킨 자이기 때문이다. 하여튼, 문화 교육부장은 일요일 봉사 노동을 몇 차례 공고한다. 죄수들은 자유 시간에 기꺼이 〈화단〉을 꾸미는 일에 참가한다. 이곳은 자라나는 것이라곤 풀 한 포기 없는 불모의 땅이라서 자라나는 것으로 화단을 꾸미는 게 아니라, 더부룩하게 만든 맨흙 위에 꽃 대신에 이끼와 유리 조각, 자갈과 석탄재, 그리고 벽돌 조각 따위를 보기 좋게 가득 깔아 놓는 것뿐이다. 이렇게 해서 완성된 화단 둘레에는 석회칠을 한 나무로 나지막한 울타리를 만든다. 모스끄바의 고리끼 공원만큼 훌륭하지는 않아도 문화 교육부는 그것으로 만족해한다. 두 달 후에는 비가 퍼붓기 시작해서 모든 것을 씻어 내려갈 텐데 뭘 그러느냐 할는지 모른다. 까짓것, 씻겨 내려간다고 큰일 나나, 내년에 또다시 만들면 그만이지.

그건 그렇고, 정치에 관한 강연회는 또 어떻게 변모했는가? 운시 수용소 제5 독립 수용 지점에 수호베즈보드니로부터 강사가 한 사람 파견되어 왔다(이것은 1952년의 일이었다). 작업이 끝난 후 죄수들은 모두 강연장으로 끌려온다. 파견되어 온 동지는 중등학교도 다니지 못했지만 그 시기에 적합한 〈그리스 애국자들의 투쟁에 대하여〉라는 제목으로 정치적으로는 나무랄 데 없는 강연을 한다. 그러나 죄수들은 졸린 눈을 껌벅이며 앞사람 등 뒤에 얼굴을 숨기듯 앉은 채 아무런 흥미도 표시하지 않는다. 강사는 그리스 애국자들이 겪는 몸서리치는 탄압에 대하여 이야기하고, 그리스 여성들이 스딸린 앞으로 눈물 어린 편지를 보내왔다고 말한다. 강연이 끝나자, 리보프 출신으로 겉보기에는 어수룩하면서도 속은 능청스럽기 짝이 없는 셰레메따라는 여자 죄수가 일어나서 질문했다. 「강사 선생! 한 가지 묻겠는데요, 〈우리〉는 대체 누구한테 편지를 쓰면 좋을까요?」 이것으로 강연의 효과는 완전 소멸되고 말았다.

이제 문화 교육부에 남겨진 교정 교육에 관한 일이라고는 다음과 같은 몇 가지가 있을 뿐이었다. 즉, 소장 앞으로 제출되는 죄수의 진정서에 노르마 달성 확인 도장을 찍고 그 죄수의 복역 태도 평가서를 첨부하는 일. 검열이 끝난 편지를 각 감방에 배달하는 일. 죄수들이 담배를 마는 데 쓰려고 찢어 가지 않도록 신문을 잘 철해서 감춰 두는 일. 1년에 세 번 정도 연예회를 개최하는 일. 죄수 화가들이 수용소 구내를 장식하고 높은 사람의 주택용으로 그림을 그릴 수 있도록 화구와 캔버스를 조달하는 일. 그리고 보안 장교에게 어느 정도 협조하는 일도 있지만, 그것은 비공식적인 일이다.

형편이 이쯤 되고 보니, 문화 교육계가 되는 것은, 모든 일에 앞장서는 열성적인 지도자형 인물들이 아니고, 오히려 두뇌 회전이 느린 굼뜬 인물들이었다는 점은 결코 놀랄 만한 일이 못 된다.

아, 참! 한 가지 더 중요한 일이 있었다. 〈우편함 관리〉가 그것이다! 이따금 그 상자를 열고 안에 들어 있는 것을 집어낸 후 다시 닫아 두는 것이다. 그것은 그다지 크지 않은 갈색 상자로, 수용소에서 가장 눈에 띄는 곳에 여기저기 걸려 있다. 상자 위에는 이렇게 쓰여 있다. 〈소비에뜨 연방 최고 회의 앞〉, 〈소비에뜨 연방 각료 회의 앞〉, 〈내무부 장관 앞〉, 〈소비에뜨 연방 검찰총장 앞〉.

그래, 쓰고 싶으면 얼마든지 쓰거라! 우리 나라에는 언론의 자유가 있으니까. 하지만 우리는 그 상자 속에 넣은 편지들이 누구의 손에 전해지는지 잘 알고 있다. 그 편지를 읽는 특수 임무를 맡은 동지들이 따로 있는 것이다.

그 우편함에 죄수들이 넣는 것은 대체 무엇인가? 〈사면 청
원서〉인가?

　그것만이 아니다. 때로는 밀고서 따위도 있다(초보자들이
써넣은). 이런 것은 모스끄바로 보낼 게 아니라 옆 사무실로
돌려야 한다는 것을 문화 교육부는 알고 있다. 그 밖에 또 무
엇이 있는가? 경험 없는 독자들에게는 짐작이 가지 않을 것이
다! 그것은 〈발명〉이다! 현대 기술을 근본적으로 바꿔야 할
만한 대발명이어서 그 발명가를 무조건 수용소에서 석방하지
않을 수 없을 만한 내용인 것이다.

　정상적인 보통 사람들 가운데는 우리가 추측하는 것보다
훨씬 많은 발명가가 있는 법이다(시인도 마찬가지지만). 수
용소에는 몇 배나 더 많다. 발명을 하면 석방이 되니까! 다시
말해서, 발명은 죽음과 고문의 위험성이 없는 탈주의 한 방법
인 것이다.

　작업에 출동할 때도, 돌아올 때도, 들것이나 곡괭이를 들고
일을 할 때도, 이들 우라니아 여신(이것 말고는 적절한 여신
이 없다)을 떠받드는 사람들은 온갖 지혜를 짜내어 정부가 입
맛을 다실 만한 기막힌 발명을 하려고 애쓰고 있는 것이다.

　예를 들면 호브리노 수용소의 레베제프. 그는 무선 통신 기
사였다. 이제는 그의 제안이 거부되어 버렸으니 더 이상 숨길
필요가 없게 되어 그 내용을 나한테 이야기해 주었다. 그는
마늘 냄새에 따라 나침반 바늘의 움직임이 좌우되는 현상을
발견했다는 것이다. 거기서 그는 고주파 진동을 냄새로 변조
시켜 그 방법으로 냄새를 먼 데까지 이동시키는 가능성을 제
시했다. 그러나 정부는 이 아이디어의 군사적 이용 가치를 인

정하지 않고 별다른 관심을 표시하지 않았다. 실패로 끝난 셈이라는 것은 중노동을 계속하든가 더 좋은 아이디어를 궁리해 내든가 해야 하는 것이다.

반면에, 물론 아주 드문 일이기는 해도, 갑자기 어디론가 연행되어 가는 수도 있기는 있다! 그 사람은 자기 계획을 망치게 될까 봐 입을 다물고 한마디도 설명을 해주지 않는다. 그러니까 수용소의 다른 죄수들은 바로 그 사람이 대체 어디로 끌려갔는지 알 길이 없다. 개중에는 연행되어 간 채 영영 돌아오지 않는 자도 있지만, 얼마 후에 수용소로 되돌아오는 자도 있다. 되돌아오더라도 웃음가마리가 될까 봐 여전히 입을 봉하고 있거나 아리송한 이야기로 연막을 친다. 그런 방법으로 자기 값어치를 올리는 것은 죄수들이 흔히 사용하는 수법이다.

그렇지만 〈극락의 섬〉의 생활을 직접 경험한 바 있는 나는 발명에 관한 편지들이 어디로 가서 어떻게 처리되는지 목격할 기회를 가졌던 것이다. 여기서 나는 별로 재미도 없는 이 책의 참을성 있는 독자들에게 다소나마 기분 전환이 될 이야기를 하고 싶다.

뜨루실랴꼬프라는 사내는 전 소련군 소위로서 세바스또뽈에서 부상을 입고 독일군에게 포로가 되어 아우슈비츠의 고초를 겪은 결과 머리가 좀 돌아 버린 것 같았으나, 수용소에서 당국의 흥미를 끌 만한 발명을 제안해서 죄수들을 위한 과학 연구소(즉, 극락의 섬 〈샤라시까〉)로 옮겨 왔다. 여기서 그는 그야말로 발명의 샘이 되어 당국이 자기의 발명을 거부하기 무섭게 또 다른 발명을 연달아 내놓고는 하는 것이었다. 그중 어느 하나도 채산성 검토 단계에까지 올라가지는 못했지만, 그의 너무나 풍부한 창조적 영감과 다방면에 걸친 재능, 말수

적고 의미심장한 눈길 때문에 우리는 도저히 그를 엉터리라고 의심할 수가 없었다. 심지어 나의 친구 하나는, 뜨루실랴꼬프의 아이디어의 깊이로 말한다면 20세기의 뉴턴이라고까지 주장했다. 물론 나는 그의 아이디어를 빠짐없이 검토해 보지는 못했지만, 한번은 그가 제안한 〈레이더 흡수 장치〉를 그와 함께 개발 제작하라는 명령을 받았다. 그가 고등 수학의 협조를 요청했기 때문에 내가 수학자로 그에게 배속되었던 것이다. 뜨루실랴꼬프는 그 아이디어를 다음과 같이 설명했다.

비행기나 전차가 레이더의 전파를 발산시키지 않으려면 그 표면이 어떤 다층의 물질(그것이 어떤 물질인지 뜨루실랴꼬프는 나한테 밝히지 않았다 — 그 자신이 아직 결론을 얻지 못했든가 아니면 그것이 제작자의 가장 중요한 비밀이기 때문이었을 것이다)로 씌워져 있어야 한다. 전자파는 그 다층 물질의 경계선에 이르러 몇 차례나 앞뒤로 굴절 반사를 거듭하는 가운데 그 에너지를 완전히 소실하게 될 것이기 때문이다. 그래서 나는 그 물질의 성질도 모르면서 기하 광학의 법칙에 의거하거나 다른 모든 가능한 방법을 강구하여 그가 예언한 바를 증명해야 했다. 그뿐만 아니라 그 다층의 가장 적당한 수를 결정해야 했던 것이다!

물론, 나로서는 아무것도 해낼 수가 없었다! 뜨루실랴꼬프 역시 아무것도 하지 않았다. 우리들의 창조적 협력 관계는 무너졌다.

얼마 후에 도서 담당인 나에게(나는 거기서 도서 담당을 겸하고 있었다), 뜨루실랴꼬프는 다른 도서관인 레닌 도서관 이용 신청서를 가지고 왔다. 거기에는 저자나 책 이름을 지정하지 않고 다만 이렇게 쓰여 있었다 — 〈행성 간의 비행 기술에 관한 적당한 서적〉.

그때는 아직 1947년이었으므로 레닌 도서관에도 쥘 베른의 과학 소설 이외에는 거의 아무것도 없었다(당시만 해도 찌올꼬프스끼는 별로 관심의 대상이 되지 못했었다). 달로의 비행 계획이 실패한 후 뜨루실랴꼬프는 심연으로, 즉 수용소로 다시 떨어져 내려가 버렸다.

한편 수용소로부터는 계속해서 편지가 날아들었다. 나는 수용소로부터 무더기로 보내오는 발명 제안서와, 특히 신청서를 심사하는 기사들 그룹의 일원이 되었다(이번에는 번역 담당 자격으로). 1946년부터 1947년에 걸쳐 많은 신청서가 독일어로 쓰여 있었으므로 번역이 필요했던 것이다.

그러나 그것은 제안서도 신청서도 아니었다! 그것은 자발적으로 쓴 것이 아니었다. 그것을 읽는다는 것은 마음 아프고 부끄러운 일이었다. 그것들은 독일군 포로들을 족쳐서 강제로 쓰게 만든 것이었다. 그들 독일 포로를 언제까지나 억류할 수 없다는 것은 뻔한 일이었다. 전쟁이 끝나고 3년에서 5년이 지나면 돌려보내야 할 날이 올 것이다. 그러니까 그 전에 우리 나라에 이익이 될 만한 모든 것을 그들로부터 끄집어내야 했다. 하다못해 서방 세계로 빠져나간 독일 특허의 힌트만이라도 확보해 둘 필요가 있었던 것이다.

그것을 어떻게 실행했는지는 상상하기 어렵지 않다. 아무런 의심도 없는 고지식한 독일인에게 다음 사항을 보고하도록 명령했다. 즉, 직업 및 근무한 회사의 직종, 그다음에는 제3부서 보안부가 모든 독일인 기사들을 한 사람씩 사무실로 불러들였다. 처음에는 경의를 표하며 정중하게(이것은 독일인들의 호감을 샀다!) 고향에 대해서, 전쟁 전에 하던 일에 대해서 물었다(여기서 독일인들은 수용소 노동 대신에 무슨 편한 일을 시키려는 것이나 아닐까 생각하게 된다). 그러고는 이 일을 절대로 누설하지 않겠다는 서약서를 받아 낸다(독일인은 일단 〈금지된verboten〉 일은 절대 범하지 않는 민족이다). 그리고 마지막에 가서 그들이 근무하던 회사의 특징과 개발된 새 기술 등, 모든 것을 종이에 적어서 제출하도록 엄격하게 요구한다. 독일인들은 예전의 자기 지위를 자랑삼아 말함으로써 어떤 올가미에 걸려들고 말았는지 깨달았지만 이제 와서 후회해야 소용없는 일이었다. 그들은 〈무엇이든 쓰긴 써야만〉 했다. 안 쓰면 귀국시키지 않는다는 협박을 받았기 때문이다(그 당시로서는 얼마든지 있을 수 있는 일이다).

독일인들은 기가 죽어 양심의 가책을 받으면서 마지못해 펜을 움직여 진술서를 써야 했다. 그러나 무식한 보안 장교들은 진술의 내용을 이해하지 못하고 그들이 쓴 종이의 장수로만 평가했기 때문에 그들은 중요한 비밀을 제공하지 않고도 무사할 수가 있었다. 그것을 심사하는 우리들도 중요한 것이라곤 거의 발견할 수 없었다. 진술이 모순투성이인 것이 있는가 하면, 학술적인 내용치고는 가장 중요한 점을 빼 버린 것도 있고, 우리 조상들도 잘 알고 있던 것을 〈새 기술〉이랍시고 자못 진지하게 늘어놓은 것도 있었다.

그러나 러시아어로 쓰인 신청서로 말하면 — 개중에는 그야말로 노예근성이 흘러넘치는 것도 있다. 이런 신청서를 쓴 죄수들의 행동거지를 상상하기는 과히 어렵지 않은 일이다. 그들은 거기서, 즉 수용소에서 모처럼의 일요일에 남의 눈을 피해 가며 온갖 노력을 기울인 끝에 이것을 완성했을 것이다. 그러고는 동료 죄수들에게는 〈사면 청원서〉라고 거짓말을 했을 것이다. 이 나라의 최고 권좌에 앉아 있는 사람 앞으로 보낸 그들의 서한이, 매일 배 터지게 먹어 게으르기만 한 〈지도층 인사들〉의 손에 들어가는 것이 아니라, 그들과 같은 신분인 보통 죄수들에 의해 개봉되어 처리되고 있다는 것은 그들의 빈약한 두뇌로는 아마 상상도 못 했을 것이다.

그리하여 우리는 대형 편지 용지(그것은 문화 교육부에 구걸하다시피 해서 얻은 종이였을 것이다!) 열여섯 장에 이르는 신청서를 펼쳐 놓고, 제법 면밀하게 연구 작성된 제안을 훑어본다. 하나는 〈수용소 경비에 적외선을 이용하는 것에 관하여〉고, 다른 하나는 〈수용소의 위병소를 거쳐 나가는 인원수 계산에 광전지를 이용하는 것에 관하여〉. 아니, 이런 개자식 같으니, 설계도도, 기술적 설명도 전부 첨부했구먼! 게다가 이따위 서문까지 덧붙여 보내다니!

친애하는 이오시프 비사리오노비치!

비록 본인은 자신이 범한 죄 때문에 제58조에 의해 장기 형을 선고받고 복역 중에 있는 몸입니다만, 여기서도 우리 소비에뜨 정권에 뜨거운 충성을 맹세함과 동시에 주위에 있는 가공할 인민의 적들을 효과적으로 경비하는 데 협조하기를 희망하는 바입니다. 만약 본인이 수용소로부터 소환되어 필요한 자료를 공급받게 된다면 책임지고 이 시스템을 개발, 완성할 것을 약속드립니다.

거참, 대단한 〈정치범〉이로군! 우리는 감탄을 연발하기도 하고 수용소의 온갖 잡소리, 상소리로 욕설을 씹어뱉기도 하면서 그 논문을 돌려 봤다(여기는 모두가 통하는 사이니까). 그러고는 우리들 중의 하나가 평가서를 쓴다 — 이 계획은 기술적으로 허점투성이다……. 이 계획은 ……을 고려하지 않고 있다. ……을 간과하고 있다. 채산이 맞지 않는다……. 분명하지 못하다……. 자칫하면 수용소 경비를 강화하기는 고사하고 역효과를 초래한 위험이 있다…….

이 유다 같은 배신자 놈, 지금쯤 먼 수용 지점에서 무슨 꿈을 꾸고 있을까? 저주받을 악당 놈 같으니, 급살 맞아 뒈져 버려라!

다음은 보르꾸따에서 보내온 서신이다. 발신인은 미국인들이 이미 원자 폭탄을 갖고 있는데 우리 조국은 아직 못 가진 것을 개탄하고 있다. 그는 보르꾸따에서 복역 중이지만 이 문제 때문에 항상 고심하고 있으며 가시철조망 안에서나마 당과 정부에 협력하겠노라고 제의하고 있다. 그뿐만 아니라 그는 〈원자핵 분열〉의 머리글자를 따서 자기 계획에 〈RAY〉라는 이름까지 붙여 놓았다. 그러나 이 계획은(판에 박힌 소리지만) 보르꾸따 수용소에 기술 문헌이 없기 때문에(그럼 문학 책은 있다는 것인가!) 완성할 수가 없다. 그래서 이 무식한 사내는 우선 〈핵분열에 관한 설명서〉만이라도 보내 주기를 요청하면서, 보내만 주면 조속한 시일 내에 자신의 RAY 프로젝트를 완성하겠노라고 장담하고 있다.

우리는 각자의 책상에서 배를 움켜쥐고 한바탕 웃고 나서, 모두가 거의 동시에 시 한 구절을 지어냈던 것이다.

이따위 RAY에서는
쥐뿔도 나오지 않지요!

하기는 그러는 동안에도 수용소에서는 정말로 위대한 학자들이 기력이 쇠잔해서 죽어 가고 있었다. 그러나 우리의 친애하는 지도부는 이들 학자들을 가려내서 마땅한 일거리를 제공하려 하지 않았던 것이다.

알렉산드르 레오니도비치 치제프스끼는 수용소에 갇혀 있

는 동안 한 번도 〈극락의 섬〉에 들어와 본 적이 없었다. 치제 프스끼는 지상의 혁명과 생물의 생태 등을 태양의 활동과 연관시켰기 때문에 수용소에 들어오기 전부터 냉대를 받았었다. 그의 활동은 하나에서 열까지 모두가 비범한 데다가 제기하는 문제들이 너무나 기발해서, 과학의 편리한 테두리 안에 들어가지 못했고, 그것을 어떻게 군사 목적과 산업 목적에 이용할 것인지 알 수가 없었던 것이다. 그가 세상을 떠난 오늘에 와서야 우리는 그를 찬양하는 글들을 읽게 된다 ── 자기풍이 심근 경색 발생률을 증가시킨다(16배)는 것을 발견했다. 독감 유행을 예고했다. 혈침 반응의 곡선으로 암의 조기 발견 방법을 연구했다. 태양의 제트 반사에 관한 가설을 제기했다.

소련 우주비행 기술의 아버지 꼬롤료프는 〈극락의 섬〉으로 옮겨지기는 했으나 항공기 전문가의 자격으로서였다. 〈극락의 섬〉 당국은 그의 로켓 연구를 승인하지 않았으므로 그는 밤 시간을 이용하여 그 연구를 할 수밖에 없었다.

(L. 란다우는 〈극락의 섬〉으로 끌려갔었는지 아니면 먼 수용소로 추방되었는지 잘 알 수 없지만, 그는 갈비뼈가 부러지는 고문 끝에 자기가 독일의 스파이라는 것을 자백했었다. 그러나 P. 까삐짜의 비호 덕분에 간신히 풀려났던 것이다.)

우리 나라 기체 역학의 대가로서 여러 분야에 걸쳐 비범한 과학적 재능을 발휘한 꼰스딴찐 이바노비치 스뜨라호비치는 레닌그라뜨 형무소로부터 우글리치 수용소로 호송되어 거기서 목욕탕 잡부로 일하고 있었다. 수용소에서 〈10년〉을 살면서도 잃어버리지 않은 그 어린아이 같은 순진한 미소를 흘리면서 그는 자기의 체험을 다음과 같이 이야기했다. 그는 죽음의 감방에 몇 달 동안이나 갇혀 있었고 수용소로 옮겨 가서는 영양실조 때문에 설사를 앓았다. 그 후 그는 여자 죄수들이 목욕할 때(남자들이 목욕할 때는 더 건장한 사람을 문지기로 세웠다. 그런 약골이 사내들을 상대할 수는 없을 테니까) 목욕탕 입구에 서서 문지기 노릇을 했다. 그의 임무는 — 여자들이 알몸으로 맨손으로 목욕탕에 들어가도록 감시하는 일이었다. 의복은 소독을 위해 죄다 벗어 놓게 하고, 특히 브래지어와 팬티는 꼭 내놓고 들어가게 할 것. 이것은 이가 들끓는 원인이 그 두 가지에 있다고 위생부가 판단했기 때문인데, 여자들은 반대로 그것들을 어떻게 해서든 소독을 위해 내놓지 않고 목욕탕 안으로 가지고 들어가려 하는 것이었다. 한편 스뜨라호비치의 외모로 말할 것 같으면, 턱수염은 영국의 물리학자 켈빈 경과 흡사하고 이마는 보통 사람의 곱절이나 커서 꼭 바윗덩어리 같은 것이 이마라고 부르기조차 어려울 지경이었다. 여자 죄수들이 아무리 부탁을 하건 욕을 하건 화를 내건 비웃건 간에, 심지어 구석에 쌓인 빗자루 더미 뒤로 유인하건 간에, 그는 절대로 눈감아 주는 법이 없었다. 그러자 여자들은 모두 그를 미워하며 〈불능〉 씨로 부르기로 했다. 그런데 어느 날 갑자기 이 〈불능〉 씨가 어디론가 연행되어 가버렸다. 다름 아니라 그것은 우리 나라 최초의 터보제트 엔진 개발 계획을 지휘하기 위해서였던 것이다.

그렇지만 일반 죄수들과 한데 섞여 가혹한 노동 속에서 죽어 간 학자들에 관해서는 하나도 알려진 것이 없다…….

또한 과학적 발명을 성취하고 있던 중요한 시기에 체포되어 종적을 감춘 학자(예컨대 니꼴라이 미하일로비치 오를로프와 같은 학자. 그는 1936년에 이미 식품의 장기 저장 방법을 개발한 바 있다)에 관해서도 전혀 알 길이 없다. 그 발명은 발명자의 체포와 함께 〈매장되어〉 버렸기 때문이다.

퀴퀴한 냄새가 코를 찌르고 산소마저 부족한 수용소의 분위기 속에서 문화 교육부의 등불이 연기를 뿜으며 확 타오르는가 하면 금세 가물거리며 잦아들기도 한다. 이처럼 시원찮은 등불이지만, 그래도 사람들은 그것에 끌리듯 각 막사로부터, 각 작업반으로부터 모여든다. 어떤 자는 직접적인 용무 — 즉, 신문이나 잡지에서 담배를 말 종이를 좀 찢어 낸다든가 사면 탄원서를 쓸 용지를 얻는다든가, 혹은 여기 있는 잉크로 무엇을 쓴다든가(막사에서는 잉크를 가질 수 없게 되어 있고, 여기서도 자물쇠가 붙은 통 속에 보관하고 있다. 잉크로 위조 스탬프를 찍기 때문이다!) 하는 따위 용무가 있어서 찾아온다. 어떤 자는 그저 거드름을 피우기 위해 — 이래 봬도 난 문화인이라고! 하고 과시하기 위해 찾아든다. 또 어떤 자는 자기 작업반 동료들이 따분하게 느껴져서 다른 사람들을 만나 이야기라도 하기 위해, 또 어떤 자는 귀를 곤두세워 남의 말을 엿들어 당국에 밀고하기 위해 기어들기도 한다. 아니, 무엇하러 오는지 자기도 모르면서 무턱대고 찾아오는 자들도 있다. 그들은 피로에 지칠 대로 지쳐 있으면서도 저녁의 짧은 반 시간을 침상에 누워 쉬지 않고 문화 교육부를 찾아오는 것이다.

　　그들의 문화 교육부 방문은 저도 모르는 사이에 그들의 마음속에 약간의 신선한 바람을 불어넣어 준다. 여기에는 작업반별로 할당된 비좁은 침상에 앉아 있는 사람들과 마찬가지로 굶주린 사람들이 모여들지만, 화제만은 배급 빵이나 죽도 아니고 노르마도 아니다. 이곳의 화제는 수용소 생활과 관련된 것이라곤 한 가지도 등장하지 않는 대신에 영혼의 저항과 두뇌의 휴식을 느끼게 하는 것이 주류를 이룬다. 다시 말해서 이곳의 화제는 이들 굶주리고 지친 잿빛 인간들에게 있었을 리 만무한, 동화나 옛날이야기에 나오는 것 같은 과거가 등장한다. 이곳의 화제는 어쩌다 운수 좋게 투옥을 면한 사람들의 형언할 수 없을 만큼 행복하고 자유로운 바깥세상에서의 생활이 등장한다. 그리고 여기서는 예술을 논하기도 한다. 어떤 때는 마치 무엇이 홀린 사람들처럼 예술 논의에 열중하기도 하는 것이다.

그것은 흡사 악마들이 날뛰고 있는 가운데 누군가가 땅 위에 희미하고 가냘픈 빛을 비춰 그 빛살로 원을 그려 놓은 것과 같았다. 이 원은 금방 꺼질 것 같지만, 적어도 꺼지기 전까지 반 시간 동안은 원 안에 있는 자기들에게 악마의 힘이 미치지 않을 것같이 느껴지는 것이다.

그뿐만 아니라 여기서는 누군가 기타를 치고 있다. 누군가 소리를 죽여 가며 노래를 부르고 있다. 그것은 무대 위에서 부르도록 허가된 노래 따위와는 전혀 종류가 다른 것이다. 거기에는 사람의 심금을 울리는 그 무엇이 있다 — 그렇다, 거기에는 삶이 있는 것이다! 그래서 그들은 행복한 눈길로 주위를 둘러보며, 누구한테 무언가 이야기하고 싶은 충동을 느끼게 되는 것이다.

그렇지만 말을 할 때는 조심해야 한다. 예를 들면 표바 G.라는 사내가 있다. 그는 발명가다(자동차 도로 건설 대학 중퇴자로, 자동차 엔진의 효율 제고 장치를 연구 중이었는데 가택 수색 때 설계도 등 서류를 몽땅 압수당해 버렸다). 그는 배우이기도 해서 나는 그와 함께 체호프의 「청혼」을 상연할 작정이다. 그는 또한 철학자이기도 해서 청산유수로 이렇게 열변을 토하기도 한다. 「나는 미래의 세대를 위해 애쓰고 싶은 생각은 추호도 없답니다. 그들 자신이 흙투성이가 되어 땅을 파게 하면 그만이죠. 나는 나 자신의 목숨에 이렇게 매달리고 있어야 할 판이잖아!」 그러면서 그는 손톱을 책상 위에 세워 박으며 절벽에 매달리는 듯한 시늉을 한다. 「높은 이상을 믿으라고요? 천만에, 그런 것은 줄 끊어진 전화통에다 대고 이야기하세요. 역사란 관련 없는 사실들의 연속에 지나지 않으니까요. 내 꼬리나 되돌려 달라 이겁니다! 아메바는 인간보다 완전한 존재예요. 왜냐하면 그 기능이 보다 간단하니까.」 그리고 그는 자기가 어째서 레프 똘스또이를 싫어하는지, 어째서 에렌부르끄와 알렉산드르 그린에 빠져 있는지를 아주 상세하게 설명하기도 한다. 그러니 어찌 그의 이야기에 매료되지 않을 수 있겠는가. 그는 또 착실한 일꾼이기도 해서 결코 중노동을 회피하려 들지 않는다. 그는 착암기로 암벽 뚫는 일을 하고 있다. 그는 노르마 140퍼센트가 보증된 작업반에 속해 있다. 그의 부친은 1937년 투옥되어 죽었지만, 그 자신은 빵 배급표 위조로 걸려들어 온 사기범이다. 그러나 사기죄를 수치로 여겨 〈제58조〉 사람들과 가까이 사귀고 있다. 가까이 사귀고는 있지만, 일단 수용소에서의 재판이 열리기만 하면, 그처럼 호감이 가고 그처럼 재미있고 그처럼 〈자기 목숨에 매달려 있는〉 료바 G.는 원고 측의 증인으로 법정에 나선다.[4] 그러니 그에게 너무 많이 지껄이지 않은 것을 다행으로 여길 수밖에!

만약에 수용소에 괴짜가 있다면(아니, 언제나 있기 마련이다!) 그런 인물은 지나는 길에 반드시 문화 교육부에 들르곤 한다.

예를 들어 아리스찌뜨 이바노비치 도바뚜르만 한 괴짜도

---

4 모름지기 지나치게 〈목숨에 매달려 있는 자〉들은 영혼이나 정신적인 면에는 그다지 매달리지 않는 법이다.

없을 것이다. 그는 루마니아와 프랑스 혈통의 뻬쩨르부르끄 출신 고전 문학가로, 한평생 독신으로 지낸 고독한 사람이다. 마치 고깃덩어리를 빼앗긴 고양이처럼, 그는 헤로도토스와 카이사르를 빼앗기고 수용소로 끌려온 것이었다. 지금도 그의 마음속에는 아직 해독되지 않은 고문서들로 가득 차 있어서 수용소에서도 늘 꿈속에 있는 꼴이었다. 그는 여기 들어와서 일주일도 채우기 전에 죽을 게 뻔했지만, 의사들이 그를 거둬들여 의무 통계계라는 좋은 일자리를 주었고, 나중에는 수용소에서 양성하기 시작한 의무 보조계 교육을 위해 한 달에 두 번씩 그에게 강의를 의뢰하기까지 했다. 수용소에서, 더욱이 라틴어 강의를 맡게 된 것이다. 도바뚜르는 조그만 칠판 옆에 서서, 행복했던 대학 시절로 되돌아간 듯 희색이 만면하다! 그는 수용소군도의 주민들이 일찍이 본 적도 없는 괴상한 동사 변화형을 칠판에 쓰면서 그 분필 닿는 소리에 흥분을 감추지 못한다. 그는 더할 나위 없이 평온하고 흡족한 생활을 누리고 있다. 그러던 어느 날 그의 머리 위에 뜻하지 않은 재난이 떨어져 내려왔다 — 수용소장이 그를 희귀한 인물로, 즉 정직한 인물로 인정한 것이다! 그리하여 그를 하필이면 빵 공장 지배인으로 임명해 버렸다! 그것은 수용소의 〈자리〉 중에서 가장 유혹적인 자리다. 빵을 지배하는 자는 생명을 지배한다. 이 자리에 이르는 길은 수용소 죄수들의 육체와 영혼으로 가득 깔려 있지만 거기까지 도달한 자는 극소수에 지나지 않는다. 그런데 그런 자리가 그저 공짜로 굴러떨어진 것이다. 하지만 도바뚜르 자신은 날벼락이라도 맞은 꼴이다! 빵 공장 일을 맡지도 않은 채 거의 일주일을 사형 선고 받은 사람처럼 침통한 얼굴을 하고 있다. 결국 그는 소장에게 〈제발 용서해 달라〉고, 자기를 살려 달라고, 마음 편하게 라틴어 어미변화나 시키게 해달라고 애원한다! 그의 희망은 받아들여졌고 그 대신 언제나처럼 사기꾼 하나가 빵 공장 지배인으로 임명되었다.

　여기 또 한 사람의 괴짜가 있다. 그는 작업이 끝나기만 하면 어김없이 문화 교육부에 오곤 한다. 이곳이 아니면 그가 앉아 있을 만한 곳이 없기 때문이다! 그는 머리가 크고, 화장이라도 한 것처럼 윤곽이 뚜렷해서 먼 데서도 얼른 알아볼 수 있는 얼굴이다. 그 얼굴에서 가장 인상적인 것은 숱이 많은 눈썹이다. 그리고 그 모습은 언제 보아도 비극적이다. 그는 방 한쪽 구석에서 맥이 빠진 표정으로 우리들의 어설픈 연습 광경을 바라보고 있다. 그의 이름은 까밀 레오뽈도비치 곤뚜아르. 그는 혁명 직후에 벨기에에서 뻬뜨로그라뜨로 〈신극〉, 즉 미래의 극단을 창립하기 위해 왔던 것이다. 그 미래가 이 모양 이 꼴이 되어 연출가들까지 감옥살이를 하게 되리라고 그 당시 어느 누가 상상인들 했겠는가? 두 차례의 대전에서 곤뚜아르는 독일을 상대로 싸웠다. 1차 대전은 서쪽에서, 2차 대전은 동쪽에서. 그리고 이제 조국의 반역자로 10년 형을 선고받은 것이다. 대체 그것은 어느 조국을 가리키는 것인가? 언제 적 일을 말하는 것인가?

　그렇지만 문화 교육부에서 가장 눈에 띄는 사람들은 뭐니 뭐니 해도 화가들이다. 그들이야말로 이곳의 주인이다. 따로 마련된 방이 있다면 그것은 그들을 위한 것이다. 영원히 일반 작업에서 해방된 자가 있다면 그것은 오직 그들뿐이다. 예술의 여신 뮤즈를 받드는 자들 중에서 그들만이 참으로 가치 있는 것을 창조한다. 즉, 그것은 손으로 만질 수도 있고 집 안에 걸어 놓을 수도 있으며 돈을 받고 팔 수도 있기 때문이다. 물론 그들은 머리로 생각해 낸 주제를 그림으로 그리는 것은 아니다. 그들에게 그런 것을 요구하는 자도 없다. 〈제58조〉 화가의 머리에서 훌륭한 그림이 나올 리가 없지 않은가? 그들은 단지 그림엽서를 커다랗게 옮겨 그리기만 하면 되는 것이다. 개중에는 바둑판 모양의 줄을 종횡으로 긋고 모사를 하는 자도 있지만 그렇게까지 하지 않아도 그다지 어려운 일이 아니다. 북쪽의 밀림과 툰드라 지방에서는 이보다 더 좋은 미술 상품은 없다. 화가는 그리기만 하면 되고, 어디다 거는지는 주인이 결정할 문제다. 설사 첫눈에 마음에 들지 않더라도 퇴짜 놓는 법은 없다. 무장 경비 소대장의 보좌관인 비뻬라일로가 와서 될Deul의 「승리자 네로」의 복제품을 보고 이렇게 말한다.

「이건 뭐야? 장가가는 신랑인가? 왜 이렇게 시큰둥한 얼굴을 하고 있지?」

그래도 결국은 들고 가버린다. 화가들은 저녁노을이나 옛 성을 배경으로 하여 곤돌라를 타고 백조와 어울리고 있는 미녀들을 그린 벽걸이도 만드는데, 이것은 장교들 사이에서 인기가 대단하다. 바보가 아닌 화가들은 이런 벽걸이를 몰래 만들어 교도관을 시켜 바깥 시장에 내다 팔게 하고 돈은 절반씩 나누어 갖는다. 살 사람은 얼마든지 있다. 대체로 화가들은 수용소에서 괜찮게 지내고 있는 셈이다.

조각가의 경우는 형편이 그다지 좋지가 않다. 조각품은 내무부 관리들의 눈에는 아름다운 것으로 보이지도 않거니와 어디다 장식할 만큼 익숙한 물건도 못 된다. 더욱이 가구 놓을 자리를 차지해 버리기도 하고 잘못 밀치거나 하면 깨질 염려도 있다. 그래서 조각가가 수용소에서 무엇을 조각하는 경우는 드문 일이고, 대개는 네도프처럼 그림 그리기를 겸하고 있는 실정이다. 한번은 바까예프 소령이 와서 어머니의 조각상을 보고는 이렇게 말했다.

「어째서 울고 있는 어머니를 만들었지? 우리 나라에서는 어머니가 우는 법이 없어!」 그러고는 당장 부숴 버릴 듯이 달려드는 것이었다.

젊은 작곡가 볼로자 끌렘쁘네르는 부유한 변호사의 아들로, 수용소 죄수의 기준에 따르면 아직 〈혼쭐이 덜 난 풋내기〉였는데, 그는 모스끄바 교외의 베스꾸드니꼬보 수용소에 자기의 그랜드 피아노를 가져오게 했던 것이다. (이것은 〈군도〉에서 일찍이 없었던 사건이다!) 대중문화 활동 강화를 위해서라는 명분이었지만, 실은 작곡을 계속하기 위해서였다. 그는 피아노가 있는 수용소 무대의 열쇠를 언제나 갖고 있었으므로 소등 후에 거기 가서 촛불 밑에서(전기는 나가고 없었다) 피아노를 치곤 했다. 어느 날 밤 그는 이렇게 피아노를 치면서 자기의 새 소나타를 작곡하고 있다가 갑자기 등 뒤에서 들려오는 목소리에 깜짝 놀랐다. 「너의 음악에서는 수갑 냄새, 족쇄 냄새가 나는구나!」

끌렘쁘네르는 벌떡 일어났다. 벽 옆에 서서 엿듣고 있던 고참 체끼스뜨 소령인 수용소장이 촛불을 향해 다가오고 있었다. 그의 등 뒤의 검은 그림자가 벽 위에서 무섭게 확대되어 갔다. 이제 소령은 이 교활한 젊은이가 무엇 때문에 자기 피아노를 집에서 가져오게 했는지 알아챘던 것이다. 그는 가까이 다가와서 악보가 그려진 오선지를 말없이 집어 들더니 눈살을 찌푸리며 촛불에 태우기 시작했다.

「왜 이러십니까?」 젊은 작곡가는 저도 모르게 소리쳤다.

「너의 음악은 이렇게 해야 해!」 소령이 이 사이로 씹어뱉듯 더욱 위협적인 어조로 말했다.

종잇장에서 떨어진 재가 건반 위에 사뿐히 내려앉았다.

고참 체끼스뜨의 판단은 틀림없었다. 그 소나타는 정말로

수용소 생활을 묘사한 것이었다.[5]

만약에 수용소에서 시인임을 자처하고 나선다면 그에게는 죄수들의 풍자만화 밑에 짧은 글을 한 구절 써넣는 것과 풍자적인 가사를 만드는 것 — 역시 규율 위반자들에 대한 — 이 허용되었다.

시인이건 작곡가건 그 밖의 주제는 있을 수 없다. 그들은 높은 사람을 위해 무엇이든 형태가 있는 것, 이익을 주는 것, 손에 들고 볼 수 있는 것을 만들어 낼 수 없는 족속이다.

산문 작가는 수용소에서 단 한 사람도 볼 수가 없다. 그들은 수용소에 있어서는 안 될 존재이기 때문이다.

〈러시아의 산문이 수용소로 사라져 버렸을 때〉라고 슬루쯔끼는 쓰고 있다. 사라져 버린 것이다! 그리고 다시는 되돌아오지 않았다. 사라져 버린 것이다! 그리고 다시는 떠오르지 않았다.

거기서 일어난 일들의 전모에 대해서도, 죽어 버린 사람들의 수에 대해서도, 그들이 도달할 수 있었던 수준에 대해서도, 우리는 판단할 자료를 영영 입수할 수 없을 것이다. 죄수 호송 직전에 황급히 불살라 버린 공책에 대해서도, 이미 완성되었던 단편 소설에 대해서도, 그리고 머릿속에 떠오르긴 했지만 그 머리와 함께 얼어붙은 공동 묘혈 속에 묻혀 버린 웅대한 구상에 대해서도 우리에게 이야기해 줄 사람은 아무도 없

---

5 얼마 안 있어 적당한 이유를 발견한 당국은 볼로자 끌렘쁘네르의 새로운 수용소 사건을 날조하여 그 심리를 위해 그를 부띠르끼 형무소로 이송했다. 그는 원래의 수용소로 돌아오지 않았다. 그랜드 피아노도 돌려받지 못했음은 물론이다. 그보다도 그 자신은 살아남기나 했을까? 잘은 모르겠지만 어디에도 그는 다시 나타난 적이 없다.

을 것이다. 시의 경우는 그래도 귀에다 입을 대고 읊어 줄 수도 있어서, 그 시와 거기 관련된 추억은 후에까지 전승되지만, 산문에 대해서는 때가 올 때까지 이야기하는 사람도 없다. 산문은 수용소군도의 온갖 우여곡절을 겪어 내기에는 덩치가 너무 크고 유연성이 없으며, 종이와 너무나 밀접한 관계에 있기 때문에 보존되기가 어렵다. 그보다도 수용소에서 〈쓰겠다〉고 결심할 수 있는 자가 과연 있을까? A. 벨린꼬프는 쓰긴 썼지만 그가 쓴 것은 〈대부〉의 손에 들어갔고 그 자신은 25년을 먹었다. 그리고 M. I. 깔리니나는 원래 작가도 아무것도 아니었으나 수용소 생활 속에서 주목할 가치가 있는 일들을 공책에 적어 놓곤 했다. 〈어쩌면 누구한테 소용이 될는지 모른다.〉 그런데 그것을 보안 장교에게 들키고 말았다. 그녀는 징벌 감방으로 끌려갔다(하기는 가벼운 형에 그쳤지만). 또 한 사람을 예로 들면, 블라지미르 세르게예비치 G.는 비호송 죄수로서 어딘가 수용소 외곽에서 4개월가량 수용소 연대기를 적고 있었다. 그러나 위기가 닥쳐오고 있음을 느끼고 그 원고를 땅속에 묻어 버렸는데 그 자신은 그 후 다른 곳으로 영원히 추방되고 말았다. 그리하여 원고는 그냥 땅속에 묻혀 있다. 그럼 수용소에서도 쓸 수 없고 밖에서도 쓸 수 없다면 도대체 어디서 쓸 수 있단 말인가? 머릿속에서밖에는 쓸 수가 없다! 그러나 시라면 모르지만, 산문은 머릿속에서는 쓸 수가 없는 것이다.

클리오와 칼리오페의 종들인 우리 동료들이 얼마나 많이 죽어 갔는지, 그 숫자는 설사 살아남은 우리들의 수를 기초로 하여 보외법(補外法)을 적용한다 해도 계산해 낼 수가 없을 것이다. 왜냐하면 우리들 자신도 살아남을 가능성이 전혀 없었기 때문이다. (예를 들어 나 자신의 수용소 생활을 돌이켜

볼 때, 나는 군도에서 틀림없이 죽을 몸이었다고 확언할 수 있다. 만약에 그렇지 않다면, 쓸 의욕이 없어지도록 자기 자신을 적응시켜야 했을 것이다. 나는 다른 사정으로, 즉 수학 덕분에 살아남을 수 있었다. 계산을 하려 할 때 이러한 사정을 어떻게 다루어야 할 것인가?)

1930년대 이후로 우리 나라에서 산문이라는 것은 땅속으로 잦아든 호수가 남긴 거품 같은 것이다. 그것은 그 시대의 가장 중요한 것과 격리되었기 때문에 이미 산문이라 할 수는 없고 단지 물거품에 지나지 않는 것이다. 작가들 중에 제법 훌륭하다는 사람들조차 자기 내부에 있는 가장 좋은 것을 짓뭉개 버리고 진실에 등을 돌렸다. 그렇게 함으로써 그들 자신도 그들의 책도 멸망을 면할 수 있었다. 한편, 사물을 깊이 통찰하고 그 특징을 파악해서 진실을 있는 그대로 묘사하기를 그만두지 않은 사람들은 그 시대에 죽음의 길로 들어서야 했다. 그들의 대부분은 수용소 안에서 죽어 갔고, 일부는 전선에서 자포자기적 행동 속에 죽어 갔다.

이리하여 철학자인 산문 작가들도, 역사가인 산문 작가들도, 서정시인인 산문 작가들도, 인상주의 계열의 산문 작가들도, 해학가인 산문 작가들도 모두가 땅속으로 사라져 갔던 것이다.

그렇지만 사실대로 말해서, 다름 아닌 바로 이 〈군도〉만이, 오직 그것만이 우리 나라 문학을 위해(어쩌면 세계 문학을 위해서도) 유일한 가능성을 제공하는 것이었다. 20세기 전성기에 있어서의 이 미증유의 노예 제도는, 비록 그것이 작가들에게는 파멸의 길이기도 했지만, 한편으로는 그들에게 참으로 풍요로운 성장의 길을 열어 주었던 것이다.[6]

6 여기서 나는 내가 생각하는 바를 대담하게 일반적인 형식으로 설명해 보겠다. 이 세상이 시작된 때부터 오늘에 이르기까지 언제나 두 개의 서로 용납

몇백만이라는 러시아 지식인들을 여기에 던져 넣은 것은 수학여행을 위해서가 아니고, 폐인을 만들기 위해서였으며 목숨을 끊어 버리기 위해서였다. 그들에게는 애당초 놓여날 가망이라고는 없었다. 역사상 처음으로 이렇게 많은 개화하고 성숙한 문화인들을 마구잡이로 노예와 유형수, 벌목꾼과

될 수 없는 사회 계층이 존재해 왔다. 그것은 상층과 하층, 지배 계층과 피지배 계층이다. 분류라는 것이 어느 경우에나 다 그렇듯, 이 분류 역시 매우 개략적인 것이다. 그러나 만일 권력과 재력을 가진 자들이나 고귀한 가문 출신뿐만 아니라 교육 수준이 높은 자들까지, 그것이 부모의 덕분이건 본인의 노력의 결과이건 간에, 모두 상층에 넣는다면, 다시 말해서 자신의 육체노동에 의하지 않고 살아가는 모든 사람들을 상층에 넣는다면, 이 분류는 사회의 거의 모든 구성원을 포함하는 것이다.

여기서 우리는 세계 문학의 네 분야를 상정할 수 있다(문학뿐 아니라 예술 전반이나 사상 전반도 마찬가지지만). 첫째, 상층 사람들이 상층 사람들을, 즉 자기 자신과 자기 동류를 묘사하는(기술하는, 고찰하는) 경우. 둘째, 상층 사람들이 하층 사람들을, 즉 〈자기의 아랫사람들〉을 묘사하거나 고찰하는 경우. 셋째, 하층 사람들이 상층 사람들을 묘사하는 경우. 넷째 분야, 하층 사람들이 하층 사람들을, 즉 자기 자신을 묘사하는 경우.

상층 사람들에게는 언제나 충분한 여가와 어느 정도의 재산과 교양, 교육이 있었다. 그들은 마음만 먹으면 언제든지 예술적 기교와 사상의 기본을 습득할 수가 있었다. 그러나 여기에 중요한 인생의 법칙이 있다. 유복한 생활은 인간의 내부에 있는 정신적 탐구심을 죽이게 마련이다. 그래서 첫째 분야는 배부른 사람들에 의한 예술의 왜곡, 병적으로 자부심이 강한 〈유파〉, 즉 열매 없는 헛꽃을 수없이 내포하고 있었다. 그리고 이 분야에서는 개인적으로 몹시 불행하거나, 극도로 왕성한 정신적 탐구심을 타고난 사람들이 등장해야만 비로소 위대한 문학이 창조되는 것이다.

넷째 분야는 세계의 전승 문학이다. 이것을 위해서 개개인이 누릴 수 있는 여가는 그야말로 쥐꼬리만도 못한 것이었다. 그리고 이 분야에 공헌할 수 있는 것들, 예컨대 어떤 행운의 순간에 반짝 나타나곤 하는 현상이라든가 멋들어진 비유 같은 것도 그다지 풍족하지는 못했다. 그러나 그 창조자들의 수는 헤아릴 수 없이 많았으며, 그들은 거의 모두가 항상 압박을 받아 불만에 찬 사람들이었다. 창조된 모든 것은 그 후 몇십만이라는 사람들의 입에서 입으로 세월을 따라 전승되는 과정에서 선택되고 세련되어 더욱 빛을 내게 된다. 이

탄광부로 만들어 버렸던 것이다. 그리하여 세계사에서 처음으로(이렇게 대규모로) 사회의 상층과 하층의 경험이 〈융합〉하게 되었다! 얼핏 투명한 것같이 보이면서도 이전에는 좀처럼 통과할 수 없었던 장애물, 상층 사람들이 하층 사람들을 이해하는 것을 막고 있었던 가장 큰 장애물이 없어져 버린 것

리하여 우리는 전승 문학의 밑바닥에 가라앉은 값진 금을 얻게 된 것이다. 이 문학은 속이 차 있고 영혼의 입김이 서려 있다. 그것은 이 문학을 창조한 사람들 가운데 고녀를 모르는 자가 없었기 때문이다. 이 넷째 분야에 들어가는 기술 문학(이른바 〈프롤레타리아 문학〉이니 〈농민 문학〉이니 하는 따위)은 아직 싹이 덜 튼 단계여서 대체로 미숙하고 서툴기 짝이 없었다. 그것은 언제나 개인적인 재능이 모자랐기 때문이다.

셋째 분야의 기술 문학(〈아래에서 위를〉)도 역시 미숙이라는 결함을 지니고 있었다. 그러나 그보다도 이 문학은 선망과 증오, 즉 예술을 만들어 낼 수 없는 감정에 중독되어 있었다. 그것은 혁명가들이 으레 범하는 오류를 범하고 있었다. 즉, 상층 계급의 결점을 인류의 일반적인 것으로 보지 않고 그 계급 고유의 것으로 단정하면서, 후에 자기들 자신이 그 결점을 물려받으리라고는 상상도 하지 못했던 점이다. 그리고 이와는 반대로, 노예적인 외경이 이 문학을 망치는 경우도 있었다.

도덕적으로 가장 결실이 많은 것으로는 둘째 분야(〈위에서 아래를 바라보는〉)가 기대를 받을 만했다. 이 문학의 창조자들은 그 선량한 마음, 진리를 향한 불타는 애정, 높은 정의감 등이 한가하고 평안한 삶을 추구하는 마음보다 훨씬 강했고, 그들의 예술 또한 고도로 성숙한 것이었다. 그러나 이 분야에도 결점은 있었다. 그것은 〈진정한 이해력의 부족〉이었다! 이들 작가들은 동정하고, 애태우고, 눈물을 흘리고, 분개했지만, 다름 아닌 바로 그 때문에 사물을 〈정확히 이해할 수 없었던〉 것이다. 그들은 항상 옆에서나 위에서 사물을 보았고, 스스로 하층 사람들의 〈입장〉에 서보지도 않았으며, 그 장애가 되는 울타리를 넘으려고 한 쪽 발을 걸치더라도 울타리 밖의 다른 한쪽 발은 뗄 수가 없었던 것이다.

아마도 인간의 이기적인 본질 때문에 외부로부터의 강제 없이는 유감스럽게도 그 울타리를 성큼 뛰어넘을 수가 없을 것 같다. 그러니까 세르반테스는 노예의 생활을, 도스또예프스끼는 유형지의 생활을 몸소 체험함으로써 비로소 태어날 수 있었던 게 아닐까. 그런데 바로 수용소군도에서는 그러한 실험이 몇백만이란 사람들의 머리와 마음에 한꺼번에 행해졌던 것이다.

이다. 그 장애물이란 바로 〈연민〉이었다. 이 연민은 지난날의 고귀한 동정자들(모든 계몽주의자들)을 일깨우기도 했지만, 한편으로는 그들의 눈을 멀게 했던 것이다! 그들 자신은 불행한 운명을 함께 나눌 수 없다는 데서 양심의 가책에 시달렸고, 그 때문에 몇 곱절이나 더 목청을 돋우어 그 불공평을 고발하지 않으면 안 된다는 의무감을 느끼고 있었다. 이때 그들은 가장 기본적인 것을, 즉 인간의 본질 — 하층이나 상층을 막론하고 모든 인간이 지니는 본질 — 을 파악해야 한다는 점을 잊고 있었던 것이다.

군도의 지식인 죄수들만은 마침내 이 양심의 가책에서 완전히 벗어날 수 있었다. 그들은 인민과 불행한 운명을 똑같이 나누고 있었기 때문이다! 이제야 비로소 러시아의 교양 있는 인간이 농노를 〈안에서〉 묘사할 수 있게 된 것이다 — 그것은 자기 자신이 농노가 되어 버렸기 때문이다!

그 대신에 이제 그에게는 연필도 종잇조각도 여가도 부드러운 손가락도 없었다. 그뿐만 아니라 교도관들이 소지품을 뒤집어 샅샅이 점검하는가 하면 소화 기관의 입구와 출구를 조사하기도 하고, 보안 장교들이 눈 속을 들여다보기도 했다.

상층과 하층과의 경험은 서로 융합했으나 그 융합한 경험을 지닌 사람들은 아깝게도 모두 죽어 버렸다…… 이리하여 일찍이 보지 못한 철학과 문학이 태어나려는 바로 그 순간에 군도의 무쇠 같은 가죽이 들씌워져 질식해 버리고 말았던 것이다.

◆

문화 교육부를 찾아오는 사람들 중에 가장 많은 것은 연예 활동 참가자들이다. 연예 활동 지도는 문화 교육부가 그 초기

213

부터 후기에 이르기까지 한결같이 수행하고 있는 기능 중의 하나였다.[7] 군도의 개개의 섬에서는 연예 활동이 밀물과 썰물처럼 활발해지기도 하고 쇠퇴하기도 했으나, 그 주기는 바닷물처럼 규칙적인 것이 못 되고 아주 불규칙적인 것이었는데, 그 원인은 수용소 당국만이 알고 있을 뿐 죄수들은 아무것도 몰랐다. 그것은 6개월에 한 번씩 문화 교육부장이 보고서의 무슨 항목을 채워야 했기 때문인지도 모르고, 누군가 상부의 높은 사람이 방문하게 되어 있었기 때문인지도 모른다.

먼 변방의 수용 지점에서는 그것이 다음과 같은 식으로 진행된다. 문화 교육부장(그는 평상시에는 수용소에 나타나지도 않고 그를 대리해서 죄수인 교육계가 모든 일을 맡아보고 있다)이 아코디언을 연주하는 죄수를 불러 이렇게 말한다.

「다름 아니라 합창단을 조직해야겠어!」[8] 한 달 후에 연예회에 나갈 수 있게 말이야.」

「하지만 부장님, 저는 악보도 볼 줄 모르는데요!」

「악보는 봐서 뭐해? 너는 다들 아는 노래를 연주하고, 다른 녀석들은 거기 따라 부르면 되는 거지.」

---

7 우리 나라에서는 아마추어 연예 활동에 대한 전면적인 지원에 적지 않은 금액을 소비하고 있는데, 거기에는 물론 무언가 의도하는 바가 있을 것이다. 그것은 무엇일까? 얼른 대답할 수 있는 문제가 아니다. 1920년대에 한 번 선언된 것이 타성으로 그냥 이어져 내려오고 있는지도 모른다. 아니면 스포츠와 마찬가지로 인민의 에너지와 관심을 다른 곳으로 돌리기 위해 꼭 필요한 수단인지도 모른다. 아니면 이 시시한 노래들과 우스꽝스러운 연극이, 당국이 목적하는 인민의 감화에 크게 기여하고 있다고 믿기 때문인지도 모른다.

8 정치 지도자들은 군대에서나 바깥세상에서나 이 〈합창단〉이 지니는 교육적 중요성을 맹목적으로 믿고 있다. 다른 연예 활동은 몰라도 합창단은 절대로 없어서는 안 되는 것이다! 그것은 노래하는 집단이니까. 그리고 노래라면 모두가 〈우리 것〉이니 심사하기도 쉽다. 게다가 인간이란 노래로 부르는 것이면 그대로 믿기 마련이다.

이렇게 해서 합창단 모집이 있고 때로는 연극단도 함께 모집하기도 한다. 연습은 어디서 하는가? 문화 교육부의 방은 너무 좁아서 더 넓은 방이 필요하지만, 클럽 홀 같은 것은 있을 리가 없다. 이런 경우에는 보통 수용소 식당이 사용된다. 거기에는 언제나 야채수프의 김이 서리고, 썩은 채소나 대구 끓인 냄새가 배어 있다. 식당 한쪽 끝에 취사장이 딸려 있고 다른 한쪽 끝에 상설 무대나 임시 무대가 마련된다. 저녁 식사 후에 여기에 합창단원들과 연극단원들이 모인다. [그 광경은 A. G.의 그림과 같다(도판 7). 다만 이 화가는 자기 수용소 죄수의 연예회가 아니라 다른 수용소로부터 공연하러 온 〈문화반〉을 그린 것이다. 저녁 식사의 마지막 접시를 거둬들이면, 끝까지 남아 있던 폐인들을 내쫓고 나서 관객을 받아들인다. 이들 노예 여배우가 얼마나 쾌활한지는 독자들이 보는 바와 같다.]

죄수들은 무엇에 끌려 연예 활동에 참가하는가? 수용소의 5백 명가량 되는 죄수 중에서 정말로 노래를 좋아하는 사람은 기껏 서너 명에 지나지 않을 것이다. 그 정도의 인원 가지고는 합창단은 어림도 없다. 그런데 남녀 혼합 수용소에서는 합창단에서 서로 만날 수 있다는 점이 사람들을 끌어들이는 가장 큰 요인이었다! (도판 5를 다시 보도록 하자.) 합창단 지휘자에 임명된 A. 수시는 단원이 자꾸만 늘어 가는 데 놀랐다. 그 때문에 그는 어느 노래 하나 끝까지 제대로 가르칠 수가 없었다. 게다가 새로 입단을 희망하는 자가 끊이지 않는다. 목소리도 형편없고 노래도 한번 불러 보지 못한 자들이 기어코 입단하기를 희망한다. 그러나 그들의 희망을 거부함으로써 모처럼 눈뜬 예술에 대한 사랑을 짓밟아 버린다는 것은 너무나 잔인하지 않은가! 그런데 정작 연습을 시작하고 보면 인원

수는 눈에 띄게 줄어들곤 한다. (문제는 연예 활동 참가자들에게 소등 후 2시간 동안 구내에서의 자유 왕래가 허용된다는 점에 있었다. 즉, 연습을 위해 왔다 갔다 하는 시간이다. 이 2시간을 죄수들은 아주 요긴하게 이용했던 것이다!)

이런 일도 드물지 않게 일어났다 ─ 연예회 직전에 합창단의 하나밖에 없는 베이스가 죄수 호송에 끌려가는가 하면(죄수 호송은 연예회와는 다른 부서에서 관할한다), 합창단 지휘자가(앞에 나온 A. 수시의 경우) 문화 교육부장한테 호출되어 가서 이렇게 통고받는다. 「자네가 애 많이 썼다는 것은 우리도 인정해. 그러나 우리는 자네를 연예회에 내보낼 수가 없어. 〈제58조〉는 합창단을 지휘할 자격이 없기 때문이야. 그러니 자네 대신에 나설 사람을 구해 보게. 손을 흔드는 것은 목소리가 좋건 나쁘건 상관없는 일이니까 사람 구하긴 어렵지 않을 걸세.」

한편, 어떤 사람들에게는 합창단과 연극단은 비단 만남의 장소일 뿐 아니라 외부 생활의 흉내를 내는 곳이기도 했다. 아니, 때로는 단순한 흉내 내기가 아니라, 여기에도 진짜 생활이 있기는 있구나, 라고 자기 자신에게 상기시키는 계기가 되는 것이었다. 그래서 어느 날, 보리 도정한 것을 담았던 포장용 다갈색 종이 뭉치를 창고에서 가져온다. 그리고 대사를 적기 위해 한 장씩 나누어 받는다. 고대하던 연극 활동이 드디어 시작되는 것이다! 다음은 배역 결정! 무대에서 누가 누구와 키스할 것인가? 누가 무엇을 입을 것인가? 무대 화장은 어떻게 할 것인가? 어떻게 하면 재미있는 분장이 될까? 그리고 공연 날 저녁에는 진짜 바깥세상의 드레스를 입고 볼에는 진짜 연지를 바르고 진짜 거울에다 자기 얼굴을 비춰 볼 수 있겠지.

이런 것들을 꿈꾸는 것은 무척 즐거운 일이다. 그러나 연극 대본으로 말하면, 이것은 말도 아니다! 이것도 희곡이랄 수 있을까! 〈수용소군도 전용〉이라는 도장이 찍힌 희곡집인 것이다! 어째서 〈바깥세상 및 수용소군도 겸용〉이 아니고 하필이면 〈수용소군도 전용〉이란 말인가? 그것은 마치 돼지죽처럼 너무나 맛대가리 없는 것이라 바깥세상에서는 먹을 사람이 없어서 이리로 가져왔음이 틀림없다! 극작가들 중에서도 가장 어리석고 무능한 자들이 자기들의 쓸모없는 엉터리 희극을 한데 모아 엮어 놓은 것이다! 차라리 체호프의 보드빌이라도 상연하는 게 낫겠지만, 대체 어디서 그 희곡을 구할 수가 있단 말인가? 자유 고용인들의 마을에도 그런 것은 없다. 수용소 도서관에는 고리끼의 희곡은 있지만, 담배말이용으로 책장이 온통 찢겨 나가 쓸모가 없었다.

끄리보셰꼬보 수용소에서 N. 다비젠꼬프라는 문학가가 연극단을 만들었다. 그는 어디서인가 좀 색다른 희곡을 하나 구했다 — 나폴레옹의 모스끄바 입성에 관한 것으로 애국적인 내용이었다(필시 그것은 라스똡친의 포스터 문구 정도의 수준에 지나지 않았던 것이리라). 모든 배역이 결정되고 열심히 연습하기 시작했다. 앞으로는 어떠한 장애도 없을 것같이 보였다. 주연을 맡은 것은 지나. 그녀는 학교 교사였는데 독일군 점령 지역에 남아 있었다는 이유로 체포되어 온 여성이다. 그녀는 연기가 능숙해서 연출가도 만족하고 있었다. 그런데 어느 날 갑자기 연습 중에 말썽이 생겼다 — 다른 여자 죄수들이 지나의 주연을 반대하고 나선 것이다. 이런 것은 연극계에서는 흔히 있는 일이니까 연출자가 적당히 무마할 수도 있다. 하지만 이번 경우는 여자 죄수들이 이렇게 외치고 있었다. 「이것은 애국적인 역인데 저년은 점령 지역에서 독일 놈들 상대로…… 짓을 한 년이다! 꺼져 버려, 이 망할 년아! 짓밟혀 터지기 싫거든 어서 나가란 말이다, 이 독일 갈보 년아!」 이 여자 죄수들은 사회적 친근 분자이든가, 아니면 〈제58조〉인지도 모르지만, 어쨌건 반역 조항에는 해당하지 않는 여자들이었을 것이다. 그녀들 자신의 생각이었을까, 혹은 〈제3부서〉가 뒤에서 교사했던 것일까? 아무튼 연출자는 자신에게 적용되고 있는 조항 때문에 여배우를 편들 수가 없었다. 결국 지나는 울면서 물러가고 말았던 것이다.

독자들은 연출자를 동정하는가? 아마도 독자들은, 주연을 누구에게 맡기며, 새 주연은 연습할 시간이나 있을까 궁금해 할는지 모른다. 그러나 보안부는 결코 궁지에 빠지는 법이 없다. 그자들은 자기들이 문제를 일으키고는 자기들이 그 문제를 해결한다! 이틀 후에는 다비젠꼬프 자신이 수갑을 차고 연행되어 갔다. 수용소 밖으로 무언가 적은 것을(또 다른 수용소 연대기?) 넘겨주려 했다는 죄목이다. 그는 새로이 심리를 받고 재판을 받게 될 것이다.[9]

[9] 이것은 수용소에 있어서의 그에 관한 회상의 일부이다. 그리고 다른 방면으로부터 우연히 다음과 같은 사실이 판명되었다. 1939년에 L. K. 추꼬프스까야는 레닌그라드 형무소에서 재판을 기다리고 있을 때 꼴랴 다비젠꼬프를 알게 되었다. 그 당시는 예조프의 숙청이 끝나 갈 무렵이었는데 그는 일반 재판소에서 무죄가 되었다. 그러나 그와 함께 같은 사건으로 구속되었던 L. 구밀료프는 여전히 형무소에 갇혀 있었다. 청년 다비젠꼬프는 대학에 복학이 허용되지 않아서 군대에 징집되었다. 1941년에 그는 민스끄 전선에서 독일군에게 포로가 되었으나 포로 수용소를 탈출하여 영국으로 갔다. 거기서 그는 가명으로 (가족에게 누를 끼칠까 봐) 1938년의 레닌그라드 옥중 체험기를 출판했다. 당시 영국 독자들은 동맹국 소련에 대한 호감 때문에 이 책을 이해하지 못한 것 같다. 그 후 이 책은 잊혀서 아무 데서도 찾아볼 수 없게 되었다. 그러나 〈우리 동지들〉은 결코 잊지 않았다. 그는 국제 반파시스트 여단의 일원으로 서부 전선에서 싸웠다. 전후에 그는 소련으로 납치되어 돌아와서 총살형을 선고받았으나 25년 형으로 변경되었다. 아마도 수용소에서의 새로운 사건

그리하여 이제는 주연을 누구에게도 맡길 필요가 없게 되었다. 나폴레옹은 또 한 번 수모를 당하지 않아도 되었고 러시아의 애국정신은 또 한 번 찬양될 기회를 놓쳤다! 연극은 아예 상연되지도 않는 것이다. 합창단 출연도 없다. 연예회도 취소다. 연예 활동이 퇴조기에 들어간 셈이다. 식당에서의 저녁 모임이나 데이트도 끝장이다. 다음 만조기까지.

으로 또다시 선고받은 총살형은 끝내 변경되지 않았을 것이다(총살은 이미 1950년 1월의 정령으로 부활되어 있었다). 1950년 5월에 다비젠꼬프는 수용소 형무소로부터 마지막 편지를 보내는 데 성공했다. 다음은 그 편지의 일부다. 〈지난 몇 해 동안에 내가 겪은 엄청난 인생 경험을 기술한다는 것은 불가능한 일입니다…… 나는 다른 목적으로 이 글을 쓰고 있습니다. 지난 10년 동안 나는 어느 정도 할 일을 했습니다. 산문은 물론 전부 없어져 버렸습니다만 시는 남았습니다. 그 시도 나는 아직 거의 아무에게도 읽어 주지 못했습니다. 들어 주는 사람이 있어야지요. 나는 《빠쩨 우글로프》에서 당신과 함께 보낸 저녁 시간을 상기하고…… 이 시들은 현명하고도 유능한 당신의 수중에 꼭 들어가야 한다고…… 생각한 것입니다. 읽어 주시기 바랍니다. 그리고 가능하다면 보관해 주십시오. 장래에 대해서는 과거에 대해서와 마찬가지로 할 말이 없습니다. 모든 것이 끝입니다.〉 이리하여 그의 시들은 L. K. 추꼬프스까야의 수중에 고스란히 보존되었다. 나는 아주 작은 글씨로 꼼꼼하게 적은 그 시들을 대할 때 가슴이 저려 오는 것을 느꼈다(나 자신도 이렇게 쓰지 않았던가). 공책 2장의 종이에 30편 가량의 시가 촘촘히 들어차 있다 — 이렇게 작은 종잇조각에 어떻게 이렇게 많은 시를 써넣었을까! 인생의 막판에서 느끼는 그 절망감, 수용소 형무소에서 죽음을 기다리는 그 심정을 독자들은 한번 상상해 보라! 그의 〈비합법적〉 우편에는 최후의 절망적 부르짖음이 들어 있다.

> 깨끗한 이불 따위는 필요 없다.
> 제발, 문을 열지 말아다오!
> 어쩌면 나는 정말로 —
> 저주받은 들짐승인지도 모른다!
> 나는 당신을 어떻게 대해야 할지
> 당신을 무슨 이름으로 불러야 할지 모르겠다.
> 새처럼 지저귀어야 하나, 늑대처럼 짖어야 하나,
> 울부짖어야 하나, 으르렁거려야 하나?

이렇게 해서 연예 활동은 단속적으로 목숨을 이어 가고 있는 것이다.

어떨 때는 이런 일도 있었다. 연습을 거듭하여 모든 준비가 완료되고, 연예회 직전까지 누구 하나 체포되지 않고 모두들 무사한데도, 꼬먀끄인(人) 문화 교육부장 뽀따뽀프 소령이 (북방 철도 건설 수용소에서의 일) 프로그램을 들여다보다가 글린까의 「의혹」이 들어 있음을 발견한다.

「뭐, 의혹이라고? 의혹은 어떤 것이건 안 돼! 안 되고말고! 무슨 구실을 붙여도 안 된다면 안 되는 거야!」 그리고 손을 내저어 취소해 버리는 것이다.

나는 차쯔끼의 1인극 「누가 재판관인가?」를 너무나 좋아했기 때문에 그것을 연예회에서 낭독할 작정이었다. 소년 시절부터 나는 곧잘 이 1인극을 낭독했었고 그것이 낭독의 관점에서 뛰어난 작품이라 생각하고 있었지만, 그 내용이 바로 오늘날의 사정에 꼭 들어맞는다는 데까지는 미처 생각하지 못했었다. 그러나 프로그램에 「누가 재판관인가?」를 써넣는 단계에까지도 이르지 못했다. 설사 써넣었더라도 삭제되었을 것이지만, 어느 날 문화 교육부장이 우리들의 연습장에 나타나서, 나의 낭독이 다음 구절에 이르자 펄쩍 뛰는 것이었다.

자유로운 생활에 대한 그들의 적의는 서슬이 퍼렇다.

그리고 다음 구절

말해 보라, 조국의 아버지들이 어디 있는가를?
약탈로 부를 이룬 것은 바로 그들 아닌가?

까지 낭독하자, 그는 발을 쾅쾅 구르며 손을 휘둘러 나한테 무대에서 즉각 내려오도록 명령하는 것이었다.

나는 젊을 때 배우가 되기로 작정했었지만 목청이 약해서 뜻을 이루지 못했다. 그때는 수용소에서 이따금 연예회에 출연하곤 했는데 그것은 그 짧고 불안정한 망각 속에서 기분 전환도 하고 아울러 관중석의 흥분과 여성들의 얼굴을 가까이서 볼 수 있기 때문이었다. 그런데 수용소군도에 일반 작업에서 해방된 죄수들로 이루어진 특수한 극단 — 마치 농노제 시대 지주의 농노 극단과 다를 바 없다! — 이 있다는 말을 들었을 때 나도 그런 극단에 들어가서 좀 더 편한 생활을 했으면 하고 꿈꾸게 되었다.

〈농노 극단〉은 각 주(州)에 교정 노동 수용소 관리국 소속으로 하나씩 있었고, 모스끄바에는 그런 것이 몇 개나 있었다. 그중에서 가장 유명한 것은 호브리노에 있던 내무부 마물로프 대령의 농노 극단이었다. 마물로프는 모스끄바에서 체포된 자로, 웬만큼 이름 있는 배우면 끄라스나야 쁘레스냐 중계 형무소를 빠져나가지 않도록 손을 쓰고 있었다. 그의 끄나풀들은 다른 중계 형무소에서도 배우들을 추려 냈다. 그리하여 그는 대규모의 극단과, 그보다 규모는 작았지만 가극단까지 만들었다. 그것은 〈지주〉의 자랑거리였다 — 〈내 극단은 이웃 지주의 것보다 격이 높다!〉 베스꾸드니꼬보 수용소에도 극단이 있었지만 훨씬 수준이 낮았다. 〈지주〉들은 자랑삼아 자기의 배우들을 거느리고 교환 공연을 했다. 한번은 이러한 공연 무대에서 미하일 그린발뜨가 어느 음조로 여가수의 반주를 해야 하는지를 잊고 말았다. 마물로프는 당장에 그를 아주 추운 징벌 감방 10일에 처했다. 거기서 그린발뜨는 앓아눕게 되었던 것이다.

이런 종류의 농노 극단이 보르꾸따에도, 노릴스끄에도, 솔리깜스끄에도, 아니, 수용소군도의 큰 섬마다 다 있었다. 이 극단들은 시립 극단 못지않은, 개중에는 그보다 더 높은 수준의 극단이 되어, 시립 극장이나 회관 같은 데서 자유인들을 위해 공연하기도 했다. 앞좌석에는 현지의 거물급 내무부 관리들이 부인 동반으로 거만하게 앉아서, 멸시와 호기심에 찬 눈길로 자기의 노예들을 바라보고 있었다. 자동소총을 거머쥔 호송병들이 무대 뒤와 특별석 구석구석에 배치되어 있었다. 막이 내리고 박수갈채가 끝나면 배우들은 수용소로 실려 가고, 실수를 한 자는 징벌 감방에 처넣었다. 때로는 갈채 소리도 끝까지 듣게 하지 않았다. 마가단의 극장 무대에서는 극동 건설청장 니끼쇼프가 그 당시 이름을 떨쳤던 남성 가수 바짐 꼬진의 노래를 이렇게 중단시켰다. 「그만해, 꼬진! 인사고 뭐고, 어서 꺼져 버려!」 (꼬진은 목을 매어 자살하려 했으나 그것조차 중지당하고 말았다.)

종전 후 몇 해 동안에는 유명한 배우들과 가수들이 군도를 거쳐 갔다. 꼬진 이외에 영화계의 여배우 또까르스까야, 오꾸네쁘스까야, 조야 표도로바 등. 루슬라노바가 투옥되었다 해서 군도에는 한참 쑥덕공론이 있었는데, 그녀가 어느 중계 형무소에 구류되었다느니, 어느 수용소로 호송되었다느니 하는 서로 모순된 풍문이 돌았다. 꼴리마에서 그녀는 노래하기를 거부하고 세탁부로 일하고 있다는 이야기가 있었지만, 정말이었는지 헛소문이었는지는 알 길이 없다.

레닌그라드의 우상이었던 테너 가수 뻬치꼬프스끼는 전쟁이 일어났을 때 루가 교외의 자기 별장이 독일군 수중에 떨어지자, 그 후 독일군 점령하의 발트해 연안 지방에서 공연 활동을 해야 했다(피아니스트인 그의 아내는 레닌그라드에서 즉각 체포되어 리빈스끄 수용소에서 죽었다). 전쟁이 끝나자 뻬치꼬프스끼는 반역죄로 10년을 선고받고 뻬초라 철도 건설 수용소로 이송되었다. 그곳의 소장은 그를 유명 인사로 특별히 대우했다. 당번을 둘이나 붙여 조그만 독립가옥에 살게 했고, 식사에는 버터니 날달걀이니 따뜻한 포도주까지 들여보내 주었다. 그는 수용소장 부인이나 경비 사령관 부인의 초청을 받아 점심 대접을 받기도 했다. 물론, 그는 거기서 노래를 불렀겠지만, 소문에 의하면, 한번은 이렇게 버텼다고 한다. 「내가 노래를 부르는 것은 인민을 위해서지 체끼스뜨를 위해서가 아닙니다.」 그래서 그는 특수 수용소인 민 수용소로 쫓겨 갔다(형기를 마친 후에도 그는 레닌그라뜨에서 예전처럼 공연할 수는 없었다).

유명한 피아니스트 프세볼로뜨 또뻴린은 모스끄바에서의 국민 의용군 징집 때 면제받지를 못하고, 1866년식 베르단 소총과 함께 뱌지마 전선의 포위망 속에 투입되었다.[10] 그러나 그는 독일군에게 포로가 되었다. 포로 수용소장인 독일군 소령이 음악을 무척 좋아해서 그의 신분을 동부(東部) 노무자로 바꿔 주었고 덕분에 그는 연주 활동을 계속했다. 그 때문에 전후에 또뻴린은 우리 나라의 표준형인 10년을 선고받았다(그도 역시 수용소에서 풀려난 후 다시는 청중 앞에 나타나지 못했다).

10 극도의 혼란 속에서 허겁지겁 편성된 국민 의용군이란 도대체 무슨 쓸모가 있었는가! 도시의 지식인들에게 전 세기의 구식 베르단 소총을 한 자루씩 주고 최신식 전차 부대 앞으로 내몰다니! 〈우리는 만반의 준비가 되어 있다. 우리는 강력하다〉라고 20년 동안이나 큰소리만 치지 않았던가. 그런데 거침없이 쳐들어오는 독일군 앞에서, 동물적인 공포에 떨면서, 우리는 소수 지도자의 목숨을 며칠 연장하기 위해 학자들과 예술인들의 몸을 방패로 사용한 것이다.

이곳저곳의 수용 지점을 순회하며 공연하던 모스끄바 교정 노동 수용소 관리국 소속 앙상블은 마뜨로스까야 찌시나를 본거지로 삼고 있었으나, 뜻밖에도 우리 수용소, 즉 깔루가 대문을 임시 거점으로 정하고 이동해 왔다. 이런 행운이 어디 있는가! 이제야말로 나는 그들과 가까이 사귀어 그들 일행에 끼어들 기회를 얻게 된 것이다!

　　수용소 식당에서 프로급 배우들의 공연을 구경하다니 이것은 정말 꿈 같은 일이다! 웃음, 미소, 노래, 하얀 드레스, 검은 프록코트…… 그보다도, 그들의 형기는 얼마나 될까? 무슨 조항에 걸려들어 투옥되었을까? 여자 주연은 절도범일까, 아니면 〈흔해 빠진〉 제58조일까? 남자 주연은 뇌물죄일까, 아니면 〈8분의 7〉법의 조항일까? 보통 배우의 경우, 변신은 한 번으로 족하다. 즉, 자기가 맡은 역으로 변신하기만 하면 된다. 그러나 여기서는 이중의 연기, 두 차례의 변신이 필요하다 — 첫째는 자유인인 배우로 완전히 되돌아가는 일이고, 다음은 맡은 역을 해내는 일이다. 그리고 여기서는 자기는 한낱 농노에 지나지 않으며, 연기를 잘못했거나 다른 농노 여배우와 관계를 맺었다 해서, 내일이라도 당장 징벌 형무소에 처넣든가 벌목장으로 끌고 가든가 몇만 리 먼 변방 꼴리마로 쫓겨날 수도 있다는 자각이 그들의 마음을 무겁게 짓누르는 것이다. 그뿐만 아니라, 건강을 해칠 만큼 허파와 목청에 힘을 주어, 그 극화된 공허하고 생명 없는 사상을 기계적으로 선전해야만 한다는(이것은 자유의 몸인 배우들의 경우도 마찬가지지만) 무거운 부담이 그들을 이중으로 괴롭히는 것이다!

　　앙상블의 여자 주연인 니나 V.는 제58조 10항으로 5년을 받은 죄수였다. 나와 그녀는 같은 스승, 모스끄바 철학·문학·역사학 대학의 예술사학부에 계셨던 은사님의 제자였음을 알게 되었다. 그녀는 대학을 마치지 못했는데 아직 젊디젊은 나이였다. 그녀는 여배우로서의 권리를 남용하여 화장을 짙게 하고 터무니없이 어깨를 높게 만든 옷을 입고 다녀서 모처럼의 미모를 망치고 있었다. 그 당시 바깥세상에서는 모든 여성이 그렇게 어깨를 높게 함으로써 오히려 보기 흉한 꼴을 하고 있었지만, 군도의 여자 죄수들은 그런 흉내를 낼 수도 없었거니와 들것 운반 작업으로 어깨 근육이 발달되어 있었던 것이다.

다른 모든 극단의 여자 주연과 마찬가지로 니나도 이 앙상블에 애인(볼쇼이 극장 무용수 출신)이 있었지만, 예술 면의 정신적 대부로 오스발뜨 글라주노프(글라즈네끄)를 섬기고 있었다. 그는 바흐딴고프 극장의 원로 배우 중의 한 사람으로, 아내와 함께 이스뜨라 교외의 별장에서 독일군에게 붙잡혔다 (어쩌면 은근히 그것을 바라고 있었는지도 모른다). 전쟁 중 3년 동안 두 사람은 그들의 〈작은 조국〉 라트비아에 살면서 리가의 극장에 출연했다. 소련군이 되돌아오자 두 사람의 〈큰 조국〉에 대한 반역죄로 각각 10년을 선고받았다. 그리하여 이제 두 사람은 이 앙상블의 멤버가 되어 있었던 것이다.

아내인 이쫄다 비껜찌예브나 글라주노바는 이제는 나이가 많아서 춤을 추기가 점점 어렵게 되었다. 우리는 단 한 번, 시대적으로 좀 기이한 느낌을 주는 그녀의 무용을 본 적이 있었다. 나는 그것을 인상주의적 무용이라고 부르고 싶지만, 아무래도 전문가들의 반발을 살 것만 같다. 그녀는 어슴푸레한 무대 위에서 은박 장식이 붙은 검은 의상으로 온몸을 감싸고 춤을 추었는데, 그것은 나의 머릿속에 지금도 선명히 아로새겨져 있다. 대부분의 현대 무용은 여성의 육체미의 과시로 일관하고 있다. 그런데 그녀의 춤은 무언가 정신적인 신비를 느끼게 했고, 윤회에 대한 그녀의 확신과 상통하는 데가 있는 것 같았다.

그녀의 춤을 본 지 며칠 안 되어, 그녀는 갑자기 눈에 띄지 않게 죄수 호송대로 끌려 나가(〈군도〉에서의 죄수 호송은 언제나 그런 식으로 진행된다) 남편과 떨어진 채 어딘가 미지의 곳으로 연행되어 갔다.

그것은 농노 시대의 지주들이 흔히 사용하던 잔인하고도 야만스러운 수법이었다. 즉, 농노의 가족을 따로 떼어 남편과 아내를 각각 딴 곳으로 팔아넘기는 것이다. 하기는 그 때문에 지주들은 네끄라소프, 뚜르게네프, 레스꼬프를 비롯한 많은 사람들에게 호되게 얻어맞지 않았던가. 그런데 우리 시대에는 이것이 잔인한 행위가 아니라 지극히 합리적인 조치인 것이다 — 즉, 이 늙은 여자는 정원 속에 들어 있으면서도 자기 밥값을 제대로 못하고 있기 때문이라는 것이었다. 아내가 죄수 호송으로 끌려간 날, 글라주노프는 이제 그의 수양딸만이 최후의 기둥인 양 그 연약한 어깨에 몸을 의지하면서 흐릿한 눈을 껌벅이며 우리들의 방으로 들어왔다. 그는 거의 제정신이 아닌 듯, 저러다간 자살이라도 하는 게 아닌가 여겨질 지경이었다. 그는 힘없이 머리를 숙인 채 한참 동안 아무 말도 없었다. 이윽고 그는 띄엄띄엄 입을 열더니 지나간 일생을 회상하는 투로 말을 이어 갔다. 어찌어찌하여 극단을 2개 만들었지만 예술 때문에 몇 해씩이나 아내를 혼자 내버려 두곤 했다, 만약에 다시 태어날 수만 있다면 인생을 아주 다르게 살고 싶다고…….

그때의 그 두 사람의 모습은 조각처럼 나의 망막 속에 아로새겨져 있다. 노인은 한 손으로 수양딸의 목덜미를 감싸듯 끌어안고, 그녀는 노인의 팔 밑에서 꼼짝도 않고 눈물을 삼키면서 그윽한 눈길로 그를 쳐다보고 있었다.

　하기는 어쩔 수도 없는 일 아닌가. 노파는 자기 밥값도 제대로 못하고 있었으니…….

◆

　나는 여러모로 애써 보았으나 그 앙상블에는 끝내 들어갈 수 없었다. 얼마 후에 그들은 깔루가 대문 수용소를 떠났으며, 그 후 나는 그들을 한 번도 만나지 못했다. 1년 후에 내가 부띠르끼 형무소에 있을 때, 그들이 트럭을 타고 다음 공연 장소를 가던 도중 열차와 충돌했다는 소문을 듣게 되었다. 일행 중에 글라주노프가 있었는지 없었는지는 알 수 없다. 다만 나 자신에 관해 말한다면 하느님의 뜻은 짐작도 할 수 없다는 것을 다시 한번 깊이 깨닫게 되었을 뿐이다. 우리는 자기가 원하고 있는 것이 무엇인지를 결코 알 수가 없는 것이다. 나는 일생 동안 몇 번이나 나에게 불필요한 것을 얻으려고 필사적인 노력을 기울였고, 그것이 실패했을 때는 말할 수 없는 절망에 빠져들곤 했다. 그러나 그 실패라는 것이 실은 행운이었던 것이다.

　나는 깔루가 대문 수용소의 조그만 연극단에, 아네치까 브레슬라프스까야, 슈로치까 오스뜨레쪼바, 료바 G. 등과 함께 남아 있었다. 모두가 이리저리로 끌려가서 흩어져 버릴 때까지 우리들은 거기서 그럭저럭 활동을 계속했다. 그러나 지금 그때의 일을 회상해 볼 때, 수용소에서의 나의 연극 활동은 정신적인 연약함과 굴욕 이외에 아무것도 아니었다는 생각이 든다. 그 못돼 먹은 미로노프 소위는 일요일 밤 술에 취해 수용소에 돌아와서는, 모스끄바에 갔더니 재미있는 일이라고는 하나도 없었다고 뇌까리면서 이렇게 명령하는 것이었다. 「10분

227

이내에 연예 공연 준비를 완료할 것!」자고 있던 배우들을 두들겨 깨우고 화덕 앞에서 입맛을 다시며 반합에 무언가 끓이고 있던 자들을 강제로 끌어낸다. 그리고 잠시 후에, 거만하고 우둔한 소위와 교도관 서너 명밖에는 없는 텅 빈 관람석을 향해, 우리들은 무대 위에서 눈부신 조명을 받으며 노래를 하고 춤을 추고 연기를 했던 것이다.

제19장

민족으로서의 제끄들
(판 파니치의 민족학적 개론)

만약에 아무것도 우리를 방해하지 않는다면, 우리는 이 연구를 통해 중요한 과학적 발견을 이룰 것으로 기대하고 있다.

우리의 가설을 발전시킴에 있어 우리는 진보적 교리와의 모순을 가급적 피하도록 노력했다.

이 글의 저자는 군도의 인구를 구성하고 있는 원주민 종족의 신비성에 끌려 직접 그곳으로 장기간에 걸친 과학 연구 출장을 가서 풍부한 자료를 수집해 온 것이다.

우리는 그 자료들에 입각하여 제끄(군도의 죄수)들이 사회의 한 〈계급〉을 구성하고 있음을 쉽사리 증명할 수 있다. 이 수많은 사람들의 (수백만에 이르는) 집단은 〈생산〉에 대하여 동일한(전원 공통의) 관계에 있다(즉, 그것은 속박되고 예속된 채 그 생산을 지도할 권리를 전혀 갖지 못한다는 뜻이다). 동시에 이 집단은 〈노동 생산물의 분배〉에 대해서도 동일하고 공통적인 관계에 있다(즉, 그것과는 아무런 관계도 없으며, 최저 수준으로 생명을 유지하기 위해 필요한, 생산물의 미미한 부분밖에는 받지 못하고 있다는 것이다). 더욱이 그들이 하는 일은 결코 미미한 것이 아니라 국민 경제 전체에서 가장 중요한 부분을 차지하고 있다.[1]

그러나 이 정도의 증명만으로는 우리의 야심 찬 의욕을 만족시킬 수 없다.

이들 타락한 존재(과거에는 물론 인간이었지만)가 호모 사피엔스, 즉 인류에 비해 확실히 〈이질적인 생물 유형〉[2]임을 증명할 수 있다면 몇 배나 더 센세이셔널하지 않겠는가. 하지만 그 결론은 아직 완성되어 있지 않다. 여기서는 다만 독자들에게 힌트를 줄 수 있을 뿐이다. 다음과 같은 것을 상상해 보라— 별안간 타의에 의해, 더욱이 피치 못할 필연성 때문에, 본래의 모습으로 되돌아갈 가능성을 박탈당한 인간이, 곰이나 오소리(비유에 너무 많이 써먹은 늑대는 내놓지 말기로 하자)의 부류로 이행할 수밖에 없었다고. 그리고 그는 육체적으로 그 새로운 생활을 견뎌 낸다(대번에 거꾸러져 버린 사람은 논외로 하고). 그리하여 오소리들 속에 끼어 새로운 생활을 해나가면서 그 인간은 여전히 인간으로 남아 있을 수가 있었을까? 우리는 그럴 수 없었을 것이라고 생각한다. 그는 필시 오소리가 되었을 것이다. 털도 길게 자랐을 것이고, 얼굴도 뾰족하게 되었을 것이고, 먹는 것도 굽거나 삶거나 하지 않고 날것을 그냥 먹게 되었을 것이다.

이것은 상상하기 어려운 일이기는 하지만, 군도의 환경은 인간의 일반적 환경과는 너무나 판이한 것이어서, 지극히 무참한 양상으로 즉시 적응하든가 아니면 즉시 죽든가의 양자택일을 강요하기 때문에, 이질적인 민족적 환경이나 사회적

---

1 서방 여러 나라에서는 세상에서 버림받은 자들의 사정이 아주 판이하다. 거기서는 개별적으로 수용된 고독한 수감자로서 노동 같은 것은 전혀 하지 않고, 소수의 징역수가 있기는 하지만, 그들의 노동은 그 나라의 경제 전체에서 보면 그야말로 미미하기 짝이 없는 것이다.

2 이런 것이 바로 진화론에서 말하는 〈잃어버린 고리〉일지도 모른다.

환경보다도 더욱 강렬하게 인간의 성격을 짓이겨서 바꿔 버린다. 이 가공할 현상은 오직 동물 세계로의 이행과 비교할 수 있을 뿐이다.

그러나 이 문제는 다음 기회로 넘기기로 하고, 여기서는 아래와 같은 한정된 과제를 설정하기로 한다―즉 죄수(제끄)들이 별개의 특수한 민족을 구성하고 있다는 것을 증명하는 것.

어째서 일반적인 사회에서는 계급이라는 것이 민족 속의 민족으로 변모할 수 없는가? 그것은 다른 계급과 동일한 영토에 살고 있기 때문이고, 길거리와 상점과 열차와 배에서, 극장과 오락장에서 다른 계급과 만나기도 하고, 자기의 목소리나 신문, 잡지를 통해서 서로 대화를 하거나 사상을 교환하고 있기 때문이다. 그와는 반대로 제끄들은 멀리 떨어진 자기들의 섬에 살고 있으며, 생활의 교류는 그들 상호 간에 한정되어 있다(그들의 대부분은 자유인인 고용주를 만난 적도 없으며, 설사 만난다 하더라도 명령이나 욕설밖에는 듣지 못한다). 또한 그들의 격리는 대부분이 죽기 전에는 이 상태를 빠져나갈 가망이 없다는 데서, 즉 사회의 더 높은 다른 계급으로 올라갈 가능성이 없다는 데서 한층 더 심화되는 것이다.

우리는 누구나 일찍이 중학교 시절에, 민족에 관한 스딸린 동지의 유일한 과학적 정의(그것은 너무도 유명하다)를 공부한 바 있다. 〈민족이란 역사적으로 형성된(인종적, 종족적인 것이 아닌) 인간들의 공동 집단으로서, 그 집단은 공통의 영토, 공통의 언어, 공통의 경제생활, 그리고 공통의 문화라는 형태로 표현되는 공통의 심리 구조를 가진다.〉이 모든 조건을 군도의 주민은 더할 나위 없이 완전히 충족시키고 있는 것이다! (여기서 특히, 인종적, 종족적 핏줄이 전혀 필요 없다는 스딸린의 천재적 지적이 우리에게는 매우 유리한 것이다!)

우리 군도의 원주민들은 일정한 〈공통의 영토〉를 차지하고 있으며(수많은 섬들로 분리되어 있기는 하지만, 그것은 태평양의 섬나라들도 마찬가지 아닌가?) 거기서 다른 민족은 찾아볼 수가 없다. 그들의 〈경제 기구〉는 놀라우리만큼 단조롭다. 사실 그 경제 기구는 타자 용지 2장이면 완전히 기술할 수 있을 지경이다(차별 급식 제도, 그리고 죄수들의 가상의 급료를 어떻게 수용 시설의 유지와 경비, 각 섬의 지도부 및 국가를 위해 전용할 것인가 하는 경리부의 지시가 그것이다). 만약에 경제 속에 〈생활 양식〉까지 포함시킨다면, 그것은 어느 섬이나 다 똑같기 때문에(세상 어디에도 이런 일은 없다!), 죄수들은 이 섬에서 저 섬으로 옮겨지더라도 무슨 일에 머뭇거리거나 쓸데없는 질문을 하거나 하는 일 없이, 대번에 새로운 장소에서 어김없이 올바르게 행동하는 것이다(〈과학적으로 배급하는 식사를 취하고 기회만 있으면 훔치거나 가로챈다〉). 그들은 다른 어디서도 인간이 먹지 않는 〈물건〉을 먹고, 다른 어디서도 인간이 입지 않는 〈물건〉을 입는다. 〈하루 일과〉는 어느 섬이나 다 똑같으며, 죄수는 누구나 그것을 엄수해야 한다. (어느 구성원에게나 같은 일과표, 같은 식사, 같은 의복이 나누어지는 민족이 여기 말고 어디에 또 있을까?)

민족에 대한 과학적 정의 속에서 〈문화〉의 공통성이 무엇을 의미하는 것인지 아직 충분히 설명된 바 없다. 죄수들은 〈문자로 쓴 글〉을 갖지 못하기 때문에, 그들에게 과학과 문예의 단일성을 요구할 수는 없는 노릇이다(그러나 그것은 거의 모든 섬나라 주민들의 경우도 마찬가지다. 다만 다른 대부분 섬나라의 경우는 문화 자체가 덜 발달했기 때문이고, 군도의 죄수들의 경우는 검열과 규제의 과잉 때문이다). 그 대신에 우리는 이 개론 속에서 죄수들의 〈심리 구조〉의 공통성, 그

〈생활 태도〉의 단일성, 철학적 견해의 동일성을 유감없이 제시할 수 있을 것이라 믿는다. 그것들은 다른 민족들에게는 이룰 수 없는 이상에 지나지 않는 것으로서, 민족에 대한 과학적 정의 속에서도 언급되지 않는 것들이다. 죄수들의 생활 속에서, 우선 연구자의 눈에 띄는 것은 바로 이 선명한 〈민족적 성격〉이다. 그들에게는 고유의 구비(口碑)가 있고 고유의 영웅상이 있다. 그리고 마지막으로, 그들의 결속을 강화하는 또 하나의 문화적 분야가 있다. 그것은 〈언어〉와 불가분의 관계에 있는 것으로, 우리는 그것을 〈상소리matershchina〉(라틴어 〈어머니mater〉에서 왔으며, 어머니를 욕한다는 뜻)라는 퇴색한 용어로 비슷하게 표현할 수 있을 뿐이다. 그러나 그것은 감정 표현의 특수 형태로서, 보통의 언어 수단을 사용할 때보다 훨씬 박력이 있으며, 더욱이 짧은 말로 죄수들 상호 간의 의사소통이 이루어진다는 점에서 언어의 다른 부문보다 중요하다고 할 수도 있는 것이다.[3] 바로 이 고도로 발달된 〈상소리〉는 죄수들이 끊임없이 처해야 하는 심리 상태의 가장 효과 있는 해소법이며 가장 적합한 표현법이다. 따라서 언어의 나머지 다른 부문은 마치 이차적인 것 같은 느낌이 들 지경이다. 더욱이 우리는 그 언어 속에서도 표현법의 놀라운 유사성, 북쪽 꼴리마에서 남쪽 몰다비아에 이르는 광범위한 지역에서 죄수들의 언어에서 공통적인 논리를 발견하는 것이다.

군도 주민의 언어는 특별한 연구가 없는 한 외부 사람들에게는 외국어와 마찬가지로 이해하기가 쉽지 않다. 예를 들면 독자들은 다음과 같은 표현을 이해할 수 있겠는가?

3 이 언어에 의한 의사소통의 경제성은, 여기에 〈미래 언어〉의 싹이 있는 것은 아닌가 하는 생각을 일으키게 한다.

껍질 까! (옷을 벗으라는 뜻)

나 아직 재깍거리는데! (아직 살아 있다는 뜻)

반짝이 줘봐. (정보를 달라는 뜻)

가로등 뜯고 있네. (허풍을 떤다는 뜻)

사기꾼은 모이고 멍청이는 빠졌나? (나란히 줄 서 있느 냐는 뜻)

위에 기술한 바에 따라, 군도의 주민이 놓여 있는 상태는 특수한 민족 상태로서, 거기서는 그들이 이전에 속했던 민족의 특징이 완전히 소멸되어 버린다는 것을 우리는 단언할 수 있다.

여기서 다음과 같은 반론을 예상할 수 있다. 일반적인 것이 아닌 방법으로 생식하고 있다면 그것을 과연 민족이라 부를 수 있겠는가, 라는. (말이 나왔으니 말이지만, 민족에 대한 유일한 과학적 정의 속에는 이 조건이 포함되어 있지 않다!) 우리는 이렇게 대답할 것이다 — 물론 이 민족은 일반적인 것이 아닌 〈투옥〉이라는 기술적 방법으로 증식하고 있다(그리고 기묘한 습성에 따라 자기의 아이들을 이웃의 다른 민족에 넘겨주고 있다). 하지만, 병아리도 인공 부화기에서 부화되어 나오지 않는가? 그렇다고 해서 그 고기를 먹을 때 이것은 닭이 아니라고 우길 수 있을까?

그러나 설사 죄수들의 〈존재의 시작〉에 어떤 의문이 있다고 하더라도, 그 〈존재의 소멸〉에는 아무런 의문도 있을 수가 없다. 그들도 다른 일반인과 마찬가지로 죽어 가는 것이다. 다만 그들은 사망률이 훨씬 높으며 보통 사람들보다 일찍 죽는 것뿐이다. 그 장례식 또한 음산하고 초라하며 냉혹하다.

여기서 〈제끄〉라는 용어 자체에 관해서 몇 마디 설명을 해

두어야겠다. 1934년까지의 공식적인 용어는 〈자유를 박탈당한 자〉였다. 짧게 줄여 L/S로 사용하고 있었지만, 군도의 주민이 자기들을 이 글자 그대로 L/S로 자각하고 있었는지 어떤지는 아무런 증거도 없어서 뭐라고 말할 수가 없다. 그런데 1934년부터 이것은 〈감금된 자〉로 바뀌었다[그 무렵에 군도는 이미 경화(硬化) 증세를 보이기 시작해서 공식 언어도 거기에 적응해야 했다. 군도 주민의 공식 명칭으로 형무소보다 〈자유〉의 냄새를 풍기는 용어를 사용한다는 것은 안 될 일이었다]. 그것을 짧게 줄여 이렇게 쓰게 되었다 — 단수는 Z/K (제까), 복수는 Z/K Z/K (제까 제까). 이 약어를 군도 주민의 후견인들이 자주 입에 올렸으므로 모두들 그것을 듣고 거기 익숙해졌던 것이다. 그러나 관청에서 만든 말은 어미변화는 고사하고 단수, 복수의 구별도 없었다. 그것은 생명 없는 문맹의 시대에 적합한 산물이었다. 하지만 군도 주민들의 활기 있는 귀는 거기에 저항감을 느꼈는지 여러 섬들과 여러 지방에서 그들은 장난삼아 그것을 자기 나름대로 바꾸게 되었다. 어떤 곳에서는 〈자하르 꾸즈미치〉라 했고, 또 어떤 곳(노릴스끄 지방)에서는 〈자뽈랴르니예 꼼소몰찌(북극 지방의 공산 청년 동맹)〉라 했고, 다른 곳(까렐리야 지방)에서는 〈자끄〉라는 말을 많이 썼다(어원적으로는 이것이 가장 가깝다). 또 어떤 지방(인따 지방)에서는 〈지끄〉라 했다. 나는 〈제끄〉라 부르는 것을 많이 들었다.[4] 위의 어느 경우에나, 이 생기 있는 말들은 어미변화를 하기 시작했다. (하지만 살라모프의 주장에 따르면 꼴리마 지방에서는 여전히 공식 용어인 〈제까〉를 썼다고 한

4 솔로프끼의 고참 죄수인 D. S. L.의 증언에 의하면, 그는 이미 1931년에 어느 호송병이 군도 주민에게 이렇게 질문하는 것을 들었다고 한다. 「너는 누구냐? 제끄냐?」

다. 유감스럽게도 꼴리마 지방의 죄수들은 혹독한 추위 때문에 청각마저 둔해진 모양이었다.)

•

군도의 기후는, 설사 그 섬이 남쪽 바다 한가운데 있더라도, 언제나 북극 기후이다. 군도의 기후는 〈열두 달이 겨울이고 나머지가 여름〉인 것이다. 공기 자체가 살갗을 찌르듯 언제나 매섭다. 그것은 자연 때문만도 아니고 혹한 때문만도 아니다.

제끄들은 여름에도 투박한 잿빛 솜 누비옷을 입고 있다. 그것은 남자들의 짧게 깎은 머리 모양과 함께 그들의 〈외모〉에 균일성을 부여한다. 즉, 그 외관을 하나같이 거칠고 흉하게 만들어 개성을 상실하게 하는 것이다. 그러나 그들을 좀 더 찬찬히 관찰하면, 그 얼굴 표정까지도 모두 똑같은 데 놀라게 된다. 항상 무엇을 경계하고 있는 것 같은, 인정머리라곤 털끝만큼도 없는 무뚝뚝한 표정은 언제든지 의연하고도 잔인한 표정으로 쉽사리 변하기도 한다. 그들의 거칠거칠한 얼굴은 육질로 이루어졌다기보다도 흡사 흑갈색 구리 같은 재료로 주조된 느낌을 주는데(제끄들은 어쩌면 인디언과 동일한 인종인지 모른다), 그것은 그들이 언제나 사나운 바람을 안고 가야 하며 걸음도 좌우로부터의 적의 습격에 대비해야 하기 때문인 것처럼 보인다. 그리고 그들이 행동을 개시해서 작업을 하거나 투쟁을 하거나 할 때는, 두 어깨에 힘을 주고 가슴을 쫙 펴고서 그 어떤 압력에도 능히 견뎌 낼 수 있을 것 같은 자세가 되지만, 일단 행동을 끝내고 고독 속에 빠져 생각에 잠길 때면, 그 목은 머리의 무게를 지탱하지 못하고, 마치 타고난 곱사등처럼 어깨와 등뼈가 아주 우그러들어 버린다. 손이 비어 있을 경우 제끄의 가장 자연스러운 자세는, 걸을 때는 두 손을 등 뒤로 돌려 뒷짐을 지고, 앉아 있을 때는 양쪽으로 힘없이 손을 늘어뜨리는 것이다. 그 곱사등과 짓눌린 것 같은 모양은, 그가 당신에게 다가올 때도, 즉 자유인인 당신, 그러니까 특별한 권한을 지니고 있을지도 모르는 당신에게 다가올 때도 변함없이 그냥 그대로인 것이다. 그는 당신의 눈을 피하듯 시선을 떨어뜨린다. 그러나 당신의 눈을 보지 않을 수 없는 상황에 처하게 되면, 그의 눈은 당신의 명령에 기꺼이 따르려는 마음가짐을 나타내 보이고 있음에도 불구하고, 우둔하고 흐릿한 시선에 당신은 흠칫 놀랄 것이다(하지만 그 눈은 믿지 않는 게 좋다 — 어차피 그는 당신의 명령대로는 움직이지 않을 테니까). 만약에 당신이 그에게 모자를 벗도록 명한다면(혹은 그가 스스로 눈치 빠르게 벗는다면), 당신은 그 박박 깎은 머리통을 보고 인류학적 견지에서 놀라움을 금치 못할 것이다. 그것은 온통 울룩불룩 일그러져 있어서, 분명히 퇴화 현상을 나타내고 있기 때문이다.

당신과 이야기할 때 그는 띄엄띄엄 억양 없는 단조로운 어조로 말하지만, 혹시 무언가 간청할 일이라도 있으면 금방 아부하는 말투로 변한다. 그렇지만 그들이 저희들끼리 이야기하는 것을 당신이 엿들을 기회가 있다면, 그 특이한 〈말투〉를 오래도록 잊지 못할 것이다. 그것은 자기의 목소리로 상대방을 떠미는 것 같은, 빈정거리거나 타박을 주는 것 같은 무뚝뚝한 말투다. 그런 말투가 너무나 원주민 사이에 생활화되었기 때문에 원주민 남자가 여자와 단둘이 있을 때에도(하기는 군도의 법률로 그것은 엄중히 금지되어 있지만) 그가 그런 말투에서 벗어나리라고는 생각할 수 없을 지경이다. 그녀에 대해서도 그는 명령조의 말투로 타박이나 줄 것임이 틀림없다. 상냥한 말투의 제ㄲ란 상상하기조차 어려운 일이다.

그러나 제끄들의 말투가 지니는 대단한 박력만은 인정하지 않을 수 없다. 그것은 〈미안합니다만〉, 〈어서〉, 〈괜찮으시다면〉 등 있으나마나 한 표현과 삽입구, 또는 대명사나 감탄사를 완전히 생략해 버린 결과이기도 하다. 제끄의 말투는 마치 그가 북극의 바람을 헤치고 돌진하듯 단도직입적이다. 그것은 흡사 상대방의 안면에 강한 펀치를, 말의 펀치를 먹이고 있는 것처럼 보인다. 노련한 권투 선수가 상대를 최초의 일격으로 녹다운시키려 드는 것과 마찬가지로, 제끄 역시 최초의 한마디 말 펀치로 상대를 당황하게 하여 벙어리를 만들거나 말더듬이를 만들어 버리려 든다. 설사 상대가 자기에게 반격을 가해 오더라도 그는 대번에 그것을 격퇴하는 것이다.

오늘날에도 독자들은 뜻밖의 장소에서 이런 혐오스러운 말투에 봉착하는 수가 있을 것이다. 예를 들면, 바람이 부는 날 무궤도 전차 정거장에서 옆에 서 있는 사내가 뜨거운 담뱃재를 당신의 새 외투에 떨어뜨려 구멍을 내게 될지도 모를 지경에 이른다. 당신은 상대방이 알아차릴 만큼 분명한 손짓으로 그 재를 털어 버리지만, 그는 태연하게 담뱃재를 계속 떨어뜨리고 있다. 당신은 그에게 한마디 주의를 주지 않을 수 없다. 「여보시오, 담뱃재 좀 조심해 주실 수 없을까요?」

사내는 당신에게 사과하며 담뱃불을 꺼 버리거나 할 생각은 하지 않고, 오히려 버럭 고함을 지른다. 「당신 보험 들지 않았어?」

그러고는 당신이 대꾸할 말을 찾지 못하고 있는 사이에(이런 경우에는 당장에 적당한 말이 생각나지 않는 법이다) 그는 당신보다 먼저 무궤도 전차에 올라타는 것이다. 이런 것은 군도 주민들의 방식과 아주 흡사한 데가 있다.

여러 경우에 사용되는 직접적인 욕설 이외에도, 제끄들은 이미 기성품이 되다시피 한 관용구들을 한 무더기씩이나 갖고 있으며, 그것을 적절히 구사함으로써, 잘난 체 간섭하려 들거나 충고하려 드는 외부인의 입을 틀어막아 버리는 것이다. 한두 가지 예를 들어 보겠다. 〈남의 가랑이 들쑤시지 말라고!〉

그리고 또, 〈(건드리지도 않는데) 왜 납작 엎드려?〉(이 말의 괄호 부분은 비슷한 낱말로 바꿨지만, 원래의 것을 그대로 쓰면 다음에 오는 〈엎드리다〉라는 동사가 아주 음탕한 뜻을 지니게 된다.)

이렇게 듣는 사람을 흠칫하게 하는 표현이 특히 군도의 여자 주민의 입에서 튀어나올 때는 어떻게 대처해야 할지 당황하게 된다. 그녀들은 비유에 에로틱한 소재를 즐겨 사용한다. 연구 논문이 지니는 도덕적 제한 때문에 그런 에로틱한 표현들을 열거하지 못함은 실로 유감스러운 일이다.

여기서 우리는 제끄들이 얼마나 재빠르고 능청맞게 말을 받아넘기는지 한 가지 예를 더 들기로 한다. 글리끄라는 성을 가진 주민 하나가 보통 섬에서 특수 섬으로, 즉 비밀 연구소로 끌려왔는데(주민 중에는 높은 지능을 타고난 자들이 있어서, 그들은 곧장 과학 연구에 종사할 수가 있다), 그는 어떤 개인적인 이유 때문에, 특권을 누릴 수 있는 이곳이 싫어서 전에 있던 섬으로 되돌아가기를 원하고 있었다. 그는 꽤 권위 있는 견장에 큰 별을 단 위원들 앞으로 불려 나갔고, 위원 중의 하나가 이렇게 입을 열었다. 「당신은 무선 통신 기사라 했는데, 우리는 당신을 매우 쓸모 있는…….」

순간, 그 남자 위원이 다음 말을 잇기도 전에, 글리끄는 느닷없이 이렇게 외쳤다. 「쓸모가 있다고? 무슨 쓸모 말이오? 궁둥이를 까고 구부리란 말이오?」

그러고는 허리띠에 손을 가져가며 당장에 그런 자세를 취하려 했다. 위원들은 하도 놀라고 기가 막혀 아무 소리도 못했다. 결국 더 이상의 대화도 설득도 없었고, 그는 원래의 섬으로 되돌아갈 수 있었다.

군도의 주민들은 자기들이 인류학자나 민속학자들의 크나큰 관심의 대상이 되었음을 잘 알고 있으며, 심지어는 그것을 자랑으로 여기고 있는데 이 점은 상당히 흥미롭다. 아마도 그것이 자기들의 존재 가치를 높여 주고 있다고 생각하는 모양이었다. 그들 사이에서는 다음과 같은 전설적인 이야기가 널리 알려져 있으며 자주 화제에 오르기도 한다. 이야기에 의하면, 어느 민속학 교수가, 아마도 우리의 선구자격인 인물이겠지만, 일생 동안 〈제끄〉라는 인종을 연구하여 두 권으로 된 방대한 논문을 발표했는데, 그 속에서 죄수들은 하나같이 〈게으르고 게걸스럽고 교활하다〉는 최종 결론에 도달했다는 것이다(이 대목에 이르면 이야기하는 사람도 듣는 사람도 마치 자기들과는 상관없는 남의 일인 것처럼 히히 웃는다). 그런데 얼마 후에 그 교수 자신도 〈투옥〉되었다(참으로 유감스러운 결말이지만 우리 나라에서는 죄 없이 투옥되는 일은 절대로 없으니까 필시 무언가 있었을 것이다). 그리고 여러 중계 형무소에서 시달리고, 수용소의 〈일반 노동으로 체력을 소모하여 기진맥진해진〉 교수는, 이제야 비로소 자기의 오류를 인정하고, 실제에 있어서 죄수들은 〈말 잘하고 약삭빠르고 속이 트여 있다〉는 것을 깨달았다고 한다(이 표현은 아주 정확할 뿐 아니라, 죄수들의 자존심을 부추기는 데가 있어서 모두들 또 한판 웃어 대는 것이다).

제끄들에게는 글자로 쓰인 문헌이 없다는 점을 우리는 이미 기술한 바 있다. 그러나 섬의 고참 주민들의 행동 속에, 그 구비나 전설 속에, 죄수로서의 〈올바른〉 행동 규범, 그리고 작

도판 1 〈대부〉 레베제프 대위

도판 2 수용소 구내의 모습

도판 3 체보따료프 가족

도판 4 베레고바야

도판 5 선전반

도판 6 돌격 작업반원들과 선전반

도판 7 아마추어 예술가들

업과 고용주와 이웃과 자기 자신에 대한 계율이 확립되어 있어서, 그것은 새로 들어오는 주민들에게 주어진다. 주민들의 도덕적 규범 속에 아로새겨져 실천에 옮겨진 이 통합된 계율들은 〈제끄의 민족적 유행〉이라고 우리가 이름 붙인 것을 형성하고 있다. 그리고 그 공통적인 성질은 개개의 주민에게 낙인처럼 깊이 찍혀서 영원히 남아 있게 마련이다. 오랜 세월이 흘러 주민 중의 누가 군도 밖으로 나가게 되더라도, 당신은 첫눈에 그가 제끄임을 알아볼 것이고, 한참 후에야 그가 러시아인인지, 따따르인인지, 폴란드인인지를 알게 될 것이다.

•

나라에서 시키는 〈일〉에 대한 제끄들의 〈태도〉. 그들은 일에 대해 전적으로 옳지 않은 생각을 가지고 있다. 즉, 일이란 자기들의 생명력을 빨아먹는 것이므로 살아남기 위한 최선의 방법은, 무슨 일이건 열심히 달려들지 말라는 것이다. 어차피 일이란 끝나지 않는다는 점을 제끄들은 잘 알고 있다(어서 일을 마치고 한숨 쉬자는 생각은 절대 금물이다 — 쉬기도 전에 일을 시킬 테니까). 〈일이란 바보들이나 하는 것이다.〉

그럼 어떻게 하라는 말인가? 드러내 놓고 일하기를 거부하는가? 아니, 그랬다가는 큰일 난다! 징벌 감방에 처넣어져 굶주림으로 죽을 지경에 이르게 된다. 작업에는 출동하지 않을 수가 없다. 그러나 거기서, 즉 노동 시간에 〈열심히 일하지 말고 적당히 꾀를 부려야 하고, 힘을 쓰지 말고 늑장을 부려야 한다〉(다시 말해서 일을 하지 말아야 하는 것이다). 이곳 주민은 어떠한 명령이 내려지더라도 공공연히 거부하는 법은 없다. 그런 짓을 했다가는 멸망이 있을 뿐이니까. 그 대신에 그는 〈고무줄을 잡아당기는〉 것이다(즉, 질질 끈다는 뜻). 이

〈고무줄을 잡아당기는〉 것은 군도의 가장 중요한 개념, 가장 중요한 표현의 하나다. 그것은 죄수들이 자신을 살리기 위해 터득한 최고의 수단이다(후에 이것은 〈바깥세상〉의 일꾼들 사이에서도 널리 보급되었다). 제끄는 그 어떤 종류의 명령도 끝까지 조용히 듣고 고개를 끄덕인다. 그리고 명령을 수행하기 위해 물러간다. 그러나 결코 그것을 수행하지는 않는다! 대부분의 경우 일에는 손도 대지 않는 것이다. 이런 행동은 때로 목적의식이 뚜렷한 정력적인 생산 담당계에게 절망감을 안겨 주게 마련이다. 그는 상대의 뺨따귀를 올려붙이든가 머리통을 한 대 쥐어박고 싶은 충동을 느끼게 된다. 이 짐승만도 못한 누더기 걸친 우둔한 놈들아, 그만큼 분명히 러시아어로 명령을 했으면 알아들어야 할 게 아니냐! (그러나 문제는 이곳 주민이 러시아어를 잘 이해하지 못하는 데 있다. 〈노동자의 명예〉니, 〈자각적 규율〉이니 하는 따위, 우리들의 현대적 개념에 해당하는 것이 그들의 빈약한 언어에는 존재하지 않기 때문이다.) 그러나 감독관이 두 번째로 달려오면, 제끄는 욕설을 들으면서 순순히 허리를 굽혀 일을 시작하는 것이다. 고용주 격인 감독관은 시급한 지도적 임무가 그 밖에도 많이 남아 있어서 그 자리를 떠날 수밖에 없는데, 제끄는 멀어져 가는 그의 등을 바라보며 다시 일을 팽개치고 주저앉아 버린다(만약에 반장의 주먹이 머리 위에 떨어지지 않는다면, 혹은 오늘 저녁에라도 배급 빵을 박탈당할 염려가 없다면, 그리고 형기 감축 제도라는 유혹이 없었다면 말이다). 우리 정상인으로서는 그들의 이러한 심리를 이해하기가 어렵지만, 사실은 사실인 것이다.

우둔한 놈들이라고? 천만에, 오히려 그들은 자기가 처한 조건에 완전히 부합될 만큼 영리한 것이다. 제끄는 무엇을 계산에 넣고 있는가? 일이란 사람이 하지 않는 이상 저절로 될 리는 없으니까 감독관이 또 한 번 오면 그때는 큰일 날 게 아닌가? 그러나 그의 속셈은 이렇다 ── 오늘 중으로 감독관이 세 번이나 나타날 가능성은 극히 희박하다. 내일 어떻게 되는지는 내일까지 살아남지 않으면 알 수 없다. 오늘 밤에라도 자기는 죄수 호송에 끌려 나갈 수도 있다. 아니면 다른 작업반으로 옮겨질는지도 모르고 입원하게 될는지도 모른다. 아니, 어쩌면 징벌 감방에 처박힐는지도 모른다. 그렇게 되면 자기가 한 일은 남의 것이 되고 말지 않는가? 내일이면 자기는 같은 작업반에서 다른 일에 배치될지도 모른다. 혹은 감독관 자신이, 그 일은 이제 하지 않아도 된다, 다른 방법으로 해야 한다고 전의 명령을 철회할지도 모른다. 이런 여러 가지 경우가 모두 있을 수 있기 때문에 제끄들은 다음과 같은 굳은 신념에 도달했다 ── 〈내일 할 수 있는 일은 오늘 하지 말 것.〉 제끄의 등에 올라타 보았자 한 걸음도 나가 주지 않는 것을 어찌하랴. 그는 소모하지 않아도 될 일에 공연히 칼로리를 소모하지 않도록 명심하고 있기 때문이다(칼로리 관념은 주민 속에 깊이 침투해 있다). 저희들끼리 이야기를 할 때도 제끄들은 이렇게 드러내 놓고 말한다 ── 〈수레를 끄는 놈을 재촉하는 법이다〉 (그러니까 아예 끌지 않으면 내버려 둔다는 뜻이다). 대체로 제끄는 〈하루해가 어서 지기만 바라면서〉 일을 하고 있는 것이다.

[하지만 여기서 우리는 과학자로서의 양심상 우리의 논리 진행에 약간의 약점이 있음을 인정하지 않을 수 없다. 그것은 무엇보다도 〈수레를 끄는 놈을 재촉하는 법이다〉라는 수용소의 법칙이 러시아의 옛 격언과 일치하기 때문이다. 그리고 우리는 달의 책[5] 속에서 또 하나의 순수한 제끄식 표현을 발견

하게 된다 ─ 〈하루해가 어서 지기만 바라면서 산다〉. 이러한 일치는 우리에게 갖가지 의문을 불러일으킨다 ─ 이것은 언어 차용의 이론인가? 이동성 테마의 이론인가? 아니면 신화의 한 계열인가? ─ 이와 같은 위험한 비교, 대조를 계속하면서, 우리는 농노 시대에 태어나 19세기까지 확고한 위치를 차지하고 있던 구시대의 속담 중에서 다음과 같은 것들을 발견했다.

〈일은 하지도 말고 그만두지도 말라.〉 (놀랍다! 이것이 바로 수용소의 〈고무줄의 원리〉 아닌가.)

〈할 수 있다고 해서 다 하지는 말라.〉

〈주인집 일은 해도 해도 끝이 없다.〉

〈일 잘하는 말이 오래 살지 못한다.〉

〈빵 한 조각에 맷돌질 한 주.〉 (아무리 큰 배급 빵이라도 노동에 소비한 에너지를 보충할 수 없다는 제끄들의 반동적 이론과 너무나 잘 맞아떨어진다.)

그렇다면 대체 이것은 어찌 되는 건가? 제정 러시아의 해방적인 개혁, 계몽 운동, 혁명과 사회주의 등 모든 역사적 구획을 뛰어넘어, 예까쩨리나 여제 시대의 농노와 스딸린 시대의 제끄가, 저마다 놓인 사회적 환경이 판이함에도 불구하고 투박하고 시꺼먼 손을 서로 맞잡고 있다는 이야기인가? 그런 일은 있을 수 없다!

여기서 우리 지식도 한계에 이르렀으므로 다시 본론으로 돌아가겠다.]

일에 대한 제끄의 태도는 당국자에 대한 그의 태도에 그대로 반영된다. 얼핏 보기에 그는 당국자에게 무척 공손하다. 예를 들어, 제끄의 〈계율〉 중의 하나는 〈맞서지 마라!〉인데, 이

5 달, 『러시아 민족의 속담』(모스끄바, 1957), p. 257.

것은 당국자에게 절대 말대꾸를 하지 말라는 뜻이다. 당국자가 문책을 하거나, 심지어는 옆에 서 있기만 해도 제끄는 몹시 겁을 먹고 굽신거리고 있는 것같이 보인다. 그러나 사실은 속셈이 있어서, 즉 공연한 처벌을 피하려고 그러는 것이다. 제끄는 당국자들을 수용소 당국자건, 작업 현장의 당국자건, 마음속으로는 완전히 경멸하고 있다. 다만 벌을 받을까 봐 그것을 얼굴에 나타내지 않을 뿐이다. 작업에 관한 지시나 훈화나 잔소리를 듣고 나서 작업반별로 해산할 때 제끄들은 서로 킬킬거리며 웃는다 ── 〈실컷 지껄여 보라지, 잊어버리는 거야 힘들지 않으니까〉라는 것이다. 제끄들은 속으로 자기들이 당국자들보다는 한 수 위라고 생각한다. 지식에서도, 작업의 숙련도에서도, 인생을 이해하는 데서도 말이다. 때로는 그것이 사실이라고 인정할 수밖에 없는 경우도 많지만, 제끄들은 그 지나친 자신감 때문에, 군도의 관리 당국이 〈세계를 전체적으로 보는 면에서 언제나〉 자기들보다 우위에 있다는 점을 미처 깨닫지 못하고 있다. 그 때문에 제끄들은 당국자들이 〈무엇이건 내 마음대로다〉, 〈여기서는 내가 곧 법률이다〉라는 입장에 서 있는 것이라고, 전혀 근거 없는 단순한 생각을 가지게 되는 것이다.

그렇지만 이런 점에서 우리는 다행히도 군도 주민의 상태와 옛 농노제를 구별하는 선을 그을 수가 있다. 농노인 농민은 주인 나리를 싫어하여 비웃기가 일쑤였지만, 한편으로는 나리에게서 무언가 숭고한 것을 언제나 느끼고 있었기 때문에, 예컨대 사벨리치라든가 피르스 같은 충실한 노예가 얼마든지 있었던 것이다. 그러나 이제는 그따위 노예근성은 뿌리가 뽑힌 지 오래다. 몇천만에 달하는 제끄들 중에 진심으로 당국자에게 호감을 느끼는 죄수가 단 한 사람이라도 있을까?

상상조차 할 수 없는 일이다.

　우리들, 즉 독자를 포함한 우리 동포들과 제끄들을 구별하는 것으로 다음과 같은 제끄들의 중요한 민족적 특징이 있다. 제끄들은 칭찬으로도, 표창장으로도, 상패로도 그 마음을 움직일 수가 없다(그것이 빵 한 조각 더 얻어먹는 것과 직접적 관계가 없는 한). 바깥세상에서 노동자의 명예라고 일컬어지는 모든 것은, 우둔해 빠진 제끄들에게는 한낱 허깨비 놀이에 지나지 않는다. 그러니까 그들은 더더구나 후견인에게 의존할 필요가 없고 그자들의 비위를 맞출 필요도 없는 것이다.

　대체로 제끄들의 〈가치관의 척도〉는 우리들의 그것과는 정반대이다. 그러나 미개 민족의 경우는 언제나 그렇다는 것을 상기한다면 놀랄 것도 없다. 그들은 살찐 돼지를 조그만 거울과 바꾸는가 하면 야자열매 한 바구니를 값싼 유리구슬과 교환하기도 한다. 우리에게 소중한 것, 즉 사상적 가치라든가 헌신적 태도라든가 미래를 위해 일하고자 하는 순수한 욕구 등이 제끄들에게는 결핍되어 있을 뿐 아니라, 그 가치를 아예 인정하려들지 않는다. 제끄들에게는 〈애국심 같은 것은 있을 수 없다〉고 해도 무방할 것이다. 그들에게는 자기 조국인 섬들에 대한 애정이 전혀 없다. 그들의 민요 한 구절을 인용해 보자.

　　저주받을 땅 꼴리마!
　　악당들이 만들어 낸 생지옥!

　그 때문에 그들은 종종 행복을 찾아서, 바깥세상 말로 〈탈주〉라고 부르는 머나먼 모험의 길을 떠나기도 하는 것이다.
　제끄들이 가장 높이 평가하고 가장 중요한 것으로 인정하는 것은 〈배급 빵〉이다. 그것은 여러 가지 재료를 섞어서 별로 잘 굽지도 못한 검은 빵인데, 우리는 도저히 입에 대지도 못할 그런 물건이다. 그 배급 빵이 크고 무거우면 그만큼 값어치를 높게 쳐준다. 제끄들이 얼마나 게걸스럽게 아침 배급 빵을 움켜쥐고 손가락까지 함께 물어뜯을 듯이 먹어 대고 있는가를 목격한 사람이라면 그 아름다울 수 없는 기억을 좀처럼 지워 버리지 못할 것이다.

그들 사이에서 그다음으로 가치 있는 것은 마호르까 또는 〈사제담배〉인데, 그 교환 비율은 터무니없을 만큼 제멋대로여서, 그것과 교환되는 물건에 소비된 사회적 노동량을 전혀 도외시하고 있다. 더욱 기이한 것은 마호르까가 그들 사이에서 통화 구실을 하고 있다는 점이다.

세 번째로 가치 있는 것은 수프이다(이곳 습관에 따라 지방도 고기도 납작보리도, 심지어는 생야채도 들어 있지 않은, 섬 특유의 수프이다). 아마도 빳빳한 군복에 총을 들고 발맞춰 나가는 친위대원들의 퍼레이드도, 제끄의 작업반이 저녁 수프를 받으러 식당으로 돌진하는 광경만큼 강렬한 인상을 구경꾼에게 주지는 못하리라 — 박박 올려 깎은 중대가리, 거기 달랑 얹어 놓은 모자, 끈으로 질끈 동여맨 누더기 옷, 흉하게 일그러진 얼굴(그 알량한 수프나 먹는 주제에 어디서 저런 힘줄과 힘이 솟아나는가?), 그리고 편상화, 헝겊신, 짚신을 신은 25쌍의 발을 쾅쾅 구르며, 야, 죽 좀 빨리 주지 못해! 우리 패가 아닌 놈은 썩 물러가라고 고함을 지르는 것이다. 그 순간 먹이를 움켜쥔 25개의 얼굴에는 제끄의 〈민족성〉이 더할 수 없을 만큼 뚜렷이 나타난다.

민족으로서의 제끄들을 논함에 있어 우리는 어째서인지 특정의 개인을, 개개의 얼굴이나 이름을 염두에 둘 수 없음을 느끼게 된다. 그러나 그것은 우리의 방법상 결함이 결코 아니다. 그것은 다른 민족에서는 으레 있게 마련인 가정생활이나 자손 번식을 그만둔 이 이상한 민족이(그들은 자기들이 다른 방법으로 보충되고 있음을 확신하고 있다) 영위하고 있는 〈군도 생활〉을 정확히 묘사하는 데 따르는 현상일 뿐이다. 군도에서의 이 집단적 생활 양식은 그야말로 독특한 것이다. 그것은 원시 사회의 유산인가, 아니면 미래 사회의 여명인가 ─ 아마도 미래 사회의 여명인 것만 같다.

제끄들에게 그다음으로 가치 있는 것은 수면이다. 정상적인 사람이라면, 그들이 어떠한 상황하에서도 잠만 자려 드는 것을 보고 놀라지 않을 수 없을 것이다. 그들은 불면증이라는 것을 모르며, 수면제 없이 아침까지 푹 자면서도, 작업 없는 한가한 날이 있으면 하루 종일 잠만 자는 것이다. 이것은 이미 확인된 사실이지만, 그들은 운반 작업을 할 때도 잠깐 틈만 나면 빈 들것 옆에서 잠을 잔다. 작업 출동 전에 대열을 짓고 서 있을 때도 다리를 벌리고 선 채 졸곤 한다. 그리고 작업장으로 나가는 도중에도 대열 속에서 곧잘 졸곤 한다. 하기는 누구나가 다 그런 재주를 부릴 수는 없다 ─ 개중에는 자빠지면서 눈을 뜨는 자도 있으니까. 그들은 이러한 경향을 다음과 같이 정당화한다. 꿈속에서는 〈형기〉가 빨리 지나간다. 그리고 〈밤은 자기 위해, 낮은 쉬기 위해〉 있는 것이다.[6]

이제 〈정당한〉(제끄들이 말하는 것처럼) 수프를 받으려고 발을 구르고 있는 작업반의 모습으로 되돌아가기로 하자. 여기서 우리는 제끄들의 민족성 중의 가장 중요한 특징을 발견하게 되는데, 그것은 〈살아가는 데 있어 긴요한 박력〉이다. (이

6 역설적이지만, 비슷한 속담이 러시아 민족에게도 있다. 〈걸으면서 배불리 먹고, 선 채로 실컷 잔다.〉 〈틈바구니만 있으면 어디서인들 못 자랴.〉

것은 그들이 늘 조는 경향과 결코 모순되지 않는다. 눈을 뜨고 있을 때 필요한 박력을 보존하기 위해서 그들은 잠을 자둬야 하는 것이다!) 이 박력이라는 것은 글자 그대로 물리적인 힘으로, 먹을 것, 따뜻한 난로, 건조실, 비를 피할 만한 곳 등 목적을 향해 내닫는 힘을 말한다. 그럴 때 제끄들은 옆 사람의 옆구리를 내지르며 달려 나가는 것쯤은 아무렇지도 않게 여긴다. 만약에 두 사람의 제끄가 통나무를 들어 올리러 가야 한다면, 통나무 뿌리 쪽이 상대방에게 가도록 가느다란 쪽을 향해 앞다투어 돌진한다. 그리고 이 박력은 좀 더 일반적인 의미를 가지는 것으로, 생활해 나가는 데 있어서 더 유리한 자리를 차지하기 위한 박력인 것이다. 군도의 가혹한 조건하에서는 (그 조건은 동물 세계의 그것과 너무나 흡사해서, 다윈의 〈자연 도태〉를 여기에 인용해도 무리는 없을 것이다) 자리를 위한 투쟁에서 이기느냐 지느냐에 목숨이 좌우되는 수가 많다. 따라서 타인을 희생으로 하여 자기 목숨을 유지하는 방식을 스스로 억제할 만한 윤리관을 그들은 모르는 것이다. 그들은 거리낌 없이 말한다 — 뭐, 〈양심〉이라고? 그런 것은 〈내 신문 조서 속에 버리고 왔어!〉 생활 속에서 어떤 중요한 결단을 내려야 할 때면 그들은 군도의 유명한 원칙을 따른다. 〈고난을 겪기보다는 짐승이 되는 편이 낫다.〉

그렇지만 그 박력이 먹혀들어 가려면, 생활상의 필요한 요령과, 어떤 곤란한 상황도 헤쳐 나갈 수 있는 〈약삭빠름〉이 있어야 한다.[7] 이 재능을 제끄는 매일같이 발휘해야 한다. 가장 단순하고 대수롭지 않은 일을 위해서도, 예컨대 자기의 하잘 것없는 시시한 재산, 즉 반쯤 찌그러진 반합, 냄새 나는 헝겊

---

7 러시아에는 이런 속담이 있다. 〈상대방 앞에서는 절을 하고 옆에서는 곁눈으로 살피고, 등 뒤에서는 손으로 더듬는다.〉

조각, 나무 숟가락, 바늘 등을 지키기 위해서도 이 재능은 필요한 것이다.

그러나 군도의 계급 제도하에서 중요한 자리를 차지하기 위한 투쟁에서는 그 약삭빠름도 빈틈없이 세밀하게 계산된 계략이 따르지 않으면 안 된다. 이 논문을 읽기 쉽게 하기 위해 여기서 한 가지 간단한 예를 들기로 하자. 어느 제끄 한 사람이 어찌어찌해서 수용소에 있는 공업 제작소 책임자라는 중요한 자리를 차지했다. 이 제작소는 어떤 종류의 일은 제법 잘하지만 다른 종류의 일은 엉망이다. 그러나 그의 지위는 제작소의 성적에 달려 있는 게 아니다. 그의 〈권위자인 척하는〉 태도에 달려 있는 것이다. 하루는 내무부의 높은 장교들이 시찰을 하러 와서, 그의 책상 위에 점토로 만든 원뿔들이 놓여 있는 것을 보았다. 「이것은 뭔가?」「제게르 추입니다.」「무엇에 쓰는가?」「가마 속의 온도를 측정하는 데 씁니다.」「아, 그런가?」고관은 경의 어린 얼굴로 끄덕이며 이렇게 생각한다 ― 내가 이렇게 우수한 기사를 이 자리에 앉히길 잘했군. 그러나 그 추는 기준에 맞는 점토가 아니라, 아무 데서나 파내 온 점토로 만들었기 때문에, 용해점도 확실하지 않고 가마 속의 온도를 정확히 측정할 수는 없는 것이다. 추의 전시 효과가 거의 없어질 무렵에 이 제작소 책임자의 책상 위에는 새로운 장난감이 나타났다. 그것은 렌즈가 하나도 들어 있지 않은 광학 기구다. (렌즈 같은 것을 어떻게 군도에서 구할 수 있겠는가?) 이번에도 모두들 감탄하는 것이다.

제끄의 머리는 이러한 부차적인 속임수를 쉴 새 없이 궁리해 내지 않으면 안 된다.

상황의 변화에 즉시 응하면서, 그리고 적을 심리적으로 파악하면서, 제끄는 〈융통성 있는 태도〉를 취해야 한다. 이것은 주먹과 목청에 의한 난폭한 행동으로부터 가장 세련된 위선적 행위에 이르기까지, 그리고 더할 수 없이 파렴치한 행위로부터 이행하지 않아도 무방할 듯싶은 구두 약속의 충실한 이행에 이르기까지 모든 것을 포함하는 것이다(어쩐 일인지 제끄들은 모두 하찮은 뇌물이라도 받으면 반드시 그 약속을 지킨다. 그리고 개인적으로 무언가 주문을 받았을 때는 이상하리만큼 참을성 있게 양심적으로 그 물건을 만들어 낸다. 오스딴끼노 박물관에서밖에는 볼 수 없을 것 같은, 정교한 조각과 모자이크로 된 훌륭한 민예품들이 군도 주민의 손으로 이루어진 것을 볼 때, 그런 것은 감독이나 알아서 할 일이라고 뒷짐을 지고 있는 바로 그 제끄들이 만들어 냈다고는 도저히 믿기 어려운 것이다).

이러한 융통성 있는 태도는 제끄들의 유명한 규칙에도 반영되어 있다 ──〈주거든 받고, 때리거든 피하라.〉

수용소군도 주민들의 생활 투쟁을 성공적으로 이끌어 가기 위한 가장 중요한 조건은 〈속을 내보이지 말 것〉이다. 그들의 성격이나 속셈은 너무나 깊이 숨겨져 있어서 일에 아직 익숙하지 못한 풋내기 고용주들은 처음 얼마 동안 제끄들을 바람과 발길질에 나부끼는 풀잎같이 생각한다.[8] (나중에 가서야 그는 섬 주민들의 교활함과 불성실함을 알고 분해하는 것이다.) 속을 내보이지 않는 것은 제끄 종족의 가장 현저한 특징인지도 모른다. 제끄는 자기의 속셈과 행동을 고용주나 교도관이나 반장에게, 그리고 이른바 〈밀고자〉[9]에게까지도 숨겨야만

8 러시아의 다음 속담과 비교해 보라. 〈꺾여 버리기보다는 휘어지는 편이 낫다.〉
9 이것은 그다지 중요한 현상이 아니므로 이 개론에서는 더 이상 언급할 필요가 없다고 본다.

한다. 자기가 하려는 일을 방해받지 않도록 숨겨야만 한다. 그 계획이나 예정이나 기대를 숨겨야만 한다. 대담한 〈탈주〉를 준비하고 있는 경우에도 그렇고, 매트리스용 대팻밥을 어디서 구하는지 알게 되었을 경우에도 그렇다. 제끄들의 생활 속에서는 무엇이건 알려 주었다가는 잃어버리게 되는 것이다. 한번은 내가 어느 제끄에게 마호르까를 조금 주었더니 그가 이렇게 설명했다(그의 말을 보통 러시아어로 옮기기로 하자). 〈만약에 감독 눈에 띄지 않고 따뜻하게 잘 수 있는 곳을 남에게 가르쳐 주면 모두들 그리 몰려들어 감독에게 들키고 만다. 자유 고용인들을 통해 편지를 보냈다고 말하면[10] 모두가 그 자유 고용인한테 편지를 부탁하러 가니까 그도 편지들을 가지고 있다가 잡히고 만다. 만약 창고계가 찢어진 셔츠를 교환해 주마고 약속했다면 교환할 때까지 잠자코 있어야 한다. 그리고 교환하고 나서도 입을 다물고 있어야 한다. 이것은 그에게 폐를 끼치지 않기 위해서고, 언제 또 그의 신세를 지게 될지 모르기 때문이다.〉[11] 세월이 흐름에 따라 제끄는 모든 것을 숨기는 것에 익숙해져서, 굳이 애를 쓰지 않아도 나중에는 저절로 그렇게 된다. 즉, 자기의 속셈이나 생각을 누군가에게 털어놓고 싶은, 인간으로서 당연한 욕구가 사라져 버리는 것이다(어쩌면 이 〈속을 내보이지 않는〉 태도는 일반적으로 모든 일이 비밀리에 비공개적으로 행해지고 있는 데 대한 일종의 방어 반응인지도 모른다. 제끄의 운명에 관계되는 모든 정보

---

10 군도에는 공식적인 우편이 있지만 주민들은 그것을 이용하기를 꺼리고 있다.

11 러시아의 다음 속담과 비교해 보라. 〈찾아내도 말하지 말고, 잃어버려도 말하지 말라.〉 솔직히 말해서, 양자의 처세훈이 너무나 비슷한 데 우리는 곤혹을 느끼지 않을 수 없다.

가 그 자신은 전혀 알 수 없도록 온갖 방법으로 은폐되고 있기 때문이다).

속을 내보이지 않는 제끄의 습성은, 주위의 어느 누구도 믿으려 들지 않는 〈전면적인 불신〉에서 비롯된 것이다. 얼핏 보기에 전혀 사심이 없는 것 같은 타인의 행동이 오히려 그의 마음속에 의혹을 불러일으킨다. 〈밀림의 법칙〉 — 인간관계에 있어서의 지상 명령을 제끄는 이렇게 간명하게 표현하고 있다(사실 군도의 섬들에는 광대한 밀림 지대가 펼쳐져 있다).

이러한 종족적 자질, 즉 생활상의 박력, 무자비함, 약삭빠름, 속을 내보이지 않는 불신감 등을 고루 갖추고 그것을 최대한도로 발휘하고 있는 제끄는 자기 자신을 〈수용소군도의 아들〉이라 부르고 남들도 그렇게 부른다. 그것은 이를테면 명예로운 시민의 칭호 같은 것으로, 물론 오랜 섬 생활을 한 자만이 획득할 수 있는 칭호다.

수용소군도의 아들은 스스로 남에게 속을 내보이지 않는 인간임을 자처하고 있지만, 이와는 반대로 자기는 주위 사람들의 속을 빤히 들여다보고 있으며 심지어는 그들의 발밑 다섯 자 깊이까지도 투시할 수 있다고 자신한다. 하기는 그럴는지도 모른다. 그러나 가장 통찰력 있는 제끄조차 그 시야는 극히 제한되어 있어서 앞일을 내다보는 능력은 거의 없다. 보통 제끄들은 고사하고 이른바 수용소의 아들까지도 자기에게 직접 관계되는 행동을 냉정하게 판단할 수 있고 앞으로 몇 시간 이내의 자기의 행동을 아주 정확하게 계산할 수도 있지만, 추상적인 사고력은 물론이고 일반적인 현상을 파악하는 능력이 없으며 장래에 대해서 아무 말도 못하는 것이다. 그래서 그들의 언어에 미래형이 사용되는 경우는 극히 드물다. 내일의 일에 관해서도 미래형은 가정의 뜻을 포함하고 있으며, 주

초에 그 주의 일을 말할 때도 미래형은 함부로 사용하지 않는다. 제끄한테서는 다음과 같은 말을 절대로 들을 수 없다 —— 〈내년 봄에 나는…….〉 그것은 내년 봄까지는 무사히 넘겨야 할 겨울이 아직 남아 있다는 것을 모두가 알고 있기 때문이며, 내일이라도 운명이 그들을 이 섬에서 저 섬으로 옮겨 던져 버릴 수가 있기 때문이다. 실로, 〈일각이 여삼추〉인 것이다.

수용소군도의 아들들은, 이른바 〈제끄의 계율〉이라는 전통을 이어 가는 주역들이다. 군도의 섬마다 계율의 가지 수는 서로 다르고 그 표현 방법도 엄밀하게 일치하는 것은 아니다. (그러니까 그것을 체계적으로 정리하는 연구도 꽤 흥미를 끌 수 있을 것 같다.) 이 계율은 기독교와는 아무런 관계도 없다. (제끄들이란 무신론적 민족일 뿐 아니라, 그 어떤 신성한 것도 인정하지 않는다. 그리고 아무리 숭고한 것일지라도 그들은 그것을 조소하고 멸시하려 든다. 그들의 이런 태도는 그 언어에도 반영되어 있다.) 그렇지만 수용소군도의 아들들이 주장하는 바와 같이, 이 계율에 따르기만 하면 군도에서 그럭저럭 목숨을 부지할 수가 있는 것이다.

다음과 같은 계율이 있다 —— 〈꽥꽥거리지 말라〉(이것은 어떻게 이해해야 할까? 아마도 공연한 소동을 일으키지 말라는 뜻일 것이다). 〈접시 바닥을 핥지 말라〉, 즉 오물통을 휘젓는 짓으로까지 타락하지 말라는 뜻이다. 그런 짓을 하는 놈은 갑자기 죽어 버린다는 것이다. 〈날치기를 하지 말라〉 등등.

여기 흥미로운 계율이 하나 있다. 〈남의 반합을 기웃거리지 마라!〉 우리는 이것을 군도 주민들의 사상이 도달한 꽤 높은 성과라고 말하고 싶다. 그것은 소극적인 자유의 원리로서 바꿔 말하면 〈*my home is my castle*(나의 집은 나의 성)〉과 같은 것이다. 아니, 그 이상의 것일 수도 있다. 그것은 자기의 반합이 아니라 남의 반합을 말하고 있기 때문이다(실은 자기의 반합도 그 뒤에 숨겨져 있기는 하지만). 우리는 군도의 조건들을 알고 있는 만큼 이 〈반합〉을 확대해서 해석하지 않으면 안된다 — 단지 시커멓게 눌어붙은 찌그러진 그릇으로서, 그리고 그 안에 들어 있는 먹음직스럽지 못한 꿀꿀이죽 같은 구체적 사물로서 뿐만 아니라, 먹이를 획득하는 온갖 방법으로서, 생존 투쟁의 온갖 수단으로서 해석해야 하며, 한 걸음 더 나가 제끄의 〈마음〉으로서 해석해야 한다. 한마디로 말해서, 내 마음대로 살게 내버려 둬다오, 너도 네 멋대로 살려무나, 라는 뜻을 이 계율은 내포하고 있는 것이다. 군세고도 잔인한 수용소의 아들은 이 계율을 지킴으로써, 자기의 능력과 박력을 단순한 호기심 때문에 행사하지 않는다는 원칙을 고수한다. (동시에 그는 모든 도덕적 의무로부터 벗어난다. 네가 내 곁에서 죽건 말건 나하고는 아무 상관도 없다, 라는 것이다. 잔인한 계율임에는 틀림없으나, 〈무뢰한들〉, 즉 섬의 식인종들이 가지고 있는 〈너는 오늘 죽어라, 나는 내일 죽겠다〉라는 계율보다는 훨씬 인간적이라고 할 수 있다. 식인종인 무뢰한들은 결코 이웃 사람에 대하여 무관심하지 않다. 그들은 자기 죽음을 늦추기 위해 이웃 사람의 죽음을 재촉할 뿐 아니라 때로는 장난삼아, 또는 구경거리로 삼기 위해 이웃 사람을 죽음으로 몰아넣기 때문이다.)

마지막으로, 다음과 같은 총괄적인 계율이 있다 — 〈믿지 말라, 겁내지 말라, 빌지 말라!〉 이 계율 속에 제끄의 일반적 민족성이 명확히 표현되어 있다.

만약에 (바깥세상의) 국민 전체가 이 긍지 높은 계율을 충실히 지키고 있다면, 도대체 무슨 수로 그러한 국민을 통치할 수가 있을까? 생각하기도 무서운 일이다!

이 계율은 이제 제끄들의 생활 태도의 연구로부터 그들의 심리적 본질의 연구로 우리를 이끌어 가는 것이다.

우선 우리가 수용소의 아들에게서 첫눈에 발견하는 것은 〈정신적인 평형〉, 즉 심리적 안정이다. 이것은 보면 볼수록 더욱 뚜렷해진다. 여기서 흥미 있는 것은 이 세상에 있어서의 자기 위치에 대한 제끄의 보편적인 철학적 견해다. 영국인이나 프랑스인으로 태어난 것을 한평생 자랑스럽게 생각하는 영국인이나 프랑스인과는 달리, 제끄는 자기의 민족적 소속을 전혀 자랑으로 여기지 않는다. 아니, 오히려 그 반대다. 그는 자기의 민족적 소속을 하나의 가혹한 시련으로 보고 그 시련을 끝까지 이겨 내려고 한다. 제끄들에게는 다음과 같은 주목할 만한 신화가 있다. 어딘가에 〈군도의 문〉이 있고(고대 지브롤터 해협 양쪽에 높이 솟은 헤라클레스의 바위기둥을 상상해 보라), 그 문 정면에는 들어가는 자들을 위해 이렇게 쓰여 있다. 〈낙심하지 말라.〉 그리고 그 뒷면에는 나가는 자들을 위해 〈너무 기뻐하지 말라〉라고 써어 있다. 그리고 가장 중요한 것은, 하고 제끄들이 덧붙인다. 거기 쓰여 있는 말은 현명한 자만이 볼 수 있고 바보의 눈에는 보이지 않는다, 라고. 이 신화는 더욱 간명한 처세훈으로, 이렇게 표현되는 경우가 많다 ── 〈들어가면서 슬퍼하지 말고 나가면서 기뻐하지 말라!〉

군도와 그 주변의 생활에 대한 제끄의 견해는 이러한 관점에서 이해하지 않으면 안 된다. 바로 이 철학이 제끄의 심리적 안정의 근원인 것이다. 눈앞의 상황이 그에게 아무리 불리하게 전개되더라도 그는 바람에 튼 투박한 얼굴로 눈살을 찌푸리며 중얼거리듯 말한다. 〈설마하니 탄광 속보다 더 깊은 데로 떨어뜨리기야 할라고!〉 그리고 때로는 이렇게 서로 위로하기도 한다. 〈이것은 그래도 괜찮은 편이야!〉 사실 추위와 굶주림과 의기소침 등 가장 심각한 고난에 처했을 때 〈그래도 이것은 괜찮은 편이다!〉라는 확신이 그들을 부추기고 고무해 주었던 것이다.

제끄는 항상 〈현재보다 더 나쁜 상황〉에 대비하고 있다. 그는 언제나 운명의 함정과 악마들의 습격을 기다리면서 살고 있다. 이와는 반대로, 설사 생활이 조금 완화되는 경우에도, 무언가 잘못되어 일어나는 일시적인 현상으로 받아들인다. 이처럼 항상 재난에 대비하고 있는 상태에서 자신의 운명에 전전긍긍하지 않고 남의 운명에도 동정하지 않는 제끄의 냉엄한 정신이 형성되고 성숙되어 가는 것이다.

정신적인 평형을 유지하고 있는 제끄는 어느 한쪽으로 기우는 일이 거의 없다. 밝은 쪽으로도 어두운 쪽으로도, 절망 쪽으로도 기쁨 쪽으로도.

따라스 셰프첸꼬는 이것을 썩 잘 표현하고 있다(그는 일찍이 섬의 생활을 좀 체험한 바 있었다). 〈지금 나에게는 거의 슬픔도 기쁨도 없다. 그 대신 어류의 냉혈과도 같은 정신적 안정이 있을 뿐이다. 끊임없이 닥치는 불행이 이렇게까지 이 것을 변하게 할 수 있는 것일까?〉[12]

그것은 사실이다. 가능한 일이다. 제끄에게 있어 〈안정된 정신 상태〉는 장기간에 걸친 암담한 섬 생활을 견뎌 내기 위해 필요한 방패인 것이다. 만약에 군도 생활 1년 내내 이 빛 없는 흐릿한 정신 상태에 도달하지 못한다면 그는 죽는 게 보통이다. 도달하면 살아남는다. 한마디로 말해서, 죽지 않으면 적응하는 것이다.

제끄의 모든 감각은 둔화되고 신경은 투박해진다. 자기 자신의 불행에 대해서, 심지어는 그 종족의 후견인들이 자기에

12 레쁘니나 앞으로 보낸 편지.

게 과하는 형벌에 대해서조차 무관심하게 된다. 자기의 생명
에 대해서까지 무관심한 그는 이웃 사람의 불행에도 동정을
느끼지 못한다. 고통에 찬 울부짖음을 듣거나 여자의 눈물을
보아도 그의 마음은 미동도 하지 않는다. 그만큼 그의 반응은
무뎌 버린 것이다. 제끄들은 곧잘 경험 없는 풋내기들을 못살
게 굴거나 그들의 실패와 불행을 보고 웃기도 한다. 하지만,
그렇다고 제끄들을 너무 비난할 것은 없다. 그것은 악의에서
하는 짓이 아니니까. 그들은 다만 동정하는 마음이 둔해져서,
눈앞에 일어나는 일의 우스운 측면밖에는 보지 못하는 것뿐
이다.

그들 사이에 가장 널리 퍼져 있는 세계관은 〈숙명론〉이다.
이것은 그들 모두의 공통적인 심각한 특징이다. 이것은 그들
의 노예적 상태에 연유하는 것으로, 다시 말해서 앞으로 어떤
사건이 일어날지 전혀 예측할 수도 없거니와 그 사건의 진행
에 아무런 영향도 끼칠 수 없다는 현실에서 비롯되는 것이다.
숙명론은 제끄에게 의연한 정신을 부여하기 때문에 필수 불
가결한 것이기도 하다. 모든 것을 운명에 맡기는 것이 가장
편안한 삶의 방법이라고 수용소의 아들은 생각하고 있다. 미
래라는 것은 자루 속에 든 고양이처럼 종잡을 수 없는 것이어
서, 앞으로 경우에 따라 자기 인생에 무슨 일이 있을지 예상
할 수 없는 이상, 무엇에건 너무 집착하지 않는 편이 좋으며
무엇이건 너무 단호하게 거부하지 않는 편이 낫다. 가령 다른
막사나 다른 작업반으로 또는 다른 수용 지점으로 이동되는
일이 있어도 마찬가지라는 것이다. 그렇게 되는 것이 좋을 수
도 있고 나쁠 수도 있지만, 어떤 경우건 자기 자신을 탓할 필
요가 없다. 즉, 자기와는 아무 상관도 없이 일이 그렇게 된 것
이라고 생각해 버리는 것이다. 그렇게 함으로써 태연자약한

마음을 간직할 수 있으며 무슨 일을 애타게 추구하지 않아도 되기 때문이다.

이처럼 암담한 운명에 처해 있는 제끄들에게는 여러 가지 〈미신〉이 뿌리를 내리고 있다. 그중의 하나는 특히 숙명론과 밀접한 관계에 있다. 즉, 지나치게 자기의 생활과 편의만을 꾀하다가는 반드시 〈화재를 당해서 죄수 호송으로 쫓겨난다〉[13]는 것이다.

그들의 숙명론은 개인의 운명뿐만 아니라 전체적인 사태에까지 적용된다. 〈사태의 진전〉을 바꿀 수도 있다는 생각 같은 것은 절대로 그들의 머리에 떠오르지 않기 때문이다. 그들의 생각에 의하면 군도는 〈옛날 옛적부터 영원히〉 존재해 온 것으로, 전에는 형편이 더욱 말이 아니었던 것이다.

그렇지만 무엇보다도 흥미 있는 제끄들의 심리적 경향은, 그들이 그토록 참혹한 상황 속에서의 자기들의 안정된 무관심 상태를 〈생명력〉의 승리라고 생각한다는 점이다. 불행의 연속이 어느 정도 뜸해질 때면, 그리고 운명의 매질이 얼마간 약해질 때면, 제끄는 곧 그 생활에 만족하고 자기가 취해 온 태도를 자랑스럽게 생각하는 것이다. 여기서 체호프의 다음 글을 인용하면 독자들은 이 역설적인 면을 더 잘 이해할 수 있을 것 같다. 체호프의 단편 소설 「유형지에서」의 짐꾼 세몬 똘꼬비는 이러한 심정을 다음과 같이 표현하고 있다.

나는…… 알몸으로 땅바닥에 누워 자고 풀을 뜯어먹을 수

---

13 제끄들은 글자 그대로의 〈화재〉에 태연하다. 그들은 자기의 거처를 소중하다고 생각하지 않으며, 설사 건물에 불이 붙어도 끄려고 들지도 않는다. 곧 새것으로 대체되리라 확신하고 있기 때문이다. 그들 사이에서 〈화재를 당한다〉라는 말은 개인적 운명에 관해서만 사용되고 있다.

있을 만큼 나 자신을 단련했다. 〈누구나가 다 이런 생활을 할 수 있게 되었으면 싶다〉(강조는 솔제니찐). 나는 아무것도 필요 없고 아무도 무섭지 않다. 나보다 더 풍족하고 자유로운 인간은 세상에 없다고 나는 생각한다.

이 충격적인 표현은 지금도 우리 귓속에 남아 있다 — 우리는 군도 주민들의 입에서 여러 번 이 표현을 들었기 때문이다 (A. P. 체호프가 이 말을 어디서 낚아 올렸는지 새삼 놀라지 않을 수 없다). 누구나가 다 이런 생활을 할 수 있게 되었으면 싶다니! 독자들이여, 어떤가? 이 말이 마음에 들었는가?

여태까지 우리는 민족성의 긍정적인 측면에 대해서 이야기했다. 그러나 그 부정적 측면 역시 외면해 버릴 수는 없는 일이다. 그것은 앞에서 이야기한 것과는 어울리지 않으며 모순되는 것같이 보이는, 그러면서도 약간은 감명 깊은 민족적 약점에 대한 것이다.

언뜻 보기에 무신론적 민족인(그들은 예컨대 〈남을 판단하지 마라, 그러면 너희도 판단받지 않으리라〉와 같은 성경의 명제를 일소에 붙이고 만다. 재판에 회부되는 것과 이것과는 아무 상관도 없다고 생각하는 것이다) 그들의 불신감은 완고하기 짝이 없지만, 그럴수록 그들은 터무니없는 것을 다짜고짜 믿으려 드는 경신(輕信)의 충동에 끊임없이 열광적으로 호응하는 것이다. 그것은 다음과 같이 구별 지을 수 있을 것 같다. 즉, 제끄는 자기 눈에 잘 보이는 좁은 시야의 범위에서는 아무것도 믿으려 들지 않는다. 그러나 추상적인 시각이나 역사적 판별 능력을 상실한 그는 야만인 같은 순박성을 가지고 멀고 먼 곳의 소문이라든가 군도 주민에게 일어난 기적 따위를 무조건 믿어 버리는 것이다.

군도 주민의 〈믿음〉에 관한 꽤 오래된 예로서는 고리끼의 솔로프끼 방문에 관련된 기대가 있었다. 하기는 그렇게 먼 시대로까지 거슬러 올라갈 필요도 없다. 군도에는 거의 어느 시대에나 거의 모든 사람이 신앙하는 종교가 있다 — 그것은 이른바 앰네스티에 대한 신앙, 즉 사면에 대한 믿음이다. 이것을 설명하기란 그리 쉽지가 않다. 그것은 그리스 여신의 이름이 아닌가 생각하는 독자가 있을지 모르지만 그게 아니다. 그것은 기독교를 신봉하는 나라들에 있어서의 예수 재림과 같은 것으로, 눈부신 광명의 도래며, 그 광명으로 순식간에 군도의 얼음이 녹고 섬들도 녹아 버려서 모든 주민은 따뜻한 파도에 실려 태양이 넘쳐흐르는 지방으로 옮겨지며, 거기서 그들은 대번에 친근하고 기분 좋은 사람들을 만나게 되는 것이다. 이것은 약간 변형된 지상 낙원에 대한 신앙 같은 것인지 모른다. 이 신앙은 단 한 번도 현실적인 기적으로 확인된 적은 없지만, 그럼에도 불구하고 너무나 뿌리 깊은 생명력을 지니고 있다. 다른 여러 민족이 중요한 의식을 하거나 동지와 연관시키는 것과 마찬가지로 제끄들 역시 신비스러운 감정에 사로잡혀 5월과 11월의 첫 며칠(노동절과 혁명 기념일 전후)을 기다리고 있다(그러나 번번이 공치게 마련이지만). 군도에 남풍이 불기 시작하기 무섭게 서로들 입을 귀에 대고 소곤거리는 것이다. 「틀림없이 사면이 있을 거야! 벌써 시작되었다는군!」 그리고 또 사나운 북풍이 불기 시작할 때면 제끄들은 곱은 손가락에 입김을 쐬고, 언 귀를 문지르고, 발을 쾅쾅 구르면서 서로 힘을 돋우는 것이다. 「이번에는 사면이 있겠군. 그렇지 않으면 우린 모두…… (여기서 우리가 얼른 알아들을 수 없는 표현이 나온다) 얼어 죽고 말거야! 아무튼 이번에는 틀림없어!」

모든 종교의 폐해에 대해서는 이미 증명된 지가 옛날이지만, 여기서도 우리는 그것을 확인하게 된다. 〈사면〉에 대한 이 신앙은 주민들을 아주 연약하게 만들어 그들을 터무니없는 꿈속으로 끌어들인다. 그리고 때로는 그것이 전염병처럼 무섭게 만연해서 그런 시기에는 마땅히 해야 할 나랏일에 손도 대지 못할 지경에 이르는 것이다. 이것은 〈죄수 호송〉에 관한 정반대의 불길한 소문이 미치는 영향과 실제로는 동일한 현상이다. 일상적인 건설 작업을 진행해 나가는 데는 주민들의 감정적 안정이 무엇보다도 필요한 것이다.

제끄들에게는 또 하나의 민족적 약점이 있는데, 그것은 그들의 생활 체계에 어울리지 않게 이해할 수 없을 만큼 끈질기게 남아 있다. 다름 아니라 그것은 〈정의에의 은밀한 갈망〉이다.

이 기묘한 감정을 체호프는 어느 섬에서, 하기는 우리 군도의 섬은 아니지만, 다음과 같이 관찰한 바 있다. 〈아무리 형편 없이 타락한 못된 유형수라 할지라도 그는 무엇보다 정의를 사랑하고 있으며 만약에 자기를 다스리는 높은 자리에 앉은 사람들에게 정의감이 결핍되어 있으면, 그는 일 년 내내 분개하면서 극도의 불신에 빠지는 것이다.〉

체호프의 관찰은 어느 면으로 보나 우리의 연구 사례에는 해당되지 않지만, 그 정확성에는 우리도 놀라지 않을 수 없다.

제끄들이 군도 속에 던져진 순간부터 이곳의 생활은 하루하루가, 한 시간 한 시간이 부정으로 이어져 간다. 그들 자신도 이런 환경 속에서 부정한 짓밖에는 하는 것이 없다. 그러니까 그들은 이미 거기에 익숙해져서 부정이야말로 인생의 전반적인 기준이라고 생각하는 게 당연할 것이다. 하지만 그게 아니다! 종족의 선배들이나 종족의 후견인들이 자행하는 부정행위는, 그들이 군도에 발을 들여놓은 첫날에 그랬던 것처럼 계속해서 그들의 분노를 자아내고 있는 것이다(반면에 밑에서부터 위로 향하는 부정은 요란한 격려의 웃음을 불러 일으킨다). 그리고 그들은 구비 문학 속에서 정의에 관한 전설을 창조하지 않고, 그 감정을 과장하여 근거 없는 〈관대함〉에 관한 전설을 만들어 내고 있다. (특히 레닌을 저격한 F. 까쁠란을 관대하게 처리했다는 신화도 이런 식으로 만들어져서 몇십 년이나 군도에서 전해지고 있었다. 그 신화에 의하면, 그녀는 총살형에 처해지지 않고 한평생 이곳저곳의 형무소를 전전하고 있으며 심지어는 그녀와 함께 호송된 적이 있다느니, 부띠르끼 형무소 도서관에서 그녀가 내주는 책을 받은 일이 있다느니 증언하는 자까지 나타났었다.[14] 이런 엉터리 같은 신화가 대체 무엇 때문에 주민들에게 필요한 것인가? 자기들이 믿고 싶은 관대함의 극단적인 본보기로 필요한 것이다. 그때 그들은 공상의 세계에서 그 관대함을 자기에게 향하게 할 수 있기 때문이다.)

그리고 군도에서 제끄가 노동을 좋아하게 되었다느니(A. S. 브랏치꼬프 ─ 〈내 손으로 만든 것이 자랑스럽습니다〉), 적어도 노동을 싫어하지는 않았다느니(독일계 제끄들의 경우)

---

14 최근에 끄레믈 경비 사령관 말꼬프 동지는 이와 같은 소문을 공식적으로 부인하면서 자기가 까쁠란을 총살할 당시의 정황을 이야기했다. 그뿐만 아니라 제미안 베드니도 총살 현장에 회입했다고 한다. 1922년 사회 혁명단원들의 재판 과정에 그녀가 증인으로 출정하지 않았다는 사실로 미루어 제끄들도 까쁠란의 총살을 믿을 수 있었을 것이다. 하기는 그 재판 과정을 그들은 하나도 기억하고 있지 않았다. 우리의 추측으로는, F. 까쁠란이 종신형을 받았다는 소문은 베르따 간달의 종신형과 관련해서 발생한 것 같다. 천성이 남을 의심할 줄 모르는 여성 베르따 간달이 리가에서 모스끄바에 온 것은 바로 레닌이 암살된 날이었으며, 간달 형제(그때 두 사람은 자동차 속에서 까쁠란을 기다리고 있었다)가 사살된 날이었다. 그 때문에 베르따도 종신형을 받았던 것이다.

하는 이야기도 있지만, 그것은 어디까지나 예외에 속하는 것이며, 우리는 그것을 민족의 일반적 특징으로도, 또는 유별난 특징으로도 볼 수 없는 것이다.

앞에서 이미 언급한 바 있는 주민의 속을 내보이지 않는 특징과, 또 하나 다른 특징인 〈과거를 이야기하기 좋아하는 습성〉이 서로 모순된다고는 생각하지 말기 바란다. 다른 모든 민족의 경우 이것은 노인들의 습성일 뿐 중년에 속하는 사람들만 해도 자기 과거를 그다지 밝히고 싶어 하지 않는 법이다. 아니, 과거 이야기를 하는 것을 위험한 일로 여기는 사람조차 있다(특히 여성들, 그리고 특히 신분 증명에 관한 서류를 작성해야 하는 사람들, 아니 일반적으로 모든 사람이 다 그렇다). 이것만을 가지고 말한다면 제끄들은 마치 노인들만으로 이루어진 민족처럼 보인다. (한편 다른 측면에서 본다면 교사들, 즉 교육계들의 지도하에 있으므로, 반대로 아이들만으로 이루어진 민족같이 보인다.) 현재의 일상적인 사소한 비밀(어디서 반합에 잡탕 죽을 끓일 수 있다든가, 누구한테 가면 마호르까를 교환할 수 있다든가 하는 따위)에 관해서는 한마디도 입을 열지 않으면서 과거 이야기라면 무엇 한 가지 숨기지 않고 죄다 털어놓는다. 예컨대, 군도 이전에는 어떤 생활을 했으며 누구와 함께 살았으며 어떻게 〈여기 들어왔는지〉 등등. 그들은 누가 어떻게 〈여기 들어왔는지〉를 이야기할 때면 몇 시간이건 그 단조로운 이야기 때문에 열심히 귀를 기울이는 것이다. 그리고 두 사람의 제끄의 만남이 짧고 표면적이며 우연한 것일수록(이른바 〈중계 형무소〉에서 하룻밤을 이웃해서 보내거나 하는 경우에도) 그들은 서로 자기의 과거를 골고루 상세하게 이야기하려고 서두르는 것이다.

이것을 도스또예프스끼의 관찰과 비교하는 것은 흥미 있는 일이다. 그가 기술한 바에 의하면, 누구나가 다 〈죽음의 집〉에 들어오게 된 사정을 마음속 깊이 숨기고, 그 때문에 괴로워하면서 남에게는 절대로 그런 이야기를 하려 들지 않는 것이다. 우리도 그 심정은 이해할 수가 있다. 그들은 〈죄를 지었기 때문에 《죽음의 집》에 들어왔고, 그것을 상기한다는 것은 그들 유형수들에게는 너무나 쓰라린 일이었기 때문〉이다.

그런데 제끄가 이 군도에 들어오는 것은, 딱 잡아 설명할 수 없는 그 어떤 운명의 장난 때문이든가, 악의에 찬 주위의 상황들이 재수 없게 맞아떨어졌기 때문이며, 제끄 자신이 자기의 〈범죄〉를 인정하는 경우는 열 명 중 하나도 있을까 말까 한 실정이다. 그러므로 군도에서는 〈어떻게 들어왔는지〉 만큼 재미있고, 듣는 사람의 생생한 동정심을 살 수 있는 이야기도 없는 것이다.

밤마다 막사에서 제끄들이 주고받는 수많은 과거 이야기들은 또 다른 목적과 다른 의미를 지니고 있다. 제끄의 현재와 미래는 너무나 불안정한 데 비해 그 과거는 확고부동한 것이기 때문이다. 제끄한테서 그의 과거를 빼앗을 수 있는 자는 아무도 없으며, 어느 제끄를 막론하고 과거에는 지금보다 괜찮은 존재였기 때문이다(군도 밖에서는 주정뱅이 부랑자까지도 동지라는 호칭으로 불리고 있으니 제끄보다도 못한 존재는 있을 수가 없다). 그러니까 제끄는 과거 이야기를 하는 가운데, 이제는 잃어버린 옛날의 그 자존심을 잠시나마 되찾을 수 있는 것이다.[15] 그 과거 이야기는 반드시 과장되게 마련이며, 거기에는 꾸며 낸(그러나 아주 그럴듯한) 일화까지 끼

---

15 귀머거리 땜장이 노인의 자존심도, 페인트공의 조수인 소년의 자존심도, 수도에 사는 이름난 영화감독의 그것보다 결코 못하지 않다는 점을 염두에 둘 필요가 있다.

어들지만, 이야기를 하는 제끄는(듣는 제끄도 역시) 〈자신감의 회복〉을 생생하게 느끼는 것이다.

자신감을 얻는 데는 또 하나의 형식이 있는데 그것은 제끄족의 약삭빠름과 행운에 관한 민간 설화들이다. 그것은 니꼴라이 황제 시대의 병사들의 전설(그 시대에는 25년이나 군대에 복무해야 했다)을 연상하게 하는 꽤 조잡한 이야기들이다. 예컨대, 어느 제끄가 상관 집에 취사용 장작을 패러 갔는데, 그가 일하고 있는 창고로 상관 딸이 살그머니 기어들어 왔다는 식의 이야기다. 또 하나 예를 들면, 어느 당번 죄수가 막사밑에 굴을 파고 들어가서, 소포 수령실 방바닥에 있는 수챗구멍 밑에다 자기 반합을 놓아두었다. 외부에서 보내오는 소포속에 간혹 보드까가 들어 있는데 군도에서는 금주령이 내려있으므로 적당히 서류를 작성하고 보드까는 땅에 쏟아 버려야 한다(하기는 한 번도 쏟아 버린 적이 없지만). 그리하여 그당번 죄수는 반합에 받아 놓은 보드까로 매일 거나하게 취해 있었다는 엉터리 이야기다.

대체로 제끄들은 〈유머〉를 높이 평가하고 좋아한다. 그것은 군도 첫해에 죽지 않고 살아남은 주민들의 심리적 바탕이 건전하다는 증거이기도 하다. 그들은, 눈물은 자기변명이 될 수 없으며 웃음은 얼마든지 좋다는 것을 전제로 삼고 있다. 유머는 그들의 변함없는 동맹자로서 그것 없이는 아마도 군도에서의 생활을 이어 갈 수 없었을 것이다. 그들은 욕설까지도 유머를 기준으로 평가한다. 더 우스운 것이 그것이 그들에게는 더욱 설득력이 있다는 것이다. 비록 대단치 않은 유머이기는 해도 질문에 대한 그들의 대답이나, 주위에서 일어나는 일에 대한 그들의 발언에도 언제나 유머가 양념처럼 따르곤한다. 가령 군도에서 몇 해나 살았는지 제끄에게 물으면,

〈5년〉이라고 대답하는 대신 이렇게 말하는 것이다. 「여기 앉아서 1월을 다섯 번 보냈수다.」

(무슨 이유에서인지 그들은 군도에 머무르는 것을 〈앉아 있다〉고 말한다. 실제로는 앉아 있는 시간이 가장 짧은데도 말이다.)

「힘들지요?」당신이 이렇게 묻는다.

「처음 10년만 힘들지, 뭐.」그는 히죽 웃으며 대답한다.

이렇게 혹독한 기후 속에서 살아야 하는 것에 대해 동정을 표시하면 상대방은 이렇게 말을 받는다. 「기후야 나쁘지만 동료들이 좋으니까.」

그리고 여기 함께 있다가 군도를 떠나간 사람의 이야기를 이런 식으로 한다. 「3년 받고 5년 앉았다가 기한 전에 석방되었지.」

그런가 하면, 사반세기의 형기를 선고받은 사람들이 새로 군도에 들어오면 이렇게 말한다. 「이제 25년은 생활 보장이 되었군!」

그들은 흔히 군도를 이런 식으로 정의한다. 「안 가본 사람은 반드시 가게 될 것이고, 갔던 사람은 평생 잊지 못할 곳이지.」

(이렇게 모든 사람을 다 끌어들이는 건 당치도 않은 일이다. 독자들도 나도 거기 가볼 생각은 꿈에도 없으니 말이다.) 언제 어디서건 누가 무엇을 좀 더 달라고(하다못해 더운물 한 잔이라도) 부탁하는 말을 들으면, 제끄들은 일제히 소리친다. 「검사한테 가면 더 늘려 줄 거다!」

(대체로 제끄들은 이해할 수 없을 정도로 검사를 미워해서, 그 감정이 자주 표면에 나타나곤 한다. 예를 들어 군도에서는 어디를 가나 다음과 같은 표현이 퍼져 있다. 〈검사는 도끼다.〉

이 표현은 러시아어로 운이 맞는다는 것 이외에는 아무런 뜻도 발견할 수 없다. 지극히 유감스러운 일이지만, 우리는 이 것을 연상과 인과 관계와의 단절을 보여 주는 예라고 지적하지 않을 수 없다. 이런 종류의 단절은 제끄들의 사고력을 인간의 표준 이하로 떨어뜨리는 것이다. 그러나 여기에 대해서는 좀 더 있다가 언급하기로 하겠다.)

다음으로, 별다른 악의 없는 재미있는 농담을 몇 가지 더 들어보자.

〈자고 또 자도 쉴 틈이 없구나.〉

〈물을 마시지 않으면 기운이 어디서 나지?〉

그들은 작업 시간이 끝나 갈 무렵, 즉 지긋지긋한 작업이 끝나기를 초조하게 기다릴 때 반드시 이런 농담을 한다. 〈쳇, 이제야 겨우 일에 신바람이 나는데 하루해가 너무 짧구먼!〉

아침에는 작업에 얼른 손을 대지도 않고 이리저리 어슬렁거리며 뇌까리는 것이다. 〈어서 어서 밤이 되어야 내일도 일하러 나가지!〉

우리는 여기서 제끄들의 〈논리적 사고의 틈〉을 보게 된다. 군도 주민들은 자주 이런 말을 하는 것이다. 〈우리가 심지도 않은 숲을 어떻게 우리가 잘라 내?〉

그러나 이 논리에 따른다면, 임업국도 그 숲을 심은 게 아니니까 나무를 잘라 낼 수 없다. 하지만 임업국은 그 일을 잘 해내고 있지 않은가! 그러니까 그것은 주민들의 유치한 사고력과 그들의 독특한 다다이즘의 한 전형인 것이다.

그 밖에, 백해 운하 건설 때에는 이런 말도 있었다. 〈일은 곰에게나 시켜라!〉

그러나 우스갯소리가 아니라면, 거창한 운하를 건설하고 있는 곰을 상상인들 할 수 있을까? 곰이 어떤 식으로 일을 하는가에 대해서는 이미 I. A. 끄릴로프의 작품에 자세하게 묘사되어 있다. 만약에 곰을 유익한 작업에 이용할 수 있는 가능성이 조금이라도 있었다면, 이미 20~30년 전부터 그것이 실현되어, 곰들만으로 이루어진 작업반도 있을 것이고, 곰들만의 수용 지점도 생겼을 것이다.

하기는 군도 주민들에게는 곰에 관한 또 하나의 관용구가 있는데, 그것은 매우 온당치 못한 표현임에도 불구하고 그들 사이에 널리 통용되고 있다. 〈당국자는 곰이다.〉

무엇을 연상했기에 이따위 표현이 나왔는지 우리로서는 아무리 생각해도 모를 일이다. 이 두 가지 표현을 비교하여 거기서 어떤 결론을 얻어 낼 정도로 우리는 주민들을 나쁘게 생각하고 싶지는 않은 것이다.

제끄들의 언어 문제로 눈을 돌릴 때 우리는 크나큰 난관에 봉착하게 된다. 새로 발견된 언어에 관한 연구는 어떤 경우에나 그것만으로도 한 권의 책을 이루거나 특별 학술 강좌를 만들 수 있을 정도임은 물론이지만, 우리에게는 몇 가지 특수한 난점이 더 있다.

그 하나는 이 언어와 우리가 이미 언급한 바 있는 추잡한 상소리와의 일체적 결합이다. 이 두 가지를 따로 떼어 놓는다는 것은 불가능한 일이다. (단일체로 살아 있는 것을 어떻게 갈라놓을 수가 있겠는가!)[16] 그렇지만 그러한 말들을 있는 그대로 이 논문에 수록한다는 것은 우리의 청소년들을 생각해

16 바로 얼마 전에 첼랴빈스끄주 돌고제레벤스꼬예 마을에 사는 스딸레프스까야라는 여성으로부터 다음과 같은 조언 겸 힐책이 있었다. 〈어째서 언어의 순수성을 지키기 위한 투쟁을 전개하지 않았습니까? 어째서 《조직적》인 방법으로 교육계에게 도움을 청하지 않았습니까?〉 우리가 군도에 있을 때는 이런 훌륭한 아이디어가 도저히 떠오르지가 않았다. 떠올랐더라면 제끄들에게 귀띔이라도 했을 텐데.

서 망설여질 수밖에 없는 것이다.

또 하나의 난점은 제끄 민족 본래의 언어와, 제끄 민족 속에 산재해 있는 식인종(이른바 〈무뢰한〉 또는 〈도둑〉)의 언어를 반드시 구별할 필요가 있다는 점이다. 식인종의 언어는 언어라는 나무에서 전혀 다른 가지를 이루는 것이어서, 유사한 언어도 동족어도 없는 것이다. 이 언어는 특별히 연구할 만한 가치가 있는 것이지만, 우리의 경우 이 식인종의 알아들을 수 없는 어휘는 혼란만을 야기할 것 같다(예를 들어 그들의 어휘에는 이런 것들이 있다. ksiva ── 서류, marochka ── 손수건, ugol ── 트렁크, lukovitsa ── 시계, prokhorya ── 장화). 그러나 문제는 이 식인종 언어의 생소한 어휘적 요소가 거꾸로 제끄의 언어에 받아들여져서 그 언어를 더욱 풍부하고 다양하게 만든 데 있는 것이다.

svistet ── 러시아어 〈휘파람 불다〉가 〈거짓말하다〉로 뜻이 변한다.

temnit ── 러시아어 〈어두워지다〉가 〈속이다, 헷갈리게 하다〉로 변한다.

raskidyvat chernukhu ── 러시아어 〈검게 씌우다〉가 〈속이다, 눈에 재를 뿌리다〉로 변한다.

kantovatsya ── 러시아어 〈뒤짚어엎다〉가 〈빈둥거리다〉로 변한다.

lukatsya ── 러시아어 〈뒤지다, 더듬다〉가 〈검사하다〉로 변한다.

filonit ── 러시아어에는 없고 〈영리하다, 게으름 피우다〉라는 뜻이다.

mantulit ── 러시아어 〈아부하다〉가 〈열심히 일하다〉로 변한다.

tsvet — 러시아어 〈색, 빛깔〉이 〈도둑 세계의 일원〉으로 변한다.

polusvet — 러시아어 〈혼혈아〉가 〈도둑질을 겸업으로 하는 자〉로 변한다.

dukhovoi — 러시아어 〈영혼의, 공기의〉가 〈용감한〉으로 변한다.

kondei — 〈영창〉이라는 뜻으로, 러시아어에서도 간혹 같은 뜻으로 쓰이는 경우가 있다.

shmon — 러시아어에는 없고 〈소지품 검사〉라는 뜻이다.

kostyl — 러시아어 〈목발〉이 〈배급 빵〉으로 변한다.

fitil — 러시아어 〈등잔 심지〉가 〈폐인〉으로 변한다.

shestyorka — 러시아어 〈여섯 개, 6점〉이 〈당국이나 무뢰한들의 앞잡이〉로 변한다.

sosalovka — 러시아어 〈빨아들이는 것〉이 〈굶주림〉으로 변한다.

otritsalovka — 러시아어 〈부정, 거절〉이 〈명령 거부〉로 변한다.

s pontom — 러시아어 〈무표정한 얼굴로〉가 〈호언장담하며, 으스대며〉로 변한다.

gumoznitsa — 러시아어에는 없고 〈매춘부〉라는 뜻이다.

shalashovka — 러시아어 〈오두막집 여자〉가 〈수용소 여자 친구〉로 변한다.

batsilly — 러시아어 〈세균〉이 〈먹음직스러운 것〉으로 변한다.

khilyat pod blatnogo — 러시아어에는 없고 〈무뢰한 흉내를 내다〉라는 뜻이다.

zablatnitsya — 러시아어에는 없고 〈무뢰한이 되다〉라는
뜻이다.

이러한 말들의 대부분은 매우 사실적으로 정곡을 찌르고
있을 뿐 아니라 누구나 얼른 이해할 수 있다는 점을 인정하지
않을 수 없다. 그 가장 대표적인 것으로 〈나 찌를라흐!〉라는
구령을 들 수 있다. 이 구령을 러시아어로 옮기면 꽤 긴 설명
이 필요하다. 〈나 찌를라흐〉란, 발뒤꿈치를 들고 뛰다, 무언가
를 가져다준다는 뜻이다. 다시 말해서, 발뒤꿈치를 들고, 잽싸
게, 아주 열심히 한다는 것인데, 그 동작이 모두 동시에 이루
어지는 것이다.

우리가 보기에 현대 러시아어에는 이러한 표현이 아무래도
부족한 것 같다. 이와 같은 동작은 일상생활에서 자주 볼 수
있는 것이기 때문이다.

그렇지만 이런 염려는 이제 필요 없게 되었다. 이 논문의
저자는 장기간에 걸친 수용소군도에서의 현지 연구를 마친
후 과연 민속학 대학 강단에 되돌아갈 수 있을지 무척 불안했
다. 그것은 인사 발령 여부의 문제뿐만 아니라, 자기가 현재의
러시아어에서 뒤떨어져 있지나 않을까, 학생들이 과연 자기
가 하는 말을 잘 이해할 수 있을까 하는 의구심 때문이었다.
그러나 그의 우려와는 달리 1학년 학생들의 입에서, 군도에서
자주 들어 온, 그리고 여태까지 러시아어에서 부족했던 다음
과 같은 표현을 들었을 때 놀라움과 반가움을 함께 느꼈던 것
이다. s khodu(느닷없이), vsyu dorogu(줄곧), po novoy(새
로이), raskurochit(들이부수다), zanachit(간직하다), frayer
(무뢰한이 아닌 보통 사람), durak i ushi kholodnye(멍텅구
리), ona s parnyami shyotsya(그 여자는 어린 소년들과 관계

를 맺고 있다), 그리고 이 밖에도 수없이 많은 표현이 있다.

이것은 제끄들의 언어가 대단한 에너지를 지니고 있음을 의미하는 것으로, 그로 인해 이 언어는 놀랄 만큼 우리 나라에, 무엇보다도 젊은이들의 언어에 침투해 들어갔던 것이다. 그리고 앞으로는 그 작용이 더욱 왕성해져서, 앞에서 말한 모든 표현이 러시아어에 흘러들어, 어쩌면 러시아어를 장식하게 될지도 모른다는 기대를 품게 되는 것이다.

그러나 만약에 그렇게 된다면 연구자의 과제는 더욱 어려워진다 — 이번에는 러시아어와 제끄어를 구별해야 하기 때문이다!

그리고 마지막으로 우리의 양심은 또 하나의 난점을 슬쩍 넘어가지 못하게 하고 있다 — 그것은 제끄들의 언어에 대해, 아니 식인종의 언어에 대해서도, 러시아어가 끼친, 유사 이전부터의 1차적인 영향이다(오늘날에는 이미 그런 영향을 볼 수 없지만). 그렇지 않다면, 군도 특유의 표현과 유사한 것들이 달의 책 속에 들어 있는 것을 어떻게 설명해야 할 것인가.

zhit zakonom — 〈합법적으로 살다〉라는 뜻이며 꼬스뜨로마 지방에서는 〈아내와 함께 살다〉라는 뜻. (군도에서는 〈그녀와 함께 합법적으로 살다〉라는 뜻으로 쓴다.)

vynachit — 행상인들이 쓰는 말로, 〈호주머니에서 꺼내다〉라는 뜻. (군도에서는 접두사를 za로 바꿔 〈훔친다〉라는 뜻의 새 말 〈zanachit〉를 만들어 냈다.)

podkhodit — 〈가난해지다, 소모하다〉라는 뜻. (군도에서 〈체력을 소모해서 쇠약해지다〉로 쓰는 〈dokhodit〉와 비교하라).

그리고 달의 책에서는 다음과 같은 말도 찾아낼 수 있다.

〈양배추 수프는 선량한 사람들〉— 그리고 군도에는 다음과 같은 표현도 있다. 〈강추위 인간〉, 그리고 만약에 강한 성격의 사람이 아니라면 〈모닥불 인간〉 등.

그리고 〈쥐도 잡지 않는다〉라는 표현 역시 달의 책에서 발견할 수 있다.[17]

한편, 〈암캐〉라는 말은 일찍이 P. F. 야꾸보비치 시대에도 〈스파이〉의 뜻으로 사용되고 있었다.

군도 주민들의 뛰어난 표현인 〈뿔을 들이대다〉(참을성 있게 일할 때, 일반적으로 완고하게 버틸 때, 자기주장을 고집할 때 사용된다)도 있다. 〈뿔을 뽑아 버리다〉, 〈뿔을 부러뜨리다〉 등은 현대인에게 〈뿔〉이라는 단어의 고대 러시아어 및 고대 슬라브어의 뜻 — 자만, 교만, 자부심 — 을 상기시킨다. 그러나 프랑스에서는 〈뿔을 대다〉라는 표현은 아내의 불륜을 이야기할 때 쓰인다. 이 외래의 뜻은 민중 사이에서는 전혀 뿌리를 내리지 못했으며, 만약에 뿌시긴의 〈결투〉와 관련이 없다면 지식층에서 잊히고 말았을 것이다.

이상과 같은 여러 가지 난점으로 말미암아 우리는 당분간 언어 면에서의 연구를 단념할 수밖에 없는 것이다.

마지막으로 개인적인 이야기를 몇 줄 덧붙이고자 한다. 이 논문의 저자는 제끄들에게 이것저것 질문을 하지 않을 수 없었고, 처음 얼마 동안 그들은 저자를 꺼리는 눈치였다. 그도 그럴 것이 그들은 그런 질문이 〈대부〉(정신적으로 그들에게

17 달, p. 357.

가장 가까운 후견인이지만, 그들은 다른 모든 후견인들에게 대하는 것과 마찬가지로, 그를 고맙게 생각하기는커녕 오히려 적대시하고 있다)를 위한 것으로 생각했기 때문이다. 그것이 사실은 그렇지 않다는 것을 알게 되자, 그리고 번번이 마호르까 대접을 받았으므로(그들은 고급 담배 같은 것은 피울 줄 모른다), 그들은 연구자에게 아직 덜 타락한 자기 내부를 드러내 보이며 무척 친절하게 대하기 시작했다. 심지어 그들은 친밀감을 가지고 연구자를 부르게 되어, 어떤 곳에서는 질 또마또비치, 또 다른 곳에서는 판 파니치라고 불렀다. 한 가지 부언해야 할 것은, 군도에서는 보통 부칭과 함께 이름을 부르는 일이 없으므로, 이렇게 경의를 표시하는 호명법은 약간 우스운 느낌을 주었다는 점이다. 그와 동시에 이것은 그들의 지성으로는 이 연구가 지니는 뜻을 이해하기 어려웠음을 말해 주는 것이기도 하다.

아무튼 저자로서는, 이 연구가 성공적인 결과를 거두었고, 그 가설은 충분히 증명되었으며, 20세기 중반에 여태까지 아무에게도 알려지지 않았던, 몇백만이라는 인구를 가진 전혀 새로운 민족이 발견되었다고 자부한다.

제20장

개들의 근무

이 장에 이런 제목을 붙인 것은 일부의 누구에게 심한 모욕을 주자는 것이 아니다. 다만, 우리로서는 수용소의 전통을 지켜야 했을 뿐이다. 아무리 생각해 보아도 결국은 그들 자신이 이 제비를 뽑았다고 할 수밖에 없다. 그들 스스로가 선택한 직무란 경비견의 그것과 다를 바 없으며, 실제로 그 직무는 개들과 밀접하게 연관되어 있다. 개를 돌보는 일에 관해서는 특별한 근무 규정까지 있으며, 장교들로 구성된 어마어마한 위원회는 개 한 마리 한 마리의 〈작업 능력〉을 관찰하여 〈사람을 사납게 물어뜯도록〉 훈련시키는 것이다. 이 개 한 마리에게 한 해 동안 먹이는 국민의 세금이 흐루쇼프 시대 이전에 1천1백 루블에 달했다고 하니(죄수보다 개에게 먹을 것을 더 많이 주었다),[1] 〈장교 개〉 한 사람에게 먹이는 국민의 세금은 아마 굉장한 액수에 달할 것이다.

그보다도 우리는 이 책을 써 나가는 과정에서 한 가지 난처한 문제에 직면하고 있다. 다름이 아니라, 대체 이자들을 어떻게 불러야 하느냐 하는 점이다. 〈당국〉이나 〈당국자〉는 너무

1 개에 관한 모든 것은 메쩨르의 중편 소설 『무라뜨』 속에 상세히 기술되어 있다. 『노비 미르』, 제6호, 1960년.

나 일반적 용어여서, 바깥세상에서도, 우리 나라 어느 사회에서도, 닳아빠질 만큼 오래 사용되어 왔다. 〈주인들〉역시 마찬가지다. 〈수용소 관리자들?〉— 이것은 지나치게 우회적인 호칭이어서 우리의 무력함을 나타낼 뿐이다. 그렇다면 솔직히 수용소의 전통에 따라 그들을 부르는 게 어떨까? 하지만 그러면 너무 상스럽고, 헐뜯는 느낌을 준다. 언어의 격식에 완전히 부합되는 것은 〈라게르시끄(수용소 관리)〉일 것 같다. 이 말은 〈쭈렘시끄(교도관)〉가 〈쭈렘니끄(형무소 죄수)〉와 상응하듯, 〈라게르니끄(수용소 죄수)〉와 상응하는 것으로서, 한 가지 뜻만을 지닌, 즉 수용소를 통할 관리하는 사람이라는 뜻을 지닌 정확한 용어다. 이렇게 새로운 단어(언어에 이 단어를 위한 빈칸이 남겨져 있는 이상 완전히 새로운 것이라고는 할 수는 없지만)를 취한 데 대해 엄격한 독자들의 양해를 구하면서, 우리는 이따금 이 용어를 사용할 생각이다.

이 장은 바로 그들에 관한, 즉 수용소 관리들(형무소 관리들도 포함해서)에 관한 이야기다. 우선 장관급부터 이야기를 시작해도 되겠지만, 그리고 그렇게 하는 편이 재미있을 것 같지만, 유감스럽게도 우리에게는 자료가 없다. 우리 같은 벌레만도 못한 노예들로서는 그들을 알 수도 없었거니와 가까이서 볼 수조차 없었다. 아니, 볼 기회가 있었더라도 그들의 금빛 견장에 눈이 부셔서 아무것도 보이지 않았던 것이다.

그러므로 우리는 수용소 관리 본부의 장관들, 서로 자리를 물려주고 물려받곤 한 〈군도의 황제들〉에 대해서는 별로 아는 것이 없다. 혹시 어쩌다 베르만의 사진이나 아뻬쩨르의 훈시 같은 것이 굴러들어 와도 우리는 그것을 얼른 거둬들이면 그만이다. 〈가라닌식 총살〉은 알지만 가라닌 그 사람에 대해서는 모르는 것이다. 그에 대해서 아는 게 있다면, 그가 서류에 사인하는 일만으로는 만족하지 않았다는 것뿐이다. 그는 수용소 구내를 걸어다니다가 마음에 안 드는 얼굴을 만나면 즉석에서 상대방을 모제르총으로 사살했다고 한다. 그리고 우리는 까시께찐에 대한 이야기를 하고는 있지만 그를 직접 본 적은 한 번도 없다. (보지 못한 게 천만다행이다!) 프렌껠에 관해서는 자료를 조금 구했지만, 자베냐긴에 대한 것은 하나도 없다. 이미 저승에 간 그를 예조프나 베리야 패거리와 함께 매장해 버리지 않고, 신문에서는 그를 〈노릴스끄의 전설적 건설자!〉라고 치켜세우고 있다. 어쩌면 그 자신이 건설 현장에서 돌이나 쌓은 것은 아닐까? 그러나 위로부터는 베리야의 총애를 받았고, 아래로는 내무부의 지노비예프가 그를 높이 평가했던 점으로 보아, 필시 그는 뛰어난 맹수였을 것이다. 그렇지 않고서야 어떻게 노릴스끄를 건설할 수가 있었겠는가. 예니세이 수용소장 안또노프에 관해서는 고맙게도 공업기사 뽀보지가 우리를 위해 쓴 글이 있다.[2] 그것은 따스강 평저선의 하역 작업 광경인데, 누구에게나 한번 읽어 보라고 권하고 싶다. 도로조차 아직 통하지 않는(언젠가 통하는 날이 있을까?) 먼 변방 툰드라에서 이집트의 피라미드를 건설한 것 같은 개미들이 눈 위로 기관차들을 끌고 있다. 언덕 위에는 안또노프가 버티고 서서 그 광경을 내려다보면서 하역 작업 기한을 하달한다. 그는 비행기로 날아와서 비행기로 날아가 버리겠지만, 그를 에워싼 자들은 그의 앞에서 춤까지 덩실덩실 추면서 야단법석이다. 그야말로 나폴레옹도 저리 가라 할 지경이다. 그리고 수행해 온 요리사가 휴대용 식탁 위에, 북극권 한가운데인데도, 신선한 토마토며 오이를 곁들여 내놓는다. 이 개자식은 누구에게도 나누어 주지 않고 자기 배때

2 『노비 미르』, 제8호, 1964년.

기 속에다 남김없이 쑤셔 넣는 것이다.

이 장에서는 대령급 이하의 이야기를 쓰기로 한다. 장교들 이야기를 조금 한 다음, 상사들 이야기로 옮겨 가서, 나중에 경비병들을 가볍게 언급하면 그것으로 우리가 할 이야기는 다 하는 셈이다. 더 많은 것을 알아낸 사람이 있다면 더 많은 것을 쓰면 된다. 우리의 시야는 다음과 같은 점에서 한정되게 마련이다. 즉, 형무소나 수용소에 들어가 있을 때, 우리는 교도관들의 위협으로부터 벗어나려는 관점에서만, 그리고 그들의 약점을 이용하려는 관점에서만 그들의 성격에 관심을 가지기 때문이다. 그 밖의 관점에서 우리는 그들에게 아무런 흥미도 느끼지 못하며, 그들도 우리의 주의를 끌 만한 존재는 못 된다. 우리 자신이 고통을 당하고, 주위 사람들 또한 부당하게 고통을 당하고 있을 때, 이 견디기 어려운 엄청난 고통에 비하면, 그따위 〈개의 직무〉나 수행하고 있는 우둔한 자들은 그야말로 아무것도 아니다. 자질구레한 일에 대한 그들의 관심, 시시하기 짝이 없는 그들의 취미, 그리고 그들의 근무상의 성공이나 실패, 이런 것들은 우리와는 아무 상관도 없는 것이다.

그러나 이제 와서는 그들을 제대로 관찰하지 않았음을 깨닫고 후회하게 된다.

타고난 재능이야 있건 없건, 무엇이든 유익한 활동을 할 수 있는 자가 하필이면 형무소나 수용소 감시인이 되는 수가 있을까? 아니, 문제를 이렇게 설정해 보자 — 전체적으로 말해서 수용소 관리가 선량한 인간일 수 있을까? 그들을 위해서 어떤 도덕적 선발 방법이 마련되어 있는가? 첫 선발은 내무부 산하 부대, 내무부 사관 학교나 양성소에 들어갈 때 행해진다. 조금이라도 종교 교육을 받은 적이 있는 자라면, 한 가닥 양심이라도 지닌 자라면, 선악을 판별할 수 있는 자라면, 누구나가 이 암흑의 군단에 들어가지 않으려고 본능적으로 온갖 수단을 다 강구할 것이다. 그러나 결국은 빠져나가지 못했다고 가정하자. 제2의 선발 기간이 있다 — 교육 기간과 근무 초기에 상관들이 직접 그들을 잘 관찰하여, 견고한 의지와 강인성(잔인함과 냉혹함) 대신에 연약성(선량함)을 드러내 보인 자는 모두 제외해 버린다. 그다음에는 여러 해에 걸친 제3의 선발이 계속된다 — 자기가 어디서 무슨 일에 쓰이는지 그때까지 상상도 못 했던 사람들은 그것을 알고 몸서리를 친다. 언제까지나 끊임없이 폭력의 도구가 되고 끊임없이 악업의 공범자가 된다는 것 — 이것은 누구나가 선뜻 해낼 수 있는 일이 아니다. 타인의 운명을 짓밟을 때, 마음속에서는 무엇인가 팽팽하게 긴장해서 급기야는 터져 버리고 만다 — 더 이상 이런 생활을 계속할 수는 없다! 그래서 이미 때가 너무 늦기는 했어도 사람들은 거기서 벗어나려고 병에 걸렸다고 진단서를 내밀기도 하고, 보수가 훨씬 적은 다른 직업으로 옮겨 가기도 하고, 스스로 견장을 떼어 내놓기도 한다. 어떻게 해서든 여기를 벗어나자, 벗어나자, 벗어나자고!

그럼 나머지 사람들은 그러지 못해서 발이 묶였다는 말인가? 아니, 나머지 사람들은 이미 그 생활에 익숙해져서 자기들의 운명을 정상적인 것으로 여기는 것이다. 심지어는 사회적으로 유익하고 명예로운 것으로 여기고 있는 것이다. 아니, 어떤 자들은 빠져들고 말고 할 것도 없었다. 그자들은 태어날 때부터 그런 족속이었기 때문이다.

이와 같은 선발 방식 덕분에, 수용소 관리들 중 잔인하고 냉혹한 자의 비율은, 무차별로 추출한 일반 시민의 경우보다 훨씬 높다는 결론을 얻을 수 있다. 그리고 장기간에 걸쳐 시종 우수한 성적으로 〈기관〉에 근무하고 있으면 있을수록 그가 악인일 확률은 높은 것이다.

우리는 제르진스끼의 다음과 같은 고상한 말을 잊지 않고 있다. 〈고난을 받고 있는 수감자들을 마음속으로부터 친절하게 대할 줄 모르는 자가 너희들 가운데 있다면 그런 자는 이 기관을 떠나야 할 것이다!〉 하지만 이 말은 전혀 현실과 부합되지 않는다. 이 말은 누구한테 한 말인가? 아니, 제르진스끼는 어느 정도까지 진심으로 이 말을 했는가? 그는 꼬시레프 같은 자를 옹호하고 있지 않은가(제1부 제8장 참조)? 그리고 도대체 그 말을 귀담아들은 자라도 있다는 말인가? 〈설득 수단〉으로서의 테러도, 〈혐의 있음〉만으로 자행된 체포도, 인질의 총살도, 히틀러보다 15년이나 앞서 개설한 초기의 강제 수용소도, 모두가 친절한 마음씨나 기사도 정신과는 어쩐지 거리가 멀게 느껴지는 것이다. 만약 그 무렵에 〈자발적으로〉 기관을 떠나간 사람이 있다면, 그것은 바로 제르진스끼가 만류하고 싶었던 사람, 즉 냉혹하게 될 수 없었던 사람이나 결국은 냉혹하게 된 사람이나 처음부터 냉혹했던 사람만이 남게 된 셈이다(어쩌면 제르진스끼는 그와는 상반되는 조언을 다른 기회에 했을는지도 모르지만 공식 문서로는 남아 있지 않다).

우리가 잘 생각해 보거나 알아보지도 않고 대뜸 받아들이고는 하는 유행어란 쉽사리 물리치기 어려운 것이다. 예를 들어, 〈고참 체끼스뜨!〉 특별한 경의와 함께 길게 발음되는 이 말을 들어보지 못한 사람이 있을까? 만약에 어느 수용소 관리를, 경험 없고 경솔하며 불도그 같은 투지도 없이 공연히 고함이나 질러 대는 자들과 구별하려 할 때는 이렇게 말하는 것이다. 〈저 소장은 고참 체끼스뜨라고!〉(예컨대 끌렘쁘네르의 옥중 작품인 소나타를 태워 버린 그 소령 같은 사람을 가리키는 말이다.)[3] 원래 이 말은 체끼스뜨들 자신이 유행시킨 것인데, 우리는 그 뜻도 잘 생각해 보지 않고 그저 되풀이하고 있을 뿐이다. 〈고참 체끼스뜨〉는 적어도 이런 뜻을 지니고 있다고 보아야 한다 — 야고다 때도, 예조프 때도, 베리야 때도 인정을 받고 그 누구에게나 쓸모 있었던 인물.

그러나 〈체끼스뜨에 대한 일반론〉으로 이야기가 빗나가면 안 되겠다. 특별한 의미의 체끼스뜨들, 즉 체포 심리 등 헌병과 비슷한 업무를 담당하는 체끼스뜨들에 관해서는 이미 다른 장에서 기술한 바 있기 때문이다. 그런데 수용소 관리들은 자기 자신을 체끼스뜨라고 부르기를 좋아한다. 그러나 그자들은 그 호칭을 획득하려고 애쓰고 있는 중이거나, 아니면 그 지위로부터 휴양차 이리로 내려와 있는 것에 지나지 않는 것이다. 여기 있는 것이 휴양이 되는 것은, 신경을 곤두세울 필요도 없고 건강을 해칠 일도 없기 때문이다. 다시 말해서 이곳의 임무는 그곳처럼 높은 지적 수준도, 적극적이고도 악랄한 박력도 필요로 하지 않기 때문이다. 체까-GB에서는 어김없이, 그리고 날카롭게 상대방의 눈알을 찌르는 식이 아니면 안 되지만, 내무부의 경우는 어쨌건 머리통을 맞히는 정도만 되어도 넉넉히 해나갈 수 있는 것이다.

〈수용소 직원들의 노동자화(노동자 출신으로 충당하는 일)와 공산화〉[4]가 순조롭게 실현되었음에도 불구하고, 어째서 그것이 제르진스끼가 말한 생생한 인간애를 군도에서 형성해 내

---

3 제3부 제18장 참조 — 옮긴이주.

4 국립 10월 혁명 중앙 고문서관, 컬렉션 393, 목록 39, 문서 번호 48, pp. 4~13. 목록 53, 문서 번호 141, p. 4. 러시아 공화국에서만 그들의 수는 1923년 10월 1일 현재로 이미 1만 2천 명에 달했고, 1925년 1월 1일 현재로서는 1만 5천 명에 달했다.

지 못했는지, 슬프게도 우리는 설명할 수 없다. 혁명 직후부터 중앙 징벌부와 지방 징벌부의 양성소에서, 형무소와 수용소의 하급 행정 조직 요원(즉, 내부 감시인)이 〈직장을 가진 채〉(즉, 형무소와 수용소에 근무하면서) 양성되고 있었다. 1925년경에는 제정 러시아 시대의 감시인으로 현직에 남아 있는 자는 6퍼센트에 불과했다. 수용소의 중견 간부는 그 이전부터 전면적으로 소비에뜨 시대의 인물로 구성되어 있었다. 그들의 교육 과정은, 처음에는 교육 인민 위원회의 〈법〉학부였다(다름 아닌 교육 인민 위원회인 것이다! 그것도 〈무법〉학부가 아니고 〈법〉학부인 것이다!). 1931년부터는 모스끄바, 레닌그라뜨, 따잔, 사라또프, 이르꾸쯔끄 등지에 있는 법무 인민 위원회 관할 법과 대학의 교정 노동학부였다. 그 졸업생의 70퍼센트는 노동자 출신이고, 공산당원 역시 전체의 70퍼센트를 차지하고 있었다. 1928년부터는 인민 위원회와, 무슨 안건이건 반대하는 법이 없는 전 러시아 중앙 집행 위원회의 결의에 따라 노동자화되고 공산화된 이들 현지 책임자들의 수용소에서의 권한이 확대되었다.[5] 그럼에도 불구하고 거기에 인간애가 싹터 오르지 않은 것은 어찌 된 영문인가? 이자들에게 박해를 받은 사람들의 수는 파시스트들에게 박해를 받은 사람들보다 몇백만이나 더 많았다. 더욱이 그것은 포로들도, 정복된 사람들도 아니었다. 다름 아닌 우리 동포들이 조국에서 그토록 박해를 받았던 것이다.

도대체 누가 이것을 설명해 줄 것인가? 우리는 설명할 수가 없다……

사람이란 그 걸어온 인생행로가 비슷하고 처한 입장이 비

5 논문집 『형무소에서 교육 시설로』, p. 421.

슷하면 성격 또한 서로 비슷해지는 것일까? 일반적으로 그런
것은 아니다. 뛰어난 정신과 지성을 지닌 사람의 경우는 그렇
지가 않다. 그들은 독자적인 판단력과 독자적인 개성을 가지
고 있으며, 때로는 그 판단력이나 개성이 전혀 예기치 못했던
것일 수도 있기 때문이다. 그러나 도덕과 지성의 두 가지 면
을 부정적으로 평가해서 엄밀히 선발한 수용소 관리들의 경
우는, 놀랄 만큼 성격이 서로 유사해서, 우리는 그들 사이의
공통적 특징을 쉽사리 발견할 수 있다.

　오만. 수용소장은 저마다 따로 떨어진 섬에 살고 있으며, 먼
외부의 권력과는 밀접한 관계가 없기 때문에, 그 섬에서는 무
조건 일인자다. 즉, 모든 제TT들이 그에게 굴욕적으로 복종하
고 있으며 자유인들도 마찬가지로 복종하고 있다. 그의 견장
에는 제일 큰 별이 달려 있다. 그의 권한은 한계를 모르며 오
류를 모른다. 그에게 진정서를 백 번 제출해 보았자 결국은
진정서를 낸 사람이 나쁘다는 것으로 되고 만다(즉, 거꾸로
당하게 마련이다). 그는 섬에서 가장 좋은 집과 가장 좋은 교
통수단을 가지고 있다. 그의 측근인 수용소 관리들도 높은 자
리를 차지하고 있다. 여태까지 살아온 인생이 그들의 마음속
에 비판 정신의 싹조차 심어 주지 않았기 때문에, 그들은 자
기를 특별한 인종, 즉 태어나면서부터 지배자라는 생각밖에
는 가질 수 없는 것이다. 그들에게 저항할 수 있는 자는 아무
도 없으므로 그들은 자기가 더없이 현명하게 다스리고 있으
며 그것은 자기의 천재적 재능(조직 능력) 덕분이라고 자부
하고 있다. 날마다 일상생활의 어느 장면에서나 그들은 자기
의 우월성을 제 눈으로 확인할 수 있다. 그들 앞에서는 모두
가 기립해서 차려 자세로 인사를 하고, 부름을 받은 자는 걸
어오는 게 아니라 뛰어오고, 명령을 받은 자는 물러날 때 걸

어가는 게 아니라 뛰어가는 것이다. 그리고 그(BAM 수용소의 두껠스끼)가 수용소 정문까지 나와서, 자기의 지저분한 노동자들의 대열이 경비견에 쫓기다시피 하면서 돌아오는 것을 지켜보고 섰을 때의 그의 모습은, 새하얀 여름 양복을 말쑥하게 차려입은 대농장주와 흡사하다. 그리고 그들이(운시 수용소), 거무죽죽한 옷을 걸친 여자들이 허리까지 빠지는 흙탕물 속에서 감자를 캐고 있는(그러나 그 감자는 실어 내지를 못해서 이듬해 봄에는 비료 대용으로 밭에 다시 묻어 버려야 한다) 작업 광경을 보려고 말을 타고 나타날 때는 반짝반짝 광을 낸 장화를 신고 고급 모직 군복을 입고서, 진짜 올림포스의 신들처럼 우아한 모습으로 흙탕물에서 허우적거리는 여자 노예들의 곁을 유유히 지나가는 것이다.

어리석음은 어느 경우에나 사람을 독단으로 이끌어 가게 마련이다. 살아 있으면서 신격화된 인간은 제 깐에는 모르는 게 없기 때문에 읽을 필요도, 공부할 필요도 없으며, 그 누구도 그에게 깊이 생각해야 할 만한 말을 할 수도 없다. 체호프는 사할린의 관리들 중에서 현명하고 정력적이고 학구적인 사람들을 발견했는데, 그들은 그 지방과 현지 주민의 생활을 열심히 연구하여 지리학 및 민속학적 연구 결과를 발표하고는 했다. 그러나 군도를 통틀어 그와 같은 수용소 관리를 단 한 사람이라도 상상한다는 것은 우스개로도 불가능한 일이다! 그리고 꾸들라띠라는 놈(우스찌-빔의 한 출장소장)이 국가에서 정한 작업 기준량을 백 퍼센트 수행한 것을 두고 진짜 백 퍼센트가 되지 않는다면서, 자기가 아무 근거도 없이 멋대로 정한 작업 기준량을 달성하지 못할 때는 전원 징벌 배급에 처한다고 일단 결정했다면, 무슨 일이 있어도 그의 결심은 요지부동이다. 결국 작업 기준량을 백 퍼센트 다 채우고서도 전원이 징벌 배급을 받아야 하는 것이다. 꾸들라찌의 집무실에는 레닌의 책이 산더미처럼 쌓여 있다. 그는 V. G. 블라소프를 불러들여 이렇게 훈시한다. 「보라고, 레닌은 여기에다 기생충들을 어떻게 다루어야 하는지 다 써 놓았거든.」(그는 백 퍼센트밖에 작업 기준량을 올리지 못한 죄수들을 기생충으로 간주하고, 자신을 프롤레타리아트로 자처하는 것이다. 이자들의 머릿속에는 두 가지 관념이 함께 자리 잡고 있다 ─ 이곳은 나의 영지다. 그리고 나는 프롤레타리아트다.)

옛날의 농노 소유자들은 이들과 비교도 되지 않을 만큼 교양이 있었다. 그들의 대부분은 뻬쩨르부르끄의 대학에서 공부했고, 개중에는 괴팅겐 대학에 유학한 사람들도 있었다. 그들 가운데서는 악사꼬프 같은 인물이 나오기도 했고, 라지셰프나 뚜르게네프 같은 인물이 나오기도 했다. 그러나 우리 나라 내무부 관리들 중에서는 단 한 사람도 그런 인물이 나오지 않았고 앞으로도 나오지 않을 것이다. 그리고 가장 중요한 점은, 농노 소유자들은 자기가 직접 영지를 관리했거나, 아니면 적어도 자기 영지의 사정을 잘 알고 있었다는 것이다. 반면에, 국가로부터 온갖 특전을 부여받은 내무부의 오만한 장교들은 직접 생산 활동을 지휘할 만한 능력이 없다. 그들은 너무나 게으르고 무능하기 짝이 없기 때문이다. 그래서 자기의 무능함을 은폐하기 위해 그들은 엄격과 비밀의 포장을 내걸게 된다. 그 때문에 국가[6]는 금빛 견장을 단 위계 제도와 나란히, 트러스트와 꼼비나뜨로 이루어지는 또 하나의 유사한 위계 제

---

6 그러나 국가가 언제나 최고위층에 의해서 관리되고 있다고 할 수는 없다. 언젠가 역사는 이 점을 이해할 날이 올 것이다. 즉, 다름 아닌 바로 이 중간층이 그들의 타성으로 국가의 〈불(不)〉발전을 결정하는 경우가 비일비재했던 것이다.

도를 만들지 않을 수 없는 것이다.[7]

　　전횡. 혹은 독재. 이 점에서 수용소 관리들은 18세기와 19세기의 최악의 농노 소유자들보다 결코 못하지 않다. 오직 자기 권력을 과시할 목적에서 내려지는 무의미한 명령은 예를 들 수 없을 만큼 흔한 것이다. 더욱이 모스끄바에서 엎어지면 코 닿을 데 있는 힐끼(지금은 모스끄바시에 편입되어 있다) 수용소에서, 볼꼬프 소령은 노동절인데도 죄수들이 시큰둥한 얼굴을 하고 있음을 알아채고 이렇게 명령했다. 「전원이 즉시 유쾌해지도록 명령한다. 시들한 상통을 발견하면 즉각 징벌 감방이다!」 그러고는 기사들의 사기를 올려 준답시고, 세 번씩이나 추가형을 받은 여자 협잡꾼들을 그들에게 보내서 추잡스러운 노래를 부르게 했다. 이것은 전횡이나 독재의 표현이 아니라 정치적 의도에서 나온 조처라고 반론을 제기하는 사람이 있을는지 모른다. 그럼 그렇다고 해 두자. 어느 날 바로 그 수용소에 죄수 호송단이 새로 도착했다. 거기 끼어들어 온 이바노쁘스끼라는 죄수가 자기는 볼쇼이 극장의 무용수였다고 자기소개를 했다. 「뭐? 무용수라고?」 볼꼬프는 별안간 서슬이 시퍼레지면서 소리쳤다. 「징벌 감방 20일이다! 제 발로 직접 걸어가서 감방장에게 보고할 것!」 조금 있다가 그는 전화를 걸었다. 「무용수란 놈을 집어넣었는가?」 「네, 집어넣었습니다.」 「자진해서 왔던가?」 「네, 자진해서 왔습니다.」 「좋다, 즉시 석방하라! 놈을 관리인 조수에 임명한다.」 (이미 앞에서 적은 바 있지만, 이 볼꼬프라는 자는 머리를 예쁘게 손질한 여자 죄수에게 당장 박박 밀어 버리라고 명령한 바로 그 장본인이다.)

---

7 그렇다고 해서 놀랄 사람은 아무도 없다. 우리 나라에서 소비에뜨 정권을 비롯해서 이중 구조로 되어 있지 않은 것이 과연 있을까?

스페인인 외과 의사 푸스테르는 독립 수용 지점장의 눈 밖에 났다. 「놈을 채석장으로 쫓아 버려!」 그는 쫓겨났다. 그런데 얼마 후에 지점장 자신이 병에 걸려 수술을 하지 않으면 안 될 지경에 이르렀다. 이자는 중앙 병원에 갈 수도 있었다. 그러나 푸스테르밖에는 믿지 않았던 것이다. 「푸스테르를 채석장에서 불러들여와! 내 수술을 시켜야 하니까!」 (하지만 결국은 수술대에서 죽고 말았다.)

어느 소장 밑에 진귀한 인물이 하나 있었다. 제꾸 지질학 기사인 까자꾸는 감미로운 테너의 성대를 가지고 있어서 혁명 전에는 뻬쩨르부르꾸에서 이탈리아인 교수 레페토의 가르침을 받았다. 수용소장은 자기도 가수로서의 소질이 있다고 판단했다. 1941년부터 1942년에 걸쳐, 어디서인가 전쟁이 진행되고 있었으나 소장이라는 보장된 신분 덕에 싸움터에 나갈 필요가 없었으므로, 그는 자기의 농노한테서 성악 공부를 하고 있었다. 스승 격인 농노는 날이 갈수록 지치고 쇠약해져서, 자기 아내의 행방을 찾는 진정서를 거듭 제출하고 있었다. 그의 아내 O. P. 까자꾸도 유형에 처한 몸으로, 역시 수용소 관리 본부를 통해 남편을 찾고 있었다. 양쪽 진정서가 소장의 손안에 들어왔으므로 그는 얼마든지 남편과 아내를 맺어 줄 수 있는데도 그렇게 하려 들지 않았다. 왜 그랬을까? 너의 아내는 유형에 처하기는 했어도 아주 잘 지내고 있으니 걱정 말라고 그는 까자꾸를 〈위로〉할 뿐이었다. (교사였던 그녀는 곡물 창고 청소부로 일하다가 후에 집단 농장으로 옮겨졌다.) 그러면서 자기는 성악 공부를 계속하는 것이었다. 1943년에 까자꾸가 거의 죽을 지경에 이르자 소장은 그를 동정하여 그의 질병을 사유로 노동에서 해방시켜 주고, 아내한테 가서 죽을 수 있도록 그를 보내 주었다. (사실 이쯤 되면 아직 나쁜 소장이라 할 수는 없다!)

모든 수용소장들에게 공통되는 것은 〈영지 의식〉이다. 그들은 자기 수용소를 국가 재산의 일부로 생각하는 것이 아니라, 자기 자신의 영지, 적어도 자기가 그 지위에 있는 한 제 마음대로 할 수 있는 영지라고 생각하고 있다. 그렇기 때문에 그들은 사람의 생명과 개인의 운명을 기분 내키는 대로 마구 주무르고 있으며, 그것을 서로 자랑하는 것이다. 껜기르의 한 수용 지점장의 〈우리 수용 지점에서는 대학 교수가 목욕탕에서 일하고 있다네!〉라고 자랑삼아 떠벌리면, 다른 수용 지점장인 스따드니꼬프는 상대방 말의 뿌리를 잘라 버리듯 맞받는다. 〈내 밑에서는 과학 아카데미 회원이 당번을 하면서 똥통을 나르고 있다고!〉

탐욕, 그리고 **횡령**. 이것은 수용소 관리들의 보편적인 특징이다. 그들 중에는 어리석지 않은 경우도 있고, 전횡을 일삼지 않는 경우도 있다. 그러나 제끄들의 무료 노동과 국가 재산으로 자기 배를 채우려 드는 점에서는 똑같다. 그것이 그곳에서 제일 높은 상관이건 그 밑에 있는 부하이건 간에 모두가 다 마찬가지인 것이다. 나 자신뿐 아니라 나의 친구들도, 사리사욕에 물들지 않은 수용소 관리를 본 적이 없으며, 나에게 편지를 준 전 제끄들 역시 그런 예를 알지 못한다고 했다.

되도록이면 더 많이 착복하려 드는 그들의 탐욕은, 합법적인 우대나 특전을 아무리 많이 베풀어도 사그라뜨릴 수 없는 것이다. 높은 급료(〈북극권 근무〉니, 〈벽지 근무〉니, 〈위험 근무〉니 하는 여러 가지 이유로 보통 두 배, 세 배나 불어난 급료)도, 장려금(수용소의 간부급 직원을 위해서 1933년 교정 노동법 제79조로 규정된 것이며 이 조항은 같은 교정 노동법 안에 죄수들의 12시간 노동, 더구나 일요일 휴식을 철폐한 노동을 규정하는 데 아무런 지장도 받지 않았던 것이다)도, 절대적으로 유리한 근속 연한 계산 제도(군도의 반을 차지하는 북쪽 변방 근무의 1년은 2년으로 계산되었다. 〈군인〉의 경우 20년만 근무하면 연금 지급 대상이 된다. 따라서 사관 학교를 스물두 살에 졸업한 내무부 장교는 변방 근무를 하면 서른두 살에 연금 생활자가 되어 소치의 별장에서 한가로운 생활을 누릴 수 있게 된다!)도.

사실, 무엇으로도 그들의 욕심을 완전히 채워 줄 수는 없다! 그래서 무료 사역이라든가, 식료품이라든가, 그 밖의 물건들을 실어다 주는, 수량이 풍부하거나 또는 풍부하지 않은 모든 운하는, 각 수용소 관리들에 의해 항상 이용되었으며, 그들은 거기서 그것들을 마음껏 거둬들일 수 있었다. 일찍이 솔로프끼에서 당국자들은 죄수들 중에서 요리사, 세탁부, 마부, 장작 패는 인부 등을 멋대로 차출해다가 쓰고 있었다. 그 후부터 이 유익한 습관은 한시도 중단된 적이 없었으며(상부에서도 이것을 금지한 일이 한 번도 없었다). 이 밖에도 그들은 가축 당번, 채소밭 일꾼, 심지어는 자기 자식들을 위한 가정 교사까지 마음대로 데려다 썼다. 그뿐만 아니라, 평등과 사회주의 원칙을 한창 떠들썩하게 외쳐 대던 시대에, 예컨대 1933년에 BAM 수용소에서는, 자유 고용인이 수용소 금고에 약간의 돈만 납입하면 누구든지 죄수들을 자기 머슴으로 부릴 수 있었다. 끄냐시-뽀고스뜨 수용소에서는 마냐 웃끼나 아주머니가 수용소장의 젖소를 돌봐 주고 그 사례로 하루에 우유 한 〈컵〉씩을 받고 있었다. 그것은 수용소군도의 관습으로 보면 너무나 관대한 처사였다(수용소군도의 올바른 관습에 따른다면 젖소는 소장 것이 아니라 〈병자들의 영양 개선을 위한〉 것이어야 한다 — 하지만 우유는 소장의 몫으로 계속 제공될 것이다).

죄수용 배급식에 손을 댄 자들은 〈컵〉으로가 아니라 반드시 양동이나 자루로 마시거나 먹거나 했던 것이다! 독자들은 제9장의 리빠이의 편지를 다시 한번 읽어 보기 바란다. 그것은 창고계를 지낸 그의 개탄일 것이다. 그 자들 — 꾸라긴이니, 뽀수이샵까니, 이그낫첸꼬니 하는 자들 — 은 굶주림이나 곤궁 때문이 아니라 단지 사복을 채우기 위해서, 아사 직전의 노예들 것을 거리낌 없이 가로채지 않았던가? 더구나 너나 할 것 없이 모두가 훔치고 가로채던 전시였으니, 그런 짓을 하지 않았다가는 오히려 웃음거리가 될 지경이었다! (보급계 죄수들이 물품 부족으로 문책을 받게 되었을 때 이 자들은 으레 발뺌을 하고는 하지만, 나는 이러한 배신행위를 이 자들의 특징으로 지적할 가치가 있다고 생각지는 않는다.) 꼴리마에 있던 죄수들이 회상하는 바에 의하면 죄수들의 배급 식료품을 가로챌 수 있는 자들, 즉 수용소장, 규율 장교, 문화 교육부장, 자유 고용인 직원, 당직 교도관은 모두가 그 짓을 했다. 그리고 경비병은 설탕 넣은 홍차를 경비 초소에까지 들고 갔다! 설탕 한 숟가락까지 죄수한테서 빼앗아 먹는 것이다! 죽어 가는 사람한테서 빼앗은 것은 그만큼 더 달기라도 하다는 말인가……

문화 교육부장들의 이야기는 꺼내지 않는 편이 좋을 것 같다. 웃음을 참을 수 없을 것이니 말이다. 그들은 무엇이든 가리지 않고 가로채기를 했지만 어째서인지 모두 자질구레한 것뿐이었다(큼직한 물건은 그들에게는 허용되지 않는다). 문화 교육부장이 창고계를 불러 종이에 싼 꾸러미를 건네준다. 누더기가 다 된 솜바지를 『쁘라브다』 신문지에 싼 것이다. 이것을 가지고 가서 새것으로 바꿔 달라는 것이다. 깔루가 대문 수용소의 문화 교육부장은 1945년부터 1946년에 걸쳐 날마다 제끄들이 건설 현장에서 거둬 모아 준 땔나무를 한 단씩 수용소 밖으로 들고 나갔다(그리고 그런 꼴로 버스에서 흔들리며 모스끄바로 돌아가는 것이었다. 군인 외투에다가 땔나무 한 단. 안락한 생활은 못 되었다……).

수용소의 주인들은 자기 자신도, 그 가족들도 수용소 기능공들이 만든 옷을 입고 신을 신었으나, 그래도 마음이 흡족하지가 못했다(독립 수용 지점장의 뚱보 마누라가 가장무도회에 입고 나갔던 〈평화의 비둘기〉라는 의상도 수용소에서 만든 것이었는데도 말이다). 그뿐만 아니라 가구를 비롯해서 모든 가정용품이 거기서 만들어지고 있었는데도 그들에게는 부족했다. 그들을 위해 산탄까지 제조되었으나 그래도 부족했다(그 산탄은 이웃 수렵 금지 구역에서 사냥을 하기 위한 것이었다). 그들은 수용소 취사장에서 가져간 음식으로 돼지를 기르고 있었으나 그것으로도 마음이 차지 않았다. 어쨌거나 늘 부족하기만 했다. 그들과 옛 농노 소유자들과의 차이는, 그들의 권력이 세습적인 것도 아니고 종신적인 것도 아니라는 점에 있다. 그래서 농노 소유자들은 자기 재산을 훔치거나 가로챌 필요가 없었지만, 수용소 당국자들은 어떻게 하면 더 많이 가로챌 수 있을까 하는 것만으로 머릿속이 차 있었던 것이다.

나의 기술이 너무 번잡스러워질 것 같아서 실례를 일일이 다 들 수는 없다. 깔루가 대문에 있던 우리 수용소에서는 음침한 얼굴의 곱사등이 네베진이 맨손으로 집에 돌아간 적은 한 번도 없었다. 그는 치렁치렁한 장교용 외투를 입은 채 니스 통이나 판유리, 창유리 접합용 퍼티 같은 것을 들고 나갔다. 더구나 그 양이 집 한 채의 가정에 필요한 양의 1천 배도 더 되었다. 꼬쩰니체스끼 제방(堤防)의 제15 독립 수용 지점장이었던 배불뚝이 대위는 매주 지프차로 수용소에 와서 니스와 접착용 퍼티를 가져가고는 했다(전후의 모스끄바에서 그런 물건들은 그야말로 금값이었다). 그런데 그런 물건들을 작업 현장에서 가로챈 후 수용소로 들고 들어온 것은 다름 아닌 바로 제끄들이었다. 그것은 밀짚 한 단이나 조그만 못 한 통 훔친 것으로 10년 형을 받은 제끄들이었던 것이다! 그러나 우리 러시아인들은 이미 옛날에 재교육을 통해 교정된 데다가 자기 조국 땅에서 그런 짓거리에 아주 익숙해져서 이제는 그것이 그저 웃음거리 정도로밖에는 보이지 않았다. 그렇지만 로스또프 수용소에 갇혀 있던 독일군 포로들의 경우는 예삿일이 아니었을 것이다. 밤마다 수용소장이 건축 자재를 훔쳐 오도록 그들에게 명령하고는 했으니 말이다! 소장과 그 밖의 당국자들이 자기 집을 짓고 있었던 것이다. 바로 그 소장이, 감자를 한 반합 훔쳤다고 해서 그들을 군법 회의에 회부하여 10년, 25년 형을 받게 했다는 사실을 알고 있는 순진한 독일인들은 이 사태를 어떻게 이해하고 있었을까? 마침내 그들은 좋은 수를 생각해 냈다. 즉, 여자 통역 S.한테 가서 일종의 각서를 맡겨 놓고 가는 것이었다. 그것은 몇 월 며칠에 명령에 따라 본의 아니게 도둑질을 하러 간다는 내용이었다. (그들은 철도 부설 공사를 맡고 있었는데, 날마다 시멘트가 도난당하는 바람에 그 철도는 거의 모래 위에 놓인 것이나 다를 바 없었다.)

지금이라도 에끼바스뚜스의 탄광 관리국장으로 있는 D. M. 마뜨베예프의 집에 한번 들러 보시라(수용소 관리 본부가 몇 개의 탄광 관리국으로 축소되었기 때문에 지금 탄광 관리국장의 자리에 앉아 있지만, 1952년부터 에끼바스뚜스 수용소장이었던 인물이다). 그의 집에는 제끄들이 돈 한 푼 받지 못하고 만든 그림이며 조각 같은 것이 빈틈없을 만큼 가득 진열

되어 있다.

호색. 물론, 이것은 누구나가 다 그렇다는 것은 아니다. 이 것은 생리와 깊은 관계가 있기는 하지만, 수용소장이라는 지위와 그 무한한 권한 때문에 호색적 경향이 발달될 가능성은 충분하다. 부레뿔롬 수용 지점장인 그린베르끄는 귀엽고 젊은 여성이 새로 들어오기만 하면 하나도 빼놓지 말고 즉각 자기한테 들여보내도록 명령을 내려놓고 있었다(이 경우 여자는 죽음을 선택하지 않는 한 여기서 빠져나갈 길이 없었다). 꼬치메스 수용소장인 뽀들레스니는 여성용 막사에 밤에 기어들기를 대단히 좋아했다(이미 우리가 알고 있는 바와 같이 호브리노 수용소에서도 마찬가지였다). 그는 남자 죄수가 숨어 있는가 확인하려는 듯이 제 손으로 여자들의 이불을 뒤집고는 했다. 그는 미인 아내를 가진 몸이면서도 죄수들 중에서 정부를 셋이나 만들어 두고 있었다(어느 날 그는 질투 끝에 그중 하나를 쏘아 죽이고 자기도 자살해 버렸다). 드미뜨 지구 수용소 전체의 문화 교육 본부장이었던 필리모노프는 〈일상적인 타락〉 때문에 징계를 받고 (그러나 같은 직책으로) BAM 수용소로 좌천되었다. 그는 거기서도 거리낌 없이 술을 마시고 계집질을 계속했을 뿐 아니라, 잡범인 자기 정부를 어처구니없게도…… 문화 교육부장에 임명했던 것이다(그의 아들은 도적들과 어울리다가 끝내 자기도 도적 행위로 투옥되었다).

악의와 잔인함. 이러한 성질을 억제하기 위한 실질적 규범도 도덕적 규범도 없었다. 무능한 인간에게 무제한의 권력을 쥐여 주면 그는 반드시 잔인해진다. (농노 소유자들 역시 이와 유사한 결점을 지니고 있었음을 우리가 지적하는 것은 구태여 이 책의 모양새를 꾸미기 위해서가 아니다. 유감스럽게도 이 유사성은 과거 2백 년에 걸쳐 우리 나라 사람의 본질이 조금도 변하지 않았음을 보여 주기 때문이다. 즉, 동일한 권력을 부여하면 동일한 결점이 드러나는 법이다!)

마치 예전의 야만스러운 여지주처럼, 야수 같은 여자 따쩌야나 메르꿀로바는 말을 몰고 자기의 여자 노예들 사이를 누비고 다녔다(운시 수용소 제13 여자 벌목 작업 독립 수용 지점). 쁘론만의 회상에 의하면, 그로모프 소령이 죄수를 몇 명씩 규율 강화 막사에 집어넣지 않는 날은 그가 병이 났을 때뿐이었다. 메드베제프 대위는(우스찌-빔 수용소 제3 수용 지점) 날마다 몇 시간씩 직접 망루에 올라가서 여성용 막사에 들어가는 사내들을 확인했는데, 그것은 그들을 잡아넣기 위해서였다. 그는 격리 감방이 언제나 만원이라야 좋아하는 사내였다. 만약에 격리 감방에 조금이라도 빈자리가 남아 있으면 무언가 허전해서 못 배기는 성미였다. 저녁때는 제끄들을 정렬시켜 놓고 다음과 같이 설교하기를 좋아했다. 「너희들의 인생은 이제 끝장이다! 너희들은 바깥세상에는 절대로 돌아갈 수 없으니 그따위 희망은 깨끗이 버리는 게 좋다!」 같은 우스찌-빔 수용소의 다른 수용 지점장 미나꼬프(전에 끄라스노다르 형무소의 형무소장 대리로 있다가 월권행위 죄목으로 바로 그 형무소에서 2년 동안 복역했으나, 그 후 당적이 회복되어 있었다)는 작업 출동 거부자들의 발목을 제 손으로 붙잡아 침상에서 끌어내렸다. 그들 중에는 무뢰한들도 있어서, 판자 조각을 휘두르며 저항하기 시작했다. 그러자 그는 막사의 창문을 모두 떼어 내고(밖은 영하 25도의 혹한이었다) 안에다 양동이로 물을 쏟아부으라고 명령했던 것이다.

그들은 모두 알고 있었다(아니, 주민들도 알고 있었다) ─ 〈여기까지는 전화선이 닿아 있지 않다는 것〉을! 이들 농장주들은 악의에 찬 기행을 좋아했는데, 이것은 사디즘과도 같은 것이었다. 부레뿔롬 수용소의 특별 구역장 슐만 앞에 새로 도착한 죄수 호송단이 정렬해 있다. 그는 이 호송단 죄수들이 한 사람도 남김없이 곧 일반 작업으로 돌려지리라는 것을 알고 있다. 그런데도 그는 죄수들을 놀려 주고 싶은 마음에 이런 질문을 한다. 「이 중에 기사는 없나? 있거든 손들어!」 새로운 희망으로 환해진 얼굴 위로 10개가량의 손이 올라갔다. 「좋아, 됐어! 어쩌면 과학 아카데미 회원도 끼어 있을 것 같은데? 아무튼 곧 〈연필〉을 가져올 테니까!」 그러고는 그들에게 쇠망치를 한 자루씩 나누어 주는 것이다. 빌나 교도소장 까레프 중위는 새로 들어온 죄수들 속에서 벨스끼 소위를 발견했다(그는 아직도 군용 장화에 낡은 장교복 차림이었다). 그는 바로 얼마 전까지 까레프 중위와 마찬가지로 소련군 장교였으며, 역시 줄 2개짜리 견장을 달고 있었다. 까레프는 그의 헐어서 떨어진 군복을 보고 동정을 느꼈을까? 적어도 무관심일 수는 없지 않겠는가? 하지만 그게 아니었다. 오히려 그를 특별히 모욕하고 싶은 생각이 일었던 것이다! 그래서 까레프는 그를(군복에서 수용소 옷으로 갈아입지 말고) 곧바로 채소밭에 인분 나르는 작업에 배치하도록 명령했다. 한번은 그 교도소 목욕탕에 라트비아의 교정 노동 수용소 관리국의 주임급 관리들이 목욕을 하러 왔는데, 그들은 목욕탕 단 위에 누워서, 굳이 일반 죄수가 아닌 〈제58조〉 죄수들만을 불러다 때밀이를 시켰다.

자, 이자들의 얼굴을 눈여겨보시라! 이자들은 오늘도 우리들 사이에 살고 있으며, 우리와 함께 기차를 타기도 하고(물론, 칸막이가 되어 있는 특별석이 아니면 안 타지만), 비행기를 타기도 한다. 그들의 군복 옷깃에는 화관이 붙어 있지만 그것이 무슨 명예의 표시인지 우리는 모른다. 견장은 이제 푸른빛이 아니지만(그들 나름의 겸양이다) 테두리는 여전히 푸른빛이든가 붉은빛이든가 자줏빛이다. 그들의 얼굴에는 고집스러운 잔인함이 굳어 버렸고, 표정은 언제나 음침하고 불만스러워 보인다. 그들의 인생은 무엇이건 다 잘되어 가고 있는 것 같은데도 표정은 왠지 시무룩한 것이다. 그것은 이 인생에서 무언가 보다 좋은 것을 놓치고 있다고 생각하고 있기 때문일까? 아니면 그들이 저지른 모든 악업에 대해 하느님이 기록해 놓았기 때문일까? 볼로그다, 아르한겔스끄, 우랄 지방 열차의 칸막이 좌석에는 이들 〈군인〉이 압도적인 비율을 차지하고 있다. 차창 밖으로 퍼뜩퍼뜩 허름한 망루들이 나타났다가 사라진다. 「저것은 당신네 〈농장〉인가요?」 옆 사람이 물으면, 군인은 만족스럽게, 아니, 자랑스럽게 고개를 끄덕인다. 「그래요.」「지금 저리로 가는 길인가요?」「그래요.」「부인도 역시 근무하고 있나요?」「90루블 받고 있지요. 내 봉급은 250루블이고요(그는 소령이다). 아이는 둘. 그리 잘 살지도 못해요.」 이 군인을 예로 든다면, 제법 도회지물이라도 조금 먹은 위인 같고, 여행길의 말 상대로도 괜찮은 편이다. 집단 농장의 밭이 보이기 시작했다. 그는 설명한다. 「농업 사정은 한결 나아졌지요. 요즈음 집단 농장에서도 〈심고 싶은 것을 마음대로〉 심고 있으니까요.」 (원시인이 동굴에서 나와 처음으로 산불 난 자리에 농사를 지을 때도 〈심고 싶은 것을 마음대로〉 심지 않았던가?)

1962년에 나는 시베리아를 처음 자유의 몸으로 열차로 횡단했다. 공교롭게도, 아니 운 좋게도 나는 찻간에서 젊은 내무부 관리 한 사람과 마주앉게 되었다. 그는 따브다의 사관 학교를 졸업하고 이르꾸쯔끄 교정 노동 수용소 관리국에 배속되어 그리로 부임하는 길이었다. 내가 짐짓 호인인 체 그를 대했더니, 그는 현대적인 수용소에서 받은 연수 교육 이야기며, 죄수들이 얼마나 뻔뻔스럽고 우둔하고 가망 없는 자들인가를 이야기했다. 그의 얼굴에는 아직 예의 그 경화된 잔인한 표정은 보이지 않았다. 그는 내게 따브다 사관 학교 제3기생 전원의 엄숙한 사진을 보여 주었는데, 거기에는 젊은이들뿐 아니라, 근무보다는 연금이나 생각할 나이에 뒤늦게 교육 과정(군경과 경찰견 훈련법, 수색법, 수용소 경영학, 마르크스·레닌주의 등)을 마친 고참 수용소 관리들도 섞여 있었다. 나도 별별 것 다 봐 온 사람이지만, 이 사진을 보고는 솔직히 말해서 섬뜩한 느낌이 들었다. 마음이 고약하면 얼굴에 분명히 나타나는 법이다! 인류 중에서 기막히게도 잘 골라낸 얼굴들이었다!

에스토니아 아흐트메의 포로수용소에서 있었던 일이다. 러시아군 간호 장교가 어느 독일 포로와 깊은 관계를 맺었는데 그것이 탄로 나고 말았다. 그들은 그녀를 자기들의 고상한 사회에서 추방하는 것만으로는 성이 차지 않았던 모양이다. 러시아군 장교 견장을 달고 있던 이 여자를 위해 수용소 밖 위병소 근처에 작은 창문이 달린 판자 오두막을 세웠다(노력도, 재료도 아끼지 않았다). 그 오두막에 여자를 일주일 동안 가둬 놓고는 자유 고용인들이 〈출퇴근〉 때 빠짐없이 거기에 돌을 던지며 〈독일의 창녀!〉라고 외치고 침을 뱉었다.

이런 식으로 그들은 선발되는 것이다.

꼴리마 지방의 망나니들, 즉 무한한 권력을 행사하면서 기발한 잔학 행위를 발명하여 자행한(1930년대 후반) 악질적 수용소 관리들의 이름을 역사에 남겨 두는 데 도움이 되도록 여기에 열거하기로 한다. 빠블로프, 비시네베쯔끼, 가까예프,

주꼬프, 꼬마로프, M. A. 꾸드랴셰프, 로고비넨꼬, 메리노프, 니끼쑈프, 레즈니꼬프, 찌또프, 바실리 〈두로보이〉 등. 스베뜰리치니의 이름도 적어야 하겠다. 이자는 노릴스끄의 이름난 고문자로, 수많은 제끄들의 목숨을 빼앗은 자다.

우리들의 협조가 없더라도 누군가 다음 괴물들에 대하여 언제든 증언할 것으로 믿는다. 즉, 체체프(발트해 연안 지방의 내무부 책임자였다가 스텝 수용소장으로 좌천된 자), 따라센꼬(우솔 수용소장), 꼬로찌쩐과 지도렌꼬(까르고뿔 수용소), 흉악한 맹수 바라바노프(종전 무렵부터 뻬초르 수용소장), 스미르노프(뻬초라 철도 건설 수용소의 규율 장교), 체삐끄 소령(보르꾸따 수용소의 규율 장교) 등. 이와 같은 이름난 자들의 명부를 만들려면 수십 페이지가 소요될 것이다. 그러니 나 한 사람의 펜만으로는 그자들을 모두 추적할 수는 없는 일이다. 더욱이 권력은 여전히 그자들의 손안에 쥐어져 있으니 말이다. 나는 자료 수집을 위한 사무실도 아직 없으며, 소비에뜨 연방 방송을 통하여 자료 제공을 호소할 형편도 못 되는 것이다.

마지막으로 마물로프에 관해 조금 더 적기로 하겠다. 그것은 다름 아닌 호브리노 수용소의 그 마물로프 말인데, 그의 형은 베리야의 비서실장으로 있었다. 우리 군대가 독일 영토의 반을 해방시켰을 때, 내무부의 고관들이 앞을 다투어 그리로 몰려갔는데 마물로프도 빠지지 않았다. 그는 거기서 봉인한 차량들로 열차를 편성하여 그것을 호브리노 역으로 직행하게 했다. 호브리노에서는 자유인들인 철도 노동자의 눈에 띄지 않도록 차량들을 수용소로 끌어들였다(공장에서 쓸 〈귀중한 자재〉인 것같이). 그리고 하역 작업에는 수용소 제끄들이 동원되었다. 그들에게는 보여 줘도 아무 일 없을 것이기 때문이다. 마치 미친개같이 되어 버린 약탈자들이 황급히 긁어모은 물건들이 산더미처럼 쌓여 있었다. 천장에서 몽땅 떼어 낸 샹들리에, 박물관에 진열해도 손색없는 골동품 가구와 보통 가구, 구겨진 식탁보에 아무렇게나 싸서 가져온 식기류, 취사용품, 무도회복과 홈드레스, 여자용과 남자용 속옷, 여러 가지 색의 연미복, 심지어는 실크해트와 단장까지 있었다! 여기서는 모든 것이 조심스럽게 분류되고, 상하지 않은 물건은 여러 사람 손에 넘겨지거나 친지들에게 선물로 보내지기도 했다. 그뿐만 아니라 마물로프는 자동차 수집가도 저리 가라 할 만큼 많은 전리품 자동차를 가지고 돌아와서, 열두 살밖에는 안 된 아들한테까지(〈연소자〉와 같은 나이 또래다!) 〈오펠 카데트〉를 한 대 선물로 주었다. 그 후 몇 개월에 걸쳐 수용소의 재봉소와 제화소 직공들은 훔쳐 온 물건들을 고쳐 만들기에 눈코 뜰 새도 없었다. 하기는 마물로프의 집은 모스끄바에 있는 집 한 채뿐만이 아니었고 돌봐 줘야 할 여자도 한 사람뿐만이 아니었던 것이다! 그러나 그가 제일 좋아하는 집은 수용소 근처 교외에 있었다. 거기에는 가끔 라브렌찌 빠블로비치 베리야가 직접 찾아오기도 했다. 그럴 때면 모스끄바에서 진짜 합창단을 데려왔고, 그것도 부족해서 2명의 제끄 — 기타 연주자인 페찌소프와 무용수 말리닌(붉은 군대 연예단 일원들이었다) — 까지 주연에 불러들였다. 물론 이 두 사람은, 만약에 이것을 입 밖에 냈다가는 모가지가 달아나는 줄 알라는 경고를 받았다. 다음은 마물로프의 사람됨을 나타내는 일화다. 어느 날 이자들이 낚시질에서 돌아오는 길에, 어느 노인의 채소밭 가운데를 보트를 끌고 지나가는 바람에 밭이 엉망이 되어 버렸다. 노인이 입속으로 투덜거리는 것 같았다. 그렇다면 무언가 변상을 해주어야 하지 않겠는가? 순간 마물로프가 노인에게 달려들어 주먹으로 때려눕혀 버렸다. 〈여기는 내 밭이기 때문에 내가 매를 맞는다〉라는 속담 그대로였다.[8]

그러나 아무래도 이야기가 너무 단조로워진 것 같다. 혹시 내가 전에 이미 쓴 이야기를 되풀이하고 있는 것이나 아닐까? 아니면 우리는 이런 이야기를 이미 어느 책에서인가 여러 번 읽었던 것이나 아닐까…….

나에게 반론을 제기하는 사람이 있다. 한두 사람이 아니다! 그들은 이렇게 말한다 ― 물론, 그와 같은 개개의 사실이 있었던 것은 사실이다……. 그러나 그것은 주로 베리야 시대의 일이다……. 그런데 어째서 당신은 긍정적인 사례는 들지 않는가? 선량한 사람들의 이야기도 해야 할 게 아닌가! 우리들이 아버지로 받들 만한 사람들의 이야기부터 해야 옳을 것이다…….

아니, 그런 사람들을 누구든 보았다면 본 사람더러 이야기하라면 되지 않겠는가. 나는 본 적이 없다. 일반적 상황으로 미루어 볼 때, 수용소장은 〈선량한 인간일 수 없다〉는 결론에 나는 도달했다. 만약에 선량한 인간이라면, 그는 자기 생각을 바꾸든가 아니면 제거되든가 두 길밖에는 없다. 그보다도 이렇게 한번 상상해 보라. 어느 수용소 관리가 착한 일을 하겠다는 생각에서 자기 수용소의 혹독한 제도를 인간적인 것으로 바꾸기로 결심했다고 하자. 과연 그것이 가능할까? 그것이 허용될까? 묵인될까? 엄동설한에 사모바르를 밖으로 들고나

8 1953년에 베리야가 몰락하자 마뷸로프도 실각했다. 그러나 그는 어쨌든 지배 계층에 속해 있었으므로 괴로움도 오래가지는 않았다. 그는 다시 떠올라서 모스끄바 건설 트러스트의 책임자 중의 하나가 되었다. 그러나 주택을 〈횡령〉했다 해서 다시 실각했다. 그 후 또 한 번 최고위직으로 떠올랐다. 그리고 지금으로 말하면 이미 많은 연금을 받을 수 있는 나이이므로 넉넉한 생활이 보장된 셈이다.

와서 물을 데울 수가 있을까?

　나도 다음과 같은 주장에는 동의한다 ── 〈선량한 사람들〉이란, 거기서 좀처럼 빠져나가지 못하는, 아직은 빠져나가지 못했지만 언젠가는 꼭 빠져나갈 사람들을 말하는 것이다. 예를 들어, 모스끄바 제화 공장장 M. 게라시모프는 당원증은 회수당했지만 당적은 박탈되지 않았다(이러한 징계 형식도 있었다). 그럼 그동안 그를 어디로 보낼 것인가? 결국 수용소 관리로 좌천되었던 것이다(우스찌-빔 수용소). 소문에 의하면 그는 거기서 자기 직무를 고통스럽게 여겼고, 죄수들에게 친절히 대했다. 5개월 후에야 그는 그곳을 빠져나갈 수 있었다. 그 5개월 동안 그가 선량한 인간이었다는 것은 얼마든지 믿을 수 있는 이야기다. 또 다른 소문에 의하면, 1944년 오르따우에는 스메시꼬라는 수용 지점장이 있었는데, 그가 무엇이든 나쁜 짓을 하는 것을 보았다는 사람은 하나도 없다. 그도 역시 거기서 빠져나가려고 애쓰고 있었다. 1946년 동북부 지방 교정 노동 수용소 관리국의 부장이었던 전 공군 장교 모로조프는 죄수들에게 잘 대해 주었다. 그 대신에 그는 상부의 눈 밖에 나 있었다. 그리고 또 한 사람, 니로쁘 수용소의 시베르낀 대위는 꽤 착한 사람이었다고 한다. 그래서 어떻게 되었는가? 그는 빠르마의 징벌 출장소로 쫓겨나고 말았다. 거기서 그가 하는 일이라고는 두 가지밖에 없었다. 지나치게 술을 마시고, 서방측 라디오 방송을 듣는 일이었다. 그 지방에서는 전파 방해가 그다지 심하지 않았던 것이다(1952년). 따브다 사관 학교 졸업생인 나의 이웃 승객도 아직은 친절한 마음을 잃지 않고 있었다. 무임승차한 청년 하나가 복도에서 벌써 하루 동안이나 서 있는 것을 보고 그는 이렇게 말했다.「조금씩 다가앉아서 자리를 내줍시다! 저 사람 잠 좀 재워 주어야겠어요.」하지만 1년가량만 수용소 근무를 했더라도 그는 아마 다르게 나왔을 것이다. 차장한테 가서 이렇게 말했을 것이다. 「저기 무임승차자가 있으니 쫓아내시오!」내 말이 틀렸는가?

솔직히 말하겠다. 나는 무척 선량한 내무부 관리를 한 사람 알고 있다. 하기는 수용소 관리가 아니고 형무소 관리였지만. 이름은 쭈까노프 중령. 그는 한때, 단기간이기는 했으나 마르피노 특별 형무소의 형무소장 자리에 있었다. 나만이 아니고 거기 있던 제끄들도 모두 인정하는 바지만, 그의 악행은 아무도 보지 못했어도 선행이라면 전원이 보았다. 그는 상부의 지령을 되도록 제끄들에게 유리한 방향으로 처리하고는 했다. 완화할 수 있는 것이면 반드시 완화했다. 그래서 어떻게 되었는가? 당국이 이 특별 형무소를 가장 규율이 엄격한 형무소의 하나로 승격시켰을 때 그는 경질되고 말았다. 그는 젊지도 않았고 오랫동안 내무부에 근무한 사람이었다. 어떻게 그런 행동이 가능했는지 나는 알 수 없다. 하나의 수수께끼다.

그리고 또, 아르놀뜨 라쁘뽀르뜨가 단언하는 바에 의하면, 공병 기술 대령 미하일 미뜨로파노비치 말쩨프는 1943년부터 1947년에 걸쳐 보르꾸따 수용소장(수용소와 함께 건설 공사도 관리했다)으로 있었는데, 아주 좋은 사람이었다고 한다. 그는 체끼스뜨들의 면전에서 죄수 기사들과 악수를 했고, 상대를 이름과 부칭으로(즉, 경어로) 불렀다. 그는 직업적인 체끼스뜨들을 몹시 싫어했으며, 정치부장 꾸흐찌꼬프 대령을 멸시했다. 그에게 〈기관〉의 세 번째 서열에 해당하는 장군 계급이 수여되었을 때, 그는 〈나는 기사일 뿐〉이라면서 그것을 거절했다(이런 일이 과연 있을 수 있을까?). 결국 그는 보통 장군이 될 수 있었다. 라쁘뽀르뜨가 주장하는 바에 의하면, 그가 소장직에 있는 동안 보르꾸따에서는 단 한 건의 수용소

〈사건〉도 날조되지 않았다고 한다(그때는 전시 중이었으므로 〈사건〉을 날조하기에 가장 편리한 시기였는데도 말이다). 그의 아내는 보르꾸따시 검사로 있으면서 수용소 보안 장교들의 〈창조적 활동〉을 막고 있었다. 만약에 A. 라쁘뽀르뜨 자신이 그 당시 기사로서 누리고 있던 특전 때문에 무의식중에 과장하고 있는 게 아니라면, 이것은 매우 귀중한 증언이다. 그러나 나는 아무래도 그의 말을 모두 곧이들을 수가 없다. 그의 말이 사실이라면, 어떻게 말쩨프가 실각하지 않았을까? 그는 위아래를 막론하고 모든 사람에게 〈방해꾼〉이었을 텐데 말이다! 때가 오면 언제든 그 진상이 밝혀질 날이 있을 것으로 우리는 기대한다(스딸린그라뜨 전선에서 공병 사단을 지휘하고 있을 때 말쩨프는 연대장을 병사의 대열 앞으로 불러내서 제 손으로 총살할 수도 있었던 위인이다. 그가 보르꾸따에 온 것은 상관의 비위에 거슬려 좌천됐다는 말이 있지만, 사실은 그게 아니고 무언가 다른 이유가 있었던 것이다).

이러한 경우, 그리고 다른 유사한 경우도 마찬가지지만 과거의 일을 회상할 때 그 사람의 기억력과 개인적인 체험 때문에 그 회상이 왜곡되는 경우가 있다. 〈선량한 사람들〉 이야기를 들을 때면 나는 이렇게 질문하고 싶어진다. 누구에게 선량했다는 것인가? 모든 사람에게인가?

전선에서 귀환한 용사들이 원래의 내무부 관리들과 교대한 후에도 사태는 조금도 호전되지 않았다. 출뻬뇨프의 증언에 의하면 수용소의 노련한 〈개〉들 대신에, 연대 정치위원 예고로프 같은 귀환 상이용사가 있었다고 한다. 그들은 수용소 생활을 전혀 이해하지 못하고 무책임한 명령을 남발했으며, 수용소를 특권수 중의 무뢰한들에게 떠맡긴 채, 여자들을 데리고 밖으로 술이나 마시러 다녔던 것이다.

한편, 수용소의 〈선량한 체끼스뜨들〉을 극구 칭찬하는 것은 소위 사상이 견고한 정통파 공산당원들인데, 그들의 해석과 〈선량한 사람들〉에 대한 우리의 개념과는 전혀 다른 것이다. 즉, 수용소 관리 본부의 혹독한 지령에서 벗어남으로써 모든 죄수들을 위해 인간적인 환경을 마련하려 한 사람들을 우리는 〈선량한 사람들〉이라 생각하고 있는데 반해, 그들의 〈선량한 사람들〉이란 모든 잔인한 지령을 충실히 이행하여 일반 죄수들을 물고 뜯고 학대하면서도 전 공산당원들에게만은 특별히 관대하게 대하는 수용소 관리들을 가리키는 것이다. (사상이 견고한 당원들이란 얼마나 넓은 안목을 가졌는가! 그들이야말로 전 인류 문화의 후계자들인 것이다!)

그들이 말하는 〈선량한 사람들〉도 물론 있었다. 그리고 그 수는 적지 않았다. 레닌의 책을 산더미처럼 쌓아 놓고 있던 꾸들라띠 같은 자도 그중 하나가 아니겠는가? 지야꼬프는 그런 부류에 속하는 자의 이야기를 우리에게 들려준다. 즉, 어느 수용소장이 모스끄바로 출장 갔을 때, 자기 수용소에 끌려와 있는 정통파 공산당원의 가족을 방문했다. (이 얼마나 고결한 행위인가!) 그러나 수용소에 돌아오자 다시 자기의 개의 직무를 계속했다……. 고르바또프 장군도 꼴리마에 〈선량한 인간〉이 있었음을 넌지시 주장하고 있다. 〈세상에서는 우리를 일종의 냉혈한으로 보는 경향이 굳어 있지만 그것은 잘못된 견해다. 우리들도 죄수들에게 좋은 소식을 전할 때는 기쁘다.〉 (그러나 어느 죄수에게 재심을 알리는 고르바또프의 아내의 편지는 검열관에 의해 온통 뭉개져 있었다. 어째서 그들은 좋은 소식을 전하는 기쁨을 스스로 물리쳤는가? 그런데도 고르바또프는 자기 말과 현실 사이의 모순을 알아채지 못한다. 상부에서 하는 소리를 이 육군 장군이 무조건 믿는 것이다.) 꼴리마의 그 〈선량한〉 수캐가 염려한 것은 혹시나 고르바또프가 멋도 모르고 수용소의 참상을 고위층에 그대로 이야기하지나 않을까 하는 것뿐이다. 그래서 이자는 고르바또프와의 유쾌한 대화 끝에 〈누구한테건 말을 조심해야 합니다〉라고 덧붙인다. (그러나 고르바또프는 이번에도 말귀를 못 알아들었던 것이다.)

레프꼬비치도 1964년 9월 6일 자 『이즈베스찌야』에 이른바 〈열정적인〉, 아니 우리 식으로 말하면 강요된 글을 발표했다. 즉, 그녀는 수용소에서 선량하고 현명하고 엄격하며 피로에 지치고 상심한 몇 사람의 체끼스뜨를 알게 되었는데, 그중 한 사람인 까뿌스찐은 잠불에서 유형에 처한 공산당원의 아내들에게 일자리를 마련해 주었으나, 그 때문에 그 자신은 권총 자살을 할 수밖에 없었다는 것이다. 이런 잠꼬대가 또 어디 있는가! 거짓말을 하려면 아귀가 맞는 소리를 해야지……. 관리자라면 유형수들에게 강제로라도 일을 시킬 〈의무가 있는 것이다〉. 만약에 그가 권총 자살한 것이 사실이라면, 그것은 도둑질을 했기 때문이든가 아니면 계집질 끝에 발목이 잡혔기 때문이었을 것이다. 그보다도 전 연방 중앙 집행 위원회(수용소군도의 모든 잔악 행위를 인가한 위원회)의 중앙 기관지(즉, 『이즈베스찌야』)가 의도하는 것은 다음과 같은 결론을 도출하려는 것인가? 만약에 선량한 지주들이 있었다면 농노제는 근본적으로 존재하지 않았다고 보아야 한다는 것인지?

여기 또 한 사람의 〈선량한〉 수용소 관리가 있다. 그것은 에끼바스뚜스의 마뜨베예프 대령이다. 스딸린 시대에는 항상 사납기 짝이 없는 이빨을 드러내고 으르렁거리던 자다. 그러나 〈어버이〉가 죽고 베리야가 날아가 버리자 마뜨베예프는 자유파의 선봉으로 표변하여 군도 주민들의 어버이가 되었다! 물론, 상황이 다시 바뀔 때까지라는 시한이 붙는 것이기는 하지만 말이다. (바로 그해에도 그는 작업반장 알렉산드로프에게 귓속말로 이렇게 가르쳤다는 것이다 ―「너희들 말을 듣지 않는 놈이 있거든 상통에 주먹을 먹이는 거야! 너희들한테는 아무 일도 없을 테니까. 내가 약속하마!」)

정말이지 이따위 〈선량한 사람들〉은 질색이다! 이따위 〈선량한 사람들〉이란 한 푼의 값어치도 없는 자들뿐이다. 이자들이 우리에게 선량하게 되는 것은 이자들 자신이 수용소에 들어앉는 신세가 되는 날이다.

사실 들어앉은 자들도 있기는 하지만 그들이 형을 받은 이유는 〈그것〉 때문이 아닌 것이다.

◆

수용소의 감시원들은 내무부 하급 관리로 되어 있다. 이것은 수용소군도의 하사관들을 말한다. 그들의 임무라야 별것이 아니다 ― 끌어다 가두는 것, 나가지 못하게 하는 것, 두 가지뿐이다. 그들 역시 수용소군도의 같은 사다리에 있지만, 맨 밑인 것이다. 그들의 권한도 한정된 것이어서, 자기 손이나 주먹을 사용해야 할 때가 많다. 하지만 이 점에서 그들은 몸을 아끼지 않는다. 혹시 누군가를 징벌 감방이나 감시원실에서 피투성이가 되도록 본때를 보여 줄 필요가 있을 때면, 그들은 용감하게도 셋이서 한 사람에게 달려들어 주먹질과 발길질로 움직이지 못하게 만들어 버리고는 한다. 이런 근무를 계속하다 보면 해가 갈수록 마음이 사나워져서, 눈비와 혹한과 굶주림과 시달림으로 죽을 지경에 이른 죄수들에게 한 가닥 동정조차 느끼지 못하게 된다. 죄수들도 그들 앞에서는 고관 앞에서와 마찬가지로 아무런 권리도 방비도 없기 때문에 그들은 죄수들을 마음껏 짓누르고 우월감을 맛볼 수 있는 것이다. 화풀이로 폭력을 휘두르건 자기의 잔인성을 과시하건 거기에는 아무런 장애도 없다. 보복이나 처벌의 우려가 없는 경우, 일단 폭력을 행사하기 시작하면 좀처럼 그만둘 수가 없는 법이다. 제멋대로 때리고 차고 하다 보면 더욱더 흉포해져서, 자기 자신도 겁날 만큼 자기가 정말 무시무시한 인물인 것 같은 생각이 드는 것이다. 감시원들은 자기 상관의 행동거지를 흉내 내기를 좋아한다. 그러나 그들에게는 상관 것 같은 금딱지도 없고, 외투도 땟국물이 흐르고, 어디를 가나 걸어서 가야 하며, 죄수들을 하인으로 부릴 수도 없고, 채소밭도 제 손으로 가꿔야 하며, 가축도 자기가 돌봐야 한다. 물론, 한나절쯤은 제끄를 자기 집으로 빼돌릴 수는 있지만(장작 패기나 마룻바닥 청소 등에) 그것도 눈치를 봐 가며 해야 한다. 작업 중인 제끄를 데려갈 수는 없으니까 쉬고 있을 때 데려가야 한다. (따바쩨로프는 1930년 베레즈니끼에서 12시간의 야간작업을 끝내고 한잠 자려고 하는데, 눕기가 무섭게 감시원이 그를 깨워서 자기 집에 일하러 보냈다. 거부할 도리가 없는 것이다…….) 감시원들에게는 영지가 없다. 수용소는 그들에게는 영지가 아니라 근무처일 뿐이며, 그 때문에 소장들 같은 오만함도 없고 독재권도 없다. 그들의 경우 도둑질에도 장애가 많다. 이것은 불공평한 일이다. 상관들은 그렇지 않아도 돈이 많은데, 게다가 많은 것을 훔칠 수가 있다. 감시원들은 봉급이 훨씬 적은데도 훔칠 수 있는 것이 한정되어 있으니 말이다. 창고에서는 자루째로 무엇을 가져갈 수가 없다. 손가방 하나 정도가 고작이다. (아직도 어제 일처럼 생생하게 떠오르는 광경이 있다. 1945년의 일인데, 얼굴이 유난히 큰 아마빛 머리의 상사 끼실료프가 경리부에 나타나서 이렇게 명령한다. 〈제끄들의 취사장에는 단 1그램도 지방을 내주지 말 것! 자유 고용인들에게 만 지급할 것!) 지방이 부족했기 때문이다. 결국 그들의 특전 이란 정량대로 지방을 받는다는 것뿐이다……) 수용소의 재 봉소에서 자기 것을 좀 만들게 하는 데도 소장의 허가가 필요 하고 그나마도 순번을 기다려야 한다. 다만, 작업 현장에서는 제끄를 시켜 자질구레한 것을 만들게 할 수 있다. 예컨대 땜 장이나 용접공, 대장장이나 선반공에게 무엇을 만들어 달라 고 하는 것이다. 그러나 의자보다도 덩치가 큰 것은 가지고 나가기가 쉽지 않다. 이러한 제한이 감시원들의 자존심을, 특 히 그들의 아내의 자존심을 몹시 상하게 했다. 그 때문에 그 들은 상관들에게 적지 않은 불만을 품고 있으며, 그 때문에 그들에게는 인생이 너무나 불공평하게 여겨지는 것이다. 그 리하여 감시원들의 가슴속에는, 마음이야 있건 없건, 무언가 채워지지 않은 구멍이 생겨서 그것이 공명관처럼 인간의 신 음 소리에 공명하는 것이었다. 그래서 때로는 하급 감시원들 이 제끄들과 마음이 통해서 말을 주고받는 수도 있다. 그것은 그리 흔하지는 않지만 그렇다고 아주 드문 일도 아니다. 어쨌 든 형무소에서도 수용소에서도, 다름 아닌 감시원들 가운데 서 인간을 발견할 수 있는 것이다. 죄수들은 모두 그들의 인 생에서 이런 사람을 몇 번쯤은 만나게 마련이다. 그러나 장교 들 가운데서는 거의 발견할 수가 없다.

　이것은 사회적 지위가 높을수록 인간성이 떨어진다는 일반 적 법칙에 해당한다.

　진짜 감시원들은 수용소에서 15년이나, 또는 25년씩이나 근무하고 있는 사람들이다. 이 멀고 먼 저주받은 땅에 한번 자리를 잡고 주저앉은 후, 다시는 거기서 기어 나가지 못하는 사람들이다. 그들은 규칙과 내규를 한번 머릿속에 쑤셔 넣고 나면, 그다음엔 한평생 독서를 할 필요도 지식을 넓힐 필요도 없고, 그저 라디오를 모스끄바 제1 방송에 맞춰 놓고 듣기만 하면 되는 것이다. 이러한 자들의 집합체가 저 우둔하고 무표정한, 그 어떤 사상도 받아들이지 않는 고집불통인 수용소의 얼굴을 형성하고 있다.

그러나 전쟁 중에만은 감시원의 구성이 원칙에서 벗어나 있었다. 군 당국이 급박한 상황하에서 감시원의 직무를 경시하고 그들 중 일부를 뽑아 전선으로 내보내고, 그 자리를 야전 병원을 거쳐 나온 병사들로 보충했기 때문이다. 하지만 되도록이면 무능하고 잔인한 자들을 골라서 보냈다. 그런가 하면 노인들도 이곳으로 보충되어 왔다. 징집되어 곧장 수용소로 돌려진 사람들이다. 그런데 이 수염이 희끗희끗한 노인들 중에는 편견에 물들지 않은 호인들도 있어서, 그들은 죄수들에게 친절하게 말을 건네기도 하고, 신체검사도 제대로 하지 않는가 하면 아무것도 뺏으려 들지 않고, 농담까지 던지고는 했다. 그들은 징벌 감방의 죄수가 규율을 지키지 않아도 눈감아 주었고, 가능하면 징벌 감방에 죄수를 집어넣지 않으려 했다. 그러나 전쟁이 끝나자 그들은 곧 제대하여 집으로 돌아가 버려서 다시는 그런 사람들을 볼 수 없게 되었다.

감시원 중에는 대학생 세닌, 우리 깔루가 대문 수용소의 유대인 감시원 같은 색다른 사람들도 있었다(이들 역시 전쟁 중의 감시원이다). 대학생 세닌에 관해서는 이미 언급한 바 있지만, 또 한 사람 유대인 감시원으로 말하면, 이미 중년에 접어든 사람으로, 겉보기에는 보통 시민과 조금도 다른 점이 없었고 항상 침착했으며 트집을 잡으려 드는 버릇도 없었거니와 누구에게도 악한 짓을 하지 않았다. 그가 너무나 온화했으므로 나는 한번 용기를 내어 이렇게 물어보았다. 「실례지만 전의 직업은 무엇이었습니까?」 그는 불쾌한 기색도 없이 부드러운 눈으로 나를 보며 낮은 목소리로 대답했다. 「상인이었소.」 우리 수용소로 전속되어 오기 전에 그는 전쟁 기간 뽀돌스끄 수용소에서 근무했는데, 그의 말에 의하면 거기서는 하루에 13명에서 15명씩 영양실조로 죽었다고 한다. (그러니까 거기서 전시 중에 죽은 사람만 해도 2만 명이나 되는 셈이다!) 그는 아마 전쟁 중 시종 NKVD의 〈군대〉에 소속되어 있었던 모양이었다. 그러나 이제는 이곳에 영영 잡혀 있지 않으려고 온갖 지혜를 짜내야 할 판이었다.

그런가 하면 뜨까치 상사 같은 인물도 있었다. 그는 에끼바스뚜스 수용소에서 가장 무서운 존재로서 규율계 부관이었는데, 감시원으로서는 더없이 적합한 위인이었으며, 군도와 함께 태어나서 군도의 요람시대부터 거기 근무하고 있는 사내였다. 그는 검은 앞 머리카락 밑으로 굳어 버린 듯 움직일 줄 모르는 음흉한 얼굴을 하고 있었다. 그의 근처에 가는 것만으로도, 혹은 길에서 그와 마주치는 것만으로도 소름이 끼칠 지경이었다. 그는 누구든 눈에 띄기만 하면 무슨 행패든지 꼭 부리게 마련이었다. 오던 길을 되돌아가게 하거나, 일을 시키거나, 물건을 빼앗거나, 협박을 하거나, 벌을 주거나, 체포하거나 했다. 저녁 점호가 끝난 다음 막사의 문이 이미 잠겨 있을 때도, 여름이라 쇠창살 박힌 창문이 열려 있기만 하면, 뜨까치는 몰래 창 밑으로 다가가서 죄수들의 대화를 엿듣기도 하고 안을 엿보기도 했다. 마치 검은 박쥐처럼 말이다. 안에 있던 죄수들이 질겁하고 사방으로 흩어져 버렸지만, 그는 쇠창살 너머로 벌을 내리는 것이었다 — 자지 않았다고 주는 벌, 지껄이고 있었다고 주는 벌, 금지된 물건을 사용했다고 주는 벌 등.

그런데 그 뜨까치가 별안간, 그것도 아주 영영 자취를 감춰 버렸다. 수용소에 소문이 퍼졌는데(그 진위를 우리는 정확히 밝혀낼 수는 없었으나, 이런 종류의 끈질긴 소문은 대부분이 사실이다), 그가 파시스트 점령 지역에서 사형 집행인 노릇을 했음이 탄로 나서 체포되어 〈25루블짜리〉를 받았다는 것이었다. 그것은 1952년의 일이었다.

하지만 어찌 되어 파시스트의 사형 집행인이(아무리 보아도 3년 이상은 그 일에 종사하지 않았을 것이다) 전쟁 후 7년 동안이나 우수한 내무부 관리의 한 사람으로 인정받을 수 있었던 것일까?

알 수 없는 일이다!

•

〈호송병은 경고 없이 발포한다!〉이 주문 속에는 죄수 호송[9] 에 관한 모든 특별 규정, 법의 뒷받침을 받아 그들이 우리에게 행사할 수 있는 모든 권력이 집약되어 있다.

호송병의 직무는 전쟁이 있을 때나 없을 때나 전쟁터에서의 그것과 동일하다. 호송병은 그 어떤 조사나 심리도 두려워할 필요가 없으며 변명을 할 필요도 없다. 발포한 호송병은 어느 경우에나 옳고, 사살된 자는 예외 없이 나쁜 것이다. 왜냐하면 탈주를 시도했거나 경계선을 넘어간 자이기 때문이다.

예를 들어 오르따우 수용 지점에서 있었던 두 건의 사살 사

---

9 여기서 말하는 〈호송병〉이라는 명칭은 군도의 일상생활에서 자주 사용되고 있는 말이다. 그 밖에 교정 노동 수용소에서 더욱 자주 사용되었던 〈무장 경비대〉라는 명칭도 있다. 그 정식 명칭은 내무부 소속 무장 보병 경비대였다. 〈호송병〉은 〈초병〉, 〈구내 경비〉, 〈봉쇄 경비〉, 〈대대 경비〉 등과 함께 무장 경비대 근무의 한 형태였다.

건을 보기로 하자(그 많은 수용 지점의 총수에 이것을 곱해 보라). 어느 호송병이 죄수들을 호송하고 있을 때, 호송되고 있지 않는 죄수 하나가 대열 속의 젊은 여자 죄수 곁으로 다가와서 나란히 걷기 시작했다. 「물러나!」 「뭐, 그럴 것까지는 없잖아!」 말이 끝나기가 무섭게 총성이 울리고 죄수는 쓰러졌다. 희극이라고나 해야 할 재판이 진행되고 호송병은 무죄가 되었다. 공무 집행 중에 모욕을 받았기 때문이라는 것이다.

위병소 근무 중인 병사한테 제끄 한 사람이 퇴소 증명서를 들고(그는 이튿날 석방될 예정이었다) 달려와서 이렇게 부탁했다. 「잠시만 내보내 주시오. 저기(외부에 있는) 세탁소에 잠깐 다녀오겠소!」 「안 돼!」 「왜 안 돼, 바보 같으니! 내일이면 나는 석방이란 말이야!」 제끄는 그 자리에서 사살되고 말았다. 이 경우는 재판도 열리지 않았다.

한참 일을 하다 보면, 죄수는 경계를 표시하는 점선, 즉 가시철사 대신에 벌목 작업장의 경계선으로 나무줄기에 해놓은 표시를 미처 보지 못하는 수가 있다. 예컨대 솔로비요프(전 육군 중위)는 소나무를 찍어 넘어뜨리고 그냥 뒷걸음치면서 가지를 다듬고 있었다. 그의 눈에는 자기가 넘어뜨린 나무밖에는 보이지 않는다. 그러나 〈똔샤예보의 늑대〉인 호송병은 총을 겨누고 기다리고 있다. 〈조심해!〉라고 소리치는 법은 절대 없다. 다만 겨눈 채 기다릴 뿐이다. 솔로비요프는 나무줄기를 따라 뒤로 계속 물러나다가 마침내 저도 모르게 경계선을 넘고 말았다. 발사! 총탄은 그의 허파를 나뭇조각처럼 갈기갈기 찢어 버렸다. 솔로비요프는 사살되었으나 똔샤예보의 늑대는 1백 루블의 상금을 받았다(〈똔샤예보의 늑대〉란 부레뽈롬 수용소 근처 똔샤예보 지구의 현지 주민을 가리키는 것으로, 그들은 전시에도 전선에 끌려 나가지 않고 집에 남아 있었기 때문에 전원이 가까운 수용소 무장 경비대에 입대해 있었다. 그것은 아이들이, 〈엄마, 《청어》가 왔어!〉라고 소리치고는 했다는 바로 그 똔샤예보 지구였다).

이와 같은 호송병과 죄수 사이의 절대적 복종 관계, 말 대신에 언제나 총알을 사용하는 경비병의 권리는 무장 경비대 장교 및 대원 자신의 성격에 영향을 끼치지 않을 수 없었다. 죄수들의 생명은, 24시간 내내는 아닐지라도, 완전히 그들의 손에 달려 있기 때문이다. 그들에게는 군도의 주민이 인간이 아니라 꿈틀거리며 움직이는 일종의 표적이었으며, 그들은 운명이 정해 준 바에 따라 그 표적의 수를 세고, 되도록 신속히 작업 현장으로 끌어내며, 작업 현장에서 수용소로 호송하고, 작업 현장에서는 되도록 한데 모아서 경비하는 일을 수행하는 것이었다.

그러나 무장 경비대 장교들의 경우 그 방자한 행동은 한층 더 농축되어 있었다. 이들 젊은 중위들은 생존 환경을 제멋대로 지배할 수 있다는 짓궂은 자만심에 사로잡혀 있었다. 어떤 자는 단지 목청만 높이는 데 그쳤지만(니로쁘 수용소의 초르니 상급 중위의 경우), 어떤 자는 잔혹한 행위에 재미를 붙여 그 잔혹성을 때로 자기 부하들에게까지 돌리기도 했다(같은 수용소의 사무찐 중위의 경우). 또 어떤 자는 자기가 할 수 있는 일에 한계가 있다고 생각지도 않았다. 무장 경비대장 네프스끼는(우스찌-빔 수용소 제3 수용 지점) 자기 개가 없어진 것을 알았다. 그것은 경비견이 아니라 그가 애완용으로 기르는 개였다. 그는 개를 찾으러 수용소로 들어가서, 마침 5명의 제끄가 개를 각 뜨고 있는 현장을 잡았다. 그는 권총을 꺼내 들고 그중 1명을 즉석에서 사살했다(나머지 제끄들을 징벌 감방에 처넣은 것 이외에는 이 사건과 관련한 아무런 행정 처분도 없이 그냥 넘어가고 말았다).

1938년에 우랄산맥 서쪽 비셰라강 변을 따라 산불이 폭풍처럼 맹렬한 기세로 타오르고 있었다. 불길은 동시에 두 곳의 수용 지점을 향해 달려들었다. 제끄들을 어떻게 할 것인가? 즉각적인 결단이 필요했고 상부와 연락을 취할 여유도 없었다. 경비병들은 죄수들을 한 발자국도 밖으로 내놓지 않았다. 결국 전원이 불에 타 죽고 말았다. 하기는 그 편이 귀찮지 않고 손쉬웠던 것이다. 만약에 밖에 내보낸 죄수들이 도망치는 일이 생긴다면 경비병들은 재판을 받을 것이기 때문이다.

무장 경비대 장교들의 끓어오르는 에너지는 다음 한 가지 점에서 제한을 받고 있었다. 즉, 그것은 소대가 기본 단위이기 때문에 그들의 전능의 힘도 소대 이상으로 뻗을 기회가 없으며, 견장에는 작은 별 2개 밖에는 없다는 점이었다. 대대로 승진해 올라가 보았자 실제적으로는 소대에서의 권력으로부터 그만큼 멀어질 뿐, 길은 거기서 끝나고 마는 것이다.

그래서 무장 경비대 장교 중 가장 권력 지향적인 힘 있는 자들은 내무부의 내근으로 옮겨 가서 거기서 승진의 기회를 잡으려 했다. 수용소군도의 몇몇 유명한 인물들이 바로 이 길을 걸었다. 이미 언급한 바 있지만 북극권의 〈죽음의 도로〉 건설을 지휘한 안또노프도 무장 경비대장을 거친 자로서, 학력은 초등학교 4학년이 전부였다.

내무부에서 경비원의 선발을 극히 중요시하고 있다는 점은 의심할 여지도 없다. 징병 위원부도 이와 관련해서 비밀 지령을 받고 있었다. 징병 위원부는 대규모의 비밀 활동을 수행하고 있으나 우리는 거기에 대해서는 관대할 수 있다. 예를 들어, 1920년대의 지역군 구상(프룬제의 계획)이 어째서 단호하게 거부되었던가? 그리고 어째서 그와는 반대로 징집된 신병들을 예외 없이 그들의 고향에서 되도록 멀리 떨어진 곳으로(아제르바이잔인은 에스토니아로, 라트비아인은 까프까스로) 보내고 있는가? 그것은 군대가 현지 주민과는 이질적이어야 하며 인종적으로도 이질적인 것이 유리하기 때문이다(이것은 1962년에 노보체르까스끄에서 증명되었다). 동일한 이유에서 경비대원 선발에 있어서도 따따르인과 기타 소수 민족의 비율이 의도적으로 높이 책정되었던 것이다. 비교적 낮은 그들의 교육 수준과 지능 수준이 나라를 위해서는 오히려 귀중하게 쓰이는 셈이었다.

그렇지만 이 부대들의 과학적 편성과 교육이 겨우 본격적으로 시작된 것은 특수 수용소가 출현할 무렵, 즉 1940년대 말과 1950년대 초부터였다. 거기에는 열아홉 살의 청년들만 뽑았을 뿐만 아니라 곧 밀도 높은 사상 교육을 실시하게 되었다. (이들 호송병에 관해서는 나중에 다른 곳에서 언급하기로 하자.)

그러나 그 전까지는 수용소 관리 본부에서도 어째서인지 미처 손이 미치지 못하고 있었다. 아니, 그보다는 우리 나라의 모든 것이 사회주의적이기는 했으나, 국민 전체의 수준이 훌륭한 수용소 경비병을 제공할 수 있는 군세고 잔인한 수준에 이를 만큼 발달되어 있지 못했다고 해야 옳을 것이다! 무장 경비대의 구성원 역시 그야말로 오합지졸이어서 애초에 기대했던 것 같은 공포의 장벽 구실을 하지 못하는 경우도 있었다. 특히, 그것이 약체화된 것은 독소 전쟁 때였다. 훈련된 무수한 (〈더없이 잔인한〉) 젊은이들을 전선에 내보내지 않을 수 없었고, 그 대신에 무장 경비대에는 병약한 예비 군인들을 끌어들였는데, 그들은 건강상의 이유로 정규군에도 가지 못하고 잔인성마저 결핍되어 있어서 수용소군도 근무에는 적합하지 못했다(게다가 그 교육도 시대에 걸맞지 않았다). 그 어느 때보다도 혹심한 기근에 시달렸던 전쟁 시기에 수용소 무장 경비대의 약체화는 어디서나 다 그랬다는 게 아니고, 약체화가 나타난 수용소에만 해당되는 이야기지만 약간이나마 죄수들의 생활을 편하게 했던 것이다.

자기 아버지에 대한 니나 삼셀의 회상에 따르면, 그녀의 아버지는 1942년에 나이도 꽤 많아서 소집되어 경비병으로 아르한겔스끄주의 수용소에 배속되었다고 한다. 가족들도 뒤따라 그리로 이사했다. 〈집에 돌아오면 아버지는 슬픈 얼굴로 수용소의 생활이며 거기 있는 착한 사람들의 이야기를 하고는 했습니다. 아버지가 농업 수용소에서 혼자 작업반 경비를 맡고 있을 때(작업반 하나를 병사 1명에게 맡기다니 이것은 너무 허술하지 않은가!) 나는 자주 아버지한테 가서, 아버지의 허락을 받고 죄수들과 이야기를 했습니다. 죄수들은 아버지를 무척 존경하고 있었습니다. 아버지는 죄수들에게 난폭한 말을 하는 법이 없었고 부탁을 받으면 밖으로, 예를 들면 가게 같은 데 내보내 주기도 했습니다. 그러나 아버지가 경비하고 있을 때는 한 사람도 도망치는 일이 없었습니다. 그들은 나에게 이렇게 말했습니다. 「호송병이 모두 네 아버지 같으면 얼마나 좋겠니!」 많은 사람들이 아무 죄도 없이 잡혀 들어와 있다는 것을 아버지는 알고 있었기 때문에[10] 언제나 분개하고 있었습니다. 그러나 그것은 집안에서만 그렇지 소대에서는 입 밖에도 낼 수 없는 일이었습니다. 그랬다가는 당장 재판을 받게 될 테니까요.〉 종전과 함께 그는 제대하였다.

그러나 삼셀의 예만 보고 전시 중의 무장 경비대를 평가할

10 병사인 삼셀이 알고 있었던 것을 우리 나라의 내로라하는 문학가들은 〈몰랐었다〉는 것이다!

수는 없는 일이다. 그 후의 그의 운명이 이 말이 옳다는 것을 증명하고 있다. 삼셸 자신이 1947년에 제58조에 걸려 들어갔기 때문이다! 1950년에 그는 빈사 상태에서 신체장애자로 인정을 받고 석방되어 5개월 후에 가족들이 지켜보는 가운데 임종을 맞이했다.

전쟁이 끝나고 한두 해가 지났을 때도 이 나사못 빠진 경비대가 여전히 남아 있었고, 많은 대원들이 자기의 경비대 복무를 죄수들과 마찬가지로 〈형기〉라 부르게 되었다. 〈형기가 끝나면〉이라는 말을 예사로 했던 것이다. 그들은 자기의 근무가 수치스럽기 짝이 없는 것이어서 고향에 돌아가도 아무에게도 말할 수 없는 성질의 것임을 잘 알고 있었다. 오르따우 수용소에서는 한 병사가 일부러 문화 교육부의 물건을 훔쳐서 불명예 제대와 함께 재판에 회부되었으나 곧 집행 유예로 풀려났다. 다른 병사들은 그를 부러워했다 — 잘도 생각했군! 영리한 친구야!

N. 스똘랴로바의 증언에 의하면, 그녀는 탈주를 하다가 어느 병사한테 붙잡혔으나, 그가 사건을 상부에 보고하지 않았기 때문에 처벌을 면했다고 한다. 또 한 사람의 병사는 죄수 호송에 끌려 나간 여자 죄수에 대한 사랑 때문에 자살하고 말았다. 정말로 엄격한 제도가 여성 수용 지점에 도입되기 이전에는 여자 죄수들과 호송병들 사이에 종종 우호적인, 양호한, 때로는 친밀한 관계가 이루어졌었다. 우리의 위대한 국가도 선의와 애정을 모든 곳에서 억눌러 버릴 수는 없었던 것이다!

전후에 보충되어 온 젊은 병사들도 대번에 수용소 관리 본부의 뜻대로 되어 주지는 않았다. 니로쁘 수용소 무장 경비대에서 블라질렌 자도르니(그에 대해서는 뒤에 또 언급하겠다)가 반항했을 때 동년배의 동료 병사들은 그의 반항에 매우 동정적이었다.

수용소 경비의 역사에서 특기할 만한 것으로는 〈자체 경비〉라는 것이 있다. 이미 혁명 직후에 〈자체 감시〉는 소비에뜨 죄수들의 의무라고 선언되었던 것이다. 이 제도는 솔로프끼에서 성공을 거두었고, 백해 운하와 볼가 운하 건설 때는 아주 광범위하게 채용되었다. 덕분에 손수레를 밀기 싫어하는 사회적 친근 분자들이 총을 손에 들고 동료 죄수들을 경비할 수 있게 되었던 것이다.

우리는 이것이 국민을 도덕적으로 타락시키기 위한 악마적 계략이었다고까지는 주장하지 않겠다. 그러나 지난 반세기의 우리 나라 역사에 있어서, 밝은 미래를 약속하는 차원 높은 이론이, 땅바닥을 기는 것 같은 도덕적으로 저열한 행위와 서로 쉽사리 전화(轉化)하면서 아주 자연스럽게 맞물려 왔던 것이다. 고참 제끄들의 증언으로 명백해진 바와 같이, 자체 경비원들은 자기 동료들에게 더없이 잔인했으며, 열심히 당국의 비위를 맞추면서 개로서의 자기 지위를 필사적으로 유지하려 했을 뿐 아니라, 때로는 개인적인 묵은 원한을 발포로 풀기도 했던 것이다.

이 점에 관해서는 법률 문서에도 다음과 같이 적혀 있다. 〈대체로 자유를 박탈당한 사람들이 교도소 경비와 질서 유지에 관한 자기 임무를 정식 교도관들보다 《더욱 잘》 수행하고 있었다.〉[11]

아니, 이따위 짓을 장려한다면, 국민에게, 사람들에게, 인류에게 가르쳐서는 안 될 못된 짓이 또 어디 있겠는가?

앞의 인용문은 1930년대의 것이지만, 자도르니는 1940년대 말의 일을 증언하고 있다. 자체 경비원들은 자기 동료들을

11 논문집 『형무소에서 교육 시설로』, p. 141.

미워했으며 사소한 일을 구실로 마구 총질을 했다. 더욱이 니로쁘 수용소의 징벌 출장소인 빠르마에는 〈제58조〉 죄수들만이 수용되어 있었으므로, 자체 경비대도 〈제58조〉 죄수들로 구성되어 있었다. 그러니까 정치범들조차…….

블라질렌은 다음과 같은 자체 경비원 이야기를 우리에게 해주었다. 전직이 운전수인 꾸즈마라는 이름의 스물을 갓 넘은 젊은이의 이야기다. 그는 1949년 제58조 10항에 걸려 10년을 선고받았다. 어떻게 살아갈 것인가? 그는 다른 길을 찾아내지 못했다. 1952년에 블라질렌이 그를 만났을 때는 이미 자체 경비원이 되어 있었다. 그는 자기가 처한 상태를 괴로워하면서 그 무거운 짐, 즉 소총의 무게를 견뎌 낼 수 없다고 한탄하고 있었다. 죄수를 호송할 경우에도 그는 탄약을 총에 재지 않을 때가 많았다. 밤이 되면 그는 자기 자신을 배신자라고 욕하면서 울었고, 심지어는 자살을 시도한 적도 있었다. 그의 이마는 준수했지만 얼굴은 어딘지 신경질적이었다. 그는 시를 좋아해서 블라질렌과 밀림 속으로 들어가 함께 시를 읽고는 했다. 그러나 그다음에는 또 총을 들고 나서는 것이었다…….

블라질렌이 아는 자체 경비원 중에는 알렉산드르 루닌과 같은 사람도 있었다. 루닌은 이미 지긋한 나이에 흰머리가 화관처럼 이마에 걸려 있고, 호인다운 미소가 언제나 얼굴에 감도는 사람이었다. 전쟁 때 그는 보병 중위였고 전후에는 집단 농장 의장직을 맡고 있었다. 그는 지구당 위원회의 요구를 거절하고 위원회가 요구한 것을 마음대로 집단 농장원들에게 분배했다고 해서 10년 형(정치범은 아니었다)을 선고받았다. 다시 말해서 대단한 인물인 셈이다! 그는 자기 자신보다도 자기에게 가까운 사람들, 즉 자기 집단 농장원들을 더 소중히 여겼던 것이다. 이와 같은 인물이 니로쁘 수용소에서는 자체 경비원이 되었고, 게다가 쁘로메주또치나야 수용 지점장으로부터 감형까지 받았던 것이다.

인간의 한계! 아무리 그 한계에 놀라더라도 결코 그것을 이해할 수는 없으리라…….

제21장

수용소 주변의 세계

썩은 고깃덩어리는 그 표면에서만 악취를 풍기는 것이 아니다. 그 주위에 악취를 발산하는 분자가 구름을 이루듯 그것을 에워싸고 있다. 이와 마찬가지로 군도의 개개의 섬도 그 주위에 악취를 풍기는 지대를 형성하여 그것을 유지하고 있는 것이다. 이 지대는 군도 자체보다도 광대하며, 개개의 섬의 〈작은 지대〉와 전국이라는 〈큰 지대〉와의 사이에 위치하는 중간 전달 지대다.

군도에서 발생하는 감염성 있는 모든 것이, 식물과 동물의 점막에 침투하는 지상의 공통적 원리에 따라, 우선 이 전달 지대에 침투하고 그다음에 전국에 확산되어 가는 것이다. 다름 아닌 바로 이 전달 지대에서, 수용소의 사상과 〈문화〉의 갖가지 요소들이 자연스럽게 점검되고, 전 국민적 문화 속에 들어갈 가치를 지닌 것이 선별되어 나가는 것이다. 그리하여 수용소식 말투가 모스끄바 대학의 새 건물 복도에 울려 퍼지더라도, 또는 수도에서 독립된 생활을 영위하고 있는 여성이 인생의 본질을 완전히 수용소식으로 파악한다 하더라도 조금도 놀랄 일이 못된다. 그것들은 바로 이 전달 지대를 거쳐서, 즉 수용소 주변의 세계를 거쳐서 거기까지 도달했던 것이다.

정부 당국이 계몽적인 구호, 문화 교육부, 우편 검열, 보안 장교 등 여러 가지 수단으로 죄수들의 재교육을 시도하는 동안에(어쩌면 시도하지 않았는지도 모르지만) 오히려 죄수들 쪽이 더 빨리 수용소 주변의 세계를 통해 전 국민을 재교육해 버린 셈이었다. 무뢰한들의 세계관이 우선 군도를 정복한 후, 다시 그 경계선을 넘어서, 아무런 강력한 사상도 없이 비어 있는 전 소비에뜨 연방의 사상 시장을 석권했던 것이다. 수용소의 악착스러움, 대인 관계의 잔인함, 마음을 굳게 잠근 비정의 문, 일체의 양심적인 일에 대한 혐오 — 이 모든 것이 쉽사리 수용소 주변의 세계를 휩쓴 후 우리 나라의 〈바깥세상〉에 깊이 뿌리를 내렸던 것이다.

이리하여 군도는 자기를 만들어 놓은 것에 원한을 품고 〈소비에뜨 연방〉에 복수를 하고 있는 셈이다.

이렇게 그 어떤 잔혹한 행위도 반드시 그 대가를 치러야 하는 법이다.

이렇게 우리는 좀 더 값싼 것을 좇다가 항상 비싼 희생을 치르게 되는 것이다.

◆

이들 큰 마을들과 작은 마을들을 일일이 열거하는 것은 군도의 지리를 되풀이하는 것과 거의 마찬가지일 것이다. 그 어떤 수용소건 간에 그것만 독립해서 존재할 수는 없다. 근처에는 반드시 자유 고용인들의 마을이 있어야만 한다. 때로는 벌목을 위한 임시 수용 지점 근처에 생긴 마을이 몇 년밖에는 존재하지 않을 경우도, 즉 수용 지점과 함께 영원히 자취를 감춰 버리는 경우도 있다. 때로는 그런 마을이 뿌리를 내려서 이름을 부여받고, 시골 소비에뜨와 도로가 생기고, 그래서 영원히 남는 경우도 있다. 그런가 하면 그런 마을이 유명한 도시로 성장하는 경우도 있다 — 마가단, 두진까, 이가르까, 쩨미르-따우, 발하시, 제스까즈간, 안그렌, 따이셰뜨, 브라쯔끄, 소베쯔까야 가반 등이 그것이다. 이들 마을은 먼 변방에서만 고름을 흘리고 있는 것이 아니라, 러시아라는 몸통의 중심부에서도, 예컨대 돈바스와 뚤라의 탄광이나 이탄 채굴장 근처에서도, 그리고 농업 수용소 근처에서도 곪아 터지고 있는 것이다. 개중에는 똔샤예보 지구처럼 한 지구 전체가 감염되어 수용소 주변의 세계에 속하는 곳도 있다. 그리고 수용소가 대도시의 몸통 안에 들어앉은 경우에도, 심지어는 모스끄바의 체내에 들어앉은 경우에도, 수용소 주변의 세계는 존재하기 마련이다. 다만, 그것은 특수한 마을의 형태로서가 아니라, 저녁마다 수용소에서 버스나 무궤도 전차를 타고 흩어져 갔다가 이튿날 아침이면 다시 거기에 모여드는 개개의 사람들로 이루어진다(이 경우는 외부로의 감염이 더욱 빨라진다).

그런가 하면 끼젤(뻬름 광산 철도 지선에 위치한) 같은 도읍도 있다. 그러한 도읍들은 군도 출현 전에 생겼지만, 후에 여러 수용소에 포위되다시피 해서 결국 군도의 지방 중심 도시로 변해 버린 것이다. 이러한 도읍은 주위에 있는 수용소 덕분에 살아가고 있다. 거기서는 수용소 관리인 장교들과 경비병들이 마치 점령군처럼 거리를 활보하거나 차를 몰고 다닌다. 수용소 관리국이 도읍의 으뜸가는 공공시설이다. 전화 통신망은 도읍의 것이 아니라 수용소의 것이다. 버스 노선은 모두 도읍 중심부로부터 여러 수용소를 향해 뻗어 있다. 도읍의 주민은 모두가 수용소에서 벌어먹고 있다.

군도의 이 같은 지방 도읍 중에 가장 큰 것은 까라간다다. 그곳은 유형수들과 전에 죄수였던 사람들에 의해 만들어졌으며 그들로 가득 차 있어서, 고참 제끄라면 거리를 걷다가 아는 사람 몇 명쯤은 틀림없이 만나게 된다. 시내에는 수용소 관리 기관이 몇 군데나 있고, 주변에는 바닷가의 모래알처럼 수많은 수용 지점들이 산재해 있다.

그렇다면 수용소 주변의 세계에는 대체 누가 살고 있는가? (1) 옛날부터의 살고 있던 토박이(그들은 있을 수도, 없을 수도 있다). (2) 무장 경비대. (3) 수용소 장교들과 그 가족. (4) 교도관들과 그 가족(교도관들은 경비대원과는 달리 언제나 가족을 거느리고 있다. 비록 그것이 군 복무로 간주되는 경우에도 마찬가지다). (5) 전에 제끄였던 사람들(그곳 수용소 또는 이웃 수용소에서 석방된 사람들).[1] (6) 각종 제한을 받고 있는 사람들 ─ 즉, 간접적으로 탄압을 받고 있는 사람들과 〈하자 있는〉 통행증 소지자(전에 제끄였던 사람들과 마찬가지로 그들은 자의에 의해 거기 가 있는 것이 아니라 저주를 받아서 간 사람들이다. 즉, 유형수들처럼 거주지 지정을 받은 것은 아니지만, 그곳 말고 다른 곳에서는 직업 조건과 거주 조건이 훨씬 불리해진다. 아니, 잘못하다가는 아예 거주 허가를 받지 못하는 수도 있다). (7) 생산 부문의 관리자들. 이들은 지위가 높은 사람들이라 큰 마을에도 불과 몇 사람밖에는 없다(때로는 한 사람도 없는 경우도 있다). (8) 원래의 바깥세상 사람들, 즉 〈볼냐시까〉. 이들은 떠돌이들과 인간쓰레기 같은 자들로서, 온갖 종류의 탈선자들, 파탄자들, 한탕주의자들

1 스딸린 시대가 지나가고, 몇 차례 따뜻한 바람과 찬 바람이 불기도 했으나 대부분의 전(前) 제끄들은 끝내 수용소 주변의 세계를, 이 산간벽지와 시골을 떠나지 않았다. 결국은 그것이 잘한 일이었다. 거기서는 그들도 〈반쪽 인간〉일 수 있었지만 본토로 나왔더라면 반쪽 인간 취급도 받지 못했을 것이기 때문이다. 그들은 아마 죽는 날까지 거기 남아 있을 것이고, 그들의 아이들은 본토박이로 정착하게 될 것이다.

등등이다. 이처럼 죽음에 직면하고 있는 변방에서는 본토에서보다 세 배나 일을 못해도 보수는 네 배나 더 받을 수 있는 것이다. 북극권 수당, 벽지 수당, 생활이 불편한 데 대한 수당에다가 죄수들의 노동을 자기 앞으로 해서 가로채는 돈 등이 있기 때문이다. 그뿐만 아니라 많은 사람들이 모집에 응해서 계약을 맺고 그리로 가는데, 그들은 부임 수당까지 받고 있다. 생산 근무에서 황금을 건져 올릴 줄 아는 자들에게 수용소 주변의 세계는 바로 클론다이크(캐나다 서북부 지방의 금광촌)와 다를 바 없는 것이다. 그곳에는 위조 대학 졸업장을 가진 자들이 몰려오고, 모험주의자들, 떠돌이들, 모리배들이 모여든다. 남의 두뇌를 무료로 사용하려는 자들에게는 거기처럼 편리한 곳도 없다(문맹에 가까운 무식한 지리학자를 위해 죄수인 진짜 지리학자들이 야외 관찰을 해서 그 결과를 분석해 주고 결론까지 내주고 있으므로, 그는 나중에 그 자료들을 가지고 본토에 가서 학위를 취득할 수 있는 것이다). 그곳으로는 인생에 실패한 자들, 알코올 중독자들도 흘러들어 온다. 그곳으로는 가정이 파탄된 자, 또는 양육비 부담에서 벗어나려는 자도 찾아든다. 그 밖에도 공업 학교 졸업생으로, 졸업 때 요령 있게 행동할 줄을 몰라서 좋은 일자리를 얻지 못한 젊은 이들도 찾아온다. 그러나 그들은 거기 도착한 그날부터 문명 세계로 되돌아가려고 안달하기 시작하며, 설사 1년 내에 돌아가지 못하는 경우가 있더라도 2년 내에는 틀림없이 돌아가 버리고 만다.

그러나 바깥세상 사람들 중에는 전혀 다른 종류의 사람들도 있다. 그들은 이미 나이 지긋한 사람들로, 수십 년을 수용소 주변의 세계에서 살아왔으며 그 생활에 완전히 익숙해져 버렸기 때문에 이제는 더 나은 다른 세계를 필요로 하지 않게 된 경우다. 그들의 수용소가 폐쇄되든가 당국이 합당한 보수의 지급을 중지하든가 하는 경우에는 그들도 그곳을 떠나게 되지만, 그렇더라도 반드시 조건이 비슷한 다른 수용소 인접 지구로 옮겨 간다. 그렇게 하지 않으면 그들은 살아갈 수가 없기 때문이다. 바실리 악센찌예비치 프롤로프도 이런 부류에 속하는 인간으로, 대단한 술꾼이고 사기꾼이고 게다가 〈유명한 주물 전문가〉였다. 그에 대해서는 여기서 얼마든지 재미있는 이야기를 쓸 수도 있지만, 앞에서도 이미 그의 이야기는 쓴 적이 있기 때문에 생략하기로 한다. 아무튼 그는 아무런 자격증도 없으면서 자기의 기술을 밑바닥까지 죄다 털어서 술에 탕진한 사내였지만, 한 달에 흐루쇼프 시대의 지폐로 5천 루블 이하로 수입이 떨어진 적은 없었던 것이다.

〈볼냐시까〉라는 말의 가장 일반적인 뜻은, 모든 자유인, 즉 아직도 투옥되지 않았거나 이미 석방된 소비에뜨 연방의 시민, 다시 말해서 수용소 주변 세계의 모든 사람들을 의미하는 것이다. 그러나 군도에서 이 말은 좀 더 좁은 뜻으로 사용되는 경우가 많다. 즉, 바깥세상 사람이라고 하면 죄수들과 더불어 같은 작업 현장에 일하고 있는 자유 고용인을 가리킨다. 그러니까 (1), (5), (6) 항에 속하는 자로서 거기서 일하고 있는 사람들 역시 바깥세상 사람인 것이다.

바깥세상 사람들은 현장 감독, 십장, 조장, 창고계, 노르마 산정자 등으로 고용되어 있다. 또한 그들은 죄수들을 사용하기에는 호송이나 경비가 지극히 어려운 직종에도 고용된다. 예컨대 운전수, 짐마차꾼, 화물 발송원, 트랙터 운전수, 굴착기 및 기타 토목 기계 운전수, 전선 가설공, 야간 보일러공 등이다.

이들 좁은 의미의 바깥세상 사람들, 즉 제끄들과 마찬가지로 일반적인 일에 종사하는 사람들이 우리들과 쉽사리 친해져서, 수용소 규칙과 형사법으로 금지된 일을 무엇이든지 다 해주고 있었다. 그들은 기꺼이 제끄들의 편지를 〈바깥세상〉의 마을 우편함에 넣어 주기도 하고, 제끄들이 수용소에서 훔친 물건을 바깥세상의 고물 시장에서 팔아 그 돈은 자기가 가지고 그 대신에 제끄들에게 무엇이든 먹을 것을 들여보내 주기도 했다. 그뿐만 아니라 제끄들과 한패가 되어 작업 현장에 물건을 가로채기도 했다. 그리고 작업 현장에 보드까를 지니고 들어오거나 다른 방법으로 반입하기도 했다(위병소의 검열이 엄할 때는 마개를 밀봉한 작은 술병을 자동차 연료 탱크 속에 넣어서 반입했다).[2]

죄수들이 한 일을 자유 고용인 앞으로 달 수 있는 곳에서는 (십장이나 조장들도 거리낌 없이 자기 자신 앞으로 달고는 했다) 예외 없이 그렇게 했다. 죄수들은 그만큼 헛일을 한 셈이 되지만, 어차피 죄수가 한 일에 대해서는 배급 빵이나 급여할 뿐, 돈은 지급하지 않는 것이었다. 이러한 이유에서 배급제가 실시되지 않았던 시대에는 죄수들의 작업량을 최소한도로 줄이고 나머지를 자유 고용인 앞으로 다는 편이 유리했다. 그렇게 하면 자유 고용인은 수입이 늘어서 좋고, 죄수들은 그 대신에 자유 고용인이 먹을 것을 가져다주니 좋았다.[3]

2 설사 위병들이 보드까를 발견했다 하더라도 상부에는 아무 보고도 하지 않았다. 공산 청년 동맹원인 경비들은 전리품을 자기 목구멍 속에 부어 넣기를 좋아했으니 말이다.

3 모스끄바의 수용소에서 일하는 바깥세상 사람들도 수용소 주변의 세계에서 일하는 데서 오는 큼직한 이익을 누리고 있었다. 우리가 있었던 깔루가 대문 수용소에는 1946년에 자유 고용인 석공 두 사람과 미장이 한 사람, 페인트공 한 사람이 있었다. 그들은 우리의 건설 현장에서 일하게 되어 있었으나 건설 당국이 그들에게 넉넉한 보수를 줄 수 없었으므로 거의 일을 하지 않았

그래서 제끄들과 바깥세상 사람들과의 관계는 대체로 적대
적이기보다는 오히려 우호적이었다. 게다가 이들 인생의 실
패자들, 항상 취기가 가시지 않을 것 같은 파산자들이 오히려
타인의 불행에 민감하였고, 투옥된 사람들의 불행과 그 불공
평한 투옥 이유를 이해할 수 있었다. 장교나 감시원이나 경비
병들이 직무상 이유에서 못 본 체 눈을 감고 있는 일에 대해
서도, 이들 편견에 사로잡히지 않은 사람들은 결코 눈을 감아
버리지 않았던 것이다.

다. 거기서는 보너스도 없었고 작업량도 미리 정해져 있었다. 예컨대 1제곱미
터의 모르타르 미장은 32꼬뻬이까로 정해져 있어서, 그것을 50꼬뻬이까로 올
려 적거나, 벽의 면적을 실제보다 세 배로 늘려 적는다는 것은 절대 불가능한
일이었다. 그러나 우리 수용소에서 일하는 이점은, 첫째로 건설 현장에서 시
멘트, 페인트, 니스, 판유리 등을 몰래 들고 나갈 수 있다는 점이고, 둘째로 바
깥세상 사람들은 자기의 8시간 노동 근무 시간을 이용하여 충분히 〈휴식을 취
할 수 있다〉는 점이다. 그들은 저녁 시간과 일요일에 자기 본업에 달려들었다.
즉, 개인한테서 의뢰받은 일을 하는 것이다. 그 일로 그들은 수용소에서의 낮
은 보수에 대한 벌충을 하는 셈이었다. 같은 미장이가 같은 일인 1제곱미터에
의뢰인한테는 32꼬뻬이까가 아니라 무려 10루블을 받았는데, 이렇게 해서 하
룻저녁에 2백 루블이나 벌어들였다. 사실, 쁘로호로프의 말은 정곡을 찌른 것
이었다 ─ 〈돈이란 것은 이제 2층집이다.〉 이 〈2층집 돈〉이 도대체 무엇인지
서방 사람들은 이해할 수가 있을까? 전시 중에 선반공은 공제금을 제한 실수
령액으로 한 달에 8백 루블을 받았는데, 시장에서는 빵 1킬로그램에 140루블이
나 했다. 그러니까 그는 자기 앞으로 나오는 배급 빵 이외에 한 달에 빵 〈6킬
로그램〉밖에는 벌지 못한 셈이다. 즉, 그는 가족을 위해 하루에 빵 2백 그램밖
에는 가져오지 못한 것이다! 그럼에도 불구하고 그는 살아 나가고 있었다…….
노동자들에게 공공연하게 비현실적인 급료를 지불함으로써 그들로 하여금
〈위층의 돈〉을 찾아 나서게 만들었던 것이다. 그리고 미장이에게 하룻저녁에
엄청난 돈을 지불한 자 역시 어디선가 자기의 〈위층의 돈〉을 거둬들이는 것
으로 벌충을 하고 있었음이 틀림없다. 이런 식으로 우리의 사회주의 제도는
오직 서류상으로만 승리를 거두고 있었다. 이전의 그 잡초처럼 생명력 있는
유연한 제도는 그 어떤 저주도, 검찰 당국의 추적도 아랑곳없이 죽지 않고 살
아 있었던 것이다.

제끄들과 십장이나 조장들과의 관계는 약간 복잡했다. 그들은 〈생산 부문의 지휘관〉으로서 죄수들을 압박하고 몰아세우기 위해 임명되었기 때문이다. 그러나 생산 성적도 그들의 책임이었으므로 제끄들과 언제나 적대 관계를 유지했다가는 생산을 향상시킬 수가 없었다. 모든 일이 몽둥이와 굶주림으로 달성되는 것은 아니며, 때로는 상대방의 습관을 알아채서 그 동의를 구할 필요가 있는 것이다. 때문에 죄수인 반장들과 원만한 관계를 유지하는 바깥세상 사람인 십장들만이 그 일을 성공적으로 수행할 수가 있었다. 십장들 자신들도 술에 중독되다시피 한 자들이었을뿐더러, 언제나 노예들을 부리다 보니 지능이 약화된 데다가 원래가 무식쟁이여서 자기 일에 대해 아무것도 아는 게 없든가 안다 해도 보잘것없는 형편이었으므로 더욱더 반장들에게 의존할 수밖에는 없었던 것이다.

그런데 러시아인들의 운명은 가끔 기묘하게 교차되는 수가 있다! 어느 축제일을 앞두고 목수들의 십장인 표도르 이바노비치 무라블표프가 술이 얼큰해서 페인트 작업반의 시네브류호프 반장에게 이렇게 털어놓았다. 시네브류호프는 수용소에 들어온 지 10년이 되는 우수한 기능공으로, 성실하고 의지가 강한 젊은이였다.

「이봐, 꿀라끄 도련님! 어쩌다 여기는 또 들어왔나? 자네 아버지는 피땀 흘려 밭을 갈고 소를 늘려서 그것을 천당에 가지고 가려 했지. 그런데 그 양반 지금 어디 있어? 유형지에서 죽었구먼? 그리고 자네를 여기까지 함께 데려왔다 이건가? 우리 아버지는 훨씬 영리했다고. 젊었을 때부터 벌써 술을 마시기 시작해서 있는 것 없는 것 다 털어먹고, 집에는 아무것도 없었지. 집단 농장에 닭 한 마리 내놓지 않았어. 없는 것을 어떡하나? 그런데도 대번에 작업반장이다 이거야. 나도 아버지 닮아서 보드까를 마시고 있지만 고생은 절대 안 하고 산다고.」

사실, 그의 말은 옳았다 — 형기가 끝난 후 시네브류호프는 유형지로 갔지만, 무라블료프는 지방 건설 위원회 의장이 되었다.

하기는 현장 감독 부슬로프가 지방 건설 위원회 의장이며 십장인 그를 어떻게 하면 쫓아낼 수 있을지 몰랐던 것도 사실이다(그를 쫓아낸다는 것은 불가능한 일이었다. 왜냐하면 그들을 고용하는 것은 현장 감독이 아니고 인사과였기 때문이다. 그런데 인사과는 종종 게으름뱅이나 무능력자를 채용하기를 좋아했다). 현장 감독은 모든 자재와 임금 자금에 책임을 지고 만약의 경우에는 자기 돈으로 변상하게 되어 있는데, 무라블료프는 사정에 어두운 데다가 호인이어서(그는 원래부터 악한 인간은 아니다. 그 때문에 반장들도 그를 〈떠받들고〉 있는 것이다) 임금 기금을 함부로 사용하고, 잘 검토되지도 않은 작업 명령서에(이 명령서는 반장들 자신이 멋대로 기입하고 있었다) 서명하는가 하면, 날치기 공사를 접수했다가 후에 그것을 모두 부수고 새로 시작하기가 일쑤였다. 부슬로프로서는 이런 말썽꾸러기 십장 대신에, 직접 곡괭이를 손에 들고 일하는 제끄 기사를 십장에 앉히고 싶었지만, 인사과에서는 경계심 때문에 그것을 허가하지 않았다.

「자네, 현장에 지금 얼마나 긴 대들보감이 있나, 응?」

무라블료프는 무겁게 한숨을 쉬며 대답한다. 「글쎄요, 지금 당장에는 정확히 말할 수가 없군요…….」

무라블료프는 술기운이 오르면 오를수록 현장 감독에게 뻣뻣한 말투로 응수했다. 그러자 현장 감독은 무라블료프를 공격할 물적 자료를 준비하기로 했다. 그는 시간을 아끼지 않고 무라블료프에게 지령을 내릴 때마다 일일이 그것을 문서로 만들었다(그리고 그 사본은 문서철에 철해 두었다). 언제나 그렇듯 그의 지령은 이행되지 않았고 중대한 사태가 일어나게 되었다. 그러나 지방 건설 위원회 의장인 십장도 멍청히 있지는 않았다. 그는 어디서인가 공책 반 장만한 크기의 구겨진 종잇조각을 구해다가, 반 시간이나 끙끙거리며 서투른 글씨로 오자투성이 문장을 적었던 것이다.

〈목공 작업에 쓰는 모든 기계가 지극히 불량한 상태에 이써서 하나도 작동하지 않고 이씀을 보고 드리는 바입니다.〉

현장 감독이란 결국은 생산 관리 당국의 일원으로서, 죄수들에게는 영원한 압박자요 영원한 적인 것이다. 현장 감독은 반장들과 우호적 관계를 맺지도 않고 그들과 뒷거래도 하지 않는다. 현장 감독은 반장들이 적어 넣은 작업 명령서를 〈깎아 내고〉 속임수를 밝혀내며(그럴 만한 능력이 있다면), 언제든지 수용소 당국을 통하여 반장을 비롯한 그 어떤 죄수라도 처벌할 수가 있는 것이다.

수용 지점장 ×××중위 귀하
규정된 두께보다 더 두꺼운 콘크리트 판을 만들어 시멘트를 과용한 콘크리트 반장 죄수 조줄랴와 십장 죄수 오라체프스끼를 가장 엄격히 처벌 — 징벌 감방에 넣고 작업에 출동시키는 것이 바람직함 — 하시기 바랍니다.
또한 작업 명령서에서 작업량을 기입하기 위해 오늘 본인에게 온 반장 죄수 알렉세예프는 십장 뚜마르낀 동지를 〈노새〉라고 부르며 모욕했음을 보고드립니다. 자유 고용인 지도원의 권위를 손상시킨 죄수 알렉세예프의 언동은 지극히 유감스러울뿐더러 위험하기 짝이 없는 것이므로 그를 죄수 호송 등으로 엄단하시기 바라는 바입니다.

현장 감독 부슬로프

부슬로프 자신도 가끔 뚜마르긴을 노새라고 욕하기도 했으나, 반장 죄수의 언동은 아무래도 죄수 호송의 처벌을 받아 마땅한 것이었다.

부슬로프는 이런 종류의 짤막한 보고서를 매일같이 수용소 당국에 제출하고 있었다. 그는 수용소의 처벌이 생산성을 향상시키는 가장 좋은 자극제라고 생각했던 것이다. 부슬로프는 수용소군도의 제도에 완전히 익숙해져서, 거기서 어떻게 처신할 것인지를 터득한 생산 담당계 중의 한 사람이었다. 그 자신도 회의석상에서 이런 소리를 하기도 했다. 「나는 제끄들을 상대로 하는 일에 산전수전 다 겪은 사람이다. 놈들이 나를 〈벽돌로 쳐 죽인다〉고 위협한다 해서 내가 꿈쩍이나 할 줄 아느냐?」

그러나 그는 수용소군도의 세태가 예전과는 딴판으로 변했음을 유감으로 여기고 있었다. 전후에 수용소에 들어온 사람들, 특히 서유럽을 구경하고 나서 들어온 사람들은 어딘지 태도가 불손하다는 것이다. 「요즘에 비하면 1937년경에는 일하기가 정말 유쾌했지. 자유 고용인이 들어오면 제끄들은 모두 벌떡 일어나고는 했거든.」 부슬로프는 어떻게 하면 죄수들을 속여 넘길 수 있고 어떻게 하면 그들을 위험한 장소로 보낼 수 있는지도 잘 알고 있었으며, 죄수들의 힘을 빼고 창자를 주리게 하고 자존심을 짓밟는 데 인정사정없었다. 코가 길고 다리도 긴 그는, 곤경에 처한 소련 시민들을 위해 유엔 구제 부흥 위원회에서 보내온 노란색 미제 구두를 신고 쉴 새 없이 건축 현장의 각층을 순시하며 오르내렸다. 그렇게라도 하지 않았다가는, 10시간밖에 안 되는 짧은 노동 시간 중에, 이 제 끄라고 불리는 게으르고 지저분한 자들은 건설 현장의 모든 으슥한 곳, 구석진 곳에 숨어들어 주저앉거나 눕거나 불을 쬐 거나 이 사냥을 하거나 심지어는 교접까지 하려 들 것이고, 반장들은 또 반장들대로 노르마 산정실에 죽치고 앉아서 작 업 명령서에 〈뚜흐따〉, 엉터리 숫자나 기입하리라는 것은 뻔 한 일이었다.

부슬로프는 많은 십장 중에서 오직 한 사람, 표도르 바실리 예비치 고르시꼬프만은 어느 정도 신임했다. 고르시꼬프는 호리호리한 몸집에 콧수염을 양쪽으로 늘어뜨린 백발의 노인 이었다. 그는 건축 방면에 정통해서 자기가 맡은 일 이외에 다른 관련 분야의 일까지도 잘 알고 있었다. 그리고 그가 다 른 바깥세상 사람들과 다른 것은, 무엇보다도 진심으로 건축 의 성공을 바라고 있다는 점이었다. 그것은 부슬로프의 경우 처럼 주머니 속 계산 때문이 아니고(변상이냐 아니면 장려금 이냐, 힐책이냐 아니면 칭찬이냐 때문이 아니고) 진심에서 우 러난 것이었다. 마치 그 커다란 건조물이 자기 자신을 위해 세워지고 있기라도 한 것처럼, 그것을 좀 더 잘 만들려는 순 수한 마음이 엿보였다. 술을 마실 때도 조심해서 마셨으며, 건 설 현장을 내버려 두는 일이 없었다. 하지만 그에게도 큰 결 점이 있었다. 그것은 그가 애당초 군도에는 적합하지 못한 인 간이었고, 죄수들을 공포 상태에 묶어 두는 일에 익숙하지 못 했다는 점이었다.

그도 역시 건설 현장을 자주 둘러보면서 모든 것을 자기 눈 으로 확인하고는 했지만, 부슬로프처럼 이리저리 싸돌아다니 며 꾀부리고 있는 자를 적발하려는 것이 아니라, 그저 목수들

과 함께 들보에 걸터앉아 있거나 벽돌공들과 벽돌 위에 앉아
서 숨을 돌리기도 하고, 미장이들과 같이 모르타르통 옆에 앉
아서 이야기를 하는 정도였다. 때로는 죄수들에게 알사탕을
나누어 주기도 했는데, 우리는 그것이 무척 기묘하게 느껴졌
다. 그는 늙어서도 한 가지 일에서만은 손을 떼려 하지 않았
다. 그것은 판유리 자르는 일이었다. 그는 언제나 호주머니에
유리 자르는 칼을 가지고 다녔고, 만약에 누가 자기 앞에서
유리를 자르기라도 하면, 그런 식으로 잘라서는 안 된다고 투
덜거리며 밀어내고 자기가 직접 유리를 자르는 것이었다. 한
번은 부슬로프가 한 달 휴가를 받아 소치의 휴양지로 떠났는
데, 고르시꼬프는 그의 직무 대리를 맡고서도, 부슬로프의 사
무실로 옮기기를 단호하게 거부하고, 다른 십장들과 함께 쓰
는 십장실에 그냥 남아 있었다.

고르시꼬프는 겨울이면 줄곧 옛날 러시아식 반외투를 입고
다녔다. 옷깃은 털이 다 빠져서 반질반질했지만 거죽은 무척
질겨 보였다. 이 반외투가 화제에 올랐을 때, 고르시꼬프는 그
것을 이미 32년이나 입었고, 그 전에는 그의 부친이 몇 년이
나 명절 때마다 입었다고 했다. 또한 그의 부친 바실리 고르
시꼬프는 〈관(官)의 십장〉이었다는 것이다. 그때야 비로소 고
르시꼬프가 왜 그토록 벽돌과 재목, 유리와 페인트 같은 것을
좋아하는지 알 것 같았다. 그는 어릴 때부터 건축 현장에서
자랐던 것이다. 옛날 십장들은 〈관의 십장〉이라 불렸으나 지
금은 그렇게 불리지 않는다. 그러나 요즘의 십장이 바로 관의
십장이고, 예전의 십장들은 모두가 예술가였던 것이다.

표도르 바실리예비치 고르시꼬프는 지금도 옛날 관습을 부
러워하고 있었다.

「요즘 현장 감독이란 게 뭐야? 단돈 한 푼을 이 항목에서 저

항목으로 옮길 수도 없지 않은가? 예전에는 토요일이면 우두 머리가 일꾼들한테 와서는 이렇게 물었지. 〈너희들, 목욕하기 전에 할래, 하고 나서 할래?〉 〈하고 나서 해요, 하고 나서!〉 〈자, 목욕값은 여기 있다. 목욕이 끝나는 대로 저쪽 선술집으로 오 너라.〉 일꾼들이 목욕부터 하고 나서 다 함께 그리로 몰려가 면, 우두머리는 벌써 보드까며 안주며 사모바르를 한 상 차려 놓고 기다리고 있지……. 이런 대접을 받고서야 어떻게 월요 일에 일을 아무렇게나 할 수 있겠나?」

오늘날 우리 시대에는 모든 것에 이름이 붙어 있고 모든 것 이 빤들거린다. 이것은 인간의 피땀을 짜내기 위한 수단이고 수치스러운 착취며 인간의 저차원적 본능을 우롱하는 짓이 다. 하지만 그 보드까와 안주는 다음 주에 노동자들한테서 짜 내는 것에 비하면 너무나 싸게 먹히는 셈이었다.

그러면 지금 저 빵 창고 창문으로부터 아무렇게나 우리에 게 던져지는 배급 빵, 그 설익은 배급 빵은…… 과연 그보다 더 비싸게 먹힌다고 말할 수 있을까?

◆

이렇게 8개 그룹이 모두 함께 수용소 주변의 돼지 콧잔등 만 한 좁은 땅에 살고 있다. 수용소에서 숲까지, 수용소에서 늪지대까지, 또는 수용소에서 광산까지 사이의 좁다란 곳에 모여 비비적거리고 있는 것이다. 이 8개의 상이한 부류, 상이 한 등급과 계급에 속하는 그들 모두가 그 더럽고 비좁은 마을 에서 동거할 수밖에 없다. 그들은 모두 서로가 〈동지〉며, 같은 학교에 자기 아이들을 보내고 있는 것이다.

이들 〈동지〉라는 사람들 중에서는 우선 구름 속의 성자와 도 같이, 두서너 명의 현지 거물급이 다른 자들의 머리 위 높이 떠다니고 있다. (에끼바스뚜스에서는 히슈끄와 까라슈끄, 즉 <u>트러스트</u>의 지배인과 기사장이 여기 해당된다. 두 사람의 이름은 내가 지어낸 것이 아니다!)[4] 그 밑으로도 엄밀히 위계가 정해져 있는데, 다음으로는 수용소장이 따르고, 또 그 밑으로는 경비대장, 트러스트의 다른 고위직들, 다음은 수용소 장교들과 경비대 장교들, 그 밑 한구석에 노동 보급부 책임자, 그리고 또 그 밑으로 학교 교장(일반 교사들은 아니다)이 따르고 있는 것이다. 마을에서의 위치가 높으면 높을수록 그 구분은 더욱 까다롭게 되어, 뉘 집 부인은 뉘 집 부인한테 해바라기 씨를 까 먹으러 갈 수 있느냐 하는 것 따위가 중요한 의미를 지니게 된다. (그녀들은 공작 부인도 백작 부인도 아니므로, 더욱더 자기 위엄을 지키기 위해 세심한 주의를 기울여야 하는 것이다!) 아, 널찍한 도시의 깨끗하고 편리한 집을 떠나서 이 비좁은 고장에서 살아야 한다니, 이 무슨 기구한 팔자인가! 자기 위신이 손상될까 봐 영화를 보러 갈 수도 없다. 가게를 기웃거리며 다닌다는 것은 생각할 수도 없는 일이다 (하기는 가장 좋은 것, 가장 신선한 것은 무엇이든 집에까지 배달해 주니까 물건 사러 나다닐 필요조차 없다). 돼지 새끼를 기른다는 것도 어쩐지 점잖지 못한 것 같다. 고관 부인이 제 손으로 돼지 먹이를 준다는 것은 부끄러운 일이기 때문이다. (그러니까 수용소에서 하인을 데려올 필요가 있는 것이다!) 또한 마을 병원의 몇 개 안 되는 병실에서, 누더기 걸친 천민들과는 완전히 격리된 상태에서 치료를 받는다는 것이 얼마나 어려운 일인가! 게다가 자기의 귀여운 아이들을 학교에 보내서 그 불결한 아이들과 한 책상에 앉게 해야 한다는

4 〈히슈끄〉는 러시아어로 〈약탈하다, 탐욕스럽다〉와 비슷하고 〈까라슈끄〉는 〈징벌, 꼬챙이〉와 비슷하게 들린다.

것은 정말 참을 수 없는 일이다!

그러나 밑으로 내려갈수록 그 구분은 본래의 뜻을 잃고 희미해져서 그것을 지키려고 애쓰는 사람도 거의 볼 수 없게 된다. 밑으로 내려가면 그 분류도 자연히 헛갈리게 되어, 서로 만나기도 하고, 사고팔기도 하고, 줄을 서려고 앞을 다투어 뛰기도 하고, 노동조합 주최 전나무 축제(소련에서는 크리스마스 대신 정월 초하루를 전나무 축제일로 정하고 있다) 선물 때문에 서로 다투기도 하고, 모두가 함께 뒤섞여, 즉 진짜 소비에뜨 인간들도, 그 명칭이 적합하지 않은 사람들도 다 함께 뒤섞여 영화를 보기도 하는 것이다.

이러한 마을들의 정신문화의 중심은 허름한 목조 건물에 자리 잡은 〈찻집〉이다. 그 근처에는 트럭들이 줄지어 서 있고, 건물에서는 짐승의 울음소리 같은 노랫소리가 흘러나오고 있고, 술 취한 사람들이 비틀거리며 거기서 나와 마을 구석구석으로 흩어져 가는 것이다. 그리고 또 하나의 정신문화 중심인 〈클럽〉이 물구덩이와 진창 가운데 자리 잡고 있는데, 마룻바닥은 해바라기 씨 껍질로 더럽혀지고 장화 발길에 닳아 떨어졌으며, 벽에는 파리똥이 가득 묻은 지난해의 벽신문이 붙어 있다. 문 위에 걸려 있는 스피커는 쉴 새 없이 무언가 웅얼거리고 있다. 무도회 때는 상스러운 욕설이 오가고, 영화가 끝나면 칼부림이 벌어지기도 한다. 그래서 이 고장에서는 〈늦게 나다니지 마라〉가 생활 규범의 하나로 되어 있다. 그리고 젊은 처녀를 데리고 무도회에 갈 때는 몸의 안전을 위해 장갑 속에 말굽쇠를 넣어 가지고 가야 한다(하기는 이곳 처녀 중에는 〈7명의 사내들〉도 손을 들고 달아날 만한 그런 처녀도 있다).

그 클럽은 장교들의 골칫거리다. 당연한 일이기는 하지만, 그따위 인간들이 모이는 헛간 같은 곳에 장교의 몸으로 춤을 추러 간다는 것은 아무래도 곤란한 일이다. 더욱이 그곳에는 외출 허가를 받은 경비대 사병들이 드나들기 때문이다. 그런데 문제는 아이 없는 젊은 장교 부인들이 남편을 동반하지 않고 혼자서 그곳에 나타나고는 한다는 사실이다. 그러면 그녀들은 졸병들과 춤을 추게 될 게 아닌가! 사병들이 장교의 마누라들을 껴안고 춤을 추었다면 이튿날 근무할 때 그들에게 절대복종을 기대할 수 있을까? 아니, 이렇게 되면 동등한 입장에 서게 되고, 어떠한 군대 조직도 하루아침에 무너져 버릴 것이다! 춤추러 가지 못 하게 자기 아내를 단속할 수 없는 장교들은 사병들에게 거기에 가지 않도록 강요하고 있다(차라리 지저분한 바깥세상 사람이 자기 아내를 안고 있는 편이 낫다는 생각이다). 그렇지만 그런 식으로 나가면 병사들의 정치교육에 금이 가게 된다. 왜냐하면, 우리는 모두 소비에뜨 국가의 행복하고 평등한 시민인데 우리의 적이 철조망 안쪽에 있다고 교육하고 있는 것이 되기 때문이다.

수용소 주변의 세계에는 이와 같은 여러 가지 복잡한 긴장이 감돌고 있으며, 그 8개의 분류 사이에는 많은 모순이 존재하고 있다. 일상생활 속에서 탄압받은 사람들이나 반쯤 탄압받은 사람들과 섞여 사는 순수한 소비에뜨 시민들은 기회 있을 때마다 그들을 헐뜯고 그들의 하자 있는 신분을 들먹이고는 한다. 특히 새로 지은 숙소의 방을 배정하든가 할 때는 그것이 더욱 노골화한다. 그리고 교도관들은 내무부 제복을 입고 있다는 것으로 다른 일반 자유인들의 위에 서려고 한다. 그 밖에 독신 남자들에게 필수 불가결의 존재이면서도 그 때문에 비난을 받는 여성들도 반드시 있게 마련이다. 그리고 한편으로는, 한 남자를 정해서 차지하려는 여자들도 있다. 이런 종류의 여자들은 조기 석방이 있다는 것을 알면 수용소 위병소까지 가서 기다리다가 생면부지의 사내의 소매를 잡는 것이다. 「우리 집으로 가요! 잠자리도 마련해 주고 몸도 녹여 줄게. 옷도 사 주고! 도대체 어디를 간다는 거야? 결국은 또 들어가게 될걸!」

또한 마을 전체가 보안부의 감시를 받고 있으며, 〈대부〉들이 심어 놓은 밀고자들은 마을 사람들에게 정보 제공을 강요하고 있다 — 누가 제ㄲ들의 편지를 받아다가 마을 우체통에 넣었는가, 누가 구석진 곳에서 수용소의 보급품을 팔았는가? 등등.

물론, 수용소 주변의 세계에 사는 주민들은 소련의 다른 어느 곳 주민들보다도 〈법〉에 대한 의식 수준이 낮으며, 비록 막사 속의 단칸방이나마 자기 방은 〈아무도 침범할 수 없다〉는 관념이 희박하다. 그들 중의 어떤 자는 줄이 그어진 국내 통행증을 가지고 있으나, 또 어떤 자는 그런 것조차 가지고 있지 않다. 그 밖에는 자기 자신이 수용소에 들어갔던 전력이 있는 자고, 또 다른 자는 죄수 가족들이다. 이런 실정이므로 이들 죄수 아닌 자주적 시민들은, 소총을 가진 자의 호령에 죄수들보다 더 고분고분하다. 하물며 권총을 가진 자 앞에서야 더 말할 것도 없다. 비록 상대가 총을 가진 자라 할지라도 〈당신들에게 그럴 권리가 어디 있소?〉라고 의연한 태도를 취하기는 고사하고, 눈에 뜨일까 봐 등을 구부리고 몸을 움츠린 채 슬슬 피해 가는 것이다.

총검과 군복으로 상징되는 그 무한한 권력 의지는 너무나 확고하게 군도와 수용소 주변의 세계를 지배하고 있기 때문에, 이 지방에 발을 들여놓으면 어떤 인간이라도 그것에 감염되어 버린다. 그래서 어린 딸을 데리고 남편을 면회하러 ㄲ라스노야르스ㄲ행 항공편으로 수용소를 찾아가던 자유인 여성

P.는 비행기에서 내무부 요원의 첫 검문에 응하여, 자기 몸 구석구석을 검사하도록 허락했고, 데리고 가던 딸을 벌거벗기기까지 하는 데 동의하지 않을 수 없었다(그 이후로 소녀는 〈푸른 제모〉만 보면 울기부터 했다는 것이다).

그러나 이제 수용소 주변보다 더 처량한 곳은 없고, 수용소 주변의 세계가 타락한 사회라고 말하는 사람들이 있다면, 우리는 대답할 것이다. 그건 각자의 사정에 따라 다르다고.

예를 들어, 꼴로제즈니꼬프라는 야꾸뜨인은 남의 사슴을 훔쳐 밀림으로 데려간 죄로 1932년에 3년 형을 선고받고, 용의주도한 이동의 원칙에 따라 고향인 꼴리마 지방으로부터 레닌그라뜨 교외로 이송되었다. 거기서 그는 형기를 마치고, 레닌그라뜨 구경도 하고, 가족에게 줄 선물로 화려한 무늬의 옷감까지 한 보따리 가지고 돌아갔다. 그럼에도 불구하고 그 후 오랫동안 그 고향 사람들에게는 말할 것도 없고 레닌그라뜨에서 호송되어 온 죄수들에게까지 이렇게 뇌까리곤 했다. 「레닌그라뜨는 참 따분한 곳이더군! 거기는 사람 살 곳이 못 돼!」

제22장

우리는 건설한다

여태까지 수용소에 관해서 여러 가지 이야기를 한 셈이지만, 이번에는 이런 질문이 튀어나올 것 같다 — 이제는 더 이상 들을 것도 없다! 하지만 죄수들의 노동은 과연 국가를 위해 유익한 것이었을까? 만약에 유익한 것이 아니라면 도대체 군도 그 자체를 만들어 낼 필요가 있었을까?

다름 아닌 수용소 제끄들 사이에서도 여기에 대해 두 가지 상이한 관점이 있었는데, 아무튼 우리도 곧잘 이 문제를 두고 토론을 했던 것이다.

물론, 우리 나라 영도자들의 말을 믿는다면 토론하고 말고 할 것도 없는 일이다. 일찍이 우리 나라에서 2인자의 지위를 차지하고 있던 몰로또프 동지는 제6차 전 러시아 소비에뜨 대회에서 죄수 노동의 이용에 관해 다음과 같이 발언한 바 있다. 〈우리는 이것을 이전에도 했고 현재도 하고 있으며 앞으로도 할 것이다. 이것은 사회를 위해 유익하다. 범죄자들을 위해서도 유익하다.〉

그것은 국가를 위해 유익한 것은 아니다, 라고 하고 있는 점을 유의하시라! 사회 자체를 위해서 유익하다. 그리고 범죄자들을 위해서도 유익하다. 앞으로 그렇게 할 것이다! 그러니 더 이상 토론할 여지도 없지 않은가?

우선 건설 계획부터 세워 놓고, 다음에 계획을 실현하기 위해 범죄자들을 긁어모으곤 했던 스딸린 시대의 제도 자체도, 정부가 수용소의 경제성을 조금도 의심하지 않았음을 확인해 주고 있다. 경제가 법과 정의보다 우선했던 것이다.

그래서 여기서 제기된 문제를 더욱 정확히 정의하고 좀 더 세분화해야만 할 것 같다.

— 정치적 및 사회적 의미에 있어서 수용소는 존재 가치가 있는가?

— 수용소는 경제적으로 존재 가치가 있는가?

— 수용소는 채산이 맞는가? (두 번째와 세 번째 질문은 서로 비슷한 것 같지만 그렇지 않다.)

첫 번째 질문에 대한 해답은 그다지 어렵지 않다. 국민에게 겁을 주기 위해 몇백만이라는 사람을 몰아넣을 수 있는 장소로 수용소는 스딸린의 목적에 가장 알맞은 곳이었다. 그렇다면 수용소는 정치적으로 존재 가치가 있는 셈이다. 그리고 수용소는 하나의 커다란 계층, 즉 수많은 수용소 장교들의 개인적 이익에 완전히 부합하는 것이다. 수용소는 그들에게 안전한 후방에서의 〈군 복무〉를 보장하고, 특별 배급식, 봉급, 군복, 주택, 사회적 지위를 제공하고 있었기 때문이다. 그 밖에도 여기서는 엄청나게 많은 교도관들과, 수용소 망루에서 조는 것으로 소일하는 덩치 큰 경비병들이(한편으로는 열세 살짜리 어린아이들까지 기능공 양성소로 몰아넣고 있던 바로 그 무렵에) 단물을 빨아먹고 있었다. 이들 기생충들이 온갖 힘을 다해 농노제 착취의 소굴인 군도를 떠받치고 있었던 것이다. 그렇기 때문에 이자들은 전면적인 사면을 페스트보다 더 무서워하고 있었다.

그러나 우리에게 이미 명백해진 바와 같이 수용소로 긁어 모은 것은 사상적 이단자들만도, 스딸린이 국민에게 다 함께 몰려가도록 제시한 노선에서 벗어난 사람들만도 아니었다. 수용소로 사람들을 잡아들이는 것은, 정치적 필요성이나 테러의 필요성 때문이기도 했겠지만, 그보다 더 중요한 이유는 경제적 꿍꿍이 때문이었음이 분명하다(어쩌면 그것은 스딸린의 머릿속에만 있었던 것인지도 모른다). 어쨌거나 수용소 (그리고 유형) 덕분에 우리 나라에는 1920년대의 위기적 실업 상태를 벗어날 수 있지 않았는가? 1930년부터는 사양길로 접어든 수용소에 다시 활기를 넣어 주기 위해 운하 건설을 생각해 낸 게 아니라, 이미 계획된 운하의 건설을 위해 황급히 수용소로 사람들을 긁어모았던 것이다. 재판소의 업무량을 결정한 것은 실제적인 〈범죄자들〉이나 〈혐의자들〉의 수가 아니라, 경제 관계 부서의 요청이었다. 백해 운하 건설이 시작되자마자 솔로프끼에는 죄수가 부족하다고 야단이었고, 그 때문에, 〈제58조〉 해당자의 형기 3년은 너무 짧고 비경제적이므로 대번에 두 차례의 5개년 계획 기간과 맞먹는 형기를 과해야 한다는 결론이 나왔던 것이다.

수용소의 어느 면에 경제적 이점이 있는가에 대해서는 사회주의의 증조부격인 토머스 모어의 『유토피아』 속에 이미 예언된 바 있었다. 사회주의하에서는 아무도 하려 들지 않는 천한 일이나 특별히 힘든 노동, 바로 이것이 제끄들에게 주어진 일이었다. 그것은 주거 시설이나 학교, 병원, 상점 같은 것을 곧 세우지 않아도 될 만큼 인적 없는 먼 변방에서의 작업이었고, 20세기 전성기에 곡괭이와 삽만 가지고 하는 작업이었으며, 아직도 경제력이 미약한 조건하에서 사회주의의 위대한 건조물을 세우는 작업이었다.

저 위대한 백해 운하에서는 자동차조차 진귀한 물건이었다. 모든 것이 수용소식 표현처럼, 〈방귀의 힘〉으로 이루어졌던 것이다.

더욱 위대한 볼가 운하의 경우는(백해 운하 작업량의 7배로, 그 규모가 파나마 운하나 수에즈 운하와 맞먹는다) 깊이 5미터, 폭 85미터나 되는 운하 바닥을 128킬로미터에 걸쳐 파냈는데, 작업은 거의 곡괭이와 삽과 손수레만으로 진행되었다.[1] 후에 리빈스끄해의 해저로 변한 지역은 밀림으로 덮여 있었다. 그 밀림 전체를 전기톱 하나 없이 손작업으로 잘라냈다. 그리고 나뭇가지는 노동 불능자들이 거둬서 불태웠다.

만약에 죄수들이 아니었다면 대체 누가 영하 30도의 혹한 속에서, 5월 1일과 11월 7일 이외에는 휴일도 없이 매일 10시간씩 벌목 작업을 계속할 수가 있었겠는가? 게다가 매일 아침 날이 새기도 전에 숲까지 7킬로미터를 걷고 저녁에도 역시 7킬로미터를 걸어서 돌아와야 하는 것이다(볼가 수용소, 1937년).

군도 주민이 아니었다면 대체 누가 겨울에 나무 그루터기를 캐낼 수가 있었겠는가? 꼴리마 지방의 노천 채금장에서 대체 누가 등짐으로 흙을 날랐겠는가? 꼬인강(빔강의 지류)에서 1킬로미터 떨어진 깊은 눈 속에서 벌채한 재목을 핀란드식 작은 썰매에 싣고는 두 사람씩 말 대신에 굴레를 쓰고(굴레 줄은 어깨를 파고들지 않게 누더기를 둘러 감고 한쪽 어깨를 그 속에 넣었다) 끌고 가는 일을 대체 누가 했겠는가?

하기는 온갖 권리를 부여받은 언론인 유리 주꼬프가, 공산

1 그러니 배를 타고 운하를 유람할 때는 잊지 말고 그 밑바닥에 잠들어 있는 사람들을 상기하기 바란다.

청년 동맹원들도 이와 유사한 악조건에서 꼼소몰스끄-나-아무레(극동 지방 아무르강 하류에 세운 도시)를 건설했다고 (1932년) 쓰고 있는데,[2] 그것도 사실은 사실이다. 빵조차 제대로 보급받지 못하고 괴혈병에 시달리면서, 대장간이 없어서 도끼조차 버리지 못한 채 그들은 삼림을 잘라 내야 했던 것이다. 그런데 〈이 얼마나 영웅적인 건설이었던가!〉라고 그는 감탄하고 있다. 그러나 그는 분개해야 옳았을 것이다. 도대체 자기 국민에 대한 한 가닥 애정도 없이 그들을 이러한 건설로 몰아세운 자는 누구였던가? 하지만 사실은 그렇게까지 분개할 것도 없는 것이다. 우리는 꼼소몰스끄시를 건설한 것이 어떤 종류의 〈공산 청년 동맹원(꼼소몰)〉이었는지 잘 알고 있기 때문이다. 요즘 와서는 역시 그와 같은 〈공산 청년 동맹원〉이 마가단 시도 건설했다고 쓰고 있는 것이다.[3]

사실 대체 누구를 제스까즈간 탄광 속에 넣고 매일 12시간씩이나 건식 굴착기로 일을 시킬 수가 있었겠는가? 그곳은 광석에 함유된 규산류 분말이 짙은 안개처럼 가득 차 있는데도 마스크가 없었기 때문에 4개월 후에는 불치의 규소폐증(硅素肺症)에 걸려, 죽기 위해 병원으로 실려 가는 것이었다. 보강 공사도, 누수 방지 공사도 되어 있지 않은 갱도 속으로, 브레이크도 없는 승강기에 대체 누구를 태워 내려보낼 수가 있었겠는가? 이 20세기에 막대한 비용이 드는 안전장치 같은 것도 설치함이 없이 대체 누구에게 일을 시킬 수가 있었겠는가?

자, 이런데도 수용소가 경제적으로 이득이 없다고 말할 수 있겠는가?

무엇보다도 저 스딸린 시대 북극권의 『일리아스』인 뽀보지

2 『문학 신문』, 1963년 11월.
3 『이즈베스찌야』, 1964년 7월 14일.

의 소설 『죽음의 길』[4] 속에 나오는, 따스강 변 평저선의 하역
작업 광경을 한번 꼭 읽어 보시라. 여태까지 인간이 발을 들
여놓은 적이 없는 불모지 툰드라에서, 개미떼 같은 죄수들이
개미들 같은 호송병의 감시하에 몇천 개의 통나무를 날라다
가 선착장을 만들고, 궤도를 놓고, 꿈쩍도 않는 기관차와 차량
들을 툰드라 지대로 끌어올리는 광경이다. 죄수들은 〈수용소
구내〉라고 쓴 팻말로 둘러쳐진 공간의 맨땅바닥에서 하루
5시간밖에는 자지 못하는 것이다.

뽀보지는 또, 죄수들이 툰드라에서 전화선을 가설하고 있
는 광경을 묘사하고 있다. 그들은 나뭇가지와 이끼를 엮어 만
든 오두막에서 잠을 자는데, 여름이라 모기가 온몸에 사정없
이 달려들고, 늪에 빠져 젖은 의복과 신발은 마를 사이도 없
다. 전화선 가설 예정지 조사는 날치기여서 엉뚱한 곳으로 줄
이 그어져 있다(그러니까 언젠가는 다시 가설할 수밖에는 없
을 것이다). 가까운 곳에 전봇대로 쓸 나무가 없어서 그들은
이틀이나 사흘이 걸리는 곳(!)까지 가서 나무를 잘라 와야만
했다.

유감스럽게도 제2의 뽀보지가 나오지 않았기 때문에, 전쟁
전에 부설된 또 하나의 철도, 즉 꼬뜰라스-보르꾸따 철도 건
설에 대해 이야기해 주는 사람이 없다. 거기서는 침목 하나하
나 밑에 사람 둘씩 묻힌 꼴이었다. 아니, 그뿐이 아니다 — 철
도를 부설하기 전에 바로 그 밀림을 뚫고 간단한 도로부터 건
설했는데, 그것은 뼈가 앙상한 팔, 끝이 뭉뚝한 도끼, 그리고
아무 일도 하지 않는 총검으로 완성되었던 것이다.

만약에 죄수들이 없었다면 대체 누가 이런 일을 해낼 수 있
었겠는가? 그런데도 수용소가 유익하지 않다는 말을 할 수가

4 『노비 미르』, 제8호, 1964년, pp. 152~154.

있겠는가?

수용소는 그 순종적이고 값싼 노예 노동 때문에 더없이 유익한 것이었다. 아니, 값이 싸게 먹혔다기보다 아예 무료였다. 고대에도 노예를 사는 데 어느 정도의 돈은 지불했지만, 수용소 죄수를 사는 데는 아무도 돈 한 푼 지불하지 않았기 때문이다.

전후의 수용소 회의석상에서도 산업 부문의 〈지주〉들은 다음과 같이 인정했던 것이다 — 〈Z/K Z/K(제까 제까), 그들의 후방 활동은 승리에 크게 기여했다.〉

그러나 백골 위에 세워진 대리석에는 앞으로도 그들의 잊힌 이름이 새겨지는 일이 결코 없을 것이다.

수용소가 무엇으로도 바꿀 수 없는 존재였다는 것은, 공산 청년 동맹원들을 불모지 개척과 시베리아 개발에 동원하려고 소리 높여 호소하기 시작한 흐루쇼프 시대에 와서 판명되었다.

또 하나 다른 문제가 있는데, 그것은 〈독립 채산제〉다. 국가는 벌써 오래전부터 여기에 관심을 기울여 왔다. 1921년의 〈감금지에 관한 법률〉에는 이미 이렇게 강조되어 있었다. 〈감금지의 유지비는 가능한 한 죄수들의 노동으로 충당해야 한다.〉 1922년부터 몇몇 지방의 집행 위원회는, 그 노동자-농민적 본질에 어긋나는 〈정치와 무관한 실리주의적 방침〉을 내세웠다. 즉, 감금지의 독립 채산을 달성할 뿐만 아니라 지방 재정을 위해 〈이익〉을 올리려 했다. 다시 말해서 초과 이윤을 거둘 수 있는 독립 채산제를 확립하려고 노력했던 것이다. 1924년의 교정 노동법도 감금지의 독립 채산의 필요성을 주장했다. 1928년의 제1차 소비에뜨 연방 정치 활동자 회의석상에서도, 〈국가가 감금지에 투입한 비용을 감금지 시설 전체의 노력으로 국가에 반환〉해야 한다는 점이 특별히 강조되었다.

국가로서는 어떻게 해서든지 돈 한 푼 안 들이고 수용소를 소유하고 싶었던 것이다! 1929년부터 우리 나라의 교정 노동 시설은 전부 국민 경제 계획에 편입되었다. 1931년 1월 1일부터는 러시아 공화국과 우끄라이나 공화국의 모든 수용소 및 교도소가 완전한 독립 채산제를 시행하도록 정령으로 결정되었다.

그래서 어떻게 되었는가? 말할 것도 없이 대번에 큰 성과를 거두었다! 1932년에 법학자들은 자랑스럽게 선언하고 있다. 〈교정 노동 시설의 유지비는《감소》하고 있으며(이것만은 곧 이들어도 좋다), 자유를 박탈당한 사람들의 수용 조건은 해마다《개선》되고 있다(?)〉.[5]

그 수용 조건이 어떻게 개선되었는가를 자신이 직접 체험하지 않았더라면 우리도 역시 〈그런 일이 어떻게 가능했는가? 대체 어떤 식으로 개선되었다는 건가?〉라고 의문을 제기했을 것이다⋯⋯.

잘 생각해 보면 그것은 조금도 어려울 게 없는 일이다. 어떻게 하면 되는가? 수용소의 비용과 수용소에서 올리는 수입이 맞먹으면 될 게 아닌가. 우리가 보아 온 바와 같이 비용은 감소되고 있다. 수입을 늘리는 일은 더욱 간단하다 — 죄수들을 쥐어짜면 되는 것이다! 군도의 솔로프끼 시대만 해도 강제 노동의 생산성은 공식적으로 40퍼센트를 감해서 계산하고 있었으나(어째서인지 강제 노동은 그다지 생산성이 높지 않은 것으로 간주되고 있었다), 백해 운하 시대부터 〈밥통[胃]의 척도〉를 도입하면서 수용소 관리 본부의 학자들은 이와는 반대로 굶주림에 시달리는 사람들의 강제적 노동이 세계에서 가장 생산성이 높다는 것을 발견했던 것이다! 1931년에 독립

5 비신스끼, 『형무소에서 교육 시설로』, p. 437.

채산제가 시행되었을 때 우끄라이나 공화국의 수용소 관리국은 단호하게 다음과 같은 결정을 내렸다. 전년도에 비해 다음 해의 노동 생산성을 242퍼센트 제고할 것, 즉 아무런 기계도 도입함이 없이 대번에 그 생산성을 무려 두 배 반이나 올리라는 것이다![6] (이 얼마나 과학적인 계산법인가 — 240하고도 2퍼센트라니! 그러나 이 동지들은 이것이 소위 〈3개의 붉은 깃발을 앞세운 대약진〉이라는 사실은 몰랐을 것이다.)

그보다도 수용소 관리 본부는 어쩌면 그렇게도 신통하게 바람 부는 방향을 미리 점칠 수 있었던가! 바로 그때 스딸린 동지의 불멸의 역사적 〈6개 조항〉이 발표되었다. 그리고 그 안에 독립 채산제가 들어 있었던 것이다. 하지만 우리는 벌써 그것을 채용하고 있었다! 벌써부터 채용하고 있었다는 말이다! 거기에는 또 전문가들을 이용하는 문제도 들어 있었다! 그런 것이라면 식은 죽 먹기보다도 간단하다. 기사들을 일반 작업에서 해방시키면 되는 것이다! 생산 부문의 특권수로 지명하면 되는 것이다! (1930년대 초기에는 군도의 기술 지식인들이 어느 때보다도 가장 특전을 누린 시대였다. 그들은 거의 일반 작업에는 끌려 나가지 않았고, 갓 들어온 사람에게조차 대번에 전문적인 일이 부여되었다. 그 전의 1920년대에는 기사들과 기술자들이 일반 작업 속에서 덧없이 죽어 갔다. 그들을 위한 활동 장소도, 사용 방법도 없었기 때문이다. 1930년대 초가 지나간 후로는, 즉 1937년부터 1950년대까지 사이, 독립 채산제도 다른 역사적 〈6개 조항〉과 함께 잊히고, 그 대신 역사적 중요성을 지닌 것으로 〈경계심〉이 강조되면서, 개별적으로 특권수의 자리를 잠식해 들어갔던 기사들은 다시 대부분 일반 작업으로 쫓겨나게 되었다.) 게다가 자유인 기사를

6 아베르바흐, 『범죄에서 노동으로』, p. 23.

고용하기보다는 죄수 기사를 쓰는 편이 훨씬 싸게 먹힌다. 죄수에게는 봉급을 지불할 필요가 없기 때문이다! 이것 또한 유리하고, 이것 또한 독립 채산이다. 이 점에서도 스딸린 동지는 옳았던 것이다!

이와 같이, 군도는 무료로 운영되어야 한다는 기본 방침은 옛날부터 올바르게 준수되었다!

그렇지만 아무리 기를 써봐도, 아무리 죽어라고 노력해 봐도, 아무리 바위에 손톱을 찍어 넣어 봐도, 목표 달성에 관한 보고서를 스무 번이나 고쳐 써 봐도, 아무리 종이에 구멍이 날 만큼 숫자를 지우고 다시 써넣고 해봐도, 애당초 군도는 자기를 유지할 만한 힘을 가지지 못했다. 장래에도 결코 가지지 못할 것이다! 아무리 용을 써 봐도 그 지출과 수입을 동일 수준으로 유지하기란 불가능한 일이다. 따라서 우리의 젊은 노동 국가 — 후에는 성숙한 전(全) 인민적 국가 — 는 이 더럽고 피투성이가 된 짐을 스스로 걸머질 수밖에 없는 것이다.

그 원인은 다음과 같다. 우선 첫 번째 주요 원인은, 죄수들의 무자각과 그 우둔한 노예들의 게으름이다. 그들에게는 사회주의적 희생정신은 고사하고 단순한 자본주의적 근면조차 기대할 수가 없다. 그들은 작업에 출동하지 않으려고 몰래 신발을 못 쓰게 만든다. 공구를 망가뜨리거나 손수레 바퀴를 떼내기도 한다. 삽자루를 부러뜨리거나 물통을 물속에 가라앉히기도 한다. 이런 짓들은 모두 한숨 돌리며 담배라도 피울 구실을 만들기 위해 하는 것이다. 수용소 죄수들이 어머니 나라를 위해서 만드는 모든 것은 형편없는 엉터리다. 그들이 만든 벽돌은 손으로 부스러뜨릴 수 있으며, 벽에 칠한 페인트는 금방 벗겨지고, 모르타르는 떨어지고, 기둥은 쓰러지고, 책상은 흔들거리고, 다리와 손잡이는 떨어져 나간다. 이미 못질을 해서 봉해 놓은 뚜껑을 일일이 떼어 내야 하는가 하면, 이미 흙을 덮어 버린 참호를 파헤쳐야 하고, 이미 쌓아 올린 벽을 장도리와 끌로 헐어야 하는 것이다. 1950년대에 스텝 수용소에 스웨덴제 새 터빈이 운반되어 왔다. 그것은 시골의 통나무집처럼 덩치 큰 상자 속에 들어 있었다. 마침 겨울철이라 날이 추웠으므로 바보 같은 제끄들이 그 상자 속에, 즉 통나무와 터빈 사이로 기어 들어가서 몸을 녹이려고 모닥불을 피웠다. 그 때문에 날개를 은으로 용접한 부분이 녹아 버려서 터빈은 폐기하지 않을 수 없었다. 그 터빈의 가격은 자그마치 3백 70만 루블이었다. 이런 것이 바로 독립 채산제였던 것이다!

두 번째 원인은 제끄들과 함께 일하는 자유 고용인들에게 있다. 그들 역시 건설에는 아무런 흥미도 없으며, 자기와는 상관없는 누군가 다른 사람 것을 세우고 있는 것 같은 태도다. 게다가 이자들은 닥치는 대로 훔치려 든다. 닥치는 대로 도둑질을 하는 것이다. (한번은 아파트를 지었는데 바깥세상 사람들, 즉 자유 고용인들이 욕조를 몇 개 훔쳐 갔다. 그런데 욕조는 아파트 수에 맞춰서 들어온 것이었다. 건물의 준공 검사를 어떻게 무사히 넘기느냐가 문제였다. 물론 현장 감독으로서는 그것을 털어놓을 수는 없다. 그는 시치미를 떼고 검사 위원들에게 1층부터 보여 주기 시작한다. 각 아파트로 안내하여 목욕탕마다 욕조가 있음을 확인하도록 한다. 그러고는 위원들을 천천히 2층과 3층으로 안내하여 각 아파트의 목욕탕을 보여 준다. 그사이에 철저하게 지시를 받은 날쌘 제끄들이 노련한 위생 십장 지휘하에 1층의 욕조를 몇 개 떼 내어 눈에 띄지 않게 4층으로 날라다가 각 목욕탕에 재빨리 들여놓고는, 검사 위원들이 올라오기 전에 시멘트로 완전히 고정시켜 놓는다. 나중에 책임은 이 속임수를 눈치채지 못한 자가 지면 되는 것이다……. (이것은 희극 영화로 찍으면 좋겠지만 검열을 통과할 수 없을 것이다. 우리 나라 생활에는 우스꽝스러운 일이 절대 있을 수 없으며, 우스꽝스러운 일이란 서방 세계에만 있는 것이니까!)

세 번째 원인은 죄수들의 자극성 결여에 있다. 그들은 교도관들 없이는, 수용소 당국 없이는, 경비 없이는, 망루로 둘러싸인 수용소 없이는, 생산 계획부 없이는, 등록 배치부 없이는, 보안부 없이는, 문화 교육부 없이는, 아니, 수용소 관리 본부에 이르기까지의 상당수 수용소 관리 기관들 없이는 아무것도 해나가지 못한다. 검열 없이는, 징벌 격리 감방 없이는, 규율 강화 막사 없이는, 특권수들 없이는, 소지품 보관소와 창고 없이는 살아가지 못한다. 그들은 호송병이나 경비견 없이는 한 발짝도 이동하지 못하는 것이다. 그렇기 때문에 국가는 노동하고 있는 한 사람의 군도 주민에 적어도 한 사람의 교도관을 붙여야 한다. (그리고 그 교도관에게는 가족이 있는 것이다!) 하기는 그러니 다행이다. 만약에 그것마저 없었다면 교도관들은 무엇을 보고 살아야 하겠는가?

그 밖에 네 번째 원인은 머리 좋은 기사들이 지적하고 있다. 즉, 움직일 때마다 일일이 목책을 둘러 구내를 만들고 호송을 강화하고 경비병을 추가해야 하기 때문에 그들의, 즉 기사들의 기술적 기동력이 제한을 받게 된다는 것이다. 예컨대 따스 강의 하역 작업이 그 본보기라고 그들은 말한다. 그 때문에 모든 것이 때를 놓치고 비용이 비싸게 먹힌다고 그들은 설명한다. 그러나 이것은 〈객관적인〉 원인이며, 하나의 구실에 지나지 않는다. 그들을 당 사무국으로 소환해서 단단히 혼쭐을 내면 이 원인은 소멸한다. 그들에게 머리를 짜내어 해결책을 찾아내도록 하면 되는 것이다.

위에 열거한 원인 이외에 〈지도부〉 자체의 부주의가 원인이 되는 수도 있다. 그러나 이것은 일을 하다 보면 으레 있게 마련인 자연스러운 실수로서 굳이 따질 것도 못 된다. 레닌 동지도 말하지 않았던가 ── 아무것도 하지 않는 자는 오류를 범하지 않는다고.

하지만 사례 몇 개를 들어 보기로 하자. 지도부가 계획을 세운 토목 공사는 어찌 된 영문인지 여름철에 일을 하게 되는 법은 거의 없고 언제나 가을과 겨울에, 진흙탕과 혹한의 계절에 하게 된다. 시뚜르모보이 금광(꼴리마 지방) 자로스시 샘터에서 1938년 3월에, 얼어붙은 땅에 깊이 8미터에서 10미터의 시굴갱들을 파기 위해 5백 명의 죄수를 투입했다. 그 수직갱을 다 팠을 때 제끄들의 반은 죽고 없었다. 공사는 정작 폭파를 해야 할 단계에서 중지되고 말았다. 금속 함유량이 너무 적다는 것이었다. 그냥 내버려 두기로 했다. 5월이 되자 수직갱에 물이 차올라 모처럼 해낸 일이 수포로 돌아갔다. 2년 후에, 그것도 3월에, 꼴리마 지방의 혹한기에 또 소란을 피우기 시작했다. 시굴갱을 파야 한다! 지난번과 같은 장소다! 긴급 명령이다! 인력을 아낌없이 투입하라!

이것이야말로 공연한 낭비가 아니고 무엇인가…….

그런가 하면, 오뽀끼 마을 근방 수호나강에 죄수들이 흙을 날라서 댐을 만들었다. 그러나 곧 강이 만수가 되어 그 댐을 싹 쓸어버리고 말았다. 모든 것이 헛수고였던 것이다.

그런가 하면, 아르한겔스끄 관리국 산하 딸라가 벌채 수용소의 생산 계획에 가구 제조를 편입했으나, 가구 재료인 목재 공급 계획은 빠뜨리고 말았다. 일단 확정된 계획이니까 무슨 일이 있어도 달성해야 한다! 그래서 딸라가 수용소는 특별 작업반을 편성하여 물에 떠내려오는 목재, 즉 뗏목에서 빠져나온 목재들을 거둬들여야 했다. 그러나 그것만으론 부족했다. 결국은 아주 뗏목에 달려들어 묶은 줄을 끊고 목재를 가로채 오기도 했다. 그러나 그 뗏목은 다른 계획에 들어 있는 것이므로 이번에는 그쪽에서 목재가 부족하게 되는 것이다! 그러니 목재를 가로채 온 용감한 젊은이들을 위해 딸라가 수용소는 특별 지급 청구서를 낼 처지가 못 되었다. 그것은 도둑질과 조금도 다름이 없었기 때문이다. 독립 채산제란 이런 것이다……

그런가 하면, 한번은 우스찌-빔 수용소에서(1943년) 목재 운송 계획 초과 달성을 시도했다. 벌목 작업에 압력을 넣는 한편, 일할 수 있는 자, 없는 자 가릴 것 없이 전원을 작업에 몰아세웠다. 그 결과 목재 중앙 저목장에 너무나 많은 목재가 집중되었다. 무려 20만 세제곱미터에 달했다. 겨울 전에 그 목재를 전부 육지로 끌어올리지 못했기 때문에 나머지 목재는 강물 위에 얼어붙고 말았다. 그 저목장 바로 하류에는 철교가 걸려 있었다. 만약에 이듬해 봄에 이 목재가 하나씩 따로 흩어지지 않고 얼음에 서로 붙은 상태대로 움직이기 시작했다가는 철교를 파괴할 것임이 틀림없었다. 그렇게 되면 소장은 재판을 면하지 못한다. 부득이 다음과 같은 대책을 강구할 수밖에 없었다. 차량 몇 대분이나 되는 엄청난 양의 다이너마이트를 가져다가 겨울에 그것을 강바닥에 넣어, 얼어붙은 목재 덩어리를 폭파해서 되도록 빨리 그 통나무를 육지로 끌어올려 불태워 버리는 것이다(어차피 봄이 되면 이 목재는 제재용으로는 쓰지 못하게 된다). 이 작업에는 하나의 수용 지점이 온통, 즉 2백 명 전원이 달려들었다. 얼음보다도 더 차가운 물속 작업에 대해서 그들은 지방을 지급받았지만 어느 작업이건 작업 명령서대로 정당하게 취급해 줄 수는 없었다. 그것은 공연한 작업이었기 때문이다. 그리고 태워 버린 목재를 위해 소비한 노력 또한 헛일이 되고 만 것이다. 이런데도 수용소가 스스로를 유지할 능력이 있다 할 수 있을까?

그런가 하면, 뻬초라 철도 건설 수용소는 전력을 기울여 보르꾸따까지 철도를 건설했는데 그야말로 꼬불꼬불한 날림 공사였다. 이렇게 완성된 철도를 후에 직선으로 고쳐 부설했던 것이다. 그 비용은 어디서 나왔는가? 루자강 근처의 랄스ㄲ와 뻬뉴ㄲ 간의 철도(식띠프까르까지 부설할 예정이었다)는 또 어떤가? 1938년에 큼직한 수용소를 몇 개씩이나 동원해서 45킬로미터 지점까지 부설하고는 거기서 중지해 버리지 않았던가……. 이 사업 역시 삽질로 돌아간 셈이었다.

물론 이런 자질구레한 실수는 어떤 일에서나 피할 수 없는 법이다. 어떤 지도부도 실수를 저지르지 않는다고 자신할 수는 없는 것이다.

1949년부터 건설하기 시작한 살레하르뜨─이가르까 철도 또한 그 철도로 운반할 화물이 없어서 무용지물임이 판명되었다. 그래서 이 건설도 중지되었다. 이 오류를 〈누가〉 범했는가는 감히 입 밖에 내기조차 두렵다. 다름 아닌 〈그분 자신〉이었으니 말이다…….

때로는 이 독립 채산제로 너무나 몰아치는 바람에 수용소장도 어떻게 하면 좋을지, 어떻게 아귀를 맞춰야 할지 몰라서 쩔쩔매는 수가 있다. ㄲ라스노야르스ㄲ 교외, 까짜에 있는 노동 불능자 수용소(1천5백 명의 신체장애자가 수용되어 있었다!)에도 전후에 독립 채산제를 채용하라는 명령이 내려졌다 ─ 가구를 만들라는 것이다! 이 노동 불능자들은 굵은 나무를 손톱으로 잘라야 했고(벌목 작업 수용소가 아니어서 기계류는 지급되지 않는다), 목재를 수용소까지 운반하는 데는 소를 사용했다(수송 수단도 그들에게는 지급되지 않지만 젖소 농장

356

이 있었기 때문이다). 그렇게 해서 제조된 소파의 원가는 8백 루블에 달했는데 판매 가격은 6백 루블이었다! 그래서 수용소 당국은 되도록이면 많은 노동 불능자를 1급 그룹에 편입시키거나, 아니면 병자로 인정하여 바깥 작업에 끌어내지 않거나 했다. 그렇게 하면 그들을 대번에 독립 채산제로부터 보다 확실한 국가 예산으로 이관되기 때문이었다.

이와 같은 모든 원인으로 말미암아 군도는 스스로를 유지할 능력이 없을 뿐만 아니라, 우리 나라가 그것을 가지는 기쁨 대신에 높은 희생을 강요하고 있는 것이다.

군도의 경제생활이 더욱더 복잡해지는 것은, 이 위대한 전국적 사회주의 독립 채산제가 국가 전체로서도 필요하고 수용소 관리 본부로서도 필요하지만, 개별적인 수용소장으로서는 그다지 절실한 문제가 아니기 때문이다. 설사 그것을 성공적으로 수행하지 못한다 해도 약간의 견책 정도로, 또는 장려금의 일부를 감하는 정도로 끝나기 때문이다(어쨌든 장려금은 나오게 되어 있는 것이다). 어느 수용소장에게나 가장 큰 수입원을 확보할 수 있게 하고 활동의 자유와 최대의 편의를 보장하는 것은, 자기 자신의 아늑하고 아담한 〈영지〉를 소유하는 것이다. 붉은 군대와 마찬가지로 내무부 소속 장교들 사이에서는 농담이 아니라 진담으로 〈주인〉이라는 관록 있고 존경받는 자랑스러운 명칭이 자리를 굳힌 것이었다. 우리 나라 위에 오직 한 사람의 〈주인〉이 군림해 있는 것과 마찬가지로 각 부대의 지휘관도 반드시 〈주인〉이어야만 했던 것이다.

그러나 엄격하기 짝이 없는 프렌젤이 수용소군도의 섬들을 A, B, C, D로 등급을 매겨 제한을 가하려 하자, 주인들은 온갖 지혜를 짜내어 자기 영지의 등급을 높이기 위해 필요한 노동자의 수를 확보해야만 했다. 수용소 관리 본부의 인사 규정에 의하면 재봉사를 한 사람밖에 둘 수 없는 곳에 재봉소라는 큼직한 단위를 설치해야 했다. 한 사람의 구두 제화공 대신 제화소를 만들었으며, 그 밖에도 쓸모 있는 기술자들을 되도록 많이 거느리려고 했다. 예를 들어, 온실을 만들면 언제나 자기 장교들의 식탁에 온실 재배한 채소를 공급할 수도 있다. 좀 더 분별력 있는 주인이라면 대대적으로 채소밭을 만들어 거기서 나오는 채소를 죄수들의 식탁에 내놓을 수도 있다. 죄수들은 그만큼 일을 더 해줄 것이고, 주인 자신에게도 매우 유익하다. 그러나 그 인원을 어디서 끌어온다는 말인가?

그 방법으로서는, 역시 죄수 일꾼들의 부담을 조금 늘리고, 수용소 관리 본부를 조금 속이고, 생산 부문에서 속임수를 조금 쓸 수밖에 없다. 대규모의 구내 작업을 위해서는, 예컨대 무슨 건물 같은 것을 세울 때는 평일의 노동 시간(10시간이나 된다)이 끝난 후나 일요일에도 모든 죄수들에게 일을 시키는 것이다. 일상적인 생산 활동을 위해서는 작업반의 작업 출동 인원수를 실제보다 늘려서 기입했다. 즉, 구내에 남아 있는 노동자들까지도 자기 소속 작업반과 함께 작업 현장에 출동한 것으로 되어 있고, 반장은 그들 몫의 작업량까지 달성해서 돌아와야 했다. 그러니까 다른 반원들이 일한 것 중에서(그렇지 않아도 노르마 달성이 어려운 판국에) 일부를 떼어 구내에 남은 반원들 앞으로 달아 줘야 했다. 결국 일하는 사람은 더 많이 일하고 먹기는 덜 먹었다. 덕분에 영지는 견고해지고 장교 동지들의 생활은 다양하고도 쾌적하게 되어 가는 것이었다.

일부 수용소에서는 소장이 기업심이 왕성한 데다가 상상력이 풍부한 기사까지 거느리게 되면, 수용소에 강력한 〈기업 조직〉이 생겨나서, 서류상으로 승인을 받아 공공연하게 필요한 인원을 확보하여 국가로부터 산업 과제를 부여받기도 했다. 그러나 자재나 설비 면에서 전 국가적 계획에 편입되지는 못했기 때문에 그야말로 맨손으로 모든 것을 생산해 내지 않으면 안 되었다.

　여기서 그러한 기업 조직을 거느린 껜기르 수용소의 경우를 잠깐 소개하기로 한다. 재봉소니 모피 가공소니 제본소니 가구 공장이니 하는 따위의 작업소에 대해서는 말하지 않겠다. 그것들은 다음 것에 비교하면 보잘것없는 것이기 때문이다. 껜기르 수용소의 기업 조직은 주물 공장과 철공장을 가지고 있었는데, 그들은 ─ 20세기 중반인데도 ─ 천공기와 절삭기까지 맨손으로 두드려 만들었다. 그러나 선반기(旋盤機)만은 그런 식으로 만들 수 없었다. 하는 수 없이 〈수용소식 대여〉가 여기에 적용되었다. 즉, 백주에 작업 현장에 나가서 거기 있는 선반기를 훔쳐 오는 것이다. 수용소 트럭을 대기시켜 놓았다가 그곳 책임자가 잠깐 자리를 비운 사이에 1개 작업반이 한꺼번에 선반기에 달려들어 그것을 트럭에 싣고는 쏜살같이 위병소를 통과해서 구내로 들어와 버렸다. 위병소에서도 모른 체했다. 경비대도 같은 내무부 소속이라 미리 내통이 되어 있었기 때문이다. 이렇게 눈 깜짝할 사이에 선반기를 수용소로 가져와 버렸지만, 바깥세상 사람으로서는 감히 수용소에 들어갈 수도 없다. 그것으로 끝장인 셈이었다! 우둔하고 책임감 없는 군도 주민들에게 따져 봤자 무슨 소용이 있겠는가? 책임자는 선반기가 어디로 갔느냐고 야단을 치지만 그들은 시침을 떼고 있다 ─ 선반기가 있었던가요? 우리는 보지도 못했는데요. 그 밖에 가장 중요한 공구류도 이와 같은 방법으로 수용소에 가지고 들어갔다. 하지만 이것은 더욱 간단했다. 호주머니나 옷 속에 감추어 가지고 들어가면 되었기 때문이다.

한번은 수용소 주물 공장이 껜기르 선광 공장으로부터 맨홀 뚜껑 주조를 의뢰받았다. 모든 일이 순조로웠다. 그런데 얼마 후에 선철이 바닥나 버렸다. 대체 어디서 선철을 구한다는 말인가? 결국 죄수들로 하여금 〈거기서〉, 즉 선광 공장에서 영국제 무쇠 받침대(혁명 전 개인 기업 시대부터 남아 있던 것)를 훔쳐 오게 해서, 그것을 녹여 맨홀 뚜껑을 만들어 다시 선광 공장에 납품했고, 그것으로 수용소는 돈을 벌었다.

이것으로 독자들도 기업심이 왕성한 수용소가 어떤 식으로 수지를 맞추고 우리 나라 경제 전체를 강화하는 데 이바지했는지 이해할 수 있을 것이다.

이 수용소의 기업 조직은 무슨 주문이건 가리지 않고 모조리 받았다! 저 유명한 크루프(19세기 이래로 무기 생산을 포함한 독일의 전체 산업에 큰 역할을 수행한 크루프 상회를 가리킴)조차 아마 이처럼 모든 것을 주문받지는 못했을 것이다. 하수도용 대구경 배수관, 풍차, 밀짚 절단기, 자물쇠, 펌프 등을 만드는가 하면, 고기 써는 기계의 수리며 벨트의 봉합, 병원 소독기 수리며 두개골 절개용 드릴을 가는 일까지 맡아서 했다. 궁지에 몰린 상태에서 못할 일이 어디 있는가! 굶주림은 발명의 어머니인 것이다! 만약에 〈못하겠소, 그것은 무리입니다〉라고 했다가는 내일 당장 옥외 작업으로 쫓겨나게 된다. 하지만 구내 작업은 훨씬 편하다. 아침 출동 전에 정렬할 필요도 없고, 호송병의 감시를 받으며 걷지 않아도 되고, 일도 천천히 할 수 있으며, 눈치 봐 가며 자기 일을 할 수도 있는 것이다. 주문을 받게 되면, 병원은 2일간의 병가를 주고, 취사장에서는 〈추가식〉을 주고, 누군가는 마호르까를 주고, 당국자들은 관급 빵을 주기도 하는 것이다.

그뿐만 아니라 때로는 우습기도 하고 재미있기도 하다. 기사들은 쉴 새 없이 머리를 쥐어짜야 한다 ── 무엇으로 만들까? 어떻게 만들까? 어느 쓰레기장에서 발견한 쓸 만한 쇳조각 하나 때문에 애써 작성한 기계 구조를 변경하게 되는 경우도 적지 않았다. 풍차를 만들기는 했으나 풍향에 따라 자동적으로 방향을 바꾸게 하는 용수철은 끝내 구할 수가 없었다. 결국 기다란 끈을 2개 매달아 놓고 제끄 두 사람에게 명령하는 수밖에는 없었다 ── 풍향이 바뀌면 즉시 달려가서 줄을 잡아당겨 풍차의 방향을 돌려놓을 것. 벽돌도 자가 생산하는 방법을 연구해 냈다. 각재 모양의 기다란 점토를 갖다 놓으면 여자 죄수 한 사람이 그것을 벽돌 크기에 맞춰 피아노 줄로 자르고, 잘린 벽돌 모양의 점토 덩어리들은 컨베이어에 실려 나갔는데, 그 컨베이어 역시 그녀가, 즉 같은 사람이 움직여야만 했다. 하지만 어떻게 움직인다는 말인가? 그녀의 두 손은 점토 자르는 일로 바쁘지 않은가? 아, 꾀 많은 제끄들의 끝없는 창의성을 보라! 2개의 짤막한 자루를 고안해서 그것을 여자 죄수의 허리 양쪽에 밀착시켜 놓고, 그녀가 양손으로 벽돌을 자르면서 한편으로는 허리의 강력하고 빈번한 동작으로 동시에 컨베이어를 움직이는 것이다! 여기서 그 사진을 독자들에게 보여 주지 못해서 매우 유감스럽다.

    껜기르의 〈지주〉는 이제 자신만만했다. 자기 수용소에서 만들 수 없는 것이란 이 세상에 없다고. 그래서 어느 날 기사장을 불러다가 명령을 내렸다 ── 지체 없이 창유리와 물병 제조에 착수할 것! 유리를 어떻게 제조하는가? 제끄 노동자들은 몰랐다. 그들은 먼지투성이가 된 백과사전을 뒤적여 보았다. 일반적인 설명뿐이고, 정작 만드는 방법에 관해서는 아무 말도 없다. 그러나 소다 석회를 주문하고, 어디서인가 규사를 발견하여 운반해 왔다. 그리고 가장 중요한 것은, 제끄들에게

〈새 도시〉 건설 현장에서 깨진 유리 조각을 가져오도록 명령해 놓았다. 거기서는 자주 유리를 깨뜨렸기 때문이다. 이렇게 모은 원료가 갖춰지자 그것을 용광로 속에 넣어 녹이고 섞고 펴고 해서 마침내 창유리를 만들어 냈다! 하기는 한쪽 모서리의 두께가 1센티미터나 되고 다른 가장자리는 2밀리미터밖에는 안 되었다. 그러나 기한이 다가왔고 제조한 유리를 소장에게 보여야 할 날이 코앞에 와 있다. 제끄들은 어떤 식으로 살고 있는가? 하루살이와 다름없다. 그날 하루만 무사하면 내일은 또 어떻게 되겠지, 하는 식이다. 제끄들은 건설 현장에서 이미 규격에 맞춰 잘라 놓은 유리를 훔쳐다가 수용소장에게 보였다. 소장은 만족했다. 「잘했어! 이거 진짜와 다름없구먼! 이제는 대량 생산으로 넘어가야지!」 「소장 동지, 더 이상은 만들 수 없습니다.」 「그것은 또 왜?」 「실은 이 유리에는 몰리브덴이 필요합니다. 우리한테 조금 있었습니다만 이제는 다 쓰고 없습니다.」 「어디서 구할 수 없을까?」 「그것을 어디서 구합니까?」 「그거 유감이로군. 유리병이라면 몰리브덴 없이도 만들 수 있겠지?」 「유리병이라면 아마 만들 수 있을 겁니다.」 「그럼 만들도록 해.」 하지만 유리병조차 죄다 비뚤비뚤하게 되어 나왔고, 게다가 어찌 된 셈인지 저절로 깨져 버리고는 했다. 교도관 하나가 이 유리병을 들고 와서 우유를 받았을 때 병이 깨지며 목 부분만 손에 달랑 남고 우유는 쏟아져 버렸다. 「이 쓸모없는 놈들아!」 그가 고래고래 고함을 질렀다. 「해충 같은 놈들! 파시스트 놈들! 전원 총살이다, 총살이야!」

모스끄바의 오가료프 거리에서 새 건물을 지으려고 1백 년 이상 묵은 낡은 집을 헐었을 때 지붕을 받치고 있던 들보는 버리거나 땔나무로 쓰지 않고 가구 재료로 요긴하게 사용되었다. 그것은 〈맑은 소리를 내는〉 썩 좋은 재목이었다. 우리

선조들은 목재를 이런 식으로 말렸던 것이다.

그런데 오늘날 우리는 언제나 급하게 서두르기만 한다. 〈그럼 들보가 마를 때까지 뒷짐 지고 기다려야 한다는 말인가?〉하고 대들 사람이 있을 것이다. 그러나 깔루가 대문 수용소에서 우리는 들보에 최신 방부제를 칠했는데도 곰팡이가 피며 썩기 시작했다. 그것도 너무나 빨리 썩었기 때문에 건물을 인도하기도 전에 마룻바닥을 뜯어내고 들보를 바꿔야 할 지경이었다.

그러니까 1백 년쯤 지나면 우리 제㤄들, 아니 우리 국민 전체가 세운 것은 저 오가료프 거리의 오래 묵은 들보처럼 맑은 소리를 내지 못할 것임이 틀림없다.

소련이 승리의 나팔을 불어 대며 최초의 인공위성을 쏘아 올린 바로 그날에도, 랴잔의 내 집 창문 맞은편에서는 네 사람의 〈자유인〉 여성들이 누추한 제㤄식 상의에 솜바지로 몸을 감싸고 〈들것〉으로 시멘트를 〈4층까지 나르고〉 있었다.

「그것은 물론 사실이다. 그렇지만 그게 어쨌다는 거냐?」 이렇게 반박하는 사람이 있을지 모른다. 「〈그래도 인공위성은 여전히 돌고 있지〉 않느냐!」

인공위성이 돌고 있다는 것은 어쩔 수 없는 일이다. 하지만 과연 언제까지 돌 수 있을까?

◆

이 장을 적어도 스딸린 시대 최초의 5개년 계획에서부터 흐루쇼프 시대에 이르기까지의 사이에 죄수들의 손으로 건설한 대사업의 긴 일람표로 마무리 짓는 것이 적절할 것 같다. 그러나 나는 물론 그것을 끝까지 다 쓸 만한 처지에 있지 못하다. 내가 할 수 있는 것은, 나중에 뜻있는 사람이 그 일람표를 보충하고 계속해서 써 나갈 수 있도록 우선 일부나마 적어 놓는 일이다.

백해 운하(1932년)
볼가 운하(1936년)
볼가-돈 운하(1952년)
꼬뜰라스-보르꾸따 철도, 그리고 살레하르뜨 지선
리까시하-몰로또프스끼 철도[7]
살레하르뜨-이가르까 철도(중지됨)
랄스끼-뻬뉴끼 철도(중지됨)
까라간다-모인띠-발하시 철도(1936년)
볼가강 우안 철도
핀란드 국경과 페르시아 국경을 평행하여 달리는 철도
시베리아 철도의 복선화(1933~1935년, 4천 킬로미터)
따이셰뜨-레나 철도(바이깔-아무르 간선의 시작)
꼼소몰스끼-소베쯔까야 가반 철도
사할린 철도에 있어서 뽀베지노 역과 일본이 건설한 철도
    선과의 연결선
울란바토르까지의 철도[8]와 몽골의 자동차 도로
모스끄바-민스끄 자동차 도로(1937~1938년)
노가예보-앗까-네라 자동차 도로
꾸이비셰프 수력 발전소 건설

---

7 꾸지마강 유역, 야그리섬, 리까시하에 있던 수용소들.
8 이 철도를 건설했을 때 호송에서 풀려난 죄수들에게는, 그들이 공산 청년 동맹원들이며 자발적으로 이곳에 왔노라고 몽골인들에게 말하라는 명령이 내려져 있었다. 그들의 말을 들은 몽골인들은 이렇게 대답했다고 한다. 〈너희들의 철도를 거둬 가고 우리의 양떼를 돌려 다오!〉

니즈네뚤롬스끄 수력 발전소 건설(무르만스끄 근교)

우스찌-까메노고르스끄 수력 발전소 건설

발하시 제동 꼼비나뜨 건설(1934~1935년)

솔리깜스끄 제지 꼼비나뜨 건설

베레즈니끼 화학 꼼비나뜨 건설

마그니또고르스끄 꼼비나뜨 건설(일부)

꾸즈네쯔끄 꼼비나뜨 건설(일부)

많은 공장과 평로(平爐) 건설

M. V. 로모노소프 모스끄바 국립 대학 건설(1950~1953년,
　일부)

꼼소몰스끄-나-아무레 도시 건설

소베쯔까야 가반 도시 건설

마가단 도시 건설

노릴스끄 도시 건설

두진까 도시 건설

보르꾸따 도시 건설

몰로또프스끄(세베로드빈스끄) 도시 건설(1935년부터)

두브나 도시 건설

나홋까 항구 건설

사할린-대륙 간 석유 파이프라인

원자력 관련 모든 산업 시설의 건설

방사성 물질 채굴(우라늄과 라듐은 첼랴빈스끄, 스베르들
　로프스끄, 뚜라 등지의 근교에서)

선광 공장에서의 노동(1945~1948년)

우흐따에서의 라듐 채굴, 우흐따 정유 공장, 중수 생산

뻬초라와 꾸즈네쯔끄, 까라간다, 수찬 등지의 탄광 개발

제스까즈간, 남부 시베리아, 부랴뜨-몽골리야, 쇼리야, 하

까시야, 꼴라반도 등지의 광물 채굴

꼴리마, 추꼿까반도, 야꾸뜨, 바이가치섬, 마이까인(비얀-
아울 지구)에서의 금 채굴

꼴라반도의 인회석 채굴(1930년부터)

암제르마의 형석 채굴(1936년부터)

희귀 금속의 채굴(아끄몰린스끄주 〈스딸린스꼬예〉, 1950년
대까지)

수출 및 국내 수요를 충족시키기 위한 산림 벌채. 유럽 러
시아의 북부와 시베리아 전 지역. 그 무수한 벌채 수용
지점을 열거할 수는 없는 일이며, 그것은 군도의 반을 차
지하고 있다. 우선 몇 개의 이름만 나열해 봐도 그 사실
을 알 수 있다 ── 꼬인강 유역의 수용소들, 우프쭈가 드
빈스까야강 유역, 비체그다강 지류 넴강 유역(강제 이주
된 독일 사람들), 랴보바 근방 비체그다강 변, 체레프꼬
보 근방 세베르나야 드비나강 변, 아리스또보 근방 말라
야 세베르나야 드비나강 변…….

아니, 이런 일람표를 과연 만들어 낼 수가 있을까? 몇천을
헤아리는 산림 속의 임시 수용 시설들이 주변의 숲을 모두 벌
채하기까지 1년이나 2년 혹은 3년 존재하다가 그 후 깨끗이
철거되어 버리고는 했는데, 대체 어느 지도에, 아니면 누구의
기억 속에 그 흔적이 남아 있기라도 할 것인가? 그보다도 어
째서 벌채 수용소만을 언급해야 하는가? 이왕이면 해수면 위
에 얼마 동안이나마 떠올랐던 〈군도〉의 모든 섬들, 몇십 년에
걸쳐 유명해진 거대한 수용소와 건설 현장 주변을 맴돌았던
무수한 수용 지점들, 그리고 각 지방의 견고한 중앙 감독들과
수용소식 천막 중계 형무소들, 이 모든 것을 망라해야 할 게

아닌가? 아니, 그러한 지도에 과연 누군가 수용소도 기입해 줄 사람이 있을까? 각 시의 형무소들(도시마다 몇 개씩이나 있었다), 풀베기 출장소와 낙농 출장소를 거느렸던 농업 수용소들, 해바라기 씨처럼 각처에 수없이 흩뿌려져 있었던 소규모의 공업 교도소들도 기입해야 할 것이다. 모스끄바와 레닌그라뜨는 특별히 크게 표시할 필요가 있다. (끄레믈에서 불과 반 킬로미터 지점에 있던 수용 지점도 잊지 말아야 한다. 그것은 소비에뜨 대회 궁전 건설의 시작이었다.) 1950년대의 군도는 1920년대와는 그 구조가 아주 달랐을뿐더러 전혀 다른 곳에 위치하고 있었다. 그 시간의 추이를 어떻게 적어 넣을 것인가? 대체 지도는 몇 장이나 필요할까? 그리고 니로쁘 수용소나 우스찌-빔 수용소, 솔리깜스끄 수용소군이나 뼈찌마 수용소군을 표시할 때는 그 지역 전체를 빗금으로 채워야 할 지경인데, 우리들 중의 대체 누가 그 경계선을 한 바퀴 돌아본 일이라도 있다는 말인가?

그렇지만 그러한 지도가 언젠가는 만들어질 것으로 기대한다.

까렐리야 지방에서의 목재 선적 작업(1930년까지. 죄수들이 선적한 목재를 받아들이지 말도록 영국 신문들이 거부 운동을 전개하자 죄수들은 곧 그 작업에서 풀려나 까렐리야의 오지로 끌려가 버렸다.)
지뢰와 포탄, 그것을 포장할 상자, 군복 만들기 등 전시 중의 군수 물자 생산
시베리아와 까자흐스딴에서의 국영 농장 건설

그보다도, 1920년대에 죄수들이 해낸 모든 일들, 그리고 구치소, 교정소, 교정 노동소 등의 죄수들이 해낸 일들은 논외로

하더라도, 웬만한 도시면 으레 있게 마련이었던 〈몇백에 이르는〉 공업 교도소들은 1929년부터 1953년까지 사반세기에 걸쳐 어떤 일들을 하고 무엇을 생산했던 것일까?

그리고 몇백 더하기 몇백이나 되는 농업 유형지들은 또 어떤 농작물들을 재배했던 것일까?

그렇게 파악하느니 차라리 죄수들이 한 번도 종사해 본 적이 없는 일을 꼽는 편이 훨씬 수월할 것이다. 그것은 소시지와 과자 만드는 일이다.

제4부

영혼과 가시철조망

내가 이제 심오한 진리 하나를 말씀드리겠습니다.
우리는 죽지 않고 모두 변화할 것입니다.

— 「고린토인들에게 보낸 첫째 편지」15장 51절

제1장
향상

세월은 흘러간다……

수용소에서 농담하듯이, 〈겨울-여름, 겨울-여름〉으로 재빨리 흐르는 것이 아니라, 질질 끄는 가을, 끝나지 않는 겨울, 지루한 봄이 있으며 단지 여름만이 짧다. 군도에서는…… 여름이 짧았다.

다만 1년이라도, 아, 얼마나 긴 세월인가! 이 1년 동안에 생각할 시간이 얼마나 있었던가! 1년 동안에 적어도 330번은 이슬비를 맞으며, 또 휘몰아치는 눈보라에도, 매서운 혹한에서도 작업 출동을 위해 정렬해야 했다. 이 330일은 아무런 생각도 없이 싫증 나는 남의 노동에 시달렸다. 그리하여 이 330일의 밤은 노동이 끝난 후에도, 멀리 망루에서 호송병이 돌아올 때까지, 그 자리에서 흠뻑 젖어서, 몸을 움츠리며 추위에 떨어야 했다. 그리고 작업장으로 걸어서 가고, 걸어서 돌아온다. 또 730그릇의 수프와 730그릇의 죽을 먹어야 했다. 그리고 자나 깨나 조립 침상에서 지냈다. 라디오나, 책에 정신이 팔리지도 않았다. 그런 물건들도 있지도 않았고, 그편이 좋았다.

이것도 단지 1년을 계산한 것이다. 그러나 10년, 25년인 것이다……

하지만 또 영양실조로 입원하게 되면 그것은 혜택받은 시간이 된다. 〈생각하는 시간〉이 되니까.

생각하자! 불행에서 어떤 결론을 찾아보자.

이 무한히 연속되는 시간의 흐름에서 죄수들의 두뇌와 영혼은 활동하지 않는단 말인가?! 그들의 무리를 멀리서 바라보면, 마치 득실거리는 이와 비슷하지만, 그들이야말로 창조의 으뜸이 아니겠는가? 언젠가는 그들 속으로 신이 희미한 불꽃을 불어넣을 것이 아닌가? 지금 그 불길은 어떻게 되었나?

여러 세기 동안, 범죄인에게 〈형기〉가 주어지는 것은, 범죄인이 그 형기를 통하여 자신의 범죄를 생각하며, 괴로워하며, 회개하며 차츰 교정되어 간다고 생각한 것이다.

〈그렇지만 수용소군도는 양심의 가책 따위는 알지 못한다!〉 주민 1백 명 중에서 5명이 형사범인데, 그들은 자신의 범죄를 질책하는 것이 아니라, 그것이 용기 있는 일이었으며, 앞으로 이런 범죄를 멋있게, 좀 더 적극적으로 하려고 꿈꾸고 있었다. 놈들은 아무런 후회도 없었다. 또 다른 5명은 큰돈을 〈착복〉했지만, 그것은 개인의 돈이 아니었다. 아니, 지금 큰돈을 가질 수 있는 것은 국가밖에는 없다. 이러한 국가가 국민의 돈을 아깝지 않게, 무의미하게 뿌리고 있는데 그놈들이 무슨 후회가 있겠는가? 좀 더 큰돈을 횡령하여 남한테도 나누어 줬더라면 무사하지 않았을까? 그리고 주민 85명은 아무런 죄도 짓지 않았다. 그럼 그들은 무엇을 후회할 것인가? 생각했던 일을 또 생각하는가? (더욱이 때로는 너무나 생각에 골몰하여 머리가 혼란해지고, 자신이 타락한다고 후회하는 자도 있으나…… 자기는 조야 꼬스모제미얀스까야의 발길에도 미치지 못한다고 한탄하는 니나 뻬레구드뜨를 상기하게 된다.) 혹은 불가피한 상황에서 포로가 된 것을 후회할 것인가? 독일군

372

점령하에서 아사를 면하기 위해 일하러 나갔던 일을? (그렇지만 때로는 허가된 일과 금지된 일을 혼동하여 고민하는 자도 있었다 — 그런 빵을 버느니 차라리 죽는 편이 낫다고.) 집단 농장에서 돈도 받지 않고 일하면서, 아이들에게 먹이기 위해 밭에서 무엇인가 가져온 것을 말인가? 아니면 공장에서 무엇인가 가져온 것을 말인가?

아니, 그런 후회를 할 것이 아니라, 결백한 양심이 산의 맑은 호수와도 같이 그 눈에 반짝이고 있다. (그리하여 고뇌에 의해 맑아진 그 눈은, 남의 눈에 있는 혼탁을 틀림없이 발견한다. 예를 들면, 밀고자는 어김없이 식별된다. 우리가 가지고 있는 이 진실을 간파하는 능력을, 체까-GB는 알지 못한다. 이것이 우리가 그들에게 대항할 수 있는 〈비밀 무기〉인 것이다. 기관은 이 점에서 우리를 이길 수 없다.)

우리가 가지고 있는 거의 모든 무죄 의식은, 도스또예프스끼 시대의 유형수와, P. 야꾸보비치 시대의 유형수와 우리를 구별하는 최대의 특징이었다. 그들에게는 저주받을 변절자의 의식이 있었으나, 우리한테는 어떤 자유인이라도 자기와 마찬가지로 체포될 수가 있으며, 우리를 갈라놓고 있는 가시철조망도 가짜에 지나지 않는다는 확고한 자신이 있었다. 그들 대부분은 자기 죄에 대한 무조건 자각이 있었으나, 우리의 경우에는 수백만 명 규모의 거대한 재앙이라는 의식이었다.

하지만 재앙에 굴복해서는 안 된다! 살아남아야 했다.

수용소에서의 자살이 놀랄 만큼 적은 원인이 여기에 있지 않을까? 분명히 수용소 생활을 체험한 사람이라면, 누구도 자살의 예를 상기하게 되지만, 그 건수는 아주 적었다. 그러나 도망의 건수는 훨씬 많았다고 생각될 것이다. 도망이 자살보다 분명히 더 많았다! (사회주의 리얼리즘 옹호자들은 나를 칭찬할지도 모른다. 내가 낙천적인 방향으로 보았으니까.) 그런데 고의로 불구가 된 사람이 자살자보다 더욱 많았다! 그러나 이것은 생명을 사랑하는 행위이며, 전체를 구하기 위해 일부를 희생하는 단순한 계산이었다. 나의 생각으로는 통계적으로 볼 때, 수용소의 자살은 인구 1천 명에 대해 사회에서보다 적었다고 생각된다. 물론, 나로서는 그것을 확인할 방법이 없다.

스끄리쁘니꼬바가 회상하는 바에 의하면, 1931년에 메드베제고르스끄의 여자 화장실에서 서른 살쯤 되는 남자가 목을 매어 자살했다고 한다. 그런데 석방되는 날에 자살했던 것이다! 그것은 아마, 당시의 〈바깥세상〉이 싫어서 자살했을까? (2년 전에 아내가 그를 버렸지만, 그때는 자살하지 않았다.) 그리고 또 부레뽈롬의 중앙 농장 클럽에서 설계자인 보로노프가 목매어 자살했다. 공산당원이며 당 일꾼인 아라모비치는 두 번째 형기를 선고받았으나, 1947년에 끄냐지-뽀고스뜨 수용소의 기계 공장 지붕 밑에서 목매어 자살했다. 전쟁 중에 끄라스노야르스끄 수용소에서 절망에 빠진 라트비아 사람들, 아니 그것보다 중요한 것은, 자기 생애를 통해 우리 나라의 잔학한 행위에 대처하지 못한 그들은 사살되기를 바라며, 병사들과 맞섰던 것이다. 1949년에 블라지미르 볼린스끄의 미결수 감방에서 지독한 취조에 견딜 수 없었던 한 젊은이가 목을 매 자살을 기도했으나, 보로뉴끄가 구했다. 깔루가 대문 수용소에서 위생부의 병원에 입원하고 있던 전 라트비아 장교가 가만히 계단을 올라가기 시작했다. 그 계단은 아직 건축이 끝나지 않은 아무도 없는 위층으로 통해 있었다. 한 죄수 간호사가 그가 없는 것을 눈치 채고 뒤쫓았다. 그녀가 뒤쫓아 왔을 때, 그는 이미 6층 베란다의 아무것도 없는 창가에 서 있었다. 간호사가 그의 윗도리를 잡았으나, 자살자는 그 윗도리를 벗어던지고, 속옷 바람에 허공으로 뛰어들었다. 그리하여 밝은 여름의 햇빛에 활기찬 깔루가 대문 거리를 걷고 있던 사람들의 눈앞에 흰 번개가 되어 떨어졌다. 독일인 여성 공산당원 에미는 남편이 죽었다는 소식을 듣고는, 감기에 들기 위해 아무것도 입지 않고 막사에서 추운 바깥으로 뛰어나갔다. 영국인 켈리는 블라지미르 특수 형무소에서, 감방의 문을 열고 교도관이 서 있는 입구에서 묘기를 부려 자기의 혈관을 절단했다.[1]

되풀이하지만, 아직 더 많은 사람들의 비슷한 예를 들 수가 있을 것이다. 그렇지만 수백만 명의 사람들이 투옥되어 있는 데 비하면 적은 것이다. 위의 예로 보아서도, 자살의 대부분은 외국인, 서구의 사람들한테 집중되어 있는 것을 알 수 있다. 그들에게는 군도에 이주하는 일이 우리보다 훨씬 강한 충격이었다. 그렇기 때문에 목숨을 끊는 것이다. 그리고 또 충성파의 사람들이 있다(하지만 예의 그 돌대가리들은 아니었다). 그들의 머릿속에서 모든 것이 혼란하고, 끊임없이 귀가 울렸을 것이 이해가 된다. 어떻게 참을 수 있겠는가? (폴란드의 귀족인 조샤 잘레스카는 소비에뜨의 첩보 기관에 근무하는 것으로 일생을 〈공산주의의 대의〉에 바친 여성이었으나, 그녀는 신문을 받을 때 세 번이나 자살을 기도했다. 목을 매어 죽으려 하다가 구조되고, 혈관을 절단하려 했으나 저지당했고, 7층 창문에서 떨어지려 했을 때 졸고 있던 신문관이 마침 그

---

1 그의 흉기는 세면대에서 벗겨 낸 에나멜 조각이었다. 켈리는 그 조각을 신발 속에 감추고, 신발을 침대 곁에 놓았다. 켈리는 침대에서 모포를 끌어내려, 그 모포로 신발을 싸고, 에나멜 조각을 끄집어내어, 모포 밑에서 팔뚝 혈관을 절단했다.

녀의 옷자락을 붙잡았다. 총살하기 위해 그녀를 세 번이나 살렸던 것이다.)

그렇다면 대체 자살을 어떻게 해석하는 것이 옳을까? 안스베른시쩨인이 주장하는 바에 의하면, 자살자는 결코 비굴한 자가 아니며, 그것을 하기 위해서는 대단한 의지가 필요하다고 했다. 그도 스스로 붕대로 노끈을 꼬아, 다리를 움츠려서 목을 매려고 시도한 적이 있었다. 하지만 눈앞이 캄캄해지고, 귀가 멍멍해져서 그는 매번 무의식적으로 다리가 지면에 닿아 버렸다. 마지막으로 자살을 시도했을 때는, 노끈이 끊어져 버렸다. 그리하여 그는 살아남았던 것을 기쁘게 생각했던 것이다.

제아무리 어떤 절망의 밑바닥에 처했어도, 자살을 감행하기 위해서는 역시 강한 의지가 없이는 안 되는 것이다. 나는 이 점에 대해 반론하지 않겠다. 오랫동안 나는 이 문제의 검토를 피했다. 나는 어떠한 상황에서도 자살 따위를 생각하지 않으리라 확신하고 있었다. 그런데 최근에 나는 매우 우울한 수개월을 체험했고, 나의 일생의 작업이 수포로 돌아가고 말았다. 특히, 내가 살아남았다고 생각하니까 더 우울했다. 지금도 나는 그때, 이 세상을 버리자, 살아 있느니보다 죽는 편이 편하겠다, 이런 기분에 사로잡혔던 것을 분명히 기억하고 있다. 나의 생각으로는, 이러한 상태에서 죽는 것보다는 살기 위하여 더 강한 의지가 필요하다. 하지만 여러 사람의 경우, 여러 가지 피할 수 없는 사정이 있어서, 그것이 다양하게 달라질지도 모른다. 그래서 예전부터 이 문제에 대해 두 가지 의견이 있었을 것이다.

매우 극적인 상상이지만, 아무 죄가 없는 수백만의 사람들이 굴욕적인 처우를 받아서, 돌연 일제히 자살을 하게 되어, 정부에 이중의 타격을 주는 것이다. 즉, 자기의 결백을 증명하는 것과, 공짜 노동력을 빼앗는 것이다. 그렇게 되면, 정부도 서둘러 부드러워질 것인가, 자기 국민을 불쌍히 생각할 것인가? 아니, 그럴 리는 없을 것이다. 스딸린은 그런 것으로 멈출 사람이 아니다. 그는 사회에서 또 2천만 명쯤 끌어모을 것이다.

그러나 그런 일은 없었다! 이 이상 더 견딜 수 없다고 생각되는 상태에 쫓기면서, 사람들은 수십만, 수백만씩 죽어 갔으나, 왜 자살하지는 않았을까! 비인간적인 생활, 기아에 의해 쇠약해지고 가혹한 노동에 혹사당해도, 그들은 자기 생명을 스스로 끊지는 않았다!

그리하여 나는 여러 가지 생각한 결과, 다음과 같은 이유가 가장 유력하다고 생각했다. 자살자는 항상 파탄자이며, 언제나 막다른 골목에 다다른 인간이며, 인생에 실패하고 이미 투쟁심을 상실한 인간이다. 만일 이 수백만이 넘는 무력하고 가련한 존재가 그래도 스스로 생명을 끊지 않았다면, 그것은 그들 중에 어떤 패배를 모르는 감정이 있었다는 것을 의미한다. 어떤 강렬한 생각 말이다.

이것은 모든 사람에게 공통된, 자기는 결백하다는 자각이었다. 그것은 〈따따르의 압제〉와 같이, 전 국민적인 시련이라는 느낌이었다.

◆

그러나 만일 후회할 것이 전혀 없다면, 죄수들은 늘 무엇을, 대체 무엇을 생각하고 있을까? 〈거지 생활과 형무소 생활은 지혜를 준다.〉 분명히 지혜를 주었다. 다만 그것이 어디로 향하는가?

이것은 나 혼자의 경우가 아니라, 많은 사람들의 경우도 그랬다. 우리가 처음 보는 형무소의 하늘 — 그것은 검은 먹구름이 떠 있고, 굴뚝에서 뿜어내는 검은 연기, 그것은 폼페이의 하늘이며, 〈최후의 심판〉 날의 하늘이었다. 왜냐하면 그것은 다름 아닌 〈나〉, 즉 세계의 중심이 체포되었기 때문이다.

우리가 마지막으로 본 형무소의 하늘은 끝없이 높고, 한없이 맑아서 그 푸르름이 하얗게 보일 정도였다.

우리는 모두 (종교인을 제외하고) 같은 일부터 시작했다. 머리에서 머리카락을 깎아 낸다 — 그래서 대머리가 된다! 우리는 얼마나 바보였는가? 어떻게 우리의 밀고자들을 알지 못했나? 왜 우리의 적을 알지 못했나? (그리하여 그들을 향한 증오가 불타오른다! 어떻게 하면 그들에게 복수할 것인가?) 아니, 얼마나 조심성이 없었던가! 눈이 멀었어! 참 잘못했어! 어떻게 고칠 것인가? 빨리 고쳐야 돼! 글로 써야 한다……. 말해야 한다……. 전달해야 한다…….

하지만 이미 아무것도 할 필요가 없다. 아무리 해도 구제될 방도가 없었다. 정해진 시기에 우리는 제206조 서류에 서명을 하고, 정해진 날짜에 군법 회의의 판결을 눈앞에서 듣거나, 혹은 상대의 얼굴도 모르면서 특별 심의회의 결정을 보게 되는 것이다.

이리하여 중계 형무소 시기가 시작된다. 우리는 장래의 수용소에 대해 이것저것 생각함과 동시에, 자기의 과거를 생각하기 좋아한다. 우리는 얼마나 행복하게 지내 왔던가(행복하지 않았더라도)! 그런데 시도해 보지 않았던 가능성은 얼마나 많았던가! 얼마나 많은 예쁜 꽃들을 남기고 왔는가!…… 지금은 언제 그것을 다시 볼 수 있을까? 만일 내가 그때까지 살아남는다면 — 오, 나는 새로 태어났듯이 현명하게 살아갈 것이다! 장차 〈석방〉되는 날? 그날은 떠오르는 아침 해처럼 눈부

시게 빛날 것이다!

그리하여 이것이 결론이다 — 그날까지 살아남는 것이다!
살아남는 것이다! 어떠한 희생을 치르더라도!

이 말은 그냥 말뿐이며, 사람들에게서 자주 듣는 표현이기
도 하다. 〈어떠한 희생을 치르더라도.〉

그런데 이 말은 어느새 본래의 의미를 간직하면서, 무서운
맹세가 되어 버린다. 〈어떠한 희생을 치르더라도〉 살아남는 것
이다!

그리하여 이 맹세를 한 자는 그 짙붉은 불길 앞에서 끄떡하
지도 않으며, 자신의 불행을 인류 공통의 불행으로 여기고, 전
세계로 여기는 것이다.

이것이 수용소 생활의 커다란 분기점이었다. 여기서 길이
좌우로 갈라지고, 한쪽은 위로 오르고, 다른 쪽은 밑으로 내려
간다. 오른쪽으로 가면 생명을 잃고, 왼쪽으로 가면 양심을 잃
는다.

〈살아남아야 한다!〉라는 자기 명령은 생물로서의 자연스러
운 충동이다. 살고 싶지 않다는 사람이 과연 있겠는가? 살 권
리를 가지지 않은 사람이 어디 있겠는가? 우리는 전신의 힘을
짜내고 있다! 〈살아남아야 한다!〉라고 모든 세포에 명령하는
강력한 전하가 가슴으로 들어가고 심장은 그 고동을 멈추지
않도록 전기 구름에 휩싸인다. 눈보라 치는 북극권의 설원을
5킬로미터나 떨어져 있는 목욕탕으로 쇠약하고 깡마른 30명
의 죄수들이 연행되었다. 그 작은 목욕탕은 말도 아니었다.
6명씩 5개 조로 나누어서 들어갔으나, 목욕탕 문을 열면 곧
혹한의 밖과 통해 있었다. 그리고 나머지 4개 조는 목욕하기
전후로 줄곧 이 혹한 속에서 기다리고 있었다. 호송 없이는
돌아가지 못하기 때문이다. 그래도 폐렴이 아니라 코감기 하

나 걸리지 않았다. (어느 노인은 10년간이나 이런 목욕을 다니면서 쉰 살에서 예순 살까지 형기를 살았다. 그는 석방되어 가족에게로 돌아갔다. 따뜻하게 보살펴 주는 자기 집에서, 그는 한 달 만에 기력을 소진해 버렸다. 살아남아야 한다는 명령이 없어졌기 때문이다……)

그러나 단순히 〈살아남는다〉는 것은 어떠한 희생을 치른다는 것까지는 아니었다. 〈어떠한 희생을 치르더라도〉는 타인을 희생물로 한다는 의미다.

우리는 사실을 받아들여야 한다. 즉, 이 커다란 수용소의 분기점에서, 이 영혼의 갈림길에서, 대부분의 사람들이 오른쪽 길로 나가지 않는다는 것이다. 유감스럽게도 대부분의 사람이 아니었다. 그러나 다행스럽게도 고독하리만큼 적은 수도 아니었다. 이 길을 택한 사람들도 많았다. 그렇지만 그들은 자신에 대해 큰 소리로 말하지 않기 때문에, 그들을 잘 관찰해야 알 수 있었다. 그들한테도 수십 번의 선택의 여지가 있었으나 그들은 단호히 자신에게 충실하게 살아왔던 것이다.

아르놀드 수시와 같은 사람은, 쉰 살쯤에 수용소에 왔다. 그는 한 번도 신을 믿지 않았으나, 원래 예의 바른 사람이었으며, 다른 사는 방법을 몰랐다. 수용소에서도 그는 다른 방법을 취하려고 하지 않았다. 그는 〈서구인〉이었다. 그래서 그는 다른 사람에 비하여 두 배나 마음의 준비가 되어 있지 않았다. 그는 언제나 바보짓을 하여 곤경에 빠지고, 어려운 사정에 있었으며, 일반 작업도 하고, 징벌 지역에도 들어갔다. 하지만 그는 살아남았다. 게다가 수용소에 들어올 때의 모습 그대로 살아남았다. 나는 처음의 그의 모습도 보았고, 나온 후의 그의 모습도 알고 있어서 보증할 수 있다. 특히, 그의 수용소 생활에서는 그 부담을 덜어 준 세 가지 사정이 있었다 ─ 그가 노동 불능자로 인정된 것과, 수년간 가족이 보내는 소포를 받았으며, 음악에 재능이 있는 덕택에 아마추어 연예회에 나가서 식사의 부족을 보충했다는 것이었다. 그래서 이 세 가지 사정이 어떻게 그가 살아남았는지 설명할 수 있었다. 그러한 사정이 없었더라면 그는 죽었겠지만, 그가 사는 방법은 바뀌지 않았을 것이다. (죽은 사람들은 아마도 바뀌지 않았기 때문에 죽지 않았겠는가?)

따라시께비치는 아주 소박하고 솔직한 사람이었는데, 이렇게 회상했다. 「배급 빵을 받으려고, 또 담배 한 모금 피우려고 많은 사람들이 굴종했어. 나는 폐인이 되기까지 했으나, 영혼만은 더럽히지 않았어. 흰 것은 끝까지 흰 것이라고 말했어.」

형무소가 인간을 근본적으로 바꿔 놓는다는 것은 이미 수세기 이전부터 알려져 왔다. 그와 같은 실례는 얼마든지 있다. 예를 들어 실비오 펠리코의 경우, 그는 8년간 복역하는 동안에 과격한 카르보나리당원에서 온순한 가톨릭 신자로 변했다.[2] 우리 나라에서는 언제나 도스또예프스끼를 상기하고 있다. 그럼 삐사례프는? 그가 뻬뜨로빠블로프스끄 요새 형무소에서 나왔을 때, 그 혁명적 정열이 아직 남아 있었던가? 혁명에 있어서 그것이 좋을까 하는 논쟁이 있을 수 있으나, 언제나 이러한 변화는 영혼을 심화시키는 방향으로 가고 있다. 입센은 이렇게 썼다. 〈산소가 부족하면 양심까지 메마른다.〉[3]

아니, 아니다! 그렇게 간단한 것은 아니다! 오히려 그 반대다! 고르바또프 장군의 경우 젊어서부터 전쟁에 참가하여, 군대에서 승진하였으며, 생각할 여유가 거의 없었다. 그런데 투옥되고, 마침 기억에 남은 여러 가지 과거의 사건들을 회상했

2 S. 펠리코, 『나의 형무소』(뻬쩨르부르끄, 1836).
3 입센, 『인민의 적』.

다. 죄가 없는 사람에게 스파이 행위의 혐의를 두었던 일, 전혀 죄가 없는 폴란드인을 잘못하여 총살하도록 명령했던 일.[4] (그래, 언제 이런 것을 생각할 수 있겠는가! 아마 명예 회복 후에는 생각해 낼 수가 없겠지?) 죄수들의 이 정신적인 변화는 꽤 많은 책에서 다뤘으며, 이 문제는 형무소학 수준까지 올라가 있다. 예를 들어 혁명 전의 『형무소 통보』에서 루체네쯔끼는 이렇게 썼다. 〈어둠은 인간에게 빛에 더욱 민감하게 한다. 강요된 무위도식은 인간에게 생명과 활동, 노동에 대한 갈망을 일으킨다. 정숙은 그 《자신》을, 처한 환경을, 자기의 과거와 현재를 깊이 생각하게 하며 또 장래에 대해 생각하게 하는 것이다.〉

투옥의 경험이 없는 우리 나라 계몽가들은, 죄수들에게 제삼자로서 자연적인 동정밖에 가지지 않았다. 그러나 몸소 옥중 생활을 체험했던 도스또예프스끼는 형벌을 변호했다! 이 문제에 대해 깊이 생각할 필요가 있다.

그리고 속담에도 이런 말이 있다. 〈자유는 타락시키지만, 자유의 박탈은 교훈을 준다.〉

그러나 펠리코와 루체네쯔끼가 쓴 것은 〈형무소에 대해서〉였다. 그러나 도스또예프스끼가 형벌을 요구한 것은 〈형무소에서〉였다. 그러나 강제는 교훈을 준다지만, 〈어떠한 강제〉일까?

〈수용소〉?

여기서 생각해 봐야겠다.

물론, 일반 형무소와 비교하면, 우리의 수용소는 지독하고 유해한 곳이다.

물론, 확장시켜서 수용소군도를 창조했을 때는 우리의 혼에 대해서는 생각하지 않았다. 아니, 그렇다 해도 수용소에서 인

4 『노비 미르』, 제4호, 1964년.

간이 건전한 정신을 가진다는 것이 그렇게 절망적인 일일까?

심지어 이렇게 생각할 수도 있다 — 수용소에서 영혼을 더 고양할 수 있지 않을까?

여기에 E. K.라는 사람은, 1940년경에 태어났으며, 이미 흐루쇼프 시대에 마야꼬프스끼 광장에서 시 낭송을 하려다가 호송차에 실린 소년들 중의 한 사람이었다. 수용소에서, 뽀찌마 수용소에서 그는 연인 앞으로 편지를 썼다. 〈여기서는 하잘것없고 귀찮은 일이 줄어들었어…… 나는 나 자신의 변화를 느껴…… 여기서 나는 나 자신의 내부의 소리에 귀를 기울이게 되었어. 그것은 지금까지의 자유로운 생활과 허식 때문에, 외부의 고함 소리 때문에 지워져 버렸던 소리였어.〉

1946년에 사마르까 수용 지점에서 지식인들의 그룹이 너무나 쇠약하여 죽기 직전의 상태에 놓였다. 그들은 굶주림과 추위와 무리한 노동으로 지쳐 있었다. 그들은 수면마저 빼앗겨 버렸다. 토막 막사를 아직 짓지 못해서, 잘 장소가 없었다. 그들은 훔치러 갔는가? 밀고했는가? 파멸한 인생을 한탄했는가? 그렇지 않았다! 가까이 다가온 죽음, 몇 주 후도 아니고 며칠 후로 다가온 죽음을 예지하면서, 그들은 벽 옆에 앉아서 잠잘 수 없는 자기의 최후의 자유 시간을 이렇게 보냈다 — 찌모페예프레소프스끼가 그들을 모아서 〈세미나〉를 열고, 그들은 자신들은 알고 있으나 남이 모르는 정보를 서둘러 교환하며 최후의 강의를 하고 있었다. 사벨 신부는 〈부끄럽지 않은 죽음〉에 대하여, 신학 대학 출신의 신부는 교부학을, 종교 합동파의 신도는 교의학과 교회법에 대하여, 에너지학자는 미래의 에너지학의 원리에 대하여, 레닌그라뜨 출신 경제학자는 소비에뜨 경제학 원리를 확립하려는 시도는 새로운 이론의 결여로 실패했다는 것에 대하여 강의하였다. 찌모페예프레소프스끼 자신은 그들에게 미시 물리학을 이야기했다. 회를 거듭할수록 참가자가 줄었다 — 그들은 이미 시체 안치실에 있었다…….

죽음에 대해 이미 둔감해져 있으면서, 이러한 것에 흥미를 느끼는 사람이야말로, 참된 인텔리겐치아인 것이다!

실례지만, 당신들은 삶을 즐기고 있습니까? 그래, 당신들 말이오! 〈삶이여, 너를 즐긴다! 아, 삶이여, 너를 즐긴다!〉[5]를 외치며, 노래하며, 춤추는 당신들 말이오. 즐깁니까? 그렇다면 즐기시오! 수용소에서의 삶도 즐기시오! 그것도 역시 삶이니까!

운명과의 싸움이 없는 곳
거기서 당신의 영혼이 되살아난다…….

당신들은 아무것도 이해하지 못한다. 그곳에 들어가는 순간, 당신들은 쓰러질 것이다.

우리가 선택한 길에는 급커브, 또 급커브가 있다. 산으로 올라가나? 아니면 하늘로 올라가나? 발이 걸려 넘어지면서도 걸어가야 한다.

석방되는 날? 그렇게 긴 세월이 지났는데, 우리에게 무엇을 주었을까? 우리는 알아볼 수 없게 달라졌고, 우리의 친척들도 달라졌다. 그리하여 고향 땅도 우리에게는 먼 이국땅이 되어버렸다.

어느 시점부터는 자유에 대한 생각도 무리한 것으로 생각된다. 부자연스러운 것, 나와는 상관이 없는 것이 된다.

5 소비에뜨 대중가요의 1절 — 옮긴이주.

〈석방〉되는 날! 마치 이 나라에도 자유가 있는 것 같이 들린다! 혹은 영혼이 자유롭게 되기 이전에 그 사람을 자유롭게 할 수 있다는 것처럼 들린다.

우리의 발밑에서 돌이 무너져 내렸다. 밑으로, 과거를 향해. 그것은 과거의 잔해인 것이다.

우리는 올라가고 있다!

◆

〈생각하는〉 데는 형무소가 좋았으나, 수용소도 나쁘지는 않았다. 왜냐하면, 이것이 중요한 것이기도 한데, 〈집회〉라는 것이 없었다. 10년 동안 당신은 모든 집회에서 해방되었다! 이것은 산속의 신선한 공기와 같지 않은가? 당신의 노동과 육체를 지쳐 버리게까지, 아니 때로는 죽기까지 노골적으로 요구하던 수용소 관리들도 당신의 생각까지는 간섭하지 못한다. 놈들은 당신의 머릿속에 사상을 주입해, 그것을 고정시키려고 하지 않는다.[6] 그것은 평탄한 표면을 발로 걷는 자유보다도, 훨씬 자유스러운 듯이 느껴졌다.

누구도 〈입당 수속〉을 하라고 당신을 설득하지 않는다. 아무도 〈자발적으로〉 민간단체의 회비를 무리하게 받아 가는 자가 없다. 군법 회의의 관선 변호인처럼 당신을 지켜주는 노동조합도 없다. 직장 회의도 없다. 어떤 직책에도 선출되지 않고, 어떤 전권 대표에도 임명되지 않는다. 그리고 가장 중요한 것은, 절대로 선전원이 될 수가 없는 것이다. 또 그 선전을 들을 일도 없다. 〈우리는 요구한다! 우리는 절대 용서치 않는다!〉 등, 실에 매달려 조종당하거나 외치지 않아도 된다. 단지 한 사람의 입후보자를 놓고 자유로운 비밀 투표를 하기 위하여,

6 불행한 백해 운하와 볼가 운하 시대를 제외하고.

투표소로 나갈 필요도 없다. 아무도 당신의 사회주의적 책임을 묻지 않는다. 자기 잘못에 대한 자아비판도, 벽신문용 기사도, 지방 신문 기자와의 인터뷰도 요청받지 않는다.

자유로운 머리 — 그야말로 〈군도〉 생활의 특권이 아닌가?

그리고 또 하나의 자유가 있다. 당신은 가족이나 재산을 빼앗길 일이 없다. 이미 빼앗겼으니까. 없는 것은 귀신도 못 가져간다. 이것이야말로 확고한 자유가 아닌가.

감금되어 생각한다는 것은 좋은 일이다. 아주 하잘것없는 일까지도, 길고 진지한 사색의 충동이 된다. 신기하게도 3년에 한 번 정도 있는 일이지만, 수용소에 영화가 왔다. 그 영화라는 것이 아주 싸구려 〈스포츠〉 희극이었는데, 「첫 번째 글러브」라는 제목이었다. 지루했다. 그러나 스크린에서는 끈질기게 도덕을 관객에게 박아 넣고 있었다.

「중요한 것은 결과인데, 그 결과는 당신한테 불리해.」

스크린에서 모두 웃고 있었다. 객석에서도 모두 웃었다. 눈부신 태양이 비추고 있는 수용소 안뜰로 눈을 가늘게 뜨고 나오면서, 당신은 이 말의 의미를 생각하고 있다. 그리고 저녁에 조립 침상 위에서도, 이 일을 생각하고 있다. 월요일 아침에 작업을 위해 정렬할 때도 생각했다. 그리고 시간이 있을 때마다 생각한다. 대체 어디서 이렇게 할 수 있을까? 그리하여 머릿속이 차츰 맑아지면서 그 의미를 깨닫게 되었다.

이것은 농담이 아니다. 이것은 영향력이 강한 생각이다. 이런 생각은 이미 오래 전부터 우리 조국에 뿌리를 내리고 있는데, 그것을 더욱더 보급시키고 있는 것이다. 무엇인가 구체적인 모습을 가진 결과만이 중요하다고 하는 관념이 우리들 속에 너무나 깊이 뿌리박고 있기 때문에, 예를 들어 뚜하체프스끼, 야고다, 또는 지노비예프와 같은 사람들이 적과 내통한 배신자라고 발표되었을 때, 국민들은 놀라며 제각기 중얼거릴 뿐이었다. 〈무엇이 부족해서 그런 짓을 했을까?〉

이 얼마나 도덕적인 수준인가! 이것이 무슨 척도일까! 〈무엇이 부족해서 그런 짓을 했을까?〉 그에게는 먹을 것이 썩을 정도로 있었고, 신사복도 스무 벌, 별장도 두 채, 자동차도, 비행기도, 명성도 있었는데 — 대체 무엇이 부족해서 그런 짓을 했을까?! 우리 나라 사람들한테는 사리사욕 이외에는 인간을 움직이는 것을 (나는 여기서 이 세 사람만을 지목하는 것은 아니다) 하나도 상상할 수 없었다.

그만큼 모두가 이 〈결과가 중요하다〉고 하는 관념을 흡수하여, 그것을 자기의 것으로 하고 있었다.

그것은 어디서 우리한테로 왔을까?

우선 우리 국가의 영광에서, 말하자면 〈우리 조국의 명예〉에서다. 우리 나라는 인근 여러 나라 국민의 목을 누르고, 채찍질하고, 쳐서 팽창해 왔다. 그 결과, 우리 조국에는 〈결과가 중요하다〉고 하는 생각이 정착되었다.

그 후로도 이런 생각은 제미도프,[7] 까반,[8] 찌부낀[9] 같은 자들에 의해 이어졌다. 그들은 뒤돌아보지도 않고, 사람 위로 기어오르고, 밑에 깔린 사람들의 귀를 장화로 짓밟아 뭉갰다. 그래서 예전의 신심이 깊은 정직한 민중 속에, 〈결과가 중요하다〉는 개념이 점차 강한 뿌리를 뻗었던 것이다.

그리고 그 후에는 모든 부류의 사회주의자들이, 특히 무엇

7 우랄 지방의 광산업 일가 — 옮긴이주.
8 오스뜨로프스끼의 희곡 「뇌우」의 등장인물 — 옮긴이주.
9 체호프의 단편 「골짜기」의 등장인물 — 옮긴이주.

보다도 우선 〈결과가 중요하다!〉는 데에만 기초를 둔 최신의, 절대 착오 없는 조급한 〈교리〉가 〈결과가 중요하다〉는 생각을 유지하는 역할을 맡았다. 전투적인 당을 만드는 일이 중요하다! 정권을 탈취하는 것도! 정권을 유지하는 것도! 선철이나 강철의 생산에서 승리하는 일도! 로켓을 쏴 올리는 일도!

이 산업을 위하여, 이 로켓을 위하여, 생활의 기초도, 가정의 단란함도, 국민정신의 건전성도, 우리 나라의 평야나 산림이나 하천 따위를 천시했으나, 그따위는 무시할 수 있다! 결과가 중요하니까!

하지만 그것은 거짓이다! 우리는 수년간 모든 소비에뜨 연방의 유형지에서 뼈 빠지게 일하고 있다. 그리하여 우리는 천천히 연륜을 쌓아 가듯이, 인생을 이해하는 힘이 높아진다. 그리하여 높이에서 분명히 알게 된 것은, 중요한 것은 결과가 아니라는 것이다! 결과가 아니라 〈정신〉이다! 〈무엇〉을 했는가, 그것이 아니라 〈어떻게〉 했는가다. 무엇을 달성했나가 아니라, 어떤 희생을 치렀나 하는 것이다.

우리 같은 죄수의 경우에도, 만일 결과가 중요하다면, 어떤 희생을 치르고도 살아남는 것이 옳았다. 이렇게 된다는 것은 밀고자가 되고 동료를 배신하는 일이며, 그 대가로 좋은 자리가 주어지고, 잘되면 형기 전에 석방된다. 〈절대 착오 없는 교리〉에는 아무런 결점도 없을 것이다. 결국 우리한테 유리한 결과가 된다. 그리고 중요한 것은 그 결과인 것이다.

어느 누구에게든, 결과를 얻는다는 것은 좋은 일임에 틀림없다. 하지만 인간적인 것을 희생해서 얻는 것은 안 된다.

만일 결과가 중요하다면, 〈일반 작업〉을 피하기 위해 있는 힘과 능력을 총동원해야 한다. 머리를 숙이고, 아양을 떨고, 비굴한 짓을 해서, 특권수의 지위를 지켜야 한다. 그래야만 살아남는 것이다.

만일 본질이 중요하다면, 〈일반 작업〉을 받아들여야 한다. 누더기 옷에도, 손 껍질이 벗겨지는 것에도, 양이 적은 조잡한 식사에도 견뎌야 했다. 그러다가 자칫하면 죽을지도 모른다. 하지만 살아 있는 동안은 고통을 참으며 자랑스럽게 처신해야 한다. 그럴 때, 즉 당신이 위협에도 두려워하지 않고, 보상을 요구하지 않을 때, 당신들은 주인들의 크고 침침한 눈에는 가장 위험한 인물로 보일 것이다. 왜냐하면 당신들을 공격할 방법이 없어졌기 때문이다.

당신은 먼지(그래, 그것은 돌이 아니다!)를 담은 들것을 운반하는 것조차 재미있게 되고, 영화가 문학에 미칠 영향에 대해 자기 동료와 이야기하는 것이 즐거워진다. 빈 시멘트 모르타르통에 걸터앉아, 자신이 쌓아 올린 벽돌담 벽 곁에서 한 대 피우는 것이 좋아지게 된다. 어쩌다 인부 감독이 그 옆을 지나다가 눈을 깜빡이며 당신이 쌓아 올린 부분의 벽을 다른 데와 비교하고, 〈이것이 자네가 쌓은 거지? 똑바르군〉 하고 말하기도 한다.

이 벽은 당신하고는 아무런 관계가 없고, 당신은 그 벽이 국민에게 행복한 미래를 가져다주리라고 믿지 않는다. 그런데도 초라한 누더기를 걸친 노예인 당신은, 자기 손으로 만든 것을 보고 미소 짓는다.

무정부주의자의 딸인 갈랴 베네직또바는 위생부 간호사로 일하고 있었다. 그러나 그녀는 그곳에서의 일이 〈치료〉를 위한 것이 아니라, 편하게 살려는 핑계에 지나지 않는다는 것을 알게 되었고, 고집을 부려서 일반 작업에 투입되어 망치와 삽을 잡고 일했다. 그리하여 그녀는 정신적인 구원을 받았다고 고백한다.

착한 사람에게는 빵 부스러기도 약이 되지만 악인에게는 고기도 영양이 되지 않는다.

(맞는 말이다, 하지만 만약 빵 부스러기도 없다면……?)

◆

그런데 만일 당신이 한 번이라도 〈어떤 희생을 치르고도 살아남는다〉는 목적을 거부하여, 차분하고 순박한 사람들이 걸어가는 길에 발을 들여놓는다면 그 자유를 빼앗긴 상태는 당신의 그때까지의 성격을 놀라우리만큼 바꿔 버릴 것이다. 당신 자신도 그것이 뜻밖의 방향으로 변해 간다고 생각할 것이다.

그런 상태에 있는 사람들 속에는 악의에 찬 감정, 짓눌려서 생긴 혼란 대상이 뚜렷하지 않은 증오, 초조, 신경질이 생기는 것같이 느껴진다.[10] 그런데 자기도 모르는 사이에, 느끼지 못하는 시간이 경과하면서, 그 자유를 빼앗긴 상태의 당신 속에서 아주 그와 정반대의 감정이 움터 자라나는 것이다.

예전의 당신은 언제나 몹시 성급하고, 항상 조급하고, 늘 시간이 부족했다. 그러나 지금은 그 시간이 남아돌아갈 정도로 많아서, 당신은 그 시간을 달마다, 해마다, 과거에도 또 앞으로도 가지게 될 것이다. 그리하여 마음을 차분하게 하는 지혜의 액체처럼, 〈인내〉가 당신의 혈관에 흐르기 시작하는 것이다.

10 과거의 혁명가들은 그런 것을 증명하는 많은 흔적을 남기고 있다. 세라피모비치가 어떤 단편 소설 속에 이러한 유형수들의 사회를 묘사했다. 볼셰비끼인 올민스끼는 이렇게 썼다. 〈증오와 원한 — 이러한 감정은 죄수들이 잘 느끼며, 그의 정신에 어울린다.〉 그는 면회 오는 사람한테 야단을 쳤다. 일에 대한 모든 흥미를 다 잃었다고 썼다. 그러나 러시아의 혁명가들은(그들의 대부분은) 〈실제로〉(긴) 형기를 받거나, 살거나 하지 않았다.

당신은 올라간다…….

예전의 당신은 누구한테도 용서를 몰랐다. 가차 없이 남을 비판하고, 마찬가지로 지나치게 칭찬도 했다. 지금은 이해력이 있는 유연성이 당신의 비원칙적인 판단의 기초가 되었다. 당신은 자기 약점도 알았고, 남의 약점을 이해하게 되었다. 그리고 남의 강점에 놀란다. 또 남의 강점을 모방하고 싶어진다.

발밑에서 돌이 무너지는 소리가 납니다. 우리는 올라가고 있다…….

세월이 흘러가면서, 장갑판에 덮인 듯한 자제심이 당신의 심장과 피부를 모두 싸게 된다. 당신은 서둘러 질문하거나 대답하지 않게 되고 당신의 혓바닥은 가볍게 진동하는 탄력성을 잃어버리고 만다. 좋은 소식을 접하고도, 당신의 눈은 기쁨을 나타내거나, 불행에도 흐려지지 않게 된다.

왜냐하면, 대체 그렇게 될 것인지 우선 확인하지 않으면 안되기 때문이다. 또, 무엇이 기쁨이며, 무엇이 불행인지, 분간해야 하니까.

지금 당신의 처세훈은 〈찾아도 기뻐하지 말고, 잃어도 슬퍼하지 말라〉라는 것이다.

이전에 메말랐던 당신의 영혼이 고뇌를 체험하고 윤기를 가졌다. 마치 기독교 교리처럼, 동포까지는 아니지만 가까운 사람들을 사랑하게 되었다.

당신은 자유를 빼앗긴 당신 주위에 있는 정신적으로 가까운 사람을 사랑하게 된다. 우리들의 많은 사람이 알고 있듯이, 바로 이 자유를 빼앗기고 있을 때 우리는 처음으로 참된 우정을 알게 된다!

그리고 또한, 혈연의 가까운 사람들을 사랑하게 된다. 그들은 예전의 당신의 생활 주변에서 당신을 사랑하고 있었으나, 당신은 그들을 괴롭히고 있었다……

이것이야말로 고맙기 한이 없는 당신 생각의 방향인 것이다. 즉, 예전의 자기 생활을 되돌아보게 되었다. 자신이 범한 잘못이나 부끄러움을 회상하며, 이번에는 그것을 고치게 될지 곰곰이 생각하는 것이다……

그래, 당신은 죄 없이 투옥되었다. 국가 앞에서, 그 법 앞에서, 당신은 후회할 것이 없다.

그러나…… 자기 양심 앞에서는 어떤가? 그리고 다른 개개인의 앞에서는 어떤가?

수술 후에 나는 수용소 병원의 외과 병실 침상에 누워 있었다. 나는 움직일 수가 없었고, 몸에 열이 있기도 하고 내리기도 하였으나, 머릿속은 맑아, 헛소리 따위는 하지 않았다. 그리고 나는, 나의 침상 곁에 앉아서, 밤새도록 나의 말동무가 되어 준 의사 보리스 니꼴라예비치 꼬른펠드에게 감사한다. 밝은 빛에 눈이 시리지 않도록 전기는 끄고 있었다. 그와 나 ― 그 병실에 다른 사람은 아무도 없었다.

그는 자신이 유대교에서 기독교로 개종한 경험을 오랫동안 열심히 이야기해 주었다. 이 교양 있는 사람인 그가 개종하게 된 것은 쁠라똔 까라짜예프[11]와 같이 악의 없는 감방 동료인 노인 덕분이었다. 나는 이 새로운 신앙을 받아들인 사람의 굳은 신념과 그 격한 말투에 놀랐다.

우리는 서로 잘 알지 못했고, 그도 나의 주치의가 아니었다. 다만 이곳에 그의 말동무가 없었던 것이다. 그는 부드럽고 붙임성이 있는 사람으로, 별로 흠이 없었고, 그에 대한 나쁜 소문도 듣지 못했다. 그런데 단 한 가지 마음에 걸리는 것이 있

11 똘스또이의 『전쟁과 평화』의 등장인물 — 옮긴이주.

었다. 꼬른펠뜨는 벌써 2개월이나 외출하지 않고, 병원 막사에서 살며, 일하면서 스스로 여기에 파묻힌 채, 수용소에서도 돌아다니지 않으려고 했다.

그것은 그가 타살되는 것을 두려워하고 있다는 뜻이다. 우리 수용소에서는 최근 〈밀고자를 죽인다〉는 바람이 불고 있다. 그것이 밀고자들을 떨게 한다. 그렇다 해도, 밀고자만을 죽이고 있다고 누가 보장하겠는가? 어떤 죄수는 저속한 개인적인 원한을 갚기 위해 사람을 죽이기도 했다. 따라서 꼬른펠뜨가 병원에 파묻혀 있다는 사실도 그가 밀고자라는 증명은 되지 못한다.

이제 밤이 늦었다. 온 병원이 조용했다. 꼬른펠뜨는 이렇게 자기 이야기를 끝냈다.

「그래서 말입니다, 이 지상의 생활에서는 어떠한 벌도 함부로 내려서는 안 됩니다. 나는 그렇게 확신해요. 그런데 우리가 범한 나쁜 짓과는 관계없이 어떤 벌이 내려지는 것처럼 보일 때도 있죠. 그러나 자기의 인생을 회고하면서 깊이 생각해 보면, 반드시 그 벌의 대상이 된 죄를 찾아낼 수가 있답니다.」

나에게는 그의 얼굴이 보이지 않았다. 창문에서는 수용소의 희미한 불빛이 반사되고, 복도로 통하는 창구는 전등 빛을 받아서 노란 반점처럼 보였다. 하지만 그의 음성이 신비로운 예언처럼 울려와서, 나는 불현듯 몸서리를 느꼈다.

이것이 보리스 꼬른펠뜨의 최후의 말이었다. 그는 소리 없이 밤의 보도를 걸어가, 가까운 한 병실로 들어가서 잠을 청했다. 모두 잠들어 있어서, 아무도 그와 이야기할 상대가 없었다. 나도 잠들고 말았다.

아침에 나는 복도에서 허둥대는 무거운 발소리에 눈을 떴다. 그것은 간호사들이 꼬른펠뜨의 몸을 수술대로 옮기는 것이었다. 누군가 잠자는 그의 머리를 미장이 망치로 여덟 번이나 때렸다. (우리 수용소에서는 막사의 문은 열려 있어도, 아직 아무도 일어나 움직이지 않는 기상 직후를 노려서 사람을 죽이는 일이 빈번했다.) 끝내 그는 수술대에서 의식을 회복하지 못한 채 죽었다.

결국 꼬른펠뜨의 그 예언적인 말이, 그의 이 세상 최후의 말이 되었다. 그리하여 나에게 했던 말이 유언으로 남게 되었다. 그것은 어깨를 흔들어 훌쩍 떨어뜨릴 수 있는 유언이 아니었다.

그러나 나 자신도 그 무렵에는 그와 같은 생각에 도달할 만큼 성장했다.

나는 그 말이 인생 일반의 법칙이라고 인정하고 싶은 기분에 사로잡혔다. 하지만 그렇게 되면 혼란이 일어날 것이다. 형무소보다 더욱 참혹한 벌을 받은 사람들, 즉 총살되거나, 불에 탄 사람들은 최악의 악당이라 인정하지 않을 수 없게 되기 때문이다(하지만, 누구보다 죄 없는 사람이 처형되고 있다). 그렇다면 모두가 알고 있는 우리의 학대자는 어떻게 되는가 — 어찌하여 운명은 〈그들〉을 벌하지 않는가? 어찌하여 그들을 편안하게 살게 하는가?

(이 문제는, 이 지상에서의 존재의 의미가 여태껏 당연한 것으로 알았던 편안한 생활에 있는 것이 아니라, 영혼의 성장에 있다고 인정함으로써 비로소 해결되는 것이다. 〈이러한〉 관점에서 보면, 우리의 학대자들은 가장 무서운 벌을 받고 있다. 그들은 돼지가 되어, 인류로부터 밑으로 떨어져 나가고 있기 때문이다. 이런 관점에서 본다면, 그 성장이 〈기대되는〉 사람한테 벌이 내리는 것이다.)

그러나 꼬른펠뜨의 최후의 말에는 어딘가 마음을 찌르는

것이 있고, 〈나로서는〉 아주 찬성이었다. 많은 사람들도 그 말에 찬성할 것이다.

감금 생활이 7년째가 되자, 나는 나 자신의 일생을 되돌아보고 무엇 때문에 내가 이런 벌을 — 형무소에다, 악성 종양까지 덧붙여서 — 받게 되는지 알았다. 아니, 이러한 징벌을 부당하다고 인정해도 나는 불만을 말하지는 않았을 것이다.

징벌이라니? 누가 말이오?

그래, 잘 생각해 보라 — 누구인가?

나는 꼬른펠뜨가 나가서 돌아오지 않는 사람이 된 그 병실에서, 수술 후 오랫동안 누워 있었다. 게다가 줄곧 혼자만 있었다. 잠들지 못하는 밤에는 나는 자신의 일생을 되돌아보며, 너무도 사연이 많은 나의 인생에 대해 놀랐다. 나는 수용소에서 익숙해진 습관으로, 나 자신의 생각을 기억에 남기기 위해 그것을 시의 형식으로 간추렸다. 여기서 그 시를 인용하는 것이 가장 적절할 것이다. 이것은 복수의 참극이 있은 후, 창밖의 수용소 건물을 바라보면서 병상의 베갯머리에서 쓴 것이다.

나는 어느새 그렇게 깨끗이
건실한 씨앗을 모조리 흩뜨려 버렸나?
나는 소년 시절을 당신의 교회의
밝은 노랫소리 속에서 지냈는데.

난해한 서적이 번뜩이고
나의 교만한 두뇌를 괴롭히면서
알 수 없는 세계의 비밀을 밝히고,
이 세상의 운명을 밀랍처럼 구부린다.

피는 끓어 ── 그 소용돌이마다
나의 앞에서 영롱하게 반짝였다
그리하여, 굉음도 없이 나의 가슴에서
신앙의 성채가 조용히 허물어졌다.

하지만 삶과 죽음의 사이를 오가며,
쓰러지면서 그 한 끝을 붙잡아,
감사하는 마음으로 떨면서
나의 지난 삶을 바라본다.

인생의 온갖 곡절을 밝히는 것은
우리의 이성이나 희망이 아니다.
〈지고의 의미〉를 지닌 은근한 빛이리라.
나는 훗날에야 그 의미를 알게 되겠지.

그리하여 이제 되돌려 받은 그릇으로
생명의 물을 떠올리고,
우주의 신이여! 나는 다시 믿는다!
당신을 거부한 내 곁에 당신이 존재하는 것을!

　되돌아보면, 나는 모든 의식 있는 생활이 나 자신과 내가
의도하는 일조차 이해하지 못한다는 것을 알았다. 나에게 있
어서 멸망을 의미했던 것이 오랫동안 행복으로 생각되었고,
나에게 있어서 정말 필요했던 방향과는 반대 방향으로 나는
언제나 가려고 했던 것이다. 그러나 바다가 그 큰 파도로 수
영이 미숙한 사람을 밀어서 해변으로 옮겨 가게 하듯이, 나도
또 점차 불행을 맞아, 몹시 통증을 느끼며 지반이 단단한 곳

으로 되돌아갔다. 이리하여 나는 항상 바라던 바로 그 길로 지나갈 수 있었다.

부러지지는 않았지만, 휘어진 허리를 굽히고, 나는 형무소 생활을 보내면서, 이런 경험을 했다 — 〈어떻게〉 하여 인간은 악인이 되고, 〈어떻게〉 하여 선인이 되는지. 젊어서 성공에 도취된 나는, 언제나 나 자신이 절대 옳다고 믿어서 잔혹했다. 지나친 권력을 가지고 있던 나는 살인자였으며, 탄압자였다. 가장 나쁜 행동을 할 때, 나는 내가 옳은 일을 하고 정연한 논리를 가지고 있다고 굳게 믿었다. 형무소의 썩은 짚단 위에 누워 있을 때, 나는 나 자신의 마음속에서 최초의 선(善)의 태동을 느꼈다. 차츰 나에게 분명해진 것은, 선악을 가르는 경계선이 지나가고 있는 곳은 국가 간도, 계급 간도, 정당 간도 아니고, 각 인간의 마음속, 모든 인간의 마음속이라는 것이다. 이 경계선은 이동하고 있고, 세월이 흘러감에 따라 우리들 마음속에서 요동치고 있다. 악을 가진 마음속에도 선은 작은 공간을 차지하고 있고, 아무리 선량한 마음속에도 근절되지 않는 악의 한구석이 있기 때문이다.

그때부터 나는 세계의 모든 종교의 진리를 이해했다. 그 종교들은 〈인간 속에 있는 악〉(각자에게 있는)과 싸우는 것이다. 이 세상에서 악을 완전히 추방할 수는 없지만, 각자가 그것을 줄일 수는 있다.

그때부터 나는 역사에서의 모든 혁명의 위선을 알았다. 그들 혁명은 다만 동시대의 악의 시행자만을(서둘러서 구별할 수도 없이, 선의 시행자까지도) 구축하고 있다. 악 그 자체는 배로 증가되어 유산으로 남았다.

뉘른베르크 재판은 20세기의 칭송할 만한 특별한 사건의 하나라고 해야겠다. 그것은 악의 이념을 죽였기 때문이다. 그

이념에 감염된 몇몇 사람들까지도 죽이기는 했지만 말이다. (물론, 여기서 스딸린을 이야기할 바는 아니다. 그는 설명을 되도록 적게 하고, 무턱대고 총살하는 방식을 선호했을 것이다.) 만일 21세기까지 인류가 자폭하거나 질식하지 않는다면, 어쩌면 이 방향이 승리하지 않겠는가?

그런데 만일 그 방향이 승리를 거두지 못한다면, 인류의 역사 전체가 허망한 제자리걸음이며, 아무런 의미도 가지지 않게 될 것이다! 만일 그렇다면 우리는 어디로, 그리고 무엇 때문에 움직일 것인가? 곤봉으로 적을 때려죽이는 방법은 ─ 동굴 시대의 인간도 알고 있었다.

〈자기 자신을 알라!〉 자기 자신의 범죄, 실패, 잘못을 똑똑히 검토하여 다시 생각하는 것만큼, 우리들 속에 전면적인 이해를 일깨워 주는 것은 없다. 나는 오랜 세월을 고심하여 생각한 끝에, 우리 나라 고급 관료들의 무신경함과 사형 집행인들의 잔학성에 대해 물어 올 때마다, 나는 대위의 견장을 붙이고 있는 나 자신을, 전쟁에 휩싸인 동프로이센으로 진격하던 우리 중대를 상기하며, 스스로 이렇게 말했다. 〈그렇다고 《우리들이》더 낫다고 할 수 있겠는가?……〉

나에게 서구의 취약성과 그 정치의 근시안, 분열, 혼란에 대해 불만을 터뜨리는 자가 있을 때마다 나는 이렇게 말해 준다. 〈아니, 《군도》를 경험하지 못했던 시절의 우리가 더 강했을까? 사상적으로 더 강했을까?〉

그랬기 때문에, 나는 나 자신이 감금되었던 시절을 되돌아보며, 때로는 주위 사람들을 놀라게 하는 말을 하는 것이다. 〈형무소여, 너에게 축복 있으라!〉

레프 똘스또이가 투옥을 〈상상하고〉 있었을 때 그는 올바른 생각을 했다. 어떤 시점에서, 그 거인은 쓰러지기 시작했다. 가뭄에 비가 필요하듯이, 형무소는 그에게 실제로 필요했던 것이다!

투옥된 체험 없이 형무소에 대해 쓰고 있는 모든 작가들은, 죄수를 동정하며, 형무소를 저주하는 것을 의무처럼 받아들이고 있다. 나는 그 속에 충분히 들어가 있었고, 거기에서 영혼을 키워서 두려움 없이 말할 수 있다.

「〈형무소여, 너에게 축복 있으라!〉 나의 인생에 네가 있었음을 감사한다!」

(하지만 무덤에서는 나에게 이렇게 말하는 게 들린다 — 자네는 살아남았으니까 그렇게 말하겠지!)

제2장

아니면 타락?

그런데 사람들이 나의 말을 막는다 ─ 당신은 전혀 〈관계 없는〉 소리를 하고 있어! 당신은 또 형무소에 대해 이야기를 하는군! 지금은 〈수용소〉에 대해 말해야지.

아니, 나는 수용소에 대해서도 말한 것 같은데. 그래, 그만 두자. 나와의 반대 의견에도 자리를 양보하자. 많은 수용소의 죄수들이 나에게 반론을 제기하여, 어떤 〈향상〉도 찾아볼 수 없을 뿐만 아니라, 가는 곳마다 타락만이 보인다고 말했다.

다른 누구보다도 집요하고 의미 있게 반론한 것은 샬라모프였다(왜냐하면 그는 이미 이것에 대해 쓰고 있었다).

수용소의 조건에서는 인간은 절대 인간일 수 없다. 수용소는 그것을 위해 만들어진 것이 아니다.

모든 인간적인 감정 ─ 애정, 우정, 선망, 인간애, 자비, 명예욕, 정직 ─ 등이 근육의 살점과 함께 우리에게서 떨어져 나갔다……. 우리한테는 자랑도, 자존심도 없었다. 그리고 질시와 정욕이 먼 별의 관념처럼 생각되었다……. 남은 것은 증오뿐이고, 그 인간의 가장 끈질긴 감정뿐이었다.

우리는 진실과 허위가 피를 나눈 자매라는 것을 이해했다.

우정은 궁핍할 때도, 불행할 때도 생기지 않는다. 만일 우정이 사람들 사이에서 생겨나려면, 조건이 그렇게 어려운 것은 아니다. 만일 궁핍과 불행이 인간을 단결시킨다면, 그것은, 즉 그것은 궁극적인 것은 아니다. 만일 우정을 나눌 수 있다면, 그 불행은 그렇게 심하고 깊은 것이 아니다.

여기에서 다만 한 가지 샬라모프가 찬성할 만한 특질이 있다. 즉 향상, 심각하게 생각하는 것, 인간의 성장이 〈형무소〉에서도 가능하다는 것이다. 그런데,

⋯⋯수용소라는 것은 — 전면적으로 인생의 부정적인 학교다. 아무도 거기에서는 필요하거나 유익한 것을 하나도 배우지 않는다. 죄수는 거기에서 아첨과 거짓말, 크고 작은 비굴한 행위만 배운다⋯⋯. 집으로 돌아갔을 때, 그는 수용소에 있는 동안에 성장하지 못했을 뿐만 아니라, 자기의 흥미의 범위가 좁아지고, 저속해졌다는 것을 알게 된다.[1]

이러한 특질에는 Y. 긴즈부르끄도 찬성하고 있다. 〈형무소

---

1 그 밖에도 샬라모프는 〈인간이 장기간 남의 의지나 지혜로 움직여 살아왔다는 것〉도, 수용소에서의 인간의 압박이나 타락의 특징으로 간주했다. 그러나 나는 이 특징을 주석에 옮기기로 한다, 우선 첫째로, 많은 자유인들에 대해서도 똑같이 말할 수 있기 때문이다(죄수들의 경우 행동 제한의 범위가 다르다는 것을 고려하지 않으면). 둘째로, 자기의 운명을 예상하지 못하는 일이나, 거기에 영향을 미칠 수 없는 일 때문에 군도 주민 속에 형성된 강요된 숙명적 성격은, 오히려 그 사람을 고상하게 만들고, 지겨운 고통에서 해방하는 것이라고 썼다.

는 사람들을 높였으나, 수용소는 타락시켰다.〉

그렇다면 어떻게 반론할 것인가?

형무소에서, 독방의 경우든 독방이 아니든 인간은 자기 불행과 상대하고 있다. 이 불행은 산(山)이다. 그러나 그는 그것을 자기 속에 받아들여서, 그것에 익숙해지고, 자기 속에 소화시키고, 또 자신을 그 속에 소화시키지 않으면 안 된다. 이것은 최고의 정신적 작업이며, 그것은 언제 누구라도 높이는 일이다.[2] 세월과의 결투, 벽과의 결투는 정신적인 작업이었으며, 향상을 위한 길이었다(그것을 견디고 올라갈 수만 있다면). 만일 이러한 세월을 당신이 동료와 함께 지냈다면, 그의 생명을 구하기 위해 당신이 죽을 필요도 없고, 당신이 살아남기 위해 그가 죽을 필요도 없다. 당신들은 싸우지 않고, 서로 돕고 흡족하게 지낼 수 있는 길이 있다.

그렇지만 수용소에서는 이와 같은 길이 없는 것 같다. 빵은 공평하게 나누어 주지 않고, 사람의 무리 속으로 던진다 — 집어라! 옆 사람을 밀치고, 그놈의 빵을 빼앗아라! 게다가 그 빵은 한 사람이 살아남기 위해 다른 한두 사람은 죽어야 하는 분량밖에 되지 않는다. 빵이 소나무에 매달려 있다 — 우선 그 나무를 자빠뜨리지 않으면 안 된다. 빵이 갱도 밑바닥에 파묻혀 있다 — 우선 거기서 집어내야 한다. 그런 상황에서 자신의 불행에 대해, 과거나 미래의 일에 대해, 인류나 신에 대해 생각할 수 있겠는가? 당신의 머리는 하잘것없는 타산에 차 있고, 지금은 그것이 당신의 눈을 하늘에서 차단하고 있지만, 내일이 되면 이제 모든 가치를 잃게 된다. 당신은 노동을

---

2 그래서 사람들은 형무소에서 참으로 재미를 느낀다. 나는, 사회에 나온 이후에 아주 고독해서 지루하게 된 사람을 알고 있다. 하지만 그들은 형무소에서는 너무나 재미있어서, 그들과 이야기를 시작하면 끝낼 줄을 몰랐다.

〈증오한다〉 — 그것은 당신의 최대의 적이다. 당신은 주변 사람들을 증오한다 — 그들은 삶과 죽음에 있어서 당신의 경쟁 상대다.[3] 지금 이 순간에도 어디서인가 자기 등 뒤에서 자기의 것이 되었을지도 모르는 빵을 남들이 나누어 가지는 것은 아닌지, 지금 어디서인가 벽 저쪽에서 자기 접시에 놓일지도 모를 감자를 남들이 건져 올리지는 않을지, 긴장된 〈질투〉와 불안으로 서성거렸다.

수용소 생활은 질투가 사방에서 각자의 마음을 찌르듯이, 방비가 가장 단단한 마음까지도 자극하도록 되어 있다. 그 질투는 〈형기〉에도, 〈자유〉에도 미치고 있다. 예를 들어 1945년에 우리들, 즉 〈제58조〉 위반 사람들은 형사범들을 정문 밖으로 전송했다(스탈린 대사면으로). 그때 우리는 그들에 대하여 어떤 감정을 가졌던가? 그들이 집으로 돌아간다는 기쁨이었을까? 아니야, 질투의 감정이었다. 왜냐하면 우리는 가두고, 그들만 석방하는 것은 불공평하기 때문이다. 예를 들어 V. 블라소프는 〈20년〉을 선고받은 사나이였으나, 최초의 10년간은 조용히 지냈다. 누구나 10년쯤은 살고 있지 않은가? 그런데 1947년부터 1948년에 걸쳐서 많은 사람들이 석방되기 시작했다. 그러자 그는 질투가 나서, 신경이 날카로워지면서, 이렇게 고민한다 — 왜 나는 20년을 선고받았나? 두 번째 10년을 산다는 것은 화나는 일이었다! (나는 그에게 직접 묻지는 않았으나, 이렇게 생각된다 — 석방된 사람들이 〈재복역자〉가 되어 수용소에 돌아오게 되었을 무렵에, 그의 마음도 편안해지지 않았을까?) 이윽고 1955년에서 1956년에 걸쳐서 〈제58조〉 사람들이 차츰 많이 석방되었으나, 형사범들은 수용소에 남

3 P. 야꾸보비치에 따르면 〈노동형을 받은 죄수의 거의 대부분은 남을 싫어한다〉. 하지만 그가 있었던 곳에서 살아남기 위한 경쟁은 없었다.

게 되었다. 그때 그들은 무엇을 느꼈을까? 수난이 많았던 이 조항의 사람들이 40년에 이르는 끊임없는 박해 후에 겨우 은 사를 받게 된 것을 공정한 처사라고 느꼈을까? 아니, 전면적 인 〈질투〉를 느끼고 있었다(1963년에 나는 다음과 같은 편지 를 많이 받았다). 〈우리 형사범보다 훨씬 악질적인 적대 분자〉 를 석방했는데, 우리만 남겨 둔다는 말인가? 무엇 때문인가?

그리고 또 당신은 계속 〈공포〉에 떨고 있다 —— 지금 겨우 매달려 있는 이 보잘것없는 지위에서도 전락하는 것은 아닌 지. 또 제일 힘든 중노동이라고는 할 수 없는 이 일을 잃지는 않을까. 죄수 호송으로 쫓기지나 않을까. 규율 강화 막사에 가 게 되지는 않을까. 그리고 또 당신이 남보다 약하면 언제나 매를 맞게 되는데, 혹시 자기보다 약한 자가 있다면, 당신은 그를 때리게 되는 것이다. 이야말로 타락이 아닌가? 고참 수 용소 죄수 A. 루바일로는 바깥 압력에 의해 인간에게 재빨리 감염되는 이것을 〈영혼의 곰팡이〉라고 불렀다.

이러한 증오의 감정과 자질구레한 타산으로, 대체, 언제, 어 떤 방법으로 영혼을 높일 수 있겠는가?

체호프는 우리 시대의 교정 노동 수용소가 출현되기 이전 에 일찍이 사할린섬에서의 타락을 간파하고, 그것을 다음과 같이 규정했다. 그는 믿음직스럽게도 이렇게 썼다. 죄수들의 죄악은 피지배 상태, 노예 상태, 공포와 끊임없는 공복감에서 연유된다. 그 죄악이란 허위, 교활, 비굴, 소심, 밀고, 절도다. 유형수는 자신의 경험으로 생존 투쟁 속에서 기만이 가장 강 력한 무기라는 것을 알았다.

우리들의 시대에는 이것이 열 배는 되지 않았을까? 만일 그 렇다면 반론하거나, 수용소에서의 공상적 〈향상〉 따위를 변 호하지 말고, 진짜 타락을 나타내는 몇백, 몇천 개의 실례를 들어 보자. 〈남한테 추악한 행위를 하면 할수록, 남한테 존경을 받는다.〉 제스까즈간 수용소의 작업 할당계 야시까가 간파한 수용소의 철학에는, 아무도 반대할 수 없는 실례가 있다. 최근까지 전선에 있었던 죄수들이(끄라스노야르스끄 수용소, 1942년) 형사범 세계의 공기를 마시고는 자기들도 〈형사범처럼〉 라트비아인의 식량이나 의복을 〈빼앗고〉 불손한 태도로 말했다. 수용소에서 살아남기 위해 이것이 가장 좋은 방법이라고 확신한 일부 블라소프 병사들이 〈도적〉의 흉내를 내기 시작했다. 형사범의 〈두목〉이 된 문학 조교수에 대한 이야기도 있다. 출뻬뇨프의 예를 보면 수용소 이데올로기의 감화력에 놀라게 된다. 출뻬뇨프는 산림 벌채로 일반 작업에서 7년간이나 견뎌 내고는 유명한 벌채부가 되었으나, 다리 골절로 입원했다. 퇴원하자 그는 작업 할당계로 일할 것을 권고받았다. 그는 그 지위에 있을 필요가 없었고 나머지 2년 반을 벌채부로 착실히 일하면 그만이었다. 당국이 무슨 소리를 지껄이든 말이다. 그러나 그런 유혹을 어떻게 피할 수 있었겠는가? 〈주는 것은 받아라!〉라는 것이 수용소의 철학이었다. 그래서 출뻬뇨프는 작업 할당계가 되었다. 불과 6개월간이었으나, 그것은 그의 형기 중에서 가장 마음고생이 심했고, 어둡고 불안한 시기였다. (지금 그의 형기는 이미 오래 전에 끝났고, 그는 순박한 웃음을 지으며 소나무에 대해 이야기했다. 하지만 그의 〈혹사〉로 인하여 죽은 사람 때문에 마음이 무거웠다. 그 사람은 신장이 2미터나 되는, 원양 항해 선장인 라트비아 사람이었다. 하지만 그것이 그 사람 하나뿐이었겠는가?)

수용소 죄수들은 서로 의식적으로 선동하여 이런 〈영혼의 곰팡이〉를 심게 된다! 1950년에 운시 수용소에서 모이세예바 이쩨는 이미 미쳤음에도 불구하고 여전히 호송병의 감시하에 작업을 하고 있었는데 호송병을 신경 쓰지 않고 〈어머니를 만나러〉 갔었다. 그녀는 곧 잡혀서 위병소 옆의 말뚝에 묶였다. 그리하여 이 〈탈주 시도 사건〉 때문에 다음 일요일의 휴식이 취소되었다는 것이 발표되었다(이것은 상투적인 수단이었다). 그리하여 작업에서 돌아온 작업반원들이 묶여 있는 그녀에게 침을 뱉었다. 그중에는 그녀를 때린 자도 있었다. 「네년 때문에 제기랄, 휴식도 없어졌어!」 모이세예바이쩨는 행복하게 미소 지을 뿐이었다.

또한 이미 1918년에 선언된 그 민주적이며 진보적인 〈자주 경계〉, 우리 제끄들의 표현으로 하면 〈자체 경비〉가 얼마나 타락을 가져왔는지? 죄수를 〈자체 경비대〉에 끌어넣음으로써 수용소에서의 타락의 주요한 형태의 하나가 되었다! 당신은 땅에 떨어지고, 처벌되고, 생활에서 멀어져 갔다. 그래, 그 밑바닥에 있고 싶지가 않았는가? 총을 들고 남의 위에 서고 싶은가? 피를 나눈 동포 위에 서고 싶은가? 그렇다면 자! 받아라! 도망치는 자가 있으면 발포하라! 우리는 자네를 〈동지〉라고 부르며, 적위군 병사의 배급 빵을 주겠다.

그리하여…… 죄수는 그것을 자랑스럽게 생각한다. 그리하여…… 노예처럼 총 개머리판을 꽉 잡는다. 그리고…… 발포하는 것이다. 그리고…… 자유인 경비병보다 훨씬 엄격했다. (이것을 어떻게 받아들일 것인가. 이것이 실제로 〈사회적 자주 활동〉으로의 맹목적인 신앙일까? 아니면, 가장 저차원의 인간적 감정을 이용하여 인간을 경멸하는 냉혹한 타산일까?)

그리고 그것은 자체 경비에 한정되지 않았다. 자기 감시도, 자기 억제도 있었다. 1930년대에는 독립 수용 지점장에 이르기까지 모든 지위를 제끄들이 차지했다. 수송 부문의 책임자도, 생산 부문의 책임자도. (백해 운하 건설 시에 10만 명의 제끄들에 대하여 불과 37명의 체끼스뜨뿐이었다면, 그 밖에 어떤 방법이 있었겠는가?) 심지어 〈보안부 관리〉들마저도 제끄들이었다! 이제 그 이상의 〈자주 활동〉은 있을 수 없었다. 제끄들은 자기들끼리 동료의 심리를 하고 있었다! 자기 스스로 동료를 고발하기 위해 밀고자를 집어넣었다!

그것은 정말 사실이다. 그러나 나는 여기서 이러한 타락에 대해 수많은 실례를 검토할 생각은 없다. 그것은 다 알려져 있고, 이미 기록되어 있고, 앞으로도 기록될 것이다. 나는 그것을 인정하는 것만으로 충분하다. 그것은 기본적인 경향이며, 법칙인 것이다.

혹한이 몰아닥쳤는데, 집집마다 일일이 다니며 추운지 알아볼 필요가 있을까? 혹한에도 따뜻한 집이 있다고 지적하는 편이 놀라운 일이다.

샬라모프는 이렇게 말했다 — 수용소에 들어온 사람은 누구나 정신적으로 빈곤해졌다. 그런데 내가 예전의 제끄를 상기하거나 만날 때마다, 그들은 훌륭한 인격의 소유자였다.

또 다른 곳에서 샬라모프는 자기 자신에 대해 이렇게 썼다 — 나는 남의 일을 밀고할 수는 없었다! 남한테 일을 시키기 위해 내가 반장이 될 수는 없었다.

그것은 무엇 때문입니까, 바를람 샬라모프 씨? 수용소에서는 아무도 이 타락의 내리막길을 피할 수 없어요. 진실과 허위가 피를 나눈 자매와 같다면, 당신은 왜 밀고자도 반장도 되지 않았지요? 그래, 당신이 밑으로 떨어질 때 어딘가 나뭇가지에 걸렸다는 말이군요? 어떤 바위에 부딪쳐, 그것에 매달려 밑으로 떨어지지 않았군요? 혹시 증오심은 인간의 가장 끈질긴 감정이 아닐까요? 당신은 자신의 인격과 시로 자기 자신의 생각을 부정하는 것은 아닌지요?[4]

그럼 어찌하여 진짜 신앙심이 깊은 사람들은 수용소에서도 타락하지 않았을까(우리가 이미 여러 번 언급한 것처럼)? 우리는 이 책의 여러 곳에서 그들이 군도에서 자신이 넘치는 발걸음을 하는 것을 알아차렸다. 그것은 눈에 보이지 않는 촛불을 들고, 말없이 걸어가는 십자가 행렬의 사람들 같았다. 기관총에 맞아 행렬 속의 사람이 자빠지면, 다음 사람이 이내 그 자리에 서서 계속 걷는다. 이야말로 20세기에 본 적 없는 불굴의 정신이 아닐까! 그리고 그것은 보여 주기 위한 쇼처럼 돋보이지 않고, 일상적인 것이었다. 그런 사람은 두샤 치밀과 같은 평범한 할머니였다. 그녀는 둥근 얼굴에 침착하고, 글을 전혀 모르는 할머니였다. 호송병이 큰 소리로 물었다. 「치밀! 몇 조였지?」

노파는 조금도 악의 없이 부드럽게 대답한다. 「그래, 당신은 무엇을 물어보는 거지요? 거기에 다 쓰여 있지 않나요. 나는 다 기억하지 못해요.」 (이 노파에게는 제58조의 항목이 한 다발이나 붙어 있었다.)

「기간 말이야!」

두샤 할머니는 한숨을 내쉬었다. 노파는 호송병에게 심술을 부려서 대답한 것이 아니다. 노파는 순진하게 이 질문을 생각해 보았다 —— 기간이라니? 인간에게 자기가 머물 기간이 정말 알려져 있다고 그들은 생각하는 걸까?

「기간이라니요! ……하느님이 죄를 사해 줄 때까지 내 몫을

4 유감스럽게도, 그는 부정하지 않기로 했다……. 고집을 부리듯이, 그는 이 논쟁을 펴왔으나…… 1972년 2월 29일 자『문학 신문』에 예전에 했던 말을 번복했다(이미 모든 위험이 지나가 버렸는데). 「『꼴리마 이야기』에서 제기한 문제는 이미 오랜 옛날부터 현실에 맞지 않게 되었다.」 예전에 했던 말을 번복하는 성명이 검은 선으로 둘러 있어서, 우리는 샬라모프가 죽었다는 것을 알았다. (1972년 솔제니쩐의 추기)

사는 거지요.」

「당신은 바보로군, 정말 바보야!」 호송병이 웃었다. 「당신의 형기는 15년이오. 그것을 다 살고 나면, 또 더 살지도 모르지만.」

그런데 그녀의 형기 중 2년 반이 지나자, 그녀는 아무 데도 탄원서를 내지 않았는데, 어느 날 갑자기 서류가 왔다 — 석방이다!

이러한 사람들이 부럽게 생각되지 않겠는가? 그들에게 유리한 조건이 있었을까? 그런 일은 없다! 〈수녀〉는 언제나 매춘부나 잡범과 함께 징벌 독립 수용 지점에만 수용되었다는 것은 알려져 있다. 그렇다면 신자들 가운데 타락한 자가 있었을까? 그들 중에 죽은 자는 있지만 — 대부분이 죽었다 — 타락한 자는 없었다.

또 일부 동요하고 있던 사람들이 다름 아닌 수용소에서 신앙을 받아들여, 그것에 의해 강해지고, 타락하지 않고 살아남았다는 예는 어떻게 설명할 수 있겠는가?

그리고 또 많은 사람들은 흩어져 있어서 뚜렷하지는 않지만, 자신의 일정한 전기를 맞이하며, 그 선택을 잘못하지 않았다. 그것은 자기만이 괴로운 것이 아니라, 자기 이웃이 더 괴롭고, 더 어려운 사람이 있다고 알게 된 사람들이다.

또, 징벌 구역나 새 형기로 위협받게 되어도 밀고자가 되는 것을 거절한 모든 사람들은 어떻게 설명하겠는가?

지질학자인 그리고리 이바노비치 그리고리예프에 대해 대체 어떻게 설명할 것인가? 그는 학자인데, 지원하여 1941년에 국민 자원병으로 입대했다. 그 후 알려진 바와 같이 뱌지마 교외에서 포로가 되어, 독일군 수용소에 줄곧 있었다. 그후에는 알다시피 우리 나라에 잡혀 있었다. 10년이었다. 나는 에끼바스뚜스 일반 작업장에서 겨울에 그를 알게 되었다. 그의 크고 침착한 눈동자가 정직하게 빛나고 있었다. 그것은 굽힐 수 없는 정직함이었다. 그는 어떠한 때에도 정신적으로 자신을 굽힐 줄 몰랐다. 10년 동안에 2년밖에 자기 전문직에 있지 못했고, 형기 내내 거의 소포를 받지 못했지만, 그는 수용소에서 결코 굴복하지 않았다. 사방에서 그에게 수용소의 철학이나 수용소의 타락을 심으려고 했으나, 그는 배우려고 하지 않았다. 께메로보의 수용소들에서는(안찌베스 수용소) 보안 장교가 집요하게 그를 협력자로 채용하려 했다. 그리고리예프는 아주 정직하게 대답했다. 「나는 당신과 이야기하는 것이 〈기분 나빠〉. 내가 하지 않더라도 당신에게 협력하고 싶어하는 사람은 많겠지.」「이 새끼, 기어 와 부탁하게 만들어 줄테다!」「그렇다면 지금이라도 목매 죽는 게 낫지.」 그리하여 그는 징벌 수용 지점으로 보내졌다. 거기에서 그는 반년을 참아 냈다. 그런데 그는 더 중대한 〈잘못〉을 저지르게 되었다. 농업 출장소로 보내졌을 때, 그는 제안 온 반장 자리를(지질학자로서) 거절했다! 그 대신에 열심히 제초를 하고, 풀을 잘랐다. 그리고 또 이런 바보짓도 했다. 에끼바스뚜스 수용소의 채석장에서, 그는 노르마 산정자가 되기를 거부했다. 그것은 일꾼한테 숫자를 불려서 기입해야 하는 일로서, 그 부정 계산 때문에 언제나 술에 취해 있는 자유 고용인 인부 감독이 그 책임을 져야 한다는(과연 그가 책임을 졌을까?) 그런 이유 때문에 거절했다. 그리하여 돌을 깨는 작업을 했다! 그의 정직은 기이하고 부자연스럽다고도 하겠다. 그가 작업반과 함께 감자를 처리하고 야채 저장고로 옮겼을 때, 다른 놈들은 모두가 그 감자를 훔쳤지만, 그만은 훔치지 않았다. 기계 공장의 특전이 있는 작업반에 들어가 펌프장 기계류의 관리를 맡았으나, 그는 독신인 자유 고용인 현장 감독 뜨레이비시의 양말 세탁을 거절하여 그 자리를 떠나고 말았다. (다른 작업반원이 그를 설득했다 — 어떤 일을 하든지 상관없지 않은가? 아니, 상관없는 것은 아니다!) 그는 자기 마음을 굽히려고 하지 않았기 때문에 이따금 더 쓰라린 운명을 선택하게 되었다! 그래도 조금도 굽히려 들지 않았다. 내가 그 증인이다. 아니, 그것보다 더한 일도 있었다. 밝고, 오염되지 않은 정신의 놀라운 영향이(당시는 이러한 영향을 믿으려 하지 않았으며, 이해하려고 하지도 않았다) 그의 육체에 미쳤던 것이다. 이제 나이가 젊지 않은(쉰 살에 가깝다) 그리고리 이바노비치의 몸이 수용소에서 튼튼해졌다. 전부터 있던 관절 류머티즘은 아주 흔적도 없이 사라지고, 티푸스를 앓고 나서는 더욱 건강해졌다. 겨울에는 머리와 팔만 나오게 구멍을 뚫은 종이 주머니를 외투 대용으로 입었으나, 그것만으로도 감기 하나 들지 않았!

그러므로 만약 상대가 확실한 중심을 지니고 있다면, 작업 할당계 곤봉의 일격에 나가떨어질 만큼 빈약한 〈인간은 행복을 위해 창조되었다〉는 이데올로기를 가지지 않은 사람이라면, 어떠한 수용소에서도 그 사람을 타락시킬 수는 없다고 말하는 것이 옳지 않겠는가?

수용소에서 타락하는 것은, 수용소에 들어오기 전에 어떤 도덕 교육이나, 어떤 정신 교육도 충분히 받지 못한 사람들이다. (이것은 이론의 문제가 아니다. 우리 나라의 명예로운 50년 동안 수백만 명의 사람들이 이렇게 자랐다.)

수용소에서 타락하는 것은, 사회에서 이미 타락하기 시작한 사람들이거나 혹은 그 요소를 지니고 있는 사람들이다. 사회에서도 타락은 진행되고 있으며, 때로는 수용소 죄수보다 심할 때가 있다.

모이세예바이쩨를 우롱하기 위해 기둥에 묶으라고 명령한 그 호송대 장교도, 침을 뱉은 수용소 죄수보다 더 타락하고 있지 않는가?

그러면 더 묻겠는데, 작업반 모두가 그녀에게 침을 뱉었을까? 아마 작업반에서 두 사람쯤이 아니었겠는가? 아마 그랬을 것이다.

따찌야나 팔리께는 썼다. 〈인간들을 관찰한 결과, 만일 그 인간이 수용소로 들어오기 전에 비겁자가 아니었다면, 수용소에서 비겁자가 될 리가 없다고 나는 확신한다.〉

만일 어떤 사람이 수용소에서 갑자기 비겁자가 되었다면, 그것은 그가 비겁하게 된 것이 아니라 그 내부에 있었던 비겁한 성질이 이전에는 필요가 없었으나, 수용소에서 나타나기 시작한 탓이 아니겠는가?

M. A. 보이첸꼬는 이렇게 생각했다. 〈수용소에서는 그 생활이 의식을 결정하는 것이 아니다. 그와는 반대로, 의식과 인간의 본질에 대한 확고한 신념에 따라 동물도 되고 사람으로 남을 수도 있었다.〉

그것은 엄하고 단호한 의견이었다!…… 하지만 그 사람 혼자만의 생각은 아니었다. 화가 이바셰프무사또프도 열렬히 같은 것을 증명했다.

분명히 수용소의 타락은 일반화되어 있다. 그런데 그 원인은 수용소가 지독했다는 것만이 아니었다. 우리 소비에뜨의 인간이 정신적으로 무방비인 채 군도의 땅에 발을 들여놓았기 때문이었다. 우리는 훨씬 이전부터 타락의 요소를 가지고 있었으며, 이미 사회에서 그것에 감염되고, 〈수용소에서 살아가는 방법〉이라는 고참 수용소 죄수의 말을 외고 있는 것이다.

그런데 우리는 어떻게 살 것인가(또 어떻게 죽을 것인가)

를, 수용소와는 관계없이, 알고 있어야 한다.

혹시 바를람 찌호노비치 샬라모프 씨, 우정이라는 것은 궁핍하거나 불행하게 되었을 때, 극도로 불행할 때 인간 사이에서 생기는 것이 아닐까요? 그러나 우리처럼 비정하고 추한, 몇십 년을 이렇게 자라난 사람들 사이에서는 생기지 않지만 말입니다…….

만일 타락이 그렇게 불가피한 것이라면, 어찌하여 올가 르보브나 슬리오즈베르끄는 동사해 가는 여자 친구를 숲속 길에 버리지 않고, 스스로 죽음을 무릅쓰고 그녀 곁에 남아서, 그녀를 구할 수 있었을까? 이러한 상황이 극한의 불행이 아니었단 말인가?

만일 타락이 그렇게 불가피한 것이라면, 왜 바실리 메포지예비치 야꼬벤꼬와 같은 인물이 나타났을까? 그는 두 번 형기를 살고, 석방되자마자 사회인으로 보르꾸따에서 살고 있었다. 그는 겨우 호송인 없는 생활을 시작하며, 자기의 최초의 둥지를 만들기 시작했다. 1949년, 보르꾸따에서는 예전의 제끄들의 투옥이 시작되어, 그들한테 새 형기를 주었다. 투옥의 전염병이었다! 사회인들 사이에 소동이 일어났다! 어떻게 피할 수 있을까? 어떻게 하면 눈에 띄지 않을까? 그런데 야꼬벤꼬가 보르꾸따 수용소에서 친구가 된 Y. D. 그로젠스끼가 체포되었다. 그는 심리 중에 몸이 쇠약해졌으나, 차입해 주는 사람이 없었다. 그래서 야꼬벤꼬는 위험을 무릅쓰고 그에게 차입을 넣어 주었다! 이 개 같은 녀석들아! 나까지 잡으려면 잡아 봐라!

어찌하여 〈이 사람〉은 타락하지 않았을까?

그리고 살아남은 〈모든 사람〉들은, 수용소에서 자기들한테 도움의 손을 내밀어, 가장 어려운 시기에 도와주었던 사람을 한두 사람 떠올리지 않는가?

　분명히 수용소는 타락시키기 위한 그런 방향에서 만들어졌다. 그렇지만 그것이 〈모든〉 죄수를 다 짓밟을 수는 없었다.

　자연 속에서 산화는 환원이 없이는 안 되는(한쪽이 산화하고 있는 동안에, 다른 쪽이 동시에 환원하고 있다) 것처럼 수용소에서도(아니, 인생 도처에서도) 향상 없이는 타락도 없는 것이다. 이 둘은 공존한다.

　나는 다음 부에서 다른 수용소, 즉 특수 수용소에서, 어떤 시점으로부터 다른 〈환경〉이 형성되는 것을 쓰려고 생각한다. 즉, 거기에는 타락의 과정이 극히 어려워서, 수용소의 출세주의자들이 차라리 향상의 과정이 매력적이라고 느낄 정도였으니까.

◆

　아니, 그런데 〈교정〉은 어떤가? 그래, 교정은 잘되어 갔는가? (〈교정〉이란 사회적·국가적 개념이며, 향상과 일치하지 않는 것이다.) 우리 나라뿐만 아니라 세계의 모든 사법 제도는, 범죄인들이 단지 형기를 살아갈 뿐만 아니라, 교정되는 것을, 즉 석방된 후에 그들이 다시 피고인석에 앉지 않도록, 특히 같은 조항으로 피고인이 되지 않도록 바라고 있다.[5]

　도스또예프스끼는 외친다. 〈언제 강제 노동이 누구를 교정한 적이 있는가?〉

---

　5 그럼에도 불구하고, 그들은 특히 〈제58조〉 사람들을 〈교정〉해서 다시 투옥되지 않도록 만든다는 생각을 한 번도 하지 않았다. 우리는 이 점에 관한 형무소학자들의 솔직한 의견을 이미 소개한 바 있다. 그들은 〈제58조〉 사람들을 노동을 통하여 전멸시키려고 했다. 우리가 살아남았다는 것은 우리의 자주 활동의 덕택이다.

교정의 이상은 러시아의 개혁 후의 법률에도 있었다(체호프의『사할린섬』도 그 이상에서 출발하고 있다). 하지만 성공리에 실현되었던가?

P. 야꾸보비치는 이것에 대해 많이 생각하고 썼다. 〈강제 노동의 테러적 제도는 타락하지 않고 있는 사람들마저 《교정》하지 못한다. 그러나 그들은 그것이 아니더라도 다시 범죄를 일으키지는 않는다. 이 제도는 못쓰게 된 사람을 타락시킬 뿐이며, 그를 교활한 사람으로, 위선적으로, 되도록 증거를 남기지 않도록 만든다.〉

그러면 우리 나라 교정 노동 수용소는 어떨까? 형무소학 *Gefängniskunde*의 이론가들은, 감금은 극단적인 절망으로 이끌어서는 안 되고, 희망과 출구를 남겨 놓아야 한다고 항상 생각하고 있었다. 독자들이 이미 보았듯이 우리 나라 교정 노동 수용소는 죄수들을 바로 극단적인 절망으로 이끌고 있다.

체호프는 이렇게 적절하게 말했다. 〈자기 영혼을 찾는 것은 무엇보다 교정을 위해 필요한 것이다.〉 하지만 바로 이렇게 생각에 잠기는 것을, 우리 수용소 설치자들은 가장 두려워한다. 공동 막사, 작업반, 노동 집단이야말로 이 위험한 자기 생각에 잠기는 일을 분산시키고 찢어 버리는 데 동원되는 것이다.

우리 나라 수용소에는 대체 어떤 교정이 있다고 말하겠는가! 다만 파멸뿐이다. 말하자면 형사범들의 도둑 철학을 배우는 일이며, 인생의 일반 법칙으로서의 잔학한 수용소 습관을 배우는 일이다. (형무소학자들의 말을 빌리면, 〈범죄 발생지〉이며, 범죄 학교인 것이다).

I. C. 삐사레프는 긴 형기를 끝내며 1963년 이렇게 썼다. 〈여기서는 불치의 신경 쇠약자로서, 영양 부족과 끊임없는 선동 때문에 돌이킬 수 없으리만큼 건강을 해치게 되니까 더욱 괴

로웠다. 여기서는 누구든 완전히 못쓰게 된다. 재판에서 점잖은 말투를 쓰던 사람도, 이제는 어찌할 도리가 없으리만큼 성질이 나빠져 버렸다. 만일 인간을 7년간이나 《돼지》라고 부른다면, 그 인간은 결국 돼지처럼 울게 되겠지……. 최초의 1년간만 범죄자한테 징벌이 되며, 나머지 세월은 그를 잔학하게 할 뿐이며, 그는 그 조건에 적응하는 데 불과하다. 법률은 형기의 길이나 잔혹함에 의해, 오히려 범죄자 자신보다도 그 가족을 심하게 처벌하는 것이다.〉

여기에 또 1통의 편지가 있다. 〈인생에 있어서 아무것도 보지 않고, 아무것도 하지 않고, 인생에서 사라져 간다는 것은 지겹고 무서운 일이다. 게다가 죽을 때까지 줄곧 자기를 기다릴 어머니 이외에 아무도 내게 관심을 보이지 않는다는 것은.〉

이 문제에 대해 많이 생각한 알렉산드르 꾸즈미치 K.는 1963년에 이렇게 썼다.

나는 총살형 판결을 강제 노동 20년으로 바꾸게 되었다. 정직하게 말해서, 나는 그것을 은혜로 생각하지 않는다……. 나는 나 자신의 피부와 뼈로, 지금은 《잘못》이었다고 말할 수 있는 것을 체험했다. 그것들은 마이다네크나 아우슈비츠의 그것보다 결코 가볍지는 않았다. 어떻게 하면 그 부정과 진실을 식별할 수 있겠는가? 살인자와 교육자를? 법과 무법을? 사형 집행인과 애국자를? ― 만일 그가 승진하여 중위에서 중령이 되어, 1917년까지의 것과 똑같은 목표를 붙이고 있었더라면?…… 그리고 18년의 수용소 생활 후에 사회에 나간다면, 나는 어떻게 이 복잡한 환경 속에서 살아갈 수 있겠는가?…… 나는 교양 있고 부드러운 두뇌를 가지고, 어떻게 행동할 것인가, 어떻게 적응할 것인가를 별로

생각하지 않고 해나갈 수 있는 당신들이 부러워진다. 〈나는 별로 그것을 바라지도 않았다.〉

말 한번 잘했다 ─ 〈바라지도 않았다고!〉 이러한 기분으로 수용소에서 나온다면, 그를 타락했다고 말할 수 있겠는가? 아니 그렇다면, 그는 국가적인 의미에서 〈교정〉되었을까? 아니, 천만에. 국가로서는 그가 단지 파멸되어 버린 데 지나지 않는다. 그런데 그는 너무 거창하게 생각했다. 아우슈비츠와 다르지 않고, 목표도 혁명 전과 다르지 않다니.

국가가 바라는(?) 것 같은 〈교정〉은 수용소에서는 절대 달성할 수 없었다. 수용소 〈졸업생〉들은 위선밖에 배우지 않았다. 즉, 제법 교정된 〈체하는〉 것이다. 그리고 냉소주의를 배운다. 국가의 호소, 국가의 법률, 국가의 공약에 대한 회의인 것이다.

그리고 만일 인간에게 〈교정될 것〉이 없다면, 어떻게 될 것인가? 만일 그가 죄인이 아니라면? 만일 그가 신에게 기도했기 때문에 잡혀 왔다면? 혹은, 자기 독자적인 의견을 말했기 때문에, 혹은 포로가 되었기 때문에, 혹은 아버지 때문에, 혹은 다만 할당 때문에 잡혀 왔다면, 대체 수용소는 그에게 무엇을 줄 것인가?

사할린섬의 형무소 감독관은 체호프에게 이렇게 말했다. 「만일 최종적으로 1백 명의 죄수들 중에서 15명 내지 20명의 올바른 사람이 나온다면, 그것은 우리가 취하고 있는 교정 조치 덕분이 아니라, 오히려 선량하고 진실한 사람들을 이렇게 많이 도형지로 보내온 우리 러시아의 재판 덕일 거야.」

이러한 판단은 〈군도〉에도 역시 적용될 수 있을 것이다 ─ 이 죄 없는 사람들의 비율을 80퍼센트까지 올리고, 동시에 우리 수용소에서 파멸된 비율도 올라간다는 것을 잊지 말고 계산한다면.

만일 우리가 마음에 들지 않는 수백만 명을 위한 고기 분쇄기라든가, 용서 없이 자기 국민을 던져 넣을 오물 구덩이에 대해 이야기하는 것이 아니라, 얌전한 교정 제도에 대해 이야기하는 것이라면 아주 복잡한 문제가 있다 — 하나의 동일한 형법으로 동일한 형벌을 주는 것이 타당한가? 외견상 〈평등한〉 형벌도 〈각기 다른〉 사람한테는, 즉 도덕심이 강한 사람과 퇴폐적인 사람, 섬세한 사람과 거친 사람, 교양 있는 사람과 교양 없는 사람한테는, 아주 〈불평등〉한 형벌이 되는 것이다. (도스또예프스끼의 『죽음의 집의 기록』의 많은 점을 참조하라.)

영국인들은 이것을 이해하고, 지금 그 나라에서는 형벌이 범죄뿐만 아니라, 각기 그 범인의 인격에도 대응하도록 되어 있다(그것이 어느 정도 실현되고 있는지 나도 모른다).

예를 들어, 풍부한 정신세계를 가지고 있는 사람한테는 외적 자유의 전면적인 상실도, 지적 발달이 뒤처져 주로 육체적 생활을 하고 있는 사람에 비하면, 그저 그다지 괴로운 것은 아니다. 후자는 〈외적인 자극이 보다 많이 요구되고 본능적으로 보다 강력하게 사회를 동경한다〉(야꾸보비치). 전자는 고독한 감금에도 비교적 편하게 참는다. 특히 책만 있다면. (아, 우리들 중의 일부는 수용소보다도 이런 감금을 얼마나 바랐던가! 육체적으로 비좁다 하지만, 그것이 지성의 영혼에는 얼마나 넓었던가! 니꼴라이 모로조프는 투옥되기 〈이전〉에도 — 그것은 가장 놀라운 일이다! — 석방된 〈이후〉에도 특별한 재능을 발휘한 사람은 아니었다. 그러나 옥중에서의 생각에 의해 원자의 행성 모형을 생각해 내고, 원자핵과 전자가 정반대의 전하를 띤다는 것을 발견했다. 게다가 러더퍼드보다 10년이 빨랐다! 그러나 〈우리들〉에게는 연필도 종이도 책도 주지 않았을 뿐만 아니라, 가지고 있는 것마저 빼앗아 버렸다.) 후자는 자칫하면 독방 생활 1년도 견딜 수 없을지 모른다. 그는 쇠약해져 지쳐 버릴 것이다. 그는 누구든지 동료가 필요하다! 하지만 전자한테는 불쾌한 동료와의 교제가 독방보다 괴로웠다. 그 대신 수용소에서는(거기서는 조금씩은 먹여 주지만) 전자에 비하면 후자가 훨씬 편하다. 거기에는 4백 명이 들어가는 막사도 있고, 거기서는 모두가 떠들며, 지껄여 대고, 카드놀이나 도미노 놀이를 하거나 큰 소리로 웃거나, 코도 골며, 그리고 또 머리가 모자라는 놈을 위해 라디오가 항상 단조롭게 떠들고 있었다. (내가 투옥된 몇몇 수용소에서는 〈벌을 주기 위해〉 라디오가 없었다! 얼마나 잘된 일인가!)

이리하여, 항상 무리한 육체노동과, 굴욕적으로 신음하는 대중의 참가를 의무로 하는 교정 노동 수용소는, 형무소보다 확실한 인텔리겐치아 박멸 방법이었다. 이 제도에 의하여, 다른 사람들이 아니라 바로 인텔리겐치아가, 신속하게 그리고 철저하게 근절되어 갔던 것이다.

제3장

틀어막힌 사회

그러나 수용소군도에 관한 주요한 모든 것들이 쓰이고, 읽히고, 이해되는 때가 온다 해도, 사람들이 우리 나라 〈사회〉가 어땠는지 알 수 있을까? 수십 년 동안 그 안에 수용소군도를 가지고 있는 그 나라는 어떤 나라인가?

내 안에는 남자 주먹만 한 종양이 있다. 그 종양은 내 배를 불룩하게 하고 뒤틀리게 해서 먹을 수도, 잠잘 수도 없고, 항상 그것을 의식하게 했다(그것은 내 몸의 0.5퍼센트도 차지하지 못했지만 군도는 우리 나라의 8퍼센트나 되는 영토를 차지하고 있었다). 그 종양이 무서운 것은, 인접해 있는 장기를 압박하여 이동시킨 데 있는 것이 아니라, 독소를 뿜어서 전신에 중독을 일으킨 일이다.

이것과 마찬가지로, 우리 나라도 또 차츰 군도의 독소에 중독되어 버렸다. 그리고 그 독소가 언제 전부 사라질지는 하느님만이 아실 것이다.

우리는 살고 있는 자기 나라의 온갖 추잡한 행동(하지만, 그것은 현재와 별로 다른 데가 없다)을 묘사할 수 있겠는가? 아니, 〈감히〉 그럴 수 있겠는가? 만일 이 추행을 충분히 표현할 수 없다면, 그것은 위선이 되어 버린다. 따라서 나는 1930년대, 1940년대, 1950년대에 우리 나라에는 〈문학이 없었다〉고 생각한다. 왜냐하면 〈일체의〉 진실이 없는 것은 이미 문학이 아니기 때문이다. 오늘날에는 이 추잡한 행동을 여러 가지 형식으로 표현하고 있다 — 추측하거나, 인용구를 삽입하거나, 보충하는 말로, 아니면 뉘앙스로 — 이리하여 다시 거짓이 되었다.

이것은 이 책의 과제는 아니지만, 군도가 인접함에 따라 형성된, 혹은 군도와 똑같은 〈사회〉생활의 특징을 간단히 들어 보기로 하자.

1. 끊임없는 공포. 이미 독자들이 보았듯이 군도로의 보급은 1935년에도, 1937년에도, 1949년에도 충분하지 않았다. 보급은 〈항상〉 있었다. 사람이 죽거나 태어나지 않는 시간이 단 1분도 없듯이, 사람을 체포하지 않는 시간도 단 1분이 없었다. 때로는 그 위험이 사람 가까이에 접근하기도 하고, 조금 멀리에서 일어나기도 했다. 때로는 자기 몸에 아무런 위험도 없다고 스스로 속이기도 하고, 때로는 스스로 사형 집행인이 되어, 그것에 의하여 위험에서 멀어지기도 했다. 그러나 이 나라의 어떤 주민도, 집단 농장원에서부터 당 정치국원에 이르기까지, 조심성 없는 언동을 하다가는 그만 그 밑창에 빠져서 헤어 나올 수 없다는 것을 언제나 알고 있었다.

군도에서 각 특권수의 발아래에 일반 작업이라는 지옥(그리고 죽음)이 있는 것과 마찬가지로, 이 나라에도 각 주민의 발아래에 군도라는 지옥(그리고 죽음)이 있었다. 외견상, 우리 나라는 그 속에 있는 군도보다 훨씬 크지만, 이 나라 전체와 그 주민 모두가 마치 입을 크게 벌리고 있는 군도 위에 축 늘어져 있는 것 같았다.

공포는 반드시 체포에 대한 공포만이 아니었다. 그것은 몇 개의 단계로 이루어진 위험이 있었다. 즉, 숙청, 조사, 설문지 작성 — 그것은 평상시에도, 불시에도 행해졌다 —, 해고, 주민 등록 취소, 추방 또는 유형이었다.[1] 설문은 아주 상세하고 용의주도하게 작성되기 때문에 주민의 반수 이상이 어떤 죄의식을 느끼며 그것을 기입할 시간이 가까이 오면 언제나 불안한 나날을 보내야 했다. 한번 자기 인생에 대해 잘못을 기술하게 되면 그 후부터 그것이 틀리지 않도록 노력해야 했다. 그런데 그 위협이 갑자기 닥쳐오는 수가 있다. 까디 블라소프의 아들 이고리는 언제나 설문지에 아버지가 사망했다고 기입하고 있었다. 이리하여 그는 사관 학교에 입학할 수 있었다. 어느 날 그는 느닷없이 호출되었다. 그의 부친의 사망 증명서를 사흘 내로 제출하라고 했다. 그것을 어떻게 할 수 있겠는가!

전체적인 공포심은 자신이 무력하다는 것과 아무런 〈권리〉를 가지지 못하고 있다는 것을 통감하게 했다. 1938년 11월에, 나따샤 아니치꼬바는 자기 애인이 오룔에서 투옥된 것을 알았다. 그녀는 거기에 가보았다. 형무소 앞의 큰 광장에는 짐마차가 가득했는데, 그 짐마차 위에는 나무껍질로 만든 신발을 신고, 재킷을 입고, 접수하지 못한 차입 물건을 들고 있는 농촌 여자들이 앉아 있었다. 아니치꼬바는 무서운 형무소의 벽에 있는 창문을 들여다보았다. 그들은 그녀에게 엄한 목소리로 물었다. 「당신은 누구요?」 그녀의 대답을 듣고 나서 이렇게 말했다. 「알겠소, 모스끄바 아가씨, 한 가지 〈충고〉하리

---

1 별로 알려지지 않았지만 다음과 같은 형태도 있었다. 당에서 제명, 직위를 해제하여 자유 고용인으로 수용소에 보낸다. 이렇게 1938년에 스쩨빤 그리고리예비치 온출이 좌천되었다. 당연한 일이지만 이러한 사람들은 매우 위험한 인물로 간주되었다. 전쟁 중에 온출은 노동 대대에 잡혀가 거기서 죽었다.

다. 오늘 중으로 돌아가요. 왜냐하면 밤이 되면 〈누가 올 테니까!〉」 외국인이라면, 이것이 무슨 말인지 전혀 모를 것이다. 이쪽 질문에 제대로 대답도 하지 않고, 왜 이 체끼스뜨는 부탁도 하지 않았는데, 충고 따위를 하는가? 누가 자유 여성 시민에게 빨리 이 거리에서 나가 달라고 요청하도록 그에게 허락했는가? 대체 누가 〈오겠나〉, 그것도 무엇 때문에? 하지만 이 의미를 모르는 소비에뜨인이 어디 있겠는가? 혹은 그런 예는 있을 수 없다고 말할 사람이 있겠는가? 이런 충고를 받으면, 누구든지 무서워서 낯선 도시에 있지 못한다!

나제즈다 만젤시땀은 올바른 지적을 했다. 우리 생활에 너무나 형무소가 침투해 있어서 〈데려가다〉, 〈집어넣다〉, 〈안에 있다〉, 〈내보내다〉와 같이 여러 가지 의미를 가진 간단한 낱말들이 전후 관계가 분명하지 않더라도, 누구한테나 같은 뜻으로 이해가 된다는 것이다!

우리 나라 국민이 느긋한 기분이 되어 본 적은 한 번도 없었다.

2. 정주 제도. 만일 사람들이 자유롭게 자기 주소를 변경할 수 있어서, 자기 몸에 위험이 다가온 땅을 자유스럽게 떠날 수 있어서, 공포를 벗어나 떳떳해질 수 있다면 사람들은 더 대담하게, 더욱 위험한 짓을 하게 될 것이다. 그러나 수십 년 동안, 우리 나라에서는 어떤 노동자도 제멋대로 직업을 바꾸거나 직장을 그만둘 수 없는 질서에 얽매여 있다. 그리고 또 주민 등록 제도에 의하여 살고 있는 땅에 얽매여 있다. 그리고 또한, 팔 수도 없고, 바꿀 수도 없고, 빌릴 수도 없는 주택에 속박되어 있다. 따라서 자기가 살고 있는 곳에서, 혹은 일하고 있는 직장에서 무엇인가에 〈항의〉하는 것은 만용이었다.

3. 은폐, 불신. 예전에 사람들의 마음속에는 개방적인 친절이나 손님을 반가워하는 기분이 있었으나 점차 은폐와 불신이 그 자리를 차지하게 되었다(아직 1920년대까지만 해도 짓눌려 있지 않았는데). 이러한 감정은 어떤 가정이나, 어느 개인에 있어서도 자연스러운 자기방어였다. 특히 누구 한 사람도 제멋대로 직장을 바꾸거나 떠나 버릴 수 없었고, 어떤 작은 언행도 사람들이 보는 데서 행해졌던 것이다. 소비에뜨 인간들의 은폐성은 결코 지나친 것이 아니라 필요한 것이었으며, 외국인한테 때로는 초인적인 것으로 생각되었다. 제정 시대의 장교였던 K. U.가 줄곧 무사하고, 한 번도 투옥되지 않았던 것은, 결혼할 때 자기의 과거를 〈아내에게〉 고백하지 않았던 덕분이었다. 그의 동생 N. V.가 체포되었다. 그러자 동생의 아내는 남편이 체포되었을 때, 자기가 다른 도시에 살고 있었던 것을 핑계로, 남편의 체포를 자기 〈아버지나 여동생에게도〉 알리지 않았다. 이 두 사람이 발설하면 곤란하기 때문이었다. 그녀는 남편이 자기를 버렸다고, 그들에게나 모든 사람에게 그렇게 말했고 그 후로도 줄곧 그렇게 연기를 했다! 그것이 이제 와서, 즉 30년이 지나서야 겨우 해명된 한 가족의 비밀이었다, 그런데, 도시에 사는 가족들 중에서 이런 비밀을 가지지 않은 가족이 있었겠는가?

1949년에, 대학생 V. I.의 여자 친구 아버지가 체포되었다. 이럴 경우에 모두 외면하는 것이 당연하게 생각되었다. 그러나 V. I.는 그녀를 저버리지 않고 공공연히 동정을 보이며, 되도록 무엇인가 돕고 싶다고 말했다. 그녀는 V. I.의 심상치 않은 태도에 놀라서, 그의 도움과 동정을 거절했다. 그녀는 그에게, 자기는 체포된 아버지의 정당성을 믿을 수 없으며, 틀림없이 아버지가 일생 동안 당신의 죄를 가족한테 숨기고 있었으리라고,

거짓말을 했다. (흐루쇼프 시대에 와서야 판명되었지만 그녀는 그 당시 V. I.가 밀고자든가, 아니면 불평분자를 찾아다니는 반소비에뜨 조직의 일원이 아닐까 의심했던 것이다.)

이 전면적인 상호 불신이, 노예 제도의 공동 묘혈을 더욱 깊게 했다. 누군가 대담하고 공공연하게 자기 생각을 말하려 한다면, 한 사람도 남김없이 〈그것은 도발이다!〉라고 말하고, 경원했다. 이리하여 충심으로 항의하려고 하는 사람은 누구나 고독과 소외의 벽에 부딪치게 되었다.

4. 전면적인 무지. 우리는 서로 감추며, 서로 불신하고, 〈절대적 비공개〉와 절대적 정보 은폐를 우리들 사이에 정착시키는 것을 도왔다. 이것이야말로 몇백만 명의 투옥과 그 대중적 승인이라 할 수 있는 사건의 〈원인 중의 원인〉이었다. 우리는 서로 큰 소리로 외치거나, 작은 소리로 속삭이지도 않고, 서로 정보를 교환하는 것도 없이, 자기 자신을 오로지 신문이나 관청의 연설자한테 맡겼던 것이다. 매일 우리들은 무슨 선동적인 것을, 예를 들면 5천 킬로미터나 떨어진 곳의 철도 사고(해독분자들의 사보타주)의 사진을 보았다. 그런데 정말 우리한테 필요한 정보, 말하자면 그날 우리의 다층 주택의 층계에서 무슨 일이 일어났는지에 대해서는 아무 데서도 알 수가 없었다.

자기 주변의 생활에 대해서는 아무것도 모르면서 과연 한 시민이라고 할 수 있을까? 자기 자신이 함정에 빠지고서야 알게 되는 것이다 — 하지만 그때는 너무 늦었다.

5. 밀고. 이 제도는 생각할 수 없으리만큼 발달해 있었다. 수십만이 넘는 관계자들이 그 당당한 집무실에서, 관청 건물의 보통 사무실에서, 비밀 건물에서도, 종이와 시간을 아끼지 않

고, 정보 수집에 필요한 인원보다 훨씬 많은 밀고자들을 끊임없이 모집하고, 밀고 수집을 위해 호출했던 것이다. 사전에 상대가 불필요한 사람이며, 부적합한 사람으로서 확실히 응해 주지 않으리라 알고 있어도, 모집했다. 예를 들면, 수용소에서 죽은 재세례파의 사제 니끼찐의 아내를 불렀다. 그녀를 신문할 때는 몇 시간을 세워 두기도 하고, 체포하기도 하고, 공장에서는 예전보다 조건이 나쁜 일을 시키기도 했다. 이렇게 대량 모집하는 목적의 하나는, 아마 다음과 같은 이유일 것이다. 즉, 모든 사람이 정보 제공자의 숨소리를 듣도록 하는 것이다. 어느 집회거나, 어느 직장이거나, 어느 아파트에도 밀고자를 두기 위해, 혹은 아무 데나 밀고자가 있으니까 모두 긴장하게 되는 것이다.

여기서 나의 짧은 추측을 말하면 도시인의 경우 4명 내지 5명 중 한 사람은 일생을 통해 적어도 한 번은 밀고자가 되라는 제의를 받았을 것이다. 어쩌면 그 비율은 더 높을 것이다. 최근에 나는 죄수 동료들이나 나이 많은 자유인들을 조사해 보았다. 누가, 언제, 어떻게 요청을 받은 경험이 있는가, 물어보았다. 그러면 〈언제나〉 그 자리에 앉았던 몇 사람이 언젠가 정보 제공의 권고를 받았다는 것이 판명되었다!

나제즈다 만젤시땀이 바로 이렇게 결론을 내렸다 ── 이것은 인간관계를 약화시키는 목적 외에, 또 하나의 목적이 있었다, 모집에 응한 사람들은 자기가 응했다는 사실이 사회적으로 폭로되는 것이 부끄러워서 현 체제의 유지를 바라게 될 것이다.

이 은폐성은 그 차가운 촉각을 전 국민에게 뻗고 있었다. 동료들 속으로, 옛 친구들 속으로, 대학생들 속으로, 병사들 속으로, 이웃들 속으로, 자라는 아이들 속으로. 그리고 차입 물건을 가지고 와서 NKVD의 접수처에 모인 부인들 사이에도 숨어들었다.

6. 생존 방법으로서의 배신행위. 인간은 자기 자신이나 자기 가족에게 닥쳐온 위험에 대하여, 오래 공포를 느끼고 있는 동안에, 그 공포에 예속된 노예가 되어 버린다. 그리하여 끊임없는 배신행위가 가장 위험이 적은 생존 방법이라는 것을 알게 된다.

가장 가볍고, 동시에 가장 보편적인 배신행위는, 직접적으로는 아무 나쁜 짓도 하지 않는 것이다. 그것은 바로 옆에서 망해 가는 사람을 보지 않고, 돕지 않고, 등을 돌리고, 몸을 좀 움츠리는 일이다. 예를 들면 이웃 동료라든가, 당신의 친구가 체포된다고 치자. 당신은 입을 다물고, 못 본 체한다. (당신이 지금 하고 있는 일을 잃지 않기 위해!) 총회 석상에서, 어제 사라진 사람이 저주스러운 인민의 적이라고 발표된다. 그런데 당신은, 그와 같은 책상에 앉아서 20년이나 같이 일하던 동료인데, 지금은 점잖게 침묵하며(혹은 비난 연설로!), 자기는 그의 범죄와는 아무 관계가 없다는 것을 표시해야 한다. (당신은 자기의 사랑하는 가족을 위하여, 자기 친척을 생각하여, 이 희생을 지불하는 것이다. 당신에게 〈그 사람들을 생각하지 않을 권리〉가 과연 있을까?) 그런데 체포된 자에게도 아내와 어머니, 아이들이 있었다. 무엇인가 도와주어야 하지 않는가? 아니야, 위험하다 — 〈적〉의 아내이며, 적의 어머니이며, 적의 아이들이다(당신의 아이들에게는 이제부터 오래 교육을 받게 해야 한다)!

기사 빨친스끼가 체포되었을 때, 그의 아내 니나는 끄로뽓낀 미망인 앞으로 보낸 편지에 이렇게 썼다. 〈나에게는 아무것도 남지 않았으며, 아무도 나를 도우려고 하지 않습니다. 모두가 나를 피하고, 나에게 가까이 오기를 꺼렸습니다……. 나는 지금 친구가 무언지를 알았습니다. 예외는 아주 적습니다.)[2]

적을 숨겨 주는 사람도 같은 적이다! 적을 도와주는 사람도 같은 적이다! 적에게 우정을 가진 자도 역시 적이다. 이리하여 저주받은 가족의 전화벨 소리가 울리지 않게 된다. 우편물도 두절된다. 길에서 아는 사람을 만나도 외면을 당하고, 악수도 하지 않고, 머리를 끄덕이지도 않는다. 물론 집에 초대하지도 않는다. 돈도 빌려주지 않는다. 시끄러운 큰 도시에서 이들은 마치 사막에 있는 것과 같다.

이것이 스딸린이 바라던 것이다! 그는 수염 속에 웃음을 감추고 있었다. 그 구두닦이가!

아카데미 회원인 세르게이 바빌로프는 자기의 위대한 형을 탄압하여 마치 하인 같은 과학 아카데미의 총재가 되었다. (수염 달린 장난꾸러기[3]는 그를 웃음거리로 만들어, 인간의 마음을 시험해 보려고 했다.) 소비에뜨의 백작인 A. N. 똘스또이는, 체포된 자기 동생의 가족을 방문하지도 않고, 돈을 빌려주지도 않았다. 레오니프트 레오노프는 사바시니꼬프 가문 출신인 자기 아내에게, 그녀의 오빠인 투옥된 S. M. 사바시니꼬프의 가족을 방문하는 것을 금지시켰다. 또 그 전설적인 디미트로프는, 라이프치히 재판에서 포효하는 사자로 변해 자기 친구인 포포프와 타네프가 파시스트의 재판에서 무죄로 해방된 후에, 이번에는 소비에뜨의 땅에서 〈디미트로프 동지의 암살을 기도했다〉면서 15년 형이 주어졌을 때, 두 사람을

2 레닌 도서관 초고부, 컬렉션 410, 카드 번호 5, 보관 번호 24. 1929년 8월 16일 편지.
3 스딸린을 말함 — 옮긴이주.

도운 것이 아니라 배신했던 것이다. (그들은 끄라스노야르스
끄 수용소에서 형기를 살았다.)

체포된 사람 가족들의 상태는 가히 상상할 수 있다. 깔루가
출신의 V. Y. 까베샨은 이렇게 회상했다. 〈아버지가 체포되
고 나서, 누구나 우리를 나병 환자처럼 피했다. 나는 학교를
그만두어야 했다. 왜냐하면 《아이들이 못 살게 굴었다》. (미
래의 배신자들이 자라고 있는 것이다. 미래의 사형 집행인들
이 자라고 있는 것이다 — 솔제니찐) 어머니는 직장에서 해고
되었다. 우리는 구걸하지 않으면 안 되었다.〉

1937년, 어느 체포된 모스끄바 사람의 가족을, 즉 아내와
그 아이들을 경찰들이 역으로 연행했다. 유형 보내기 위해서
였다. 그런데, 갑자기 구내에서 여덟 살 쯤 되는 한 소년이 보
이지 않았다. 경찰들이 아무리 찾았으나, 찾을 수 없었다. 결
국 그 소년만 빼고 가족을 유형 보냈다. 후에 알게 된 것은, 그
소년은 스딸린의 흉상 높은 좌대에 감아 두었던 붉은 천 속에
숨어, 위험이 사라질 때까지 거기에 은신하고 있었던 것이다.
그는 자기 집으로 돌아왔으나, 그곳은 봉인되어 있었다. 그는
이웃 사람들한테, 아는 사람들한테, 아버지나 어머니의 친구
들한테 갔었다. 아무도 소년을 맞아 주지 않았을 뿐 아니라,
단 하룻밤도 머무르게 하지 않았다! 그래서 소년은 아동 수용
소로 갔다……. 동시대 사람들이여! 동포들이여! 당신들은 자
기의 이 추한 얼굴을 알고 있는가?

그러나 이 모든 것들은 배신행위의 가장 약한 단계에 지나
지 않는다. 즉, 경원한다는 것이다. 이 밖에도 또 매혹적인 단
계가 얼마나 많이 있었던가. 얼마나 많은 사람들이 그 단계를
따라 내려갔을까? 까베샨의 어머니를 해고시킨 사람들은 경
원한 것이 아니라, 한술 더 뜬 것이 아닌가? 기관 요원의 전화

에 따라, 니끼찐의 아내를 재빨리 밀고자로 만들기 위해 중노동에 돌린 사람은? 또 어제 체포된 작가의 이름을 지우려고 서두르는 편집자들은?

블류헤르 원수는 그 시대의 상징이었다. 그는 재판소의 간부회 석상에 당당히 앉아서 뚜하체프스끼를 재판했다(뚜하체프스끼도 역시 그렇게 했을 것이다). 뚜하체프스끼가 총살이 되자, 블류헤르도 목이 잘렸다. 또한 명성이 높은 의학부 교수인 비노그라도프와 셰레셰프스끼의 경우는 어땠는가. 우리가 알고 있는 바와 같이, 그들은 1952년에 악랄한 중상의 희생자가 되어 죽었다. 그런데 그들은 1936년에 동료였던 쁠레뜨뇨프와 레빈에 대해 악질적인 점에서는 뒤떨어지지 않는 중상에 서명했던 것이다. (성자는 같은 구상으로 그 혼을 시험대에 오르게 했다……)

사람들은 배신의 〈무대〉에서 살고 있으며, 뛰어난 논증이 그 정당화에 쓰이고 있다. 1937년에 어느 부부가 체포를 기다리고 있었다. 아내가 폴란드에서 왔기 때문이다. 그리하여 이 부부는 이렇게 하기로 결심했다 — 그 체포를 기다릴 것이 아니라, 남편이 아내를 당국에 통지했던 것이다! 아내는 체포되고 남편은 NKVD에서 보기에 〈깨끗해서〉, 체포되지 않았다. 또 그 같은 빛나는 해에, 혁명 전부터의 정치범인 아돌프 메조프가 투옥될 때, 외동딸인 이자벨라에게 말했다. 「우리는 소비에뜨 정권을 위하여 생명을 바쳐 왔다. 누구도 너의 불행을 악용하지 않도록 기원하마. 공산 청년 동맹에 가입하도록 해라!」 재판부는 메조프의 서신 왕래를 금지하지 않았다. 그러나 공산 청년 동맹은 딸에게 아버지와의 서신 왕래를 금지했다. 이리하여 딸은 아버지가 남긴 말의 정신에 따라 아버지를 부인했던 것이다.

이러한 〈부인〉이 얼마나 많았던가! 이것은 공표되기도 하고, 인쇄되기도 했다. 즉, 〈나는 누구이며, 이러이러한 날부터, 소비에뜨 인민의 적인 아버지와 어머니를 부인한다.〉 이것으로 생명을 살 수 있었다.

당시를 살지 않았던(혹은 현재 중국에 살고 있지 않은) 사람들에게는 이것을 이해하거나, 용서하는 일은 거의 불가능하다고 생각할 것이다. 평균적인 인간 사회에 있어서, 인간은 누구든 이러한 선택의 궁지에 몰리는 일 없이, 자기의 60년 인생을 살아가며, 스스로 자기의 선의를 믿고, 그의 묘지에서 연설하는 사람도 그것을 믿고 있기 때문이다. 인간이 어떤 악의 우물로 빠질 수 있다는 사실을 모르는 상태로 인생을 끝마치게 되는 것이다.

이 엄청난 영혼의 곰팡이가 사회를 한순간에 삼켜 버린 것은 아니다. 아직 1920년대와 1930년대 초에는, 우리 나라의 많은 사람들이 순결한 영혼을 간직하며 예전의 사회 개념을 계속 가지고 있었다. 재난이 닥쳤을 때 도와주고, 어려운 사람들 편에 섰다. 또 1933년에는 니꼴라이 바빌로프와 메이스쩨르는 투옥된 식물 생육 연구소원 모두의 석방을 위해 공공연한 운동을 했다. 전 국민적인 타락을 위해 최소한 필요한 기간이 있어서, 그것이 지나가기 전에는 위대한 기구라 할지라도 국민을 완전히 요리할 수는 없었다. 그 기간의 길이는, 아직 늙지 않은 완고한 사람의 나이에 의해 결정된다. 러시아의 경우는 20년이 필요했다. 1949년 발트해 연안 국가들에 대량 투옥의 선풍이 일어났을 때, 그 타락이 시작된 지 불과 5~6년밖에 안 되었다. 그것으로는 부족했다. 그래서 당국으로부터 박해를 받은 가족들은 여러 방면에서 원조를 받았다. (그리고 무엇보다 발트해 연안의 여러 국민들이 저항을 돕게 된 이유의 하나는 사회적 박해가 민족 지배로 보였기 때문이다. 이런 경우에는, 사람들의 저항이 더 강력해진다.)

군도로서는 1937년을 평가할 때, 우리는 그 해에 최고의 왕관을 씌울 수는 없었다. 그러나 여기 〈사회〉에서는 그 해를 평가할 때, 우리는 배신행위라는 녹슨 왕관을 씌우지 않을 수 없다. 다름 아닌 그 해가 우리 나라 〈사회〉의 영혼을 짓밟고, 그 영혼 속에 대량의 타락을 불어넣었다고 인정하지 않을 수 없다.

그러나 그것으로 우리 사회의 종말이 도래한 것은 아직 아니다! (지금에 와서야 알게 되었지만, 종말 따위는 전혀 오지 않았다. 러시아의 살아 있는 한 줄기 실오라기는 좋은 시대까지, 1956년까지 살아 이어졌다.) 이제는 절대 죽지 않을 것이다. 저항은 표면에 나타나지 않고, 그것이 국민적 타락의 시대를 장식하지는 않았다. 그러나 눈에 보이지 않는 따뜻한 혈관이 되어 그 심장을 계속 고동치게 했던 것이다.

혼란한 고독 속에서 귀중한 사진이나 그리운 편지나 일기가 불살라지고, 또 가정의 책장에 소중하게 두었던 누런 서류들이 갑자기 죽음의 불 속에 휩싸이고, 스스로 난로 속으로 뛰어들려고 했던 그 무서운 시대에 유죄 판결을 받은 사람들이나(플로렌스끼와 같은), 혹은 미리 질책될 것을 알고 있던 사람들(철학자 표도로프와 같은)의 원고를 태우지 않고, 수많은 나날을, 그것을 보존한다는 것은 대체 얼마나 용기가 필요했는가! 리지야 추꼬프스까야의 작품 「소피야 뻬뜨로브나」는 얼마나 격심한 지하 반소비에뜨적 저항을 보였던가! 이 소설은 이시도르 글리낀에 의해 보존되었다. 그는 봉쇄된 레닌그라뜨에서 자기의 죽음을 예감하자, 그 원고를 시의 반대쪽에 살던 누이에게 가져가서 구해 냈다.

당국에 대한 항의는 모두가 그 행동의 규모를 훨씬 상회하는 용기가 필요하다. 알렉산드르 2세 시대에 다이너마이트를 보관하는 일이, 스딸린 시대에 고아가 된 인민의 적의 아이를 맡은 것보다 안전했다. 그럼에도 불구하고 얼마나 많은 아이들이 도움의 손길을 받아 구제되었는가…… 이것은 그 아이들 스스로 말하게 놔두자. 그 가족에 대한 은밀한 도움도 있었다. 사흘이나 계속된 절망적인 행렬 속에서 체포된 사람의 아내가 따뜻하게 한숨 잘 수 있도록, 그녀를 대신하여 대열에 끼어든 사람도 있었다. 집에는 관리들이 대기하고 있으니까, 돌아가면 안 된다고 경고하기 위해, 떨리는 가슴을 억제하며 마중 나온 사람도 있었다. 도망친 피해자의 아내를 자기 집에 있게 하고, 자기는 밤을 지새운 사람도 있었다.

산업당의 처형에 감히 찬성투표를 하지 않은 사람들이 있었다는 것은 이미 말했다. 또 자기의 평범한 알려지지 않은 동료들을 변호했기 때문에, 군도에 가게 된 사람도 있었다. 아들은 아버지를 닮는 모양이다. 그 로잔스끼의 아들 이반도 자기 동료인 꼬뻴레프를 변호했기 때문에 피해를 입었다. 국립 아동 도서 출판소 레닌그라뜨 지부의 당 회의에서 M. M. 마이스네르가 일어나, 〈아동 문학에서의 해충 분자들〉에 대한 변호를 시작했다. 그는 즉석에서 당적이 박탈되고, 체포되었다. 그는 이러한 행위가 어떻게 되는지 이미 알고 있었다.[4] 그리고 전시 검열소에서(랴잔시, 1941년) 젊은 여성 검열관이 알지도 못하는 전방에 근무하는 병사의 반역적인 편지를 찢

---

4 우리는 많은 사람들의 영웅적인 불굴의 실례를 가지고 있으나, 그것을 다시 뒷받침할 증거가 필요하다. 1930년에 솔로프끼로 향하는 대열에 스스로 참가한 (호송병 없이) 우끄라이나 어느 사관 학교의 수백 명의 학생들이 왔다. 농민 폭동의 진압을 거부했기 때문이었다.

어 버렸다. 그런데 그녀가 그 편지를 찢어서 쓰레기통에 버리고 있는 것을 누군가가 목격했다. 그 조각이 이어 붙여지고 그녀 자신이 〈체포되었다〉. 그녀는 알지도 못하는 멀리 있는 사람 때문에 희생되고 말았다! (이 사건을 내가 알게 된 것은, 내가 랴잔에 살았기 때문이다. 이렇게 알려지지 않은 사건이 얼마나 많을까?)

〈체포〉는 복권과 같은 것이라고, 지금은 편리하게 표현하고 있다(에렌부르끄). 복권이기는 했지만, 그 몇 개의 번호는 미리 알고 있었다. 무턱대고 그물을 치고, 할당된 숫자에 따라 투옥했다. 그것은 사실이었다. 그런데 〈공공연히 그것을 반대한 사람들은〉 즉각 끌려갔다! 결국, 그것은 〈영혼의 선택〉이었지, 복권은 아니었다! 용감한 사람은 단죄되어, 군도에 보내졌다. 그런 결과, 남아 있는 〈사회의 사람들〉의 단조롭고 순종하는 생활에는 흐트러짐이 없었다. 깨끗하고 뛰어난 사람들은 하나도 이 사회에 남을 수가 없었다. 그래서 이런 사람들이 없어지자, 이 사회는 점점 쓰레기가 되어 갔다. 이러한 조용한 퇴조는 거의 눈에 띄지 않았다. 그러나 그것은 국민의 영혼의 죽음이었다.

7. 타락. 오랜 세월의 공포와 배신행위의 상황에서 살아남은 사람들은 다만 외형으로, 육체적으로 살아남았을 뿐이다. 내부는…… 부패해 갔다.

그리하여 수백만의 사람들이 밀고자의 일을 허락했던 것이다. 만약 1953년까지 35년 동안 수용소군도를 거친 사람은 죽은 사람을 포함해서 4천만에서 5천만 명이라고 한다면, 이것은 적게 계산한 것이다. 이것은 한 시점에 수용소군도에 있었던 인구의 3~4배에 지나지 않는다. 그리고 전시에는 〈하루에 1퍼센트)가 죽었다고 한다. 그러면 우리는 세 개의 사건 중 하나의 비율로, 아니면 다섯 개의 사건 중 하나의 비율로 누군가의 밀고가 있고 누군가의 증언이 있었을 것이라고 생각할 수 있다! 이 잉크의 살인자들은 모두 지금도 우리들 사이에서 살고 있다. 일부의 사람들은 공포심 때문에 친척을 형무소에 처넣었다 ─ 그것은 아직 초기 단계였다. 일부의 사람들은 사리사욕을 위해, 또 일부는 ─ 당시에는 가장 젊은 사람들로, 지금은 연금 생활을 하려는 연령의 사람들이지만 ─ 의기양양하게 배신하기도 하고, 사상적으로 배신하기도 하고, 때로는 공공연하게 배신하기도 했다. 적을 폭로하는 것이 계급적인 공로라고 보았던 것이다! 이러한 사람들이 모두 우리들 속에 살고 있으며, 가끔 잘살고 있었다. 그런데 우리는 이러한 놈들을 〈우리 나라의 일반적 소비에뜨인〉이라고 칭송까지 하고 있다.

영혼의 암은 눈에 띄지 않는 곳에서 자라나, 사람들이 감사하기를 기대하는 영혼의 그 부분을 침해한다. 표도르 뻬레구뜨는 미샤 이바노프를 부모 대신에 양육하여, 어른으로 키웠다. 뻬레구뜨는 직장이 없는 미샤를 땀보프시의 차량 수리 공장에 취직시키고, 일도 가르쳐 주었다. 거처할 데가 없는 미샤를 가족처럼 자기 집에 있게 했다. 그런데 이 미하일 드미뜨리예비치 이바노프(미샤)는 표도르 뻬레구뜨 집에서 식사를 하면서 그가 독일제 기계를 칭찬했다고 NKVD에 밀고했던 것이다. (표도르 뻬레구뜨는 재능이 있는 사람으로, 기계공, 발동기공, 무선공, 전기 기술자, 시계 수리공, 광학 기계공, 주물공, 금형공, 고급 가구공 등 스무 가지도 넘는 직업을 가지고 있었다. 그는 수용소에 정밀 기계 제작소를 설치했다. 다리가 절단되었을 때도, 스스로 의족을 만들 정도였다.) 뻬레구뜨가 체포되었을 때, 열네 살의 딸도 형무소로 보내졌다. 이것이 다 M. D. 이바노프의 짓이었다! 재판장에 그는 검은 얼굴로 나왔다 — 이것은 썩은 영혼이 이따금 얼굴에도 나타났기 때문이다. 그리고 그는 이내 공장을 그만두고, 공공연히 보안 기관에 근무하게 되었다. 후에 무능한 탓으로 소방서로 좌천되었다.

타락한 사회에서는 은혜를 모르는 일이 극히 다반사로 일반적인 감정이며, 게다가 놀라는 사람도 거의 없었다. 품종 개량 전문가 V. S. 마르긴이 체포된 후에, 농업 기사인 A. A. 솔로비요프는 주저하지 않고 마르긴이 만들었던 밀의 신품종인 〈따이가 49〉를 훔쳤던 것이다.[5] 불교 문화 연구소가 붕괴되고 (유능한 연구원 전부가 체포되었다), 소장인 아카데미 회원 셰르바쯔끼가 죽었을 때, 그의 제자인 깔리야노프는 셰르바쯔끼의 아내에게 가서, 죽은 학자의 책과 원고를 자기에게 양도하도록 설득했다. 「그렇지 않으면 좋지 않아요. 불교문화 연구소가 사실은 스파이의 본거지였으니까.」 연구 논문을 입수한 그는, 그 일부를(보스뜨리꼬프의 논문도 포함하여) 자기의 이름으로 발표하여 유명해졌다.

모스끄바와 레닌그라뜨에는 이러한 피와 뼈대 위에서 이룩한 많은 과학적 권위가 있었다. 1930년대와 1940년대의 우리 나라 과학과 기술을, 얼룩진 무늬 모양으로 잘라 버린 〈은혜를 모르는 제자들〉에 대해서는 이렇게 설명하면 될 것이다 — 당시의 학문이 진짜 학자나 기사들로부터 조숙하고 탐욕스럽게 〈선발된 사람들〉에게로 옮겨 가고 있었다.

이제 와서, 이러한 도용된 연구 논문이나 훔쳐 간 발명을

5 『이즈베스찌야』, 1963년 11월 15일. 그런데 20년 후에 마르긴이 명예 회복을 했을 때, 솔로비요프는 수입의 〈절반〉도 양도하려 하지 않았다.

추적하여, 그 모든 것을 헤아릴 수는 없다. 체포된 사람들한테서 인계한 주택은? 그리고 훔친 물건은? 아니, 전시에는 이 야만적인 특질이 거의 일반적인 것으로 나타나지 않았던가? 만일 누군가 깊은 슬픔에 잠기거나, 폭탄에 집이 파괴되거나, 화재를 당하거나, 소개당하거나 하면, 일반적인 소비에뜨 시민인 살아남은 이웃들이 때를 놓치지 않고 이웃 사람의 재산으로 사리사욕을 채우려 하지 않았던가?

타락은 여러 가지였다. 우리는 이 장에서 그것을 다 포괄할 수는 없다. 전체적인 사회생활은 배신자가 선발되고, 무능한 사람들이 승리하고, 그리고 가장 뛰어난 정직한 사람들이 찍히게 되어 있었다. 1930년대에서 1950년대에 걸쳐서 우리 나라에서 품위 있는 사람이 비열하고 싸움을 좋아하는 사람을 쓰러뜨리고, 공격하여, 쫓아낸, 단 〈한 건의 예〉가 있는가? 나는 그러한 예는 있을 수 없다고 확신한다. 그것은 마치 폭포수가 밑에서 위로 올라가는 예외와 같은 것이다. 품위 있는 사람은 기관의 도움을 청하지 않지만, 비겁자들에게는 언제나 손이 닿는 데에 기관이 있기 때문이다. 기관은 어떠한 일 앞에서도 기가 죽지 않았으니, 니꼴라이 바빌로프 앞에서도 기가 죽지 않았다. 그러하다면, 어떻게 폭포수가 위로 올라갈 수 있겠는가?

이 품위 있는 사람들에 대한 비열한 놈들의 가벼운 승리감이, 악취를 풍기며 수도의 군중 속에서 끓어오르는 것이다. 아니, 북극권의 눈보라 속에서도, 북극의 기지에서도 악취를 풍겼다. 북극은 1930년대에 사람들이 좋아했던 신화였으며, 그곳에는 잭 런던의 맑은 눈을 지닌 거인들이 평화스럽게 파이프 담배를 피우기에 가장 적합한 땅이었다. 세베르나야 제믈랴 제도의 도마시니섬의 북극 기지에는 모두 세 사람밖에 없었다. 비당원인 기지장 알렉산드르 빠블로비치 바비치, 그는 명성이 있는 고참 북극 탐험가였다. 잡역부인 예료민은 유일한 당원이며, 또 그는 기지의 당 조직가(!)였다. 공산 청년 동맹원(이쪽은 조직가였다!)인 기상학자 고랴첸꼬는 명예욕이 강한 사람으로, 기지장을 밀치고, 그 지위에 앉으려고 했다. 고랴첸꼬는 기지장의 개인 소지품을 휘저어 서류를 훔치거나 위협하기도 했다. 잭 런던식으로 생각한다면, 그 두 사람이 이 불량배를 얼음 속에 밀어 넣기만 하면 끝났을 것이다. 하지만 그들은 그러지 않았다. 그 대신에 북극해 항로 중앙 관리국의 빠빠닌 앞으로, 직원 1명을 교체해야겠다는 내용의 전문을 보냈다. 당 조직가 예료민이 그 전문에 서명했으나, 곧장 공산 청년 동맹원에게 전문 내용을 누설하였고 이번에는 두 사람이 연명하여 앞과 반대되는 내용의 당-공산 청년 동맹 조직가 명의의 전문을 빠빠닌 앞으로 타전했다. 빠빠닌의 판단은 다음과 같았다. 조직 질서가 파괴되었으므로 이들을 본토에 복귀시켜야 한다는 것이었다. 그들을 데려가기 위해 쇄빙선 〈삿꼬〉호를 보냈다. 삿꼬호에 승선한 공산 청년 동맹원은 지체하지 않고, 즉시 배의 정치국원에게 〈자료〉를 제공한다. 그리하여 바비치는 체포되었다. (주요한 죄상은 — 독일인에게 쇄빙선 삿꼬호를 인도하려 했다는 것이다. 그들이 지금 승선하고 있는 그 쇄빙선 말이다!) 상륙하자마자 그는 구치소에 수감되었다. (만일 배의 정치부원이 정직하고 현명한 사람이고, 그가 바비치를 불러내어, 다른 한쪽 당사자의 말을 들었다면, 어땠을까. 하지만, 그것은 밀고의 비밀을 적일지도 모르는 사람에게 해명하는 것을 의미하게 된다! 그렇게 되면 빠빠닌을 통하여 고랴첸꼬가 배의 정치부원을 형무소에 보냈을 것이다. 이 기구는 이렇듯 아주 잘 작동하고 있었다!)

물론, 어려서부터 소년단 지부나 공산 청년 동맹 세포에서 교육을 받지 않았던 극히 일부의 사람들의 경우, 그 영혼의 순수성은 남아 있었다. 예를 들면, 갑자기 시베리아 철도역에서 건장한 병사가 죄수 열차를 보자, 담배를 사려고 뛰어가고, 담배 몇 갑을 죄수한테 전해 달라고 호송병들에게 부탁을 한다. (이 책의 다른 곳에서, 우리는 이런 실례를 기술했다. 하지만 그 병사는 아마 근무가 아닌, 휴가를 보내고 있는 어느 병사일 것이다. 그리고 그의 곁에는 자기가 소속되어 있는 부대의 공산 청년 동맹의 조직 담당이 없었을 것이다. 자기 부대에서는 아무도 그런 용기는 없었을 것이다. 그런 짓을 하다가는, 그가 혼날 것은 자명한 노릇이다. 아니, 잘못하다가는, 거기서도 사령부의 헌병이 그를 연행했을지도 모른다.

8. 생존 방법으로서의 허위. 공포에 질리거나 혹은 사리사욕이나 선망에 들떠 있어도, 사람들은 그렇게 빨리 바보가 되지는 않는다. 그들의 영혼은 흐려 있으나, 두뇌는 아직 매우 명석했다. 그들은 전 세계의 천재적 두뇌가, 느닷없이 짓눌린 듯한 좁은 이마를 가진 한 사람의 머릿속으로 집중되어 버렸다고는 도저히 믿어지지 않는다. 그들은 라디오에서 듣고, 영화에서 보고, 신문에서 읽은 바보스럽고 우둔한 자신의 모습을 믿을 수가 없었다. 반론하여 진실을 말하도록 그들에게 강요하지도 않고, 그렇다고 침묵을 지키도록 허용하지도 않는다! 그들은 〈지껄여야〉 한다. 지껄인다면, 허위 이외에 무엇이 있겠는가? 그들은 열렬히 박수 쳐야 한다. 성의가 있고 없고는 관계없는 일이다.

만일 우리가 1938년 5월 20일 『쁘라브다』에 실린, 고등 교육 기관의 교원들이 스딸린 앞으로 보내는 다음과 같은 메시지를 읽는다면…….

우리는 각자의 혁명적 경계심을 높이면서, 충실한 레닌주의자이며 스딸린주의자인 인민 위원 니꼴라이 이바노비치 예조프에 의해 인도되는 우리 나라의 명예로운 정보기관에 대하여, 우리 나라의 고등 교육 시설 및 우리 나라 전체에서 뜨로쯔끼-부하린 일파를, 또한 그 밖의 어떠한 반혁명 분자들까지도 최후까지 일소하도록 협력하는 바입니다.

이 회의에 참가한 1천 명 가까운 사람들을 백치로 인정할 것이 아니라 타락한 거짓말쟁이들, 내일 있을 자기 자신의 체포에도 순종하는 놈들로밖에 인정할 수 없었다.

끊임없는 거짓이 배신행위와 함께 살기 위한 유일한 안전 방법이 되었다. 혀를 한번 놀리더라도 누가 들을 가능성이 있고, 얼굴 표정 하나에도 누가 볼 가능성이 있었다. 그리하여 말을 할 때마다 새빨간 거짓말까지는 아니더라도, 일반적이고 공통된 거짓말과 모순되어서는 안 된다. 문구의 나열, 호칭의 나열, 기성의 거짓말의 나열이 있고, 이러한 주요한 나열을 사용하지 않은 어떤 연설도, 어떤 논문도, 어떤 서적도, 그것이 과학이건, 사회건, 평론이건 혹은 소위 〈순수 문학〉이건 있을 수 없다. 가장 학문적인 교본 속의 어느 곳에서도 누군가의 거짓 권위나 우선권을 지지하며, 또 진실을 위하여 누군가를 비난하지 않으면 안 된다. 이러한 위선이 없이는, 아카데미 회원의 논문이라도 세상에 나올 수 없다. 시끄러운 야외 집회나, 휴식하면서 하는 작은 집회에서도 말할 나위가 없었다. 거기에서 당신은 자기 자신의 의사와는 반대되는 투표를 하지 않으면 안 되고, 자신이 괴로움을 느끼는 일(새로운 국채, 생산 임금률의 저하, 어느 전차 부대를 위한 기부금, 일요 노동 혹은 집단 농장을 돕기 위해 아이들을 보내는 것)을 기쁘게 생각하는 체해야 한다. 또 자기는 아무렇지도 않게 생각하고 있는 일(예를 들어 서인도나 혹은 파라과이 등, 먼 나라에서의 눈에 보이지도 않고 피부로 느낄 수도 없는 폭력 행위)에 대해 마음속의 분개를 표명하지 않으면 안 된다.

쩬노는 수치를 참고, 형무소에서, 체포되기 2주 전에 선원들에게 행한 강의를 회상했다. 〈스딸린 헌법은 세계에서 가장 민주적이다.〉 (당연한 것이지만, 이 중에서 단 한 개의 단어도 진심에서 한 소리가 아니었다.)

글을 써냈던 사람들치고, 한 페이지라도 거짓말을 하지 않았던 사람은 없었다. 연단에 올랐던 사람들치고 거짓말을 하지 않은 사람도 없었다. 마이크를 향해 거짓말을 하지 않았던 사람도 없었다.

그래도 만일 이것으로 끝이라면 좋겠다! 아니, 계속된다 — 당국자와의 어떤 이야기에도, 인사부에서의 어떤 대화에도, 아니 보통 어떤 소비에뜨 시민과의 이야기에도 거짓말을 해야 했다. 때로는 무턱대고, 때로는 눈치를 보면서, 때로는 상대방의 이야기를 긍정하는 듯이 거짓말을 했다. 그리고 혹시 일대일로 바보 같은 말동무가, 우리 군대는 히틀러 군대를 되도록 깊이 유인하기 위해 볼가강까지 후퇴하고 있다. 혹은 감자의 해충인 콜로라도 갑충은 미국인이 우리 나라에 뿌린 것이라고 당신에게 말하게 되면, 당신은 찬동하지 않으면 안 된다! 반드시 찬동해야 한다! 머리를 끄덕이지 않고 옆으로 젓기라도 하면, 당신은 군도로 이주하지 않을 수 없게 된다. (제1부 제7장 출뻬뇨프의 투옥을 참조하라.)

하지만 이것으로도 끝나지 않는다 — 당신의 아이들이 자라고 있다! 만일 그들이 다 성장했다면, 당신은 아내와 함께 생각하고 있는 것을 아이들한테 밝혀서는 안 된다. 그들은 빠블리끄 모로조프와 같은 인물이 되도록 교육되어 있고, 그러한 공로를 세우기 위해 주저하지 않고 있다. 하지만 만일 당신의 아이들이 어리다면, 어떻게 그들을 교육시킬 것인가 결정해야 한다. 처음부터 거짓을 진실로 알게(그들의 생활이 장차 〈편하게〉 하기 위해) 그들 앞에서 항상 거짓말을 하거나, 아니면 그들에게 진실을 가르치는 것이다. 후자의 경우는, 아이들이 길에서 벗어나, 생각하는 것을 입 밖에 내는 위험성을 간직하게 된다. 그래서 진실은 곧 파멸의 원인이 되고, 밖으로 한 발짝이라도 나서면, 거짓말을 해야 하며, 아빠나 엄마처럼 거짓말만 하지 않으면 안 된다고 가르쳐야 했다.

이런 것을 생각하면, 차라리 아이를 가지지 않는 편이 나은 선택일지도 모른다.

거짓이 지속되는 인생의 기반이다. 지방 어느 대학에서 문학을 가르치기 위해, 수도에서 젊고 총명하고 모든 것을 이해하는 여성 A. K.가 오게 되었다. 그리고 그녀의 이력서나 새로운 학위상에는 오점이 없었다. 그녀는 자기가 맡은 주요한 강의에 한 당원 여학생을 확인하고, 그 여학생이 밀고자가 되리라고 생각하고 있었다(어떤 경우에도 반드시 누군가 〈밀고〉하지 않으면 안 된다고 A. K.는 확신했다). 그래서 그녀는 이 당원 여학생과 친해지고, 그녀에게 호의를 가지고 있는 체했다(군도의 전술로 말하자면 이것은 완전한 오산이었다. 이와 반대로 처음부터 낙제점을 2개쯤 줄 걸 그랬다. 그렇게 되면 그녀의 밀고도 개인적인 원한으로 될 것이다). 그들은 대학 밖에서도 만나, 사진을 교환하는 사이가 되었다(여학생은 A. K.의 사진을 당원증 표지 뒤에 소중히 간직했다). 방학 때는 다정한 편지도 주고받았다. 그리고 강의할 때마다 A. K.는 이 당원 여학생의 평가에 맞추게 되었다. 이윽고 이 굴욕적인 위선의 4년이 지나, 여학생은 졸업했다. 이제 A. K.한테도 그녀의 태도 따위는 아무래도 좋았다. 그리하여 졸업 후 처음으로 그 여학생이 찾아왔을 때, A. K.는 노골적으로 그녀를 소홀히 대했다. 화가 난 여학생은 사진과 편지의 반환을 요구하고, 소리를 질렀다(가장 슬프고 우스꽝스러웠던 것은, 틀림없이 그녀는 밀고자가 아니었다는 것이다).「내가 대학원을 졸업하면, 당신처럼 시시한 대학에 있지는 않겠어! 당신의 강의는 엉터리였어! 지루했다고!」

그렇다! A. K.는 훌륭하게 할 수 있는 강의를 여성 밀고자한테 맞추어, 그 내용을 빈약하게, 그 특징을 깎아, 결국 잘못했던 것이다.

한 시인이 적절하게 말했듯이, 우리 나라에 있었던 것은 개인숭배가 아니라, 위선 숭배였다.

물론, 여기서도 단계를 구별해야 한다 ─ 강요되고 방어적인 거짓과, 무아적인 열렬한 거짓. 후자의 거짓에서 가장 뛰어난 것은 작가 놈들이며, 그 거짓에 감동하여 여류 작가 샤기냔은 1937년에(!), 사회주의 시대는 취조까지도 바뀌었다고 썼다. 즉, 신문관들의 말에 의하면, 현재 취조 중의 미결수들은 자기에 대해서나, 남에 대해서도, 필요한 것은 무엇이든 죄다 말해서〈흔쾌히 그들에게 협력한다〉고.

이 거짓말이 우리를 정상적인 사회에서 얼마나 멀리로 내몰았는지, 짐작할 수조차 없었다. 그 두꺼운 잿빛 아지랑이 속에서는 한 가닥 표시도 보이지 않았다. 야꾸보비치의『추방된 자의 세계에서』의 주석을 보고 이내 알게 되었지만, 이것은 저자가 도형을 마치고, 유형지를 향하고 있을〈바로 그때에〉─

익명이기는 했지만 놀라운 일이다 — 출판된 것이었다.[6] 이것을 우리 나라의 현실과 대조해 보라, 제발 대조해 보라! 뒤늦게 나온 내 조심스러운 중편소설[7]이 기적적으로 빠져나오고 나서, 차단기가 단단히 내려지고, 대문과 빗장이 잠겼다. 그리고 현대는 고사하고, 30년 전, 50년 전에 어떤 일이 있었는지 쓰는 것조차 금지되고 말았다. 우리가 살아서 그것을 읽을 수 있을까? 우리는 거짓말을 들으면서 죽지 않으면 안 되었다.

하지만 그런데, 만일 진실을 알리려고 하더라도, 〈사회의 사람들〉이 그것을 알고 싶다고 생각했을까? Y. G. 옥스만이 수용소에서 1948년에 돌아와 다시 체포되지 않고, 모스끄바에서 살고 있었다. 그의 친구들과 아는 사람들이 그를 저버리지 않고 도왔다. 하지만 다만 그의 수용소에 관한 이야기는 들으려 하지 않았다! 만일 〈그것을〉 알고 있었다면 — 어떻게 살 수 있겠는가?

전쟁 후에 「도시의 소음은 들리지 않는다」라는 노래가 매우 인기 있었다. 중간 실력의 가수라도, 이 노래만 부르면 우레와 같은 박수를 받고 무대를 내려왔던 것이다. 〈사상 감정 통제국〉이 재빨리 알아차리지 못하여, 라디오가 방송을 시작하고, 무대에서 노래 부르도록 허가했다 — 이것은 러시아 민요라고! 그런데 나중에 알고서 곧바로 금지해 버렸다. 이 노래의 가사는 파멸의 운명에 있는 죄수에 대한 것이며, 억지로 갈라놓은 연인들의 마음을 노래한 것이다. 회개하고 싶은 기분이 역시 마음 밑바닥에서 꿈틀거리고 있었다. 그래서 거짓에 젖은 사람들이 이 낡은 노래에도 마음속으로부터 박수를

6 그 도형이 존재하고 있을 때 일이었다! 그것은 다름 아닌 〈당시의〉 도형에 관한 책이며, 이것은 다시 되풀이되지 않는 것이었다.

7 『이반 제니소비치의 하루』를 말함 — 옮긴이주.

보내는 것이다.

9. 잔학성. 여태껏 말한 모든 특질 사이에 과연 친절한 마음
이 자리잡을 공간이 있었던가? 물에 빠진 사람이 도와 달라고
내민 손을 뿌리치면서, 어떻게 선량한 마음을 가질 수 있겠는
가? 일단 그 손이 피로 물들게 되면 나머지는 이제 잔학해질
뿐이다. 아니 그 잔학성(계급적 잔학성)을 구가하며 성장했
다. 그러한 결과로, 선악의 경계선을 잃어버리게 된다. 또한
선량한 심성이 조소를 받고, 연민의 정이 조소를 받으며, 자비
의 마음이 조소를 받게 되는 때는, 이미 피에 굶주린 놈들을
쇠사슬에 묶어 둘 수 없다!

아르바뜨 15번지에 있는 내 무명의 여성 펜팔이 〈일부 소
비에뜨 인간들〉에게 있는 〈잔학한 근성에 대해〉 나에게 물어
온 일이 있었다. 왜 그들의 지배하에 있는 인간이 무력하면
할수록, 그들은 더 잔학성을 발휘하고 있을까? 그리고 그녀는
예를 들었다. 얼핏 보면, 그다지 중요한 예로는 생각되지 않지
만, 여기에 인용하겠다.

1943년에서 1944년에 걸친 겨울에, 첼랴빈스끄 역의 수하
물 보관소 처마 밑. 기온은 영하 25도. 처마 밑 시멘트 바닥에
는 밖에서 묻어 들어온 눈이 단단히 달라붙어 있었다. 수하물
보관소 창고 안에는 솜옷을 입은 여성이 있었다. 창구 밖에는
양가죽 반외투 차림의 뚱뚱한 경찰이 서 있었다. 경찰은 그
여성과 창구 너머로 이야기하고 있었다. 바닥에 몇 사람이 누
워 있었다. 그들은 밤색 무명의 얄팍한 의복과 넝마를 몸에
걸치고 있었는데, 그나마 그 넝마를 낡았다고 말한다면, 너무
사치스럽게 말하는 셈이었다. 이 젊은이들은 지쳐서, 얼굴이
붓고, 입술에 부스럼이 있었다. 한 사람은 열이 나는지, 벗은

가슴에 눈을 문지르며 신음했다. 나의 펜팔은 그 까닭을 물으려고 그들에게 가까이 갔다가 다음과 같은 것을 알게 되었다. 그들 중의 한 사람은 수용소에서 형기를 마치고, 또 한 사람은 불구자로 인정되어 석방되었다. 그런데 석방될 때 그들의 서류 수속에서 수용소 측의 잘못이 있어서, 그들이 집으로 돌아가기 위한 승차권을 받지 못했다. 그런데 수용소로 돌아갈 기력이 없었다. 그들은 설사로 지쳐 있었다. 나의 펜팔이 빵을 조금씩 찢어서, 그들한테 주기 시작했다. 그러자 경찰이 즐겁게 하던 이야기를 중단하고, 그녀를 이렇게 위협했다. 「이봐, 아줌마, 친척이라도 찾았어? 여기서 빨리 사라지는 것이 좋아. 당신이 없더라도 이놈들은 죽을 테니까.」 그러자 그녀는 갑자기 이런 생각이 들었다. 〈느닷없이 나를 잡아넣지는 않을까!〉 (그것은 사실이다. 잡아넣지 않는다는 보장이 어디 있을까?) 그리하여 그녀는 그 자리를 떠났다.

이 모든 것들이 얼마나 우리 사회다운가 ― 그녀의 생각도, 그녀가 떠난 것도, 무자비한 경찰도, 솜옷을 입은 여성도, 그들에게 승차권 배부를 거부한 직원도, 시립 병원에 그들을 입원시키지 않았던 간호사도, 수용소에서 그들의 서류 수속을 소홀히 한 바보 같은 자유 고용인도.

참기 어려운 생활이 시작되어, 도스또예프스끼나 체호프의 시대처럼 죄수를 〈불행한 사람〉이라 부르지 않고, 〈짐승 같은 놈〉 정도로 불렀다. 1938년에는 마가단의 학생들이 연행되어 가는 여자 죄수 대열을 향해 돌을 던졌다(수로프쩨바의 회상).

예전의 우리 나라에서, 혹은 또 다른 나라에서도, 이처럼 추악하고 비참한 이야기를 아파트나 가정에서 경험한 적이 있을까? 독자들은 누구나 이러한 이야기를 많이 알고 있겠지만, 한두 개 더 언급해 보겠다.

로스또프의 돌로마노프스까야 거리에 있는 공동 아파트에 베라 끄라수쯔까야가 살고 있었는데, 그녀의 남편은 1938년에 체포되어서 죽었다. 그녀의 이웃인 안나 스똘베르끄가 그 일을 알고는, 1938년부터 1956년까지 18년 동안을(!) 자기의 지배권을 즐기며, 상대방을 위협하며 괴롭혔다. 공동의 부엌이나 복도에서 끄라수쯔까야에게 접근해서는, 작은 목소리로 위협했다. 「내가 좋다고 할 때까지는 여기서 살 수 있지만, 내 마음이 달라지면 〈마차〉가 데리러 올 거야.」 그리하여 마침내 1956년에 끄라수쯔까야는 검사에게 탄원서를 낼 결심을 했다. 스똘베르끄가 잠잠해졌다. 그런데 그들은 그 후에도 같은 공동 아파트에서 살아가고 있었다.

1950년 겨울, 류빔시에서 니꼴라이 야꼬블레비치 세묘노프가 체포되자, 그의 아내는 함께 살던 남편의 어머니 마리야 일리니치나 세묘노바를 집에서 쫓아내고 말았다. 「이 늙은 마녀야, 빨리 나가 버려! 네 자식은 인민의 적이란 말이야!」(6년 후에 남편이 수용소에서 돌아오자, 그녀는 성장한 딸 나자와 함께 힘을 합쳐 남편을 속옷 바람으로 한밤중에 쫓아냈다. 나자가 기를 쓴 까닭은 〈자기의〉 앞으로의 신랑을 위해 자리를 비워야 했기 때문이었다. 그래서 아버지의 얼굴을 향해 바지를 내던지며 나자는 이렇게 외쳤다. 「나가요, 이 늙은 악당!」)[8] 세묘노프의 어머니는 야로슬라블시에 있는 아이가 없는 딸 안나한테 갔다. 얼마 안 가서 딸과 남편이 그 어머니한테 싫증을 느꼈다. 그러자 소방관이었던 사위 바실리 표도로비치 메쫄낀은 비번인 날에 장모의 얼굴을 손바닥으로 눌러서, 얼

---

8 이것과 똑같은 이야기를 꼬브로프 출신의 V. I. 주꼬프도 이야기했다. 그를 쫓아낸 것은 아내(「나가, 아니면 또 형무소에 집어넣을 테니!」), 그리고 의붓딸 (「나가요, 이 감옥살이꾼!」)이라고 했다.

굴을 움직일 수 없게 하고, 눈과 입을 향해, 즐거운 듯이 그 얼굴에 침을 뱉었다. 그는 더욱 난폭해져서 자기 음경을 빼들고, 노파의 얼굴에 문지르며 요구했다. 「자, 핥고 죽어라!」 오빠가 돌아오자 아내는 이렇게 변명했다. 「그것은 바샤가 술을 마셔서 그런 거예요……. 술 취한 사람한테서 뭘 묻겠어요?」 그 후에는 새 집을 가지기 위해(「나이 많은 어머니를 목욕시키기 위해 목욕탕이 필요해! 공중목욕탕까지 어머니를 가게 할 수는 없으니까!」) 노파에 대한 태도가 조금씩 달라져 갔다. 〈어머니를 구실로〉 하여 집을 가지자, 이번에는 온통 방마다 식기 선반이나 장롱들을 좁게 들여놓고, 벽과 장롱 사이의 불과 35센티미터의 틈새에 어머니를 밀어 넣고, 이제 거기에 누워서 얼굴도 내밀지 말라고 했다. 아내와 딸한테 쫓겨나, 아들에게 가 있던 N. Y. 세묘노프는 자식이 하자는 대로, 거기로 어머니를 데려오도록 했다. 손자가 할머니를 데리러 갔다. 할머니는 손자 앞에 무릎을 꿇고 말했다. 「보보치까! 너는 나를 쫓아내지는 않겠지?」 손자는 낯을 찌푸렸다. 「좋아요, 내가 결혼하기 전까지만.」 여기서 손녀 나자에 대해 첨부하기로 한다. 나자(나제즈다 니꼴라예브나 또쁘니꼬바)는 그간 야로슬라블 대학의 문학부를 졸업하고 입당하여, 꼬스뜨로마주의 네야시에 있는 지역 신문 편집자가 되었다. 그녀는 시인이기도 하여, 1961년에 아직 류빔시에 있었을 때, 자기 태도를 시로 나타냈다.

만일 싸우려거든 철저히 싸워라!
아버지?! 아버지라도 친다!
도덕?! 그만큼 하잘것없는 것이 있겠나!
그따위는 알고 싶지도 않아!

나는 앞으로 나아갈 것이다
오직 냉혹한 타산만으로!

그런데 당 조직이 그녀와 아버지와의 관계 〈정상화〉를 요구하게 되어 그녀는 느닷없이 아버지에게 편지를 썼다. 기쁜 아버지는 모든 것을 용서한다는 내용의 답장을 쓰고, 그녀는 그 편지를 곧바로 당 조직에게 보였다. 그리하여 그녀 이름이 있는 곳에 V자 표시를 했다. 그 이후 그녀는 노동절과 10월 혁명 기념일에만 아버지에게 편지를 썼다.

이 비극에 등장하는 인물은 7명이었다. 이것이 우리 〈사회〉의 모습을 보여 주는 축소판이다.

교육받은 가정에서는 부당한 재난을 당한 부모를 속옷 한 장과 함께 밖으로 쫓아내지는 않지만, 그 부모를 수치스럽게 생각하고, 그 부모의 몹시 〈일그러진〉 세계관을 괴롭게 생각했다.

그리고 더 들 수 있는 것은, 다음과 같은 것이 있다.

10. 노예 심리. 그 불행한 바비치가 검사에게 보낸 항고서에서 이렇게 말했다. 〈전쟁 중이어서, 당국은 개개인의 사건을 검토하느니보다, 더 중대한 문제에 관여하고 있다고, 나는 이해하고 있습니다.〉

그 밖에도 또 있다.

그러나 만일 스딸린 치하에서 이러한 일이 모두 〈자연적으로〉 행해진 것이 아니라, 그가 우리를 위하여 각 항목마다 자세히 준비를 해놓은 것이라면, 그는 역시 천재였다고 인정해도 될 것이다!

이리하여 사형 집행인들과 배신자들 중에서도 제일 뛰어난 놈들만이 번창하는 이 악취가 풍기는 질퍽한 세계에서, 무엇인가 하겠다는 의지는 찾을 수도 없고, 거기 남은 정직한 사람들은 술에 취해 있었다. 그곳 청년들의 육체는 구릿빛이었으나, 그 정신은 부패해 있었다. 거기에서는 밤마다 잿빛이 감도는 푸른 손을 더듬어서 누군가의 목덜미를 붙잡아 상자 속으로 끌어넣는다. 이런 세계에서 남편과 자식 또는 아버지를 군도에 빼앗기고 눈이 멀어 낙심하는 수백만의 여성들이 방황하고 있었다. 그들은 누구보다도 전전긍긍 살아가며, 거울같이 번쩍이는 간판과, 집무실의 문과, 전화벨 소리, 문을 노크하는 소리를 두려워하며, 집배원과 우유 배달을, 또 수도 공사 일꾼을 두려워한다. 그리고 누구든지 그 여성들이 방해가되면, 집에서, 직장에서, 도시에서 쫓아낼 수 있다.

때로는 그들은 〈서신 왕래를 할 권리가 없다〉는 문구를 그대로 해석하여, 10년이 지나면, 〈그 사람〉이 편지를 보내오겠지, 하는 기대를 가지고 있었다.[9] 그들은 형무소 앞에 장사진을 쳤다. 1백 킬로미터도 더 멀리서, 식량도 소포로 보낼 수있다는 말을 듣고, 그들이 왔던 것이다. 그들 자신이 죄수가된 사람보다 빨리 죽을 때도 있었다. 간혹 〈수취인은 의무실에서 사망〉이라고 되돌아온 소포에 의해, 사망 날짜를 알게될 때도 있었다. 때로는 올가 차프차바제와 같이, 남편의 묘소에 한 줌의 고향 흙이라도 뿌리려고, 일부러 시베리아까지

9 때로는 서신 왕래의 권리가 없는 수용소도 있었다. 1945년부터 1949년까지의 원자력 공장에 국한되지 않았다. 예를 들면 까라간다 수용소의 제29수용 지점은 1938년부터 1년 반에 걸쳐 서신 왕래를 금지시켰다.

가기도 했다. 그런데 이미 아무도 남편과 세 사람이 함께 잠들어 있는 곳을 가르쳐 주지 않았다. 때로는 젤마 주구르처럼, 보로실로프와 같은 인물 앞으로 편지를 썼다. 보로실로프의 양심이 그 자신의 죽음보다 훨씬 이전에 죽은 것을 모르고서.[10]

그런데 이 여성들한테는 아이들이 성장하고 있으며, 그 아이들에게는 늦지 않게 아버지가 돌아와야 한다는 절박한 시기가 도래하고 있는데도, 여전히 돌아오지 않는 것이었다.

여기에 비스듬히 선을 그은 노트 종이에 쓴, 세모로 접은 편지 한 통이 있다. 푸른 연필과 붉은 연필로 번갈아 쓰여 있었다. 아마 아이가 연필을 놓고, 조금 쉬다가, 또 쓰기 시작하니까, 푸른 연필과 붉은 연필을 바꿔 잡았을 것이다. 삐뚤삐뚤하게 쓴 서툰 글씨가 띄엄띄엄 쓰여 있고, 가끔 한 단어까지 띄어 쓰고 있었다.

아빠, 안녕하세요. 저는 글 쓰는 것도 잊었어요. 이제 곧 학교에 가요. 겨울이 지나면, 빨리 돌아와요. 그렇지 않으면 우리들은 곤란해져요. 집에 아빠가 없으니까, 엄마는 아빠가 출장 가셨다고도 하고, 환자라고도 해요. 아빠는 뭣하고 있어요. 올료시까는 병원에서 셔츠 바람으로 도망쳐 나왔어요. 엄마는 아빠에게 새로운 바지를 짜 드린다고 했어요. 저는 아빠에게 저의 가죽 띠를 드릴게요. 아이들은 역시 내가 무섭대요. 나는 올료시까만은 언제나 때리지 않아요. 그 아이는 사실 말이지 불쌍해요. 어느 날 내가 열이 나서 엄마와 함께 죽으려고 했는데, 엄마가 싫다고 해서, 나

10 그는 자기의 가장 가까운 부관인 란고보이를 체포와 고문에서 지켜 줄 용기마저 없었다.

도 그만두었어요. 손이 아파서 이제 못 쓰겠어요. 아빠에게
키스를.

이고료끄, 여섯 살 반

저도 이제 봉투를 쓸 줄 알아요. 엄마가 오기 전에 이 편
지를 우체통에 넣을게요.

마놀리스 글레조스가 〈활기차고 열정적인 연설에서〉 모스
끄바 작가들에게 그리스의 형무소에서 고생하고 있는 자기
동지들의 이야기를 했다.

「저는 저의 이야기가 당신들의 심금을 울렸다는 것을 압니
다. 저는 당신들의 가슴이 형무소에서 고통받는 사람들의 일
로 아픔을 느끼기를 바랍니다⋯⋯. 그리스의 애국자들의 석방
을 위하여, 당신들의 목청을 높여 주십시오.」[11]

그리하여 노련한 여우들은, 당연히 목청을 높일 것이다! 하
기야 그리스에는 20명 정도의 죄수가 고생을 하고 있었으니
까! 아마 마놀리스 자신은 자기가 외치는 소리가 부끄럽다는
것도 몰랐을 것이며, 모르긴 몰라도 그리스에는 다음과 같은
속담이 없을 것이다. 〈제집에 슬픔이 있으면, 남에게 동정할
틈이 없다.〉

우리 나라 곳곳에서 우리는 이런 것을 보게 된다 — 개를
끌고 가는 경비병이 누구를 잡으려고 앞으로 뛰어나가는 석
고상이 있다. 따시껜뜨시에는 이런 동상이 NKVD 부속의 사
관 학교 앞에 서 있는데, 랴잔시에서는 마치 시의 상징처럼
미하일로프 방면에서 시로 접근하면 눈에 들어오는 유일한

11 『문학 신문』, 1963년 8월 27일.

기념상이다.

하지만 우리는 그것을 보고도 혐오의 몸서리도 느끼지 않는다. 우리는 마치 그것이 당연하듯이, 개를 부추겨 사람한테 덤벼들게 하는 모습의 동상에 아주 익숙해져 버렸다.

우리들에게 덤벼드는데.

제4장

어떤 사람들의 운명

나는 지금까지 이 책에서 언급해 온 모든 체포된 사람들의 운명을 이 책의 구상에 따라, 즉 군도의 윤곽에 따라 여기저기에 분산시켜 묘사해 왔다. 나는 그 운명들의 전기적인 묘사를 일부러 피해 왔다. 너무 단조로워질 우려가 있고, 또 그렇게 쓰는 경우, 나의 연구 작업을 저자로부터 독자에게 전가하는 결과가 되기 때문이다.

그러나 바로 그런 이유로 해서, 이번에는 나도 약간의 죄수들의 운명을 여기 서술할 권리가 있다고 생각한다.

1. 안나 뻬뜨로브나 스끄리쁘니꼬바

그녀는 1896년 마이꼬쁘시의 평범한 노동자의 외동딸로 태어났다. 우리가 이미 당의 역사를 통해 알 수 있듯이, 그녀는 저주받을 제정 시대에 모든 교육의 기회를 박탈당하고 굶주림에 허덕이는 노예 생활을 감수해야 할 운명이었다. 그리고 실제로 이 모든 것이 그녀에게 실현되었다. 그러나 그것은 혁명 후의 일이었다. 그전에 그녀는 이미 마이꼬쁘시의 중학교에 입학해 있었던 것이다.

안나는 남달리 큰 체격의 소유자여서, 그 머리도 남보다는 컸다. 중학교 시절의 여자 친구들은 안나를 스케치할 때에, 곧잘 여러 개의 원을 사용했다 — 머리도 둥그렇고(어느 쪽에서 보나 마찬가지였다), 이마도 둥그렇고, 언제나 의혹에 잠겨 있는 듯한 그 눈도 둥그렸다. 통통하게 살찐 귀밑에 있는 살은 양볼 위에 동그랗게 말려 올라가 있었다. 그 두 어깨도 둥그렇고 그 몸 전체가 둥근 공 같았다.

안나는 너무 일찍부터 깊이 생각하는 버릇이 있었다. 그녀는 이미 3학년 때부터 도브롤류보프와 도스또예프스끼의 책을 도서관에서 빌려 달라고 여선생에게 간청했을 정도였다. 그 여선생은 화를 내며 말했다. 「아직 네게는 일러!」「허가해 주시지 않으면 시립 도서관에서 빌릴 거예요.」 열세 살 때 그녀는 〈신으로부터 해방되었다〉. 즉, 신을 믿지 않게 된 것이다. 열다섯 살 때는 열심히 신부들의 이야기를 읽었다. 그것은 수업 시간에 신부를 맹렬히 반박해서 동급생 모두에게 만족감을 주기 위해서였다. 그럼에도 불구하고 그녀는 분리파 교도들의 불굴의 정신을 최고의 모범으로 받아들이고 있었다. 그녀는 자기의 정신적인 기개를 잃기보다는 죽는 편이 낫다는 신념을 가지고 있었던 것이다.

그녀는 노력한 보람이 있어, 어느 누구의 방해도 받지 않고 금메달을 받을 수 있었다.[1] 1917년에(공부하기에 딱 좋은 해가 아닌가!) 그녀는 모스끄바로 올라가 차뿔리긴 여자 대학의 철학·심리학과에 입학했다. 그녀는 10월 혁명이 일어날 때까지 금메달 수상자로서 국회의 장학금을 지급받고 있었다. 그 학과는 논리학과 심리학의 중학교 교원 양성이 목적이었다. 1918년 한 해 동안 그녀는 여전히 무신론자로 남아 있는 듯했으면서도, 마음속으로는 다음과 같은 것을 느끼고 있었다.

1 만약 이 소녀가 오늘날 마르크스주의에 관해서 이토록 논쟁한다면 어떨까?

......불의 장미 위에 조용히
우주 창조의 살아 있는 제단이 타고 있다.

그녀는 조르다노 브루노와 쭈체프의 철학 시에 심취하여, 한
때는 자기를 동방 가톨릭 신자라고까지 생각한 적이 있었다.
그녀는 자기의 신앙을 수시로 바꿔 나갔다. 어쩌면 자기의 복
장보다도 더 자주 바꿨는지도 모른다. (그녀에게는 제대로 갖
춘 복장도 없었고, 그런 것에는 전혀 관심도 기울이지 않았
다.) 아직도 그녀는 자기를 사회주의자라고 생각하고 폭동과
내전의 유혈은 불가피한 것이라고 생각하고 있었다. 그러나
그녀는 테러에는 찬성할 수 없었다. 민주주의는 좋지만, 잔인
한 행위는 용인할 수 없다! 〈손을 피로 물들이는 한이 있어도,
진흙으로 더럽혀서는 안 된다!〉라는 것이 그녀의 입장이었다.
1918년 말, 그녀는 대학을 중단하고(대학 자체도 더 이상
존재하지 않았지만) 도시보다는 식량 사정이 좀 더 나은 부모
한테로 돌아가지 않으면 안 되었다. 그녀는 마이꼬쁘시로 돌
아왔다. 거기에는 이미 성인과 청년들을 위한 인민 교육 기관
이 설립되어 있었다. 안나는 거기서 논리학·철학·심리학의
실질적인 교수가 되었다. 그녀는 학생들에게 인기가 있었다.
그동안 백위군은 마이꼬쁘시에서 마지막 나날을 보내고 있
었다. 45세의 장군이 그녀에게 자기와 함께 여기서 도망을 치
자고 권했다. 「장군, 대열에서 빠져나오세요! 그리고 체포되
기 전에 빨리 도망가세요!」 그 무렵 교원들의 비밀 파티에서
중학교 역사 선생이 다음과 같이 건배의 축사를 했다. 「위대
한 붉은 군대를 축하하며!」 안나는 그 건배를 거절했다. 「절대
반대예요!」 그녀의 좌익적인 경향을 알고 있던 친구들은 모
두 눈을 휘둥그렇게 떴다. 「왜냐하면...... 그 별은 영원히 빛나

는 별임에도 불구하고…… 갈수록 총살이 늘어 갈 것이기 때문이에요.」 그녀는 이렇게 예언했던 것이다. 이 전쟁에서는 훌륭한 사람들이 모두 죽어 버리고 기회주의자들만이 살아남을 것이라고 그녀는 느끼고 있었다. 자기가 공적을 세울 때가 다가왔다는 것을 예감하고 있었으나, 그녀는 그것이 어떤 것인지는 아직 모르고 있었다.

며칠 후 마이꼬쁘시에 적위군이 들어왔다. 그리고 또 그 며칠 후에, 도시 인텔리겐치아의 저녁 집회가 소집되었다. 제5군 특별부장 로세프가 연단으로 올라가 위협적인 어조로(상스러운 말투로) 〈부패한 인텔리겐치아〉에 대한 비난 연설을 개시했다. 「뭐요? 울타리 사이에 앉아 있었다고? 내가 부를 때까지 기다리고 있었다는 말이오? 왜 스스로 찾아오지 않았느냐 말이오?」 그는 더욱 흥분해서, 권총을 뽑아 흔들면서 외쳐 대기 시작했다. 「당신들의 문화는 모두 썩어 빠졌단 말이오! 우리는 모조리 그것을 파괴해서, 새로운 문화를 창조할 거요! 당신들도 방해하는 자는 모두 처치될 테니 그리 아시오!」[2] 그러고 나서 제안했다. 「또 발언할 사람이 있소?」

회의장은 무덤처럼 고요했다. 박수도 없었고 손을 드는 사람도 없었다. (참석자들은 모두 겁에 질린 채 입을 다물고 있었다. 그러나 겁에 질린 그 사람들은 아직도 훈련이 덜 되어 있었다. 이런 경우에는 반드시 박수를 쳐야 한다는 것을 그들은 아직 모르고 있었던 것이다.)

아마도 로세프는 발언할 사람이 아무도 없으리라고 생각했었는지도 모른다. 그러나 이때 안나가 일어섰다. 「제가 발언하겠습니다.」 「당신이? 좋소, 그럼 올라오시오.」 그녀는 회의장

2 제1부 제8장에서 끄릴렌꼬의 연설을 읽은 사람이라면 이 모든 것을 잘 알고 있을 것이다.

을 가로질러 연단에 올랐다. 풍요한 러시아의 자연적인 혜택을 받고 자란, 골격이 크고 얼굴이 둥글고 볼이 빨간 스물다섯의 여성이 나타났다(그녀는 50그램의 빵밖에 지급받지 않고 있었으나 아버지에게 좋은 채소밭이 있었다). 탐스럽게 땋아 내린 그녀의 금발은 무릎까지 내려왔으나, 실질적인 교수로서는 그 모습이 어울리지 않았으므로, 그 머리채를 다시 머리 위에다 칭칭 동여매고 있었다. 그녀는 낭랑한 목소리로 말하기 시작했다.

「우리는 당신의 무례한 연설을 들었습니다. 당신은 우리를 이곳으로 불렀습니다만, 그것이 위대한 러시아 문화의 매장을 위해서라고는 말하지 않았습니다! 우리는 문화의 보급자를 만나리라 기대했습니다만, 실제로 만날 수 있었던 것은 문화의 매장자였습니다. 당신은 오늘 우리에게 들려준 것은, 차라리 우리에게 상스러운 욕을 퍼붓는 것보다 못합니다! 우리가 당신이 소비에뜨 정권의 이름으로 발언했다고 받아들여도 좋겠습니까?」

「그렇소.」로세프는 어리둥절한 표정이었지만, 더욱 힘을 주며 경멸조로 대답했다.

「만일 소비에뜨 정권의 대표자가 당신과 같은 야만인이라면, 정권은 붕괴할 것입니다.」

안나는 발언을 마쳤다. 그러자 장내에서는 우렁찬 박수 소리가 터져 나왔다. (그때만 해도, 모두가 함께라면 겁을 내지 않았던 것이다.) 이렇게 해서 집회는 끝났다. 로세프는 더 이상 어떻게 할 도리가 없었다. 사람들은 안나 옆으로 모여들어, 혼잡한 틈바귀 속에서 그녀에게 악수를 청하며 속삭이는 것이었다. 「당신은 끝장이에요, 이제 곧 체포될 거예요. 하지만, 그 말씀 고마웠어요. 정말 고마웠어요! 우리는 당신을 자랑스럽게 생각합니다. 그렇지만 당신은 끝장이에요! 왜 그런 일을 자초하셨어요?」

집에서는 벌써 체끼스뜨들이 그녀를 기다리고 있었다. 「교원 동지. 생활이 말이 아니군요 — 책상 하나에 의자가 둘, 거기에 침대뿐이니. 가택 수색을 할 것도 없군그래. 우리도 아직 이런 사람을 체포한 적은 없는걸. 게다가 아버지는 노동자가 아니냔 말이야. 이런 가난한 생활을 하면서 당신은 어떻게 부르주아 편에 서게 된 거요?」체까는 아직도 제구실을 못 하고 있었기 때문에, 안나는 특별부 사무국 사무실로 연행되었다. 거기에는 이미 백위군 대령 빌제를링 남작이 감금되어 있었다. (안나는 남작의 심리와 최후를 목격한 증인이었으므로, 나중에 그의 아내에게 말했다. 「남편께서는 명예롭게 죽음을 맞으셨으니, 그것을 자랑으로 삼으세요!」)

안나는 신문을 받기 위해 로세프가 기거하고 있던 집무실로 연행되었다. 그녀가 방으로 들어갔을 때, 그는 승마 바지 차림에 단추도 채우지 않은 속옷 바람으로 부서진 침대에 앉아서 가슴팍을 벅벅 긁고 있었다. 안나는 즉각 호송병에게 요구했다. 「나를 빨리 이 방에서 데리고 나가 주세요!」로세프는 화를 내며 말했다. 「아, 좋아요, 이제 곧 세수를 하고, 혁명을 할 때처럼 가죽 장갑을 끼도록 하겠소!」

그녀는 일주일 동안 황홀한 마음으로 사형 선고의 날을 기다리고 있었다. 그것은 지금 회상해 봐도, 자기의 인생에서 가장 밝은 일주일이었다고 스끄리쁘니꼬바는 말하고 있다. 만일 이 말을 정확히 이해한다면 그녀의 말을 완전히 믿을 수도 있을 것이다. 이 황홀경이라는 것은, 불가능한 구원에의 기대를 모두 버리고, 신념을 가지고 어떤 공적에 자기의 모든 것을 바칠 때, 그 보상으로 영혼에 찾아드는 것이다. (삶에 대한 애착이 이 황홀경을 파괴한다.)

안나는 시(市)의 지식인들이 그녀의 은사를 요청하는 청원서를 가져왔다는 것을 아직 모르고 있었다. (1920년대 말에는 이런 행위도 아무 도움이 되지 않았다. 그리고 1930년대 초에는 이런 행위를 할 만큼 용기를 가진 사람도 없었다.) 로세프는 신문을 하면서 화해를 암시하기 시작했다.

「지금까지 수많은 도시를 점령해 왔지만 당신 같은 미치광이는 처음 만났소. 이 도시는 포위 상태에 놓여 있고, 내가 전권을 쥐고 있는데도, 당신은 나를 가리켜 러시아 문화의 매장자라 했으니 말이오! 하지만 그것은 우리 두 사람 다 흥분했기 때문에 그랬다 치고……. 〈야만인〉이니, 〈깡패〉니 하는 말만은 취소해 주었으면 하는데.」

「아니요. 나는 지금도 당신을 그렇게 생각하고 있습니다.」

「아침부터 밤까지 나한테 사람들이 몰려와서 당신의 석방을 요구하고 있소. 소비에뜨 정권의 관대함을 표시하는 밀월이라는 것도 있어서, 당신을 석방시키지 않을 수도 없지만…….」

안나는 석방되었다. 그녀의 발언이 해롭지 않았다고 판단해서가 아니라, 그녀가 노동자의 딸이었기 때문이다. 의사의 딸이었다면 절대로 석방되지 않았을 것이다.[3]

이렇게 해서 그녀는 수많은 형무소를 편력하는 인생의 여정을 밟게 된 것이다.

1922년, 그녀는 끄라스노다르시의 체까에 투옥되어, 거기서 8개월 동안 감옥살이를 했다. 그것은 〈혐의에 걸린 인물과 교제했다〉는 죄목 때문이었다. 비좁은 형무소에서는 티푸스까지 유행하고 있었다. 빵은 하루에 50그램밖에 지급되지 않

---

3 로세프 자신은 1920년에 비적 행위와 폭력 행위로 끄림반도 지방에서 총살당했다.

왔고, 게다가 인공 첨가물로 만든 빵이었다. 그녀가 보는 앞에서 이웃 여자의 갓난아이가 어머니의 품속에서 굶어 죽었다. 그래서 안나는 이러한 사회주의 체제하에서는 절대로 아이를 가지지 않겠다는 것을, 그리고 절대로 모성의 본능적인 유혹에 굴복하지 않겠다는 것을 굳게 맹세했다.

그녀는 그 맹세를 지켰다. 그녀는 한평생 결혼을 하지 않았다. 그 맹세 때문에, 그 불굴의 정신 때문에, 그녀는 여러 번 형무소로 되돌아가지 않으면 안 되었던 것이다.

이러한 그녀에게도 평화로운 생활이 시작된 것처럼 보였다. 1923년 스끄리쁘니꼬바는 모스끄바 대학 부속 심리학 연구소의 입소 시험을 쳤다. 설문지를 작성하면서 그녀는 이렇게 썼다 ─ 〈마르크스주의자는 아니다.〉 입학시험을 담당하던 사람들이 호의를 베풀면서 그녀에게 충고했다. 「당신은 제정신이 아니군요? 그렇게 쓰는 사람이 어디 있소? 우선 마르크스주의자라고 써 두고 마음속에서는 마음대로 생각하면 되지 않느냐 말이오!」 「하지만 나는 소비에뜨 정권을 속이고 싶지가 않아요. 나는 아직 마르크스의 책을 읽은 적이 없는걸요…….」 「읽어본 적도 없다면 더더욱 그렇게 부정적으로 쓸 필요가 없는 거 아닙니까.」 「아니요, 내가 마르크스주의를 공부해서 그것을 받아들이게 될 때 그렇게 쓸게요…….」 그리고 그때까지 그녀는 장애인을 위한 학교에서 교편을 잡기로 했다.

1925년, 그녀 친구의 남편인 사회 혁명당원이 체포가 두려워 잠적해 버렸다. GPU는 그를 돌아오게 하기 위하여 그의 아내와 그 친구, 즉 안나를 인질로(신경제 정책의 절정기에 인질이라니?) 잡았다. 여전히 둥근 얼굴에 건강한 체격을 하고 무릎까지 머리를 땋아 내린 그녀는 루비얀까 형무소에 투옥되었다. (바로 여기서 신문관은 그녀에게 말했던 것이다.

「러시아 인텔리겐치아는 이미 다 시들어 버렸어! 그저 〈자기 일만〉을 생각하면 되는 거야.」) 그때 그녀는 한 달 동안 형무소 신세를 졌다.

　1927년에 안나는 교사들과 노동자들의 음악 협회에 참가했다고 해서 네 번째로 체포되었다! 그 협회는 자유사상가들의 소굴이 될 우려가 있다고 보아 근절될 운명에 놓여 있었다. 그녀는 5년의 형을 받고 솔로프끼와 백해 운하에서 형기를 마쳤다.

　1932년부터 오랫동안 그녀는 당국의 간섭을 받지 않았다. 전보다 신중하게 행동했기 때문인지도 모른다. 그러나 1948년부터 그녀는 직장에서 쫓겨나는 몸이 되기 시작했다. 1950년에는 심리학 연구소가 일단 받아들였던 학위 논문(「도브롤류보프의 심리학적 개념」)을, 1927년에 제58조의 전과가 있다는 이유로 그녀에게 되돌려 주었다. 이 괴로운 시기에(그녀는 4년째 직장을 구하지 못하고 있었다) 그녀에게 원조의 손길을 뻗친 것은…… 다름 아닌 기관이었다! 블라지까프까스 시에 찾아온 기관의 전권 대표 리소프 — 이것은 로세프가 아니었을까! 그가 살아 있었던 것일까? 이름의 철자도 비슷하지 않은가! 〈로스(사슴)〉처럼 머리를 들이대지 않을 뿐 〈리사(여우)〉처럼 약삭빠르게 움직이고 있었던 것이다 — 가 그녀에게 〈협력하지 않겠느냐〉고 제안하고 그 대가로 직업의 알선과 학위 논문의 심사를 약속했다. 그녀는 단호히 거절했다. 그러자 그녀에게 곧 죄상을 씌웠다. 그 죄목에 의하면 10년 전에(!), 즉 1941년에 다음과 같은 말을 했다는 것이었다.

　— 우리 나라는 전쟁 준비가 잘 갖추어져 있지 않았다. (그럼 잘 갖추어져 있었다는 말인가?)

462

── 독일군이 우리 나라 국경에 들어와 있는 데도, 우리 나라는 독일에 곡물을 제공하고 있었다. (그럼 이것이 거짓말이라는 말인가?)

이번에는 그녀도 10년 형을 선고받고 특수 수용소로 보내졌다. 처음에는 모르드비니아의 두브로프 수용소, 나중에는 께메로보주 수슬로보 역의 까미시 수용소였다.

자기 앞에 가로놓인 견고한 벽을 느낀 그녀는 어디로 탄원서를 쓸까, 궁리하던 끝에 국제 연합을 생각해 냈다! 스딸린이 살아 있을 때 그녀는 이러한 탄원서를 3통이나 보냈다. 그러나 중요한 것은 그 수단과 방법이 아니었다. 그렇다! 그녀는 마음속으로 국제 연합과 이야기를 주고받으면서, 언제나 울분으로 들끓는 자기의 영혼을 실제로 누그러뜨려 갔던 것이다. 이 식인종 시대의 수십 년을 통해, 그녀는 이 세상에서 다른 광명에 눈을 돌린 적이 없었다. 그녀는 이들 탄원서 속에서 소련에서의 잔인무도한 폭정을 비판하고, 소련 정부에 영향을 주도록 국제 연합에 촉구하고 있었다. 즉, 그녀의 사건을 재심해 주든가, 아니면 이러한 테러 밑에서는 더 이상 살아갈 수 없기 때문에 자기를 총살하도록 행동해 달라고 청원하고 있었던 것이다. 봉투의 행선지에는 소련의 어느 각료의 주소로 하고 〈사적인 편지〉라 쓰여 있었으나, 그 안에는 국제 연합으로 전송해 달라는 청원서가 들어 있었다.

두브로프 수용소에서 격분한 당국자들의 모임이 그녀를 호출했다. 「국제 연합에 호소하다니, 왜 그런 바보 같은 짓을 했지?」

스끄리쁘니꼬바는 언제나처럼 그 커다란 몸짓으로 꿋꿋이 서서 당당하게 말했다. 「형법이나 형사 소송법이나 헌법에서도 그것은 금지되어 있지 않기 때문입니다. 그건 그렇다 치고, 소련 각료에게 사적으로 보낸 편지를 당신들이 뜯어볼 권리가 어디 있습니까?」

1956년, 그녀의 수용소에는 최고 회의의 〈정리〉위원회가 설치되었다. 이 위원회의 유일한 과제는 될수록 많은 죄수들을 될수록 빠른 시일 안에 바깥세상으로 내보내는 것이었다. 거기에는 약간의 형식적인 절차 같은 것이 있어서, 죄수는 몇 마디의 사죄하는 말을 한 다음, 잠시 동안 고개를 숙이고 서 있어야만 했다. 그러나 안나 스끄리쁘니꼬바는 절대로 그런 짓을 할 사람이 아니었다! 그녀 자신의 개인적인 석방 따위는 전체적인 정의 앞에 아무런 의미도 없었기 때문이다. 만일 그녀가 무죄라면, 왜 용서를 빌 필요가 있다는 말인가? 거기서 그녀는 위원들에게 말했다.

「그렇게들 기뻐하지 마세요. 스딸린 테러의 추진자들은 조만간에 하나같이 모두 인민 앞에서 그 책임을 지게 될 테니까요. 대령님, 당신이 스딸린 시대에 무엇을 했는지는 몰라도, 만약 당신이 테러의 촉진자였다면 당신도 역시 피고인석에 앉아야 할 겁니다.」

위원회의 위원들은 노발대발 성이 나서, 그녀가 최고 회의를 모욕하고 있다느니, 한평생 형무소 신세를 져야 한다느니, 고래고래 소리 질러 대기 시작했다.

그리고 실제로, 안나는 그 끈질긴 정의감 때문에 3년간을 더 수용소에서 보내야 했다.

까미시 수용소에서도 그녀는 이따금 국제 연합 앞으로 편지를 써 보냈다. (1959년까지 7년간, 그녀는 모두 80통에 달하는 탄원서를 썼다.) 1958년에는 그 편지 때문에 1년간 블라지미르 정치 형무소에 투옥되었다. 거기에서는 규칙에 따라

열흘마다 희망하는 관청에 탄원서를 내게 되어 있었다. 반년 동안에 그녀는 18통의 탄원서를 냈는데, 그중 12통은 국제 연합 앞으로 보낸 것이었다.

이렇게 해서 그녀는 마침내 그 목적을 달성했다. 총살이 아니라, 재심을 받게 된 것이다. 1927년과 1952년의 두 사건에 관한 재심을! 그녀는 신문관에게 말했다. 「달리 방법이 없었어요. 국제 연합 앞으로 보낸 탄원서는 소비에트 관료주의라는 돌담에 구멍을 뚫기 위한 유일한 방법이었던 거예요. 그리고 어떻게 해서든 귀가 먼 테미스 여신(법과 재판의 여신)의 귀를 들리게 하기 위한 수단이기도 했고요.」

신문관이 벌떡 일어나서 자기 가슴을 두드리며 그녀에게 말했다. 「당신은 왜(!) 개인숭배를 〈스딸린 테러〉라고 말하면서, 그 추진자들은 모두 인민 앞에서 책임을 져야 한다는 거요? 그럼 이 〈나는〉 어떻게 책임을 져야 하는 거죠? 그 당시 내가 무슨 다른 일을 할 수 있었다는 겁니까? 그 당시만 해도 나는 절대로 스딸린을 믿고 있었고, 아무것도 모르고 있었는데 말이오.」

그러나 스끄리쁘니꼬바는 신문관에게 다시 일격을 가했다. 「아니요, 아니요. 그렇게 빠져나갈 수는 없습니다. 각자의 죄에 대해서 책임을 져야 합니다! 죄 없이 죽어 간 수백만의 사람들에 대해서 도대체 누가 책임을 지는 겁니까? 국가의 꽃, 당의 꽃이라 불렸던 사람들의 죽음에 대해 누가 책임을 지는 거죠? 죽은 스딸린입니까? 총살당한 베리야입니까? 그런데도 당신은 정치적인 출세를 한다는 건가요?」

(그때 그녀의 혈압은 죽음의 한계에 다가가고 있었다. 그녀는 눈을 감았다. 눈앞의 모든 것이 불바다에 싸여 도는 것만 같았다.)

당국은 그녀를 좀 더 수용소에 남기고 싶었지만, 1959년에 그렇게 한다는 것은 도리어 웃음을 자아낼 우려가 있었다.

그 후—그녀는 지금도 건재하다—그녀는 마지막 수용소에서 알게 된 사람들 중에서 아직도 감금되어 있는 사람들과 유형 중에 있는 사람들, 그리고 전과의 죄를 벗지 못한 사람들을 돌보는 일에 전념하고 있다. 그녀는 일부 사람들을 석방시키고 또 일부 사람들의 명예를 회복시켜 주었다. 그녀는 자기가 사는 도시 시민들의 권리도 지켜 주고 있다. 시 당국은 그녀의 펜과 모스끄바로 보내는 편지를 두려워하면서, 다소나마 양보를 하고 있다.

만일 모든 사람이 안나 스끄리쁘니꼬바의 4분의 1만큼의 용기라도 가지고 있다면, 러시아의 역사는 바뀌고 말았으리라.

2. 스쩨빤 바실리예비치 로실린

그는 1908년 볼가 지방에서 제지 공장 노동자의 아들로 태어났다. 1921년의 기근 시기에 양친을 잃고 고아 신세가 되었다. 소년은 그다지 활발하지는 않았으나, 그래도 열일곱 살에 공산 청년 동맹에 들어가고, 열여덟 살에 농촌 청년 학교에 입학하여 스물한 살 때 졸업했다. 그때 그들은 곡물 조달원으로 파견되었다. 그리고 1930년에는 꿀라끄 박멸 운동에 참가했다. 그러나 마을의 집단 농장 건설을 위해 남으려고 하지 않고, 마을 소비에뜨에서 〈증명서를 지급받고〉 모스끄바로 상경했다. 모스끄바에서는 간신히 건설 현장에서 잡역부로 일할 수 있었다. (실업자가 넘쳐흐르는 시기라서, 벌써 그때부터 사람들은 모스끄바로 밀려들기 시작했던 것이다.) 1년 후 그는 징집되어, 군대에서 공산당원 후보가 되고 나중에는 정식 당원이 되었다. 1923년 말에 동원 해제가 되어 그는 다시 모스끄바로 돌아왔다. 그러나 그는 잡역부가 싫었고, 어떤 직장에서 직업을 갖고 싶었다. 그는 공장 견습공으로 공장에 파견시켜 달라고 당 지구 위원회에 신청했다. 그러나 그것마저도 거절당하고, 그 대신 경찰직을 권고받은 것으로 보아, 그다지 민첩한 공산당원은 아니었던 것 같다.

그런데 그는 그 제안을 거절했다. 그때 그가 다른 결단을 내렸다면, 이 전기도 쓸 필요는 없었을 것이다. 그러나 그는 거절했던 것이다.

그는 젊은 나이에 처녀들 앞에서 전문적인 직업도 없이 잡역부로 일한다는 것이 수치스러웠다. 그러나 그런 전문적인 직장을 어디서 구한다는 말인가! 그는 하는 수 없이 또다시 잡역부로 공장 〈깔리브르〉에 취직했다. 그곳의 당 집회 석상에서 그는 당 사무국에서 숙청의 대상으로 지목되고 있던 노동자를 변호하는 순진한 발언을 했다. 그 노동자는 예정대로 숙청되고 로실린도 탄압을 받기 시작했다. 그는 자기가 거둬모은 당비를 기숙사에서 도난당했는데, 그것은 자기의 월급 93루블로는 도저히 변상할 수 없는 것이었다. 결국 그는 당에서 제명되고 재판에 회부된다고 위협받았다. (당비를 분실한 것이 과연 형법의 적용을 받을 수 있는 것일까?) 의기소침해 있던 로실린은 어느 날 직장에 출근하지 않았다. 그는 그 결근 때문에 해고당했다. 이미 그런 경력을 가지고는 아무 데도 취직할 수가 없었다. 신문관 한 명이 그를 쫓다가 나중에는 그를 내버려 두었다. 그는 재판을 기다리고 있었으나 재판은 질질 끌고만 있었다. 그러던 중 갑자기 궐석 재판의 판결문이 도착했다. 급료 25퍼센트 공제 조건으로 6개월의 강제 노동을 시의 교화 노동국 산하에서 복역하라는 내용이었다.

1937년 9월, 로실린은 낮에 끼예프 역의 간이식당에 갔다.

(자기 인생의 앞날을 누가 알 수 있겠는가? 그가 15분만 더 배고픔을 참았다가 다른 식당으로 갔다면……?) 그가 눈에 띄게 절망적인 표정을 하고 있었는지, 아니면 무엇인가를 찾는 듯이 두리번거리고 있었는지, 그 자신도 모른다. 아무튼 NKVD의 제복을 입은 젊은 여성이 그에게로 다가왔다. (여성이여, 이것이 그대가 할 일인가?) 그녀가 질문했다. 「무슨 일이죠? 어디로 가는 길입니까?」「식당에 갑니다.」「이리 좀 따라오시오!」 로실린은 물론 그녀의 지시에 따랐다. (이런 식으로 영국인에게 말한다면 어떻게 될까?) 그것은 특별부의 사무실이었다. 담당관이 책상 앞에 앉아 있었다. 젊은 여성이 말했다. 「역사 순찰 중에 연행해 왔습니다.」 그녀는 이런 말을 남기고 사라졌다. 로실린은 두 번 다시 그녀를 만날 수 없었다. 담당관은 앉으라고도 하지 않고 신문을 시작했다. 그가 가지고 있던 모든 증명서를 압수하고, 체포해서 구치소로 잡아넣었다. 거기에는 이미 두 사람의 사내가 들어와 있었다. 그리고 로실린의 말에 따르면, 〈이번에는 아무 지시나 허가가 없었지만(!) 나는 그들 옆의 빈 의자에 앉았다.〉 세 사람은 오랫동안 침묵을 지키고 있었다. 순경들이 찾아와서 세 사람을 미결수 감방으로 데리고 갔다. 순경 한 사람이, 감방에서는 〈어차피 빼앗기게 마련이니까〉 가진 돈이 있으면 내놓으라고 명령했다. (순경이라고 해서 무뢰한들의 생각과 조금도 다를 것이 없다!) 로실린은 돈이 없다고 거짓말을 했다. 순경들은 몸수색을 하고 돈을 모조리 빼앗아 갔다. 그러나 쌈지 담배만은 돌려주었다. 그는 쌈지 담배 두 갑을 가지고 생전 처음 감방에 들어가서, 그 담배를 책상 위에 놓았다. 그러나 물론, 감방에는 불을 붙일 만한 것이 없었다.

그는 단 한 번 미결수 감방으로부터 신문관실로 호출되었다. 신문관은 로실린에게 절도 행위를 하고 있지 않았느냐고 물었다. (아, 이런 구원의 길이 또 어디 있었을까! 〈네, 그렇습니다. 그러나 아직 체포된 적은 없습니다〉 하고 대답했어야 했던 것이다. 그랬으면 최악의 경우라고 해도 모스끄바로부터의 추방만으로 끝났을 텐데 말이다.) 그러나 로실린은 긍지를 가지고 대답했다. 「나는 스스로 노동해 가며 살아가고 있습니다.」 그러자 신문관은 더 이상 아무 죄도 씌우지 않고, 심리도 그것으로 끝나고 재판도 없었다!

그는 열흘간 미결수 감방에 있었다. 그러고 나서 밤에 그들 전원이 뻬뜨로프까 거리에 있는 모스끄바 범죄 수사부로 이송되었다. 그곳은 숨이 막힐 정도로 답답하고 비좁아서 사람이 제대로 지나다닐 수도 없었다. 거기는 무뢰한들의 왕국이었다. 그들은 남의 소지품을 몰수해서 그것으로 노름판을 벌이고 있었다. 여기서 로실린은 〈무뢰한들의 기묘한 만용과 도저히 이해할 수 없는 우월감의 과시〉에 생전 처음 놀라지 않을 수 없었다. 그러던 어느 날, 그는 스레쩬까의 중계 형무소로 이송되었다. 거기는 더 비좁았다. 사람들은 차례를 기다려서 마룻바닥이나 판자 침상에 자리를 잡고 앉았다. 반라의 사람들에게(무뢰한들에게 옷을 빼앗겼기 때문이다) 순경이 신발과 옷을 지급해 주었다 — 나무껍질로 만든 신발과 다 낡아빠진 순경 제복을.

로실린과 함께 이송된 사람들 중에는 〈아무런 기소장〉도 없이, 법정에 불려 나가지도 않고, 형을 선고받은 다른 사람들과 함께 끌려온 사람들이 많았다. 그들은 뻬레보리로 이송되었다. 거기서 새로 도착한 사람들의 조서가 기입되었다. 로실린은 그때 비로소 자기에게 무슨 조항이 적용되었는가를 알았던 것이다 — SVE, 즉 사회적 유해 분자, 형기는 4년으로 되어 있었다. (그는 지금까지도 이해를 못 하고 있다. 나의 아버지도 노동자고, 나 자신도 노동자인데, 도대체 어째서 내가 사회적 유해 분자라는 말인가? 내가 장사라도 한다면 〈문제가 다를〉 테지만…….)

볼가 수용소. 삼림 벌채 작업. 10시간 노동, 그리고 노동절과 10월 혁명 기념일 이외에는 아무 휴일도 없다. (그것은 전쟁이 시작되기 3년 전의 일이었다!) 어느 날, 로실린은 발에 골절상을 입고 수술을 받았다. 4개월의 입원 생활, 그중 3개월은 나무 지팡이에 의지해서 살았다. 그 후 다시 벌채 작업에 내몰렸다. 이렇게 그는 4년의 형기를 마쳤다. 전쟁이 터졌다. 그래도 그는 제58조 위반자는 아니었기 때문에 1941년 가을에 석방되었다. 석방 직전에 로실린은 관물 카드에 기입되어 있던 상의를 도난당했다. 그는 이 저주받은 한 벌의 상의를 폐기 처분시켜 달라고 특권수들에게 간청했다. 그러나 소용없었다! 그들은 동정하려고 하지 않았다. 〈석방 자금〉 속에서 상의의 변상비가 공제되었다. 그것도 두 배의 가격으로! 국가의 공공 가격으로는 그 누더기 솜옷이 그토록 비싸게 취급되는 것이다. 이렇게 해서, 어느 추운 가을날에 그는 무명셔츠 바람으로 거의 돈도 없이, 빵도, 한 조각의 청어도 없이 수용소의 문밖으로 내던져졌다. 문을 나설 때 위병들은 그를 신체검사하고 행운을 빌어 주었다.

이렇게 그는 체포될 때와 마찬가지로 석방되는 날에도 약탈을 당했던 것이다.

등록 배치부장이 작성한 증명서를 받을 때, 로실린은 자기 조서에 쓰여 있는 것을 읽을 수 있었다. 거기에는 이렇게 쓰여 있었다. 〈역 순찰 중에 구속되어…….〉

그는 자기가 태어난 지방인 수르스끄시로 돌아왔다. 지구

군사 위원부는 그를 병 때문에 병역 의무에서 해제시켰다. 그러나 그것이 더 나쁜 결과를 가져왔던 것이다. 1942년 가을, 방위 인민 위원회 명령 제336호에 의해서, 군사 위원부는 육체노동을 할 수 있는 징병 적령기에 있는 모든 남자를 총동원했다. 로실린은 울리야노프스끄 주둔군 조달부의 〈노동 부대〉에 배속되었다. 그것이 어떤 부대였으며, 어떤 대우를 받았는가에 대해서는 다음과 같은 사실로도 충분히 입증된다. 즉, 그곳에는 전쟁 전에 서부 우끄라이나로부터 수많은 젊은 이들이 징집되어 왔었는데도, 충성심이 의심스럽다 하여 일선으로는 보내지 않았던 것이다. 이렇게 로실린은 군도의 다른 형태인 군사화된, 호송이 없는 수용소로 보내졌던 것이다. 거기서는 다른 일반 수용소와 마찬가지로 사람들로부터 마지막 힘을 짜내서 박멸시키는 것을 그 목적으로 삼고 있었다.

10시간 노동. 막사에는 2층으로 된 판자 침상이 있고 침구는 전혀 없었다. (사람들이 작업에 출동하면 막사는 텅 빈다.) 작업을 할 때건 걸어다닐 때건 언제나 집에서 가져온 사복을 입고 있었다. 내의도 사복밖에는 없었고, 목욕 시설도, 갈아입을 옷도 없었다. 일반보다도 낮은 급료가 지급되고, 게다가 거기에서 빵값(6백 그램)과 식사대(형편없는 식사로, 하루 2회에 두 가지 음식)가 공제되었다. 그리고 추바시(유럽 러시아의 동부 소수 민족)식의 짚신이 지급되었으나 그 대금까지 공제되었다.

대원 중의 한 사람이 병사장이고 또 한 사람이 대장이었으나 그들은 아무 권한도 가지고 있지 못했다. 이곳의 모든 것을 관리하던 사람은 수리 건설 사무소장인 M. 젤또프였다. 그는 자기가 원하는 것을 마음대로 할 수 있는 군주와도 같았다. 그의 지시에 따라 일부 대원들은 하루나 이틀씩 빵과 식사를 지급받지 못했다. (「그런 법이 어디 있어?」 로실린은 놀랐다. 「수용소에서도 그런 일은 없었는데..」) 이 부대에는 전쟁터에서 부상을 입고 돌아온 쇠약한 병사들도 있었다. 그리고 부대에는 여자 의사도 배속되어 있었다. 그녀는 질병 증명서를 교부할 권한을 가지고 있었다. 그러나 젤또프는 그것을 금하고 있었다. 젤또프를 두려워하면서 그녀는 대원들 앞에서 눈물을 흘리며 울고는 했다. (바로 이것이 〈자유로운 바깥세상〉인 것이다! 이것이 다름 아닌 우리 나라의 〈사회〉인 것이다!) 이가 들끓고 판자 침상에는 빈대가 득실거렸다.

그러나 그것은 수용소가 아니었다! 따라서 탄원할 수도 있었다! 그리고 실제로 탄원도 했다. 주의 신문과 주의 당 위원회에 편지를 보내기도 했다. 그러나 어디서도 회답은 없었다. 다만 시의 건강 보건부에서 반응을 보였을 뿐이었다. 즉, 철저히 소독을 하고 훌륭한 목욕탕을 만들고, 그리고 급료에서 공제한 돈으로(!) 모두에게 두 벌의 내의와 침구를 지급했던 것이다.

1944년에서 1945년으로 접어드는 겨울에, 즉 이 부대에 입대하여 3년째가 시작되려고 할 때, 로실린이 집에서 가져온 신발이 완전히 못 쓰게 되었다. 그리하여 그는 작업에 나가지 않았다. 정령에 따라 그는 결근죄로 고소당했다. 급료의 25퍼센트가 삭감되고, 같은 부대에서 3개월의 교정 노동형이 선고되었다.

로실린은 짚신을 신고 봄의 진흙탕 길을 다닐 수가 없었다. 그는 다시 작업장에 나가지 않았다. 그는 또다시 고소당했다 — 궐석 재판까지 계산한다면 네 번째의 재판인 셈이다! 재판은 〈붉은 모서리〉라고 불리는 막사, 즉 병사의 집회실에서 열렸고 그 판결은 3개월 구금이었다.

그러나 그는…… 투옥되지는 않았다! 그것은 로실린을 국가 재정으로 떠맡는 것이 불리했기 때문이다! 그리고 또, 어떠한 자유 박탈도 이 노동 부대보다 심하지는 않았기 때문이다.

그것은 1945년 3월의 일이었다. 만일 로실린이, 젤또프가 모든 대원에게 중고 신발을 지급하겠다고 약속했으면서도 지급하지 않고 있다고 탄원서를 주둔군 조달부 앞으로 쓰지만 않았다면, 모든 일이 무사히 넘어갔을지도 모른다. (그는 왜 혼자서 탄원서를 썼던가? 그것은 〈집단 행위〉가 엄격히 금지되어 있어서, 공동 탄원서를 쓰면 사회주의 정신에 어긋난다고 해서 제58조를 적용받을 가능성이 있었기 때문이었다.)

이윽고 로실린은 인사부로 호출되었다. 〈작업복을 반환해!〉 그는 3년 동안 말없이 일해서 얻었던 유일한 것, 즉 작업용 앞치마를 벗어서 조용히 마루 위에 놓았다. 거기는 이미 조달부에서 호출한 순경이 와 있었다. 그는 로실린을 경찰서로 연행하고 저녁에는 형무소로 데리고 갔다. 그러나 형무소의 당직은 서류상의 오류를 발견하고 인계를 거절했다.

순경은 로실린을 다시 경찰서로 데려가기로 했다. 그 길은 마침 그가 있던 부대의 병사 앞을 가로지르고 있었다. 순경이 그에게 말했다. 「어차피 아무 데도 도망칠 데가 없을 테니, 가서 쉬기나 해. 이삼일 후 다시 올 테니까, 기다리고 있어.」

1945년 4월도 끝나 가고 있었다. 전설적인 우리의 사단은 이미 엘베강으로 육박하고 베를린 포위 작전이 시작되고 있었다. 매일같이 하늘을 빨강, 파랑, 금빛으로 물들이면서 우리 나라는 축포를 쏘고 있었다. 4월 24일에 로실린은 울리야노프스끄주 형무소에 들어갔다. 그 감방은 1937년 때처럼 초만원이었다. 빵 5백 그램에 사료용 무를 끓인 수프가 지급되었다. 감잣국이 나올 때는, 알이 잘고 껍질도 벗기지 않고 씻지도 않은 것이었다. 그는 대독 전승일인 5월 9일을 형무소에서 맞았다. (그들은 며칠 후에야 전쟁이 끝난 것을 알았다) 로실린은 전쟁을 철창 속에서 맞고, 역시 철창 속에서 전쟁과 이별했던 것이다.

독일과의 전쟁이 승리로 끝난 후 〈정치범〉들은(즉, 결근, 지각 때로는 직장에서의 조그만 절도 행위 때문에 수감된 사람들) 노동 유형지로 보내졌다. 거기서 그들은 토목 공사, 건설, 전마선의 하역 작업을 했다. 식사는 나쁜 데다 새로 만든 수용 지점이었기 때문에, 의사는커녕 간호사도 없었다. 로실린은 감기에 걸리고 좌골 신경통을 앓았다. 그래도 그는 작업에 나가야 했다. 그는 극도로 몸이 쇠약해지고, 발이 퉁퉁 부어오르고 오한이 났지만 그래도 여전히 작업장으로 끌려 나갔다.

1945년 7월 7일, 그 유명한 스딸린의 사면이 내려졌다. 그래도 로실린까지는 석방의 손길이 닿지 않았다. 7월 24일에 그는 3개월의 형기를 마쳤다. 그는 그때 비로소 석방되었던 것이다.

「그래도,」 로실린은 말했다. 「나는 마음속으로는 여전히 볼셰비끼올시다. 내가 죽으면, 나를 공산주의자라 인정해 주시오.」

그가 농담을 하는 것인지, 아닌지 알 수가 없다.

◆

나는 이 장에서 러시아인의 운명과 수용소군도의 법이 놀랄 만큼 교차하고 있다는 것을 제시하고 싶었으나, 유감스럽게도 지금 내게는 그와 관련한 자료들이 없다. 더욱이 이 책을 다시 한번 편집하여, 부족하다고 생각되는 사람들의 운명을 다시 보충할 수 있는 안전하고도 여유 있는 시간이 나에게 주어지리라는 기대도 지금은 가질 수 없다.

그건 그렇고, 군도에 의해서 영원히 파멸된, 가장 훌륭한 사람들 중의 한 사람이었다고 말할 수 있는 신부 빠벨 A. 플로렌스끼에 대해서, 즉 그의 생애, 형무소, 수용소에서의 박해, 그 죽음에 대해서 기록하기에는 여기가 매우 적절한 곳이 아닌가 하는 생각이 든다. 여러 사정에 능통한 사람들의 말에 의하면, 그는 20세기의 보기 드문 학자였고, 많은 분야에 걸친 전문 지식을 가지고 있던 인물이었다. 그는 수학자로서의 교육을 받았지만, 청년 시대에 깊은 종교적인 충격을 받고 사제가 되었다. 그가 젊은 시절에 쓴 책 『위인과 진리의 확립』은 지금에 와서야 그 정당한 평가를 받기 시작하고 있다. 그는 수많은 논문을 남겼다. 수학에 관한 논문(오랜 세월이 흐른 후에야 서구에서 증명된 위상 기하학 정리), 예술 논문(러시아의 성상화와 고대 종교극에 대해서), 철학 종교 논문 등이 그것이다. (그의 초고는 거의 다 보존되고 있으나, 아직 공표되지 않았으므로, 나는 본 적이 없다.) 혁명 후 그는 전기공과 대학의 교수로 있었다(그는 사제 복장으로 강의를 했다). 1927년에는, 나중에 미국의 수학자 노버트 위너까지도 감탄한 아이디어를 제창했다. 1932년에는 잡지 『사회주의 부흥과 과학』에 사이버네틱스 개념에 가까운 계산기에 관한 논문을 발표했다. 그리고 얼마 후에 그는 체포되었다. 그의 형무소에서의 도정은 몇 가지 점밖에 알려져 있지 않아서 나도 자신 있게 그것을 말할 수는 없다. 즉, 시베리아 유형(유형지에서 논문을 쓰고 그 논문을 과학 아카데미의 시베리아 탐험대 논문집에 타인 명의로 싣고 있었다), 솔로프끼(그리고 그것이 없어지자 북단 지역, 또 다른 정보에 의하면 꼴리마였다고 하는데)에서도 그는 식물과 광물의 연구를 계속했다(그것은 육체

노동을 한 후의 연구를 말한다). 그가 어느 수용소에서 언제 죽었는지는 알려져 있지 않다. 어떤 소문에 의하면, 그는 전시에 총살당했다고 한다.

나는 여기서 예프레모프군 출신의 발렌찐 I. 꼬모프의 생애도 그릴 생각이었다. 나는 1950년부터 1952년까지 그와 함께 에끼바스뚜스 수용소에 있었지만, 그에 대한 것은 잘 기억하지는 못했다. 좀 더 자세히 기억해 둘 필요가 있었는데 말이다. 1929년에 열일곱의 소년이었던 그는 마을 소비에뜨 의장을 죽이고 도망쳤다. 그다음부터 그는 도둑질을 하지 않고서는 살아갈 수 없었고 또 몸을 숨길 수도 없었다. 그는 여러 번 형무소에 들어갔다. 그러나 그것은 절도죄 때문이었다. 1941년에 그는 석방되었다. 독일군은 그를 독일로 데리고 갔다. 거기서 그는 독일군에게 협력했는가? 아니다, 그는 두 번이나 도망친 죄로 부헨발트의 강제 수용소로 끌려가기까지 했다. 그럼, 그는 서구에 남았는가? 아니다, 그는 본명을 걸고(〈조국은 용서했다, 조국이 부른다!〉라는 말을 그대로 믿고) 고향 마을로 돌아와 결혼해서 집단 농장에서 일하고 있었다. 1946년에, 1929년의 일로 제58조에 적용되어 투옥되었다. 그는 1955년에 석방되었다. 만일 이 사람의 경력을 상세히 조사한다면, 이 시대의 러시아인의 운명에 대해서 많은 점을 해명해 줄 것이다. 게다가 꼬모프는 전형적인 수용소의 반장이었다. 즉, 〈수용소군도의 아들〉이었다. (그는 수용소의 점호 때 서슴지 않고 소장에게 다음과 같이 말했던 것이다 ─ 「어째서 수용소에 파시스트적인 질서가 있지요?」)

끝으로, 이 장에서는 그 어느 비범한 ─ 그 성격과 완고한 신념 면에서 ─ 사회주의자들의 경력을 묘사하는 것도 적절했을지 모른다. 즉 〈거대한 카드놀이〉에 의한 여러 해에 걸친 그들의 고난의 도정을 제시할 수 있었으면 좋았을 것이다.

그리고 또 어쩌면, 열렬한 내무부 관리, 이를테면 가라닌이나 자베냐긴의 전기 내지는 그다지 알려져 있지 않은 어느 관리의 전기가 가장 적절했는지도 모른다. 그러나 이 모든 것은 나로서는 도저히 감당해 내기 힘든 일이었다. 이 책을 1967년 초에 마치면서,[4] 나는 더 이상 수용소군도의 주제로 되돌아갈 수는 없었던 것 같다.

그렇다, 그만하면 충분하다. 내가 이 주제와 사귄 지도 어느새 20년이 되니 말이다.

〈제5권에 계속〉

---

4 아니, 이보다 1년 늦게 끝마치면서.

열린책들 세계문학 261 수용소군도 4

옮긴이 김학수 1931년 평양에서 태어났다. 한국외국어대학교 노어과를 졸업하고 미국 인디애나 대학교 대학원 슬라브어문학과에서 석사 학위를 받았다. 한국외국어 대학교 교수와 동 대학 부설 소련 및 동구문제연구소 소장을 역임하고 미국 컬럼비 아 대학교 풀브라이트 교환 교수, 고려대학교 문과 대학 교수 및 동 대학 부설 러시 아문화연구소 소장, 한국 노어노문학회 회장을 지냈다. 옮긴 책으로는 솔제니찐의 『1914년 8월』, 『이반 제니소비치의 하루』, 뚜르게네프의 『사냥꾼의 수기』, 『첫사랑』, 똘 스또이의 『인생의 길』, 『부활』, 『신과 인간의 아들』, 도스또예프스끼의 『죄와 벌』, 『카라 마조프의 형제』 외 다수가 있다. 1989년 서울에서 영면했다.

지은이 알렉산드르 솔제니찐 **옮긴이** 김학수 **발행인** 홍예빈·홍유진
발행처 주식회사 열린책들 **주소** 경기도 파주시 문발로 253 파주출판도시
전화 031-955-4000 **팩스** 031-955-4004 **홈페이지** www.openbooks.co.kr
Copyright (C) 주식회사 열린책들, 1988, 2020, *Printed in Korea*.
ISBN 978-89-329-1261-5 04890 **ISBN** 978-89-329-1499-2 (세트)
발행일 1988년 2월 1일 초판 1쇄 1990년 12월 10일 초판 6쇄 1995년 4월 15일 2판 1쇄 2017년 12월 10일 특별판 1쇄 2020년 11월 20일 세계문학판 1쇄 2022년 5월 20일 세계문학판 2쇄

이 도서의 국립중앙도서관 출판예정도서목록(CIP)은 서지정보유통지원시스템 홈페이지(http://seoji.nl.go.kr)와 국가자료공동목록시스템(http://www.nl.go.kr/kolisnet)에서 이용하실 수 있습니다.(CIP제어번호:CIP2020046003)